STAR WARS

Dave Wolverton

ENTFÜHRUNG NACH DATHOMIR

Aus dem Amerikanischen
von Thomas Ziegler

Die Deutsche Bibliothek – CIP-Einheitsaufnahme
Star wars. – Köln: vgs.
Entführung nach Dathomir / Dave Wolverton.
Aus dem Amerikan. von Thomas Ziegler. – 1. Aufl. – 1994
ISBN 3-8025-2313-X

Erstveröffentlichung bei:
Bantam Books, a division of Bantam Doubleday
Dell Publishing Group, Inc. – A Bantam Spectra Book/1994
Titel der amerikanischen Originalausgabe:
Star Wars – The Courtship of Princess Leia

(R), TM & © 1994 Lucasfilm Ltd. All rights reserved.

Lizenzausgabe mit freundlicher Genehmigung
Agentur für Urhebernebenrechte GmbH
Merchandising München KG
Gutenbergstr. 4, 85774 Unterföhring

1. Auflage 1994
© der deutschsprachigen Ausgabe:
vgs verlagsgesellschaft, Köln und
Wilhelm Heyne Verlag, München
Lektorat: Frank Rehfeld
Umschlaggestaltung: Papen Werbeagentur, Köln
Titelillustration: Mierre
Satz: F. X. Stückle, Ettenheim
Druck: Clausen & Bosse, Leck
Printed in Germany
ISBN 3-8025-2313-X

* 1 *

General Han Solo stand am Kommandokonsolen-Sichtfenster des Mon-Calamari-Sternkreuzers *Mon Remonda*. Warntöne klingelten wie Glockenspiele im Wind, als sich das Schiff anschickte, vor Coruscant, dem Zentralplaneten der Neuen Republik, den Hyperraum zu verlassen. Es war lange her, seit Han Leia zum letzten Mal gesehen hatte: fünf Monate. Fünf Monate, in denen Han den Supersternzerstörer *Eisenfaust* des Kriegsherrn Zsinj gejagt hatte. Noch vor fünf Monaten hatte sich die Neue Republik in Sicherheit gewiegt, sich auf dem Höhepunkt ihrer Macht gewähnt. Vielleicht würde die Zerstörung der *Eisenfaust* Kriegsherr Zsinj stoppen und die Lage sich wieder beruhigen. Han konnte es kaum erwarten, das feuchtigkeitsgeschwängerte calamarianische Schiff zu verlassen, und noch mehr sehnte er sich nach dem Geschmack von Leias Küssen, nach der zärtlichen Berührung ihrer Hand. Er hatte in der letzten Zeit zuviel Düsternis gesehen.

Das weiße Sternenfeld auf dem Bildschirm löste sich auf, als der Hyperantrieb verstummte, und Chewbacca stieß ein Alarmgebrüll aus: Vor der blauen Samtdecke des Weltraums, dort, wo die nächtlichen Lichter von Coruscants Städten auf dem dunklen Ball des Planeten glitzerten, hingen Dutzende von riesigen, untertassenförmigen Sternenschiffen, die Han sofort als hapanische Schlachtdrachen identifizierte. Zwischen ihnen wimmelten Dutzende von schiefergrauen imperialen Sternzerstörern.

»Bring uns hier raus!« schrie Han. Er war nur ein einziges Mal einem hapanischen Schlachtdrachen begegnet, aber das hatte ihm genügt. »Volle Schilde! Ausweichmanöver!« Er hielt die drei rückwärtigen Ionenkanonen des nächsten Drachen im Auge, jede Sekunde damit rechnend, daß sie sein Schiff vom Himmel bliesen. Die Blastertürme am Rand der Untertasse drehten sich alle in seine Richtung.

Die *Mon Remonda* drehte bei und tauchte planetenwärts ab, den Lichtern von Coruscant entgegen, und Hans Magen zog sich zusammen. Sein Mon-Calamari-Pilot war hervorragend ausgebildet, und da er wußte, daß sie erst fliehen konnten, wenn sie einen neuen Kurs berechnet hatten, stieß er direkt in das Gewimmel der hapanischen Kriegsschiffe vor, so daß sie nicht feuern konnten, ohne sich selbst zu gefährden.

Wie alle Einrichtungen auf dem Mon-Calamari-Schiff war die Sichtluke ein technologisches Meisterwerk, so daß Han, als sie an der bullaugengesäumten Kommandokuppel eines hapanischen Schlachtdrachen vorbeirasten, deutlich die verdutzten Gesichter von drei hapanischen Offizieren und die silbernen Namensschilder an ihren Krägen erkennen konnte. Han hatte noch nie einen Hapaner gesehen. Ihr Sternsektor war für seinen Reichtum bekannt, und die Hapaner bewachten ihre Grenzen streng. Er wußte, daß sie humanoid waren – denn die Menschen hatten sich wie Unkraut über die Galaxis ausgebreitet –, aber überrascht mußte er feststellen, daß alle drei der weiblichen Offiziere außergewöhnlich schön waren – wie zerbrechliche, lebende Ornamente.

»Ausweichmanöver abbrechen!« schrie Captain Onoma, ein calamarianischer Offizier mit lachsfarbener Haut, der an der Kontrollkonsole saß und die Sensoren überwachte.

»Was?« rief Han, überrascht, daß der untergeordnete Calamarianer seinen Befehl widerrief.

»Die Hapaner schießen nicht, und sie identifizieren sich als Freunde«, erwiderte Onoma und drehte Han ein großes goldenes Auge zu. Der calamarianische Kreuzer brach den tollkühnen Sturzflug ab und wurde langsamer.

»Freunde?« fragte Han. »Es sind Hapaner! Die Hapaner sind niemandes Freund!«

»Nichtsdestotrotz sind sie offenbar hier, um irgendeinen Vertrag mit der Neuen Republik auszuhandeln. Die begleitenden Sternzerstörer gehören íhnen, sie haben sie von den Imperialen erbeutet. Wie Sie sehen können, sind unsere planetaren Verteidigungskräfte nach wie vor intakt.« Captain Onoma wies auf einen Sternzerstörer in einem anderen Quadranten, und Han erkannte seine Markierungen. Leias Flaggschiff, die *Rebellentraum*. Es war ihm so groß, so gewaltig vorgekommen, als sie es den Imperialen abgenommen hatten, aber neben der hapanischen Flotte sah es klein und unbedeutend aus. Um die *Rebellentraum* drängten sich Dutzende von kleineren republikanischen Dreadnaughts, deren Hüllen immer noch die Hoheitsabzeichen der alten Rebellen-Allianz trugen.

Han dachte an seine erste Begegnung mit einem hapanischen Kriegsschiff zurück. Damals hatte er mit einem kleinen Flottenkonvoi unter dem Kommando von Captain Rula Waffen geschmuggelt. Da die Hapaner noch nicht vom Imperium überrannt worden waren, hatten die Schmuggler einen Außenposten in der neutralen Zone nahe der Grenze zum hapanischen Sternenhaufen als Basis benutzt, in der Hoffnung, daß die Nähe zum Hapanerreich das Imperium abschrecken würde. Aber eines Tages hatten sie den Hyperraum verlassen und sich einem hapanischen Schlachtdrachen gegenübergesehen. Obwohl sie sich in der neutralen Zone befanden, obwohl sie keine aggressiven Absichten hegten, hatten nur drei der zwanzig Schmugglerschiffe den hapanischen Angriff überlebt.

Ein Kommunikationsoffizier sagte: »General Solo, wir empfangen einen Funkspruch von Botschafterin Leia Organa.«

»Ich gehe in mein Quartier und nehme das Gespräch dort entgegen«, erklärte Han und machte sich eilig auf den Weg. Kurz darauf erschien Leias Gesicht im kleinen Holowürfel seiner Kabine.

Leia lächelte überglücklich, und in ihren Augen war ein träumerischer Ausdruck. »Oh, Han«, seufzte sie mit wohltönender Stimme. »Ich bin so froh, daß du da bist.« Sie trug die blütenweiße Uniform einer alderaanischen Botschafterin, und ihr Haar hing ihr offen über die Schultern. In den vergangenen Monaten war es länger geworden, als Han es je zuvor bei ihr gesehen hatte. Im Haar trug sie die Kämme, die er ihr geschenkt hatte, Schmuckstücke aus Silber und Opal, auf Alderaan geschürft, bevor Großmufti Tarkin mit dem ersten Todesstern den Planeten zu Asche verbrannt hatte.

»Ich habe dich auch vermißt«, sagte Han heiser.

»Komm zu mir nach Coruscant, in die Große Empfangshalle«, bat Leia. »Die hapanischen Abgesandten sind bereits unterwegs.«

»Was wollen sie?«

»Es geht nicht darum, was sie wollen, sondern was sie anzubieten haben. Ich bin vor drei Monaten nach Hapan geflogen und habe mit der Königinmutter gesprochen«, berichtete Leia. »Ich habe sie um Hilfe bei unserem Kampf gegen Kriegsherr Zsinj gebeten. Sie gab sich sehr zurückhaltend, sehr reserviert, aber sie versprach, darüber nachzudenken. Ich vermute, daß sie gekommen sind, um uns die erbetene Hilfe zu geben.«

Han war inzwischen klargeworden, daß der Krieg gegen die Überreste des Imperiums wahrscheinlich noch Jahre, vielleicht sogar Jahrzehnte dauern würde. Zsinj und einige weniger mächtige Kriegsherren herrschten unangefochten über ein Drittel der Galaxis und waren vor kurzem zur Gegenoffensive angetreten – und bei ihren Angriffen auf die freien

Welten plünderten sie ganze Sonnensysteme. Die Neue Republik konnte eine derart riesige Front nicht vollständig überwachen. So wie das alte Imperium versucht hatte, die Rebellen-Allianz zurückzuschlagen, kämpfte die Neue Republik gegen die Kriegsherren und ihre gewaltigen Flotten. Han wollte nicht, daß Leia zu große Hoffnungen in eine mögliche Allianz mit den Hapaner setzte. »Erwarte nicht zuviel von den Hapanern«, warnte er. »Ich habe noch nie gehört, daß irgend jemand irgend etwas von ihnen bekommen hat – von Problemen abgesehen.«

»Du kennst sie eben nicht. Komm einfach in die Große Empfangshalle«, sagte Leia, plötzlich ganz geschäftsmäßig klingend. »Oh, und willkommen daheim.« Sie wandte sich ab. Die Verbindung endete.

»Ja«, flüsterte Han. »Ich vermisse dich auch.«

Han und Chewbacca eilten durch die Straßen zur Großen Empfangshalle von Coruscant. Sie befanden sich in einem uralten Teil von Coruscant, wo die planetenweite Stadt nicht auf Ruinen erbaut worden war, so daß sich rings um sie herum die Plastahl-Gebäude wie die Wände einer Schlucht erhoben. Die Schatten der hohen Gebäude waren so lang, daß die Fähren, die in luftiger Höhe durch die Straßenschluchten kreuzten, selbst am Tag ihre Positionslichter anschalten mußten und einen prächtigen Gobelin aus Licht erzeugten. Als Han und Chewbacca die Große Empfangshalle erreichten, spielte eine Kapelle bereits ein seltsam manieriertes Marschlied auf Rasseln und Wootbaßhörnern.

Die Große Empfangshalle war ein riesiges, über tausend Meter langes und vierzehn Stockwerke hohes Gebäude, aber als sich Han den Eingangsportalen näherte, fand er alle Portale von neugierigen Schaulustigen blockiert, die gekommen waren, die Hapaner zu sehen. Han lief an den ersten fünf Eingängen vorbei und entdeckte dann plötzlich einen goldenen Protokolldroiden, der nervös hochsprang oder sich auf die Zehenspitzen stellte, um über die Menge hinwegzusehen. Viele Menschen waren der Meinung, daß alle Droiden einer Modellreihe einander zum Verwechseln ähnlich waren, aber Han erkannte C-3PO sofort – keiner anderen Protokolleinheit war es möglich, so nervös oder aufgeregt auszusehen.

»3PO, alte Konservenbüchse!« rief Han über den Lärm der Menge hinweg. Chewbacca stieß ein Begrüßungsgebrüll aus.

»General Solo!« antwortete 3PO mit erleichtert klingender Stimme. »Prinzessin Leia hat mich gebeten, Sie zu suchen und zum Balkon der alderaanischen Botschaft zu bringen. Ich hatte schon befürchtet, Sie in dem Durcheinander nicht zu finden! Sie können sich glücklich schätzen, daß ich so vorausschauend war, hier auf Sie zu warten. Hier entlang, Sir, hier entlang!« 3PO führte sie über eine breite Straße und an mehreren Wachposten vorbei eine Seitenrampe hinauf.

Während sie einen langen, gewundenen, von zahllosen Türen gesäumten Korridor hinaufgingen, schnüffelte Chewbacca und knurrte. Sie bogen um die Ecke und 3PO blieb vor dem Eingang eines Balkons stehen. Darauf hielten sich nur wenige Personen auf, die durch die Glasverkleidung die Prozession am Boden verfolgten. Han kannte die meisten von ihnen: Carlist Rieekan, der alderaanische General, der die Hoth-Basis kommandiert hatte; Threkin Horm, Präsident des mächtigen alderaanischen Rates, ein ungeheuer fetter Mann, der seine Fleischmassen von einem Repulsorsessel tragen ließ. Und Mon Mothma, Commanderin der Neuen Republik, die neben einem bärtigen, grauen Gotal stand, der gleichgültig hinunter ins Erdgeschoß blickte, den Kopf leicht geneigt, die Sensorhörner in Leias Richtung gedreht.

Die Diplomaten sprachen leise miteinander, lauschten in ihre Komms und beobachteten Leia, die in der Freilufthalle auf einem Podium saß und hoheitsvoll zu einer hapanischen Diplomatenfähre hinübersah, die auf einem Landefeld in der riesigen Halle niedergegangen war. Rund fünfhunderttausend Wesen hatten sich im Erdgeschoß und den ansteigenden Balkonlogen versammelt, um einen Blick auf die Hapaner zu erhaschen. Zehntausende von Sicherheitsbeamten säumten den goldenen Teppich zwischen der Fähre und Leia. Han hob den Kopf und musterte die Logen. Fast jedes Sonnensystem des alten Imperiums hatte hier seinen eigenen Balkon gehabt und ihn mit der Flagge der jeweiligen Nation versehen. Über sechshunderttausend dieser Flaggen hingen jetzt an den uralten Marmorwänden und symbolisierten die Mitglieder der Neuen Republik. Unten am Boden wurde es still, als die Fähre ihre Ausstiegsrampen ausfuhr.

Han trat zu Mon Mothma. »Was ist los?« fragte er. »Warum sind Sie nicht unten bei Leia auf dem Podium?«

»Man hat mich nicht gebeten, dem Empfang der hapanischen Gesandten beizuwohnen«, antwortete Mon Mothma. »Sie haben nur nach Leia verlangt. Da selbst die Alte Republik im Lauf der letzten dreitausend Jahre nur sporadisch Kontakt mit den hapanischen Monarchen gehabt hat, hielt ich es für besser, mich im Hintergrund zu halten, bis man nach mir verlangt.«

»Das ist äußerst feinfühlig«, sagte Han, »aber Sie sind die gewählte Führerin der Neuen Republik...«

»Und Königinmutter Ta'a Chume fühlt sich von unserem demokratischen System bedroht. Nein, ich denke, es ist das Beste, daß Ta'a Chumes Gesandte zunächst mit Leia sprechen, wenn sie sich dadurch besser fühlen. Haben Sie die Schlachtdrachen in der hapanischen Flotte gezählt? Es sind dreiundsechzig – einer für jeden bewohnten Planeten im Hapan-Haufen. Noch nie haben die Hapaner in dieser Größenordnung Kontakt mit uns aufgenommen. Ich vermute, daß dies der bedeutendste Kontakt ist, den es in den letzten drei Jahrtausenden zwischen unseren Völkern gegeben hat.«

Han sagte es nicht, aber er fühlte sich ein wenig gekränkt, weil er nicht an Leias Seite sitzen durfte. Die Tatsache, daß es Mon Mothma genauso erging, machte die Kränkung nur noch schlimmer.

Einen Moment später verließen die Hapaner die Fähre. Zuerst tauchte eine Frau mit langen, schwarzen Haaren und glitzernden Onyxaugen auf. Sie trug ein luftiges Kleid aus einem pfirsichfarbenen, schimmernden Material, das ihre Beine unbedeckt ließ. Am Boden waren Mikrofone angebracht, und aus den Lautsprechern der Balkonloge drang das Raunen der Menge, als die wunderschöne Frau zum Podium schritt.

Sie erreichte Leia und sank anmutig auf ein Knie, ohne die Augen von der Prinzessin zu wenden. Mit lauter Stimme sagte sie auf Hapanisch: »*Ellene sellibeth e Ta'a Chume. ›Shakal Leia, ereneseth a'apelle seranel Hapanah. Rennithelle saroon.‹*« Sie drehte sich um und klatschte sechsmal in die Hände, und Dutzende von Frauen in schimmernden goldenen Kleidern strömten aus dem Schiff, spielten auf Silberflöten und schlugen Trommeln, während andere immer wieder mit klaren, hohen Stimmen: »Hapan, Hapan, Hapan!« sangen.

Mon Mothma lauschte konzentriert der Basic-Übersetzung aus ihrem Komm, aber Han konnte den Dolmetscher nicht verstehen.

»Sprichst du diese Sprache?« wandte sich Han an 3PO.

»Ich beherrsche fließend über sechs Millionen Kommunikationsformen, Sir«, sagte 3PO bedauernd, »aber ich fürchte, ich bin Opfer einer Fehlfunktion. Die hapanische Gesandte kann unmöglich gesagt haben, was ich hörte.« Er drehte sich um und wollte davongehen. »Diese verflixten verrosteten logischen Schaltkreise! Entschuldigen Sie mich – ich muß zur Reparatur.«

»Warte!« befahl Han. »Vergiß die Reparatur. Was hat sie gesagt?«

»Sir, ich muß sie mißverstanden haben«, erwiderte 3PO.

»Sag es mir!« drängte Han ungeduldig, und Chewbacca gab ein warnendes Knurren von sich.

»Nun, wenn Sie unbedingt wollen!« meinte 3PO im gekränkten Tonfall. »Falls meine Sensoren ihre Worte richtig aufgenommen haben, übermittelte die Delegierte die Worte der großen Königinmutter: ›Ehrenwerte Leia, nehmt die Geschenke der dreiundsechzig Welten von Hapan entgegen. Mögen sie Euch erfreuen.‹«

»Geschenke?« wiederholte Han. »Kommt mir ganz vernünftig vor.«

»In der Tat. Die Hapaner bitten nie um einen Gefallen, ohne zunächst ein Geschenk von gleichem Wert anzubieten«, erklärte 3PO herablassend. »Nein, was mir Sorgen macht, ist der Gebrauch des Wortes *shakal*, ›ehrenwerte‹. Die Königinmutter würde Leia niemals mit diesem Wort anreden, denn die Hapaner benutzen es nur bei gleichgestellten Persönlichkeiten.«

»Nun«, vermutete Han kühn, »sie sind beide königlichen Geblüts.«

»Richtig«, sagte 3PO, »aber die Hapaner beten ihre Königinmutter geradezu an. Einer ihrer Namen lautet sogar *Ereneda*, ›sie, die *keinesgleichen* hat‹. Sie sehen also, es wäre unlogisch, wenn die Königinmutter Leia als Gleichgestellte anredet.«

Han sah wieder zu der Ausstiegsrampe hinunter und fröstelte, als ihn plötzlich eine dunkle Vorahnung erfüllte. Die Trommelschläge dröhnten. Mehrere Frauen in hellen, fast grellbunten Seidenkleidern trugen eine große, perlmuttfarbene Truhe aus dem Schiff. Kopfschüttelnd murmelte 3PO vor sich hin: »Ich muß diese Logikschaltungen wirklich reparieren lassen!«, als die drei Frauen den Inhalt der Truhe auf den Boden kippten. Die Menge keuchte. »Regenbogenjuwelen von Gallinore!«

Die Juwelen funkelten von innen her in Dutzenden von Farben, angefangen von leuchtendem Purpur bis hin zu strahlendem Smaragdgrün. In Wirklichkeit waren die Juwelen keine

Juwelen, sondern Lebensformen auf Silikonbasis, die in ihrem eigenen inneren Licht erglühten. Die Wesen, die oft als Medaillons getragen wurden, brauchten Tausende von Jahren zum Heranwachsen. Mit einem Juwel konnte man einen calamarianischen Kreuzer kaufen, aber die Hapaner hatten Hunderte von ausgewachsenen Exemplaren auf den Boden gekippt. Leia zeigte keine Überraschung.

Ein zweites Trio Frauen, weit größer als die anderen, in okkergelbes und zimtfarbenes Leder gehüllt, stieg aus der Diplomatenfähre. Sie tanzten leichtfüßig zur Musik der Flöten und Trommeln, und zwischen ihnen schwebte eine Plattform, auf der ein kleiner, knorriger Baum mit rotbraunen Früchten wuchs. Darüber schwebten zwei Lampen, die hell wie die Doppelsonne einer Wüstenwelt brannten. Leises Raunen ging durch die Menge, bis die Gesandte erklärte: »*Selabah, terrefel n lasarla.*« (»Von Selab ein früchtetragender Baum der Weisheit.«) Die Menge brach unvermittelt in Jubelrufe aus. Han war wie vom Donner gerührt. Er hatte die Weisheitsbäume von Selab bisher immer für eine Legende gehalten. Es hieß, daß die Frucht der Weisheitsbäume die Intelligenz von alten Menschen stark erhöhen konnte.

Das Blut rauschte in Hans Ohren, Schwindel erfaßte ihn. Zum Klang der Musik trat ein Mann vor, ein Cyborg-Krieger in einem geschlossenen hapanischen Körperpanzer, schwarz, mit silbernen Zierleisten. Er war fast so groß wie Chewbacca. Zielbewußt marschierte er zum Podium, zog ein mechanisches Gerät von seinem Arm und legte es vor Leia auf den Boden. »*Charubah endara, mella n sesseltar.*« (»Von der Hightech-Welt Charubah eine Waffe des Gehorsams.«)

Han lehnte sich haltsuchend an die Glaswand. Die Waffe des Gehorsams hatte die hapanischen Truppen bei Bodenkämpfen fast unbesiegbar gemacht, denn sie erzeugte eine elektromagnetische Wellenfront, die die bewußten Gedankenprozesse der Opfer völlig neutralisierte. Die von der Waffe des Gehorsams Getroffenen standen hilflos wie Invaliden da, sich ihrer Umgebung nicht mehr bewußt, und befolgten alle Befehle, die ihnen gegeben wurden, da sie den Befehl eines Feindes nicht mehr von ihren eigenen bewußten Gedanken unterscheiden konnten. Han begann zu schwitzen. *Jede einzelne Welt, jeder Planet des Hapan-Systems bietet uns seine größte Kostbarkeit an. Was erhoffen sie sich davon? Was erwarten sie als Gegenleistung?*

Eine weitere Stunde lang sah er staunend zu. Die Musik der Trommeln und Flöten und die hohen, klaren Stimmen der Frauen, die unablässig »Hapan, Hapan, Hapan!« sangen, schienen in seinen Adern, seinen Schläfen zu pulsieren. Zwölf der ärmeren Welten schenkten Leia jeweils einen Sternzerstörer, den sie vom Imperium erbeutet hatten, während andere Planeten Geschenke von eher esoterischem Wert präsentierten. Arabanth schickte eine alte Frau, die nur ein paar Worte darüber sprach, wie wichtig es war, das Leben zu umarmen und den Tod zu akzeptieren, und die ein »Gedankenrätsel« überbrachte, die bei ihrem Volk als überaus kostbar galten. Ut schickte eine Frau, die ein Lied von solcher Schönheit sang, daß Han das Gefühl hatte, von der Melodie auf einer warmen Brise zu ihrer Welt getragen zu werden.

Irgendwann hörte Han Mon Mothma flüstern: »Ich wußte, daß Leia um finanzielle Unterstützung für die Bekämpfung der Kriegsherrn gebeten hat, aber ich hätte nie erwartet…«

Und schließlich war das letzte Lied gesungen, der letzte Trommelwirbel geschlagen, und auf dem Boden der Großen Empfangshalle lag ein großer Teil der Schätze der verbotenen Welten von Hapan. Han schnappte keuchend nach Luft, und erst jetzt wurde ihm bewußt, daß er die ganze Zeit, während die Geschenke präsentiert worden waren, nur flach geatmet hatte.

Schwer und bedrohlich lastete die Stille über der Halle.

Mehr als zweihundert Gesandte der Welten von Hapan standen auf der Promenade, und Han betrachtete sie voller Bewunderung, denn wieder beeindruckte ihn ihre Anmut, ihre Schönheit, ihre Kraft. Bis zu diesem Tag hatte er noch keinen Hapaner gesehen. Von jetzt an würde er ihren Anblick nie mehr vergessen.

Niemand sprach, während die Hapaner weiter schwiegen. Han wartete darauf, daß sie endlich sagten, was sie als Gegenleistung verlangten. Fieberhafte Erregung packte ihn, denn ihm wurde klar, daß es ihnen nur um eins gehen konnte: um einen Pakt mit der Republik. Die Hapaner würden die Republik bitten, gemeinsam mit ihnen gegen die vereinigten Streitkräfte der Kriegsherrn zu kämpfen, gegen die letzten Überreste des Imperiums.

Leia beugte sich auf ihrem Thron nach vorn und musterte wohlgefällig die Geschenke. »Sie sagten, Sie hätten Geschenke von allen dreiundsechzig Ihrer Welten für mich«, wandte sich Leia an die Gesandte, »aber ich sehe hier nur zweiundsechzig Geschenke. Von Hapan selbst haben Sie mir nichts mitgebracht.«

Die Bemerkung schockierte Han. Er hatte längst aufgehört, die Geschenke zu zählen, überwältigt von den Schätzen der Hapaner, und Leias Einwand kam ihm ungehobelt, gierig vor. Er erwartete, daß die Hapaner empört auf ihre schlechten Manieren reagieren, alles einsammeln und gehen würden.

Statt dessen lächelte die hapanische Gesandte warm, als wäre sie erfreut darüber, daß Leia es bemerkt hatte, und sie hob den Blick und sah Leia offen ins Gesicht. 3PO übersetzte ihre Worte: »Unser größtes Geschenk haben wir bis zuletzt aufbewahrt.«

Sie machte eine Handbewegung, und alle hapanischen Gesandten traten zur Seite, räumten den Gang. Ohne Fanfaren, ohne die Musik der Hörner, in völliger Stille brachten sie ihr letztes Geschenk.

Zwei Frauen, in schlichtes Schwarz gekleidet und mit silbernen Ringellocken im dunklen Haar, kamen aus dem Schiff. Zwischen ihnen ging ein Mann. Er trug einen Silberreif mit einem schwarzen Schleier, der sein Gesicht verbarg, und sein blondes Haar fiel ihm lang über die Schultern. Der Oberkörper des Mannes war bis auf einen kurzen, mit silbernen Klammern befestigten Umhang nackt, und in seinen muskulösen Armen trug er eine große, kunstvoll geschnitzte, mit Silber verzierte Ebenholzschatulle.

Er stellte die Schatulle auf den Boden, ging in die Hocke, die Hände locker auf den Knien ruhend, und die Frauen zogen seinen schwarzen Schleier zur Seite. Dahinter verbarg sich der bestaussehendste Mann, dem Han je begegnet war. Seine tiefliegenden Augen waren von einem dunklen Blaugrau, wie die Farbe des Meeres am Horizont, und zeugten von Klugheit, Humor, Weisheit; die Schultern waren breit, das Kinn war kräftig, kantig. Han vermutete, daß es sich bei ihm um einen Angehörigen des Königshauses von Hapan handeln mußte. Die Gesandte rief: »*Hapanah, rurahsen Ta'a Chume, elesa Isolder Chume'da.*« (»Von Hapan der größte Schatz der Königinmutter, ihr Sohn Isolder, der Chume'da, dessen Gemahlin als Königin herrschen wird.«)

Chewbacca grollte, und unten in der Menge schienen alle gleichzeitig loszureden, ein Aufschrei, der in Hans Ohren zum Tosen eines Sturmes anschwoll.

Mon Mothma nahm ihren Kopfhörer ab und blickte Leia nachdenklich an, einer der Generale auf dem Balkon fluchte und grinste, und Han trat vom Fenster zurück. »Was?« fragte Han. »Was hat das zu bedeuten?«

»Ta'a Chume möchte, daß Leia ihren Sohn heiratet«, antwortete Mon Mothma leise.

»Aber – das wird sie doch nicht tun, oder?« sagte Han, und dann schwand seine Sicherheit. Dreiundsechzig der reichsten Welten der Galaxis. Als Matriarchin über Milliarden Menschen zu herrschen, mit diesem Mann an ihrer Seite…

Mon Mothma blickte Han direkt in die Augen, wie um ihn abzuschätzen. »Mit dem Reichtum von Hapan könnte Leia den Krieg finanzieren, in kurzer Zeit die Überreste des Imperiums besiegen und dadurch das Leben von Milliarden Wesen retten. Ich weiß, was Sie für sie empfinden, General Solo. Trotzdem, ich denke, ich spreche im Namen der gesamten Neuen Republik, wenn ich sage, daß ich um unserer aller willen hoffe, daß sie das Angebot annimmt.«

* 2 *

Luke konnte die Ruinen des Hauses des alten Jedi-Meister schon spüren, ehe ihn sein Whiphid-Führer zu diesem Ort brachte. Wie die Landschaft von Toola selbst – eine karge Ebene, wo kurze purpurne Flechten die dünne Wintereisdecke durchbrachen – verbreiteten die Ruinen eine Aura der Reinheit und Frische, wenngleich auch ein Gefühl der Verlassenheit, als wären sie nie von Menschen besucht worden. Die Aura der Reinheit bestätigte Luke, daß einst ein guter Jedi in den Ruinen gelebt hatte.

Der Frühlingswind zerzauste das Elfenbeinfell des großen Whiphid, der mit einer Vibroaxt in der Hand über das Purpurmoos trottete. Er blieb stehen und hob seine lange Schnauze in die Luft, so daß seine mächtigen Stoßzähne zur fernen Purpursonne deuteten, gab dann ein trompetenähnliches Pfeifen von sich und blickte mit kleinen schwarzen Augen nach vorn.

Luke schlug die Kapuze seines Schneeanzugs zurück und entdeckte die Gefahr am Horizont. Ein Schwarm Schneedämonen stürzte aus dem Schutz der Sturmwolken, und ihre haarigen Schwingen blitzten grau im fahlen Sonnenlicht. Der Whiphid pfiff einen Schlachtruf, schien einen Angriff zu erwarten, aber Luke griff mit seinem Bewußtsein hinaus und spürte den Hunger der Schneedämonen. Sie jagten eine Herde zottliger Motmots, die sich wie Eisberge am Horizont bewegten, und suchten nach einem Kalb, das klein genug war, um es erlegen zu können.

»Ruhig«, sagte Luke und berührte den Ellbogen des Whiphids. »Zeig mir die Ruinen.« Luke versuchte, den Krieger mit Hilfe der Macht zu beruhigen, aber dieser schüttelte sich und schwenkte kampfeslustig seine Vibroaxt.

Der Whiphid pfiff eine lange Antwort, deutete nach Norden, und Luke übersetzte es in der Macht: »Such das Grab des Jedi, wenn du mußt, Kleiner, aber nach mir ruft die Jagd. Wenn ich einen Feind entdecke, verlangt die Ehre, daß ich angreife. Heute abend wird mein Clan einen Schneedämonen schmausen.« Der Whiphid trug als einziges Kleidungsstück einen Gürtel mit zahlreichen Waffen, und er zog einen geschwärzten eisernen Morgenstern heraus. In jeder mächtigen Faust eine Waffe stürmte er über die Tundra, schneller als Luke es für möglich gehalten hatte.

Luke schüttelte den Kopf und bedauerte die Schneedämonen. Hinter ihm stieß R2 einen Pfiff aus und bat Luke, seine Schritte zu verlangsamen, als der kleine Droide eine trügerische Eisfläche passierte. Luke und R2 wanderten nach Norden, bis sie drei große flache Felsen erreichten, die das Dach und die Seitenwände eines nach unten führenden Stollens bildeten. Im Tunnel roch es nach Trockenheit, und Luke löste eine Minilaterne von seinem Werkzeuggürtel und stieg in die Tiefe. Dicht unter dem Erdboden war der Stollen eingestürzt. Ein mächtiger Felsbrocken versperrte den Weg. Schwarze Brandspuren am Felsen verrieten, daß ihn ein Thermodetonator aus dem Umgebungsgestein herausgesprengt hatte.

Luke schloß die Augen und griff mit seinem Bewußtsein hinaus, bis ihn die Macht durchströmte. Er packte den Felsen, hob ihn hoch und hielt ihn fest. »Weiter, R2«, flüsterte Luke, und der Droide rollte vorwärts und pfiff verängstigt, als er den über ihm schwebenden Brocken passierte. Luke folgte gebückt und setzte den Felsen hinter sich wieder ab.

Direkt hinter dem Felsen entdeckte Luke die Stiefelabdrücke imperialer Sturmtruppen im Erdboden, selbst nach all den Jahren noch gut erhalten. Luke studierte die Abdrücke und fragte sich, ob einer von seinem Vater stammte. Darth Vader mußte hier gewesen sein. Nur er hätte den Jedi-Meister töten können, der in diesen Höhlen gelebt hatte. Aber die Abdrücke gaben ihm keine Antwort.

Der Stollen schraubte sich weiter nach unten, durch Vorratsräume, die tief unter der Erde in den Fels gefräst waren. In der Luft hing der muffige Geruch von Nagetierdung und -fellen. Ein kleiner, würfelförmiger Energiedroide lag reglos in einem Gang, schon seit langem funktionsunfähig. Ein anderer Raum wurde von einem Heizungsblock eingenommen; Nagetiere hatten die Stromkabel angefressen. Luke folgte den Stollen zur reinen Aura des Jedi, und endlich stieß er auf den Raum des toten Meisters. Der Leichnam war verschwunden, hatte sich aufgelöst wie die sterblichen Überreste Yodas und Bens, aber Luke konnte die Rückstände der Macht spüren, und er entdeckte einen Schneeanzug, zerrissen und verbrannt, und daneben ein Lichtschwert. Luke hob das Lichtschwert auf und zündete es. Ein Strom schimmernder Energie schoß heraus, als das Lichtschwert summend zum Leben erwachte.

Luke fragte sich flüchtig, wer der Mann wohl gewesen war, dem das Lichtschwert gehört hatte, dann schaltete er es wieder ab. Er wußte nur, daß der Jedi-Meister der Alten Republik in ihren letzten Tagen gedient hatte. Monatelang war Luke der Spur des Mannes gefolgt. Als Kustos im Archiv der Jedi auf Coruscant hatte er nur eine unbedeutende Funktion bekleidet und war von den imperialen Invasoren unbehelligt geblieben, bis er mit den Aufzeichnungen über tausend Jedi-Generationen von Coruscant geflohen war.

Luke hoffte, daß es sich bei diesen Aufzeichnungen um mehr als nur um eine Auflistung der Jedi-Heldentaten handelte. Vielleicht enthielten sie die Weisheit der alten Meister, ihre Gedanken, ihre Hoffnungen. Als junger Jedi, dessen Ausbildung in der Macht noch nicht abgeschlossen war, hoffte Luke, durch sie die tieferen Mysterien kennenzulernen und zu erfahren, wie die Jedi ihre Krieger, ihre Heiler, ihre Seher geschult hatten.

Luke durchsuchte im matten Licht seiner Minilaterne den Raum nach irgend etwas, das ihm einen Hinweis liefern konnte. R2 war in einem Seitengang verschwunden und durchforschte mit seinen Scheinwerfern die Dunkelheit. Luke hörte ein klägliches Pfeifen aus dem Stollen dringen und folgte ihm.

Der Gang führte zu geschwärzten, in den Fels gefrästen Räumen; endlos aneinandergereihte Kammern, in denen einst holografische Videobänder aufbewahrt worden waren. Aber die Aufzeichnungen waren zu Asche verbrannt. Computerzylinder bildeten geschmolzene Schlackehaufen, ihre Speicherkerne waren zerstört. Für das Zerstörungswerk waren hauptsächlich Thermodetonatoren verantwortlich, aber Luke stieß auch auf Splitter von EMP-Granaten. Wer auch immer die Holovids vernichtet hatte, er oder sie hatte sich größte Mühe gegeben, sie zuerst zu löschen.

Luke folgte dem Stollen, passierte Dutzende von Kammern, blickte in jeden Raum, und das Herz wurde ihm schwer. Nichts war geblieben. Alles war verloren. Das Wissen und die Taten von tausend Generationen der Jedi.

»Es ist zwecklos, R2«, sagte Luke, und seine Worte schienen von der Dunkelheit, der Stille der leeren Stollen verschluckt zu werden. R2 pfiff traurig, rollte weiter durch den Gang und spähte in jede Kammer.

Verloren. Alles war verloren, erkannte Luke. Der Imperator hatte sich nicht damit zufrieden gegeben, alle Jedi aufzuspüren und zu ermorden. In seinem Ehrgeiz, absolute Kontrolle über die Galaxis zu erringen, hatte er nicht nur ihr Feuer gelöscht, sondern auch die Fackeln zertreten, die Asche in alle Winde zerstreut, damit die Jedi niemals wiederkehren konnten. Nach monatelanger Suche war Luke nur auf Asche gestoßen.

Luke setzte sich auf den Boden, schlug die Hände vor die Augen und dachte über seine nächsten Schritte nach. Es mußte noch andere Aufzeichnungen, andere Kopien gegeben haben. Er mußte nach Coruscant zurückkehren und dort seine Suche fortsetzen.

Aus einem Seitengang am Ende des Stollens drang R2s aufgeregtes Pfeifen. »Was gefunden?« rief Luke und stand auf, klopfte die Asche von seiner Kleidung und zwang sich, langsam zu gehen. R2 hatte eine Kammer entdeckt, in der die Bänder nicht geschmolzen waren. Auf dem Stapel lag noch immer ein Thermodetonator, offenbar ein Blindgänger. Die EMP-Granate hatte gezündet, doch Luke fragte sich, welche Wirkung sie gehabt hatte. Er nahm einen Computerzylinder von der Spitze des Stapels und schob ihn in R2s Abspielgerät. Der Droide pfiff und beugte sich nach vorn, um das Hologramm zu projizieren, aber nach einem Moment stieß er den Zylinder mit einem knirschenden Laut wieder aus.

»Der nächste«, sagte Luke hoffnungsvoll. Er zog aus dem unteren Teil des Stapels einen zweiten Zylinder, steckte ihn in den Droiden, und R2 projizierte das Bild eines Mannes in einer wallenden, hellgrünen Robe. Aber es war so stark gestört, daß das Hologramm bald zusammenbrach. R2 spuckte den Zylinder aus und bedeutete Luke mit einem Aufblitzen seines Scheinwerfers, es erneut zu versuchen.

»Okay«, seufzte Luke und suchte nach einem Zylinder, der weiter von der EMP-Granate entfernt war. Er wühlte in dem Haufen und wollte schon nach einem greifen, der ganz unten am Rand lag, als ihn die Macht plötzlich in eine andere Richtung lenkte. Er stöberte in den Zylindern, bis er deutlich eine Aura des Friedens spürte. *Dieser, dieser*, schien eine Stimme zu flüstern. *Dieser ist es, nach dem du suchst.*

Luke ergriff ihn, zog ihn heraus und trat zurück. Irgendwie wußte er, daß es keinen Zweck hatte, die Höhlen weiter zu durchsuchen. Wenn er hier eine Antwort fand, dann hielt er sie bereits in der Hand.

Er schob den Zylinder in R2, und fast sofort blitzten in der Luft vor dem Droiden Bilder auf: ein uralter Thronsaal, wo ein Jedi nach dem anderen vortrat, um ihrem hohen Meister Bericht zu erstatten. Aber das Holo war zum größten Teil gelöscht; Luke konnte nur bruchstückhafte Szenen erkennen –

ein blauhäutiger Mann beschrieb die Einzelheiten einer erbitterten Raumschlacht gegen Piraten; ein gelbäugiger Twi'lek mit zuckenden Kopffühlern berichtete von der Aufdeckung eines Mordplans gegen einen Botschafter. Vor jedem Bericht wurden Datum und Zeit eingeblendet. Die Aufzeichnung war fast vierhundert Standardjahre alt.

Dann erschien Yoda im Videogramm und blickte zum Thron auf. Seine Haut war von einem gesünderen Grün, als Luke sie in Erinnerung hatte, und er bewegte sich ohne Gehstock. In mittleren Jahren hatte Yoda fast munter, sorglos ausgesehen – ganz anders als der gebeugte, bekümmerte alte Jedi, den Luke gekannt hatte. Der Ton war größtenteils gelöscht, aber durch das Prasseln hörte er Yoda deutlich sagen: »Wir haben versucht, die Chuunthor von Dathomir zu befreien, wurden jedoch von den Hexen zurückgeschlagen... Scharmützel mit den Meistern Gra'aton und Vulatan... Vierzehn Akoluthen getötet... zurückkehren, um sie zu bergen...« Der Ton ging in Geprassel unter, und kurz darauf löste sich das Holobild in blaues statisches Rauschen auf.

Weitere Leute erstatteten Bericht, aber keins ihrer Worte schien Hoffnung zu bieten. Immer wieder dachte Luke über die Bedeutung der Worte *Chuunthor von Dathomir* nach. War Chuunthor eine Einzelperson, vielleicht eine politische Führerin, oder handelte es sich um eine ganze Rasse von Wesen? Und Dathomir – wo lag es?

»R2«, sagte Luke, »überprüfe die Astrogationsdateien und sage mir, ob irgendwo ein Ort namens Dathomir erwähnt wird. Es könnte sich um ein Sonnensystem, einen einzelnen Planeten handeln...« *Vielleicht sogar um eine Person,* dachte er mißmutig.

R2 brauchte nur einen Moment, dann pfiff er eine Verneinung. »Dachte ich mir schon«, meinte Luke. »Ich habe auch noch nie davon gehört.« Während der Klon-Kriege waren viele Planeten vernichtet oder unbewohnbar gemacht worden. Vielleicht gehörte Dathomir dazu, eine Welt, die man so verwüstet hatte, daß sie vergessen worden war. Oder vielleicht war es nur ein unbedeutender Ort, der Mond irgendeines Planeten im Äußeren Rand, so weit entfernt von jeder Zivilisation, daß er nicht einmal in den Sternkarten vermerkt war. Vielleicht war es sogar nicht einmal ein Mond – ein Kontinent, eine Insel, eine Stadt? Was immer auch zutreffen mochte, Luke hatte das sichere Gefühl, daß er Dathomir eines Tages finden würde, irgendwann, irgendwo.

Sie gingen wieder nach oben und stellten fest, daß es inzwischen Nacht geworden war. Ihr Whiphid-Führer kehrte kurz darauf zurück, den Kadaver eines ausgeweideten Schneedämonen hinter sich her ziehend. Die weißen Klauen des Dämonen waren verkrümmt und seine lange purpurne Zunge hing zwischen den mächtigen Fängen heraus. Luke überraschte es, daß der Whiphid ein derartiges Ungeheuer überhaupt schleppen konnte, aber der Whiphid zerrte den Dämonen an seinem langen haarigen Schwanz sogar zurück zum Lager.

Dort blieb Luke die ganze Nacht bei den Whiphids in einem riesigen, windgeschützten Unterstand aus dem fellbedeckten Brustkorb eines Motmot. Die Whiphids machten ein Lagerfeuer und brieten den Schneedämonen, und die jüngeren tanzten, während die älteren auf ihren Klauenharfen spielten. Während Luke in die flackernden Flammen starrte und der Harfenmusik zuhörte, meditierte er. »Die Zukunft wirst du sehen und die Vergangenheit. Alte Freunde, lange vergessen…« Das waren Yodas Worte gewesen, damals, vor langer Zeit, als er Luke beigebracht hatte, die Nebel der Zeit zu durchdringen.

Luke blickte zu den zehn oder zwölf Meter hohen Rippen des Motmot auf. Die Whiphids hatten Runenzeichen in die Knochen geschnitzt, den Stammbaum ihrer Ahnen. Luke konnte die fremden Schriftzeichen nicht lesen, aber sie schienen im Feuerschein zu tanzen, als wären es Stöcke und Steine, die vom Himmel fielen. Die Rippen krümmten sich in seine Richtung, und Luke folgte der Krümmung der Knochen mit den Blicken. Die herunterfallenden Stöcke und Steine schienen zu wirbeln und auf ihn zu stürzen, als wollten sie ihn zerschmettern. Er konnte auch ganze Felsbrocken durch die Luft auf sich zufliegen sehen. Lukes Nasenflügel blähten sich, und selbst Toolas Frost konnte nicht verhindern, daß ihm ein dünner Schweißfilm auf die Stirn trat. Dann hatte Luke eine Vision.

Er stand in einer steinernen Bergfestung und sah unter sich ein Meer aus düsteren, bewaldeten Hügeln, und ein Sturm brach los – ein ungeheurer Orkan, der hochgetürmte schwarze Wolken und Staub mit sich brachte und Bäume durch die Luft wirbelte. Die Wolken verhüllten den Himmel, sperrten alles Sonnenlicht aus, erglühten im Schein purpurner Flammen, und Luke spürte, daß sich in diesen Wolken etwas Böses verbarg, daß die Kraft der dunklen Seite der Macht sie heraufbeschwört hatte.

Staub und Steine segelten wie Herbstlaub durch die Luft. Luke hielt sich an der Steinbrüstung über den Hügeln fest, um nicht von den Festungswällen geblasen zu werden. Der Wind dröhnte in seinen Ohren wie das Tosen eines aufgewühlten Ozeans.

Es war, als ob ein Sturm aus purer dunkler Macht über dem Land tobte, und plötzlich, aus den hochgetürmten Wolken aus Finsternis, die ihn umtosten, hörte Luke Gelächter, das süße Lachen von Frauen. Er blickte hinauf zu den schwarzen Wolken und sah die Frauen zusammen mit den Felsen und den Trümmern wie Staubkörner durch die Luft wirbeln und dabei lachen. Eine Stimme schien zu flüstern: »Die Hexen von Dathomir.«

✳ 3 ✳

Leia nahm den Kopfhörer ihres Komms ab und starrte die hapanische Gesandte schockiert an. Der Umgang mit Hapanern war nicht einfach – sie waren kulturell so verschieden, leicht zu kränken. Der Lärm der hunderttausendköpfigen Menge schwoll an, und Leia blickte zu den Fenstern des alderaanischen Balkons hinauf, während sie überlegte, was sie antworten sollte. Han hatte sich abgewandt und sprach erregt auf Mon Mothma ein.

Über den Stimmenlärm hinweg sagte Leia zu der Gesandten: »Richten Sie Ta'a Chume aus, daß ihre Geschenke exquisit sind, ihre Großzügigkeit grenzenlos ist. Dennoch, ich brauche Zeit, um über das Angebot nachzudenken.« Sie schwieg und fragte sich, wieviel Zeit sie sich nehmen konnte, ohne Anstoß zu erregen. Die Hapaner waren ein entschlußfreudiges Volk. Ta'a Chume hatte den Ruf, Entscheidungen von monumentaler Bedeutung binnen weniger Stunden zu treffen. Konnte sich Leia einen Tag Bedenkzeit nehmen? Sie fühlte sich benommen, fast schwindelig.

»Bitte, darf ich sprechen?« fragte Prinz Isolder in akzentfreiem Basic. Leia fuhr zusammen, überrascht, daß Isolder ihre Sprache überhaupt beherrschte. Sie blickte in seine grauen Augen, die an die Aschegipfel der tropischen Vulkane von Hapan erinnerten.

Isolder lächelte entschuldigend, aber sein Gesichtsausdruck verriet Entschlossenheit. »Ich weiß, daß sich Ihre Bräuche von unseren unterscheiden. In den alten Zeiten haben wir königliche Hochzeiten auf diese Weise arrangiert. Aber ich möchte, daß Sie Ihre Entscheidung mit gutem Gewissen treffen, wie immer sie auch ausfallen mag. Bitte, nehmen Sie sich Zeit, Hapan kennenzulernen, unsere Welten, unsere Bräuche – nehmen Sie sich Zeit, mich kennenzulernen.«

Irgend etwas in seinem Tonfall verriet Leia, daß dies ein ungewöhnliches Angebot war. »In dreißig Tagen?« fragte sie. »Ich wünschte, ich könnte schneller entscheiden, aber ich muß in einigen Tagen zum Roche-System aufbrechen. Eine diplomatische Mission.«

Prinz Isolder schlug zustimmend die Augen nieder. »Natürlich. Eine Königin muß immer für ihr Volk da sein.« Dann fügte er bittend hinzu: »Werde ich Sie vor Ihrer diplomatischen Mission noch einmal unter weniger formellen Umständen sehen können?«

Leia überlegte fieberhaft. Sie hatte vor dem Abflug noch eine Menge Vorbereitungen zu treffen – Handelsverträge begutachten, Beschwerden überprüfen, Studien in Exobiologie betreiben. Die Verpinen, eine Insektenrasse, hatten offenbar Dutzende von Verträgen über den Bau von Kriegsschiffen gebrochen, die sie mit den fleischfressenden Barabels geschlossen hatten, und es war sehr ungesund, Verträge mit den Barabels zu brechen. Inzwischen behaupteten die Verpinen, daß die Schiffe von einer ihrer verrückten Nestmütter gestohlen worden waren und fühlten sich nicht verpflichtet, die Nestmutter zu zwingen, die Ware zurückzugeben. Die ganze Angelegenheit wurde durch glaubwürdige Gerüchte kompliziert, daß die Barabels seit einiger Zeit mit Köchen der insektenliebenden Kubazs über die Lieferung von verpinischen Körperteilen verhandelten. Leia hatte einfach das Gefühl, nicht zulassen zu dürfen, daß ihr Privatleben ihre Arbeit beeinträchtigte, zumindest nicht jetzt.

Leia blickte wieder zum Balkon hinauf. Han und Chewbacca waren gegangen, und Mon Mothma stand allein am Fenster und hielt ihr Komm ans Ohr. Mon Mothma bewegte sich nicht, aber an ihrer Seite saß Threkin Horm, Präsident des alderaanischen Rates. Threkin nickte Leia auffordernd zu.

»Ja, natürlich«, sagte Leia. »Sie können mich jederzeit vor Beginn meiner Mission besuchen.«

»Meine Tage und Nächte gehören Ihnen«, sagte der Prinz mit einem liebenswürdigen Lächeln.

»Dann leisten Sie mir doch heute beim Abendessen Gesellschaft«, schlug Leia vor, »in meiner Kabine an Bord der *Rebellentraum*.«

Isolder schlug erneut die Augen nieder und zog mit Daumen und Zeigefinger beider Hände den schwarzen Schleier wieder vor sein Gesicht. Leia hatte die Schönheit der Hapaner schon früher bewundert, aber jetzt empfand sie Bedauern, daß Isolder sein Gesicht verbarg, und gleichzeitig Schuld, weil sie sich danach sehnte, ihn noch länger zu betrachten.

Von Tausenden Blicken verfolgt, verließ Leia die Große Empfangshalle. Sie wollte so schnell wie möglich mit Han sprechen. Zuerst suchte sie ihn in ihren Quartieren in der Botschaft, aber die Apartments waren leer. Verwirrt holte sie über die Komm-Militärfrequenz Erkundigungen ein und erfuhr, daß er Coruscant bereits verlassen hatte und auf dem Weg zur *Rebellentraum* war. Das war ein schlechtes Zeichen. Der *Millennium Falke* hatte an der *Rebellentraum* angedockt und wartete auf Hans Rückkehr. Wenn Han besorgt oder frustriert war, bastelte er meistens am *Falken* herum. Das Arbeiten mit den Händen, das Lösen vertrauter Probleme, schien ihn zu entspannen. Er war also davongelaufen, um an seinem Schiff zu arbeiten. Dieser Heiratsantrag mußte ihn tief verstört haben, wahrscheinlich sogar tiefer, als Han selbst klar war. Leia war todmüde, doch sie verstand, warum Han so aufgebracht war. Sie forderte ihre persönliche Fähre an.

Sie fand den *Falken* im Hangar Neunzig. Han und Chewie waren in der Kommandozentrale, hatten sich über die Kontrollpulte gebeugt und studierten das Gewirr der Kabel, die zu den verschiedenen Geschützen und Energieschilden führten. Chewie blickte auf und grollte einen Gruß, aber Han, der einen Plasmabrenner in der Hand hielt, sah sie nicht an. Er schaltete den Brenner ab, drehte sich aber nicht mit seinem Pilotensitz zu ihr um.

»Hallo«, sagte Leia leise. »Ich habe dich in meinem Quartier auf Coruscant gesucht.«

»Nun ja, ich mußte ein paar Dinge überprüfen«, erwiderte Han. Leia sagte daraufhin lange Zeit nichts. Chewbacca stand auf und umarmte Leia, drückte ihr das goldbraune Bauchfell ins Gesicht und ging dann nach unten, ließ sie allein. Schließlich drehte sich Han zu ihr um. Schweiß glänzte auf seiner Stirn, doch sie wußte, daß er noch nicht lange genug gearbeitet haben konnte, um ins Schwitzen zu geraten.

»Nun, äh, wie ist es unten gelaufen? Was hast du den Hapanern gesagt?«

»Ich habe sie gebeten, mir ein paar Tage Bedenkzeit zu geben«, antwortete Leia. Sie konnte sich noch nicht überwinden, ihm zu sagen, daß Isolder sie an diesem Abend auf der *Rebellentraum* besuchen würde.

»Hmmm…« Han nickte.

Leia ergriff seine ölverschmierten Hände. Sanft sagte sie: »Ich konnte sie nicht einfach fortschicken – es wäre unhöflich gewesen. Ob ich ihren Prinzen nun heirate oder nicht, ich kann nicht unsere Chance zerstören, normale Beziehungen zu ihnen herzustellen. Die Hapaner sind sehr mächtig. Ich bin doch nur nach Hapan geflogen, um herauszufinden, ob sie uns in unserem Kampf gegen die Kriegsherren beistehen werden.«

»Ich weiß«, seufzte Han. »Du würdest einfach alles tun, um sie zu besiegen.«

»Was soll das denn heißen?«

»Du hast das Imperium gehaßt, aber jetzt sind Zsinj und die Kriegsherren alles, was von ihm übriggeblieben ist. Im Kampf gegen sie hast du dein Leben ein Dutzend Mal riskiert. Du würdest jederzeit dein Leben für die Neue Republik geben, nicht wahr – ohne nachzudenken, ohne Bedauern?«

»Natürlich«, antwortete Leia. »Aber…«

»Dann gehe ich davon aus, daß du dein Leben jetzt geben wirst«, unterbrach Han sie, »und zwar den Hapanern. Aber statt für sie zu sterben, wirst du für sie leben.«

»Ich… ich könnte das nicht«, versicherte Leia.

Han starrte sie schwer atmend an, und aller Schmerz und alle Anklage wich aus seiner Stimme. »Natürlich nicht«, seufzte Han und legte den Brenner aufs Deck. »Ich weiß nicht, was in mich gefahren ist. Ich war einfach…«

Leia streichelte seine Stirn. Normalerweise hätte er über so etwas wie den hapanischen Heiratsantrag seine Scherze gemacht, aber er war still. Irgend etwas ging in ihm vor. Irgend etwas hatte ihn tief im Inneren verletzt. »Was ist los?« fragte sie verwirrt. Nach fünf Monaten der Trennung fühlte sie sich ein wenig unsicher. »Ich kenne dich kaum wieder.«

»Ich weiß es nicht«, flüsterte Han. »Es ist nur – dieser letzte Auftrag. Und nach der Rückkehr dann das. Ich bin so müde. Du hast gesehen, was die *Eisenfaust* auf Selaggis angerichtet hat. Sie hat die ganze Kolonie in Schutt und Asche gelegt. Ich bin monatelang ihrer Spur gefolgt, und überall, wo ich hinkam, bot sich mir das gleiche Bild: Raumstationen zerstört, Werften vernichtet. Nur ein einziger Supersternzerstörer mit einem Mörder auf der Kommandobrücke.

Damals, als der Imperator starb, dachte ich, wir hätten gewonnen. Aber ich mußte feststellen, daß wir gegen etwas Gewaltiges, Monströses kämpfen. Jedesmal, wenn wir uns umdrehen, brütet ein weiterer Großmufti einen neuen Eroberungsplan aus, oder irgendein namenloser Sektorengeneral hebt seinen häßlichen Kopf. Nachts kämpfe ich im Traum gegen diese Bestie im Nebel, diese riesige Bestie, die brüllt und verschlingt. Ich kann ihren Körper nicht sehen, aber ihr Kopf taucht aus dem Nebel auf, mit feurigen Augen, und ich greife sie mit einer Axt an, und endlich gelingt es mir, ihr den Kopf abzuschlagen. Aber nur Sekunden später wächst der Bestie ein neuer Kopf, und ich höre ihr Gebrüll im Nebel. Ich kann nicht sehen, wovon es kommt, ich kann den Körper nicht sehen. Ich weiß, daß sie irgendwo dort draußen ist, aber sie bleibt unsichtbar. Wir haben soviel verloren, und wir verlieren weiter.«

»Den Krieg?« sagte Leia. »Draußen an der Front muß es einem manchmal so vorkommen«, fuhr sie tröstend fort. »Die Kriegsherren nähren sich von Furcht und Gier, genau wie das Imperium, dem sie gedient haben. Aber als Diplomatin sehe ich fast nur Siege. Jeden Tag schließt sich eine weitere Welt der Neuen Republik an. Jeden Tag machen wir kleine Fortschritte. Wir verlieren vielleicht einige Schlachten, aber wir gewinnen den Krieg.«

»Was ist, wenn das Imperium die Tarnfelder für die Sternzerstörer perfektioniert hat?« fragte Han. »Es gibt entsprechende Gerüchte. Oder wenn Zsinj oder irgendein anderer Großmufti einfach ein neues Schiff wie die *Eisenfaust* baut, oder eine ganze Flotte?«

Leia schluckte. »Dann werden wir weiterkämpfen. Es kostet ungeheuer viel Energie, einen Supersternzerstörer dieser Größe zu betreiben. Zsinj kann es sich nicht leisten, mehr als einen oder zwei gleichzeitig in Dienst zu stellen. Die Kosten sind zu hoch. Früher oder später werden seine Reserven erschöpft sein.«

»Dieser Krieg ist noch nicht vorbei«, sagte Han. »Vielleicht werden wir sein Ende nicht erleben.«

Sie hatte Han noch nie so niedergeschlagen gesehen. »Wenn wir den Frieden nicht für uns selbst gewinnen können, dann werden wir eben für unsere Kinder kämpfen«, erwiderte Leia. Han lehnte sich zurück, drückte seinen Kopf gegen Leias Brust, und sie wußte, was er dachte. Sie hatte *unsere Kinder* gesagt. Han würde dabei an die Hapaner denken.

»Ich muß zugeben«, sagte Han, »daß die Hapaner heute ein wirklich verlockendes Angebot gemacht haben. Man kennt ja die Gerüchte über den Reichtum der ›verbotenen Welten‹, aber – Mann! Hast du bei deinem Besuch viel von Hapan gesehen?«

»Ja«, antwortete Leia nachdrücklich. »Du solltest sehen, was die Königinmütter im Lauf der Jahrhunderte geschaffen haben. Ihre Städte sind wunderschön, beeindruckend, heiter. Aber es liegt nicht nur an den Häusern oder Fabriken, sondern an den Menschen, ihren Idealen. Alles strahlt…Frieden aus.«

Han sah in ihre verträumten Augen. »Du bist verliebt.«

»Nein, bin ich nicht«, widersprach Leia.

Aber Han drehte sich um und ergriff ihre Schultern. »Bist du doch.« Er blickte in ihre Augen. »Hör zu, Schatz, vielleicht bist du nicht in Isolder verliebt, aber du bist in seine Welt verliebt! Als der Imperator Alderaan zerstörte, zerstörte er alles, was du geliebt, alles, wofür du gekämpft hast. Du kannst das nicht einfach so abtun. Du hast Heimweh!«

Leia stockte der Atem. Sie erkannte, daß er recht hatte. Sie hatte nie richtig um Alderaan und ihre verlorenen Freunde getrauert. Und es bestand eine gewisse Ähnlichkeit zwischen den beiden Welten, was die Einfachheit und Anmut der Architektur betraf. Die Menschen von Alderaan hatten derart großen Respekt vor dem Leben gehabt, daß sie ihre Städte nicht auf den Ebenen errichteten, wo die Bewohner das Gras niedertrampeln würden. Statt dessen erhoben sich ihre majestätischen Städte auf den Sandsteinklippen über den sanft gewellten Ebenen oder in den Spalten des Polareises oder standen auf gigantischen Pfählen in den seichten Meeren Alderaans.

Leia bedeckte ihre Augen mit der Hand, um die Tränen zu verbergen. Damals war das Leben noch unbeschwert gewesen.

»Es ist gut«, flüsterte Han, nahm ihre Hand und küßte sie. »Kein Grund zum Weinen.«

»Es ist alles so schrecklich…«, schluchzte Leia. »Diese Mission bei den Verpinen, die Kämpfe mit den Kriegsherren. Ich habe so hart gearbeitet, einen Auftrag nach dem anderen übernommen. Und die ganze Zeit habe ich gehofft, daß wir eine neue Heimat finden werden, aber nichts scheint zu funktionieren.«

»Was ist mit Neu Alderaan? Es ist eine schöne Welt.«

»Die vor fünf Monaten von Zsinjs Agenten entdeckt wurde. Wir mußten sie evakuieren, zumindest vorübergehend.«

»Ich bin sicher, daß wir eine andere finden werden.«

»Vielleicht, aber selbst wenn, wird es nicht wie früher sein«, sagte Leia. »Seit Monaten tagt der alderaanische Rat fast täglich. Wir haben darüber diskutiert, eine der Welten in unserem eigenen System zu terraformen, eine Raumstation zu bauen oder einen anderen Planeten zu kaufen, aber die meisten der Flüchtlinge von Alderaan sind arme Kaufleute oder Diplomaten, die beim Angriff des Imperiums nicht zu Hause waren. Wir haben nicht genug Geld, um einen Planeten zu kaufen oder zu terraformen. Wir müßten uns über Generationen hinweg verschulden. Die Scouts suchen seit einiger Zeit im galaktischen Rand nach einer bewohnbaren Welt, aber unsere Kaufleute sind mit Recht gegen diesen Plan. Sie haben inzwischen neue Handelsniederlassungen auf anderen Planeten gegründet, und wir können nicht von ihnen verlangen, daß sie ihre Einkommensquellen aufgeben. Wir sind in einer Sackgasse, und einige der Ratsmitglieder haben bereits aufgegeben.«

»Was ist mit den Geschenken, die du heute von den Hapanern bekommen hast? Sie dürften doch genug einbringen, um einen Planeten zu kaufen.«

»Du kennst die Hapaner nicht. Ihre Bräuche sind sehr streng. Wenn wir ihre Geschenke annehmen, heißt es alles oder nichts. Sollte ich Isolder nicht heiraten, muß ich alles zurückgeben.«

»Dann gib sie zurück«, forderte Han. »Du solltest dich nicht mit den Hapanern einlassen. Sie sind ein übler Haufen.«

»Du kennst sie eben nicht«, erwiderte Leia. Sie war verblüfft, daß er so über eine ganze Kultur sprach, die Dutzende von Sonnensystemen umfaßte.

»Du etwa?« konterte Han. »Glaubst du wirklich, daß du nach einer Woche Gehirnwäsche durch ihre Propagandachefs zu einer Expertin in Sachen Hapan-Zivilisation geworden bist?«

»Du sprichst hier von einem ganzen Sternenhaufen«, sagte Leia, »von Milliarden Wesen. Du hast vorher noch nie einen Hapaner gesehen. Wie kannst du nur auf diese Weise über sie reden?«

»Die Hapaner haben mehr als dreitausend Jahre lang ihre Grenzen gesperrt«, erklärte Han. »Ich habe selbst erlebt, was passiert, wenn man ihnen zu nahe kommt. Glaube mir, sie verbergen etwas.«

»Verbergen? Sie haben nichts zu verbergen. Alles, was sie haben, ist ein friedliches Leben, das sie von äußeren Einflüssen bedroht glauben.«

»Wenn diese Königinmutter so fantastisch ist, warum sollte sie sich dann von uns bedroht fühlen?« fragte Han. »Nein, Prinzessin – sie verbirgt etwas. Sie hat Angst.«

»Ich kann es einfach nicht glauben«, rief Leia. »Wie kannst du so etwas auch nur denken? Wenn die Zustände im Hapan-Haufen so schrecklich sind, warum gibt es dann keine Überläufer, keine Flüchtlinge? Niemand hat den Haufen je verlassen.«

»Vielleicht, weil sie es nicht können«, wandte Han ein.

29

»Vielleicht dienen diese hapanischen Patrouillen nicht nur dazu, Unruhestifter fernzuhalten.«

»Das ist absurd«, ereiferte sich Leia. »Du bist paranoid.«

»Paranoid, aha«, sagte Han. »Was ist mit dir, Prinzessin? Haben dich die paar Juwelen und das Flitterzeug so sehr geblendet, daß du nicht mehr klar sehen kannst?«

»Oh, du scheinst dir dessen ja verdammt sicher zu sein«, sagte Leia. »Fühlst du dich von Isolder so bedroht?«

»Bedroht? Von diesem großen Flegel? Ich?« Han lachte. »Natürlich nicht!«

Sie wußte, daß er log. »Dann wird es dich auch nicht stören, daß ich ihn heute zu einem Abendessen für zwei Personen eingeladen habe?«

»Abendessen?« wiederholte Han. »Warum sollte es mich stören, daß er mit der Frau zu Abend ißt, die ich liebe, der Frau, die behauptet, auch mich zu lieben?«

»Wie großzügig von dir«, sagte Leia sarkastisch. »Eigentlich wollte ich dich auch zum Essen einladen, aber jetzt denke ich, daß es vielleicht – nur vielleicht – das Beste ist, dich einfach hier sitzen zu lassen, damit du dich weiter deinen lächerlichen, eifersüchtigen Wahnvorstellungen hingeben kannst.«

Leia stürmte aus dem Kontrollraum des *Millennium Falken*, und Han schrie ihr nach: »Also gut – wir sehen uns beim Abendessen!« Er schlug mit der Faust gegen die Wand.

Nachdem Leia gegangen war, stürzte sich Han in die Arbeit und schuftete, bis er alles um sich herum vergaß und ihm der Schweiß ins Gesicht lief. Mit ein paar Tricks, die er kürzlich gelernt hatte, frisierte er die Heckdeflektorschilde des *Falken* und verstärkte ihre Höchstleistung um vierzehn Prozent, dann begab er sich unter den *Falken* und arbeitete an den Drehkanonen, während Chewie an Bord blieb und die Hauptfokussierlinsen der Bauchblaster ausbaute. Nach zwei Stunden harter Arbeit erschien im Hangar eine Delegation unter Führung des fetten alten Threkin Horm. Der Präsident des alderaanischen Rates schwebte auf seinem Repulsorsessel herein und führte Prinz Isolder, die Leibwächterinnen des Prinzen und ein halbes Dutzend neugierige untergeordnete Funktionäre durch den Hangar.

»Dies ist, wie Sie sehen können, eines unserer Reparaturdocks«, erklärte Threkin Horm mit nasaler Stimme, während er sein Vierfachkinn zwischen der dritten und vierten Falte mit dem Daumen abstützte. »Und dies ist unser geschätzter

General Han Solo, ein Held der Neuen Republik, der an seinem privaten – äh, hm – Schiff arbeitet, dem *Millennium Falken*.«

Prinz Isolder begutachtete stirnrunzelnd den *Falken*, die rostige Außenhülle, die seltsame Zusammenstellung der Komponenten. In all den Jahren, in denen Han den *Falken* geflogen war, war ihm das Schiff noch nie so schäbig vorgekommen wie in diesem Moment. Es sah tatsächlich wie ein Schrotthaufen aus, wie es da auf dem glänzend schwarzen Deck eines Sternzerstörers stand. Isolder war größer als Han, und seine mächtige Brust und die muskulösen Arme wirkten irgendwie einschüchternd, aber nicht so einschüchternd wie sein hoheitsvolles Gehabe oder die ruhige Stärke seines Gesichts, der meergrauen Augen, der geraden Nase und des dichten Haares, das ihm über die Schultern fiel. Er hatte sich umgezogen und trug jetzt einen anderen kurzen Seidenumhang über einem weißen Oberteil, das weder die kräftige Bauchmuskulatur noch die dunkle Bräune des Prinzen verbarg. Isolder sah wie ein zum Leben erwachter Barbarengott aus.

»Han ist ein alter Freund von Ihrer Hoheit, der Prinzessin Leia Organa«, fügte Threkin Horm hinzu. »Er hat sogar mehrmals ihr Leben gerettet, wenn ich mich nicht irre.«

Isolder richtete seine Aufmerksamkeit auf Han und lächelte warm. »Ah, demnach sind Sie nicht nur Leias Freund, sondern auch ihr Retter?« fragte Isolder, und in seinen Augen glaubte Han ehrliche Dankbarkeit zu erkennen. »Unsere Völker stehen tief in Ihrer Schuld.« Isolders kräftige und doch sanfte Stimme hatte einen seltsamen Akzent. Er betonte die langen Vokale übermäßig, als hätte er Angst, sie zu verschlukken.

»Oh, ich schätze, man könnte sagen, daß ich mehr als nur ihr Retter bin«, gab Han zurück. »Wir lieben uns, um genau zu sein.«

»General Solo!« stieß Threkin hervor, aber Prinz Isolder hob eine Hand.

»Ist schon gut«, sagte Isolder. »Sie ist eine wundervolle Frau. Ich kann verstehen, daß Sie sich zu ihr hingezogen fühlen. Ich hoffe, mein Erscheinen hat Sie nicht zu sehr… beunruhigt.«

»*Verärgert* wäre das richtige Wort«, konterte Han. »Ich meine, nicht daß ich mir wünsche, Sie wären tot oder so. Kastriert vielleicht – aber nicht tot.«

»Ich entschuldige mich dafür, Prinz Isolder!« stammelte Threkin und warf dann Han einen giftigen Blick zu. »Ich hätte von einem General der Neuen Republik etwas mehr Höflichkeit erwartet. Ich dachte, er wüßte zumindest, wie man sich benimmt.« Threkins finsteres Gesicht deutete darauf hin, daß Han Gefahr laufen würde, seinen Rang zu verlieren, wenn Threkin in diesem Punkt etwas zu sagen hätte.

Isolder musterte Han für einen Moment und neigte dann leicht den Kopf, daß seine langen, sandblonden Locken seine Schultern umtanzten. Er lächelte Han an. »Glauben Sie mir, ich fühle mich nicht beleidigt. General Solo ist ein Krieger, und er wünscht, um die Frau, die er liebt, zu kämpfen. Das ist die Art der Krieger.

General Solo, wären Sie vielleicht so freundlich, mir das Innere Ihres Schiffes zu zeigen?«

»Sehr gern, Eure Hoheit«, antwortete Han und führte Isolder die Gangway hinauf. Threkin Horm schnappte nach Luft und wollte ihnen folgen, aber zwei von Isolders Leibwächterinnen versperrten ihm den Weg. Ein schöner Rotschopf legte wie zufällig die Hand an ihren Blaster, und in Hans Kopf schrillte eine Alarmglocke los. Er war Leuten wie ihr früher schon begegnet, Leuten, die den Umgang mit ihren Waffen so perfekt beherrschten, daß der Blaster fast eine Verlängerung ihres Körpers zu sein schien. Diese Frau war gefährlich. Threkin Horm mußte dies ebenfalls erkannt haben, denn er wich zurück.

Als Han das Schiff bestieg, erwartete er halb, daß Isolder ihn von hinten erschießen würde. Statt dessen folgte ihm der Prinz und hörte aufmerksam zu, als ihm Han die Hyperantriebseinheit, die Sublichttriebwerke und die Waffen- und Verteidigungssysteme zeigte, die er im Lauf der Jahre nach und nach eingebaut hatte.

Als Han fertig war, beugte sich Isolder zu ihm und fragte, offenbar verwirrt: »Wollen Sie etwa behaupten, daß dieses Ding tatsächlich fliegt?«

»Aber ja«, versicherte Han und fragte sich, ob der Prinz wirklich überrascht oder nur unverschämt war. »Und es ist schnell.«

»Die Tatsache, daß Sie dieses Schiff zusammenhalten können, ist schon allein Beweis genug für Ihre beeindruckenden Fähigkeiten. Das ist ein Schmugglerschiff, nicht wahr? Beschleunigungsstark, mit Geheimverstecken und getarnten Waffen ausgerüstet?«

Han zuckte die Schultern.

»Ich kenne mich mit Schmugglern aus. Als junger Mann

habe ich meine Heimat verlassen und ein paar Jahre lang als Freibeuter gearbeitet«, sagte Isolder. »Haben Sie schon einmal einen hapanischen Schlachtkreuzer der *Nova*-Klasse gesehen?«

»Nein«, antwortete Han und maß Isolder mit einem neugierigen Blick. Plötzlich empfand er Respekt für den Prinzen.

Der Prinz verschränkte seine Arme hinter dem Rücken und sagte nachdenklich: »Sie sind über vierhundert Meter lang, verfügen über eine Brennstoffreserve von einem Jahr, sind sehr schnell und könnten dieses Schiff vom Himmel blasen, ehe Sie es überhaupt bemerken.«

»Wollen Sie mir drohen?« fragte Han.

»Nein«, wehrte Isolder ab und flüsterte dann verschwörerisch: »Ich würde Ihnen einen überlassen, wenn Sie mir versprechen, so weit wie möglich von hier weg zu fliegen.«

Han beugte sich nach vorn und flüsterte in demselben Tonfall: »Vergessen Sie's.«

Isolder grinste, und in seinen Augen leuchtete Bewunderung auf. »Gut, Sie sind ein Mann mit Prinzipien. Dann lassen Sie mich an diese Prinzipien appellieren. General Solo, was können Sie Leia bieten?«

Han war für einen Moment überrumpelt, suchte nach einer Antwort. »Sie liebt mich und ich liebe sie. Das ist genug.«

»Wenn Sie sie wirklich lieben, dann überlassen Sie sie mir«, sagte Isolder. »Sie sehnt sich nach der Sicherheit, die Hapan bietet. Die Liebe zu Ihnen würde sie nur einsperren und ihr das Leben vorenthalten, das sie verdient.« Er schob sich in dem engen Gang an Han vorbei, wollte das Schiff verlassen, aber Han packte den Prinzen an der Schulter und riß ihn herum.

»Einen Moment!« sagte Han. »Was geht hier vor? Lassen Sie uns alle Waffen auf den Tisch legen.«

»Was meinen Sie damit?« fragte Isolder.

»Ich meine, daß es eine Menge Prinzessinnen im Universum gibt, und ich will wissen, warum Sie hier sind. Warum hat Ihre Mutter Leia gewählt? Sie ist nicht reich, sie hat Hapan nichts zu bieten. Wenn Sie einen Vertrag mit der Neuen Republik wollen, läßt sich das auf einfachere Weise erreichen.«

Isolder blickte Han in die Augen und lächelte. »Ich weiß, daß Leia Sie eingeladen hat, heute mit uns zu speisen. Ich denke, Sie sollten beide hören, was ich zu sagen habe.«

＊4＊

Als Han in seiner ordensgeschmückten Galauniform Leias Kabine betrat, wurde bereits der zweite Gang des Abendbanketts aufgetragen. Es war offensichtlich, daß Leia nicht mit ihm gerechnet hatte. Prinz Isolder saß in einem konservativen Dinnerjackett zu Leias Linken, während hinter ihm seine Amazonenwächterinnen standen. Han konnte nicht verhindern, daß er die Frauen einen Moment lang anstarrte – beide trugen verführerisch geschnittene Monturen aus feuerroter Seide mit versilberten Blastern an der einen und kunstvoll verzierten Vibroschwertern an der anderen Hüfte. Threkin Horm saß rechts von Leia in seinem Repulsorsessel und war wohl der Etikette wegen gekommen. Als eine Bedienstete eilig einen Teller vor Han stellte, machte ihn Leia mit Isolder bekannt.

Eisig warf Threkin ein: »Sie sind sich bereits begegnet.«

Leia sah Threkin an, dessen Gesicht sich bereits vor Zorn rötete, und Han sagte: »Ja, der Prinz kam auf ein Schwätzchen vorbei, als ich am *Millennium Falken* gearbeitet habe. Wir, äh, stellten fest, daß wir einige Gemeinsamkeiten haben.«

Han wandte sich hastig von Leia ab, als er sich setzte, und hoffte, daß sie seine Verlegenheit nicht bemerkte.

»Oh, tatsächlich? Das freut mich zu hören«, sagte Leia spitz.

»Ja, General Solo, warum erzählen Sie ihr nicht *alles?*« knurrte Threkin.

Für einen Moment herrschte unbehagliches Schweigen, dann ergriff Prinz Isolder das Wort. »Nun, zum einen«, erklärte Isolder, »mußte ich zu meiner Faszination erfahren, daß sowohl General Solo als auch ich früher Freibeuter waren. Das Universum ist wirklich sehr klein.«

»Freibeuter?« wiederholte Threkin argwöhnisch. Han stieß einen Seufzer der Erleichterung aus.

»Ja«, bestätigte Isolder. »Als ich noch ein Junge war, griffen Freibeuter das königliche Flaggschiff an und ermordeten meinen älteren Bruder. Dadurch wurde ich zum Chume'da, zum Thronerben. Ich war jung, idealistisch, und so schlich ich mich von zu Hause fort und nahm eine neue Identität an. Zwei Jahre lang war ich als Freibeuter auf den Handelsrouten unterwegs, arbeitete auf zahlreichen Schiffen und suchte den Piraten, der meinen Bruder getötet hatte.«

»Was für eine faszinierende Geschichte«, sagte Leia. »Haben Sie ihn gefunden?«

»Ja«, nickte Isolder. »Ich habe ihn gefunden. Sein Name war Harravan. Ich nahm ihn fest und brachte ihn nach Hapan ins Gefängnis.«

»Für Piraten zu arbeiten muß sehr gefährlich gewesen sein«, warf Threkin ein. »Wenn sie hinter Ihre wahre Identität gekommen wären…«

»Die Piraten waren nicht so gefährlich, wie man gemeinhin annimmt«, sagte Isolder. »Die größte Gefahr drohte mir von den Raumschiffen meiner Mutter. Es kam gelegentlich zu… Konfrontationen.«

»Sie meinen, Ihre Mutter wußte nicht, wo Sie waren?« fragte Leia.

»Nein. Die Medien glaubten, ich hätte mich vor Angst versteckt, und da meine Mutter nicht wußte, wohin ich gegangen war, spielte sie mein Verschwinden herunter und hoffte, daß ich eines Tages wieder auftauchen würde.«

»Und der Pirat, den Sie festgenommen haben, Harravan, was ist aus ihm geworden?« erkundigte sich Han.

»Er wurde im Gefängnis ermordet, während er auf seinen Prozeß wartete«, sagte Isolder gleichmütig, »und bevor er seine Komplizen verraten konnte.«

Für einen Moment trat unbehagliches Schweigen ein, und Leia sah Han an. Ihr war offenbar klar, daß Isolder das Thema gewechselt hatte, um ihn vor ihrem Zorn zu bewahren. Han räusperte sich. »Haben Sie im Hapan-Haufen große Probleme mit den Freibeutern?«

»Eigentlich nicht«, erklärte Isolder. »Im Haufen selbst ist es völlig sicher, aber in den Grenzregionen gibt es immer wieder Schwierigkeiten, ganz gleich, wie häufig wir patrouillieren. Es kommt an der Grenze immer wieder zu Zwischenfällen – und jeder davon verläuft blutig.«

»Ich habe einen dieser Zwischenfälle als Freibeuter überlebt«, erklärte Han. »Nach dem, was wir durchgemacht haben, erstaunt es mich, daß in Ihrem Haufen überhaupt Piraten tätig sind.« Han sah Isolder forschend an. Er hatte als Freibeuter gearbeitet, sich gegen die mächtige Raummarine seiner Mutter gestellt und riskiert, daß die Piraten hinter seine wahre Identität kamen. Isolder war gutaussehend und reich, und allein diese Eigenschaften machten ihn zu einer Bedrohung, aber Han mußte nun erkennen, daß dieser fremde Prinz unter seinem sanften Äußeren eine Menge Mut verbarg. Er war nicht der Typ Mann, der sich hinter Amazonen-leibwächterinnen verstecken mußte.

Isolder zuckte die Schultern. »Der Hapan-Sternenhaufen ist sehr reich, und das zieht immer wieder Interessenten von außerhalb an. Aber ich bin sicher, Sie kennen unsere Geschichte. Gewisse junge Männer neigen dazu, die alte Lebensart zu glorifizieren.«

»Ihre Geschichte?« wiederholte Han.

Leia lächelte. »Hast du denn auf der Akademie gar nichts gelernt?«

»Ich habe gelernt, wie man ein Kampfschiff fliegt«, sagte Han. »Die Politik überlasse ich den Diplomaten.«

»Der Hapan-Haufen«, erklärte Leia, »wurde ursprünglich von Piraten besiedelt, einer Gruppe namens Lorell-Jäger. Jahrhundertelang machten sie die Handelsrouten der Alten Republik unsicher, brachen Schiffe auf, raubten ihre Fracht. Und wenn sie auf eine schöne Frau stießen, verschleppten die Jäger sie zu den verbotenen Welten von Hapan. Kurz gesagt, Han, die Jäger waren genauso wie du.« Han wollte protestieren, aber Leia lächelte warm und verriet damit, daß sie ihn nur necken wollte.

Mit seiner hohen Stimme fügte Threkin Horm hinzu: »Die Frauen von Hapan erzogen ihre Kinder fast allein. Wenn die Piraten Jungen raubten, machten sie aus ihnen ebenfalls Piraten. Ihre Raubzüge dauerten meistens mehrere Monate, dann kehrten sie zurück und legten eine kurze Ruhepause ein.« Han sah auf. Threkin Horm beäugte Isolders Leibwächterinnen mit einem Interesse, wie er es sonst nur dem Essen entgegenbrachte, und Han begriff plötzlich, warum so viele Hapanerinnen so schön waren – sie waren über Generationen hinweg entsprechend gezüchtet worden.

»Als die Jedi schließlich die Lorell-Jäger auslöschten«, sagte Prinz Isolder, »kehrten die Piratenflotten nicht mehr zurück. Die Welten von Hapan gerieten lange Zeit in Vergessenheit, und die Frauen von Hapan nahmen ihr Schicksal selbst in die Hand und schworen, daß niemals wieder ein Mann über sie herrschen sollte. Seit vielen tausend Jahren haben die Königinmütter diesen Schwur gehalten.«

»Und sie haben aus ihren Welten richtige Schmuckstücke gemacht«, warf Leia ein.

»Trotzdem haben einige von unseren jungen Männern traurigerweise das Gefühl, in unserer Gesellschaft keinen Einfluß zu haben«, sagte Isolder. »Und so glorifizieren sie die alten

Zeiten. Wenn sie rebellieren, werden sie oft Piraten. Deshalb haben wir ein ständiges Problem.«

Han aß ein paar Bissen von dem Fleisch, das würzig und nach Fisch schmeckte, und ihm wurde erst jetzt klar, daß er nicht wußte, was er da aß.

»Aber wir sind vom Thema abgekommen«, sagte Threkin Horm. »Ich glaube, Leia fragte vor ein paar Minuten, worüber Sie beide sich heute unterhalten haben.« Er funkelte Han an.

»Ah, ja«, sagte Prinz Isolder und nickte. »Han stellte eine Frage, die meiner Meinung nach eine Antwort verdient. Er fragte sich, da es doch so viele Prinzessinnen im Universum gibt, von denen viele um vieles reicher sind als Leia, warum meine Mutter ausgerechnet sie erwählte.

Die Wahrheit ist, nicht die Königinmutter erwählte Leia«, sagte Isolder ruhig und blickte Han dabei an, »sondern *ich*.« Threkin schien sich an einem Bissen verschluckt zu haben, denn er hustete in seine Serviette. Isolder wandte sich an Leia. »Als Leias Fähre auf Hapan landete, empfing meine Mutter sie zu einer Soirée in den Gärten. Sie waren so von den Würdenträgern der hapanischen Welten umringt, daß Leia nicht mit mir sprechen konnte, mich wahrscheinlich gar nicht bemerkte. Ich glaube, sie wußte nicht einmal, daß es mich gab. Aber sie verzauberte mich. Ich hatte so etwas zuvor noch nie erlebt. Ich bin nie sehr impulsiv gewesen. Keine andere Frau hat mich je auf diese Weise gefangengenommen. Die Heirat mit Leia war nicht die Idee meiner Mutter. Sie erfüllte nur meine Bitte.« Isolder ergriff Leias Hand und küßte sie. Leia errötete, sah Prinz Isolder nur an.

Han betrachtete Isolders blaugraue Augen, das goldene Haar, das seine Schultern umschmiegte, und das ausdrucksvolle, hübsche Gesicht, und er fragte sich, wie Leia einem solchen Mann widerstehen sollte.

Dann drehte sich alles um ihn, und ehe er begriff, was er tat, sprang er vom Tisch auf und stieß seinen Stuhl zurück. Alle Augen richteten sich auf ihn, und er fühlte sich täppisch, unbeholfen, wie ein kleiner Junge. Seine Zunge war wie gelähmt, und er setzte sich wieder hin. Er war so durcheinander, daß er für den Rest der Mahlzeit nichts sagte, praktisch auch nichts hörte.

Als die Abendgesellschaft nach einer Stunde aufbrach, gab Han Leia einen hastigen Gutenachtkuß und fragte sich hinterher, wie es für sie gewesen war, als wäre das Küssen eine sportliche Disziplin, die sie zu bewerten hatte. Threkin Horm schüttelte herzlich Leias Hand und ging als erster, während Prinz Isolder noch einen Moment blieb und gedämpft auf Leia einsprach, ihr für das Essen und die Zeit dankte, die sie mit ihm verbracht hatte. Er machte einen Scherz, und Leia lachte leise. Gerade als Han erkannte, daß sich Isolder nur ungern von Leia löste, gab ihr der Prinz einen Gutenachtkuß und drückte sie dabei an sich. Es begann als Freundschaftskuß, wie ihn Würdenträger häufig austauschten, aber er zog sich länger und länger hin. Er trat zurück, und Leia sah ihm in die Augen.

Isolder dankte ihr erneut für den wundervollen Abend, warf Han einen Blick zu und war einen Moment später mit seinen Leibwächterinnen durch die Tür verschwunden.

»Ich werde um sie kämpfen«, rief Han dem Prinzen nach. Es war eine tölpelhafte Bemerkung, aber in Hans Kopf drehte sich alles und er konnte an nichts anderes mehr denken.

Der Prinz versteifte sich, drehte sich um. »Ich weiß«, sagte er. »Aber ich verspreche Ihnen, General Solo, daß ich beabsichtige, sie zu gewinnen. Es steht hier zuviel auf dem Spiel, weit mehr als Sie ahnen.«

Lange nach dem Abendessen mit Prinz Isolder räkelte sich Leia in ihrem Bett. Einmal wäre sie fast eingeschlafen, aber sie wurde vom Heulen der Schiffsmaschinen wieder geweckt, als die Techniker den Hyperantrieb testeten. Auf ihrer Kommode glühten die Regenbogenjuwelen von Gallinore, und in einer Ecke gab der Selab-Baum einen exotischen, nußähnlichen Duft von sich, der den ganzen Raum erfüllte. Threkin hatte darauf bestanden, die Kostbarkeiten in Leias Kabine zu lagern, aber Leia versuchte, nicht in ihren Schätzen zu schwelgen. Statt dessen beschäftigte Isolder ihre Gedanken – sein höfliches Verhalten gegenüber Han während des Abendessens, seine Aufmerksamkeiten, seine kultivierten Scherze und sein ungezwungenes Lachen. Und nicht zuletzt seine Liebeserklärung.

Mitten in der Nacht stand Leia auf. Um Isolder zu vergessen, setzte sie sich an ihre Computerkonsole und beschäftigte sich mit den Verpinen. Die großen Insekten waren schon seit langem eine raumfahrende Rasse und hatten noch vor der Gründung der Alten Republik den Roche-Asteroidengürtel besiedelt. Ihre Regierungsform war äußerst ungewöhnlich. Da sie mittels eines fremdartigen Organs in ihrer Brust per Radiowellen miteinander kommunizierten, konnte ein einzelner Verpine binnen Sekunden mit der gesamten Rasse sprechen, was zur Herausbildung einer Art Kollektivbewußtsein geführt hatte. Dennoch hielt sich jeder Verpine für ein unabhängiges Einzelwesen, das nicht vom Nest kontrolliert wurde. Einem Verpinen, der eine Entscheidung traf, die von der Gemeinschaft für »falsch« gehalten wurde, drohte keine Verurteilung, keine Strafe. Die Tat der »verrückten« Nestmutter galt nicht als verdammenswürdiges Verbrechen, sondern als bemitleidenswerte Krankheit.

Leia studierte die Dateien und fand in den historischen Aufzeichnungen zahlreiche Hinweise auf verpinische Verbrecher – Mörder, Diebe. Und sie entdeckte etwas sehr Interessantes. Fast alle von ihnen hatte eins gemeinsam: beschädigte Antennen. Diese Tatsache brachte Leia zu der Frage, ob die Verpinen nicht mehr von ihrem Kollektivbewußtsein geprägt wurden als sie ahnten. Ein Verpine ohne Antenne war für immer allein, unerreichbar.

Was auch immer der Grund für das Verhalten der Verpinen sein mochte, die Barabels waren wütend genug, um die ganze Spezies zu massakrieren und zu Hors d'oeuvres zu verarbeiten. Leia wußte, daß sie die Antwort auf ihre Fragen erst im Roche-System finden würde, wenn sie mit den Verpinen gesprochen hatte – und mit der wahnsinnigen Nestmutter persönlich.

Leia rieb ihre müden Augen, aber sie war zu aufgewühlt, um schlafen zu können. Statt dessen ging sie durch die langen Korridore zum Holovidraum und sagte zum Operator: »Verbinden Sie mich bitte mit Luke Skywalker. Er müßte in der Botschaft der Neuen Republik auf Toola zu erreichen sein.«

Der Operator nickte, stellte die Verbindung her und sprach kurz mit seinem Kollegen auf Toola. »Skywalker ist in der Wildnis. Aber wenn es ein Notfall ist, können wir ihn in einer Stunde auf dem Holovidschirm haben.«

»Versuchen Sie's«, bat Leia. »Ich werde hier auf ihn warten. Ich kann ohnehin nicht schlafen.« Sie setzte sich und wartete auf Luke. Als die Verbindung hergestellt wurde, befand er sich in einem Hochhaus und trug einen dunklen, wollenen Überzieher. Hinter ihm war ein großes Fenster aus geschliffenem Glas zu sehen. Eine hellrote Sonne schien kalt durch das Glas und tauchte ihn in eine feurige Aura.

»Was ist passiert?« stieß Luke atemlos hervor.

Leia fühlte sich plötzlich verlegen, scheu. Sie erzählte ihm von Isolder, von den Schätzen, die sich in ihrer Kabine türmten, und dem hapanischen Angebot. Luke blieb ruhig und studierte für einen Moment ihr Gesicht.

»Isolder macht dir Angst? Ich kann deine Furcht spüren.«

»Ja«, sagte Leia.

»Und du fühlst dich auch zu ihm hingezogen, könntest dich vielleicht sogar in ihn verlieben. Aber du willst weder Han noch den Prinzen verletzen?«

»Ja«, sagte Leia. »Oh, es tut mir leid, daß ich dich wegen so etwas Trivialem angerufen habe.«

»Nein, dies ist nicht trivial«, wehrte Luke ab, und plötzlich schienen seine hellblauen Augen durch sie hindurchzuschauen und sich auf einen Punkt in der Ferne zu konzentrieren. »Hast du je von einem Planeten namens Dathomir gehört?«

»Nein«, antwortete Leia. »Warum?«

»Ich weiß es nicht«, gestand Luke. »Es war nur so ein Gefühl. Ich komme zu dir. Ich spüre, daß es notwendig ist. In vier Tagen müßte ich auf Coruscant sein.«

»In drei Tagen bin ich im Roche-System.«

»Dann treffen wir uns dort.«

»Gut«, sagte Leia. »Ich freue mich.«

»Bis dahin«, riet Luke, »solltest du nichts überstürzen. Werde dir über deine Gefühle klar. Du mußt dich zwischen den beiden nicht sofort entscheiden. Vergiß Isolders Reichtum. Du würdest schließlich nicht seine Planeten, sondern ihn heiraten. Mach dir dein Urteil über ihn wie über jeden anderen Mann, okay?«

Leia nickte und wurde sich plötzlich der Kosten für dieses Gespräch bewußt. »Danke«, sagte sie. »Bis in drei Tagen.«

»Ich liebe dich«, sagte Luke und verschwand.

Leia kehrte in ihre Kabine zurück und lag lange Zeit wach im Bett, ehe sie schließlich einschlief.

Früh am Morgen wurde sie von der Türklingel geweckt. Han stand vor der Tür, in der Hand einen Strauß Nova-Blumen.

»Ich möchte mich für gestern entschuldigen«, sagte Han und reichte ihr den Blumenstrauß. Die leuchtend gelben Blüten an den dunklen Stielen schienen zu glitzern, während sie sich öffneten und schlossen. Leia nahm den Strauß mit einem warmen Lächeln an, und Han küßte sie.

»Wie denkst du über den gestrigen Abend?« fragte er.

»Er war schön«, erwiderte Leia. »Isolder war ein perfekter Gentleman.«

»Hoffentlich nicht zu perfekt«, sagte Han. Leia lachte nicht über seinen Scherz, und er fügte hastig hinzu: »Nach dem Abendessen bin ich in meine Kabine gegangen. Ich hatte eine ganze Weile an meinen lächerlichen, eifersüchtigen Wahnvorstellungen zu kauen.«

»Wie haben sie geschmeckt?« fragte Leia.

»Ach, weißt du, ich bin schließlich mitten in der Nacht in der Bordkombüse gelandet, um mir etwas Schmackhafteres zu essen zu besorgen.« Leia lachte, und Han streichelte ihre Wange. »Da ist dieses Lachen wieder. Ich liebe dich, weißt du?«

»Ich weiß.«

»Gut«, sagte Han und holte tief Luft. »Wie denkst du also über den Verlauf des Essens?«

»Du gibst wohl nie auf, was?« fragte Leia.

Han zuckte die Schultern.

»Nun, Isolder scheint sehr nett zu sein«, antwortete Leia. »Ich will ihn einladen, hier auf dem Schiff zu bleiben, während wir zum Roche-System fliegen.«

»Du willst was?«

»Ich werde ihn einladen, hier auf dem Schiff zu bleiben.«

»Warum?«

»Weil er nur ein paar Wochen hier sein wird, ehe er nach Hapan zurückkehrt und ich ihn nie wiedersehe. Darum.«

Han schüttelte den Kopf. »Ich hoffe, du hast dich nicht von ihm einwickeln lassen – du weißt schon, daß er sich aus der Ferne in dich verliebt hat« – seine Stimme wurde etwas lauter – »und daß er seine Mutter angefleht hat, die Hochzeit mit dir einzufädeln.«

»Stört dich das?«

»Natürlich stört mich das!« brüllte Han. »Warum sollte es mich nicht stören?« Sein Blick verschleierte sich und er ballte die Faust. »Ich sage dir, schon als ich den Kerl zum erstenmal sah, wußte ich, daß er nur Ärger machen wird. Irgend etwas stimmt nicht mit ihm.« Er blickte auf, als würde er sich plötzlich erinnern, daß Leia im Raum war. »Eure Hoheit. Dieser Kerl ist, äh – ich weiß nicht – schleimig.«

»*Schleimig?*« entfuhr es Leia. »Du nennst den Prinz von Hapan schleimig? Hör auf, Han, du bist nur eifersüchtig!«

»Du hast recht! Vielleicht bin ich eifersüchtig!« gab Han zu. »Aber das ändert nichts an meinen Gefühlen. Irgend etwas stimmt hier nicht. Ich bin felsenfest davon überzeugt, daß hier etwas ganz und gar nicht stimmt.« Sein Blick verschleier-

te sich erneut.»Glaube mir, Eure Hoheit, ich habe den Großteil meines Lebens in der Gosse verbracht. Ich bin Schleim.
Die meisten meiner Freunde sind Schleim. Und wenn du so
lange wie ich im Schleim gelebt hast, dann erkennst du ihn
schon aus der Ferne!«

Leia konnte einfach nicht fassen, daß Han derartige Dinge
sagte. Zuerst beleidigte er sie, indem er behauptete, es wäre
verdächtig, daß ein anderer Mann sie attraktiv fand, und
dann nannte er diesen Mann auch noch einen Schleimer – alles widersprach ihren tiefverwurzelten Ansichten über den
Umgang der Menschen miteinander.

»Ich denke«, sagte Leia zornbebend,»du solltest deinen *blö-
den* Blumenstrauß nehmen und ihn dem Prinzen zusammen
mit deiner Entschuldigung überreichen! Eines Tages werden
dich dein langsamer Verstand und deine flinke Zunge noch
in ernste Schwierigkeiten bringen!«

»Ach, du sprichst schon genau wie Threkin Horm! Es ist
doch offensichtlich, daß er euch beide zusammenbringen
will. Wußtest du, daß dein geliebter Prinz mir einen neuen
Schlachtkreuzer angeboten hat, wenn ich verspreche, wegzu-
fliegen und euch beide allein zu lassen? Ich sage dir, der Kerl
ist Schleim!«

Leia funkelte Han an und fuchtelte mit einem Finger vor
seinem Gesicht.»Vielleicht – nur vielleicht – solltest du sein
Angebot annehmen, solange du aus dieser Sache noch Kapi-
tal schlagen kannst!«

Han trat einen Schritt zurück und runzelte düster die Stirn;
die Richtung, die das Gespräch genommen hatte, gefiel ihm
ganz und gar nicht.»He, hör doch, Leia«, sagte er entschuldigend.»Ich… ich weiß nicht, was hier vorgeht. Ich will keinen
Ärger machen. Ich weiß, daß Isolder ein netter Kerl zu sein
scheint… aber gestern nacht in der Kombüse habe ich das Gerede der Leute mitbekommen. Alle reden darüber. Soweit es
sie betrifft, seid ihr beide bereits verheiratet. Und ich stehe
hier und versuche, dich festzuhalten, aber je fester ich dich
halte, desto schneller entgleitest du mir.«

Leia wußte nicht, was sie sagen sollte. Han versuchte, sich
zu entschuldigen, aber er schien nicht zu erkennen, daß sie in
diesem Moment sein ganzes Verhalten beleidigend fand.
»Hör zu, ich weiß nicht, wieso die Leute überhaupt auf den
Gedanken kommen, daß ich den Prinzen heiraten werde. Ich
habe ganz bestimmt nicht diesen Eindruck verbreitet. Also
höre nicht auf sie. Höre auf mich. Ich liebe dich für das, was

du bist – weißt du noch? Ein Rebell, ein Schurke, ein Angeber. Das wird sich nie ändern. Aber ich denke, ich muß jetzt ein paar Tage für mich allein sein. In Ordnung?«

In die nachfolgende Stille schnitt das Summen des Kommunikators. Leia ging zur kleinen Holovideinheit in der Ecke und drückte den Empfangsknopf.

»Ja?«

Vor ihr in der Luft erschien ein kleines Bild von Threkin Horm. Der alte Botschafter hatte seine gewaltigen Fleischmassen auf einem Ruhebett ausgebreitet. Seine hellblauen Augen waren fast völlig hinter Speckfalten verschwunden. »Prinzessin«, sagte Threkin jovial, »wir haben für Morgen eine Sondersitzung des alderaanischen Rates angesetzt. Ich habe mir bereits die Freiheit genommen, die üblichen Teilnehmer einzuladen.«

»Eine Sondersitzung des Rates?« wiederholte Leia. »Aber warum? Was ist passiert?«

»Nichts ist passiert!« sagte Threkin. »Alle haben von dem hapanischen Antrag gehört. Da die Heirat der alderaanischen Prinzessin mit dem Angehörigen einer der reichsten Familien der Galaxis das Schicksal aller Flüchtlinge berühren wird, hielten wir es für das Beste, den Rat einzuberufen, um die Einzelheiten Ihrer bevorstehenden Hochzeit zu besprechen.«

»Danke«, sagte Leia wütend. »Ich werde ganz bestimmt kommen.« Empört beendete sie die Verbindung. Han warf ihr einen wissenden Blick zu, machte auf dem Absatz kehrt und stürmte aus dem Raum.

In einem sterilen weißen Korridor der *Rebellentraum* lehnte sich Han an eine Wand und dachte über seine Möglichkeiten nach. Sein Entschuldigungsversuch war kläglich gescheitert, und Leia hatte wahrscheinlich recht, was Isolder betraf. Er schien ein netter Kerl zu sein, und Hans Befürchtungen entsprangen vermutlich der Eifersucht.

Aber Han hatte die Sehnsucht in Leias Augen gesehen, als sie von den friedlichen Welten von Hapan erzählt hatte. Und Isolder hatte recht. Selbst wenn Han Leias Jawort bekam, was konnte er ihr geben? Bestimmt nicht den Reichtum, den die Hapaner zu bieten hatten. Wenn Han Leia überzeugte, ihn zu heiraten, würden die alderaanischen Flüchtlinge am Ende nur verlieren, und Threkin Horm wich nicht von Leias Seite, erinnerte sie auf Schritt und Tritt an diese Tatsache. Für Leia stand die Loyalität zu ihren Leuten an erster Stelle.

Han lachte freudlos. *Ich denke, ich muß jetzt ein paar Tage für mich allein sein*, hatte Leia gesagt. Er hatte diesen Satz früher schon gehört. Ein paar Tage später folgte dann immer: »Mach's gut.«

Han sah nur eine Möglichkeit, es mit Isolders Reichtum aufzunehmen. Dennoch hämmerte sein Herz bei dem Gedanken, und sein Mund wurde trocken. Er löste ein Handkomm von seinem Gürtel und wählte die Nummer eines alten Bekannten. Das Bild eines riesigen, massigen braunen Hutts füllte den Monitor. Er musterte Han mit dunklen, drogenverschleierten Augen.

»Dalla, alter Dieb«, sagte Han mit gespielter Begeisterung. »Ich brauche deine Hilfe. Ich möchte eine Hypothek auf den *Millennium Falken* aufnehmen und dich bitten, für heute abend eine Sabaccrunde zu organisieren. Eine große.«

Captain Astarta, die erste Leibwächterin des Prinzen, weckte Isolder in seiner Kabine. Sie war eine Frau von seltener Schönheit, mit langen, dunkelroten Haaren und Augen, die so dunkelblau waren wie der Himmel ihres Heimatplaneten Terephon. »*Flarett a rellaren?*« (»War das Essen gut gewürzt?«) fragte sie fast beiläufig. Isolder verfolgte vom Bett aus, wie ihre Blicke die Kabine gründlicher als sonst durchforschten, über Kommode, Bett und Schränke huschten. Ihre Bewegungen waren geschmeidig, katzenhaft.

»Das Essen war sehr gut gewürzt«, antwortete Isolder. »Die Prinzessin war überaus charmant, eine angenehme Gesellschafterin. Was ist passiert?«

»Wir haben vor einer Stunde ein kodiertes Signal aufgefangen. Es war an alle Schiffe unserer Flotte gerichtet. Wir vermuten, daß es sich dabei um einen Attentatsbefehl handelt.«

»Das Signal kam von Hapan?«

»Nein, von Coruscant.«

»Wer soll ermordet werden?«

»Der Befehl nannte weder das Ziel, noch den Zeitpunkt oder den Ort«, erwiderte Captain Astarta. »Die vollständige Botschaft lautet: ›Die Verführerin scheint zu interessiert zu sein. Handeln Sie.‹ Ich weiß, es klingt rätselhaft, aber zumindest für mich ist die Bedeutung klar.«

»Haben Sie den Sicherheitsdienst der Neuen Republik darüber informiert, daß Leia in Gefahr schwebt?«

Astarta zögerte. »Ich bin nicht überzeugt, daß Prinzessin Leia das Ziel ist.«

Isolder schwieg. Wenn er starb, würde die Tochter seiner Tante Secciah zur Thronerbin werden. Schon einmal war eine Verlobte Isolders ermordet worden, Lady Elliar. Man hatte sie ertrunken in einem Spiegelsee gefunden. Isolder konnte es nicht beweisen, aber er war überzeugt, daß seine Tante Secciah für den Mord verantwortlich war, und er glaubte, daß sie auch die Piraten angeheuert hatte, die das königliche Flaggschiff überfallen und seinen älteren Bruder umgebracht hatten. Die Piraten mußten gewußt haben, wieviel der Chume'da seiner Mutter bedeutete, trotzdem hatten sie den Jungen ermordet, ohne ein Lösegeld zu verlangen. »Sie glauben also«, fragte Isolder, »daß ich diesmal das Ziel bin?«

»Genau das denke ich, Mylord«, bestätigte Astarta. »Ihre Tante könnte die Schuld den Außenweltlern in die Schuhe schieben – irgendwelchen Splittergruppen in der Neuen Republik oder einem Kriegsherrn, der die Heiratsverbindung fürchtet, sogar General Solo.«

Isolder setzte sich in seinem Bett auf, schloß die Augen und überlegte. Seine Tanten und seine Mutter – alle waren sie grausame Frauen, gerissen und verschlagen. Er hatte gehofft, durch eine Heirat außerhalb des hapanischen Königshauses jemanden zu finden, der wie Leia war, jemanden, der frei von der Habgier war, die die Frauen aus seiner Familie vergiftete. Es schmerzte ihn, daß es jemand geschafft hatte, Attentäter in die Besatzung seiner Flotte einzuschleusen.

»Informieren Sie sofort den Sicherheitsdienst der Neuen Republik über die Bedrohung. Wenn es meiner Tante gelungen ist, einen Attentäter auf dieses Schiff einzuschleusen, können sie uns vielleicht helfen, ihn aufzuspüren. Außerdem soll die Hälfte meiner Leibwache Leias Schutz übernehmen.«

»Und wer wird Sie beschützen?« fragte Astarta. Isolder sah den Widerstand in ihren Augen. Sie liebte ihn und wollte ihn nicht alleinlassen. Er hatte es immer gewußt. Genau das machte sie zu einer perfekten Leibwächterin. Aber Isolder wußte, daß Captain Astarta seinen Befehlen gehorchen würde. In erster Linie war Astarta eine hervorragende Soldatin.

Er zog einen Blaster unter der Bettdecke hervor und bemerkte die Überraschung in Astartas Augen – sie hatte die Waffe vorher nicht bemerkt. »Wie immer«, erklärte Isolder, »werde ich selbst auf mich aufpassen.«

* 5 *

An diesem Abend fand sich Han in einer düsteren Spelunke in der Unterwelt von Coruscant wieder – einem Casino, das seit neunzigtausend Jahren kein Sonnenlicht mehr gesehen hatte, weil über ihm, Ebene auf Ebene, Gebäude und Straßen getürmt worden waren, bis das Kasino wie ein Fossil in einer Sedimentschicht eingeschlossen war. Die Luft hier unten roch nach Verfall, aber für viele Rassen in der Galaxis, die an ein unterirdisches Leben angepaßt waren, stellte die Unterwelt ein Umfeld dar, in dem sie sich wohlfühlten. Tief in den düsteren Schatten des Casinos konnte Han viele große Augenpaare ausmachen, die verstohlen jeden Neuankömmling beobachteten.

Han hatte um ein Spiel mit hohen Einsätzen gebeten und sich durch drei geringer dotierte Spiele hocharbeiten müssen, aber so etwas hatte er nicht erwartet. Zu seiner Linken saß ein Columi-Anwalt in einem Antigrav-Geschirr, dessen Kopf so riesig war, daß die blauen, pulsierenden, wurmähnlichen Adern um sein Großhirn viel länger waren als seine dünnen, nutzlosen Beine. Die hohe Intelligenz der Columis hatten sie zu den gefürchtetsten Spielgegnern in der Galaxis gemacht. Gegenüber von Han saß Omogg, eine drackmarianische Kriegsherrin, die für ihren unvorstellbaren Reichtum bekannt war. Ihre hellblauen Schuppen waren auf Hochglanz poliert, und die grünen Methanwolken in ihrem Helm verbargen ihre spitzen Zähne und das boshafte Gesicht. Zu seiner Rechten saß der Botschafter von Gotal, den Han bereits gestern gesehen hatte, eine grauhäutige, graubärtige Kreatur, die mit geschlossenen Augen spielte und sich auf die beiden großen Sensorhörner an ihrem Kopf verließ, um die Gefühle der anderen Spieler einzuschätzen und womöglich ihre Gedanken zu erraten.

Han hatte in einer derartigen Gesellschaft noch nie Sabacc gespielt. Um genau zu sein, er hatte schon seit Jahren kein Sabacc mehr gespielt, und jetzt lief ihm der Schweiß über den Rücken und durchweichte seine Uniform. Sie spielten eine Variation des Spiels, die Jahrtausende alt war, eine Variation namens Macht-Sabacc. Beim normalen Sabacc veränderte ein in den Tisch eingebauter Zufallsgenerator regelmäßig die Werte der Karten, was dem Spiel eine Intensität und Spannung verlieh, die es über Generationen hinweg am Leben erhalten hatte. Doch bei dieser Version übernahmen die Spieler die Rolle des Zufallsgenerators. Nach der ersten Karte mußte jeder Spieler ansagen, ob er ein helles oder ein dunkles Blatt spielen wollte. Der Spieler mit dem stärksten hellen oder dunklen Blatt gewann, aber nur, wenn die von ihm gewählte Seite insgesamt gewann. Wenn sich Han zum Beispiel entschloß, ein dunkles Blatt zu spielen, die anderen aber ein helles, würde er verlieren. Han betrachtete seine Karten, gemischte Karten – die Säbel Zwei, das Böse und der Idiot. Alles in allem ein schwaches dunkles Blatt, und er glaubte nicht, daß es reichte. Han hatte die letzten Runden mit hellen Karten gewonnen. Vielleicht war es nur Aberglaube, aber er hatte das Gefühl, daß jetzt nicht der richtige Zeitpunkt war, um auf die dunkle Seite zu wechseln. Andererseits konnte Han nur die Karten einsetzen, die er bekommen hatte.

»Ich gehe mit«, flüsterte der Gotal Han zu, ohne seine rotgeränderten Augen zu öffnen, »und erhöhe um vierzig Millionen Kredits.«

Hinter Han gab Chewbacca ein Winseln von sich, und 3PO beugte sich nach vorn und flüsterte Han ins Ohr: »Darf ich Sie daran erinnern, Sir, daß die Chancen auf acht siegreiche Blätter hintereinander bei sechsundfünfzigtausendfünfhundertsechsunddreißig zu eins stehen?«

Er sagte es nicht laut, aber Han konnte sich denken, was er hinzufügen wollte: *Und bei einem derartigen Blatt sind die Chancen noch weitaus geringer.* »Ich gehe mit«, erklärte Han und setzte die Urkunde über die Schürfrechte an einem toten Sonnensystem, dessen Name nur der Columi aussprechen konnte. »Und ich erhöhe um achtzig Millionen.« Er schob einen Aktienchip hinterher, der eine hohe prozentuale Beteiligung an den Gewürzminen von Kessel repräsentierte. Hans Nervosität mußte den Gotal bedrängen, denn der Botschafter schirmte plötzlich sein linkes Sensorhorn mit der Hand ab.

An der Reaktion des Gotals erkannten die anderen, wie verzweifelt Han sein mußte, und erhöhten eilends mit. »Möchte jemand sehen?« fragte Han. Er hoffte, daß sie bis zur nächsten Runde warten würden, bis die nächste Karte ausgeteilt war, aber der Gotal mußte Hans Hoffnung gespürt haben.

»Ich will sehen«, sagte der Gotal. Jeder Spieler legte seine Karten auf den Tisch. Der Gotal spielte ein dunkles Blatt, aber es war schwächer als das von Han. Die beiden anderen spielten helle Blätter und konnten Han unter Umständen schlagen. Sie warteten auf den Droiden-Kartengeber, der an der Decke über dem Tisch hing, und auf die letzte Karte.

Über ihnen knirschten Getriebe, als sich die Arme des uralten Kartengebers bewegten und er eine Karte vor den Columi legte. Der Columi berührte sie. Seine Körperwärme aktivierte die Mikrochips in der Karte, so daß sie ihren Wert enthüllte, und Han blieb fast das Herz stehen: Der Herr der Münzen, der Herr der Kolben und die Königin der Luft und Dunkelheit. Mit zweiundzwanzig Punkten war es ein fast unschlagbares Blatt. Han konnte nur hoffen, daß die kombinierte Stärke der dunklen Blätter dennoch genügte, das Spiel zu gewinnen.

Der Droide gab der Drackmarianerin die letzte Karte. Unter ihrer Berührung wurde das Bild eines Jedi-Ritters sichtbar – Mäßigung, mit dem Kopf nach unten. Die Tatsache daß Mäßigung mit dem Kopf nach unten ausgeteilt worden war, kehrte das helle Blatt der Drackmarianerin um, so daß seine Stärke zu den dunklen Blättern von Han und dem Gotal hinzugezählt wurde. Hans Herz machte einen Sprung. Dies konnte die Entscheidung sein, dies konnte dem ganzen Spiel die Wendung geben. Aber nach den Regeln konnte die Drackmarianerin eine Karte abwerfen. Sie legte die umgedrehte Mäßigung beiseite und blieb bei ihrem hellen Blatt mit nur sechzehn Punkten.

Die mechanischen Arme schwenkten zum Gotal herum und warfen eine Sprosse Sieben auf den Tisch. Es war eine niedrige Karte, aber sie stärkte das dunkle Blatt. Der Gotal hatte die Königin der Luft und Dunkelheit, das Gleichgewicht und den Tod. Insgesamt minus neunzehn Punkte. Eine Welle der Erleichterung durchlief Han, denn er erkannte, daß die dunklen Blätter wahrscheinlich gewinnen würden. Der Gotal mußte Hans Erleichterung gespürt haben und ging fälschlicherweise davon aus, daß Han glaubte, er persönlich hätte gewonnen. Der Gotal bedachte Hans Gewinn mit einem neidischen Blick und warf dann die Sprosse Sieben ab. Da der Wert seines dunklen Blattes nun unter minus dreiundzwanzig Punkten lag, war es ungültig, was bedeutete, daß die dunkle Seite automatisch verlieren würde – sofern Han nicht auf dreiundzwanzig Punkte kam, entweder minus oder plus.

Han studierte erneut seine Karten. Der Idiot war wertlos, die Säbel Zwei brachte zwei Punkte, das Böse minus fünfzehn. Hans beste Chance auf einen Sieg war eine Idioten-Reihe – er brauchte dafür den Idioten, die Säbel Zwei und eine

48

Drei von beliebiger Farbe – was gleichbedeutend mit dreiund-zwanzig Punkten war. Er vermutete, daß die Chance, eine Drei zu ziehen, ziemlich gering war – etwa fünfzehn zu eins, aber es war die einzige Chance, die er hatte.

Die mechanischen Hände rotierten über Han, knirschten plötzlich lauter. Die Metallhände zogen die oberste Karte des Stapels und warfen sie auf den Tisch. Zögernd streckte Han die Hand aus und berührte sie. Unter seinen Fingern wurde die zweite Ausdauer-Karte sichtbar. Minus acht Punkte. Un-gläubig starrte Han sein Blatt an und warf die Säbel Zwei ab. Minus dreiundzwanzig, ein echter Sabacc.

»Sie haben gewonnen!« rief 3PO, und der gotalische Bot-schafter brach zusammen und gab leise bellende Laute von sich, Schluchzer, wie Han vermutete. Die riesigen schwarzen Augen des Columis fixierten Han mit kaltem Blick.

»Gratuliere, General Solo«, sagte der Columi frostig. »Ich bedaure, daß dieses Spiel für meinen Geschmack zu kostspie-lig geworden ist.« Seine Antigrav-Einheit heulte auf. Vorsich-tig schwebte er davon und achtete darauf, sich den gewalti-gen Kopf nicht am Mobiliar zu stoßen.

Der gotalische Botschafter wich vom Tisch zurück und ver-schwand in den Schatten der Unterwelt.

»Sie sinnnd sehrrr rrreich, Meeensch«, zischte die drackma-rianische Kriegsherrin über die Lautsprecher ihres Helms. Sie legte zwei riesige Pranken auf den Tisch und kratzte mit den Krallen über das uralte schwarze Metall. »Zuuu rrreich. »Sie werrrden die Unterrrwelt vielleiiicht niiicht lebeeend verrrlassen könneeen.«

»Ich werd' mein Bestes versuchen«, sagte Han, legte die Hand an das Blasterholster an seiner Hüfte und blickte in den Helm der Kriegsherrin. Er konnte dunkle Augen erkennen, die wie feuchte Steine durch die grünen Gaswolken glänzten. Han schob alle Kreditchips, Aktienzertifikate und Besitzur-kunden zu einem großen Haufen zusammen. Über achthun-dert Millionen Kredits. Mehr Geld, als er sich je erträumt hat-te. Aber noch immer nicht genug.

Die Drackmarianerin griff über den Tisch und packte mit einer Klaue sein Handgelenk. »Haaalt«, zischte sie. »Noooch ein Spieeel.«

Han überlegte, zwang sich zur Ruhe. Sein Mund und seine Zunge waren trocken, aber statt sich die Lippen zu lecken, leerte er einen Krug corellianischen Würzbiers. »Doppelt oder nichts?« fragte er.

Die Drackmarianerin nickte, daß die zu ihrem Helm führenden Methanschläuche wackelten. Von allen Mitspielern konnte allein sie das besitzen, was er wollte. Eine Welt. Angesichts der auf dem Tisch liegenden Summe gab es für Omogg nur einen denkbaren Einsatz, einen bewohnbaren Planeten.

Omogg flüsterte einem Sicherheitsdroiden in den Schatten hinter ihr etwas zu, und der Droide richtete seine Waffen auf Han und öffnete dann eine Klappe in seiner Bauchgegend. Die Drackmarianerin nahm einen Holowürfel heraus. »Diesss issst seit Generrrationen immm Fammmilienbesitzzz geweseeen«, sagte die Drackmarianerin. »Esss issst zweikommavierrr Milliarrrden Krrredits werrrt. Wennn Sie das Spieeel gewinnen, gehörrrt Ihnen der Plannneeet. Wennn ich gewinneee, gehörrrt mirrr der Plannneeet unnnd dasss Geeeld.« Sie drückte am Würfel einen Knopf, und das Bild eines Planeten erschien in der Luft. Klasse M, Stickstoff-Sauerstoff-Atmosphäre. Drei Kontinente in einem riesigen Ozean. Das Holobild wechselte, zeigte eine Herde zweibeiniger Tiere, die auf einer ausgedehnten Purpurebene kauerten und grasten, eine bläuliche Sonne über einem tropischen Dschungel, einen Schwarm wunderschöner Vögel über dem Meer, wie farbige Glassplitter auf einem blaugefliesten Boden. Perfekt.

Han begann wieder zu schwitzen. »Wie heißt er?«

»Daaathommmirrr«, keuchte die Drackmarianerin.

»Dathomir?« wiederholte Han wie hypnotisiert. Chewbacca knurrte warnend und legte eine Pranke auf Hans Arm, mahnte ihn zur Vorsicht.

3PO beugte sich zu ihm hinunter und sagte mit seiner blasiert klingenden Vocoderstimme: »Darf ich Sie daran erinnern, Sir, daß die Chancen auf neun siegreiche Blätter hintereinander bei einhunderteinunddreißigtausendzweiundsiebzig zu eins stehen?«

Als es an der Tür des alderaanischen Konsulats klingelte und Leia die Tür öffnete, stand Han vor ihr, in Schweiß gebadet, mit wirren Haaren, zerknitterter, nach Rauch riechender Kleidung. Er lächelte sie strahlend an, und seine blutunterlaufenen Augen leuchteten vor Glück. In der Hand hielt er ein kleines, in goldfarbige Folie gewickeltes Päckchen.

»Hör zu, Han, wenn du gekommen bist, um dich zu entschuldigen, verzeihe ich dir, aber ich habe im Moment wirklich keine Zeit. In ein paar Minuten treffe ich mich mit Prinz

Isolder, außerdem will mich ein Barabel-Spion sprechen und...«

»Öffne es«, sagte Han und drückte ihr das Päckchen in die Hand. »Öffne es.«

»Was ist das?« fragte Leia. Plötzlich erkannte sie, daß das Päckchen nicht nur in goldfarbige Folie, sondern in Folie aus purem Gold gewickelt war.

»Es gehört dir«, sagte Han.

Leia löste die Verschnürung und wickelte die Folie auseinander. Zum Vorschein kam ein Grundbuchchip, einer von der altmodischen Sorte mit eingebautem Holowürfel. Sie drückte auf den Knopf, und vor ihr in der Luft materialisierte das vom Weltraum aus aufgenommene Bild eines Planeten: Dünne rosa Wolken verhingen die Terminatorlinie, trennten Tag und Nacht, und über dem Ozean ballten sich mächtige Sturmwolken. Im Hintergrund waren vier kleine Monde zu sehen. Sie studierte die Kontinente, grün vor Leben, ausgedehnte, purpurfarbene Savannen, wunderbar kleine Eiskappen an den Polen. »Oh, Han«, keuchte sie aufgeregt, ihr ganzes Gesicht leuchtete auf. »Wie heißt er?«

»Dathomir.«

»Dathomir?« Sie runzelte nachdenklich die Stirn. »Ich habe den Namen schon einmal gehört... irgendwo. Seine Position?« Sie klang plötzlich ganz geschäftsmäßig.

»Im Drackmar-System. Ich habe ihn von Kriegsherrin Omogg gewonnen.«

Das Holobild veränderte sich: riesige grüne Herdentiere, wahrscheinlich Reptilien, grasten auf einer blauen Ebene. »Das kann nicht das Drackmar-System sein«, sagte Leia mit Nachdruck. »Ich sehe nur eine Sonne.«

Sie trat an ihre Konsole, schaltete sich ins coruscantische Computernetz ein und fragte die Koordinaten Dathomirs ab. Die Suche in den gewaltigen Datenspeichern dauerte fast eine Minute, dann flimmerten die Koordinaten über den Schirm. Leia sah, wie sich Hans strahlendes Gesicht abrupt verdüsterte. »Aber das kann nicht sein!« stieß er hervor. »Das ist der Quelii-Sektor – Kriegsherr Zsinjs Territorium!«

Leia lächelte resigniert und strich mit der Hand durch Hans Haar, als wäre er ein Kind. »Oh, du süßer, zotteliger Einfaltspinsel. Ich wußte doch, es ist zu schön, um wahr zu sein. Trotzdem, es war lieb von dir. Du bist wirklich ein Schatz!« Sie hauchte ihm einen Kuß auf die Wange.

Bestürzt trat er einen Schritt zurück. »Der… der Quelii-Sektor?«

»Geh nach Hause und leg dich schlafen«, sagte Leia, mit den Gedanken bereits woanders. »Und zerbrich dir nicht den Kopf deswegen. Es sollte dir eine Lehre sein – spiel *niemals* Karten mit einer Drackmarianerin.« Sie brachte ihn zur Tür des alderaanischen Konsulats. Draußen blieb Han einen Moment stehen, kämpfte gegen seine Müdigkeit an und versuchte, einen klaren Gedanken zu fassen. Er blickte zu den himmelsstürmenden Gebäuden auf, und das Sonnenlicht war so trübe, als befände er sich unter dem dichten Blätterdach eines Dschungels.

Er hatte sich vorgestellt, daß Leia ihre neue Welt sofort ins Herz schließen und sie vor Glück in seine Arme sinken würde. Er hatte geplant, diesen Moment abzuwarten und sie dann zu fragen, ob sie seine Frau werden wollte. Doch alles, was er gewonnen hatte, war ein wertloses Stück Grundbesitz, und Leia hatte ihm das Haar zerzaust, als wäre er ihr kleiner Bruder. *Ich sehe wahrscheinlich ziemlich dumm aus*, dachte Han. *Dumm und abgerissen.* Er klimperte mit den Kreditchips in seiner Tasche, genug Geld, um den *Falken* auszulösen. Glücklicherweise war Chewbacca klug genug gewesen, die Summe aus dem Pot zu nehmen. Fast zwei Milliarden Kredits gewonnen und verloren. Han fühlte sich zu alt, um noch zu weinen – fast. Er stolperte durch die grauen Straßen von Coruscant zu dem kleinen Apartment, das er sich genommen hatte, und versuchte zu schlafen.

»Sie sollten wirklich nicht zu diesem Treffen gehen«, sagte Isolder. »Mir gefällt die Vorstellung nicht, daß Sie sich allein in die Unterwelt wagen.«

Leia lächelte den Prinzen nachsichtig an. Ihm ging es schließlich nur um ihre Sicherheit, aber nachdem sie jetzt schon seit zwei Tagen ständig über seine Leibwächterinnen stolperte, fragte sie sich allmählich, ob er seine Fürsorge nicht übertrieb. »Mir wird schon nichts passieren«, sagte sie. »Ich kenne dieses Volk.«

»Wenn seine Information so wichtig ist«, meinte Isolder, »warum hat er sie Ihnen nicht schon längst gegeben? Warum besteht er auf diesem Treffen?«

»Er ist ein Barabel. Sie wissen, wie paranoid Raubtierabkömmlinge werden können, wenn sie glauben, daß jemand hinter ihnen her ist. Außerdem, wenn er wirklich Informationen über Angriffsdaten und Schlachtpläne hat, brauche ich diese Informationen, bevor wir zum Roche-System aufbrechen. Die Verpinen müssen gewarnt werden.«

Isolder bedachte sie mit einem prüfenden Blick aus seinen klaren warmen Augen. Er trug einen kurzen gelben Umhang, einen breiten goldenen Gürtel und schwere goldene Armreifen, die perfekt zu seiner bronzenen Haut paßten. Er trat vor, legte seine Hände leicht auf ihre Schultern, und Leia erschauderte unter der Berührung. »Wenn Sie darauf bestehen, in die Unterwelt zu gehen, werde ich Sie begleiten.« Leia wollte protestieren, doch er legte einen Finger an seine Lippen. »Bitte, erlauben Sie es mir«, bat Isolder. »Ich vermute, daß Sie recht haben. Ich vermute, daß nichts passieren wird, aber ich könnte nicht weiterleben, wenn Ihnen irgend etwas zustößt.«

Leia sah ihm in die Augen, wollte schon ablehnen, aber sie hatte tatsächlich schon Morddrohungen erhalten. Von Isolder wußte sie, daß radikale Splittergruppen auf Hapan gegen die Union waren, und ihr lagen Berichte von Spionen der Neuen Republik vor, daß die Kriegsherren auf der anderen Seite der Galaxis ebenfalls versuchen würden, die Union zu verhindern. Sie wollten nicht, daß sich die hapanischen Flotten mit den Streitkräften der Neuen Republik vereinigten. Leia bekam bereits einen Vorgeschmack davon, was es hieß, die herrschende Königinmutter zu sein.

»Einverstanden, Sie können mich begleiten«, sagte Leia, und sie bewunderte Isolder dafür, daß er die Höflichkeit hatte, sie zu *fragen*, ob er sie begleiten dürfe. Han hätte es einfach verlangt. Sie fragte sich, ob Isolders gute Manieren Teil seines Charakters oder lediglich die Folge seiner Erziehung in einer matriarchalischen Gesellschaft waren, in der man Frauen größeren Respekt entgegenbrachte. So oder so, sie fand es bezaubernd.

Er nahm Leias Arm, und zusammen gingen sie hinaus auf die Straße, flankiert von Isolders Amazonenleibwächterinnen, um unter dem Vordach des Marmorportals auf Leias Schwebewagen zu warten. Am Ende der Straße tauchte Threkin Horms Repulsorsessel auf. Die breiten Straßen waren zu dieser frühen Morgenstunde bis auf zwei Ishi Tibs und einen Droiden, der die Laternenpfähle anstrich, leer. Threkin nickte Leia grüßend zu, als wäre er rein zufällig vorbeigekommen, flog aber nicht weiter. Er drückte auf den Halteknopf seines Sessels und wartete mit ihnen auf den Schwebewagen. »Oben soll es ein sehr schöner Tag sein«, meinte Threkin mit einer Kopfbewegung zu den himmelsstürmenden Gebäuden und den Schwebewagen in den sonnendurchfluteten höheren Bereichen der Straßenschluchten. »Ich bin fast versucht, nach oben zu gehen und ein Sonnenbad zu nehmen. Fast.«

Isolder ergriff sanft Leias Arm, und sie wünschte sich plötzlich, Threkin würde verschwinden. Sie sah zu Isolder auf, und er lächelte, als dächte er ebenso.

»Ah, da kommt ja Ihr Wagen!« rief Threkin. Ein schwarzer Schwebewagen schoß heran und bremste ab. Das getönte Glas des Beifahrerfensters zersplitterte, als jemand einen Blasterlauf hindurchstieß.

»Runter!« schrie eine von Isolders Leibwächterinnen, und die Frau warf sich vor Leia, als die erste Garbe roter Blitze durch die Luft zuckte. Einer der Blitze traf die Frau in die Brust und schleuderte sie nach hinten. Blutstropfen glitzerten in der Luft, und Leia roch den vertrauten Gestank von Ozon und verbranntem Fleisch.

Threkin Horm schrie auf und hämmerte auf einen Knopf an seinem Repulsorsessel – er raste mit der Geschwindigkeit eines Düsenrads in südliche Richtung davon und schrie aus Leibeskräften um Hilfe.

Isolder stieß Leia hinter eine der dicken Säulen des Portals und riß so schnell, daß seine Bewegungen verschwammen, seinen Gürtel ab. Einen Teil davon – einen kleinen goldenen Schild – behielt er in der linken Hand. Von irgendwoher brachte er einen kleinen Blaster zum Vorschein. Leia hörte ein Summen, und aus dem Wagen zuckte eine zweite Garbe – aber die roten, feurigen Blitze explodierten vor ihnen in der Luft, ohne Schaden anzurichten. Eine fahlblaue, weißgeränderte kreisrunde Scheibe schimmerte vor Isolder, wie ein Ring um einen Mond in einer kalten Nacht. Ein *Deflektorschild*, erkannte sie. Leia bemerkte plötzlich, daß die andere Amazonenleibwächterin hinter ihr stand und die Deckung durch den Schild nutzte, um über ihr Handkomm Verstärkung anzufordern.

Blasterfeuer sengte an Leias Kopf vorbei und schlug über ihr in die Marmorsäule ein. Leia fuhr herum. Der Droide, der die Laternen angestrichen hatte, schoß mit einem Blaster auf sie.

»Astarta! Erledigen Sie den Droiden!« schrie Isolder. Der Schild des Prinzen konnte sie vor Kreuzfeuer nicht schützen, und die Marmorsäulen würden auf die Dauer dem Beschuß nicht standhalten. Leia griff nach dem Blaster der toten Amazone und trieb den Droiden mit zwei Feuerstößen hinter den

54

Laternenpfahl. Erst jetzt registrierte Leia bewußt den seltsam langgestreckten Rumpf, den kugelförmigen Kopf und die langen Beine. Ein Eliminator-Attentäter-Droide, Modell 434. Astarta eröffnete ebenfalls das Feuer auf ihn.

Der Schwebewagen hielt an und zwei Männer sprangen heraus, unablässig schießend. Leia wußte, daß Isolders Deflektorschirm in ein paar Sekunden zusammenbrechen würde. Körperschilde boten nur einen minimalen Schutz, da es keine tragbare Energiequelle gab, die feindlichem Feuer auf Dauer widerstehen konnte. Die zweite Gefahr drohte von dem Schild selbst – der Energieschild wurde so heiß, daß der Träger riskierte, gegrillt zu werden, wenn er ihn versehentlich berührte. Isolder hielt den Schild vor sich und drang auf die Angreifer ein.

Zwei weitere Blitze zuckten an seinem Kopf vorbei, und Astarta schoß. Leia blickte gerade noch rechtzeitig auf, um zu sehen, wie der Energieblitz der Amazone den Rumpf des Attentäter-Droiden traf. Metallsplitter pfiffen durch die Luft, gefolgt von einer gewaltigen Explosion, als das Minikraftwerk des Droiden detonierte.

Der Prinz schwang seinen Schild wie eine Waffe und traf die Angreifer mit dem Energiefeld. Blaue Funken knisterten in der Luft. Einer der Männer schrie auf und ließ den Blaster fallen, barg sein verbranntes Gesicht in den Händen. Isolder hob den Schild über den Kopf, holte aus und warf ihn nach dem letzten Angreifer. Der Schild traf den Attentäter an der Brust und durchschnitt ihn wie ein Lichtschwert, und dann stand Isolder nur mit seinem Blaster bewaffnet da und zielte auf den überlebenden Attentäter, der schmerzgepeinigt schrie, noch immer sein Gesicht mit den Händen bedeckend. Er mußte ein schöner Mann gewesen sein, dachte Leia. Zu schön. Ein Hapaner.

»Wer hat dich beauftragt?« herrschte Isolder ihn an.

Der Attentäter heulte: »*Llarel! Remarme!*«

»*Teba illarven?*« fragte Isolder auf Hapanisch. (»Wer hat dich beauftragt?«)

»*At! Remarme!*« flehte der Attentäter.

Isolder hielt den Blaster weiter auf den Attentäter gerichtet, und der Mann heulte erneut auf. Ein Fetzen verbrannten Fleisches löste sich von seinem Gesicht. Der Mann bückte sich nach seiner im Rinnstein liegenden Waffe, und Isolder zögerte. Der Attentäter hob die Waffe, richtete sie auf sein Gesicht und drückte ab.

Leia blickte weg. Plötzlich zerrte Isolders Leibwächterin an Leias Arm und schrie:»Ins Haus, los!« Isolder ergriff sie und floh mit ihr ins Innere. Neben der Tür gab es eine Nische, in der Gäste ihre Kleidung aufhängen konnten, und Isolder zog sie in die Nische, stellte sich schützend vor sie, atmete schwer und spähte hinaus in die Halle. Die Leibwächterin, Astarta, hatte die Tür verriegelt. Wie bei Konsulaten üblich, bestand die Tür aus massiven Panzerplatten, die selbst einem längeren Beschuß standhalten konnten. Die Leibwächterin schrie in ihren Kommunikator. Leia verstand kein Hapanisch, aber die Leibwächterin machte eine Menge Lärm.

»Wer hat sie geschickt?« fragte Leia.

»Er wollte es nicht sagen«, antwortete Isolder knapp. »Er flehte mich nur an, ihn zu töten.«

Von draußen drangen die Stimmen der eintreffenden Sicherheitskräfte der Neuen Republik, die die Umgebung absperrten.

Isolder keuchte, horchte konzentriert und versuchte offenbar festzustellen, ob die Gefahr vorbei war. Er drückte Leia sanft und beschützend an sich, und ihr Herz hämmerte. Sie löste sich von ihm und sagte:»Danke, daß Sie mir das Leben gerettet haben.«

Prinz Isolder war auf den von draußen dringenden Lärm konzentriert und schien zunächst nicht zu bemerken, daß sie sich von ihm gelöst hatte. Dann sah er ihr in die Augen. Er hob ihr Kinn und küßte sie heftig, leidenschaftlich, wobei er sie fest an sich drückte.

Um Leia schien sich alles zu drehen, ihr ganzer Körper schien unter Strom zu stehen. Ihr Kinn bebte, aber sie küßte ihn lange und intensiv, während sich die Zeit zu dehnen schien. Die ganze Zeit konnte sie nur an eins denken: *Ich betrüge Han. Ich will Han nicht verletzen.* Aber dann flüsterte ihr Isolder drängend ins Ohr:»Komm mit mir nach Hapan! Komm und sieh dir die Welten an, über die du herrschen wirst!«

Leia bemerkte plötzlich, daß sie weinte. Sie hatte diese Entwicklung nicht gewollt, sie sich nicht einmal vorstellen können. Aber in diesem Moment schienen sich alle Gefühle, die sie für Han hatte, in weißen Nebel aufzulösen, und Isolder war die Sonne, die ihn fortbrannte. Während Tränen über ihre Wangen liefen, schlang sie die Arme um Isolder und versprach:»Ich werde mit dir kommen!«

6

»Ich weiß nicht, warum ich dich überhaupt hergebeten habe«, sagte Han zu 3PO und machte eine weitausholende Handbewegung. Sie saßen in der Nische einer Bar auf Coruscant. Es war ein durch und durch friedliches Lokal – saubere Luft, und auf der Tanzfläche drehten sich Paare langsam zu der Musik ludurianischer Nasenflöten.

Chewbacca blickte mit müden Augen von seinem Drink auf und knurrte. Chewie wußte, daß Han log. Er wußte genau, warum Han 3PO hergebeten hatte.

3PO sah von einem zum anderen, und seine Logikchips rieten ihm, die Sache weiterzuverfolgen. »Gibt es irgend etwas, womit ich Ihnen helfen kann, Sir?«

»Nun, sieh mal… du bist in den letzten Tagen häufiger mit Leia zusammen gewesen als ich«, sagte Han und straffte die Schultern. »Sie war in der letzten Zeit nicht gerade glücklich mit mir… und sie treibt sich jetzt ständig mit diesem Prinzen herum, und nach dem Zwischenfall heute morgen werden sie so streng von ihren Leibwächtern abgeschirmt, daß man sie kaum noch zu Gesicht bekommt. Und jetzt hat mir Leia eine Holonachricht geschickt, in der steht, daß sie wahrscheinlich nach Hapan gehen wird.«

3PO dachte 3,12 Sekunden über die Worte nach und analysierte deren unterschwellige Bedeutungen. »Ich verstehe!« rief er. »Sie beide haben diplomatische Probleme!« Obwohl 3PO mit dem besten Übersetzungsprogramm der Galaxis ausgestattet war, griffen seine menschlichen Freunde nur selten auf seine Fähigkeiten zurück, wenn es um ihre komplexen emotionalen Probleme ging. 3PO erkannte augenblicklich, daß Han ein außergewöhnliches Maß an Vertrauen in seine Fähigkeiten setzte. Dies war die perfekte Gelegenheit, seine Fähigkeiten unter Beweis zu stellen. »Sie haben sich an den richtigen Droiden gewendet! Wie kann ich Ihnen helfen?«

»Ich weiß es nicht…«, gestand Han. »Du siehst sie oft, wenn sie zusammen sind. Ich habe mich nur gefragt, nun ja, wie entwickeln sich die Dinge zwischen den beiden? Sind sie sich wirklich schon so nahegekommen?«

3PO durchforschte umgehend alle visuellen Aufzeichnungen der letzten Tage, die Leia und Isolder zusammen zeigten: drei Abendessen hintereinander; Besprechungen, bei denen

57

die beiden über die möglichen Probleme bei der Beilegung des Konflikts zwischen den Verpinen und Barabels diskutiert hatten; Spaziergänge; die Party eines unbedeutenderen Würdenträgers, wo sie zusammen getanzt hatten. »Nun, Sir, an ihrem ersten gemeinsamen Tag hielt Prinz Isolder einen durchschnittlichen Abstand von nullkommafünfvierzwei Dezimetern zu Leia«, erklärte C-3PO, »aber dieser Abstand verringert sich rapide. Ich würde sagen, daß sich die beiden in der Tat sehr nahegekommen sind.«

»Wie nahe?« fragte Han.

»Im Lauf der letzten acht Standardstunden haben sich die beiden in fast sechsundachtzig Prozent der fraglichen Zeit berührt.« 3POs Infrarotsensoren registrierten eine leichte Helligkeitszunahme, als Han das Blut ins Gesicht schoß. Hastig entschuldigte er sich. »Es tut mir leid, wenn diese Neuigkeit Sie bestürzt.«

Han leerte einen Becher corellianischen Rums. Da es sein zweiter binnen weniger Minuten war, berechnete 3PO eilig Hans Körpergewicht und den Alkoholgehalt des Rums und kam zu dem Ergebnis, daß Han mehr als nur leicht berauscht war. Aber die einzige Wirkung der Vergiftung schien eine geringe Beeinträchtigung seiner verbalen Fähigkeiten zu sein.

Han legte eine Hand auf 3POs Metallarm. »Du bist ein guter Droide, 3PO. Du bist ein guter Droide. Es gibt nicht viele Droiden, die ich so ins Herz geschlossen habe wie dich. Ich weiß nicht, was würdest du tun, wenn dir ein Droidenprinz die Frau abspenstig machen würde, die du liebst?«

3POs Sensoren registrierten den hohen Alkoholgehalt in Hans Atem, und er wich einen Schritt zurück, um seine Prozessoren vor Korrosion zu schützen.

»Als erstes«, verkündete 3PO, »würde ich den Kontrahenten überprüfen und feststellen, ob ich etwas anzubieten habe, was die gegnerische Partei nicht besitzt. Das könnte Ihnen jeder gute Ratgeber-Droide sagen.«

»Aha«, sagte Han. »Also, was habe ich Leia anzubieten, was Isolder nicht besitzt?«

»Nun, lassen Sie mich überlegen…«, sagte 3PO. »Isolder ist extrem reich, großzügig, charmant und – zumindest nach menschlichen Maßstäben – gutaussehend. Jetzt müssen wir nur noch feststellen, was Sie anzubieten haben, er aber nicht.« 3PO suchte lange Sekunden in seinen Datenbanken und überhitzte dabei seine Gedächtnischips.

»Du liebe Güte!« seufzte er schließlich. »Ich erkenne Ihr Problem! Nun, ich schätze, Sie können immer noch mit der emotionalen Bindung rechnen. Ich bin überzeugt, daß Leia Sie nicht vergessen wird, nur weil ein besserer Mann aufgetaucht ist!«

»Ich liebe sie«, sagte Han entschieden. »Ich liebe sie mehr als mein eigenes Leben, mehr als alles andere in der Welt. Wenn sie mich berührt, fühle ich mich... ich weiß nicht, wie ich es ausdrücken soll.«

»Haben Sie es ihr gesagt?« fragte 3PO.

»Wie ich schon sagte«, seufzte Han, »ich weiß einfach nicht, wie ich es ausdrücken soll. Du bist ein Ratgeber-Droide.« Er goß sich Rum nach und starrte in den Becher. »Weißt du, wie ich es ihr sagen kann? Kennst du irgendwelche Lieder oder Gedichte?«

»In der Tat! In meinen Datenbanken sind Meisterwerke aus über fünf Millionen Kulturen gespeichert. Hier ist eins meiner Lieblingsgedichte von den Tchuukthai:

Shah rupah shantenar
shan erah pathar
thulath entarpa

Uta, emarrah spar tane
arratha urr thur shaparrah
Uta, Uta, shvarahhhh
harahl sahvarauul e thutha
res tarra hah durrrr...

Han lauschte der sanften Musik der Worte, den weichen, kehligen Knurrlauten, der unterschwelligen Kraft. »Das klingt sehr schön«, gab Han zu. »Was bedeutet es?«

C-3PO übersetzte es so werkgetreu wie möglich:

Wenn nachts Blitze über die Ebene zucken
Kehre ich zurück in meinen alten Bau
Mit einer Thula-Ratte zwischen den Zähnen.

Dann rieche ich deinen süßen Schleim
An den Knochen am Höhleneingang.
Dann zittern meine Kopfflossen
Und mein Schwanz peitscht majestätisch
Und mein Paarungsgeheul erfüllt die stille Nacht...

Han brachte ihn mit einer Handbewegung zum Schweigen. »Schon gut, schon gut, ich hab's kapiert.«

»Es ist noch viel, viel länger«, informierte ihn 3PO. »Es ist ein wirklich wundervolles Epos – jede einzelne seiner fünfhunderttausend Strophen!«

»Sicher, sicher, danke«, sagte Han völlig deprimiert. Er sah zu der Vierergruppe hinüber, die sich vor einer Minute an den Nebentisch gesetzt hatte, und 3PO dämmerte, daß er dem Quartett und nicht ihm zugehört haben mußte. 3PO lud seine Audiodatei und hörte sich das aufgezeichnete Gespräch am Nebentisch an, um herauszufinden, was Han so deprimiert hatte.

ERSTE FRAU: »Oh, seht mal, da ist General Solo!«

ZWEITE FRAU: »Iih, sieht ziemlich schlimm aus. Seht euch nur mal die Ringe unter seinen Augen an.«

ERSTER MANN: »Er sieht irgendwie heruntergekommen aus, wenn ihr mich fragt.«

ZWEITE FRAU: »Da fragt man sich, was Leia überhaupt an ihm gefunden hat.«

ERSTE FRAU: »Aber dieser Prinz von Hapan – er ist *so* hinreißend! Auf den Straßen von Coruscant werden schon Poster von ihm verkauft!«

ZWEITER MANN: »Ja, ich hab' eins für meine Schwester gekauft.«

ERSTER MANN: »Wenn ihr mich fragt, ich würde lieber eine von seinen Leibwächterinnen haben.«

ERSTE FRAU: »Ich würde *töten*, um die Wächterin dieses Leibes zu sein.«

ZWEITE FRAU: »Na, von mir aus kannst du seinen Leib ruhig bewachen – ich möchte lieber seine Masseuse sein. Kannst du dir vorstellen, wie es ist, dieses heiße Fleisch den ganzen Tag zu kneten?«

Han sagte zornig: »Hör mal, 3PO, warum gehst du nicht zu Leia und behältst sie im Auge? Wenn sie nach mir fragt, sage ihr, daß ich sie vermisse. In Ordnung?«

3PO speicherte den Auftrag. »Wie Sie wünschen, Sir«, bestätigte er und stand auf.

Chewbacca knurrte dem Spion einen Abschiedsgruß zu. 3PO verließ die Bar und spazierte durch die Straßenschluchten zu einem von Coruscants Zentralcomputern, der als Klatschmaul berüchtigt war. Dieser Computer würde einem Droiden mit Freuden Geheimnisse verraten, die er einer biologischen Lebensform niemals enthüllen würde. Han brauchte also einen diplomatischen Berater. Eine wundervolle Gelegenheit für C-3PO, seine Fähigkeiten unter Beweis zu stellen! Eine wundervolle Gelegenheit!

Threkin Horm hatte sich prächtig herausgeputzt – er trug eine lange, dunkelgrüne Weste und weiße Hose und hatte sein schütteres Haar kunstvoll zu Locken frisiert, die seine Ohren umspielten. Er stand auf dem Podium, und Leia bemerkte, daß er ohne seinen Repulsorsessel gar nicht so fett wirkte. »Wie Sie alle wissen, habe ich diese Sitzung des alderaanischen Rates einberufen, um die Vorbereitungen für die Hochzeit von Prinzessin Leia und Prinz Isolder, dem Chume'da von Hapan, zu besprechen.«

Die Menge brach in donnernden Applaus aus. Der plüschige Ratssaal mit den Gobelins an den Wänden und den pflaumenblauen Stühlen faßte rund zweitausend Personen, aber nur hundert Mitglieder des Rates waren anwesend. Die restlichen Sitzplätze wurden von neugierigen Zuschauern eingenommen, während der hintere Teil des Saales ein glänzender Wald aus metallischen Medien-Droiden war. Leia saß auf ihrem Platz in der ersten Reihe, nur ein paar Meter vom Podium entfernt. Han hatte sich in der letzten Reihe niedergelassen; er trug ein legeres weißes Hemd mit Weste und sah fast genauso aus wie bei ihrer ersten Begegnung vor vielen Jahren. An seiner Seite saß Chewbacca.

Leia hatte vorgehabt, offen über ihre Pläne zu sprechen, aber nicht mit diesem großen Medieninteresse gerechnet. Seit gestern wußte sie, daß ihr ganzes Leben im Blickfeld der Öffentlichkeit stand – der Attentatsversuch am gestrigen Morgen war von acht versteckten Kameras gefilmt worden und flimmerte über alle Kanäle. Sicherheitsbeamte der Neuen Republik hatten heute morgen die Botschaft durchsucht und Mikrofone von fünfzehn verschiedenen Holovidstationen entdeckt. Offenbar gab es nur eins, was die Öffentlichkeit mehr interessierte als eine königliche Hochzeit – ein königliches Attentat. Und die Aasgeier von den Medien ließen sie seitdem nicht mehr aus den Augen. Immerhin, tröstete sich Leia, würde sich der nächste Attentäter erst einmal einen Weg durch das Heer der Kameramänner schießen müssen, um an sie heranzukommen.

Nun, am besten brachte sie es so schnell wie möglich hinter sich. »Threkin, Mitglieder des Rates«, sagte Leia und stand auf. »Ich würde Ihnen allen gern für Ihr Kommen danken, aber meinen Sie nicht auch, daß es ein wenig verfrüht ist? Natürlich, das Angebot scheint fantastisch zu sein, aber ich habe mich noch nicht entschieden, Prinz Isolder zu heiraten.«

»Oh, Leia«, sagte Threkin mit einem herablassenden Lächeln, »Ihr wacher Verstand und Ihre Vorsicht haben Ihnen in der Vergangenheit gute Dienste geleistet, aber in diesem besonderen Fall…?« Er zuckte die Schultern. »Ich habe bemerkt, wie Sie beide sich angesehen haben, und Sie haben sich bereit erklärt, Isolder auf eine sechsmonatige Rundreise zu den Welten von Hapan zu begleiten. Ich halte das für eine großartige Idee! So werden Sie und Isolder Zeit haben, sich näherzukommen, während das Königshaus von Hapan mit eigenen Augen sehen kann, wie gut Ihrem hübschen kleinen Kopf eine Krone steht!« Die Menge lachte nervös über den Scherz. »Befragen wir doch den Rat«, wandte sich Threkin an die versammelten Mitglieder. »Finden Sie nicht auch, daß Leia und Isolder ein schönes Paar abgeben?«

Die meisten Berufspolitiker verhielten sich reserviert, aber viele der Kaufleute kicherten, während die Medienvertreter und die Zuschauer johlten und klatschten. Für Leia sah dies ganz und gar nicht wie eine normale Ratssitzung, sondern eher wie eine Karnevalsveranstaltung aus.

»Sie können meine Hochzeit nicht ohne mich planen!« rief Leia wütend über Threkins Unverfrorenheit und sprang von ihrem Platz auf. »Isolder weiß – und Sie sollten es auch wissen –, daß wir nicht verlobt sind, weder offiziell noch inoffiziell. Ich gehe nur nach Hapan, um…«

Und sie erkannte die Wahrheit. Isolder brachte sie nach Hapan, damit die planetaren Würdenträger, über die sie vielleicht eines Tages herrschen würde, sie kennenlernen und feststellen konnten, ob sie das Zeug zur Königin hatte. Und sie ging mit, um Isolder näherzukommen. Es war genauso, wie Threkin gesagt hatte. Ganz gleich, wie sehr sie versuchte, es zu leugnen, die ganze Galaxis konnte sehen, was vor sich ging. Sie warf einen Blick zu Han. Er sah unglücklich aus. Sie setzte sich und versuchte, nicht zu erröten, sich voll bewußt, daß Dutzende von Holovidsender das Geschehen live übertrugen. Sie wußte, daß sie Threkin zurechtweisen mußte, und sei es nur, um ihr Gesicht zu wahren, aber im Moment war sie wie betäubt. Zum erstenmal in ihrem Leben wußte Leia nicht, was sie sagen sollte.

»In der Tat, wir können Ihre Hochzeit nicht ohne Sie planen«, stimmte ihr Threkin vom Podium aus zu. »So etwas würden wir niemals wagen. Wir sind nur hier, um Pläne für die *Möglichkeit* zu entwerfen, daß Sie Isolder heiraten…«

»Ratsherr Horm?« gellte C-3POs Stimme durch den Ratssaal. Leia drehte sich um und sah den goldenen Droiden im hinteren Teil des Saals auf Zehenspitzen stehen und aufgeregt winken. »Oh, Ratsherr Horm, darf ich ein paar Worte an die Räte richten?«

»Was?« rief Horm voller Abscheu. »Ein Droide will zu den Räten sprechen?«

Leia lächelte dünn. Diese Bemerkung würde Wasser auf den Mühlen der Droidenrechtsbewegung sein. Gut möglich, daß sie sich als erster Sargnagel für Horms politische Karriere entpuppte. Leia stand rasch auf. »Er mag nur ein Ratgeber-Droide sein, aber ich denke, daß wir ihn sprechen lassen sollten.«

Die Mitglieder des Rates murmelten zustimmend, während die Medien-Droiden im hinteren Teil des Saales in ohrenbetäubenden Beifall ausbrachen.

»Ich... ich... ich bin natürlich einverstanden«, stotterte Horm. »Ich überlasse das Podium diesem... diesem Droiden!«

Die Medien-Droiden jubelten, als 3PO zum Podium ging und dabei die Menge zu beiden Seiten scannte. Leia hatte noch nie erlebt, daß der Droide soviel Eigeninitiative entwickelt hatte, und sie fragte sich, was er wollte. Als 3PO das Podium erreichte, drehte er sich um und sprach zu der Menge.

»Nun«, sagte 3PO, »ich möchte die Ratsversammlung auffordern, Leias Hochzeit zu planen – und zwar mit General Han Solo!«

»Was?« schrie Horm. »Das... das ist einfach grotesk! General Solo ist nicht einmal königlichen Geblüts! Er ist nur ein... nur ein. . .« Horm verstummte. Offenbar war ihm klargeworden, daß es besser für ihn war, auf einen beleidigenden Kommentar zu verzichten, aber sein Gesichtsausdruck verriet seine Verachtung. Ein protestierendes Raunen ging durch die Menge, und Leia fragte sich, ob es ein Fehler gewesen war, den armen 3PO zur Ratsversammlung sprechen zu lassen.

»Bitte, hören Sie mir zu!« rief 3PO. »Ich habe den ganzen Morgen über mit verschiedenen Computern des coruscantischen Netzwerks kommuniziert und bin dabei auf erstaunliche Fakten gestoßen, die Sie alle offenbar übersehen haben –wahrscheinlich, weil sich General Solo so viel Mühe gemacht hat, sie zu verbergen. Obwohl die Corellianer vor fast drei Jahrhunderten die Republik ausgerufen haben, ist Han Solo seiner Herkunft nach der König von Corellia!«

Ein Aufschrei ging durch den Saal und die Medien-Droiden richteten ihre Scheinwerfer auf Han Solo. »Wie? Was? Wie?« schnitt Threkin Horms nasale Stimme durch den Lärm. Leia fuhr herum und betrachtete schockiert den Aufruhr im hinteren Teil des Saales. Die hinteren Sitzreihen stiegen stufenförmig an, und sie konnte deutlich sehen, wie Han rot anlief und immer tiefer in seinen Sitz sank. Sein Gesichtsausdruck verriet Leia, daß Han versuchte, etwas zu verbergen. Und Leia wußte, daß 3POs Ratgeber-Programm ihn zur Wahrheit verpflichtete. Han schlug die Hände vor die Augen und senkte den Kopf. *Warum hat er mir das in all den Jahren nie erzählt?* fragte sich Leia.

An Bord des bithischen Ratsschiffes *Thpfftht* verfolgte Luke gespannt die Livesendung, überrascht, daß selbst auf einem Hinterwäldlerplaneten wie Toola das Treiben von Leia und Isolder – und jetzt auch Han – genug Interesse fand, um die enormen Kosten wieder einzuspielen, die eine Hyperraumübertragung der Nachrichtenclips verschlang. Nun, für Leia wurde der Traum einer jeden Frau Wirklichkeit – ein unglaublich reicher und gutaussehender Prinz machte ihr den Hof. Und die Faszination des Attentatsversuchs trug nur noch zum Wert der Story bei, so daß Luke jetzt seine Schwester live sehen konnte, obwohl sie fast dreihundert Lichtjahre von ihm entfernt war.

Das bithische Schiff würde in wenigen Minuten in den Hyperraum springen, und bis dahin konnte Luke die Sendung verfolgen. Die Holovidkameras waren jetzt auf Han gerichtet, der zusammengesunken auf seinem Platz saß und das Gesicht in den Händen verbarg. Selbst Chewbacca, der an Solos Seite saß, riß überrascht die Augen auf und gab ein verblüfftes Grollen von sich.

Luke lächelte. *Natürlich*, dachte er, *Han ist ein König. Ich hätte es mir denken können. Aber warum hat er es geheim gehalten?* Trotz seines Lächelns war Luke besorgt. Er hatte das merkwürdige Gefühl, daß sich irgendwo in der Ferne etwas Düsteres regte. Es gab in der Galaxis zu viele Widerstände gegen Leias Verbindung mit Isolder. Er konnte die Macht ihrer bösen Absichten spüren, und Luke gab den bithischen Technikern den Befehl, sich mit dem Instrumentencheck zu beeilen und den Sprung in den Hyperraum anzutreten. Er konnte es kaum erwarten, das Roche-System zu erreichen.

»In der Tat«, fuhr 3PO fort. »Han ist der königliche Erbe! Die Geburtsurkunden beweisen, daß Hans väterlicher Stammbaum bis zu Berethron e Solo zurückreicht, der dem corellianischen Imperium die Demokratie brachte. Die Aufzeichnungen über die nächsten sechs Generationen bis zu Korol Solo liegen komplett vor, aber alle Unterlagen ab Korols Ära wurden in den Klon-Kriegen vernichtet und das Geschlecht galt als ausgestorben.

Doch Korol Solo heiratete und zeugte vor fast sechzig Jahren seinen erstgeborenen Sohn auf Duro, und wegen des Krieges und dem Chaos kehrte sein Sohn nie in seine Heimat zurück. Sein Name war Dalla Solo, aber er änderte seinen Namen in Dalla Suul, um seine Identität während der Klon-Kriege zu verbergen. Sein erstgeborener Sohn war Jonash Suul, und der erste Sohn von Jonash Suul wurde Han Suul getauft – der seinen Namen wieder in Han Solo änderte, weil er von seiner königlichen Herkunft wußte.«

Ein hörbares Raunen ging durch die Menge, und Threkin Horm bat barsch um Ruhe. Han stand langsam auf und verließ den Saal, während das Stimmengewirr allmählich verklang. Leia hatte sich halb erhoben und blickte Han nach, und als im Saal wieder Ruhe eingekehrt war, rief Threkin: »Aber war Dalla Suul nicht auch als Dalla der Schwarze bekannt? Der berüchtigte Mörder?«

»Nun ja, ich glaube schon«, gestand 3PO, »obwohl er in den Geschichtswerken treffender als Kidnapper und Pirat bezeichnet wird.«

»Und was«, rief Threkin, »was für eine Art Stammbaum soll das dann sein? Ich meine – Dalla Suul war einer der berüchtigtsten Bosse des organisierten Verbrechens! Du erwartest doch nicht im Ernst, daß wir unter diesen Umständen Hans Anspruch auf königliche Herkunft akzeptieren!«

»Nun, ich bin nur ein unwissender Droide und muß zugeben, daß ich nicht ganz verstehe, wie und warum die Taten der Vorfahren das Ansehen ihrer Nachkommen mehren oder schädigen«, sagte 3PO entschuldigend zu Threkin Horm. »Derartige Konzepte übersteigen die Fähigkeit eines AA-Eins-Verbogehirn-Modells. Aber da Dalla Suuls uneheliche Tochter Ihre Mutter war, gehe ich davon aus, daß Sie in dieser Frage wesentlich kompetenter sind als ich.«

Threkin Horm wurde totenbleich und begann am ganzen Körper zu zittern.

Der Holovidclip endete, und ein Droidenmoderator setzte zu einem Kommentar an. Luke schaltete das Holo aus, lehnte sich in seinem schweren Sessel zurück und faltete die Hände im Schoß. Der Abstieg der Solos von Königen zu Unterwelt-Königen hatte nur wenige Generationen gedauert. Kein Wunder, daß Han seine Herkunft verborgen, dem alderaanischen Rat den Rücken gekehrt und den Saal verlassen hatte, ehe sein Geheimnis enthüllt worden war. Armer Han.

7

Am Nachmittag machten Leia und Isolder einen Spaziergang durch einen abgeschiedenen Wald in den botanischen Gärten von Coruscant, einer Gartenanlage, in der Pflanzen von Hunderttausenden Welten der Neuen Republik wuchsen. Leia zeigte Isolder die Oro-Haine von Alderaan – Wälder aus schlanken, bis zu hundert Meter hohen blattlosen Bäumen, deren Borke lückenlos von schillernden Moospolstern überzogen war, die in zinnoberroten, violetten und kanariengelben Farben leuchteten – wie verstofflichte Regenbögen. Weiße Cairoka-Vögel flatterten von Ast zu Ast, während kleinwüchsige Rehe mit rotem, golden gestreiftem Fell am dicht bewucherten Boden ästen. Auf Alderaan hatten die Oro-Wälder nur ein Dutzend kleine Inseln bedeckt, und Leia hatte sie nur einmal in ihrer Kindheit gesehen. Doch ihr Anblick erinnerte sie an ihre Heimatwelt und gab ihr stets neuen Mut.

Isolder hielt ihre Hand. »Ich habe am Holovid mit meiner Mutter gesprochen«, sagte er. »Sie freut sich auf deinen Besuch. Sie wird dich mit ihrem eigenen Vehikel nach Hapan bringen.«

»Vehikel?« Leia wunderte sich über den von ihm gewählten Ausdruck. »Du meinst, sie holt mich mit ihrem eigenen Schiff ab?«

»In diesem Fall«, erklärte Isolder, »halte ich die Bezeichnung *Vehikel* für zutreffender. Es ist Tausende von Jahren alt und ziemlich exzentrisch im Design. Aber es wird dir gefallen.« Es war still im Wald. Isolders Leibwächterinnen hatten sich bis auf Astarta, die ihnen in einigem Abstand folgte, zwischen den Bäumen verteilt.

Leia lächelte und blieb stehen, um an einer violetten, trompetenförmigen Blume zu riechen. Die Blume war auf den Ebenen ihrer Heimatwelt sehr selten gewesen, ein stechend riechendes Wildkraut. »Das ist eine Arralute«, erklärte Leia. »Nach einer Legende heißt es, wenn eine frischvermählte Braut eine Arralute in ihrem Garten findet, ist dies ein Zeichen dafür, daß sie in Kürze ein Kind gebären wird. Natürlich haben die Mutter und Schwestern der Braut nach der Hochzeit immer eine Arralute im Garten der Neuvermählten gepflanzt, und natürlich mußten sie es in der Nacht tun. Es bedeutete Unglück, wenn man dabei erwischt wurde.« Isolder lächelte und strich sacht mit den Fingern über die Blume. »Wenn man sie trocknet«, sagte Leia, »falten sich die Blütenblätter zusammen und sperren die Samenkörner ein. Auf Alderaan bekamen die Kinder die getrockneten Blumen als Rasseln geschenkt.«

»Wie reizend«, sagte Isolder seufzend und ließ seine Blicke durch den Wald schweifen. »Es ist traurig, daß alles verloren ist, vernichtet wurde. Bis auf das wenige hier auf Coruscant.«

»Wenn wir Flüchtlinge eine neue Heimat finden«, sagte Leia, »werden wir einen Teil dieser Gewächse mitnehmen und auf einer neuen Welt einen neuen Garten anlegen.«

Das Komm summte, und Leia schaltete es widerwillig ein. »Leia, hier ist Threkin Horm. Ich habe wundervolle Neuigkeiten! Die Neue Republik hat Ihre Mission im Roche-System abgesagt!«

»Was?« entfuhr es Leia verblüfft. Man hatte ihr noch nie einen Auftrag entzogen. »Aber warum?«

»Die Beziehungen zwischen den Verpinen und den Barabels scheinen sich weitaus schneller zu verschlechtern als erwartet«, antwortete Threkin. »Mon Mothma hat deshalb die Lösung dieses Problems zur Chefsache erklärt. General Han Solo wird mit einer Flotte von Sternzerstörern zum Roche-System fliegen, um die Verpinen bis zur Bereinigung der Krise zu beschützen. Mon Mothma persönlich wird mit einem Team ihrer fähigsten Berater das Krisenmanagement übernehmen.«

»Was für eine Krise?« fragte Leia.

»Heute morgen haben Zollbeamte außerhalb des Roche-Systems ein Frachtschiff der Barabels durchsucht und das gefunden, was wir alle befürchtet haben.«

Leias Magen drehte sich um, als sie an die Laderäume voller verpinischer Körperteile dachte, tiefgefroren in der Kälte des Weltraums. Trotz ihrer Bemühungen, keine Vorurteile zu hegen, hatte der Umgang mit fleischfressenden Reptilienvölkern sie gelehrt, daß mit derartigen Greueltaten immer zu rechnen war. Trotzdem, sagte sie sich, man durfte kein ganzes Volk nach den Taten einzelner beurteilen. »Was ist mit Mon Mothma? Braucht sie nicht meine Hilfe?«

»Sie ist mit mir der Meinung, daß Sie der Neuen Republik auf...andere Weise dienen können«, sagte Threkin. »Mon Mothma hat sie für die nächsten acht Standardmonate von allen Pflichten befreit. Ich bin überzeugt, daß Sie diese Zeit gut nutzen werden.« Sein Unterton verriet bereits, was er damit meinte, aber er fügte unverblümt hinzu: »Sie können sofort nach Hapan reisen, wenn Sie möchten.«

Threkins Komm-Bild verblaßte, und Isolder drückte Leias Hand. Leia dachte kurz nach und erkannte, daß gegen Horms Argumente nichts einzuwenden war – den Verpinen war mit einer Flotte der Neuen Republik weit besser geholfen, und der Auftrag hatte ihr nie besonders zugesagt. Sie war eine überaus fähige Diplomatin, aber die Barabels hatten sich noch nie von bewegenden Worten oder ausgefeilten Argumenten beeindrucken lassen. Die Barabels, Raubtierabkömmlinge, die diktatorisch von einem Rudelführer regiert wurden, würden Mon Mothma respektieren. Die simple Tatsache, daß die »Rudelführerin« der Neuen Republik in den Konflikt eingriff, würde die Barabels verwirren und sie dazu zwingen, ihre Vorgehensweise neu zu überdenken.

Während Leia darüber nachdachte, wurde ihr immer deutlicher bewußt, daß Mon Mothma ihre Hilfe nicht brauchte. Leia hatte sich so sehr mit der Frage beschäftigt, warum eine verpinische Nestmutter ungestraft gegen die Gesetze verstoßen konnte, daß sie das Problem von der falschen Seite angegangen wäre. Sie hätte sich statt dessen mit den Barabels beschäftigen müssen.

Lediglich der Umstand, daß eine Flotte der Neuen Republik ins Roche-System geschickt wurde, ergab für sie nicht viel Sinn. Die Verpinen konnten ihre Nester auch allein beschützen. Ihre Fähigkeit, per Radiowellen zu kommunizieren, und die Tatsache, daß ihre Kolonien in einem Asteroidengürtel lagen, der (zumindest für menschliche Piloten) unpassierbar war, machten die Verpinen mit ihren superschnellen, in großen Schwärmen angreifenden B-Flügler-Bombern zu einem gefährlichen Feind.

Isolder trat auf sie zu. »Warum machst du so ein finsteres Gesicht, Liebste?«

»Ich habe nur nachgedacht.«

»Nein, du machst dir Sorgen«, widersprach Isolder. »Glaubst du, daß Mon Mothma die Lage unter Kontrolle hat?«

»Zu sehr unter Kontrolle«, sagte Leia und sah in die stürmische See seiner grauen Augen.

»Du bist noch nicht bereit, mit mir zu kommen, nicht wahr?« fragte Isolder. Leia wollte darauf antworten, aber Isolder fügte hinzu: »Nein, nein, es ist schon in Ordnung. All das hinter dir zu lassen« – er wies auf die Oro-Bäume – »bedeutet einen großen Schritt für dich. Du wirst das Gefühl haben, daß es endgültig ist – und vielleicht wirst du diese Welten, dieses Leben tatsächlich für immer hinter dir lassen.«

Er hielt ihre Hände, und Leia lächelte wehmütig. »Laß dir ein paar Tage Zeit«, riet Isolder. »Verbringe sie mit deinen Freunden. Verabschiede dich von ihnen, wenn du das Gefühl hast, daß du es tun mußt. Ich verstehe es. Und wenn es dich beruhigt, dann wiederhole einfach, was du vor dem alderaanischen Rat gesagt hast: daß du Hapan nur einen Besuch abstattest, mehr nicht. Ohne Hintergedanken, ohne Verpflichtungen.«

Seine Worte waren wie eine Woge aus warmem Wasser, die ihre Bedenken fortspülte. »Oh, Isolder«, sagte Leia, »ich danke dir für dein Verständnis.« Sie lehnte sich an seine Brust, und Isolder legte seine Arme um sie. Für einen Moment war Leia versucht hinzuzufügen: »Ich liebe dich.« Aber sie wußte, daß es für diese Worte noch zu früh war, daß sie damit eine zu große Verpflichtung einging.

Isolder flüsterte ihr ins Ohr: »Ich liebe dich.«

Han Solo saß am Kontrollpult des *Millennium Falken* und navigierte das Schiff durch eine Trümmerwolke aus Weltraumschrott über Coruscants kleinstem Mond. Die Bordsysteme per Computercheck zu überprüfen, war eine Sache – aber Han war schon vor langer Zeit zu der Erkenntnis gelangt, daß nur ein Härtetest realistische Aussagen brachte.

Der Flug durch einen kosmischen Schrottplatz ähnelte der Passage durch ein Asteroidenfeld, nur daß die Trümmer hier alle aus massivem Metall und nicht aus weichem, kohlenstoffhaltigem Gestein bestanden. Während er sich seinen Weg durch die Trümmer suchte, entspannte sich Han ein wenig. Er tauchte unter der träge kreisenden, abgerissenen Höhenflosse eines TIE-Jägers hinweg und sah vor sich die skelettierte Hülle eines alten Sternzerstörers der *Sieges*-Klasse, der schon vor langer Zeit ausgeschlachtet worden war.

Genau das, was ich wollte, dachte er. Es gab an Bord des *Falken* einige Systeme, die sich nur unter friedlichen Bedingungen testen ließen, und mit friedlichen Bedingungen konnte Han an seinem nächsten Einsatzort gewiß nicht rechnen. Er bremste ab, um sich der Geschwindigkeit des Sternzerstörers anzupassen, stieß durch die Haupttriebwerksdüse bis zu der Stelle vor, wo sich einst der Turboantriebsgenerator befunden hatte, und setzte den *Millennium Falken* behutsam auf.

Han schaltete seinen modifizierten imperialen IFF-Transponder ein und wählte die Option Vierzehn. Als die Funksignale seines Schiffes die Metallabschirmung der Fissionskammer trafen, heulte der Kollisionsalarm auf und warnte vor feindlichen Y4-Passagierraumern, die sich aus allen Richtungen näherten. Das Holodisplay des Transponders zeigte ihre blaugrauen Metallrümpfe. Han hatte den Transponderkode in einem Militärtransporter von Kriegsherr Zsinjs Raummarine gefunden. Der Transporter hatte ein zwölfköpfiges Marodeurkommando an Bord gehabt – Zsinjs Speazialtruppe zur Infiltration feindlicher Welten und Zerstörung ihrer planetaren Verteidigungssysteme. Inzwischen hatten sich die Marodeure auch als starker Arm von Zsinjs Geheimpolizei bewährt. Auf vielen tausend Welten waren die Marodeure die heimlichen Herrscher.

Als Han sich davon überzeugt hatte, daß die Signale seines neuen Transponders den *Falken* als eins von Zsinjs Schiffen identifizieren würden, schaltete er die elektronischen Störsysteme ein – augenblicklich wurden die Sensoren so geblendet, daß die Schiffsreflexe im Holodisplay verschwanden. Han lächelte befriedigt. Der neue Transponder und die leistungsfähigen Störsysteme arbeiteten einwandfrei. Er würde sie gebrauchen können, wenn er feindliches Gebiet erreichte.

Nachdem er mit den Tests fertig war, fuhr Han den Sublichtantrieb hoch und steuerte den *Falken* vorsichtig aus den rostigen Innereien des alten Zerstörers. Während er durch den orbitalen Schrottplatz manövrierte, traf der Audioanruf ein, auf den er gewartet hatte.

»General Solo«, sagte Leia, »ich habe gehört, daß du heute mit einer Flotte zum Roche-System aufbrechen wirst.«

»Ja, so lauten meine Befehle«, bestätigte Han.

»Schade, daß du fort mußt. Ich würde dich vor deinem Abflug gern sehen.«

Eine Flotte? Sie glaubte, daß er eine Flotte kommandieren würde? Ein Sternzerstörer ließ sich schwerlich als Flotte bezeichnen. Han wußte, wer hinter dem Befehl steckte und ihm diesen Dolchstoß in den Rücken verpaßt hatte. Threkin Horm. Han hatte den fetten Mann unterschätzt, und jetzt planten sie, ihn auf eine weite, lange Reise zu schicken, damit Leia ihn vergaß. »Ja«, sagte Han. »Das wäre schön. Ich bin im Moment ziemlich damit beschäftigt, ein paar Dinge in den Griff zu bekommen. Ich kann nicht auf Coruscant landen. Vielleicht könnten wir uns um fünfzehn Uhr in deiner Kabine treffen? An Bord der *Rebellentraum*? Wir könnten etwas plaudern und irgendwo einen Drink nehmen.«

»Das klingt gut. Dann bis später.« Leia unterbrach die Verbindung.

Han warf einen Blick auf die Zeitanzeige an seiner Konsole. Chewbacca und 3PO erwarteten ihn um siebzehn Uhr an Bord des *Falken*. Die Zeit wurde knapp.

Als Han an Leias Tür klopfte, lag ein müdes Lächeln auf seinem Gesicht. Er nahm Leia kurz in die Arme, betrat den Flur zu ihren Quartieren und sah sich nervös um. Er wirkte ganz und gar nicht glücklich.

»Kann ich dir etwas zu trinken anbieten?« fragte Leia.

Han schüttelte den Kopf. »Äh, nein.« Er sagte nichts weiter, stand nur da, starrte die Wände an und warf einen Blick in ihren Wohnraum. Auf der Kommode in Leias Schlafzimmer verbreiteten die Juwelen von Gallinore gedämpftes Licht. Die Doppellampe über dem Selab-Baum war erloschen; offenbar war das Gewächs in seiner Nachtphase.

»Du bist nicht besonders glücklich über deine Versetzung ins Roche-System, oder?« fragte Leia.

»Nun, äh, um die Wahrheit zu sagen, ich werde nicht fliegen«, gestand Han.

»Nicht fliegen?« wiederholte Leia.

»Ich bin von meinem Posten zurückgetreten.«

»Wann?« fragte Leia.

Han zuckte die Schultern. »Vor fünf Minuten.« Er ging in ihr Schlafzimmer, starrte ihr Bett an, die Juwelen auf ihrer Kommode, die anderen Schätze von Hapan, die sich überall türmten. Leia bereute, sie noch hier zu haben. Das Vernünftigste wäre gewesen, sie wegzuschließen.

»Nun, wohin willst du dann?« fragte Leia. »Was hast du vor?«

»Ich fliege nach Dathomir«, sagte Han, und Leia konnte für einen Moment nur mit offenem Mund dastehen und ihn anstarren.

»Das kannst du nicht«, wandte sie ein. »Dathomir liegt in Zsinjs Territorium. Es ist zu gefährlich.«

»Vor meinem Rücktritt habe ich der *Unbezwingbar* den Befehl gegeben, ein paar Blitzangriffe gegen Zsinjs Außenposten an der Grenze zur Neuen Republik zu fliegen. Zsinj wird gezwungen sein, die Außenposten zu verstärken und alle Schiffe von Dathomir abzuziehen, und es sollte mir eigentlich gelingen, durch die Lücken ins System einzudringen. Er wird nicht einmal bemerken, daß ich da bin.«

»Das«, sagte Leia laut, »ist ein Mißbrauch deiner Befehlsgewalt!«

Han wandte den Blick von den Juwelen ab, drehte sich zu ihr um und grinste. »Ich weiß.« Leia schwieg. Sie wußte, es hatte keinen Sinn, mit ihm zu diskutieren, wenn er in dieser störrischen Stimmung war. Er zuckte erneut die Schultern. »Niemand wird etwas passieren. Ich habe Befehl gegeben, den Angriff nur mit Langstreckendrohnen zu führen. Unsere Soldaten bleiben in sicherem Abstand. Weißt du, ich schätze, ich habe mir dieses Holo des Planeten wohl zu lange angesehen. Ich habe gestern nacht von ihm geträumt: Ich lief am Strand entlang, während der Wind mir ins Gesicht blies und die Brandung meine Knöchel umspülte. Es war wunderschön. Als ich dann heute meinen Marschbefehl bekam, habe ich mich spontan entschlossen, nach Dathomir zu fliegen.«

»Was willst du dort tun?«

»Wenn es mir dort gefällt, bleibe ich vielleicht für immer. Es ist schon lange her, daß ich Sand unter meinen Füßen gespürt habe. Zu lange.«

»Du bist überarbeitet«, sagte Leia. »Reiche nicht deinen Abschied ein. Ich werde meine Verbindungen spielen lassen und dafür sorgen, daß du ein neues Kommando bekommst. Du kannst dir ein paar Wochen freinehmen. . .«

Han hatte die Augen gesenkt, aber jetzt sah er sie an und studierte ihr Gesicht. »Wir sind beide müde«, erklärte er. »Wir sind beide überarbeitet. Warum brennst du nicht einfach durch und kommst mit mir?«

»Das kann ich nicht«, sagte Leia.

»Aber genau das hast du zusammen mit Isolder vor. Du willst mit ihm durchbrennen. Warum gibst du mir nicht auch eine Chance? Ich werde mich in einer Stunde mit Chewie und 3PO an Bord des *Falken* treffen. Du könntest mit uns kommen. Wer weiß, vielleicht verliebst du dich in Dathomir. Vielleicht verliebst du dich wieder in mich.«

Er klang so mitleiderregend. Leia fühlte sich schuldig, weil sie ihn in den letzten Tagen ignoriert und vernachlässigt hatte. Sie erinnerte sich, wie ihr an dem Tag zumute gewesen war, als Vader Han in Karbonid eingefroren und ihn an Jabba den Hutt ausgeliefert hatte, und an ihre gemeinsame Freude über den Sturz des Imperators. Sie hatte ihn damals geliebt. *Aber das ist schon sehr lange her*, sagte sie sich. »Sieh mal, Han, ich werde dich immer gern haben«, hörte Leia sich sagen. »Ich weiß, daß es schwer für dich ist.«

»Aber ich soll's gut machen, was?« fragte Han.

Leia spürte, daß sie zitterte. Han schlenderte zu ihrer Kommode, und Leia sah, daß er das schimmernde schwarze Metall der Waffe des Gehorsams betrachtete. »Funktioniert sie wirklich?« fragte er. Schon griff er danach, und Leia erkannte, was er vorhatte, und schrie: »Rühr sie nicht an!«

Han riß die Waffe an sich und wirbelte schneller herum, als sie es je für möglich gehalten hätte. Er richtete die Waffe auf sie. »Komm mit mir nach Dathomir!« befahl er.

»Das kannst du nicht tun!« flehte Leia und hob eine Hand, wie um den Schuß abzuwehren.

»Ich dachte, du liebst Schurken«, sagte Han. Eine Wolke aus blauen Funken schoß aus der Waffe und brachte das Vergessen und die Nacht.

»Bist du sicher, daß General Solo die Prinzessin entführt hat?« fragte die Königinmutter. Obwohl das Gesicht seiner Mutter nur ein Holobild war, wagte es Prinz Isolder nicht, ihr verschleiertes Antlitz anzusehen.

»Ja, Ta'a Chume«, antwortete er. »Ein Holovidsender hat den zu ihrem Quartier führenden Korridor mit einer Minicam präpariert; sie hat gefilmt, wie Leia zusammen mit dem General ihre Kabine verließ. Sie bewegte sich wie eine Schlafwandlerin, und Solo hielt die Waffe des Gehorsams in der Hand.«

»Welche Schritte willst du also unternehmen, um die Prinzessin zurückzuholen?« Isolder duckte sich unter dem durchdringenden Blick der Ta'a Chume. Die Königinmutter testete ihn. Auf Hapan sprachen die regierenden Frauen oft von der »Ungeschicklichkeit der Männer«, ihre scheinbare Unfähigkeit, jemals das Richtige zu tun.

»Die Neue Republik hat bereits tausend ihrer besten Detektive auf Han Solo angesetzt. Astarta wird stündlich über ihre Fortschritte unterrichtet, und wir haben erste Kontakte mit einigen Kopfgeldjägern aufgenommen.«

Die Ta'a Chume sprach leise und drohend. »Sieh mir in die Augen.«

Isolder blickte auf, zwang sich zur Ruhe. Seine Mutter trug einen goldenen Reif mit einem schlichten gelben Schleier, der ihre Züge verhüllte. Das auf sie niederstrahlende Licht ließ das Gold glänzen, so daß sie von einer Aura der Macht umhüllt zu sein schien. Isolder suchte hinter dem Schleier ihre stechenden dunklen Augen.

»Dieser General Solo ist ein verzweifelter Mann«, sagte sie. »Ich weiß, was du denkst. Du willst Prinzessin Leia selbst aus seinen Händen befreien. Aber du mußt an die Pflicht denken, die du gegenüber deinem Volk hast. Du bist der Chume'da. Deine Frau und deine Töchter werden eines Tages herrschen. Wenn du dich in Gefahr begibst, verrätst du die Hoffnungen und Träume deines Volkes. Du wirst General Solo unseren Attentätern überlassen. Versprich es mir!«

Isolder hielt dem Blick seiner Mutter unbeirrt stand und versuchte, seine Absichten zu verbergen, aber es war sinnlos. Sie kannte ihn zu gut. Sie kannte jeden zu gut. »Ich *werde* General Solo aufspüren«, erklärte Isolder. »Und ich *werde* meine Braut heimholen.«

Isolder erwartete, daß seine Mutter explodieren würde, wartete auf den heißen Zorn in ihrer Stimme, der ihn wie Magma verbrennen konnte. Er spürte ihn in der sich anschließenden Stille, aber die Ta'a Chume gehörte nicht zu den Frauen, die ihren Zorn zeigten. Sie sagte ruhig, fast mit einem Seufzen: »Du mißachtest leichtfertig meine Befehle, aber ganz gleich, was du denkst, dein Hang zum selbstlosen Heldentum ist keine Tugend. Ich würde dich davon kurieren, wenn ich könnte.« Für einen Moment sagte sie nichts, und Isolder erwartete, daß sie nun seine Strafe verkündete. »Ich fürchte, du bist deinem Vater zu ähnlich. General Solo wird wahrscheinlich bei einem der Kriegsherren Zuflucht suchen, bei jemandem, der stark genug ist, um der Macht der Neuen Republik zu widerstehen. Ich werde meine Attentäter zusammenrufen und umgehend mit einer Flotte nach Coruscant aufbrechen. Ich brauche wohl nicht extra zu betonen, daß ich Solo töten werde, wenn ich ihn vor dir finde.«

Isolder senkte den Blick. Bis zu diesem Moment hatte er gehofft, daß seine Mutter nach Leias Entführung ihre Reise verschieben und auf Hapan bleiben würde. Aber es war logisch: Solo hatte ihre Nachfolgerin gekidnappt. Die Ehre verlangte, daß sie alles unternahm, um die Prinzessin zu befreien. »Ich weiß, daß du enttäuscht bist. Aber als ich noch ein Kind war, hast du oft gesagt: ›Hapan ist nur so stark wie jene, die sie führen.‹ Ich denke oft über deine Worte nach, und ich habe sie mir zu Herzen genommen.« Er unterbrach die Verbindung, lehnte sich zurück und überlegte. Han tat ihm fast leid. General Solo konnte nicht einmal ahnen, welche Mittel seine Mutter gegen ihn einsetzen würde.

Corporal Reezen war es irgendwie gelungen, in sieben Jahre Militärdienst so gut wie nicht aufzufallen, weder das Lob noch die Aufmerksamkeit einzuheimsen, die ihm seiner Meinung nach zustanden. So etwas passierte nur allzu häufig, wenn man für den militärischen Geheimdienst arbeitete. Man schuftete jahrelang in Erwartung eines großen Falls, hoffte verzweifelt, irgendwann auf eine nützliche Information zu stoßen.

Aus diesem Grund plante er, seinen Bericht an Kriegsherr Zsinj persönlich zu senden, und zeichnete die Dokumente mit seinem Namen ab, damit keiner seiner Vorgesetzten den Ruhm für sich beanspruchen konnte. Es war nur gerecht. Corporal Reezen hatte es als einziger bemerkt – drei Blitzangriffe binnen neun Tagen, Manöver, die nur den Zweck haben konnten, Zsinjs Flotte abzulenken. Offenbar plante die Neue Republik eine Offensive und hoffte, so eine Lücke im Verteidigungsnetz zu erzeugen, durch die ihre Flotte eindringen konnte. Und es mußte eine Flotte sein – etwas Wichtigeres als ein bloßes Spionageschiff –, um die ungeheuren Geldsummen zu rechtfertigen, die die Öffnung eines sicheren Korridors verschlang.

Reezen spürte es in den Knochen – etwas Großes kam auf sie zu. Also hatte er die Vektoren berechnet, mögliche militärische Ziele analysiert, seine Liste auf sechs Kandidaten reduziert und sie nach ihrer Bedeutung gewichtet. Aber das in Frage kommende Gebiet war groß und die Ungewißheit drückend. Reezen dachte ein letztes Mal über die möglichen Ziele nach und wandte sich dann den eher unwahrscheinlichen Kandidaten zu. Dort, am äußersten Rand der Karten, lag Dathomir, und als Reezen den Planeten studierte, spürte er ein seltsames Kribbeln.

Dathomir wurde streng bewacht und lag so tief in Zsinjs Territorium, daß die Neue Republik unmöglich von den dortigen Operationen des Kriegsherrn erfahren haben konnte. Die Raumwerften? Plante die Neue Republik einen Angriff auf die Werften? Nein, das konnte es nicht sein. Ihr Ziel lag auf der Oberfläche des Planeten. Was für eine rauhe und gefährliche Welt! Auf ihr befanden sich eine Reihe Gefangene, die für die Neue Republik von Interesse sein konnten – sofern die Neue Republik von der Strafkolonie wußte –, aber niemand würde so dumm sein und versuchen, dort zu landen. Reezen war den Eingeborenen begegnet, und allein der Gedanke an eine Landung auf Dathomir ließ ihn frösteln. Trotzdem schien der Planet Reezen zuzurufen: *Hier, hier. Sie kommen hier-her*!

Als Jugendlicher hatte Reezen zusammen mit seinem Vater eine Militärparade auf Coruscant besucht, und während der Parade war Darth Vader, der Dunkle Lord der Sith, an ihm vorbeigekommen. Mehr noch, Lord Vader hatte die Parade halten lassen und war stehengeblieben, um Reezen zu mustern und ihm den Kopf zu tätscheln. Reezen erinnerte sich noch genau an das Spiegelbild seines verängstigten Gesichts am Helm des Dunklen Lords, erinnerte sich an sein eisiges Entsetzen, als jene gepanzerte Hand seinen Kopf getätschelt hatte, aber Vader hatte nur sanft gesagt: »Wenn du dem Imperium dienst, mußt du deinem Instinkt vertrauen«, und dann war er weitergegangen.

Nach einigem Zögern schlug Reezen vor, Verstärkung nach Dathomir zu schicken, obwohl er bezweifelte, daß die Neue Republik dort angreifen würde, und gab den Kode ein, der sein Computerterminal veranlassen würde, die verschlüsselte Warnung an Zsinj zu senden.

Der Kriegsherr war ein gründlicher Mann. Zsinj würde sich um die Angelegenheit kümmern.

✳ 8 ✳

Leia erwachte im Dunkeln. Lange Zeit hatte sie still dagelegen und regungslos in die Finsternis gestarrt. Sie hatte sich darauf konzentriert, still dazuliegen, sich so sehr darauf konzentriert, daß ihr Kopf schmerzte und ihre Muskeln sich verkrampften. Hans letzte Worte waren gewesen: »Sei still und rühr' dich nicht«, und sie hatte alle Energien darauf verwendet, seinem Befehl zu gehorchen.

»Han!« schrie sie, als sie sich plötzlich erinnerte, was er ihr angetan hatte, und fuhr hoch. Ihr Kopf stieß gegen etwas Hartes, und sie sank wieder zurück. Sie lag auf einem Gitter und hörte das vertraute, gedämpfte Brummen des Hyperantriebs des *Millennium Falken*. Es war fünf Jahre her, seit sie sich zuletzt in einem der getarnten Hohlräume des *Falken* versteckt hatte, und er roch noch genau wie damals.

Han Solo, ich werde dich umbringen, dachte sie. *Nein, von wegen, du kannst dich glücklich schätzen, wenn du bloß stirbst.* Sie tastete in der Dunkelheit nach dem Riegel, fand ihn, zerrte an ihm. Er bewegte sich nicht. Sie tastete weiter und stellte fest, daß er zerbrochen war. Sie rollte herum, fand einen kleinen metallenen Gegenstand und hämmerte damit gegen die Decke.

»Han Solo, laß mich sofort raus!« schrie sie und spürte, wie das Ding in ihren Händen vibrierte und leise zischte. Leia hielt es an ihr Ohr. *Oh, großartig! Ein Luftaustauscher! Zumindest will er nicht, daß ich ersticke.* Sie schüttelte das Gerät und hörte es im Inneren des Luftaustauschers klappern; offenbar war er beschädigt. »In Ordnung, Solo. Laß mich jetzt hier raus! So behandelt man keine Prinzessin!« Sie hämmerte lange Zeit gegen die Decke des Zwischenraums, aber nichts rührte sich.

Als die Luft wärmer wurde, fragte sich Leia, ob Han sie überhaupt hören konnte. Übertönte der Hintergrundlärm all ihre Rufe? Sie befand sich direkt neben dem Quadex-Kraftwerk, der Hauptenergiequelle des Schiffes, und alle paar Sekunden zischte durch ein Rohr über ihrem Kopf Kühlflüssigkeit in den Reaktor. Die getarnten Hohlräume waren nicht groß, aber sie zogen sich kreisförmig durch ein Drittel des Schiffes – von der Einstiegsrampe über den Cockpitkorridor bis zu den Passagierkabinen. Leia schloß die Augen und dachte nach. Han und Chewie schliefen gewöhnlich drüben in den Kabinen neben der Technokontrolle. Es trennte sie zwar eine Wand vom Kontrollraum, aber Han mußte ihr Klopfen hören, wenn er sich dort aufhielt. Wahrscheinlich befand er sich aber im Cockpit, das gute sieben oder acht Meter von ihr entfernt war. Wenn sie im Cockpit waren und das Druckschott geschlossen hatten, konnten Han oder Chewie ihre Hilferufe unmöglich hören.

Zu allem Überfluß wurde die Luft knapp. Leia griff nach dem beschädigten Luftaustauscher und hämmerte ihn immer heftiger gegen die Decke, widerstand aber dem Drang, laut zu schreien, um nicht noch mehr Sauerstoff zu verbrauchen. Schon nach ein paar Minuten schmerzten ihre Arme vor Erschöpfung, und Leia hörte mit dem Hämmern auf, um sich auszuruhen. Sie war den Tränen nahe. Han wußte, daß sie dieser elenden, unzuverlässigen Metallkiste nicht traute, die aus Schrotteilen und Ausschußware zusammengebastelt war. Sicher, der *Falke* war schnell und hervorragend bewaffnet, drohte aber gleichzeitig auch ständig auseinanderzufallen. Han ließ seine improvisierten und modifizierten Systeme von drei Droidengehirnen steuern, und Leia war überzeugt, daß all seine technischen Probleme kein Zufall sein konnten. Han behauptete, daß die Gehirne sich nur hin und wieder zankten, aber in Wirklichkeit war es wohl so, daß diese Droidengehirne ihre Systeme gegenseitig sabotieren. Irgendwann würde eins von ihnen etwas richtig Schlimmes anstellen und das ganze Schiff in die Luft jagen. Es war nur eine Frage der Zeit. Sie hämmerte wieder gegen die Decke.

Die Luke über ihr öffnete sich einen Spalt weit. Chewbacca knurrte.

»Was meinen Sie damit, daß der Lärm nicht von hier kommen kann?« drang 3POs Stimme gedämpft durch die Luke. »Ich bin sicher, es genau unter unseren Füßen gehört zu haben. Warum Sie diesen alten Rostkahn nicht endlich verschrotten, ist mir völlig unbegreiflich!«

Die Luke klappte auf und Chewie und 3PO spähten in den Hohlraum. Chewies Augen weiteten sich vor Überraschung, und 3PO sprang zurück. Chewie heulte, und 3PO sagte: »Prinzessin Leia Organa, warum verstecken Sie sich dort drinnen?«

»Ich bin gekommen, um Han umzubringen«, sagte Leia, »und das war meine einzige Möglichkeit, mich unbemerkt an Bord zu schleichen. Was glaubst du denn, was ich hier mache, du turbobetriebener Blechkopf? Han hat mich entführt!«

»Du liebe Güte!« entfuhr es 3PO. Er und Chewie sahen sich an, und dann beeilten sich beide, ihr aus dem Verschlag zu helfen.

Leia kletterte benommen heraus, und Chewbacca warf einen Blick zum Cockpit. Seine Augen wurden hart und sein Nackenfell sträubte sich. Er knurrte drohend, und für einen Moment war Leia überzeugt, daß Chewie auf typische Wookiee-Manier Han die Arme ausreißen würde. Chewie stampfte zum Cockpit, und Leia stürzte ihm nach und rief: »Warte, warte…«

Han saß im Pilotensitz und ließ die Finger über die Instrumente huschen. Der Sternenschleier auf den Bildschirmen war von einem strahlenden Weiß – was bedeutete, daß sich der *Falke* mit Höchstgeschwindigkeit durch den Hyperraum bewegte. Chewie grollte, aber Han drehte sich nicht zu ihnen um.

»Hast du herausgefunden, was dieses Hämmern zu bedeuten hatte?« fragte Han.

»Darauf kannst du wetten!« sagte Leia.

Hinter ihr rief 3PO: »Ich schlage vor, Sie bringen die Prinzessin sofort zurück, ehe wir alle im Gefängnis landen!«

Han drehte sich gelassen mit seinem Sessel um und verschränkte die Hände hinter dem Kopf. »Ich fürchte, wir können jetzt nicht zurückkehren. Der Navcomputer ist auf Dathomir programmiert und der Kurs läßt sich nicht ändern.«

Chewbacca stürzte zum Kopilotensitz, drückte einige Knöpfe und grollte Leia eine Frage zu. 3PO übersetzte: »Chewbacca möchte wissen, ab Sie wollen, daß er Han für Sie zusammenschlägt.«

Leia sah den Wookiee an; sie wußte, was diese Frage ihn gekostet hatte. Chewbacca schuldete Han sein Leben, und sein Ehrenkodex verpflichtete ihn, Solo zu beschützen. Aber unter diesen extremen Umständen schien der Wookiee offenbar das Gefühl zu haben, daß Han einen kleinen Dämpfer brauchte.

Han hob warnend eine Hand. »Du kannst mich zusammenschlagen, wenn du willst, Chewie, und ich bezweifle, daß ich dich daran hindern könnte. Aber ehe du mich bewußtlos schlägst, solltest du über etwas nachdenken: zwei Personen sind erforderlich, um dieses Schiff aus dem Hyperraum zu steuern, und ohne mich schaffst du es nicht.«

Chewie sah Leia an und zuckte die Schultern.

»Du hältst dich wohl für verdammt gerissen«, sagte Leia. »Du glaubst, auf alles eine Antwort zu haben. Chewie, paß auf ihn auf. Er hat eine hapanische Waffe des Gehorsams an Bord gebracht, und ich werde ihm damit einen Schuß verpassen.«

Han zog eine Waffe aus seinem Holster, und Leia erkannte, daß es nicht sein normaler Blaster war. Es war die hapanische Waffe – aber Han hatte die Elektronik des Laufes beschädigt. »Tut mir leid, Prinzessin, ich bin versehentlich draufgetreten, nachdem ich dich an Bord gebracht hatte.«

Er ließ sie auf den Boden fallen.

»In Ordnung, was willst du von mir?« fragte Leia leicht resigniert.

»Sieben Tage«, erklärte Han. »Ich möchte, daß du mit mir sieben Tage auf Dathomir verbringst. Ich bitte nicht einmal um soviel Zeit, wie du mit Isolder verbringen willst, sondern nur um sieben Tage. Danach – werde ich dich auf schnellstem Wege zurück nach Coruscant bringen.«

Leia verschränkte ihre Arme und wippte nervös mit dem Fuß, blickte nach unten und hörte damit auf, sah dann wieder Han an. »Was soll das alles?«

»Vor fünf Monaten, Prinzessin, hast du mir gesagt, daß du mich liebst, und zwar nicht zum erstenmal. Du hast mich lange geliebt. Du hast daran geglaubt und mich dazu gebracht, es ebenfalls zu glauben. Ich hielt unsere Liebe für etwas Besonderes, etwas, für das ich sogar gestorben wäre, und ich werde nicht zulassen, daß du *unsere* Zukunft einfach wegwirfst, nur weil irgendein anderer Prinz auftaucht!«

Ein anderer Prinz, hatte er gesagt. Leia wippte weiter mit dem Fuß und mußte sich zwingen, damit aufzuhören. »Dann gibst du es zu? Du bist der König von Corellia?«

»Das habe ich nie gesagt.«

Leia warf 3PO einen Blick zu, sah dann wieder Han an. »Was ist, wenn ich dich nicht mehr liebe? Was ist, wenn sich meine Gefühle wirklich geändert haben?«

»Die Holovidsender berichten bereits, daß ich dich entführt habe«, sagte Han. »Sie haben die Neuigkeit schon kurz vor unserem Start verbreitet. Wenn du mich nicht mehr liebst, werde ich dich in sieben Tagen zurückbringen und meine Zeit im Gefängnis absitzen. Aber wenn du mich liebst« – Han legte eine Pause ein – »möchte ich, daß du Isolder den Laufpaß gibst und mich heiratest.«

Leia schüttelte wütend den Kopf. »Du hast wirklich Nerven!«

Han sah ihr direkt in die Augen. »Ich habe nichts zu verlieren.«

Leia befeuchtete ihre Lippen. Er setzte tatsächlich alles auf eine Karte, wie er es schon häufig für sie getan hatte. Vor ein paar Jahren hatte sie ihn für schneidig und kühn, wenn auch ein wenig leichtsinnig gehalten. Im nachhinein kam es ihr vor, als wäre er ihr nur leichtsinnig erschienen, weil er so oft sein Leben für sie riskiert hatte. Ein Wort von ihr genügte, und er würde tatsächlich für sie sterben. Was sie einst für fast übermenschlichen Mut gehalten hatte, war in Wirklichkeit ein Zeichen seiner grenzenlosen Liebe. Und Leia spürte, wie ihr Herz einen furchtsamen Sprung bei dem Gedanken machte, daß jemand sie *so sehr* lieben konnte.

»In Ordnung.« Leia schluckte. »Der Handel gilt…«

»Prinzessin Leia!« rief 3PO konsterniert.

»…aber ich hoffe«, fügte Leia hinzu, »daß dir das Gefängnisessen schmeckt.«

Kaum war das bithische Schiff in der Nähe des Mahlstroms aus Trümmern, die das Roche-Systeme umkreisten, aus dem Hyperraum gestürzt, wußte Luke, daß es Probleme gab. Er konnte Leia nirgendwo *spüren*. Er ging in seine Kabine, nahm über Subraumfunk Verbindung mit dem republikanischen Botschafter bei den Verpinen auf und holte den alten Mann aus dem Bett.

»Was ist so wichtig?« fauchte der Botschafter.

»Was ist mit Prinzessin Leia Organa?« fragte Luke. »Ich sollte sie hier treffen.«

Der Botschafter runzelte die Stirn. »Sie ist vor ein paar Tagen von General Solo entführt worden. Ich sehe mir die Holovids an, wenn ich Zeit dafür habe, aber ich bin ein beschäftigter Mann! Ich kann mich mit derartigem Unfug nicht abgeben. Warum fragen Sie nicht auf Coruscant nach, wenn es so wichtig für Sie ist?«

Luke runzelte die Stirn. Sein Status als Kriegsheld erlaubte es ihm nicht, Hyperraumgespräche per Holovid zu führen. Außerdem würde es ihn Leia nicht näherbringen. Er mußte nach Coruscant zurückkehren und von dort aus die Suche aufnehmen. »Haben Sie irgendeine Vermutung, wo ich Han und Leia finden könnte?«

Der Botschafter gähnte und kratzte sich am kahlen Kopf. »Für wen halten Sie mich, für den Spionagechef? Niemand weiß, wo sie sind. Solo wurde bereits auf mindestens hundert Welten gesichtet, aber die Meldungen entpuppten sich als Gerüchte oder Verwechslungen. Tut mir leid, Sohn, ich kann Ihnen nicht helfen.« Der Botschafter schaltete den Kommunikator ab, und Luke saß verwirrt da. Eine derart rüde Behandlung war er nicht gewohnt, und schon gar nicht von rangniedrigeren Vertretern der Neuen Republik. Er vermutete, daß der Operator dem Botschafter nicht gesagt hatte, wer der Anrufer war.

Luke schloß die Augen und griff mit seinen Sinnen hinaus. Manchmal, wenn er schlief, träumte er von Leia. Wenn sie im selben Sonnensystem war wie er, konnte Luke normalerweise ihre Gegenwart fühlen. Diesmal gab es keine Spur von ihr. Er entschied, seinen Jäger zu nehmen und nach Coruscant zu fliegen.

Han arbeitete in der Kombüse des *Falken* und stellte das vierte Kerzenlichtdinner in ebensovielen Tagen zusammen. Der Duft von gewürzter Aric-Zunge hing in der Luft, und Han löffelte eilig Pudding in die Cora-Muscheln, als die Puddingschüssel plötzlich umkippte, auf dem Boden zerschellte und die Wände und Hans Hosenbeine mit Pudding bespritzte. Chewbacca hatte die ganze Zeit an der Sichtluke gestanden und die Sterne betrachtet, die im Hyperraum vorbeirasten, aber jetzt drehte sich der Wookiee um und lachte.

»Mach ruhig weiter«, meinte Han. »Lach nur, Pelzkopf. Aber laß dir eins sagen: am Ende dieser Reise wird Leia erkennen, daß sie mich liebt. Für den Fall, daß du es noch nicht bemerkt hast, es sind erst vier Tage vergangen und sie ist bereits viel netter zu mir.«

Chewbacca grollte zweifelnd.

»Du hast recht«, seufzte Han deprimiert. »Eher wird Hoth auftauen, als daß sie vernünftig wird. Und ich schätze, auf deiner Welt sind die Balzrituale viel einfacher. Wenn du eine Frau liebst, brauchst du sie wahrscheinlich nur in den Nakken zu beißen und auf deinen Baum zu schleppen. Aber auf meiner Welt liegen die Dinge anders. Wir kochen unseren Frauen festliche Mahlzeiten, machen ihnen Komplimente und behandeln sie wie Damen.«

Chewie lachte höhnisch. »Ja, wir schießen auf sie und verschleppen sie in unsere Raumschiffe«, gab Han zu. »Okay, vielleicht bin ich ja nicht *ganz* so zivilisiert wie du, aber ich bemühe mich. Ich bemühe mich wirklich.«

»Han, oh, Han«, rief Leia aus dem Salon. »Hast du endlich den ersten Gang fertig? Ich bin hungrig, und du weißt, wie ungenießbar ich sein kann, wenn ich Hunger habe.«

»Ich komme schon, Prinzessin«, rief Han liebevoll, als er den Herd öffnete. Er wollte die Pfanne mit der gewürzten Aric-Zunge mit dem Saum seiner Schürze herausziehen und verbrannte sich die Finger. Er schrie auf und steckte die schmerzenden Finger in den Mund, griff nach einem feuerfesten Lappen und gab die Zunge auf einen Teller. Irgendwie kam ihm die Zunge blauer vor, als sie eigentlich sein sollte, und er wußte nicht, ob er sie nur zu lange gekocht hatte, oder die Zunge verdorben war oder ob er sie nur mit zuviel Jupulver bestreut hatte.

»Bist du endlich fertig?« rief Leia.

»Komme schon!« brüllte Han, und er brachte ihr die Zunge. Er hatte ein hübsches rotes Tischtuch über den Holgrammtank gelegt, und der Kerzenleuchter verbreitete romantisches Licht. Leia sah in ihrem blütenweißen Overallkleid und mit den Perlen einfach hinreißend aus. Die tanzenden Kerzenflammen spiegelten sich in ihren dunklen Augen. Er stellte den Teller vor ihr hin und sagte: »Das Mahl ist serviert.«

Leia sah ihn fragend an und hob eine Braue.

»Was?« sagte Han. »Was hast du diesmal auszusetzen?«

»Willst du das Fleisch nicht für mich anschneiden?« fragte sie. Han starrte das Vibromesser auf dem Tisch an. Er hatte erlebt, wie sich Leia mit einer stumpfen Machete ihren Weg durch einen Dschungel gehackt hatte. Er hatte erlebt, wie sie mit einer Glasscherbe dicke Seile zerschnitten hatte. Er hatte sogar erlebt, wie sie mit einem zugespitzten Stock, der bei weitem nicht so scharf gewesen war wie dieses Vibromesser, ein Sumpfungeheuer erledigt hatte. »Natürlich werde ich es für dich anschneiden«, sagte Han. »Es ist mir ein Vergnügen.«

Er nahm das Messer und begann die Zunge in Portionen zu zerlegen. Als er halb fertig war, hielt er inne, um sich zu versichern, daß er es auch richtig machte. »Sind die Scheiben so, wie du sie möchtest? Möchtest du sie vielleicht dicker, dünner oder lieber der Länge statt der Breite nach geschnitten haben?«

»Die Portionen sehen gut aus«, sagte Leia, und Han beendete das Zerlegen der Zunge, setzte sich und griff nach einer Serviette.

Leia räusperte sich und sah ihn an.

»Was ist jetzt, mein Täubchen?« fragte Han.

»Willst du wirklich mit deiner schmutzigen Schürze an diesem Tisch sitzen?« sagte Leia. »Ich finde sie ziemlich eklig.«

Han erinnerte sich an die Zeit, als sie sich auf einem

83

Schlachtfeld auf Mindar halbverdorbene Rationen geteilt hatten, während überall um sie herum tote Sturmtruppler lagen.
»Du hast recht«, sagte Han. »Ich ziehe sie sofort aus.« Er stand auf, legte die Schürze ab und hing sie in der Kombüse an einen Haken. Als er zurückkam, räusperte sich Leia erneut.

»Was ist denn jetzt schon wieder?« fragte Han.

»Du hast den Wein vergessen«, erklärte Leia mit einem Blick in ihr Glas. Han starrte ihren Teller an und stellte fest, daß sie bereits ohne ihn zu essen angefangen hatte.

»Möchtest du weißen, roten, grünen oder purpurnen?«

»Roten«, antwortete Leia.

»Trocken oder süffig?«

»Süffig!«

»Temperatur?«

»Vier Grad.«

»Du willst wohl heute abend nicht zusammen mit mir essen, oder?«

»Nein«, sagte Leia nachdrücklich.

»Ich verstehe es einfach nicht«, rief Han. »Seit vier Tagen kommandierst du mich nur herum und sprichst ansonsten kein einziges Wort mit mir. Ich weiß, daß du wütend auf mich bist. Du hast ein Recht dazu. Vielleicht habe ich alles verdorben, und du wirst mich niemals wieder lieben können. Oder du hast dich so sehr daran gewöhnt, ständig Bedienstete um dich zu haben, daß du mich zu deinem Sklaven machen willst. Aber ich hatte gehofft, wenn du mich schon nicht lieben kannst, wirst du in mir zumindest immer noch deinen Freund sehen.«

»Vielleicht verlangst du zuviel von mir«, warf Leia ein.

»Ich verlange zuviel von dir?« sagte Han. »Ich bin doch derjenige, der für dich kocht und putzt und wäscht und dein Bett macht und dieses Schiff fliegt. Beantworte mir nur eine Frage, und zwar ehrlich: Gibt es irgend etwas an mir, das du noch immer magst? Irgendeine Kleinigkeit? Irgend etwas?«

Leia antwortete nicht.

»Vielleicht sollte ich das Schiff einfach beidrehen«, sagte Han.

»Vielleicht solltest du das«, stimmte Leia zu.

»Aber ich verstehe es immer noch nicht«, sagte Han. »Du hast eingewilligt, mich auf diese Reise zu begleiten, wenngleich« – er zuckte die Schultern – »unter Zwang, das gebe ich zu. Aber du bist wütender, als es eigentlich gerechtfertigt ist. Wenn du es an mir auslassen willst, dann mach schon. Ich bin hier. Han Solo, in Fleisch und Blut.« Er beugte sein Gesicht nach vorn. »Nun mach schon, schlag mich. Oder küß mich. Oder sprich mit mir.«

»Du hast recht«, nickte Leia. »Du verstehst es nicht.«

»Was verstehe ich nicht?« sagte Han. »Was? Gib mir einen Hinweis!«

»In Ordnung!« rief Leia. »Ich werde es dir sagen. Dir, Han Solo, dem Mann, kann ich verzeihen. Aber als du mich auf dieses Schiff verschleppt hast, da hast du die Neue Republik verraten, der wir dienen. Du bist schon längst nicht mehr nur Han Solo, der Mann. Du warst Han Solo, der Held der Rebellen-Allianz, Han Solo, der General der Neuen Republik. Und diesem Han Solo kann ich nicht verzeihen, ich weigere mich, ihm zu verzeihen. Manchmal ist das, was man repräsentiert, so wichtig, daß man seine Maßstäbe nicht herunterschrauben darf. Du wirst als Vorbild respektiert, aber das gilt nicht nur für deine Persönlichkeit, sondern auch für deine *Funktion*.«

»Das ist nicht meine Schuld«, wehrte Han ab. »Ich weigere mich, zum Gefangenen der Idealvorstellungen anderer Leute zu werden.«

»Schön«, sagte Leia. »Vielleicht denkst du, daß das Universum nicht so funktionieren sollte. Vielleicht möchtest du wieder frei sein, wieder Pirat werden oder wie ein kleiner Junge herumspielen, aber so funktioniert das Universum nicht! Du mußt dich dieser Tatsache stellen.«

»Schön«, sagte Han und warf seine Serviette auf den Tisch, »dann werde ich mich dieser Tatsache eben stellen. Nach dem Essen. Du sagst mir, was du von mir erwartest, wie ich mich verhalten soll. Ich werde mich ändern – auf Dauer. Das verspreche ich. Okay?«

Leia sah ihn an, und ihr Gesicht wurde ein wenig weicher. »Okay.«

Vier Tage später fiel der *Millennium Falke* über Dathomir aus dem Hyperraum, und sofort heulte der Kollisionsalarm los. Leia stürzte ins Cockpit und blickte über Hans Schulter nach draußen: Der Himmel war von Sternzerstörern übersät, während von einem kleinen roten Mond ein unablässiger Strom von Fähren und Frachtern aufstieg, deren Ziel eine gewaltige Masse aus metallenen Röhren und Streben war – ein zehn Kilometer durchmessendes glitzerndes Gerüst, das im Orbit kreiste. Es erinnerte an ein riesiges Insekt, aber Tausende von Schiffen hatten daran angedockt – ein Supersternzerstörer,

Dutzende von alten Einheiten der *Sieges*-Klasse und Eskort-fregatten, Tausende von schachtelförmigen Lastkähnen. Für einen Moment starrte Han das Gewimmel ehrfürchtig an und keuchte dann wütend: »Was haben die hier zu suchen?«

Leia holte tief Luft. »Nun, Han, diesmal hast du wirklich den Jackpot geknackt. Um diesen Planeten müssen mehr feindliche Kampfschiffe massiert sein als ein Hutt Zecken hat.«

Han warf einen Blick zu Chewbacca hinüber. Der Wookiee rief soeben die Navkarten des Ottega-Systems ab. Das Bugho-lodisplay zeigte, wie sich zwei rote Jäger von einem Sternzer-störer lösten und rasend schnell näherkamen. »Vergiß den Sarkasmus, Prinzessin, und begib dich in den Geschützturm. Wir bekommen Gesellschaft.«

Han nickte den heranrasenden TIE-Abfangjägern auf dem Bildschirm zu. Leia kannte den *Falken* gut genug, um Han nicht zu fragen, ob er sie abhängen konnte. Er konnte es nicht. »Im Ernst, Leia, rauf mit dir«, drängte Han. »Sobald sie nah genug sind, um zu erkennen, daß wir kein anfliegender Y-Vier sind, werden sie sofort das Feuer eröffnen.« Leia rannte durch den Korridor zur Treppe.

Aus dem Funkgerät des *Falken* drang die fragende Stimme eines Raumlotsen: »Anfliegender Y-Vier-Marodeur, bitte identifizieren Sie sich und Ihr Ziel. Anfliegender Marodeur, bitte identifizieren Sie sich.«

»Captain Brovar«, antwortete Han, »Transport eines In-spektionsteams zu den planetaren Verteidigungssystemen.« Han wischte sich den Schweiß von der Stirn. Diesen Teil hatte er schon immer gehaßt – das Warten darauf, ob der Gegner seine Geschichte schluckte.

Nach einer Verzögerung von vier Sekunden wußte Han, daß der Raumlotse Rücksprache mit seinem Vorgesetzten hielt. Das war immer ein schlechtes Zeichen. »Äh«, sagte der Lotse nach einem Moment, »dieser Planet verfügt über kein Verteidigungssystem.«

Chewbacca funkelte Han an, und Han ging wieder auf Sen-dung. »Ich weiß. Wir sind hier, um die *Vorbereitungen* zum Aufbau des planetaren Verteidigungssystems zu treffen.« Der Lotse reagierte mit langem Schweigen, so daß Han lahm hinzufügte: »Wir haben eins dabei, das heißt, einige Einzel-teile. Ich meine, wir müssen diese Verteidigungssysteme schließlich irgendwo aufbauen, oder?«

»Anfliegender Y-Vier-Marodeur«, erklang eine rauhe Stimme auf derselben Frequenz, »haben Sie an Ihrem Schiff irgendwelche *ungewöhnlichen* Modifikationen vorgenommen?«

Die Abfangjäger waren jetzt so nah, daß sie mit bloßem Auge sichtbar waren, und damit war Hans Tarnung aufgeflogen. Er griff nach dem Schalter für die Störsysteme, aber Chewie winselte. »Schon in Ordnung«, versicherte Han. »Diesmal werden unsere Schaltkreise nicht durchbrennen. Ich habe sie vor unserem Abflug getestet.«

Han legte den Schalter um und betete. Chewbacca brüllte verängstigt auf, und Han drehte den Kopf – der Navcomputer war abgestürzt. Während Han zusah, erloschen die Kontrolldioden des Hyperantriebsmotivators und des Heckfeuerleitcomputers. Han dämmerte zu spät, daß er die Störsysteme *nicht* mit eingeschaltetem Navcomputer getestet hatte. In der nächsten Zeit würden sie nicht in den Hyperraum springen können.

Chewie knurrte entsetzt, und Han steuerte den *Falken* im Sturzflug auf die glitzernde Raumwerft und eine Kuat-Eskortfregatte zu. Die ungeheure Metallmasse würde die Sensoren blenden, und obwohl die TIE-Abfangjäger schneller und beweglicher als der *Falke* waren, hatte Han keinen Zweifel, daß er ein weit besserer Pilot war als seine Gegner.

Blitze aus blauem Blasterfeuer sengten über den Bug des *Falken* und prallten von der Hülle ab. »Sie sind in Feuerreichweite!« schrie Leia über Interkom. 3PO, der hinter dem Pilotensitz stand und das Blasterfeuer verfolgte, stieß bei jedem Streifschuß ein entsetztes: »Oooh, aaah!« aus und duckte sich.

Han hörte das ersehnte Hämmern der Vierlingskanonen, als Leia das Feuer erwiderte. Der *Falke* näherte sich rasend schnell dem Werftgerüst und der darunter lauernden Eskortfregatte. Mächtige Streben aus Plastahl zuckten vorbei, und Han riß den *Falken* herum, um durch das Gerüst zu schlüpfen. Gleichzeitig programmierte er den Bugfeuerleitcomputer auf die primäre Sensortraube der Fregatte. Ohne aktive Schilde war die riesige Fregatte nur ein weiterer Klumpen Weltraumschrott, und Hans erster Schuß tauchte die Sensortraube in blaues Blitzgewitter. Er feuerte rasch hintereinander seine Protonentorpedos ab, und sie explodierten in gleißenden Feuerbällen, die Hans Augen nur deswegen nicht blendeten, weil er rechtzeitig den Blick abwendete.

Zwischen den grellen Pilzwolken ging Han auf Gegenschub, feuerte zwei Vibroraketen auf den schmalen Stiel der Fregatte, wo die Gänge verliefen, die die monströsen Triebwerke des Schiffes mit dem Bugarsenal verbanden. Als sich der langsamer werdende *Falke* im Sturzflug dem breiten Spalt in der Hülle der Fregatte näherte, schlugen im Bugvibroschirm Schrapnellsplitter ein.

Chewie brüllte und schützte sein Gesicht mit der Hand. Der *Falke* schrammte in den offenen Hangar der Fregatte, und Warnsirenen heulten los. Die Kontrollpulte wurden dunkel, als der Vibroschirm nach einem letzten grellen Flackern zusammenbrach. Rauch stieg von Chewies Pult auf, und er knurrte.

»Pssst…«, zischte Han und hielt Chewie den Mund zu. Beide TIE-Abfangjäger prallten gegen die Fregatte und explodierten. Der Korridor, in den der *Falke* geschrammt war, füllte sich mit Licht und Feuer.

Das ist das Problem mit diesen verdammten Stahlglasfenstern der TIE-Jäger, dachte Han. *Die billigen Dinger verdunkeln sich bei jeder Explosion, und die nächsten zwei Sekunden sieht man gar nichts mehr.* Er hatte sich diesen schwachen Punkt zunutze gemacht.

Han schaltete die elektronischen Störsysteme ab und fuhr die Maschinen des *Falken* herunter. Leia kam durch den Korridor ins Cockpit gestürmt. »Verdammt, was hast du dir dabei gedacht? Du hättest uns fast umgebracht!«

»Hör doch!« sagte Han und hob ruhegebietend eine Hand. Die Explosionen der Torpedos und der Jäger sowie ein paar wohlgezielte Ionenkanonenstrahlen hatten die Umlaufbahn der Fregatte destabilisiert. Das Schiff löste sich trudelnd von den Docks und wurde von Dathomirs Schwerefeld angezogen.

»Oh, großartig!« sagte Leia. »Ich soll mich wohl darüber freuen, daß wir auf den Planeten stürzen statt im Weltraum zu explodieren?«

»Nein«, erwiderte Han. »Unser Vibroschirm dürfte den *Falken* vor ernsten Schäden bewahrt haben, und jetzt, wo die Sensorstörsysteme abgeschaltet sind, sollte es Chewie gelingen, den Navcomputer wieder in Betrieb zu nehmen. Zsinjs Raummarine wird glauben, daß wir beim Zusammenprall ums Leben gekommen sind, und solange die Fregatte auf den Planeten stürzt, können sie nichts unternehmen – uns bleiben etwa zehn Minuten, um einen neuen Kurs zu berechnen. Dann verschwinden wir von hier und fliegen nach Hause. Vertrau mir, ich habe so was schon früher gemacht!«

Han holte tief Luft und betete. »Mach weiter, Chewie, schalt den Navcomputer wieder ein. Zeig es ihr.«

Chewie grollte, warf Han einen bösen Blick zu und legte den Schalter um. Der Monitor blieb dunkel. Chewie probierte fieberhaft weitere Schalter aus. Der Hyperantriebsmotivator reagierte ebensowenig wie die Heckdeflektorschilde. 3PO hatte die ganze Zeit hinter dem Pilotensitz gestanden und das Treiben verfolgt, und jetzt fuchtelte er nervös mit den Armen, sagte aber nichts. Erst als er sah, daß sich der Motivator nicht aktivieren ließ, rief er: »Wir sind verloren!«

Han sprang aus seinem Sitz. »Schon gut, schon gut, bloß keine Panik. Wir haben es nur mit ein paar durchgebrannten Schaltungen zu tun. Ich repariere sie.« Er drängte sich an 3PO vorbei, rannte durch den Korridor zum Maschinenraum und hantierte an der Wartungsklappe des Motivators; sie war heiß. Auf den Navcomputer ließ sich zur Not verzichten – für zehn Minuten. Es genügte schon, wenn sie mit einem kurzen Sprung das Sonnensystem verließen und sich dann ein paar Tage Zeit nahmen, um die Schäden in der Kälte des Weltraums zu beheben. Aber den Motivator brauchte er jetzt.

Er zog seine Weste aus, wickelte sie um seine Hand und riß die Wartungsklappe aus den Angeln. Aus dem verbrannten Inneren des Schaltkastens schlug ihm Feuer entgegen, und Leia tauchte hinter ihm mit einem Feuerlöscher auf. Han wich zurück, während sie den Brand löschte, aber es war sinnlos.

»Okay, okay«, murmelte er und rannte zurück ins Cockpit, aktivierte alle Schaltkreise und ließ den Diagnosecomputer einen Check vornehmen. Die Bugsensortraube war beim Aufprall zerstört worden. »Das ist okay. Ich brauche keine Sensoren, solange ich sehen kann, wohin ich fliege«, knurrte er.

Die Vibroschilde waren irreparabel beschädigt, die Bugsendeschüssel abgetrennt. Der Rest schien sich in einem halbwegs guten Zustand zu befinden. Sofern die Diagnose richtig war, konnten sie davonfliegen – vorausgesetzt, es gelang ihnen, sich aus dem Wrack zu befreien, niemand schoß auf sie, niemand fing sie ab und sie versuchten nicht, in den Weltraum zu entkommen.

Han wurde schwindelig, und er erkannte, daß die Fregatte unter dem Einfluß von Dathomirs Schwerefeld ins Trudeln geraten war. »Haltet durch, Leute, es wird jetzt ein wenig ungemütlich!« murmelte er. Ein Blick zu Leia verriet ihm, daß sie nicht wütend war und ihm keine Vorwürfe machte. Statt dessen verzerrte Furcht ihr bleiches Gesicht, und ihre Augen schienen ins Leere zu blicken. Han hatte sie noch nie so verängstigt erlebt.

»Was ist? Was ist?« fragte er, während er fieberhaft das Diagnosedisplay überprüfte.

»Ich spüre etwas dort unten«, sagte Leia. »Auf dem Planeten. Etwas…«

»Was?« drängte Han.

Leia schloß die Augen. Sie verfügte noch nicht über Lukes Sensitivität. Aber Han wußte, daß sie das Potential hatte. »Ich sehe… Blutstropfen auf einem weißen Tischtuch. Nein – sie sehen eher wie Sonnenflecken aus, schwarz vor dem grellen Weiß. Nur daß die schwarzen Flecken scheußlicher sind – widerlicher…« Leia konzentrierte sich so stark, daß sich Falten auf ihrer Stirn bildeten; sie holte tief Luft, in gierigen Atemzügen, mit bebender Unterlippe.

Dann riß Leia die Augen auf, und ihr Gesicht war wieder bleich und von Entsetzen verzerrt. »Oh, Han, wir dürfen dort unten nicht landen!«

* 9 *

In Hans Apartment auf Coruscant tastete Luke die Wände ab. Es war ein seltsames Apartment, ohne persönliche Note, ohne Wärme, eins von der Art, in der man vielleicht *hauste*, aber nicht *lebte*. Die Wohnung war bereits durchwühlt worden. Hans Militäruniformen lagen zusammen mit einer aufgerissenen Matratze und zerfetzten Kissen verstreut auf dem Boden. Dutzende von Leuten hatten das Apartment durchsucht, aber nicht so, wie Luke es durchsuchen wollte.

Luke hob ein Kissen auf und schloß die Augen. Er konnte Hans Verzweiflung auf dem Kissen spüren, und etwas Älteres und Seltsames – einen Hauch wilden Glücks, wilder Hoffnung.

Luke stand reglos da. Derart starke Gefühle hatten ein einzigartiges Aroma, und er fuhr mit den Fingern über die Wand, spürte auch dort den Duft, folgte ihm durch die langen Straßen von Coruscant. Manchmal verlor er die Spur des Aromas an einer Ecke, und dann blieb Luke für einen Moment stehen und konzentrierte sich.

Nachdem er stundenlang der Aromaspur jener wilden Hoffnung gefolgt war, erreichte er die oberen Ebenen der Unterwelt und betrat einen uralten Spielsalon. Er verharrte und sah zu einem Sabacctisch hinüber, an dem ein Trio Nagerabkömmlinge spielte, während ein Droide die Karten ausgab.

Er wandte sich an den Manager, einen fledermausähnlichen Ri'dar, der kopfüber mit den Füßen an einem Kabel hing und mit halb geöffneten Augen sein Reich überwachte. »Machen Ihre Kartengeber-Droiden visuelle Aufzeichnungen von den Spielen, um Falschspieler abzuschrecken?«

»Wiessso?« fragte der Ri'dar. »Ich führe ein ehrlichesss Cassino. Wollen Sssie etwa andeuten, dasss meine Kartengeber betrügen?«

Luke war versucht, die Augen zu verdrehen. Paranoia war ein Wesenszug aller Ri'dar und konnte zu Problemen führen, wenn es Luke nicht gelang, das Wesen schnell zu beruhigen. »Natürlich nicht«, sagte Luke, »der Gedanke ist mir nie gekommen. Aber ich habe Grund zu der Annahme, daß ein Freund von mir vor kurzem hier war und daß er an diesem Ecktisch Karten gespielt hat. Wenn es Filmaufnahmen davon gibt, würde ich gern das Video sehen. Ich zahle natürlich dafür.«

Die dunklen Augen des Ri'dars leuchteten auf, und er sah sich verstohlen um. Mit einer Schwingenhand griff er nach oben, packte das Kabel und setzte die Füße auf den Boden. »Hier entlang.«

Luke folgte ihm in ein Hinterzimmer, und der Ri'dar sah ihn mißtrauisch an. »Zzzuerssst dasss Geld.«

Luke reicht ihm einen Chip im Wert von hundert Kredits. Der Ri'dar schob den Chip in eine verborgene Westentasche und zeigte Luke, wie man die mindestens hundert Jahre alte Videodisplayeinheit bediente. Sie war rostig und schmutzverkrustet, aber sie spulte mit ungeheurer Schnelligkeit zurück. Binnen weniger Momente huschte Han über den Bildschirm. Luke hielt das Videoband an und verfolgte, wie Han seinen Planeten gewann. Es gab keinen Ton, nur das Hologramm des Planeten über dem Tisch. Das also war der Grund für seine Freude gewesen.

»Wer ist diese Drackmarianerin?« fragte Luke.

Der Ri'dar warf einen Blick auf die Drackmarianerin, ohne Luke dabei aus den Augen zu lassen. »Ssschwer zzzu sssagen. Sssie sssehen für mich alle gleich ausss.«

Luke brachte einen weiteren Kreditchip zum Vorschein.

»Ja, jetzzzt erinnere ich mich«, sagte der Ri'dar. »Kriegsssherrin Omogg.«

Luke kannte den Namen. »Natürlich. Nur sie könnte einen Planeten in einem Kartenspiel verlieren. Wo kann ich sie finden?«

»Sssie sssspielt«, antwortete der Ri'dar. »Wenn sssie nicht hier issst, ssspielt sssie woanderssss. Drackmarianer ssschlafen nicht.«

Luke bekam die Namen von Omoggs Stammlokalen, schloß die Augen und ließ seinen Zeigefinger über die Liste wandern. Beim dritten Namen auf der Liste hielt er inne – ein nahegelegenes Lokal, vier Ebenen tiefer.

Er zog seine Robe enger um sich und stieß mit der Hand gegen das an seiner Seite hängende Lichtschwert. Sein Instinkt riet ihm, es bereitzuhalten, und er löste es vom Gürtel und schob es in eine Tasche.

Er brauchte nur ein paar Minuten für den Weg nach unten, aber es schien, als hätte er eine andere Welt betreten. Hier unten roch die Luft abgestanden, die Beleuchtung war trüber als oben. In den noch tiefer gelegenen Ebenen der Unterwelt gab es Orte, die nicht einmal der mutigste Mensch zu betreten wagte. Schon auf dieser Ebene lebten Angehörige nichtmenschlicher Rassen, die Luke noch nie zuvor gesehen hatte – ein großes, türkisfarbenes biolumineszierendes Amphibienwesen watschelte auf Flossenfüßen an ihm vorbei und schob hungrig irgendwelche Pilze in sein breites Maul. Etwas Riesiges mit Tentakeln glitt über den feuchten Steinboden. Luke wußte nicht, ob es intelligent oder irgendeine Art von Schädling war. Ein trübe leuchtendes Schild über einer Tür wies Luke den Weg zu dem gesuchten Lokal: »Blinder Passagier.«

Er trat ein und blinzelte ins Halbdunkel. Die einzige Beleuchtung stammte von den Kopfscheinwerfern eines Reinigungsdroiden und einigen biolumineszierenden Amphibienwesen wie jenem, dem Luke draußen begegnet war. Hier unten benutzten die Kreaturen kein künstliches Licht.

Und in den Tiefen der Schatten hörte Luke ersticktes Röcheln, bei dem es sich nur um Todeslaute handeln konnte.

Luke zog sein Lichtschwert und zündete es. Strahlend blaue Helligkeit zerriß die Schatten. Dutzende von Nichtmenschen schrien auf und bedeckten ihre Augen, und viele flohen unter wütendem Protest zur Tür hinaus. Ein Dutzend Rattenwesen huschten tiefer in die Schatten und belauerten den Störenfried mit glitzernden Augen.

Im hintersten Teil des Spielsalons waren drei Menschen über die Drackmarianerin hergefallen. Zwei von ihnen drückten sie auf einen Tisch, während der dritte fieberhaft versuchte, ihr den Helm abzunehmen und sie der Sauerstoffatmosphäre auszusetzen, die sie auf der Stelle töten würde. Die Drackmarianerin wehrte sich verzweifelt, grub ihre Krallen in die Arme der Männer, bis das Blut hervorquoll, trat sie mit ihren Klauenfüßen, peitschte mit ihrem Schwanz auf sie ein. Zwei andere Menschen lagen bereits auf dem Boden, aber die Drackmarianerin war fast am Ende ihrer Kräfte. Die Männer hatten sie festgenagelt. Alle drei Angreifer trugen Infrarotbrillen, ein Zeichen dafür, daß sie nicht an das Leben in der Unterwelt gewöhnt waren.

»Laßt sie los«, befahl Luke.

»Halt dich da raus«, sagte einer der Männer. Er sprach Basic mit einem seltsamen Akzent, den Luke noch nie zuvor gehört hatte. »Sie hat Informationen, die wir brauchen.«

Luke trat vor, und der Mann, der an Omoggs Helm gezerrt hatte, zog eine Waffe und feuerte auf ihn. Blaue Funken schossen aus der Waffe und hüllten Luke ein, und für einen Sekundenbruchteil wurde Lukes Kopf leer – es war ein Gefühl, als hätte jemand seinen Kopf in gefrierendes Eiswasser getaucht.

Er blinzelte und ließ die Macht durch sich strömen. Die drei Männer wandten sich wieder ihrem Opfer zu und glaubten offenbar, ihn ausgeschaltet zu haben.

»Laßt sie los«, wiederholte Luke lauter.

Der Anführer sah Luke überrascht an und griff erneut nach seiner Waffe. Luke riß ihm mit der Macht die Waffe aus der Hand.

»Verschwindet von hier, alle drei…«, forderte Luke.

Die Männer wichen von der Drackmarianerin zurück. Sie lag keuchend auf dem Tisch und schien unter der Wirkung der Sauerstoffspuren zu leiden, die durch die Verriegelung ihres Helmes gedrungen waren. Einer der Männer sagte: »Diese *Kreatur* verfügt über Informationen, die uns zu einer Frau führen könnten, die entführt wurde. Wir werden uns diese Informationen holen.«

»Diese *Frau* ist eine Bürgerin der Neuen Republik«, entgegnete Luke, »und wenn Sie nicht die Finger von ihr lassen, werden Sie Ihre Finger verlieren.« Drohend schwang Luke das Lichtschwert.

Die Männer sahen sich nervös an und wichen zurück. Einer von ihnen brachte einen Kommunikator zum Vorschein, sprach hastig in einer fremden Sprache hinein und forderte offenbar Verstärkung an. Die Rattenleute in der Ecke witterten Unheil und huschten davon, und drückende Stille legte sich über den Raum, nur vom gedämpften Brummen der Speiseprozessoren im Hintergrund durchbrochen.

Zehn Sekunden später sagte eine Frauenstimme hinter Luke: »Was geht hier vor?«

Die drei Männer, die Omogg angegriffen hatten, verschränkten die Arme und verbeugten sich. »Oh, Königinmutter, wir haben die drackmarianische Kriegsherrin wie verlangt aufgespürt, aber sie wollte unsere Fragen nicht beantworten. Wir konnten die Information nicht aus ihr herausbekommen.« Luke drehte sich zu der Angesprochenen um. Sie war eine hochgewachsene Frau mit einem goldenen Reif und einem goldenen Schleier, der ihr Gesicht verbarg. Ihre ganze Haltung zeugte von Adel und Reichtum. Sie trug ein langes, wallendes Kleid, durch das ihre wohlgeformte Figur schimmerte. Hinter ihr standen mindestens ein Dutzend bewaffnete Leibwächter mit schußbereiten Blastern.

»Ihr habt sie gefoltert, eine fremde Würdenträgerin?« fragte die Königinmutter. Ihre Augen blitzten hinter dem Schleier. Luke konnte ihren Zorn spüren, aber er war nicht sicher, ob sie auf ihre Männer oder auf die Tatsache wütend war, daß sie versagt hatten.

»Ja«, murmelte einer der Männer. »Wir hielten es für das Beste.«

Die Königinmutter knurrte angewidert. »Raus mit euch, alle drei. Ihr steht unter Arrest.« Für einen Moment fragte sich Luke, ob das Ganze nur ein inszeniertes Schauspiel war, und er griff mit der Macht nach dem Bewußtsein der Frau. Sie war von den Taten ihrer Männer weder überrascht noch abgestoßen, aber das bedeutete nicht viel. Politische Führer stumpften ab, verhärteten sich.

»Ich bin Ihnen für Ihr Eingreifen zu Dank verpflichtet«, sagte sie zu Luke. Ein Wink, und zwei ihrer Leibwächter eilten zu der reglosen Drackmarianerin und hantierten an ihrer Gasmaske, bis diese sich wieder luftdicht um ihre Schnauze schmiegte. Omogg keuchte noch immer, schien sich aber langsam zu erholen. Ihre Arme bewegten sich, ihr Schwanz zuckte schwach. Die Leibwächter halfen ihr beim Aufsitzen und stellten die Ventile ihres Rucksacks neu ein, um die Methanzufuhr zu erhöhen. Sie atmete tief ein.

»Es tut mir schrecklich leid«, sagte die Königin zu der Drackmarianerin. »Ich bin Ta'a Chume von Hapan, und ich habe meine Männer gebeten, Sie zu suchen, aber ich habe ihnen nicht befohlen, Sie auf diese Weise zu befragen. Sie stehen bereits unter Arrest. Sagen Sie mir, welche Strafe Sie für angemessen halten.«

»Sie solleeen Meeethan aaatmen«, zischte Omogg.

Die Königin neigte leicht den Kopf. »So wird es geschehen.« Sie schwieg für einen Moment. »Sie wissen bereits, warum ich hier bin. Ich muß wissen, wo Han Solo ist. Es heißt, daß Sie einen eigenen Suchtrupp zusammengestellt haben, um ihn gefangenzunehmen. Ich werde jeden Preis – in vernünftigen Grenzen - zahlen, den Sie verlangen. Wissen Sie, wo er ist?«

Omogg sah Ta'a Chume für einen Moment forschend an. Die Drackmarianer waren für ihre Großzügigkeit bekannt, aber sie waren ein unabhängiges Volk und ließen sich zu nichts zwingen. Sie waren furchtlose Gegner des Imperiums gewesen und konnten lediglich als lockere Verbündete der Neuen Republik betrachtet werden. Sie widerstanden jedem Druck, selbst wenn dies ihren Tod bedeuten sollte. Omogg richtete den Blick auf Luke. »Isst esss dasss, wasss Sie auuuch wolleeen?«

»Ja«, nickte Luke.

Die Drackmarianerin studierte Luke für einen Moment. »Sie haben mirrr dasss Leeeben gerrrettet, Jedi. Dasss bestä-tiiigt Ihrrren Rrruf. Sssagen Sie mirrr, wasss Sie alsss Belooohnung verrrlangen.«

Die Drackmarianerin zögerte, und Luke verstand. Sie wollte ihm sagen, wohin Han Solo geflogen war, aber nicht in Ta'a Chumes Gegenwart. Doch Luke spürte auch die Gelassenheit der Königinmutter. Wenn Omogg tatsächlich geplant hatte, Han einen Suchtrupp hinterherzuschicken – und das ausgesetzte Kopfgeld der Neuen Republik war hoch genug, um einen derartigen Plan zu rechtfertigen –, dann hatte Ta'a Chume wahrscheinlich längst ihre Hausarbeiten gemacht. Sie wußte, welches Schiff Omogg benutzen würde, hatte wahrscheinlich sogar einige der Crewmitglieder befragt und das Schiff verwanzt, um es verfolgen zu können.

»Als Belohnung erbitte ich von Ihnen, General Solo mir zu überlassen und den Namen des Planeten niemandem zu verraten, sondern mir in die Augen zu sehen und den Namen zu denken.«

Omogg blickte auf, und die dunklen Bälle ihrer Augen schimmerten durch die grünen Methangasschwaden in ihrem Helm. Luke griff mit der Macht nach ihr und hörte deutlich den Namen des Planeten in seinem Bewußtsein. *Dathomir.*

Der Name ließ Luke zusammenfahren. Für eine Sekunde blitzte das Holo des jüngeren, grüneren Yoda in ihm auf: »Wir haben versucht, die Chuunthor von Dathomir zu befreien…«

»Was wissen Sie über diesen Ort?« fragte Luke.

Omogg sagte: »Fürrr einen Mmmethannnatmerrr hat errr keiiinen Werrrrt…«

»Danke, Omogg«, erklärte Luke. »Die Drackmarianer sind zu Recht für ihre Großzügigkeit berühmt. Brauchen Sie einen Arzt? Oder sonst etwas?«

Omogg wehrte Lukes Dank mit einer Klauenbewegung ab und hustete wieder.

Ta'a Chume musterte Luke unverhüllt, als wäre er ein Sklave, der auf dem Markt zum Kauf angeboten wurde, und dann spürte er auch ihre Nervosität. Sie wollte etwas von ihm. »Danke, daß Sie im richtigen Moment zur Stelle waren«, sagte sie. »Ich nehme an, Sie sind ein Kopfgeldjäger und an der Belohnung interessiert?«

»Nein«, erwiderte Luke reserviert. »Ich bin ein Freund von Leia – und von Han.«

Die Königin nickte, schien nur ungern gehen zu wollen. »Unsere Flotte wird heute nacht aufbrechen« – sie warf einen Blick durch den Raum, der bis auf ihre Leibwächter, Luke und Omogg leer war – »und zwar nach Dathomir.« Sie mußte Lukes Verblüffung beim Klang des Namens bemerkt haben, denn mit gewisser Befriedigung fügte sie hinzu: »Omogg hat den Fehler gemacht, ihren Navcomputer den Kurs vorausberechnen zu lassen. Als wir von ihrem geplanten Abflug erfuhren, hatten wir keine Mühe, ihr Ziel zu ermitteln. Trotzdem verstehe ich immer noch nicht, warum sich Han ausgerechnet für diese Welt entschieden hat.«

»Vielleicht hat sie… einen sentimentalen Wert für ihn«, meinte Luke.

»Natürlich«, stimmte Ta'a Chume zu. »Die passende Wahl für einen liebestrunkenen Narren, der gerade das Objekt seiner Begierde entführt hat. Sie meinen also auch, daß sich eine Überprüfung lohnt?«

»Ich bin mir nicht sicher«, gestand Luke.

»Ich werde es überprüfen«, sagte Ta'a Chume nachdenklich. »Seit ich ein kleines Kind war, habe ich keinen Jedi mehr gesehen. Und jener war ein alter Mann, dem bereits die Haare ausfielen. Nicht zu vergleichen mit Ihnen – aber interessant. Ich würde Sie gern für ein oder zwei Stunden zum Essen auf meinem Schiff empfangen. Sie werden kommen. Heute abend.«

Ihr Tonfall schien keine Ablehnung zu dulden, aber Luke spürte, daß sie es hinnehmen würde, wenn er nicht auf ihr Angebot einging. Doch etwas anderes bestürzte ihn – die Gleichgültigkeit, mit der diese Frau über Leben und Tod entschied, die Art und Weise, wie sie die Hinrichtung ihrer eigenen Männer akzeptiert hatte. Diese Frau war gefährlich, und Luke wollte ihr Bewußtsein genauer erforschen.

»Es ist… mir eine Ehre«, sagte Luke.

* 10 *

Während der *Millennium Falke* Dathomir entgegenstürzte, brüllte Chewbacca vor Angst und klammerte sich an seinen Sitz. Das Kreiseln des Schiffes ließ Leia übel werden, aber für den Wookiee, der in den Bäumen aufgewachsen war, war der freie Fall vermutlich schlimmer.

»Es wird heiß hier drinnen«, stellte Leia überflüssigerweise fest. Sie waren in die Atmosphäre eingetaucht, und ohne Hitzeschilde würde die riesige Fregatte verglühen. »Han, ich weiß wirklich nicht, warum ich zugelassen habe, daß du mich in diese Sache hineinziehst! Mir ist es egal, ob du ins Gefängnis wanderst – bring mich nach Hause, und zwar sofort!«

Han beugte sich über sein Kontrollpult. »Tut mir leid, Prinzessin, aber es sieht so aus, als würde Dathomir unsere neue Heimat werden – zumindest solange, bis ich diese Kiste repariert habe.« Han schaltete per Knopfdruck den Andruckabsorber des *Falken* ein, und abrupt hörte das Gefühl des Fallens auf. Er drückte weitere Knöpfe, zog an Hebeln. Die Maschinen erwachten dröhnend zum Leben, und Han sagte: »Verschwinden wir von hier.«

Der *Falke* hob vom Boden ab. Ein lautes Knirschen ertönte, als etwas Metallenes über seine Hülle schrammte. Vom Lärm kreischenden Metalls begleitet, steuerte Han das Schiff aus dem Wrack der Fregatte. »Kein Grund zur Sorge«, sagte er. »Das war nur unsere Antenne.« Er fluchte gepreßt. »Wir müssen solange wie möglich in der Nähe der Fregatte bleiben, damit sie unsere Triebwerksemissionen nicht orten können. Ich schätze, wenn die Fregatte aufprallt, wird uns die Hitze der Explosion eine Weile Deckung geben. Aber wir müssen trotzdem ganz in ihrer Nähe landen.«

Der *Falke* löste sich von dem Wrack, und Leia sah, daß sie sich noch immer einige tausend Kilometer über dem Boden befanden. Der *Falke* drehte sich im Fall, und für einen Moment konnten sie die Sterne und Monde sehen, die jetzt schrecklich weit entfernt wirkten, dann tauchte wieder der Planet auf.

Dort unten war es Nacht. *Zumindest stürzen wir über Land ab*, dachte Leia. Sie schienen sich in einer gemäßigten Zone mit sanften Hügeln und Bergen am Rand einer ausgedehnten Wüste zu befinden. Es sah nicht einladend aus, schien aber

98

Überlebensmöglichkeiten zu bieten. Die düsteren Berge waren dicht bewaldet. Leia hatte schon Hunderte von Planeten überflogen, und Welten wie diese flößten ihr jedesmal Angst ein. Es war so dunkel dort unten, so einsam ohne die freundlichen Lichter der Städte.

Der trostlose Anblick ließ sie frösteln. »Han, stabilisiere uns, bevor wir noch tiefer sinken«, rief Leia, »und achte auf die Sensoren. Vielleicht gibt es irgendwo Anzeichen von Leben.«

Han drückte einige Knöpfe. »Wir *haben* keine Sensoren.«

»Wir müssen aber Sensoren haben!« schrie Leia. »Wo willst du die Ersatzteile herbekommen, um diese Kiste zu reparieren?«

»Dort drüben!« rief 3PO. »Dort drüben ist eine Stadt!«

»Wo?« fragte Leia und folgte der Richtung von 3POs ausgestrecktem Zeigefinger. Da war etwas am Horizont, ein mattes Glühen, vielleicht hundertfünfzig Kilometer entfernt.

»Bring uns dorthin!« schrie Leia.

»Ich kann nicht einfach dorthin fliegen!« wehrte Han ab. »Wir dürfen nicht weiter als einen halben Kilometer von der Absturzstelle entfernt landen, oder wir werden von den Infrarotscannern der Sternzerstörer entdeckt.«

»Dann bring uns einen halben Kilometer in diese Richtung«, schrie Leia.

Han knurrte etwas über herrische Prinzessinnen vor sich hin. Der Boden kam rasend schnell auf sie zu, und nur Sekunden später huschten die Gipfel der unglaublich hohen Berge an ihnen vorbei. Der Nachthimmel war klar, und im hellen Licht der Monde konnte Leia Wälder aus großen, ausladenden Bäumen erkennen.

Dicht über dem Boden brach Han den Sturzflug ab. Der Himmel füllte sich mit blendend weißem Licht, als die Fregatte aufprallte, und der *Falke* schoß für einen Sekundenbruchteil über die Baumwipfel dahin, überflog einen Bergsee und verschwand unter dem Blätterdach des Waldes. Er bohrte sich durch dichtes Unterholz und kam mit einem heftigen Ruck zum Halt. Hinter ihnen stieg ein Feuerball auf und tauchte den See in grelles Licht.

Han betrachtete durch die Sichtluke die hohen Bäume. »Nun, wir sind da.« Er fuhr die Maschinen des *Falken* herunter.

»Oh, Han«, sagte Leia. »Du hast doch gesehen, wieviele Schaltungen durchgebrannt sind. Selbst wenn wir die nötigen Ersatzteile finden, wie sollen wir sie herschaffen?«

»Dafür gibt es Droiden und Wookiees«, sagte Han.

Chewbacca knurrte und warf Han einen wilden Blick zu.

»Ganz meine Meinung«, meinte 3PO zu Chewbacca. »Niemand würde einem Wookiee einen Vorwurf machen, nur weil er einen faulen Piloten frißt.«

»Glaubst du, daß wir es geschafft haben?« fragte Leia. »Bist du sicher, sie haben uns nicht mit ihren Scannern entdeckt?«

»Sicher ist überhaupt nichts«, sagte Han. »Aber wenn Zsinjs Leute nach imperialen Vorschriften verfahren, werden sie herunterkommen und diesen Schlackehaufen einer Fregatte untersuchen, sobald die Trümmer abgekühlt sind. Wir müssen unbedingt raus, um alle Spuren zu verwischen und den *Falken* zu tarnen.«

»Verzeihen Sie, Sir«, warf 3PO ein, »aber ich möchte darauf hinweisen, daß Zsinjs Leute strenggenommen *keine* Imperialen sind, denn schließlich gibt es kein Imperium mehr.«

»Klar«, meinte Han, ohne sich die Mühe zu machen, den Droiden daran zu erinnern, daß Zsinjs Leute vom Imperium ausgebildet worden waren. »Aber sieh es doch mal so: welcher Weltraumgauner wird sich schon die Chance entgehen lassen, sich so ein hübsches kleines Wrack anzuschauen? Glaube mir, wir werden verdammt viel Gesellschaft bekommen, und wenn du für sie kein Picknick veranstalten willst, sollten wir uns sofort an die Arbeit machen.«

Die vier gingen hinunter in den Laderaum und holten die Tarnnetze. Die Netze bestanden aus zwei Schichten: einem dünnen Metallgeflecht, das die Elektronik des *Falken* vor der Entdeckung durch Sensoren bewahrte, sowie dem eigentlichen Tarnnetz, das das Schiff vor neugierigen Augen schützte.

Dann gingen sie nach draußen. Die Luft war wärmer, als Leia erwartet hatte, und die Sterne funkelten hell am Himmel. Die Nacht fühlte sich flüssig an, als könnte sie die Knoten in ihrer verkrampften Rücken- und Nackenmuskulatur zum Schmelzen bringen. Sie konnten das Geprassel des Feuers hören, das auf der anderen Seite der Berge das Wrack verzehrte, aber es gab kein Vogelgezwitscher, keine Tierlaute. Es roch durchdringend nach verrottendem Laub und blühender Natur. Alles in allem schien Dathomir doch kein schlechter Ort zu sein.

Die vier warfen rasch das Metallgeflecht über das Schiff und griffen dann nach dem Tarnnetz. Es war ein fünfunddreißig Meter langes fotosensitives Netz mit einem Auslöser. Sie betätigten den Auslöser und legten dann das Netz für eine Minute auf die laubbedeckte Erde, damit es sich ein Bild vom Boden machen konnte. Anschließend hoben sie es an einer Seite hoch und zogen es über den *Falken*. Normalerweise genügte die chamäleonartige Eigenschaft des Netzes, um selbst niedrig fliegende Beobachter zu täuschen. Es war sogar schon vorgekommen, daß Verfolger auf einem getarnten, in einer Bodensenke abgestellten Schiff herumgeklettert waren, ohne es überhaupt zu bemerken.

Als sie fertig waren, harkten sie Laub über die Schleifspuren am Boden, entfernten die am stärksten in Mitleidenschaft gezogenen Büsche und versteckten sie. Als der Morgen dämmerte, stand Leia erschöpft im Unterholz am Ufer des kleinen Sees und blickte zu den glitzernden Sternen auf. Nebel hing über dem See und zwischen den nahen Bäumen, und in den Baumwipfeln auf den Berghängen rauschte der Wind.

Sie war müde, und Han trat hinter sie und massierte ihren Rücken.

»Nun, wie gefällt dir mein Planet bis jetzt?« fragte Han.

»Ich denke… ich mag ihn mehr als dich«, sagte sie neckend.

»Dann mußt du ihn wirklich sehr lieben«, flüsterte Han ihr ins Ohr.

»Das habe ich nicht damit gemeint«, sagte Leia und entzog sich ihm. »Ich bin mir nicht sicher, ob ich wütend auf dich sein soll, weil du mich hierhergeschleppt hast, oder ob ich dir dankbar sein soll, weil du uns lebend heruntergebracht hast.«

»Du bist also verwirrt. Ich scheine auf viele Frauen diese Wirkung zu haben«, meinte Han.

»Ach, hast du diese Taktik früher schon versucht – ein größeres Schiff rammen und mit dem Wrack auf einen gesperrten Planeten stürzen?«

»Nun«, gestand Han, »damals hat es nicht ganz so gut funktioniert wie jetzt.«

»Du nennst das hier *gut*?«

»Es ist besser als die Alternative.« Han wies zum Himmel. »Wir sollten uns jetzt verstecken. Sie kommen.«

Leia blickte auf. Am Horizont schienen gleichzeitig vier Sterne vom Himmel zu fallen. Sie schlugen einen Haken und kamen auf sie zu. Die kleine Gruppe versteckte sich für den Rest des Tages im *Falken*, ohne zu wissen, wie groß der Suchtrupp war oder ob bereits eine Abteilung Sturmtruppen das Schiff umstellte, während die Flüchtlinge kalte Rationen verzehrten. Han hielt die automatische Blasterkanone für den

Fall des Falles feuerbereit. Am frühen Morgen hatten mehrmals Jäger ihren Landeplatz überflogen, so dicht, daß sie fast die Baumwipfel streiften. Und am Vormittag waren eine Stunde lang ganze Raketenschwärme niedergegangen und hatten die abgestürzte Fregatte pulverisiert. Der *Falke* bebte unter den Explosionen, und die ganze Gruppe saß wie betäubt da, konnte nicht begreifen, warum sich Zsinjs Streitkräfte die Mühe machten, ein Schiffswrack zu vernichten, und fragten sich, ob eine der Raketen vielleicht den *Falken* treffen würde.

Als das Bombardement endete, wurde es still im Schiff. Aber nach einer halben Stunde tauchten die nächsten Jäger auf. »Sie suchen nach uns!« vermutete 3PO.

Han starrte die Decke an und lauschte dem Lärm der zurückgekehrten Jäger. Manche dieser Maschinen verfügten über Sensoren, die auf tausend Meter Entfernung ein Flüstern registrieren konnten. Leia schloß die Augen und griff mit ihren Jedi-Sinnen hinaus. Sie spürte nicht mehr die Präsenz der dunklen Wesen, die sie vor dem Absturz bemerkt hatte, da war nichts, gar nichts, und sie fragte sich, ob es vielleicht eine Halluzination gewesen war.

Früh am Nachmittag gaben die Jäger die Suche offenbar auf, und Leia zerbrach sich den Kopf über den Grund dafür. Wenn Zsinjs Leute glaubten, daß sie es auf den Planeten geschafft hatten, dann hätten sie bestimmt nicht so schnell aufgegeben. Mit Sicherheit hätten sie nicht so schnell aufgegeben, wenn ihnen bekannt gewesen wäre, daß sich ein General und eine Botschafterin der Neuen Republik an Bord dieses Schiffes befanden. Offensichtlich wußten sie also nicht, daß der *Falke* sicher gelandet war und wer zu den Passagieren gehörte. Aber dann kam ihr ein beunruhigender Gedanke. Suchten Zsinjs Leute vielleicht nicht mehr nach ihnen, weil sie wußten, daß die Gruppe auf diesem wilden Planeten nicht überleben konnte? Es mußte einen Grund dafür geben, daß ein derart fruchtbarer Planet nicht dichter besiedelt war.

Als die Sonne unterging, stand Han auf und streckte sich, zog eine Panzerweste an, setzte einen Helm auf und holte ein Blastergewehr aus dem Waffenschrank. »Ich werde mich draußen mal umsehen und feststellen, ob Zsinjs Leute tatsächlich abgezogen sind.«

Sie warteten im Schiff. Nach einer halben Stunde begann Chewbacca nervös zu werden. Der Wookiee leckte seine Lippen und winselte auffordernd.

3PO übersetzte: »Chewbacca schlägt vor, daß wir nach Han suchen.«

»Warte«, sagte Leia. »Ein großer Wookiee und ein goldener Droide sind zu leicht zu entdecken. *Ich* werde nach ihm suchen.«

Sie schlüpfte in einen Kampfanzug, legte Panzerweste und Helm an und ging mit schußbereitem Blaster nach draußen. Sie folgte einem Trampelpfad zum See und hielt dabei Ausschau nach Sturmtrupplern. Zumindest rechnete sie mit einer Patrouille auf Düsenrädern. Aber nur hundert Meter vom Schiff entfernt fand sie Han am schlammigen Ufer des Sees, wie er den Sonnenuntergang beobachtete, ein Farbenspiel aus leuchtendem Rot und Gelb und Tupfern aus dunklerem Purpur.

Er hob einen Stein auf, warf ihn über den See und verfolgte, wie er fünfmal von der Wasseroberfläche abprallte. In der Ferne heulte irgendein Tier. Alles wirkte ganz friedlich.

»Was machst du hier eigentlich?« fragte Leia wütend.

»Oh, ich schau mich nur um.« Er stocherte mit der Stiefelspitze in einer schlammigen Pfütze und brachte einen weiteren flachen Stein zum Vorschein.

»Geh zurück in Deckung!«

Han schob die Hände in die Taschen und betrachtete weiter den Sonnenuntergang. »Nun, ich schätze, das ist das Ende unseres ersten Tages auf Dathomir«, sagte er. »Es war nicht gerade viel los. Liebst du mich inzwischen? Wirst du mich heiraten?«

»Oh, bitte, hör bloß auf damit, Han! Und komm endlich in Deckung!«

»Es ist alles in Ordnung«, sagte Han. »Ich habe Grund zu der Annahme, daß Zsinjs Truppen den Planeten bereits verlassen haben.«

»Was bringt dich auf diese Idee?«

Han deutete mit der Stiefelspitze auf den schlammigen Boden. »Sie werden sich hier wohl kaum im Dunkeln herumtreiben, wenn so was in der Nähe ist.«

Leia unterdrückte einen Schrei – was sie für eine schlammige Pfütze gehalten hatte, war in Wirklichkeit der fast einen Meter lange Fußabdruck eines ungeheuer großen Wesens mit fünf Zehen.

Isolder saß mit seiner Mutter und Luke beim Abendessen und fühlte sich bedrückt, enttäuscht. Seine Mutter war erst am Morgen mit der *Sternenheim* angekommen, und im Lauf weniger Stunden hatte sie etwas erreicht, das Isolder in einer ganzen Woche nicht geschafft hatte: erfahren, wohin Han Leia verschleppt hatte. Sie hatte sich mit Recht gesagt, daß die zahlreichen Belohnungen auf Solos Kopf – ausgesetzt von der Neuen Republik, die ihn lebend haben wollte, und den diversen Kriegsherren, die ihn tot sehen wollten – eine zu große Verlockung darstellten. Niemand, der einen Anhaltspunkt hatte, wo sich Solo verstecken konnte, würde die Informationen weitergeben. Statt sich nur mit einem Teil der Belohnung zu begnügen, würden sie die Suche in die eigene Hand nehmen. So hatten sich die Spione seiner Mutter auf die abfliegenden Schiffe der Kopfgeldjäger und sonstiger zwielichtiger Gestalten konzentriert und sie verfolgt. Omogg hatte sich unabsichtlich verraten, weil sie ein neues schweres Waffensystem für ihre Privatyacht gekauft hatte – die Art System, die man brauchte, wenn man eine überaus gefährliche Mission plante.

Jetzt wartete Isolder darauf, daß sich seine Mutter in ihrem Triumph sonnte und bei der Gelegenheit ein paar scheinbar beiläufige, aber gezielte Bemerkungen hinsichtlich der Überlegenheit des weiblichen Intellekts über den männlichen fallen ließ. Die Frauen von Hapan kannten ein altes Sprichwort: Laß niemals zu, daß ein Mann der Illusion verfällt, er sei einer Frau geistig ebenbürtig. Das verleitet ihn nur zum Bösen.

Und Ta'a Chume würde niemals etwas tun, das ihren Sohn zum Bösen verleiten würde. Dennoch blieb sie während des Essens bemerkenswert freundlich. Sie plauderte mit Luke Skywalker und lachte entwaffnend an den richtigen Stellen. Sie behielt ihren Schleier auf, wirkte aber dennoch verführerisch. Isolder fragte sich, ob der Jedi mit ihr schlafen würde. Es war offensichtlich, daß sie ihn begehrte, und wie bei allen Müttern vor ihr konnte man ihr das hohe Alter nicht ansehen. Sie war wunderschön.

Aber Skywalker schien weder ihre Schönheit noch ihre unterschwelligen Verführungsversuche zu bemerken. Statt dessen schienen seine hellblauen Augen das Schiff zu durchforschen, als versuchte er, mit den Blicken alle technischen Einzelheiten in sich aufzunehmen. Die erste Königinmutter hatte vor fast viertausend Jahren mit dem Bau der *Sternenheim* begonnen; der Grundriß ihres Schlosses hatte dabei als Vorbild gedient. Die Plastahl-Innenwände waren mit dunklem Stein verkleidet, und die Minarette und zinnengekrönten Türme wurden von Kristallkuppeln gekrönt. Das Schloß der *Sternen-*

heim erhob sich auf einem riesigen Basaltbrocken, der von den Ahnen ausgehöhlt worden war, um in ihm Dutzende von gewaltigen Maschinen und Hunderte von Waffen unterzubringen.

Obwohl die *Sternenheim* den modernen imperialen Sternzerstörern unterlegen war, war sie einzigartig, auf ihre Weise wesentlich eindrucksvoller und ganz gewiß viel schöner. Fremde bestaunten sie voller Ehrfurcht, vor allem, wenn die Besucher friedlich in der Umlaufbahn eines Planeten speisten und das glitzernde Licht tanzender Sterne die alten Kristallkuppeln zum Glühen brachte.

»Ihre Arbeit muß faszinierend sein«, sagte Ta'a Chume zu Luke, als sie sich an den letzten Gang machten. »Ich bin immer sehr provinziell gewesen, immer in der Nähe meiner Heimatwelt geblieben, aber Sie – Sie reisen durch die Galaxis und suchen nach Aufzeichnungen über die Jedi.«

»Ich mache es in Wirklichkeit noch nicht sehr lange«, gestand Luke. »Erst seit ein paar Monaten. Ich fürchte, ich habe noch nichts von Wert gefunden. Ich vermute allmählich, daß ich nie etwas finden werde.«

»Oh, ich bin sicher, daß es auf Dutzenden von Welten Unterlagen gibt. Als ich jünger war, gewährte meine Mutter etwa fünfzig Jedi Asyl. Sie versteckten sich für ein Jahr in den uralten Ruinen einer unserer Welten und gründeten eine kleine Akademie.« Ihre Stimme klang plötzlich hart. »Dann kamen Lord Vader und seine Dunklen Ritter in den Hapan-Haufen und spürten die Jedi auf. Es heißt, nachdem Vader die Jedi getötet hatte, zerstörte er die Ruinen von Reboam nicht, sondern versiegelte sie nur. Vielleicht gibt es dort einige Aufzeichnungen über den Orden, ich weiß es nicht.«

»Reboam?« wiederholte Luke atemlos. »Wo liegt dieser Planet?«

»Es ist eine kleine Welt, rauhes Klima, nur dünn besiedelt – Ihrem Heimatplaneten Tatooine nicht unähnlich.«

Isolder konnte in Lukes Augen ein plötzliches, verzehrendes Interesse sehen, als würde er mehr davon hören wollen. »Wenn dies hier vorbei ist«, bot Ta'a Chume an, »und Sie Leia gerettet haben, dann kommen Sie doch nach Hapan. Eine meiner Beraterinnen, die inzwischen sehr alt ist, könnte Ihnen die Höhlen zeigen. Sie können alles behalten, was Sie dort finden.«

»Vielen Dank, Ta'a Chume«, sagte Luke und sprang auf, offenbar zu aufgeregt, um weiter zu essen. »Leider muß ich jetzt gehen. Aber dürfte ich Sie vorher noch um einen weiteren kleinen Gefallen bitten?«

Ta'a Chume nickte auffordernd.

»Darf ich Ihr Gesicht sehen?«

»Sie schmeicheln mir«, sagte Ta'a Chume und lachte leise. Der goldene Schleier diente dazu, ihre Schönheit zu verbergen, und kein hapanischer Mann würde sich je erkühnen, eine derartige Bitte vorzubringen. Aber dieser Luke war nur ein Barbar, der nicht wußte, daß er um etwas Verbotenes bat. Zu Isolders Überraschung hob seine Mutter ihren Schleier.

Für einen endlosen Moment blickte der Jedi in ihre faszinierenden dunkelgrünen Augen, von Kaskaden roten Haares umspielt, und hielt den Atem an. Im ganzen Hapan-Sternenhaufen gab es nur wenige Frauen, die an Ta'a Chumes Schönheit heranreichten. Isolder fragte sich, ob Skywalker die diskreten Avancen seiner Mutter vielleicht doch bemerkt hatte. Dann ließ Ta'a Chume ihren Schleier wieder fallen.

Luke verbeugte sich tief, und in diesem Moment schien sich sein Gesicht zu verhärten, als hätte er in Ta'a Chumes Seele geblickt und dort Dinge gesehen, die ihm nicht gefielen. »Jetzt verstehe ich, warum Ihr Volk Sie verehrt«, sagte er ruhig und ging davon.

Isolders Nackenhärchen richteten sich auf, und er erkannte, daß soeben etwas Wichtiges passiert sein mußte, etwas, das ihm entgangen war. Als Isolder sah, daß Luke außer Hörweite war, fragte er: »Warum hast du dem Jedi diese Lüge über die Akademie erzählt? Deine Mutter hat die Jedi mindestens so sehr gehaßt wie der Imperator, und sie hätte sie nur zu gern persönlich ausgerottet.«

»Die Waffe eines Jedi ist sein Geist«, entgegnete Ta'a Chume. »Wenn ein Jedi abgelenkt ist, büßt er seine Konzentration ein und wird verwundbar.«

»Du planst also, ihn zu töten?«

Ta'a Chume legte ihre gefalteten Hände auf den Tisch. »Er ist der letzte der Jedi. Hör doch, wie er von seinen kostbaren Aufzeichnungen redet! Wir wollen doch nicht wirklich, daß die Jedi aus ihren Gräbern zurückkehren, oder? Der erste Orden hat schon genug Ärger gemacht. Ich möchte nicht, daß unsere Nachkommen von einer Oligarchie von Löffelbiegern und Auralesern regiert werden. Ich habe nichts gegen den Jungen persönlich. Aber wir müssen sicherstellen, daß jene von uns, die am besten zum Herrschen ausgebildet sind, auch weiterhin herrschen.« Sie funkelte Isolder an, als wollte sie ihn zum Widerspruch herausfordern.

Isolder nickte. »Danke, Mutter. Ich denke, ich bereite mich jetzt am besten auf meine Reise vor.« Er erhob sich von seinem Stuhl, umarmte seine Mutter und küßte sie durch den Schleier.

Er wußte, daß er eigentlich sofort die *Sternenheim* verlassen und zu seinem eigenen Schiff übersetzen sollte. Statt dessen eilte er zu den Gästehangars und traf Skywalker an seinem X-Flügel-Jäger an. »Prinz Isolder«, sagte Luke. »Ich wollte gerade aufbrechen, aber ich kann meinen Astromech-Droiden nicht finden. Haben Sie ihn gesehen?«

»Nein«, sagte Isolder und sah sich nervös um. Aus einem Seitengang kam ein Techniker und trieb den Droiden vor sich her.

»Ihr Droide hat Funken von sich gegeben«, erklärte der Techniker. »Ein Kurzschluß in seinem Motivator. Wir haben ihn repariert.«

»Bist du in Ordnung, R2?« fragte Luke.

R2 pfiff eine Bestätigung.

»Mr. Skywalker«, begann Isolder, »ich… wollte Sie etwas fragen. Dathomir ist… wie weit entfernt, siebzig Parsecs?«

»Etwa vierundsechzig Parsecs«, antwortete Luke.

»Bei einem so weiten Sprung wird der *Millennium Falke* den Kurs im Hyperraum mehrfach ändern müssen«, sagte Isolder. »Wie schätzen Sie Solo ein? Wird er den kürzesten Weg nehmen?«

Die Hyperraumsprungberechnung war eine komplizierte Angelegenheit. Die Navcomputer neigten dazu, »sichere« Routen zu nehmen, Routen, auf denen alle Schwarzen Löcher, Asteroidengürtel und Sonnensysteme kartografiert waren. Aber derartige Routen waren meistens lang und machten viele Umwege. Trotzdem war eine lange Route viel besser als eine kurze, gefährliche Reise durch unbekannten Weltraum. »Wenn er allein wäre«, erklärte Luke, »ja, dann würde Han vermutlich die kürzeste Route nehmen. Aber er wird Leia niemals einer Gefahr aussetzen – zumindest nicht bewußt.«

Lukes Stimme hatte einen seltsamen Unterton, als würde er nicht alles sagen, was er wußte. »Glauben Sie, daß sich Leia in Gefahr befindet?« drängte Isolder.

»Ja«, sagte Luke heiser.

»Ich habe als Kind von den Jedi-Rittern gehört«, sagte Isolder. »Man hat mir von ihren magischen Kräften erzählt. Ich habe sogar gehört, daß sie Sternenschiffe ohne die Hilfe eines Navcomputers durch den Hyperraum steuern und die kürzesten Routen nehmen können. Aber ich habe nie an Magie geglaubt.«

»Es hat nichts mit Magie zu tun«, sagte Luke. »Meine Macht beziehe ich aus der Lebenskraft, die überall um uns ist. Selbst im Hyperraum kann ich die Energien der Sonnen und Welten und Monde spüren.«

»*Wissen* Sie, daß Leia in Gefahr ist?« fragte Isolder.

»Ja. Ich habe gespürt, daß sie in Bedrängnis ist. Deshalb bin ich gekommen.«

Isolder traf eine Entscheidung. »Ich halte Sie für einen anständigen Menschen. Werden Sie mich zu Leia bringen? Vielleicht könnte ich mit Ihrer Hilfe einige Parsecs sparen. Wir könnten Dathomir vielleicht sogar vor Solo erreichen.«

Luke musterte den Prinzen und sagte zweifelnd: »Ich weiß nicht. Er hat einen großen Vorsprung.«

»Trotzdem, wenn wir Han Solo als erste finden…«

»Als erste?«

Isolder zuckte die Schultern und wies auf die Flotte aus Sternzerstörern und Schlachtdrachen jenseits des Energiefelds. »Wenn meine Mutter Solo vor uns erreicht, wird sie ihn töten.«

»Ich fürchte, Sie haben recht, und sie wünscht auch mir nichts Gutes, trotz ihrer freundlichen Worte«, sagte Luke zu Isolders Überraschung. Der Jedi hatte also *doch* die Absichten seiner Mutter gespürt.

»Passen Sie auf sich auf, Jedi«, flüsterte Isolder, obwohl er wußte, daß seine Mutter in spätestens einer Stunde über seinen Verrat im Bilde sein würde. »Wir treffen uns auf meinem Schiff.«

»Ich werde auf mich aufpassen«, versicherte Luke, und er streichelte zärtlich seinen R2-Droiden und starrte ihn an, als könnte er seine Metallverkleidung mit den Blicken durchdringen.

* 11 *

Leia stürmte in den *Millennium Falken* und schleuderte ihren Helm auf den Boden, daß er wieder hochsprang und klappernd in einer Ecke landete. Han folgte ihr die Rampe hinauf und zum Salon, wo Chewbacca und 3PO am Holotank saßen und Karten spielten.

»Großartig, Solo, großartig!« schrie Leia. »In was hast du uns da nur hineingeritten? Ich werde dir sagen, warum Zsinjs Männer nicht nach uns suchen: Sie glauben, daß wir sowieso alle sterben werden, warum sollten sie sich also die Mühe machen.«

»Das ist doch nicht meine Schuld!« brüllte Han. »Sie halten sich unbefugt auf meinem Planeten auf. Sie sind alle unbefugt hier! Sobald wir hier wegkommen, werde ich schon einen Weg finden, die ganze Bande zu vertreiben!«

Chewbacca grollte. »Was los ist?« sagte Han. »Ach, eigentlich nichts.«

»Eigentlich nichts?« schrie Leia. »Da draußen treiben sich Ungeheuer herum. Der ganze Planet könnte voll davon sein!«

»Ungeheuer?« jammerte 3PO und sprang auf. Seine Hände klapperten vor Furcht. »Du liebe Güte, Sie glauben doch nicht etwa, daß sie Metall fressen?«

»Keine Sorge«, sagte Han sarkastisch. »Von Raumschnekken mal abgesehen, kenne ich nichts, das so groß ist und gleichzeitig Metall frißt.«

Chewbacca knurrte etwas, und 3PO übersetzte: »Wie groß sind sie?«

»Ich will es mal so ausdrücken«, sagte Leia, »wir haben sie zwar noch nicht gesehen, aber nach ihren Fußabdrücken zu urteilen, könnte eins von ihnen uns alle drei wahrscheinlich zum Frühstück verspeisen und dann deine Beine als Zahnstocher benutzen.«

»Du liebe Güte!« rief 3PO.

»Ah, komm schon«, sagte Han, »hör auf, dem Droiden Angst zu machen. Es könnten schließlich auch harmlose Pflanzenfresser sein!« Han wollte einen Arm um Leia legen und sie besänftigen, aber sie stieß ihn von sich und fuchtelte mit einem Finger vor seinem Gesicht.

»Das hoffe ich nicht«, sagte sie, »denn wenn diese Fährte von Pflanzenfressern stammt, dann kannst du darauf wetten, daß sich dort draußen noch etwas viel Größeres herumtreibt, das sie frißt.« Sie wandte sich ab. »Ich weiß wirklich nicht, warum ich mich darauf eingelassen habe. Wie konnte ich nur so dumm sein? Ich hätte dich ins Gefängnis bringen sollen. Kriegsherren und Ungeheuer und wer weiß was sonst noch alles! Ich meine, was kann man schon von einem Planeten erwarten, den du in einem Kartenspiel gewonnen hast?«

»Hör doch, Leia«, sagte Han und griff wieder nach ihrer Schulter, um sie zu sich zu drehen und sie zu besänftigen, »ich tue wirklich mein Bestes!«

Leia fuhr herum und schrie ihm ins Gesicht: »Nein! Ich werde mich nicht von dir einwickeln lassen. Das hier ist kein Spiel. Es ist keine Vergnügungsreise. Unser Leben steht auf dem Spiel. Und ob du mich nun liebst oder heiraten willst, oder ob ich Isolder liebe und ihn heiraten will – all das spielt jetzt keine Rolle mehr. Wir müssen weg von hier. Sofort!«

Han hatte Leia nur wenige Male so aufgebracht erlebt – immer dann, wenn ihr Leben in Gefahr gewesen war. Er hatte oft gedacht, daß er mit seiner lockeren Einstellung das Leben mehr genoß als sie. Aber als er jetzt die wilde Entschlossenheit in ihrem Gesicht sah, erkannte er, daß sie das Leben weit mehr liebte, mit größerer Leidenschaft, als es ihm je möglich sein würde. Vielleicht lag es an ihrem alderaanischen Erbe, dem legendären Respekt ihrer Kultur vor dem Leben, etwas, das Leia während ihres Kampfes gegen das Imperium hatte verdrängen müssen. Aber es kehrte immer wieder an die Oberfläche zurück, und Han mußte sich eingestehen, daß es charakteristisch für Leia war: sie verdrängte ihre Gefühle, versteckte sie so tief, daß Han vermutete, daß sie selbst nicht einmal genau wußte, was sie wirklich empfand.

»In Ordnung«, sagte Han. »Ich bring' dich hier raus. Ich verspreche es. Chewie, wir werden ein paar Waffen brauchen. Hol die schwere Artillerie und die Überlebenstornister raus. Auf der anderen Seite der Berge, nur ein paar Tagesmärsche entfernt, liegt eine Stadt, und wo eine Stadt ist, gibt es auch Transportmittel. Wir stehlen einfach das schnellste Schiff, das wir finden können, und machen uns davon.«

Chewbacca gab mit einem Winseln zu verstehen, daß ihm der Gedanke, den *Falken* zurückzulassen, nicht gefiel.

»Mir auch nicht«, versicherte Han. »Aber vielleicht können wir eines Tages zurückkommen und ihn holen.« Er schluckte hart, konnte plötzlich nicht mehr weitersprechen. Zwei oder drei Jahre hier draußen in den Bergen, in Schnee und Regen, und die elektrischen Leitungen würden so rostig und verrottet sein, daß der *Falke* praktisch wertlos war. Und die Chancen waren groß, daß es noch zehn Jahre dauern würde, bis es der Neuen Republik gelang, so tief in Zsinjs Territorium vorzustoßen.

Leia starrte ihn ungläubig an.

»Du hast immer gesagt, daß der *Falke* mein Lieblingsspielzeug ist«, sagte Han. »Vielleicht ist es an der Zeit, es aufzugeben.«

Er trat zu einem Wandschrank und holte einen zusätzlichen Helm und einen Tarnanzug für 3PO heraus – mit seiner goldenen Haut würde der Droide sonst zu sehr auffallen. Er suchte nach 3PO und fand ihn am Fuß der Ausstiegsrampe stehen und mit leuchtenden Goldaugen in den düsteren Wald spähen.

»Ich habe etwas für dich«, sagte Han zu 3PO. Er zeigte ihm den Tarnanzug. »Ich hoffe, er wird nicht deine Sensoren stören oder deine Bewegungsfreiheit behindern.«

»Kleidung?« fragte der Droide. »Ich weiß nicht. Ich habe noch nie Kleidung getragen, Sir.«

»Nun, es gibt für alles ein erstes Mal«, erklärte Han und half 3PO beim Anziehen. Es war ein eigenartiges Gefühl. Han wußte, daß es reiche Menschen gab, die sich von Droiden anziehen ließen, aber daß ein Mensch einen Droiden anzog, hatte er noch nie gehört.

»Ich denke, es wäre das Beste, mich hier zurückzulassen, Sir«, schlug 3PO vor. »Meine Metallhaut könnte Raubtiere anlocken.«

»Oh, mach dir darum keine Sorgen«, sagte Han. »Wir haben Blaster. Es gibt hier draußen nichts, mit dem wir nicht fertigwerden.«

»Ich fürchte, ich bin für dieses Terrain nicht konstruiert«, wandte 3PO ein. »Es ist zu feucht und zu zerklüftet. In zehn Tagen werden meine Gelenke wie ein Roonat quietschen, falls sie nicht völlig einrosten.«

»Ich nehme etwas Öl mit.«

»Wenn Zsinjs Männer nach uns suchen«, sagte 3PO, »werden sie meine Elektronik orten. Ich verfüge über keine elektronischen Störsysteme, um ihre Scanner zu täuschen.«

Han biß sich auf die Lippe. 3PO hatte recht. Allein seine Gegenwart konnte ihr aller Tod bedeuten, und es gab nichts, was sie dagegen tun konnten. »Hör zu«, sagte Han. »Wir beide kennen uns schon verdammt lange. Ich habe noch nie einen Freund im Stich gelassen.«

»Einen Freund, Sir?« wiederholte 3PO. Han überlegte. Aller Wahrscheinlichkeit nach würde der Droide bei diesem Abenteuer umkommen, und obwohl sie nie Freunde gewesen waren, haßte er 3PO auch nicht – zumindest nicht *so* sehr. Draußen in der Dunkelheit heulte irgendein Tier. Es klang friedlich, ganz und gar nicht bedrohlich, aber er wußte, daß es sich dabei durchaus um den Ruf eines Raubtiers handeln konnte, das damit ausdrücken wollte: »Ich rieche was zu fressen.«

»Mach dir keine Sorgen«, sagte Han, als der Droide fertig angezogen war, und setzte ihm den Helm auf. 3PO drehte sich zu ihm um und sah in dem viel zu weiten Anzug irgendwie verloren aus. »Du bist ein Protokolldroide, und wenn du wirklich helfen willst, dann hilf mir, daß Leia sich wieder in mich verliebt.«

»Ah«, sagte 3PO, von der Idee offenbar begeistert. »Verlassen Sie sich ganz auf mich, Sir. Ich bin sicher, daß mir etwas einfallen wird.«

»Gut, gut«, sagte Han. Als er die Rampe hinaufging, kam ihm Leia mit Tornister und Gewehr entgegen und drängte sich an ihm vorbei.

Er bog um die Ecke, blieb stehen und hörte, wie 3PO zu Leia sagte: »Haben Sie bemerkt, wie umwerfend König Solo heute abend aussieht? Er ist unglaublich stattlich, finden Sie nicht auch?«

»Oh, halt bloß die Klappe«, fauchte Leia.

Han kicherte und griff nach seinem Tornister, einem schweren Blastergewehr, einem aufblasbaren Zelt, einer Infrarotbrille und einigen Handgranaten, die er im Fall des Falles einem angreifenden Riesenraubtier in den Rachen werfen konnte. Dann ging er wieder nach draußen, und sie fuhren die Rampe ein, versiegelten den *Falken* und marschierten in den dunklen Wald, wo das Mondlicht die weiße Borke der Bäume versilberte. Überhängende Äste warfen einen Flickenteppich aus Licht und Schatten über das Gras und Unterholz.

Der Wald roch frisch wie im Frühsommer, wenn die Pflanzenwelt in voller Blüte steht, die Blätter noch neu sind und die Sommertrockenheit der Fäulnis der Laubdecke am Boden ein Ende macht. Und dennoch, trotz der beruhigenden Vertrautheit des Waldes war sich Han überdeutlich bewußt, daß dies eine fremde Welt war. Die Schwerkraft war schwächer und verlieh ihm einen federnden Gang, ein Gefühl der Stärke, fast der Unverwundbarkeit. Vielleicht, dachte er, hatte die geringe Gravitation zur Entstehung großer Tiere geführt. Auf Welten wie dieser wurden die Kreislaufsysteme großer Tiere weniger belastet, ihre Knochen brachen nicht so leicht unter ihrem eigenen Gewicht. Aber Han konnte die Fremdheit der

Bäume spüren – sie waren zu groß und spindeldürr, ragten bis zu achtzig Metern in die Höhe und schwankten in der warmen Nachtluft.

Sie sahen nur wenige Tiere. Ein paar schweineähnliche Nager flohen raschelnd ins Unterholz, wenn sie sich ihnen näherten – schossen so schnell durch das Dickicht, daß Han scherzte, sie hätten wohl Hypertriebwerke im Hinterteil.

Nach dreistündigem Marsch erreichten sie den Kamm eines öden Bergpasses, wo Felsen eine dünne Grasdecke durchbrachen. Sie machten Rast und spähten zu ihrem Ziel hinüber, der Lichterkuppel einer Stadt. Braune Wolken waren aufgezogen und bläulich-purpurne Blitze zuckten in der Ferne. Als der Donner über die Bergrücken rollte, klang er fast wie das Böllern antiker Kanonen.

»Das Gewitter scheint in unsere Richtung zu ziehen«, sagte Leia. »Wir sollten besser von diesem Kamm verschwinden und irgendwo Unterschlupf suchen.«

Han musterte für einen Moment die Wolken, aus denen plötzlich dunkelblaue, stroboskopartige Blitze zuckten. »Kein Gewitter, eher ein Staub- oder Sandsturm aus der Wüste.« Es kam ihm seltsam vor, daß der Sturm sich auf ein Gebiet konzentrierte, als wäre ein gewaltiger Tornado aus der Wüste zum Fuß der Berge gezogen, um dort seine Last abzuwerfen.

»Egal, was es ist, ich will nicht davon überrascht werden«, sagte Leia, und sie stiegen eilig den geröllbedeckten Hang hinunter.

Kaum waren sie wieder unter dem Blätterdach der Bäume, fühlte sich Han sofort sicherer. Sie schlugen ihr Lager neben einem umgestürzten Baum auf, zwischen unzähligen Felsbrokken, die von einem Gebirgsfluß glattgewaschen worden waren. Die Größe der Felsblöcke – viele von ihnen waren mehr als mannsgroß – zeugte von der reißenden Kraft der Fluten, die hier während der Regenzeit vorbeitosen mußten. Hier zu lagern, wenn ein Sturm heraufzog, schien keine sehr kluge Idee zu sein, aber es war ein kalkuliertes Risiko. Die mächtigen Felsbrocken gaben Han ein Gefühl der Sicherheit. Im Fall eines Angriffs konnten sie sich hinter ihnen verstecken.

Sie bauten ihre Zelte auf, verzehrten eine leichte Mahlzeit aus ihren Tornistern und sterilisierten etwas Wasser. »Du übernimmst zusammen mit Chewie die erste Wache«, sagte Han und warf 3PO ein Blastergewehr zu.

Der Droide fummelte an der Waffe. »Aber, Sir, Sie wissen doch, daß mein Programm mir nicht erlaubt, einen lebenden Organismus zu verletzen.«

»Wenn du was Verdächtiges siehst, schieß auf den Boden und schlage Krach«, riet Han und legte sich schlafen. Er hatte eigentlich auf seiner Luftmatratze eine Weile wachliegen und nachdenken wollen, aber er war so müde, daß er fast sofort einnickte.

Scheinbar wenige Momente später weckte ihn der Lärm von Blasterfeuer und berstenden Felsen und 3POs aufgeregte Schreie: »Juhuu, General Solo, ich brauche Sie! Wachen Sieee auuuf! Ich brauche Sie!«

Han ergriff seinen Blaster und stürzte aus dem Zelt; im gleichen Moment kroch Leia auch aus ihrem. Etwas Großes und Metallenes knirschte. Knapp ein Dutzend Meter entfernt sah er einen imperialen Scoutläufer mit einer zweiköpfigen Besatzung. Er stand wie ein langbeiniger Stahlvogel auf einem Felsen, die Zwillingsblasterkanonen auf Han und Leia gerichtet. Han fragte sich flüchtig, wie in aller Welt er es geschafft hatte, sich an den Droiden anzuschleichen.

Der Pilot und sein Kanonier beobachteten sie durch das Stahlglasfenster der Kabine, die Gesichter vom matten Licht der Kontrolldioden grün gefärbt. Der Pilot hob ein Mikro und brüllte mit drohender Stimme: »Sie da, lassen Sie Ihre Waffen fallen und legen Sie die Hände auf den Kopf!«

Han schluckte hart und sah sich verzweifelt um. Nirgendwo eine Spur von Chewbacca und seinem Blitzwerfer. »Äh, gibt es irgendein Problem?« fragte Han. »Wir wollten nur ein wenig fischen. Ich habe einen Angelschein.«

Der Pilot und der Kanonier sahen sich an. Der Sekundenbruchteil genügte. Han packte Leias Arm und riß sie zur Seite, sprang hinter einen Felsbrocken in Deckung und feuerte auf das Stahlglasfenster. Er hoffte, daß sein Blasterstrahl die Scheibe durchschlug und den Piloten traf oder zumindest den Kanonier vorübergehend blendete. Der Schuß prallte vom Fenster ab. Sein kleiner Handblaster war nicht stark genug, und ihm fiel ein, daß er seine Granaten im Zelt gelassen hatte. Sie duckten sich hinter den Felsblock.

»Entweder kommen Sie beide heraus, oder wir schießen auf Ihren Droiden!« brüllte der Pilot.

»Fliehen Sie!« rief 3PO. »Bringen Sie sich in Sicherheit!«

Der Kanonier feuerte eine Blastersalve auf den Felsbrocken ab, daß Han die Steinsplitter um die Ohren pfiffen. Ozon und Staub vernebelten die Luft. Ein Bruchstück prallte von einem Felsen hinter ihnen ab, und ein Splitter bohrte sich in Hans Hand. Leia sprang auf der anderen Seite des Felsens hervor, feuerte mit ihrem Blastergewehr und glitt wieder in Deckung.

Solo suchte verzweifelt nach Chewbacca und sah einen Schatten auf den unteren Ästen eines silbernen Baumes kauern. Chewie mit seinem Blitzwerfer. Er feuerte einen Energieblitz ab, der in einem Schauer aus grünem Licht in der Hülle des imperialen Läufers einschlug. Metall kreischte protestierend auf.

Der Pilot drehte sein Cockpit in die Richtung, aus der der Schuß gekommen war. Leia sprang aus ihrer Deckung und gab rasch hintereinander drei Schüsse auf die ungeschützte Hydraulik des untersten Gelenkes des Läufers ab. Metallsplitter pfiffen in alle Richtungen davon, und der Läufer schwankte und kippte auf die Seite. Die mächtigen Metallbeine zuckten unkontrolliert.

Han lief zu 3PO, nahm seinen Blaster und stürmte zur Kabine. Die Blasterkanonen des Läufers konnten ihn aus diesem Winkel nicht erreichen. »So, ihr beide, kommt jetzt ganz langsam aus diesem Ding raus. Ihr werdet mit dem Ding nirgendwohin gehen, und wenn doch, dann nur in den Tod.«

Der Pilot schnitt eine Grimasse und hob die Hände. Der Kanonier stieß die Luke über seinem Kopf auf, und die beiden krochen heraus. Han zwang sie, sich nebeneinander zu stellen, und drückte dem Piloten seinen Blasterlauf unter die Nase.

»Das ist ein verbotener Planet!« fauchte der Kanonier. »Sie sollten besser sofort von hier verschwinden!«

»Verboten?« fragte Leia. »Warum?«

»Die Eingeborenen haben für Fremde nicht viel übrig«, erklärte der Pilot und befeuchtete seine Lippen. Leia und Han wechselten einen Blick, und der Pilot fügte verwirrt hinzu: »Wußten Sie das etwa nicht?«

»Wir sind nur rein zufällig hier«, knurrte Han.

»Haben diese Eingeborenen zufällig Füße von einem Meter Länge und mit fünf Zehen?« fragte Leia.

Der Pilot sah sie mitleidig an. »Lady«, sagte er, »das sind nur ihre Schoßtiere.«

Aus dem Funkgerät des umgekippten Läufers quäkte eine Stimme: »Läufer Sieben, wie ist die Lage? Handelt es sich bei dem Gefangenen um General *Han* Solo?«

Chewie tauchte aus den Schatten eines Felsblocks auf, zerstörte das Funkgerät des imperialen Läufers mit einem Schuß aus seinem Blitzwerfer, packte dann die Köpfe der beiden Gefangenen und schlug ihre Helme so hart zusammen, daß das Krachen laut durch den Wald hallte. Er knurrte und blickte zum Berg hinauf, drängte sie zur Eile.

Leia hatte bereits mit dem Abbau der Zelte begonnen.

115

∗ 12 ∗

Als sich Isolders Schlachtdrache, die *Kriegslied*, auf den Rücksturz aus dem Hyperraum vorbereitete, war der Prinz noch voller Hoffnung. Luke hatte sie in nur sieben Tagen nach Dathomir gebracht und damit die kürzeste Route, die die hapanischen Astrogationscomputer bewältigen konnten, um zehn Tage unterboten! Isolder rechnete sogar damit, vor Han Solo auf Dathomir einzutreffen.

Aber als sie aus dem Hyperraum fielen, verließ ihn der Mut. Ein zehn Kilometer langes System von Raumwerftendocks wurde von zwei imperialen Sternzerstörern und einer großen Zahl angedockter Schiffe bewacht.

Der automatische Alarm heulte los, und überall auf dem Schlachtdrachen eilten die Besatzungsmitglieder auf ihre Stationen.

Luke Skywalker stand auf der Brücke und hielt den Hauptbildschirm im Auge. Er deutete auf eine Fregatte, die sich vom Docksystem gelöst hatte und mit brennenden Sensortürmen in Dathomirs Atmosphäre stürzte. »Dort...!« rief Luke. »Leia ist auf diesem brennenden Schiff!«

Isolder warf einen Blick auf den Monitor. »Sie ist auf der Fregatte?« fragte er verblüfft. Sie hatten sich so beeilt, und jetzt mußten sie hilflos zusehen, wie Leia abstürzte.

»Sie lebt!« sagte Luke entschieden. »Und sie hat Angst, aber auch Hoffnung. Sie versuchen zu landen! Ich muß ihnen helfen.« Er wandte sich ab und machte sich auf den Weg zum Gästehangar, wo sein Jäger wartete. Isolder verfolgte, wie Dutzende von alten imperialen TIE-Jägern mit feuerspeienden Triebwerken von Zsinjs Sternzerstörern starteten.

»Startfreigabe für alle Jäger!« befahl Isolder. »Erledigt diesen Supersternzerstörer an den Docks und alle anderen Schiffe, die ihr erwischen könnt. Ich will, daß dort draußen Chaos herrscht!« Die Ionenkanonen der *Kriegslied* eröffneten das Feuer, während die ersten Torpedos aus ihren Abschußröhren heulten. Obwohl die imperialen Sternzerstörer dreimal so groß und schwerer bewaffnet waren als ein hapanischer Schlachtdrachen, hatten die Imperialen ihre Schiffe mit veralteten Kanonentypen ausgerüstet. Wenn eine Blaster- oder Ionenkanone gefeuert hatte, brauchten ihre riesigen Kondensatoren ein paar Millisekunden, um sich wieder aufzuladen.

Die Folge war, daß die Kanone in achtzig Prozent der Zeit nicht einsatzfähig war.

Ganz im Gegensatz zum hapanischen Schlachtdrachen. Da die Schlachtdrachen die Form gewaltiger Untertassen hatten und ständig rotierten, konnten die leergeschossenen Kanonen in Ruhe nachgeladen werden, während frische Kanonen ihren Platz einnahmen.

Die beiden Sternzerstörer zogen sich sofort zurück. Isolder sah Luke nach, als der Jedi das Kontrolldeck verließ. Obwohl der hapanische Schlachtdrache ein furchterregender Gegner war, wäre er den Sternzerstörern unterlegen, sobald sich ihre Jäger formiert hatten. Die Jäger waren in der Lage, die Schilde zu durchdringen und den rotierenden Kanonenring zu zerstören. Isolders eigene Jäger konnten Zsinjs Einheiten eine Weile in Schach halten, aber früher oder später würden diese durchbrechen.

»Captain Astarta«, wandte sich Isolder an seine Leibwächterin. »Sie leiten von jetzt an den Angriff. Ich werde auf dem Planeten landen.«

»Mylord«, protestierte Astarta, »meine Pflicht ist es, Sie zu beschützen!«

»Dann erfüllen Sie Ihre Pflicht«, sagte Isolder. »Decken Sie meinen Start, indem Sie soviel Verwirrung wie möglich anrichten. Die Flotte meiner Mutter wird frühestens in zehn Tagen hier eintreffen. Warnen Sie sie und greifen Sie zusammen mit ihr wieder an. Ich werde vom Planeten aus den Funkverkehr überwachen. Wenn ich kann, stoße ich beim ersten Anzeichen Ihres Angriffs zu Ihnen.«

»Und wenn Sie dann nicht binnen fünf Minuten gestartet sind«, preßte Astarta hervor, »werde ich in diesem Sonnensystem jeden einzelnen von Zsinjs Männern töten und diesen Planeten durchkämmen, bis wir Sie gefunden haben.«

Isolder grinste, klopfte ihr leicht auf die Schulter und rannte dann aus dem Kontrollraum und durch die Korridore der *Kriegslied*. Die Kanonen verbrauchten soviel Energie, daß die Korridorbeleuchtung erloschen war und nur die trübe Notbeleuchtung den Weg zu den Flugdecks wies. Die Decks waren nach dem Start der Jäger fast leer.

Skywalker fuhr bereits die Triebwerke eines X-Flüglers hoch – es war nicht sein eigener, bemerkte Isolder. Ein Dutzend Starttechniker überprüften die Waffensysteme und hievten seinen Astromech-Droiden in die Maschine.

»Probleme mit Ihrem Jäger?« rief Isolder durch die Halle.

Luke nickte. »Der Waffencheck verlief negativ. Haben Sie was dagegen, wenn ich mir einen von Ihren ausleihe?«

»Kein Problem«, sagte Isolder.

Der Prinz nahm Panzerweste und Helm aus einem Spind, überprüfte seinen Blaster und leckte sich die Lippen. Die Startcrew entdeckte ihn und machte sofort seinen Jäger *Sturm* startklar. Stolz erfüllte ihn, als er seinen Jäger betrachtete. Er hatte ihn selbst entworfen und gebaut.

Mit plötzlicher, beunruhigender Klarheit wurde Isolder bewußt, daß er große Ähnlichkeit mit Solo hatte, vielleicht sogar zu große. Solo hatte seinen *Falken*, Isolder hatte *Sturm*. Beide waren eine Zeitlang Piraten gewesen, beide liebten dieselbe starke Frau. Und während des ganzen Fluges nach Dathomir hatte sich Isolder gefragt, warum er sich auf dieses Abenteuer überhaupt eingelassen hatte. Seine Mutter wußte, wo sich Han versteckte; die hapanische Flotte konnte Leia befreien. Es war unnötig, daß Isolder bei diesem sinnlosen Unternehmen sein Leben riskierte.

Aber als Isolder näher darüber nachdachte, erkannte er, daß es ihm nicht nur darum ging, Solo zusammenzuschlagen – ihm ging es um mehr. Solo hatte ihn herausgefordert, und Isolder konnte dieser Herausforderung nicht widerstehen. Dort auf dem Flugdeck wurde Isolder plötzlich klar, daß er gekommen war, um Han Solo Leia wieder abzunehmen; wenn nötig, mit vorgehaltener Waffe.

Luke kletterte in seinen Jäger, und Isolder schrie: »Skywalker, ich komme mit Ihnen. Ich decke Ihnen den Rücken!«

Luke drehte sich zu Isolder um und zeigte ihm den nach oben gerichteten Daumen, ohne seinen Helm abzunehmen.

Von einem Adrenalinstoß beflügelt, lief Isolder über das Flugdeck, sprang ins Cockpit der *Sturm* und aktivierte das Kontrollpult. Die Flugtechniker klappten die Stahlglaskanzel zu, während Isolder die Turbogeneratoren hochfuhr und seine Raketen und Blaster entsicherte. Die Techniker wollten erneut einen Systemcheck durchführen, aber Isolder ließ die Generatoren aufheulen, als wollte er starten, und sie stürzten davon, um eilig Deckung zu suchen. Dann schoß er hinaus in den Weltraum.

Er aktivierte den Transponder, der ihn als hapanischen Jäger identifizierte, und raste dann über die untertassenförmige *Kriegslied* hinweg.

Aus dem Weltraum ließ sich der Fortgang der Schlacht besser überblicken: die Sternzerstörer hatten sich zurückgezogen und getrennt, um Astarta zu zwingen, sich für ein Ziel zu entscheiden. Doch sie hatte statt dessen den Schlachtdrachen über die Docks der Raumwerft manövriert und den wehrlosen, auf seine Reparatur wartenden Supersternzerstörer angegriffen und bereits große Verwüstungen angerichtet.

Keiner der aktiven Zerstörer griff ein.

Zwei der Zerstörer der *Sieges*-Klasse in den Docks mußten teilweise in Betrieb sein, denn TIE-Jäger und Z-95-Kopfjäger schossen aus ihren Hangars. Im nahen Weltraum wimmelte es von ausschwärmenden Jägern, gezackten Schrapnellsplittern und den Trümmern der explodierten Schiffe.

Isolder drückte einen Knopf an seinem Funkgerät und ließ es die imperialen Frequenzen absuchen, bis die Stimmen der feindlichen Jägerpiloten aus dem Empfänger drangen. Luke Skywalker löste sich bereits vom Rand des hapanischen Drachen, und Isolder blieb dem Jedi dicht auf den Fersen.

»Rot Eins an Rot Zwei«, drang Lukes Stimme aus dem Funkgerät. »Von der Raumwerft lösen sich jede Menge Trümmer.« Noch während er sprach, erhielt eine kilometerlange Sektion des Gittergerüsts einen Treffer und trudelte unter dem Sog der Schwerkraft planetenwärts, während andere Segmente aus dem Orbit katapultiert wurden. »Ich werde in einer Minute meine Triebwerke abschalten und den Trümmern folgen. Aber vorher will ich noch ein paar Feindjäger erledigen.«

Isolder dachte einen Moment nach. Luke konnte nicht unbemerkt landen. Er mußte mit dem Schleudersitz aussteigen und sein Schiff abstürzen lassen.

»Ich mache mit, Rot Eins«, erwiderte Isolder.

Luke beschleunigte auf Angriffsgeschwindigkeit und raste auf eine Phalanx von zwanzig anfliegenden Kopfjägern zu, die auf den Bildschirmen so rot wie leuchtende Juwelen glühten. Isolder schloß rechts zu ihm auf, verstärkte die Bugschirme und hörte auf den imperialen Frequenzen die strategischen Kodes der Kopfjäger-Piloten ab. Er schaltete seine Störsysteme ein, und die Kopfjäger verstummten. Er überprüfte sein Bugdisplay, bemerkte etwas Seltsames und rief: »Luke – ihre Deflektorschilde sind nicht aktiviert!«

Die Störsysteme der Kopfjäger überschütteten ihn mit statischem Prasseln, und Isolder schrie erneut: »Luke, Ihre Schilde!«

Durch das statische Knistern hörte Isolder Lukes verzerrte Stimme: »Meine Schilde *sind* aktiviert!«

»Nein!« brüllte Isolder. »Ihre Schilde sind nicht aktiviert!«
Aber Luke zeigte ihm den nach oben gerichteten Daumen,
um ihn zu beruhigen, und dann waren auch schon die Zebra-
Kopfjäger heran und deckten sie mit Blasterstrahlen ein. Isolder peilte ein Ziel an, feuerte gleichzeitig seine Ionenkanonen
und eine Rakete mit Zielsucher ab und riß den Steuerknüppel abrupt nach rechts. Aus den Augenwinkeln verfolgte er,
wie Skywalkers Jäger an der oberen rechten Tragfläche getroffen wurde, ins Trudeln geriet und einen weiteren Treffer erhielt, der seine Bugsensorschüssel zerstörte. Skywalkers
Schiff wirbelte steuerlos durch den Weltraum, brach auseinander, und der Astromech-Droide wurde aus der Maschine
geschleudert. Der Kopfjäger vor Isolder explodierte, und vier
oder fünf Blasterschüsse trafen Isolders Bugdeflektoren. Die
Schilde brachen zusammen.

Luke wurde in seinem schlingernden Schiff wie eine Pup-
pe gegen die Stahlglaskanzel geworfen. Isolder betete stumm
und richtete dann seine Lebenssensoren auf das Cockpit.
Nichts. Skywalker war tot.

Isolder fluchte. Er konnte jetzt nichts anderes mehr tun, als
seinen eigenen Tod vorzutäuschen. Er stieß einen Thermodetonator mit Sofortzünder aus dem Heck seines Jägers aus.
Eine blendende Explosion zerriß hinter ihm den Himmel. Er
schaltete seinen Transponder ab, fuhr die Maschinen herunter und ließ die *Sturm* auf Lukes Schiff zutreiben. Die Explosion mußte ausreichen, die Feindsensoren zu täuschen, und
solange die erbitterte Schlacht tobte, dürften Zsinjs Männer
kaum die Zeit haben, das Wrack genau zu untersuchen.

Aus einem Fach unter der Displaykonsole nahm Isolder
eine Isolierdecke, faltete sie auseinander und drehte sie so,
daß die reflektierende Schicht seine Körperwärme absorbier-
te. Wenn man ihn mit Sensoren abtastete, würden sie feststellen, daß sein Körper abgekühlt war, und ihn für tot halten.
Für einen Moment betrachtete Isolder Skywalkers Leichnam,
der in seinem Jäger hin und her geworfen wurde, und Trauer
erfüllte ihn. Luke hatte ihm so sehr geholfen, und jetzt war er
tot.

Isolder hatte Luke gewarnt, daß seine Schilde nicht aktiviert waren, aber Luke hatte ihm nicht geglaubt. Es konnte
sich um keinen technischen Versager handeln. Jemand mußte
den X-Flügel-Jäger sabotiert haben. Isolder zweifelte keinen
Moment daran, daß Ta'a Chume den jungen Jedi ermordet
hatte.

Er biß die Zähne zusammen, zog die Decke wie ein Leichentuch über seinen Kopf und wartete auf den Sturz auf den Planeten.

Leia schob sich im Schutz der Dunkelheit durch ein Gewirr aus Kletterpflanzen und spähte den Hang zum Plateau hinauf. Im Licht der Doppelmonde konnte sie mehrere riesige, rechteckige Blöcke aus schwarzem Stein erkennen. In der Mitte jedes Rechtecks klaffte ein Loch von der Form eines Auges, und in jeder Augenhöhle diente ein großer runder Stein als Pupille. Die rechteckigen Blöcke türmten sich schief übereinander, so daß die Augen in ein halbes Dutzend verschiedene Richtungen blickten.

Leia verharrte und sah lange Zeit wie verzaubert nach oben. Auf dem Plateau, im Dickicht außerhalb ihres Blickfelds, erklang plötzlich ein bestialisches Gebrüll, dann stampfte etwas über den Felsenboden, sprang von der anderen Seite der Anhöhe und landete im dichten Unterholz, um dann krachend durch die Bäume zu brechen und in der Ferne zu verschwinden. Leia duckte sich, und ihr schlug das Herz bis zum Hals.

»Was war das?« fragte Han gepreßt. Chewie und 3PO waren dicht hinter ihr stehengeblieben.

»Irgend etwas Lebendes – etwa von der Größe des *Millennium Falken*, würde ich sagen«, seufzte Leia, froh darüber, daß das Wesen sich davongemacht hatte. »Ich wette, es hat fünf Zehen.«

»Zumindest war es nicht mit einem Blaster bewaffnet.« Han wies mit seiner Waffe auf die Skulpturen am Kamm der Anhöhe. »Was mag das wohl zu bedeuten haben? Die Augen, die in verschiedene Richtungen blicken?«

»Ich weiß es nicht«, gestand Leia. Sie drehte sich zu Chewie und 3PO um. »Irgendwelche Vermutungen?«

Chewie winselte nur, aber 3PO musterte ausgiebig die Hügel. »Ich denke, daß es sich um eine symbolische Botschaft für Wesen von begrenzter Intelligenz handelt.«

»Was bringt dich auf diesen Gedanken?« fragte Leia.

»Laut meinen Datenbanken wurden ähnliche Gebilde auf zwei anderen Planeten entdeckt. Das Prinzip ist einfach – an einer bestimmten Stelle wird ein Beobachter postiert, der alle Richtungen überwacht, in die die Augen blicken. In diesem Fall scheinen die Augen auf verschiedene Täler und Bergpässe gerichtet zu sein. Mit dieser Methode können Wesen von höherer Intelligenz niedere Lebensformen als Beobachter einsetzen.«

»Großartig«, knurrte Han, »was auch immer gerade weggelaufen ist, es ist auf dem Weg zu seinem Boss, um ihm zu sagen, daß wir hier sind.«

»Das ist durchaus denkbar, Sir«, sagte 3PO.

Han schluckte und warf einen Blick ins Tal, aus dem sie aufgestiegen waren. Die Bäume standen extrem dicht beieinander, und sie hatten sich gerade einen Weg durch ein wucherndes Feld hoher, dickstieliger Pflanzen mit großen runden Blättern bahnen müssen. »Großartig. Zumindest habe ich keine imperialen Läufer mehr gehört, seit wir den Dschungel verlassen haben. Vielleicht haben wir sie abgehängt.«

»Wir sind jetzt schon seit Stunden unterwegs«, warf Leia ein. »Es wird Zeit, daß wir eine Rast einlegen.« Sie wischte sich den Schweiß von der Stirn.

Chewie grollte eine Frage. »Er will wissen, warum immer noch keine Düsenräder aufgetaucht sind«, übersetzte 3PO.

Han nickte. »Ja, ich verstehe das auch nicht. Wenn Zsinj uns will, könnte er uns mit Düsenrädern jagen – sie sind in diesen Wäldern sehr effektiv. Aber bis jetzt hat er nur die Läufer eingesetzt. Das ergibt keinen Sinn. Warum schickt er uns nur die Läufer hinterher?«

»Vielleicht, weil sie gepanzert oder mit schweren Waffen ausgerüstet sind«, sagte Leia.

»Oder beides«, nickte Han. Er wies auf den Hügelkamm und die uralten steinernen Augenskulpturen, die müde von der Anhöhe herunterblickten. »Ich werde mich mal oben umschauen.« Er kletterte den steilen Hang hinauf und hielt sich beim Aufstieg an Wurzeln und den Stämmen kleiner Bäume fest.

»Warte, Han!« rief Leia, aber es war zu spät. Han hatte bereits ein Drittel des Weges zurückgelegt. Sie kletterte hinterher und kämpfte sich durch scharfkantiges Bruyèreholz, das ihr die Hände zerschnitten hätte, wäre es ihr nicht rechtzeitig aufgefallen.

Als Leia den mondbeschienenen Kamm erreichte, stand Han auf dem Ausguck. Sie befanden sich am Fuß eines Berges, wo drei Täler zusammenliefen, und dieses kleine Plateau bestand aus einem einzigen, glatten, windumpfiffenen Felsen. Ein in den Stein geritzter Stern markierte die Stelle, wo sich der Beobachter postieren mußte, und wie 3PO schon gesagt hatte, war jedes der steinernen Augen auf einen Paß oder ein Tal gerichtet, das überwacht werden sollte. Eine sehr einfache Methode – nur daß Leia durch Triangulation berechnete, daß der Beobachter zwischen zwölf und fünfzehn Meter groß sein mußte. Ein Loch im Boden war mit Regenwasser gefüllt. Leia trank ein paar Schlucke.

Han wanderte mit gezogenem Blaster um das Plateau und spähte mit seiner Infrarotbrille die Hänge hinunter. »Was auch immer hier oben war, es ist weg. Allerdings ist von hier aus nicht viel zu erkennen. Eine Armee könnte durch diese Wälder marschieren, ohne entdeckt zu werden.«

»Vielleicht sind sie gar nicht so sehr an diesen Pässen interessiert«, spekulierte Leia. »Vielleicht ist das Tal von strategischer Bedeutung, und es ist wichtiger, es von hier aus zu überwachen, als diese Pässe im Auge zu behalten.«

In der Ferne, von einer leichten Brise über die Berge getragen, erklang ein ohrenbetäubendes Gebrüll, das Leia durch Mark und Bein ging.

»Es kommt zurück«, sagte Han. »Ich schätze, es ist noch zwei, vielleicht drei Kilometer entfernt.«

Leia stürmte von dem kleinen Plateau und sprang mit einem Dutzend großer Sätze den Hang hinunter. Chewie und 3PO zogen sich bereits ins Tal zurück. Han folgte.

»Nur die Ruhe, Leute!« rief Han. »Wie wäre es mit einem organisierten Rückzug?«

»Schön«, sagte 3PO, »Sie organisieren, während ich mich zurückziehe.« Der Droide rannte so schnell ihn seine Metallbeine trugen durch das Unterholz, dem Tal entgegen. Chewie warf Han und Leia einen kurzen Blick zu und folgte 3PO.

Han stürmte an Leia vorbei, und sie rief ihm nach: »Ein schöner Held bist du!« Han holte Chewie und 3PO ein und versuchte, sie aufzuhalten, aber sie rannten weiter, als wäre ein Schneedämon hinter ihnen her. Leia schloß zu ihnen auf und sah sich ständig um, während sie den Fuß des Hangs erreichten und einem kleinen Bach durch das dicht bewaldete Tal folgten. An einer Stelle hatte Leia das sichere Gefühl, ein tiefes Grunzen hinter sich zu hören, aber in den Schatten unter den Bäumen war nichts zu erkennen. Wahrscheinlich hatte sie es sich nur eingebildet.

Wie lange dauert hier die Nacht? fragte sie sich. Plötzlich dämmerte ihr, daß sie weder die Rotationszeit des Planeten noch seine Achsenneigung oder die Dauer seiner Jahreszeiten kannte. Aber der Morgen konnte nicht mehr weit sein.

Sie liefen wieder bergauf, zwei Steinsäulen entgegen, die

wie schartige Eckzähne in die Höhe ragten. Chewbacca hatte die Führung übernommen und blieb so abrupt stehen, daß er fast das Gleichgewicht verlor. Sie waren in den letzten Minuten dicht zusammengeblieben und hatten vor Angst nicht gewagt, sich auch nur einen Schritt von der Gruppe zu entfernen, und das erwies sich als Fehler.

Hinter den Steinsäulen standen vier imperiale Läufer.

Scheinwerferlicht blendete sie und ließ sie erstarren. »Halt!« schrie eine Stimme über Lautsprecher, begleitet vom Wummern der Blasterkanonen, deren Strahlen dicht vor Chewie in den Boden einschlugen. »Lassen Sie die Waffen fallen und legen Sie die Hände auf den Kopf.«

Leia ließ ihr Blastergewehr fallen, fast erleichtert über den Anblick der imperialen Läufer. Chewie und Han folgten ihrem Beispiel. Ein Straflager war immer noch besser als eine Konfrontation mit den Ungeheuern, die in diesen Bergen hausten.

Zwei der Läufer kamen um die Säulen herum. Ihre Scheinwerfer suchten den Wald ab und richteten sich dann wieder auf Leia und die anderen. »Du, Droide, heb die Waffen auf und wirf sie neben den Pfad.«

3PO sammelte die Waffen auf. »Es tut mir schrecklich leid«, sagte er zerknirscht und warf die Gewehre ins Unterholz neben dem Weg.

Han funkelte die Läufer wütend an. Alle vier waren zweisitzige Scoutmodelle und von der Größe her bestens für dieses gebirgige Terrain geeignet.

»Drehen Sie sich um und gehen Sie in die Richtung zurück, aus der Sie gekommen sind«, befahl ihnen einer der Piloten über Lautsprecher. »Bewegen Sie sich langsam und versuchen Sie keine Tricks! Wenn einer von Ihnen einen Fluchtversuch wagt, werden seine Kameraden als erste erschossen.«

»Wohin bringen Sie uns?« fragte Han. »Und mit welchem Recht? Das ist mein Planet; ich habe eine gültige Besitzurkunde!«

»Sie befinden sich jetzt auf Kriegsherr Zsinjs Territorium, General Solo«, antwortete der Pilot über Mikro. »Und jeder Planet in diesem Sektor gehört Zsinj. Wenn Sie dagegen Beschwerde einlegen wollen – nun, ich bin sicher, daß Zsinj sich freuen wird, die Angelegenheit mit Ihnen zu besprechen, und zwar bei Ihrer Hinrichtung.«

»General Solo?« wiederholte Han. »Sie halten *mich* für General Solo? Hören Sie, wenn ich wirklich ein General der

Neuen Republik wäre, was hätte ich dann hier zu suchen?«

»Wir freuen uns schon darauf, Ihnen die Antwort zu *entrei-ßen* – zusammen mit Ihren Zehennägeln –, wenn wir Sie verhören«, sagte der Pilot, »aber jetzt drehen Sie sich um und marschieren los!«

Ein Frösteln durchlief Leia. Sie marschierten wieder bergab durch den Wald mit seinen hohen Bäumen, deren silberne Borke zauberhaft im Mondlicht schimmerte. Im grellen Licht der hüpfenden Scheinwerferstrahlen der imperialen Läufer schienen die verrottenden Blätter zu ihren Füßen zu tanzen und zu springen.

Nach einer Weile bemerkte Leia, daß Zsinjs Männer nicht nur auf ihre Gefangenen achteten. Während zwei der Läufer die Gruppe bewachten, ließen die beiden anderen ihre Scheinwerfer über den Pfad und die Waldränder wandern. Im Licht ihrer Kontrollpulte konnte Leia die Gesichter der Piloten und Kanoniere erkennen; sie erinnerten an die Gesichter verängstigter Kinder. Ihre Augen huschten unruhig hin und her, von ihrer Stirn perlte Schweiß.

»Diese Burschen haben mehr Angst als ich«, flüsterte Han Leia ins Ohr.

»Vielleicht, weil sie etwas wissen, was du nicht weißt«, gab Leia zurück.

Nach zwei Stunden Fußmarsch begann sich Leia ernsthaft zu fragen, ob es überhaupt noch Morgen werden würde. Die Nachtluft war kalt und brannte in ihren Augen. Die Schatten der Bäume umschlossen sie wie Wachposten, die den Wegesrand säumten.

Dann erfolgte der Angriff; in der einen Sekunde marschierten sie noch allein, in der nächsten hörte Leia hinter sich dröhnende Schritte. Die beiden Läufer an den Seiten wurden von Wesen attackiert, die über sechs Meter groß waren. Die mittleren Läufer wirbelten herum und feuerten ihre Blasterkanonen ab, und für einen Moment zuckten die Energiestrahlen wie Blitze durch die Nacht.

Leia sah in ihrem Licht die säbelähnlichen Reißzähne eines der riesigen angreifenden Ungeheuer.

Hinter Leia zerschmetterte eins der Monstren mit einer gewaltigen Keule einen Läufer, packte dann den nächsten Läufer und schleuderte die drei Tonnen schwere, gepanzerte Maschine gegen einen Felsen, daß sie krachend auseinanderbrach. Ein Kanonier feuerte ziellos in die Luft, während ein Ungeheuer immer wieder mit einer Keule auf seinen Läufer einschlug. In dem unheimlichen blauen aktinischen Flackern konnte Leia das Wesen deutlich sehen, und ihr blieb das Herz stehen: Es war zehn Meter groß und trug eine Schutzweste aus engmaschig geknüpften Seilen, die mit Teilen von Sturmtruppenpanzern besetzt war. Trotz der seltsamen Aufmachung waren die baumdicken Arme, die gekrümmten Reißzähne und die gebückte Haltung des warzigen Ungeheuers mit den Knochenwülsten am Schädel unverwechselbar. Sie hatte schon einmal eins gesehen. Es war kleiner gewesen als die Angreifer, vielleicht ein Jungtier, aber damals war es ihr riesig erschienen – im Verließ unter dem Palast von Jabba dem Hutt. Ein Rancor.

Han schrie auf, wandte sich zur Flucht und stürzte. Chewbacca verschwand mit großen Sprüngen zwischen den Bäumen, aber mit drei Schritten holte ihn einer der Rancor ein und warf ein mit Gewichten beschwertes Netz nach ihm. Das Netz senkte sich über den Wookiee und ließ ihn zu Boden gehen. Chewbacca brüllte schmerzgepeinigt auf und hielt sich die Rippen.

Leia stand mit hämmerndem Herzen da, vor Furcht gelähmt. Doch es war nicht der Anblick der riesigen, tobenden Ungeheuer, der ihr solche Angst einflößte.

Nach kaum zehn Sekunden waren die Blaster der imperialen Läufer verstummt; die Maschinen lagen als rauchende Wracks zu ihren Füßen. Leia blickte zu den drei titanischen Rancor auf, von denen jeder über zwölf Meter maß. Auf den Schultern der Kreaturen saßen menschliche Reiterinnen.

Eine der Reiterinnen beugte sich nach unten und enthüllte dunkles, im Feuerschein der brennenden Läufer schimmerndes Haar. Sie trug einen langen, aus glitzernden roten Schuppen bestehenden Kettenpanzer mit hohem Kragen und darüber eine geschmeidige Robe aus Leder oder irgendeinem anderen schweren Material. Auf ihrem Kopf saß ein Helm mit fächerähnlichen Schwingen, und an den Schwingen hing allerlei Zierrat, der bei jeder Bewegung klapperte. In der Hand hielt sie eine uralte Macht-Pike, deren Vibroklinge ratterte und dringend justiert werden mußte, und deren Griff mit weißen Steinen besetzt war.

Waren das Kostüm und das Reittier schon beeindruckend genug, so traf die Aura der Frau Leia wie ein Blasterblitz ins Herz. Die Frau schien Macht auszustrahlen, als wäre ihr Körper eine bloße Hülle, in der sich ein Wesen aus schrecklichem Licht verbarg. Leia wußte, daß sie es mit jemand zu tun hatte, der stark in der Macht war. Die Frau hob ihre Pike, bedeutete Leia und den anderen, sich nicht von der Stelle zu rühren, und sagte etwas in einer fremden Sprache.

»Wer sind Sie?« fragte Leia.

Die Frau beugte sich nach unten und sang leise etwas in ihrer eigenen Sprache, fügte dann stockend einzelne Worte hinzu, als wäre sie das Sprechen nicht gewöhnt und hätte Mühe, die richtigen Begriffe zu finden.

»Formt ihr so eure Worte, Außenweltler?« Leia nickte, plötzlich erkennend, daß die Frau in der Macht mit ihr kommunizierte.

Sie gab den beiden anderen Frauen knappe Befehle. Eine von ihnen sprang von ihrem Rancor und sammelte die Waffen der toten Soldaten des Kriegsherrn ein, während die andere ihren Rancor zu Chewie trotten ließ. Der Rancor befreite den verletzten Wookiee aus dem Netz und hob ihn mit einer Hand auf. Chewbacca schrie vor Schmerz und versuchte, dem Rancor in die Hand zu beißen, aber Han rief: »Es ist okay, Chewie. Es sind Freunde – hoffe ich.«

Die Frau mit der Macht-Pike beugte sich zu Leia hinunter und wies auf Han und 3PO. »Sagen Sie Ihren Sklaven, sie sollen sich in Bewegung setzen, Außenweltlerin. Wir bringen euch zu den Schwestern, damit sie über euch richten.«

* 13 *

Isolder biß die Zähne zusammen, als die *Sturm* dem Planeten entgegenstürzte und die Wüste rasend schnell näher kam. Er konnte nichts tun, um sein Schiff zu retten. Wenn er die Triebwerke aktivierte, würden ihn Zsinjs Streitkräfte orten. Isolder konnte nur hoffen, daß es ihm gelang, in letzter Sekunde mit dem Schleudersitz auszusteigen und den Fallschirm so rechtzeitig zu öffnen, daß er nicht am Boden zerschmettert wurde.

In der Ferne, acht Kilometer weiter westlich, durchbrachen die Lichter einer kleinen Stadt die Dunkelheit. Ansonsten gab es keine hellen Flecke in der Wüste, und nicht einmal die Scheinwerfer eines Gleiters deuteten darauf hin, daß es weitere Siedlungen gab.

Isolder griff unter das Kontrollpult seines Jägers und zog einen Überlebenstornister heraus. Über Lukes wrackem X-Flügler bauschte sich der Fallschirm von R2s Schleudersitz und riß den Droiden in die Höhe. Isolder sprengte die Stahlglaskanzel seines Jägers ab, und sie wurde vom Wind davongetragen. Er öffnete den Sicherheitsgurt, überprüfte kurz den Sitz des Fallschirms, schloß das Holster seines Blasters und katapultierte sich aus der Maschine. Im freien Fall schoß er durch die Luft.

Der Wind pfiff durch die Ritzen seiner Sauerstoffmaske, der Boden kam rasend schnell näher. Das helle Licht der beiden kleinen Monde ließ ihn jeden Felsen, jeden vom Wind gebeugten Baum, jede Spalte und jede Anhöhe deutlich erkennen. Er wartete bis zum letzten Moment und zog dann an der Reißleine des Fallschirms.

Nichts geschah. Er zog an der Notreißleine und stürzte weiter. Er ruderte schreiend mit den Armen – und wie durch ein Wunder erfaßte ihn eine Art Repulsorfeld und verlangsamte seinen Fall, bis er so sanft wie eine Feder sank. Einen verrückten Moment lang glaubte er, daß ihn seine rudernden Arme trugen, und er wagte nicht, mit den Armbewegungen aufzuhören, bis er auf dem Boden landete. Das geborstene Wrack des X-Flügel-Jägers bohrte sich ein paar hundert Meter weiter in den Boden und explodierte in einem Feuerball.

Als Isolder mit den Füßen zuerst auf hartem Fels landete, zitterten seine Knie so sehr, daß er kaum stehen konnte, und sein Herz raste in seiner Brust. Er riß den Helm vom Kopf und atmete keuchend die warme Nachtluft ein. Seine Blicke irrten zwischen den Felsen und den vereinzelten Bäumen der Wüste hin und her.

Die *Sturm* war ebenfalls sanft gelandet, aber nirgendwo konnte Isolder ein Zeichen des Repulsorliftmechanismus entdecken, keinen Generator, keine nach oben gerichtete Antigravschüssel. Er blickte sich um und sah dann nach oben: Luke Skywalker schwebte im Schneidersitz, mit geschlossenen Augen und verschränkten Armen, langsam zu Boden. *Skywalker*, dachte Isolder. *Himmelsgänger. Vielleicht haben seine Vorfahren deshalb diesen Namen bekommen.*

Als der Jedi nur noch wenige Zentimeter über dem Felsboden schwebte, öffnete er die Augen und glitt wie von einem Sims zu Boden.

»Wie... wie haben Sie das gemacht?« stieß Isolder mit Gänsehaut an den Armen hervor. Bis zu diesem Moment hatte er für nichts und niemanden Bewunderung empfunden.

»Wie ich Ihnen schon sagte«, erwiderte Luke, »die Macht ist mein Verbündeter.«

»Aber Sie waren tot!« rief Isolder. »Meine Sensoren haben es bestätigt! Sie haben nicht mehr geatmet und Ihre Haut war kalt.«

»Eine Jedi-Trance«, erklärte Luke. »Die Jedi-Meister können ihren Herzschlag anhalten und ihre Körpertemperatur senken. Ich mußte Zsinjs Soldaten täuschen.«

Luke musterte die Ebene, wie um sich zu orientieren, und suchte dann den Nachthimmel ab. Isolder folgte seinem Blick. Hoch oben konnte er die Kriegsschiffe erkennen – die nadeldünnen Blitze der Blasterstrahlen, winzige Schiffe, die wie weit entfernte Supernovae explodierten.

»Als ich ein Junge war und auf Tatooine lebte«, sagte Luke, »bin ich nachts oft wach geblieben und habe mit meinem Fernglas die großen Raumfrachter bei der Landung beobachtet. Meine erste Raumschlacht habe ich auf der Feuchtfarm meines Onkels Owen verfolgen können. Ich wußte, daß Menschen um ihr Leben kämpften, aber ich wußte nicht, daß es Leias Schiff war und daß ich selbst in diesen Kampf verwickelt werden würde. Aber ich erinnere mich noch genau an die Erregung, die mich erfaßte, und wie ich mich danach sehnte, dort oben zu sein, wo die Schlacht tobte.«

Isolder blickte auf und spürte ebenfalls diese quälende Sehnsucht. Er fragte sich, wie sich Astarta und seine Soldaten in der Schlacht schlugen, und er wünschte, er könnte mit seinem Jäger dort oben sein und das Schiff beschützen. Am Himmel beschleunigte die riesige rote Untertassenkonstruktion der *Kriegslied* und sprang in den Hyperraum.

»Auch Sie spüren diesen Drang, den Blutdurst und das Jagdfieber«, stellte Luke fest, während er seine Pilotenmontur abstreifte. Darunter trug er ein wallendes Gewand von der roten Farbe eines Sandsturms. »Das ist die dunkle Seite der Macht, die einen ruft und lockt.« Isolder wich zurück, von der Furcht erfüllt, daß es Skywalker irgendwie gelungen war, seine Gedanken zu lesen, aber Luke fuhr fort: »Sagen Sie mir, wen jagen Sie?«

»Han Solo«, antwortete Isolder wütend.

Luke nickte nachdenklich. »Sind Sie sicher?« fragte er. »Sie haben früher schon andere Männer gejagt. Ich fühle es. Wie hieß der Mann? Was war sein Vergehen?«

Für einen Moment sagte Isolder nichts, und Luke ging um ihn herum, musterte ihn forschend, durchschaute ihn.

»Harravan«, sagte Isolder. »Captain Harravan.«

»Und was hat er Ihnen genommen?« fragte Luke.

»Meinen Bruder. Er hat meinen älteren Bruder ermordet.« Es verwirrte Isolder, machte ihn benommen, so von einem Mann ausgefragt zu werden, den er vor wenigen Momenten noch für tot gehalten hatte.

»Ja, Harravan«, sagte Luke. »Sie haben Ihren Bruder sehr geliebt. Ich sehe Sie beide als Kinder; Sie schlafen in einem Zimmer, und das Zimmer ist sehr groß. Sie haben Angst, und Ihr Bruder singt Ihnen ein Lied vor, um Ihre Furcht zu vertreiben.«

Tränen schimmerten in Isolders Augen.

»Verraten Sie mir«, bat Luke, »wie Ihr Bruder gestorben ist.«

»Erschossen«, sagte Isolder. »Harravan schoß ihm mit einem Blaster in den Kopf.«

»Ich verstehe«, nickte Luke. »Sie müssen ihm vergeben. Ihr Zorn brennt in Ihnen und verfinstert Ihr Herz. Sie müssen ihm vergeben und der lichten Seite der Macht dienen.«

»Harravan ist tot«, wehrte Isolder ab. »Warum sollte ich mir die Mühe machen, ihm zu vergeben?«

»Weil es jetzt wieder geschieht«, sagte Luke. »Wieder hat Ihnen jemand einen Menschen genommen, den Sie lieben. Han, Harravan. Leia, Ihr Bruder. Ihr Zorn, Ihr Schmerz, der auf einer lange zurückliegenden bösen Tat beruht, beeinflußt noch heute Ihre Gefühle. Wenn Sie ihnen nicht vergeben, wird die dunkle Seite der Macht für immer Ihr Schicksal bestimmen.«

»Was spielt das schon für eine Rolle?« fragte Isolder. »Ich bin nicht wie Sie. Ich verfüge nicht über die Macht. Ich werde nie lernen, wie man durch die Luft fliegt oder von den Toten wiederaufersteht.«

»Die Macht ist in Ihnen«, widersprach Luke. »Sie müssen lernen, dem Licht in Ihnen zu dienen, wie schwach es auch sein mag.«

»Ich habe Sie auf dem Schiff beobachtet«, sagte Isolder und dachte an Lukes Verhalten während des Fluges nach Dathomir. Luke hatte neugierig gewirkt, sich aber abseits gehalten. »Sie reden nicht mit jedem auf diese Weise.«

Luke betrachtete ihn im Mondlicht, und die Zwillingsschatten tanzten über sein Gesicht. Isolder fragte sich, ob Luke versuchte, ihn zu bekehren, weil er der Chume'da war, der zukünftige Gemahl der Frau, die die Königin von Hapan werden würde. »Ich muß mit Ihnen auf diese Weise reden«, erklärte Luke, »weil uns die Macht zusammengeführt hat, weil Sie jetzt versuchen, der Seite des Lichts zu dienen. Warum sollten Sie sonst Ihr Leben riskieren und mit mir nach Dathomir kommen, um Leia zu retten. Aus Rache? Das glaube ich nicht.«

»Sie täuschen sich, Jedi. Ich bin nicht hier, um Leia zu retten, ich bin hier, um sie Han Solo wegzunehmen.« Isolder befeuchtete seine Lippen.

Luke lachte leise, als wäre Isolder ein Schuljunge, der sich selbst nicht kannte. Es war eine äußerst beunruhigende Vorstellung. »Wenn Sie es so sehen wollen, in Ordnung. Aber Sie werden mit mir kommen und Leia retten, nicht wahr?«

Isolder wies hinaus in die Wüste und breitete seine Arme aus. »Wo sollen wir suchen? Sie könnte überall sein – tausend Kilometer von hier entfernt.«

Luke nickte in Richtung der Berge. »Dort hinten, nur etwa hundertzwanzig Kilometer entfernt.« Er lächelte geheimnisvoll. »Ich warne Sie, es wird nicht leicht sein. Sobald Sie sich für das Licht entschieden haben, führt Ihr Weg Sie an Orte, die Sie nicht betreten wollen. Schon jetzt sammeln sich die Mächte der Finsternis gegen uns.«

Isolder musterte mit hämmerndem Herzen den Jedi. Er war nicht daran gewöhnt, die Welt als beherrscht von Mächten der Finsternis und Mächten des Lichts zu sehen. Er war nicht einmal sicher, ob er glaubte, daß solche Mächte wirklich existierten. Doch vor ihm stand ein Jedi, nicht älter als er, der wie eine Feder vom Himmel geschwebt war, der seine Gedanken zu lesen schien und der vorgab, Isolder besser zu kennen als er sich selbst.

Luke spähte zum Horizont. Sein Droide sank ein paar Kilometer entfernt an seinem Fallschirm zu Boden. »Kommen Sie mit mir?«

Isolder hatte bis jetzt ohne viel nachzudenken gehandelt, aber plötzlich überwältigte ihn die Angst, stärker, als er es je für möglich gehalten hatte. Seine Knie drohten nachzugeben, und er bemerkte, daß sein Gesicht vor Scham brannte. Irgend etwas ängstigte ihn, und er wußte, was es war. Luke fragte ihn nicht einfach, ob er ihm zu den Bergen folgen wollte. Luke fragte ihn, ob er seinen Lehren, seinem Beispiel folgen wollte. Und wenn er diesen Weg beschritt, so versprach ihm Luke gleichzeitig, würde er auf die Widersacher und Feinde der Jedi stoßen. Isolder brauchte nur einen Moment für seinen Entschluß. »Lassen Sie mich ein paar Sachen aus meinem Schiff holen. Ich bin gleich wieder zurück.«

Als Isolder die *Sturm* durchsuchte und einen Ersatzblaster fand, beruhigte er sich allmählich. Das unheimliche Gerede des Jedi hatte im Grunde nichts zu bedeuten, erkannte er. Wahrscheinlich gab es dort draußen gar keine Mächte der Finsternis, die auf ihn lauerten. Was machte es schon, wenn er Luke in die Berge folgte? Es bedeutete nicht notwendigerweise, daß er auch dem Weg der Macht folgen mußte. Vielleicht war Luke nur verwirrt, ein harmloser Spinner. *Aber er ist vom Himmel geschwebt.* »Ich bin bereit«, sagte Isolder.

Der erste Teil ihres Marsches führte durch unglaublich zerklüftetes Land – der Boden war von Spalten und Schluchten zerfurcht. Die Knochen großer Pflanzenfresser übersäten die Spalten, Kreaturen mit langen Hinterbeinen, kurzen Schwänzen, flachen, dreieckigen Köpfen und kurzen Vorderläufen. Nach den Skeletten zu urteilen, mußten die Tiere vom Schwanz bis zum Kopf mindestens vier Meter gemessen haben. Oft stießen sie neben den Knochen auf graue Schuppen, trafen aber nie ein lebendes Tier. Es schien, als wären die Wesen in der jüngsten Vergangenheit, den letzten hundert Jahren ausgestorben.

In dieser unfruchtbaren Wüste gab es nur wenige Gewächse. Kleine, verkrüppelte, lederige Bäume. Vereinzelte Büschel purpurnen Grases, geschmeidig wie Haar.

Luke kam mühelos voran, sprang manchmal mit einem Satz über eine Spalte, während Isolder vorsichtig hinunterund auf der anderen Seite wieder hinaufklettern mußte. Bald war er schweißüberströmt, aber der Jedi schwitzte kaum, atmete nicht einmal schneller, gab mit keinem Anzeichen zu erkennen, daß er auch nur im entferntesten menschlich war. Nur sein Gesicht war eine Maske der Konzentration. Sie brauchten den Großteil der Nacht, um den Droiden zu erreichen, denn Luke wollte unter keinen Umständen ohne ihn aufbrechen, als wäre ihm das Gebilde aus Schaltkreisen und Getriebeteilen besonders ans Herz gewachsen.

Dann marschierten sie weiter zu den Bergen und nahmen dabei einen langwierigen, aber für den Droiden begehbaren Umweg in Kauf, bis der Wüstensand dem harten lehmigen Untergrund gewellter Hügel wich.

Nirgendwo gab es eine Spur von Wasser, und die Sonne kletterte höher und höher und tauchte die Wüste in ätherisches blaues Licht. »Wir sollten uns besser einen Unterschlupf für den Tag suchen – dort drüben.« Er wies auf eine nahe Bodenspalte, half mit der Macht R2 hinein und sprang dann hinterher.

Isolder folgte ihnen in die Spalte, hockte sich in den Sand und trank die Hälfte seines Wassers. Luke nahm einen kleinen Schluck, setzte sich und schloß die Augen.

»Sie sollten besser ebenfalls schlafen«, sagte Luke. »Es wird ein langer Tag, und heute Nacht haben wir einen langen Marsch vor uns.« Nach diesen Worten schien der Jedi einzuschlafen und tief und gleichmäßig zu atmen.

Isolder warf ihm einen wütenden Blick zu. Er war am frühen Morgen aufgestanden, und soweit es ihn betraf, war es erst Mittag. Er hatte schon immer Probleme gehabt, seinen Schlafrhythmus zu ändern, und so blieb er mit verschränkten Armen sitzen und bemühte sich, Schlaf vorzutäuschen oder zumindest eine Spur jener Selbstdisziplin zu zeigen, die vom Schüler eines Jedi erwartet wurde.

Eine knappe halbe Stunde später, als die Sonne hoch über der Wüste stand, hörte Isolder ein Erdbeben. Es begann als fernes, von den Bergen dringendes Grollen, das lauter und lauter wurde. Die Erde begann zu vibrieren, und von den Rändern der Spalte lösten sich große Dreckklumpen und polterten zu Boden. Der Droide R2 pfiff und piepte warnend, und Luke sprang auf.

»Was ist los, R2?« fragte er, und Isolder brüllte: »Ein Erdbeben!«

Luke horchte einen Moment und schrie dann durch den Lärm: »Nein – es ist kein Erdbeben...«

Plötzlich schoß über ihren Köpfen ein mächtiger Schatten hinweg, dann noch einer und noch einer. Große Reptilien mit hellblauen Schuppen sprangen über die Spalte. Eins rutschte aus und drohte auf sie zu stürzen, stieß sich im letzten Moment mit den kurzen Vorläufen ab und war mit einem Satz auf der anderen Seite.

»Stampede!« schrie Isolder und schützte seinen Kopf mit den Armen. R2 pfiff und rollte im Kreis, suchte Schutz vor den Hunderten von Reptilien, die über die Spalte sprangen.

Nach einer Weile ließ das Dröhnen nach. Ein riesiges Reptil landete nur ein Dutzend Schritte von ihnen entfernt in der Spalte, stand keuchend da, daß die losen hellblauen Hautfalten an seiner Kehle wackelten, und betrachtete sie forschend. Die letzten Nachzügler sprangen davon.

Das Tier hatte blutrote Augen und schwarze, spatenförmige Zähne. Die Schuppen an seinem Kopf schillerten fast lavendelfarben. Sein Atem roch moschusartig, nach verrottenden Pflanzen, und sein Blick verriet wache Neugierde.

»Hab' keine Angst, wir tun dir nichts«, sagte Luke und sah dem Tier unverwandt in die Augen. Es kam näher, berührte mit der Schnauze Lukes ausgestreckte Hand und beschnüffelte sie. »So ist es richtig, Mädchen, wir sind deine Freunde.« Luke goß etwas Wasser aus seiner Feldflasche in die hohle Hand und sah zu, wie das Tier es mit seiner langen, schwarzen Zunge aufschleckte. Die Kreatur rülpste und gab ein zufrieden klingendes Winseln von sich.

»Was soll das?« fragte Isolder. »Dieses Ding trinkt Ihr ganzes Wasser.«

»Zwischen hier und den Bergen liegen achtzig Kilometer Wüste«, erklärte Luke, »ein schwerer Marsch, selbst für einen Jedi, und auf der ganzen Strecke gibt es kein Wasser – nur Sand. Aber jeden Abend rennen diese Wesen zu den Bergen, um dort zu fressen, und jeden Morgen kommen sie hierher zurück, um sich vor den Raubtieren und der Sonne zu verstecken. Deshalb haben wir hier in den Spalten, wo ihre Alten sterben, so viele Skelette gesehen. Sie nennen sich selbst das Blaue Wüstenvolk. Heute abend werden sie uns zu den Bergen bringen. Wir brauchen nicht das ganze Wasser.«

»Sie meinen, sie sind intelligent?« fragte Isolder zweifelnd.

»Nicht intelligenter als die meisten anderen Tiere«, sagte Luke mit einem Seitenblick zu Isolder, »aber klug genug. Sie kümmern sich um einander, und sie haben ihre eigene Art der Weisheit.«

»Und Sie können mit ihnen sprechen?«

Luke nickte und streichelte die Schnauze des Reptils. »Die Macht ist in uns allen – in Ihnen, in mir, in ihr. Sie verbindet uns, und durch sie kann ich ihre Absichten erkennen und sie meine erkennen lassen.«

Isolder betrachtete sie einen Moment lang und setzte sich dann, aus irgendeinem Grund besorgt, aber nicht in der Lage, seine Bedenken in Worte zu fassen. Er schlief einen Teil des Tages, verzehrte eine Ration aus seinem Tornister und trank sein Wasser. Den ganzen Tag schlief das Tier an ihrer Seite, den Kopf flach auf dem Boden liegend, um Lukes Füße beschnüffeln zu können.

Am Abend, kurz vor Sonnenuntergang, hob das Tier den Kopf und gab einen tutenden Laut von sich. Mehrere andere Tiere antworteten und folgten dem Ruf.

»Zeit zum Aufbruch«, sagte Luke. Isolder kletterte aus der Spalte, während Luke die Augen schloß, R2 mit der Macht aus der Vertiefung hob und dann ebenfalls nach oben kletterte.

Das Blaue Wüstenvolk war überall. Die Reptilien kamen aus ihren Löchern, schnaubten laut und verfolgten den Sonnenuntergang. Offenbar schien ein genetischer Mechanismus sie daran zu hindern, den Marsch anzutreten, ehe die Sonne hinter den Bergen verschwunden war.

Auf Lukes Anweisung hin bestieg Isolder den Rücken eines großen Männchens und hielt sich am Hals fest. Als es sich auf die Hinterläufe aufrichtete, fürchtete er um seinen Halt, aber Luke setzte R2 auf den Rücken eines anderen großen Männchens, und der Droide schien keine Probleme mit dem Gleichgewicht zu haben.

Als die Unterseite der Sonne die Spitze des höchsten Berges berührte, brüllten die Reptilien auf, senkten die Köpfe, hoben als Gegengewicht die Schwänze und rannten auf ihren kräftigen Hinterläufen über den Sand.

Nachdem Isolders Reittier den Kopf gesenkt hatte, entpuppte sich seine Position als bemerkenswert stabil, sogar bequem, obwohl R2 zunächst verängstigt pfiff und stöhnte. Das Blaue Wüstenvolk donnerte über achtzig Kilometer festgebackenen Sandes und rollender Dünen, grunzend und schnaubend, die roten Augen in der Dunkelheit funkelnd. Isolder lauschte ihren Lauten und erkannte, daß das Grunzen und Schnauben von den Tieren am Rand der Herde stammte und es sich um Anweisungen handeln mußte. Wenn die Reptilien an einer Flanke der Herde zwei oder drei Mal schnaubten, änderten alle Tiere die Richtung. Aber wenn sie fortwährend grunzten, blieb die Herde auf Kurs.

Bei Einbruch der Dunkelheit erreichten sie einen breiten, schlammigen Fluß, an dessen Ufern hohes Gras und Schilf wuchsen. Vögel mit langen Hälsen und ledrigen Schwingen kreisten im Mondlicht dicht über dem Fluß und schnäbelten Wasser. Hier legte das Blaue Wüstenvolk eine Rast ein, um zu trinken und im Schilf zu grasen.

»Wir trennen uns hier«, sagte Luke, und sie stiegen ab. Luke tätschelte die Schnauze eines jeden Reittiers und dankte ihnen mit leiser Stimme.

»Können Sie sie nicht dazu bringen, uns noch ein Stück zu tragen?« fragte Isolder. »Wir haben noch immer einen weiten Weg vor uns.«

Luke warf ihm einen verärgerten Blick zu. »Ich *bringe* niemand dazu, irgend etwas zu tun«, wehrte er ab. »Ich bringe R2 nicht dazu, mir zu folgen, ebensowenig wie ich Sie dazu bringe, mir zu folgen. Das Blaue Wüstenvolk hat uns freiwillig geholfen, und jetzt, wo wir Wasser haben, können wir den Rest des Marsches aus eigener Kraft zurücklegen.«

Isolder erkannte plötzlich, warum er Lukes Verhalten zum Blauen Wüstenvolk so verstörend fand: die Mitglieder der königlichen Familie von Hapan behandelten ihre Bediensteten weit schlechter. Frauen wurde größerer Respekt als Männern entgegengebracht, Industriellen mehr Respekt als Bauern, dem Adel mehr Respekt als allen anderen. Aber Luke behandelte diesen Droiden und diese dummen Tiere, als wären sie seine Brüder oder vom gleichen Stand wie Isolder, und die Vorstellung, daß der Jedi ihn auf die gleiche Stufe wie einen Droiden oder ein Tier stellte, beunruhigte ihn. Und gleichzeitig behandelte Luke das Blaue Wüstenvolk mit einer derart großen Freundlichkeit, daß Isolder Eifersucht empfand.

»So etwas dürfen Sie nicht tun!« hörte Isolder sich selbst sagen. »Das Universum funktioniert nicht auf diese Weise!«

»Wie meinen Sie das?« fragte Luke.

»Sie… Sie behandeln diese Tiere wie Gleichrangige. Sie haben meiner Mutter, der Ta'a Chume von Hapan, dieselbe Höflichkeit entgegengebracht wie Ihrem Droiden!«

»Dieser Droide, diese Tiere«, erklärte Luke, »sind alle Teil der Macht. Wenn ich der Macht diene, wie kann ich sie dann weniger respektieren als Ta'a Chume?«

Isolder schüttelte den Kopf. »Jetzt verstehe ich, warum meine Mutter Sie töten wollte, Jedi. Sie haben gefährliche Ideen.«

»Vielleicht sind sie gefährlich für Despoten«, meinte Luke mit einem Lächeln. »Sagen Sie mir, dienen *Sie* in erster Linie Ihrer Mutter und deren Imperium?«

»Natürlich«, versicherte Isolder.

»Würden Sie ihr tatsächlich dienen, wären Sie nicht hier«, konterte Luke. »Sie hätten irgendeine lokale Despotin geheiratet und eine Thronerbin gezeugt. Aber Ihre Seele ist zerrissen. Sie reden sich ein, daß Sie gekommen sind, um Leia zu retten, aber ich glaube, Sie sind in Wirklichkeit nach Dathomir gekommen, um dem Weg der Macht zu folgen.«

Ein Frösteln durchlief Isolder, als er erkannte, daß dies wahrscheinlich die Wahrheit war, und trotzdem erschien ihm allein die Vorstellung absurd. Luke behauptete damit, daß jede noch so unbedeutende spontane Reaktion, jede unüberlegte Entscheidung Isolders als Beweis dafür gelten konnte, daß er der Schüler des Jedi war, Diener einer höheren Macht, von deren Existenz er nicht einmal überzeugt war.

Sicher, Luke war durch die Luft geflogen und hatte Isolders Schiff sicher zu Boden gebracht, aber vielleicht handelte es sich dabei eher um eine Fähigkeit von Lukes verdrehtem Geist und nicht um eine Demonstration irgendeiner mystischen Macht. Auf Thrakia lebte eine Insektenrasse mit genetisch vererbten Erinnerungen, die ihre eigene Sprachfähigkeit anbetete. Offenbar erinnerten sich die Insekten daran, daß sie sich bis in jüngste Vergangenheit nur per Duftstoffe verständigt hatten, bis sie dann eines Tages feststellten, daß sie sich auch verständigen konnten, indem sie mit ihren Mandibeln klickten. Selbst nach dreihundert Jahren flößte ihnen diese Form der Kommunikation noch so viel Ehrfurcht ein, daß sie sie für ein Geschenk eines höheren Wesens hielten. Aber es war nur das Klicken ihrer albernen Mandibeln!

Als sie dem Flußlauf durch eine niedrige Hügellandschaft folgten, behielt Isolder den Jedi im Auge und grübelte weiter. Wurde Luke tatsächlich durch irgendeine mystische Macht geleitet? Oder folgte er seinem eigenen Willen und redete sich nur ein, daß diese seltsamen Kräfte und verrückten Ideen von einer äußeren Macht stammten?

Bei jedem Schritt, den sie sich den Bergen näherten, fragte sich Isolder: Werde ich von der lichten Seite der Macht geleitet? Und wenn ja, wohin wird mich diese Macht führen?

Ganz gleich, welche Antwort er auf diese Frage finden würde, er wußte, daß davon sein ganzes zukünftiges Leben abhing.

* 14 *

Im Morgengrauen wurde der Nebel, der von dem verschlammten Fluß aufstieg, so dicht, daß Luke nach wenigen Metern nichts mehr erkennen konnte. Der Uferboden hatte sich in Morast verwandelt und behinderte R2s Fortkommen. Die Bäume am Fluß waren alle von der Sonne verbrannt und abgestorben, und ihre Äste stachen wie verkrümmte, ebenholz- und eisfarbene Finger aus dem Nebel. Große gefleckte Eidechsen hingen an den Bäumen, drängten sich manchmal zu einem Dutzend auf einem Ast, und suchten das nebelverhangene Schilf nach Beute oder Raubtieren ab.

Isolder war in Schweigen versunken. Mehrfach drehte sich Luke nach ihm um und sah ihn tief in Gedanken, die Stirn gefurcht. Luke wußte nur zu gut, was der junge Mann denken mußte. Erst vor wenigen Jahren hatte Luke Obi-wan Kenobi auf einer ähnlich verrückten Mission begleitet und gestohlene Konstruktionspläne nach Alderaan gebracht.

In den letzten Monaten, dachte Luke, *habe ich fieberhaft nach den Aufzeichnungen der alten Jedi gesucht, um mit ihrer Hilfe talentierte Schüler zu finden und sie in der Macht zu unterweisen.* Aber plötzlich erkannte er die Wahrheit: Isolder hatte *ihn* gewählt, auch wenn der Prinz nur wenig Talent zu haben schien. Dies war Lukes Chance, jemandem den Weg zur lichten Seite der Macht zu weisen, ohne befürchten zu müssen, daß sich der Schüler zu einem zweiten Vader entwickelte.

Er marschierte vorsichtig, auf Treibsand achtend, durch den Morast, und fragte sich, ob es Obi-wan Kenobi ebenso ergangen war. Luke hatte immer geglaubt, der alte Mann hätte darauf gewartet, daß Luke heranwuchs, wie ein Bauer das Reifen seines Kornfelds beobachtete. Aber jetzt fragte sich Luke, ob er ebenso überraschend in Obi-wans Leben aufgetaucht war wie Isolder in seinem.

Isolder wurde offenbar von der Macht geleitet. Soviel konnte Luke erkennen, aber er konnte keine Macht in dem Prinzen entdecken. Vielleicht war die Macht so neu, so gering, daß Isolder sie nicht spüren konnte.

Luke erreichte eine Weggabelung. Der eine Pfad führte über höheres Gebiet und wirkte sicher, aber der schlammige Weg schien ihn zu locken. Er folgte seinem Instinkt und stapfte weiter durch den Morast.

Vielleicht hatte es nie eine Jedi-Akademie gegeben, dachte er. Gewiß hatte ihn Ta'a Chume angelogen, was die angebliche Akademie auf einer ihrer Welten betraf. Er spürte es.

Vielleicht führte die Macht Schüler zu ihren Meistern, wenn sie gebraucht wurden. Vielleicht erhielt ein Jedi seine Ausbildung, indem er gegen die Finsternis kämpfte.

Wenn dies stimmte, dann war Dathomir zweifellos der perfekte Ort für eine Akademie. Luke konnte ungeheure Verwerfungen in der Macht spüren – gähnende Abgründe aus Finsternis. Er hatte so etwas noch nie zuvor erlebt. In Yodas Höhle hatte es ebenfalls eine derartige Finsternis gegeben, aber hier – hier war sie überall.

Vor ihm krächzten Flugreptilien und schwangen sich auf lederigen Schwingen in die Luft. Luke blieb stehen und stellte fest, daß er das Ende einer in den Fluß ragenden Landspitze erreicht hatte. Er konnte nicht mehr weiter, und das brackige Wasser hier blubberte. Eine Teergrube. Er suchte nach einem Übergang.

»Was ist das?« sagte Isolder.

Luke blickte auf. Aus den Nebelschwaden über dem Fluß ragte im schiefen Winkel eine riesige metallene Plattform, über der nervös die Flugreptilien kreisten. Die aufgehende Sonne warf goldenes Licht auf das rostige Metall, verwandelte es in Bronze, und hinter der Plattform befand sich eine gewaltige Triebwerksdüse mit derart verrosteter Wandung, daß man durch das hauchdünne Metall die schweren, offenbar noch intakten Turbogeneratoren erkennen konnte.

»Sieht wie ein abgestürztes altes Raumschiff aus«, meinte Luke, und erst dann dämmerte ihm, daß das Wrack viel größer war als selbst einer der alten Zerstörer der *Sieges*-Klasse. Trotzdem mußte es hier schon seit Hunderten von Jahren liegen.

Eine leichte Brise wehte über den Fluß, teilte den Nebel, und Luke erhaschte hinter der Düse einen Blick auf eine Kuppel aus unversehrtem Stahlglas.

Er wollte sich schon abwenden, als er den Schriftzug auf der Triebwerksdüse bemerkte: *Chuunthor*.

Sein Herz machte einen kleinen Sprung, als ihm klar wurde, daß es kein Volk gewesen war, das Yoda vor Jahrhunderten von diesem Planeten retten wollte, sondern das Raumschiff. Und in der ganzen Zeit war es niemand gelungen, es zu bergen.

»Wir müssen zum Schiff«, sagte Luke mit vor Erregung heiserer Stimme.

»Warum?« fragte Isolder. »Es ist nur ein altes Wrack.«

Luke spähte durch den Nebel und suchte nach einem Weg zu dem Schiff. Sie machten kehrt und irrten eine Zeitlang durch den Morast, bis sie einen Kilometer weiter auf zwei uralte Holzflöße stießen, deren Stämme mit verrotteten Fellstreifen zusammengebunden waren. Sie sahen wie Kinderspielzeug aus. An der Sandbank, an der die Flöße vertäut waren, entdeckten sie frische Fußspuren.

»Jemand war vor kurzem hier«, stellte Isolder fest.

»Ja«, nickte Luke, »nun, wer würde sich schon die Chance entgehen lassen, ein richtig hübsches Wrack zu durchsuchen?«

»Ich«, sagte Isolder. »Sie wollen doch nicht wirklich dorthin, oder? Ich meine, wir sind hier, um Leia zu retten.«

R2 pfiff zustimmend und erinnerte Luke mit einer Serie von Klicklauten und Pieptönen daran, daß jedesmal, wenn sich der Droide Wasser näherte, ein Ungeheuer auf ihn lauerte.

Isolder blickte zu den Bergen hinüber, und Luke konnte erkennen, daß der Prinz gegen jede weitere Verzögerung war. Aber die Macht hatte Luke zu diesem Ort geführt, so wie sie ihn auch im Kampf führte. Er wußte nur zu gut, daß er seinen Gefühlen vertrauen mußte. Jetzt befahlen ihm seine Gefühle, das Wrack zu untersuchen. »Es dauert nur ein paar Minuten«, sagte Luke und sprang auf eins der Flöße. »Wer kommt mit?«

»Ich warte hier«, erklärte Isolder und handelte sich damit einen vorwurfsvollen Blick R2s ein. Der Droide bebte vor Angst, aber er bedachte Isolder mit einem abschätzig klingenden Geräusch und rollte auf das Floß.

Luke stakte das Floß zum Wrack. Große braune Fische sonnten sich träge im stillen Wasser. Die Morgensonne brannte allmählich den Nebel fort, und als Luke näher kam, konnte er immer mehr von dem Schiff erkennen – Kolonien von Wohnkuppeln, den Maschinenraum. Die Hülle um die Hyperantriebsmaschinen war durchgerostet. Das Schiff war ungefähr zwei Kilometer lang, einen Kilometer breit und acht Decks hoch. Der geringe Abstand der Fenster zu den Wohnquartieren verriet, daß die *Chuunthor* dicht bewohnt gewesen war, fast eine fliegende Stadt, vielleicht eine Art Vergnügungsschiff. Es handelte sich eindeutig um einen Passagierraumer. Der Großteil des Schiffes war in der Teergrube versunken, nur die oberen Decks lagen frei, und sie waren völlig verrostet.

Trotzdem, dies war kein normales Wrack – es gab keine Spuren von Strahlentreffern, keine klaffenden Löcher, die auf Explosionen hindeuteten, keinen Hinweis auf eine Bruchlandung. Möglicherweise hatte das Schiff technische Probleme gehabt und versucht, in den Teergruben zu landen.

Als Luke näher kam, sah er, daß das Schiff sorgfältig versiegelt worden war. Die Schleusentore waren nicht nur geschlossen, sondern zugeschweißt, und viele der Stahlglasblasen an den Kuppeln wiesen tiefe Kratzspuren auf, als hätte irgend etwas versucht, sich von draußen einen Weg durch das transparente Material zu bahnen.

Das Schiff stand schräg, und so stakte Luke das Floß zum Bug, der am tiefsten in den Schlamm gesunken war, und kletterte auf das Wrack. Es hatte tatsächlich jemand versucht, in das Schiff einzudringen. Luke entdeckte viele weitere Kratzspuren an den Kuppeln, verbogene Eisenstangen, mit denen versucht worden war, die zugeschweißten Türen aufzubrechen, sowie die Bruchstücke von riesigen Keulen und geborstenen Felsbrocken. Hier und dort waren fremde Schriftzeichen auf die Hülle gemalt, und Pfeile kennzeichneten die schwächeren Schweißnähte. Jemand hatte jahrelang versucht, in das Schiff einzudringen, und es sorgfältig untersucht, aber ihre Werkzeuge waren zu schwach gewesen.

Kinder, dachte Luke, aber kein Kind hätte eine dieser riesigen Keulen schwingen können.

Einige Kuppeln waren mit Zugangssockeln ausgerüstet, in die sich R2 hätte einstöpseln können, um die Schotts zu öffnen, aber die Sockel waren zu verrostet. Doch das ganze Schiff erweckte ohnehin den Eindruck, als wäre auch das Innere völlig verfallen. Das Stahlglas war von Sandstürmen stumpf geschmirgelt, fast mattiert. Viele der Kuppeln schienen Sportstätten zu enthalten – große Bälle übersäten die Böden, als hätten bei der Landung der *Chuunthor* irgendwelche Spiele stattgefunden. Andere Kuppeln hatten als Restaurants oder Nachtclubs gedient. Staubige Gläser und Teller standen auf rostigen Tischen. R2 rollte hinter Luke her und kam auf dem schrägen Untergrund nur mühsam vorwärts. Er pfiff leise vor sich hin und studierte die Schäden.

»Wer auch immer auf diesem Schiff war, sie scheinen es sofort nach der Landung verlassen zu haben und nie zurückgekehrt zu sein«, meinte Luke zu R2.

Der Droide erinnerte Luke klickend und piepend an Yodas Botschaft: »Wir wurden von den Hexen von Dathomir zurückgeschlagen.« Luke konnte die Störungen in der Macht spüren, dunkle Zyklone, die alles Licht verschluckten.

»Ja«, sagte Luke. »Was auch immer Yoda auf diesem Planeten begegnet ist, es ist noch immer hier.«

R2 stöhnte.

Luke blieb stehen und spähte in eine Blase. In ihrer Mitte standen Werkbänke, auf denen rostige mechanische Teile lagen – korrodierte Energiezellen, Fokuskristalle, Lichtschwertgriffe – Werkzeuge für Waffen, mit denen nur ein Jedi umgehen konnte.

Lukes Herz hämmerte. *Eine Jedi-Akademie*, erkannte er, und plötzlich ergab alles einen Sinn. *Ich habe vierzig Planeten abgesucht, ohne eine Akademie zu finden, weil die Jedi-Akademie zwischen den Sternen lag.* Natürlich hatten sie eine Akademie im Weltraum gebraucht. Da nur wenige Wesen stark genug waren, um die Macht zu beherrschen, hatten sie die Galaxis nach Rekruten durchkämmen müssen. In jedem Sternenhaufen hatten sie wahrscheinlich nur einen oder zwei brauchbare Kandidaten gefunden. Luke erkannte, daß die Macht ihn zu diesem Ort geführt hatte.

Er zog sein Lichtschwert, zündete es und begann sich fieberhaft einen Weg durch das Stahlglas zu schneiden. Dieses alte, verrostete Wrack konnte unmöglich etwas von Wert enthalten, aber er mußte sich überzeugen. Blaue Tropfen aus geschmolzenem Stahlglas perlten auf das Deck der *Chuunthor*, und R2 rollte ein Stück zurück.

Luke war so damit beschäftigt, sich einen Weg in das Raumschiff zu bahnen, daß er ihre Präsenz fast gar nicht bemerkte, aber plötzlich spürte er hinter sich eine Macht, und sie kam rasch näher. Er wirbelte herum und sah eine Frau – sie hatte lange, rotbraune Haare und kräftige nackte Beine und trug braune Fellkleidung. Sofort griff sie ihn an, trat mit einem Lederstiefel nach ihm, aber Luke ahnte ihre Absicht, wich aus und schwang sein Lichtschwert.

Er spürte ein Kräuseln in der Macht, Vorbote einer Attacke, aber ehe er reagieren konnte, schwang das Mädchen eine Keule und traf seine künstliche Hand hart genug, daß Schaltkreise durchbrannten und das Lichtschwert davongeschleudert wurde. Sie trat ihm in den Bauch. Luke stürzte, rollte sich ab und rief mit der Macht das Lichtschwert zurück in seine linke Hand.

Das Mädchen erstarrte und riß vor Verblüffung den Mund auf, als sie sah, was er getan hatte. Luke konnte ihre Macht spüren – stärker und wilder als bei jeder anderen Frau, der er

bisher begegnet war. Ihre braunen Augen waren orangen ge-
fleckt, und sie kauerte sich auf die Hülle der *Chuunthor*,
keuchte, überlegte. Sie konnte höchstens achtzehn oder zwanzig sein.

»Ich will dir nicht weh tun«, sagte Luke.

Das Mädchen schloß halb die Augen, flüsterte einige Worte, und Luke spürte den tastenden Finger ihrer Macht in seinem Bewußtsein. »Wie kannst du die Magie beherrschen, wo
du doch nur ein Mann bist?« fragte das Mädchen.

»Die Macht ist in uns allen«, sagte Luke, »aber nur jene, die
ausgebildet sind, können zu ihrem Meister werden.«

Das Mädchen musterte ihn skeptisch. »Du behauptest, ein
Meister der Magie zu sein?«

»Ja«, bestätigte Luke.

»Dann bist du ein Hexer, ein Jai von den Sternen?«

Luke nickte.

»Ich habe von den Jai gehört«, sagte das Mädchen. »Großmutter Rell sagt, daß sie unbesiegbare Krieger sind, weil sie
den Tod bekämpfen. Und da sie für das Leben kämpfen,
schützt die Natur sie, und sie können nicht sterben. Bist du
ein unbesiegbarer Krieger?« Die Macht des Mädchens kräu-
selte sich, als wollte sie im nächsten Moment angreifen, aber
Luke registrierte einen Unterschied – das Kräuseln war fast
wie eine Decke, die sich über ihn legte, ihn umhüllte, und als
Luke sich vorzustellen versuchte, was dies zu bedeuten hatte, sah er plötzlich ein Bild vor seinem geistigen Auge.

Er sah das Mädchen auf Jagd in der Wüste, fieberhaft nach
etwas suchen, das von anderen bewacht und beschützt wurde. Er sah eine Hütte aus Zweigen unter einem Überhang aus
rotem Fels, ein abendliches Lagerfeuer, im Wind tanzend,
und halbnackte Kinder, die neben dem Feuer spielten. Und
das Mädchen pirschte sich weiter an die Hütte heran, in dem
sich ihre Beute befinden mußte.

Das Mädchen lächelte ihn an und begann zu singen, und
der Ausdruck in ihren Augen entsetzte ihn. Er hatte noch nie
zuvor eine derart wilde Lust gesehen. »*Waytha ara quetha way.
Waytha ara quetha way...*«

»Warte einen Moment!« sagte Luke. »Du glaubst doch
nicht etwa...« Steinbrocken und Keulenbruchstücke rollten
über die Hülle der *Chuunthor* und grollten wie ein heranzie-
hender Sturm. Hinter dem Mädchen begann der Nebel über
dem Fluß heftig zu wirbeln. *Wir wurden von den Hexen zurückgeschlagen.*

»*Waytha ara quetha way. Waytha ara quetha way!*«Blitze zuckten am Himmel und ein Dutzend kleine Felsbrocken pfiffen durch die Luft und prasselten auf Luke nieder. Vader hatte ähnliche Tricks versucht, aber Luke mußte bekümmert feststellen, daß Vader bei weitem nicht so gut darin gewesen war. Er schlug wild mit seinem Lichtschwert um sich und zertrümmerte mehrere Felsbrocken, aber einer traf ihn an der Brust und ließ ihn einen Schritt zurückstolpern. *Von den Hexen geschlagen.*

»Warte!« schrie Luke. »Du kannst nicht einfach Männer versklaven und mit ihnen schlafen, wenn es dir gerade paßt!« Hunderte von Felsbrocken hüpften polternd über die Hülle des Schiffes und sprangen Luke wie eine Herde lebender Tiere an, und er begriff, daß *diese* Frau fast alles tun konnte, was sie wollte. Er hob verzweifelt einen Arm, versuchte, die Steine mit der Macht abzuwehren, aber sein Bewußtsein war wie ein trüber See und er konnte sich nicht konzentrieren. *Von den Hexen geschlagen.*

Ein Baumstamm wirbelte auf ihn zu, und er duckte sich, aber gleichzeitig prasselten Steine in solcher Zahl auf ihn ein, daß er sie nur noch verschwommen wahrnahm, und plötzlich war *sie* vor ihm und schwang ihre Keule. Er hatte ihr Nahen nicht einmal bemerkt. Dann schmetterte sie ihm die Keule auf den Schädel, grelle Blitze zuckten durch seinen Kopf, und er sank zu Boden.

Benommen hörte er, wie das Mädchen ihm irgend etwas zuschrie, erkannte, daß sie auf seiner Brust hockte und seine Arme mit ihren kräftigen Beinen umklammerte, aber Luke war zu schwach, um sie abzuschütteln. Sie packte sein Kinn und schrie triumphierend: »Ich bin Teneniel Djo, eine Tochter von Allya, und du bist mein Sklave!«

Am frühen Morgen stolperte Han die schlüpfrige Treppe hinauf, die in die steile Bergflanke gemeißelt war. Wie auf den meisten Planeten mit geringer Gravitation reckten sich die vulkanischen Berge hoch und steil in den Himmel, und neben der Treppe fiel der massive schwarze Fels zweihundert Meter in die Tiefe. Die Steinstufen waren selbst für einen Rancor breit genug, und Tausende von Füßen hatten sie abgewetzt und geglättet. Während der Nacht hatte das kalte Wasser, das vom Gipfel tropfte, die Stufen mit einer dünnen Eiskruste überzogen und sie schlüpfrig gemacht.

Hinter Han knurrten die Rancor. Sie bewegten sich bedächtig, hielten sich an der nackten Felswand fest und fürchteten offenbar, jeden Moment in den Abgrund zu stürzen, aber ihre Reiterinnen trieben sie gnadenlos vorwärts. Chewbacca sah nicht gut aus. Er hielt sich die Rippen und stöhnte leise in den Armen des Rancor, der ihn bergauf schleppte.

Im klaren Morgenlicht konnte Han die drei Frauen jetzt deutlich erkennen. Unter ihren Roben trugen sie Gewänder aus bunter Reptilienhaut – grün oder rauchblau oder ockergelb. Die Roben selbst bestanden aus Fasergewebe und waren kunstfertig mit großen dunklen Perlen aus Samenkapseln besetzt oder mit gelben Pflanzenfasern durchwoben. Aber am prächtigsten verziert waren ihre Helme. Was er in der Dunkelheit zunächst für Geweihstangen gehalten hatte, war lediglich Kopfschmuck aus geschwärztem, nach oben gebogenem Metall. In die Helme waren Löcher gebohrt. Aus jedem Loch hingen Schnüre mit Schmuckstücken, die bei jedem Schritt der Rancor hin und her pendelten. Bei dem Zierrat, erkannte er, handelte es sich um Achat und polierten blauen Azurit, die bemalten Schädel kleiner fleischfressender Reptilien, eine kleine versteinerte Klaue eines anderen Tieres, bunte Stoffetzen, Glasperlen, ein Stück gehämmerten Silbers und eine blauweiße Kugel, vielleicht ein getrocknetes Auge. Die Helme der Frauen unterschieden sich, und Han verstand genug von anderen Kulturen, um besorgt zu sein. In jeder Gesellschaft kleideten sich die mächtigsten Personen am prächtigsten.

Han hielt sich dicht hinter Leia und 3PO, um sofort eingreifen zu können, wenn einer von ihnen ausrutschte und von der Klippe zu stürzen drohte. Er atmete keuchend, Dampf hing ihm vor dem Mund. Sie bogen um eine letzte schlüpfrige Ecke und blickten in ein ovales, zwischen den Bergen eingebettetes Tal. Aus Zweigen errichtete Hütten mit strohgedeckten Dächern standen verstreut im Tal, und das Schachbrettmuster aus Grün und Braun zeugte von reifenden Kornfeldern. Männer, Frauen und Kinder arbeiteten auf den Feldern oder fütterten riesige, vierbeinige Reptilien, die in Pferchen gehalten wurden. Durch die Felder führte ein breiter Fluß, der in einen kleinen See mündete und dann über eine Klippe in die Tiefe stürzte.

Sie erreichten das Ende der Treppe und passierten eine Phalanx aus zehn Frauen, die alle auf Rancor saßen. Die Frauen waren alle ähnlich gekleidet – grobes Eidechsenleder, dicke Roben, die vor der Kälte der Berge schützten, Helme mit Metallhörnern. Die meisten Frauen waren mit Blastergewehren

145

bewaffnet, obwohl einige auch nur Speere oder Wurfäxte im Gürtel trugen. Keine von ihnen wirkte jünger als fünfundzwanzig, und aus irgendeinem Grund ließen die schmutzigen Gesichter der Frauen Han mehr frösteln als die Bergluft. Sie lächelten nicht, verrieten weder Mitleid noch Besorgnis. Ihre Mienen waren kalt und auf brutale Weise gleichgültig, wie die Gesichter von Kriegerinnen, die kein Grauen mehr erschüttern konnte.

Über dem schmalen Tal, in den Basalt gemeißelt, befanden sich Befestigungsanlagen – Türme und Brüstungen und Fenster. Die Frauen hatten den Fels mit einem Mosaik aus Plastahlplatten aus den Hüllen abgestürzter Raumschiffe überzogen. Aus einer der Bergfestungen ragten zwei fremdartig geformte Blasterkanonen. Schwarze Sengspuren und Löcher im Fels verrieten, daß sich diese Frauen tatsächlich im Krieg befanden. Aber mit wem?

Die Gruppe erreichte einen steinernen Treppenabsatz, und auf den Befehl einer Frau hin führte der Rancor, der Chewbacca trug, Leia zur Festung hinauf, während die anderen Rancor Han und 3PO über einen morastigen Pfad hinunter ins Tal trieben, vorbei an Pferchen voller riesiger schmutziger Reptilien, die träge wiederkäuten und Han dumpf beäugten.

Sie gelangten zu einem Ring aus Zweig- und Lehmhütten, vor denen je eine große steinerne Urne stand, die Han für einen Wasserbehälter hielt. Durch die offenen Türen konnte er leuchtend rote Decken an den Wänden hängen sehen; auf kleinen Holztischen standen Körbe mit Nüssen, in den Ecken lehnten verschiedene hölzerne Heugabeln.

Seine Bewacherin führte ihn hinter die Hütten, wo er Dutzende von Männern und jungen Frauen und Kindern traf. Auf einer unkrautbewachsenen sandigen Fläche hatten die Dorfbewohner Löcher gegraben und mit Wasser aus Eimern gefüllt, so daß kleine Pfützen entstanden waren. Die Erwachsenen saßen auf dem Boden und starrten konzentriert in die Pfützen, während die Kinder schweigend außerhalb des Kreises standen und gafften.

Der Rancor blieb stehen, und die auf ihm sitzende Kriegerin beugte sich nach unten, klopfte Han mit ihrem Speer auf die Schulter und wies auf die Pfützen. »Whuffa«, sagte sie. »Whuffa!« Offenbar wollte er, daß er einen Blick in eine der Pfützen warf.

»Hast du irgendeine Ahnung, was sie wollen?« fragte Han 3PO.

»Ich fürchte, nein«, gestand 3PO. »Ihre Sprache ist nicht in meinem Katalog. Einige Worte ähneln klassischem Paekisch, aber ich habe noch nie den Ausdruck *Whuffa* gehört.«

Paekisch? Das paekische Imperium war vor dreitausend Jahren gegründet worden. Han ging zu einem alten graubärtigen Mann und blickte in seine Pfütze. Die Pfütze war klein, vielleicht einen halben Meter im Durchmesser und nur fingertief.

Der Mann sah finster zu Han auf und knurrte: »*Whuffa!*« Er gab Han ein Kupfermesser, mit dem er vermutlich graben sollte, sowie einen Eimer Wasser und wies auf eine freie Stelle auf der Sandfläche.

»Whuffa, okay. Ich hab's kapiert«, sagte Han. Er suchte sich einen freien Platz abseits der anderen, grub ein kleines Loch und goß das Wasser hinein. Es roch schrecklich, und Han erkannte plötzlich, daß es überhaupt kein Wasser, sondern irgendein seltsames vergorenes Gebräu war. *Großartig*, dachte er. *Ich bin in den Händen von Verrückten, die von mir verlangen, in eine Pfütze zu starren, bis ich eine Vision habe.*

Für einen Moment betrachtete er sein Spiegelbild in der Pfütze, bemerkte, daß sein Haar völlig zerzaust war, und kämmte es mit den Fingern. Die Kriegerinnen schienen nicht zu wissen, was sie mit 3PO anfangen sollten; sie ließen ihn bei den Kindern, die den Droiden neugierig und ohne jede Scheu begafften. Leia war bereits durch die offene Tür der Bergfestung verschwunden. In der Ferne hörte Han einen TIE-Jäger durch die Atmosphäre dröhnen, und die Frauen auf den Rancor schirmten ihre Augen mit den Händen ab und beobachteten nervös den Himmel.

Ein gutes Zeichen. Wenn diese Frauen Ärger mit Zsinj hatten, dann war Han zumindest im richtigen Lager. Oder auch nicht, wenn er die planlos angelegten Befestigungsanlagen bedachte. Auf jeden Fall gefiel ihm die Vorstellung nicht, »gerichtet« zu werden. Wenn diese Frauen Fremden gegenüber feindlich eingestellt waren, würden sie Außenwelter vielleicht töten oder versklaven. Und wenn Han und Leia für Spione gehalten wurden, dann steckten sie womöglich in noch größeren Schwierigkeiten. Außerdem war da noch die Tatsache, daß die Frauen Han automatisch für Leias Sklaven gehalten hatten. Er musterte die Kriegerinnen auf ihren Rancor. Die Frauen erwiderten kalt seinen Blick. Er entschloß sich, so zu tun, als würde er sich ganz auf seine Aufgabe konzentrieren.

Etwa eine Stunde lang saß er da und starrte in die Pfütze aus gegorener Brühe, während die Sonne auf seinen Rücken brannte. Schließlich bekam er großen Durst und fragte sich, ob es ihm gestattet war, etwas von dem Gebräu zu trinken. *Besser nicht*, entschied er. *Vielleicht ist es für Sklaven verboten.*

Leia hatte die Festung noch nicht wieder verlassen. Han beobachtete, wie hundert Meter über dem Talboden eine Frau auf eine Brüstung trat. Sie war alt, trug einen Umhang aus Leder und hielt einen Eimer in der Hand. Für einen Moment blickte sie in die Tiefe, fuchtelte dann mit den Händen in der Luft und sagte etwas, aber er konnte ihre Worte nicht verstehen. Einen Augenblick später löste sich eine Kristallkugel vom Talboden und flog zu ihr hinauf. Sie beugte sich über die Brüstung, hielt den Eimer unter die Kugel, und die Kugel fiel hinein. Flüssigkeit spritzte über den Rand des Eimers. Die alte Frau trug den Eimer zurück in die Festung, und Han sah ihr verblüfft nach. Es war gar keine Kristallkugel gewesen, die da durch die Luft geflogen war – sondern Wasser.

Han hörte ein lautes Schlürfen und senkte den Blick. Eine Art großer Wurm war aus der Pfütze mit dem Gebräu aufgetaucht und trank. In der Nähe flüsterte ein alter Mann: »*Whuffa!*« Han starrte den zahnlosen Alten an. Er machte zupackende und ziehende Bewegungen mit den Händen und bedeutete Han, das Ding zu fangen.

Han sah den Wurm an. Alles, was er im Moment erkennen konnte, war eine lederige, dunkelbraune Haut und ein Loch, mit dem er trank. Nach ein paar Sekunden tauchte ein Kopf von der Dicke eines Kinderarms auf. Die Menge beobachtete Han – die Kinder, die Erwachsenen, die Kriegerinnen auf ihren Rancor. Alle waren absolut still, hielten den Atem an. Was immer auch ein Whuffa war, diese Leute brauchten ihn verdammt dringend. Möglicherweise würden sie Han sogar belohnen.

Nach einem Moment richtete sich der Wurm ein wenig auf, schlängelte sich im Schlamm und suchte nach mehr von dem Gebräu. Aber er sah ziemlich groß aus, und er war gewiß nicht leicht zu packen. Han wartete drei Minuten, bis der Wurm genug Mut aufbrachte, weiter aus seinem Loch und zu dem Eimer mit dem Gebräu zu kriechen. Han sagte sich, daß es nicht schaden konnte, wenn sich das Ding ein wenig betrank. Er ließ den Wurm seine Öffnung in das Gebräu stecken und schlürfend den Eimer leeren. Der Körper des Wurms war in lange Segmente unterteilt, aber er hatte keine Augen.

Han beugte sich nach unten und packte ihn mit beiden Händen, obwohl er halb fürchtete, ihn zu zerbrechen.

Der Wurm zuckte so hart und so schnell zurück, daß Han auf die Knie sank, doch er ließ ihn nicht los. »Du gehörst mir!« schrie er, und plötzlich stürzten alle herbei, um ihm zu helfen, während die Kinder vor Freude in die Luft sprangen und schrien: »Whuffa! Whuffa!«

Der Wurm wand sich in Hans Griff, drehte das Trinkloch in seine Richtung und spritzte ihm etwas von dem Gebräu ins Gesicht, begann dann zu pfeifen und zu zischen.

Han hielt ihn unerbittlich fest. Er spürte, wie sich der Wurm spannte, krümmte, hin und her peitschte und sich ins Loch zurückzuziehen versuchte, aber nach ein paar Minuten war das Tier erschöpft, und Han zog einen weiteren Meter Wurm heraus. Doch da war noch mehr im Boden, so daß er fester zupackte und zog. Schweiß rann ihm übers Gesicht, tropfte auf seine Hände und machte seinen Griff rutschig, aber drei Minuten später hatte er einen weiteren Meter Whuffa herausgezogen. Hinter ihm hatten die anderen Männer das hin und her peitschende Kopfende des Dings ergriffen und hielten es fest.

Han schuftete eine halbe Stunde, ehe ihm dämmerte, daß dies ein langwieriger Job sein würde – er hatte bereits zwanzig Meter Whuffa aus dem Boden herausgeholt, und das Ding wurde noch immer nicht dünner. Immerhin hatte er inzwischen eine praktikable Methode entwickelt. Wenn der Whuffa ermüdete, zog er so fest und so schnell er konnte und brachte jedesmal zwei oder drei Meter Wurm zum Vorschein, bevor der Widerstand des Whuffas neu erstarkte.

Eine Stunde später schwankte Han vor Erschöpfung, als er ein weiteres Stück Whuffa herauszog und feststellte, daß er endlich das Ende erreicht hatte. Ausgelaugt sank Han zu Boden. Jedes Kind und jeder Mann in dem Dorf hielt den Whuffa fest, der am Kopfende inzwischen ganz steif geworden war. Han schätzte, daß er ungefähr zweihundertfünfzig Meter lang sein mußte. Unter lautem Jubel trugen die Dorfbewohner den Whuffa zu einem Obstgarten. Alte Männer klopften Han auf den Rücken und dankten ihm flüsternd, und er folgte ihnen.

Die Dorfbewohner hingen den Whuffa an einen kahlen Baum, an dem bereits andere Whuffas in der Sonne trockneten. Han trat näher und berührte einen. Er fühlte sich tot an, fast gummiähnlich, aber das feine, feste Leder seiner Haut lö-

ste angenehme Empfindungen aus. Auch die schokoladen-
braune Farbe gefiel ihm. Aus einer Laune heraus versuchte
er, es zu zerreißen – aber das Material gab nicht nach, ließ sich
nicht einmal dehnen. Er blickte zu den Frauen auf den Rancor hinüber und sah, daß die Sättel im Nacken der Rancor mit
Whuffahaut festgegurtet waren.

Großartig! durchfuhr es Han. *Ich habe also ein Seil gefangen.*
Aber die Dorfbewohner schienen es für eine große Sache zu
halten. Sie waren völlig aus dem Häuschen. Vielleicht bekam
er von ihnen sogar eine Belohnung. Wenn sie Außenweltler
hinrichteten, hatte Han Solo, der heldenhafte Whuffafänger,
vielleicht soeben sein Leben gerettet. Und auch wenn es nur
ein Seil war, Han mußte zugeben, daß es ein verdammt gutes
Seil war. Man konnte es in der Galaxis wahrscheinlich an Mo-
deschöpfer verkaufen, und vielleicht war es sogar mehr als
nur ein Seil. Vielleicht hatte es medizinische Qualitäten. Diese Leute befanden sich im Krieg. Vielleicht wirkte die Whuffahaut auf Wunden wie ein Antibiotikum, oder sie kochten sie,
um daraus eine Verjüngungsdroge herzustellen. Wer wußte
schon, was man mit einem Whuffa alles anfangen konnte?

»Han?« rief eine Frau. Er drehte sich um. Am Rand des
Obstgartens saß eine dunkelhaarige Frau rittlings im Nacken
eines Rancor. »Ich bin Damaya. Folgen Sie mir.« Sie versetzte
dem Rancor einen Nasenstüber mit ihrem Absatz, und das
Tier machte kehrt.

Hans Mund war trocken. »Warum? Wohin gehen wir?«

»Ihre Freundin Leia hat sich in den letzten zwei Stunden
beim Clan des Singenden Berges für Sie eingesetzt. Sie hat Ihnen Ihre Freiheit erkämpft, aber jetzt muß über Ihre Zukunft
entschieden werden.«

»Meine Zukunft?«

»Wir vom Clan des Singenden Berges haben uns entschieden, nicht eure Feinde zu sein, aber das bedeutet nicht, daß
wir eure Verbündeten sind. Wir wissen, daß Sie ein Himmels-
schiff haben, das sich vielleicht reparieren läßt. Wenn dies
stimmt, werden die Nachtschwestern und ihre imperialen
Sklaven es haben wollen. Und da Sie in der Außenwelt ein
mächtiger Mann sind, werden sie vielleicht auch *Sie* wollen.
Unser Clan muß wissen, ob Sie unseren Schutz verlangen,
und wenn ja, was Sie dafür bezahlen werden.«

Han folgte Damaya. Er atmete noch immer schwer, und
Schweiß rann ihm über den Rücken. Nach fast einem Tag
ohne Schlaf schmerzten seine Augen und seine Stirnhöhlen

brannten, als würde er auf irgend etwas auf diesem Planeten allergisch reagieren. Die Botin führte ihn hinauf zur Festung, und kurz vor dem Absatz, wo sich die steinerne Treppe dreifach gabelte, stieg eine Gruppe von Fremden von den Bergen ins Tal herab – neun Frauen, humanoid, mit seltsam gefleckter, purpurner Haut. Sie trugen keine exotischen Helme wie die Kriegerinnen, sondern nur dunkle, schäbige, grob gewebte Kapuzenroben aus irgendeiner Pflanzenfaser. Er fragte sich nervös, ob man diese Frauen herbeigerufen hatte, um über ihn zu richten.

Aber als Han die Kriegerinnen musterte, die den Weg bewachten, wurde ihm klar, daß es sich bei den Kapuzenfrauen um Feinde handeln mußte. Die Rancor knurrten und bewegten sich unruhig, scharrten mit den riesigen Klauenfüßen über den Steinboden. Die Kriegerinnen hielten ihre Blaster schußbereit, aber die Anführerin der neun trug einen zerbrochenen Speer, wahrscheinlich ein Zeichen für ihre friedlichen Absichten.

Damaya stieg von ihrem Rancor und führte Han die Stufen zur Festung hinauf.

Die neun Frauen verharrten am Absatz, als die beiden vorbeikamen, und musterten Han mit forschenden Blicken. Ihre Anführerin, eine ältere Frau mit an den Schläfen ergrauendem Haar, hatte glitzernde grüne Augen, und ihre eingefallenen Wangen wiesen einen kränklichen Gelbton auf. Sie lächelte Han an und brachte ihn zum Frösteln.

»Sage mir, Außenwelter, wo dein Schiff ist«, rief sie ihm nach.

Hans Herz hämmerte, und er drehte sich um. »Es ist, äh, dort…« Er wollte in die entsprechende Richtung deuten, aber die Botin wirbelte wütend herum.

»Sagen Sie es ihr nicht!« befahl Damaya, und ihre Worte waren wie ein Messer, das einen unsichtbaren Marionettenfaden zerschnitt, an dem Hans Zunge hing. Plötzlich erkannte er, daß die alte Frau Lukes Jedi-Trick eingesetzt hatte, mit dem sich willensschwächere Wesen manipulieren ließen.

Sein Gesicht mußte sich gerötet haben, denn Damaya sagte: »Es gibt keinen Grund für Scham. Baritha verfügt über die mächtige Gabe, anderen ihren Willen aufzuzwingen.«

Die alte Frau, Baritha, lachte ihn aus, und Han wandte sich zornig ab. Sie folgte ihm zwei Schritte und stieß ihm dann von hinten spielerisch den Speerschaft zwischen die Beine, wie um die Stärke seiner Manneskraft zu prüfen.

Han fuhr mit geballten Fäusten herum. Die alte Frau gab einen leisen Singsang von sich und machte mit der Hand eine zupackende Bewegung. Han spürte, wie seine Fäuste von einem unsichtbaren Schraubstock umklammert wurden und die Gelenke unter dem Druck knackten.

»Zügle deinen Zorn, du Wicht von einem Mann«, lachte Baritha. »Erweise den Höhergestellten Respekt, oder beim nächsten Mal wird es ein Auge sein – oder ein anderes Körperteil, das du als wertvoll erachtest –, das ich zermalme.«

»Nimm deine schmutzigen Pfoten von mir!« knurrte Han. Damaya zog ruhig ihren Blaster, zielte damit auf die Kehle der alten Frau und sagte etwas in ihrer eigenen Sprache.

Die alte Frau entließ Han aus ihrem unsichtbaren Griff. »Ich habe deinen Gefangenen nur bewundert. Von hinten sieht er so… knackig aus. Wer könnte da widerstehen?«

»Wir vom Clan des Singenden Berges dulden eure Anwesenheit hier«, erklärte Damaya, »aber unsere Gastfreundschaft hat Grenzen.«

»Ihr vom Clan des Singenden Berges seid willensschwache Närrinnen«, krächzte die alte Frau, reckte den Kopf und hob die Augenbrauen, daß ihr faltiges Gesicht ein wenig glatter wurde. »Selbst wenn ihr wolltet, könntet ihr uns nicht vertreiben, und deshalb werdet ihr unsere Gegenwart erdulden und euch unseren Wünschen fügen müssen. Ich verachte eure anmaßende Kultiviertheit! Ich spucke auf eure Gastfreundschaft!«

»Ich könnte dir in den Hals schießen«, sagte Damaya sehnsüchtig.

»Dann tu es, Damaya«, sagte die alte Frau, während sie ihre Roben öffnete und verschrumpelte Brüste enthüllte, »erschieß deine arme Tante! Ich liebe das Leben nicht mehr, seit ihr mich aus eurem Clan geworfen habt. Erschieß mich. Ich weiß, wie gern du es tun möchtest!«

»Ich werde mich von dir nicht provozieren lassen«, sagte Damaya.

Die alte Frau lachte gackernd. »Sie wird sich von mir nicht provozieren lassen!« wiederholte sie höhnisch, und die Schwestern hinter ihr lachten. Han wurde von rasender Wut gepackt, und er wünschte, Damaya würde ihre Waffe heben und ein paar von ihnen niederblastern. Statt dessen schob sie ihren Blaster in ihr Holster, bedeutete Han mit einem Schulterklopfen weiterzugehen und hielt sich dicht hinter ihm, während die neun kapuzentragenden Schwestern in einigem Abstand folgten.

Aus der Nähe waren die Schäden an der Festung deutlich zu erkennen. Überall um den Flickenteppich aus Panzerplatten war der Fels rissig und durchlöchert. Viele der Risse waren mit einer dunkelgrünen, gummiähnlichen Substanz gefüllt worden, so daß der Basalt fast marmorartig wirkte. Die Wege vor der Festung waren mit Brocken aus rotem Sandstein übersät, und Han fragte sich, woher der Sandstein stammte – die Berge im Umkreis schienen vulkanischen Ursprungs zu sein. Jemand hatte die Steine über viele Kilometer hinweg transportieren müssen.

Die beiden Wächterinnen am Eingang der Festung verließen ihre Posten und führten sie ins Innere. Han sah sich um: ein Dutzend Kriegerinnen vom Singenden Berg hatten sich ihnen angeschlossen und bewachten die Kapuzenfrauen. Sie betraten die dunklen Kammern der Festung, die von Gängen und Treppen durchzogen war. Die Wände waren mit dicken Gobelins verhangen und Leuchter verbreiteten flackerndes Licht. Nach kurzer Zeit gelangten sie in einen Eckraum mit Fenstern an zwei Seiten.

Der riesige Raum war fast dreieckig geschnitten und wies sechs Fensteröffnungen auf, durch die man über die Prärie blicken konnte. Neben jedem Fenster waren Blastergewehre gestapelt, auf dem Boden türmten sich Panzerwesten, und auf die Berge im Osten zielte eine einsame Blasterkanone. Eine große Delle in ihrer Verkleidung zeugte von einem Treffer; grüne Kühlflüssigkeit war ausgetreten und bildete eine Pfütze auf dem Boden. Die Kanone war nicht mehr einsatzfähig. In der Mitte des Raumes brannten Holzscheite in einer Kochgrube. Über dem Feuer briet ein großes Tier, das von zwei Männern ständig gedreht und mit einer scharf riechenden Soße bestrichen wurde.

Ein Dutzend Frauen in glitzernden Roben aus Reptilienhaut und mit Helmen auf den Köpfen waren hier versammelt. Hinter ihnen entdeckte Han Leia; sie war wie eine Kriegerin gekleidet.

Eine der Frauen trat vor. »Willkommen, Baritha«, sagte sie zu der alten Vettel, ohne Han zu beachten. »Im Namen meiner Schwestern heiße ich, Mutter Augwynne, dich beim Clan des Singenden Berges willkommen.« Die Sprecherin trat einen weiteren Schritt nach vorn. Trotz ihrer freundlichen Worte war ihr Gesichtsausdruck kalt und wachsam. Augwynne trug eine Tunika aus glitzernden gelben Schuppen, eine Hautrobe, die am Saum mit schwarzen, eidechsenförmigen

Aufnähern besetzt war. Ihr Kopfputz bestand aus poliertem, goldfarbenem Holz und war mit Cabochons aus funkelnden gelben Tigeraugen geschmückt.

»Vergiß die Formalitäten«, sagte Baritha und warf den zerbrochenen Speer auf den Boden. Die purpurnen Adern an ihrem Kopf pulsierten. »Die Nachtschwestern sind gekommen, um General Solo und die anderen Außenwelter zu holen. Wir haben sie zuerst gefangen, und sie gehören rechtmäßig uns!«

»Wir haben keine Nachtschwestern bei ihnen gesehen«, antwortete Augwynne, »nur imperiale Sturmtruppen, die unsere Grenzen verletzten. Wir haben sie getötet und ihren Gefangenen unseren Schutz angeboten, als Gleiche unter Gleichen. Ich fürchte, wir können euren Besitzanspruch nicht anerkennen.«

»Die Sturmtruppen waren unsere Sklaven und handelten auf unseren Befehl, wie du sehr wohl weißt«, erwiderte Baritha. »Sie sollten die Außenwelter ins Gefängnis bringen, wo wir sie verhören wollten.«

»Wenn ihr General Solo nur verhören wollt, kann ich euch vielleicht helfen. General Solo, warum sind Sie nach Dathomir gekommen?« Augwynnes Blicke huschten zu der Tasche an Hans Gürtel, und er schaltete sofort.

»Mir gehört dieser Planet und alles, was sich auf ihm befindet«, erklärte Han. »Ich bin gekommen, um mir meinen Besitz anzusehen.«

Die Nachtschwestern zischten und schüttelten die Köpfe, und Baritha stieß hervor: »Ein *Mann* behauptet, Dathomir zu besitzen?«

Han suchte in der Tasche nach der Besitzurkunde, fand den Würfel und drückte auf den Knopf. Über seiner Handfläche erschien das Holo von Dathomir zusammen mit der Mitteilung, daß Han Solo der rechtmäßige Besitzer war.

»Nein!« schrie Baritha und hob die Hand. Der Würfel wurde Hans Fingern entrissen und landete klappernd auf dem Boden.

»Es stimmt«, bekräftigte Han. »Mir gehört diese Welt, und ich verlange, daß Sie und Ihre Nachtschwestern den Planeten verlassen!«

Baritha funkelte ihn an. »Sehr gern«, sagte sie. »Gib uns ein Schiff, und wir werden gehen.«

Er spürte ein seltsames Ziehen in seinem Kopf und kämpfte den Drang nieder, das Versteck des *Falken* zu verraten.

»Genug davon«, sagte Augwynne. »Du hast deine Antwort bekommen, Baritha. Sage Gethzerion, daß General Solo als freier Mann beim Clan des Singenden Berges bleiben wird.«

»Du kannst ihn nicht freilassen«, fauchte Baritha drohend. »Wir von den Nachtschwestern beanspruchen ihn als unseren Sklaven!«

Augwynne antwortete ruhig: »Er hat sich seine Freiheit verdient, indem er das Leben einer Clanschwester rettete. Du kannst ihn nicht als Sklaven beanspruchen.«

»Du lügst!« rief Baritha. »Wessen Leben hat er gerettet?«

»Er rettete das Leben der Clanschwester Tandeer und verdiente sich so seine Freiheit.«

»Ich habe noch nie von einer Clanschwester dieses Namens gehört«, wehrte Baritha ab. »Ich will sie sehen!«

Die Frauen vom Clan des Singenden Berges traten zur Seite und gaben den Blick auf Leia frei. Sie trug eine Tunika aus schimmernden roten Schuppen und einen Helm aus schwarzem Eisen, der mit kleinen Tierschädeln geschmückt war. Baritha studierte argwöhnisch ihr Gesicht. »Habe ich sie schon einmal gesehen?«

»Sie ist neu bei uns, eine Zauberin aus dem Land der Nördlichen Seen, die von uns als Clanschwester aufgenommen wurde. Sprich die Worte des Erkennungszaubers, und du wirst wissen, daß ich die Wahrheit gesagt habe.«

Baritha funkelte die Frauen im Raum an. »Ich brauche den Erkennungszauber nicht, um zu wissen, was die Wahrheit ist«, fauchte sie. »Du begründest deine Ansprüche mit Formalitäten!«

»Wir begründen unsere Ansprüche mit Gesetzen, die von dir und deinem Volk noch nie respektiert wurden«, konterte Augwynne.

»Die Nachtschwestern«, grollte Baritha, »erkennen eure Ansprüche auf diese Sklaven nicht an. Übergebt sie uns, oder wir werden sie uns mit Gewalt nehmen!«

»Drohst du uns mit Blutvergießen?« fragte Augwynne, und plötzlich war der Raum von dem Singsang Dutzender Frauen erfüllt, die mit halb geschlossenen Augen vor sich hin summten. Die Nachtschwestern reichten sich die Hände und wichen zurück, bis sie Rücken an Rücken in einem Kreis standen, singend, die Augen geschlossen, die Gesichter halb in den Schatten ihrer Kapuzen verborgen.

Baritha rief: »Gethzerion, wir haben den Außenweltler gefunden. Er hat ein Sternenschiff, aber die Clanschwestern wollen ihn uns nicht ausliefern!« Han hörte ein Summen in seinen Ohren, wie von einer Fliege, die in seinem Kopf herum-flog. Seine Nackenhärchen richteten sich auf, und er wußte mit absoluter Sicherheit, wo immer sich diese Gethzerion auch aufhalten mochte, sie hörte Barithas Ruf und erteilte der Frau jetzt Anweisungen.

Han wollte von den Nachtschwestern zurückweichen, in Deckung gehen, aber Baritha sprang aus dem Kreis und grub ihre purpurhäutigen Finger wie Klauen in seine Schultern. Er wand sich in ihrem Griff, versuchte sich loszureißen. Eine der Kriegerinnen vom Clan des Singenden Berges hob ihren Bla-ster und schoß Baritha ins Gesicht, aber die Vettel murmelte ein Wort und wehrte mit einer Hand den Blasterstrahl ab, daß er nur die Decke traf.

Nacheinander wandten sich die Nachtschwestern ab und sprangen mit flatternden Roben durch die offenen Fenster. Han blieb das Herz stehen, als er sich vorstellte, wie ihre Kör-per zweihundert Meter tiefer auf den Felsen zerschmettert wurden. Aber Baritha schwebte einen Moment in der Luft und grinste sie höhnisch an.

»Wir werden Blut sehen!« brüllte sie, und ihre donnernde Drohung hallte im Raum wieder, daß die steinernen Wände erbebten. Dann ließ sie sich fallen.

Han stürzte zum Fenster und blickte nach unten. Die Nachtschwestern landeten sanft auf dem Boden, schwirrten wie Insekten davon und verschwanden im Unterholz.

Mehrere Clanschwestern griffen nach ihren Blastern, aber Augwynne sagte leise: »Laßt sie gehen.«

Sie trat hinter Han, berührte leicht seine Schulter und be-trachtete das Blut, das aus den Wunden an seinen Bizeps quoll. »Nun, General Solo, Sie können sich glücklich schät-zen, daß Gethzerion Sie lebend will. Willkommen auf Datho-mir.«

* 15 *

Teneniel Djo beobachtete, wie ihr Zauberer aus der Außenwelt mit seinen Fesseln kämpfte. Sie hatte seine Hände mit Whuffaleder zusammengebunden und die Knoten mit einem Stock fest angezogen. Die dummen Außenwelter – beides Männer – zerrten heimlich an ihren Fesseln, wenn sie sich unbeobachtet fühlten, und das gefiel ihr. Der hübschere von beiden war nur ein Gewöhnlicher, ein Schönling zwar, aber ohne Zauberkräfte. Aber dieser Hexer war ein wertvoller Fang.

Sie trieb sie durch die Gebirgsausläufer, ohne zu befürchten, daß ihre Gefangenen einen Fluchtversuch wagen würden. Sie hatte ihre kleine *Maschine*, ihren Droiden, nicht gefesselt. Oh, ja, Teneniel wußte, was ein Droide war, obwohl sie noch nie einen aus der Nähe gesehen hatte. Seine Flucht fürchtete sie am wenigsten. Wie ihre anderen Gefangenen mußte er nicht scharf bewacht werden.

Statt dessen behielt sie das Buschwerk auf den Berghängen zu beiden Seiten im Auge und blieb oft stehen, um den Kopf zu drehen und zu lauschen. Irgend etwas störte sie, ein Prickeln in ihrem Hinterkopf, eine Kälte, die sich in ihrer Magengrube festgesetzt hatte. Sie flüsterte den Erkennungszauber und spürte, wie sich überall in der Wildnis die Dunklen regten. Seit vier Jahren lebte sie schon in dieser Ödnis, und obwohl sie wußte, daß sie sich in gefährlicher Nähe des imperialen Gefängnisses befand, hatte sie noch nie zuvor die Regungen so vieler Nachtschwestern gespürt. Sie konzentrierte sich auf die Schwester, die ihr am nächsten war, und mußte all ihre Kräfte einsetzen, um nicht von ihr entdeckt zu werden.

Sie führte ihre Gefangenen den Hang hinauf zu einem Dikkicht niedriger Bäume und kletterte auf einen Felsen, von dem aus sie ihren weiteren Weg überblicken konnte. Die Berge hier waren fast unpassierbar, und Teneniel wagte nicht, mit ihren Gefangenen die gefährlicheren Routen zu nehmen. Die Maschinen-Person würde es unter keinen Umständen schaffen, und die Männer konnten die Pässe nur bezwingen, wenn sie die Hände frei hatten. Teneniel sang erneut den Erkennungszauber. Auf drei Seiten konnte sie Nachtschwestern spüren – eine war zwei Kilometer weiter südlich, eine andere drei Kilometer westlich und die dritte einen Kilome-

ter östlich, direkt vor ihnen. Im Norden waren die Berge un-
überwindbar, sofern man den Levitationszauber nicht kannte, und Teneniel bezweifelte, daß sie die anderen dazu bringen konnte, sich von ihr levitieren zu lassen. Sie seufzte leise.

»Sie jagen uns, nicht wahr?« flüsterte der Hexer.

Teneniel nickte, während sie die Landschaft studierte. Sie
wischte sich den Schweiß von der Stirn.

»Binde mich los«, drängte der Hexer. »Was immer auch da
draußen ist, ich kann dir helfen.« Sie sah ihn zweifelnd an. Sie
war noch nie einem Außenweltler begegnet, dem man trauen
konnte. Aber wenn er nicht einmal wußte, was sie jagte, dann
wußte er vielleicht auch nichts von den Nachtschwestern
und ihren Lakaien vom imperialen Gefängnis. Oder vielleicht war er ein Verbündeter der Nachtschwestern und
täuschte seine Unwissenheit nur vor.

»Wenn ich dich losbinde, versprichst du mir dann, nicht
wegzulaufen?« fragte Teneniel. Nicht weit entfernt drehte
der hübsche Sklave den Kopf und hörte ihnen zu.

»Was wirst du mit mir tun, wenn ich bei dir bleibe?« fragte
der Hexer.

»Ich werde dich zu meinem Clan bringen«, sagte Teneniel
ehrlich, »und alle meine Schwestern werden bezeugen, daß
ich dich auf faire Weise gefangen habe. Sobald du als mein Besitz anerkannt bist, wirst du in meiner Hütte wohnen und
Töchter mit mir zeugen. Bist du damit einverstanden?« Sie
hielt den Atem an. Es war ein großzügiges Angebot.

»Ich kann dem nicht zustimmen«, erklärte der Hexer. »Ich
kenne dich kaum.«

»Was?« rief Teneniel. »Bin ich so häßlich, daß du dich lieber
von den Nachtschwestern fangen läßt? Willst du dich lieber
mit einer von ihnen paaren und zusehen, wie deine Töchter
ihre dunklen Zaubersprüche lernen?«

»Ich… ich weiß nicht, wer oder was die Nachtschwestern
sind«, sagte der Hexer, aber seine blauen Augen waren vor
Furcht geweitet und seine Stimme klang gepreßt.

»Du kannst ihre Nähe spüren, nicht wahr?« fragte Teneniel. »Genügt das nicht? Du wirst ein hervorragender Paarungspartner sein. Wer hat je von einer männlichen Hexe gehört? Ehe ich zulasse, daß du – daß auch nur einer von uns –
in ihre Hände fällt, werde ich uns alle töten.« Sie zog einen
ihrer Blaster.

Die kleine mechanische Person quietschte und ließ ihren
kuppelförmigen Rumpf scheppernd rotieren. Ihr einziges

blaues Auge huschte zwischen Teneniel und dem Hexer hin und her.

»Nein!« sagte der Hexer und nickte in Richtung seiner Freunde. »Sie sind es nicht, die die Nachtschwestern wollen, oder? Sie wollen dich und mich. Die Nachtschwestern werden von uns angezogen. Laß meine Freunde gehen. Die Nachtschwestern werden sich nicht um sie kümmern. Wir beide können ihnen entkommen!«

»Du willst mein Mann werden?« fragte Teneniel hoffnungsvoll. Der Hexer befeuchtete seine Lippen, sah sie an – nicht nur ihr Gesicht, auch ihren Körper, und Teneniel erkannte plötzlich, daß er sie anziehend fand. Eine warme Brise strich durch die Baumwipfel und ließ die Blätter flüstern.

»Vielleicht«, sagte der Hexer. »Aber ich werde mich zu nichts zwingen lassen. Ich bin nicht zu diesem Planeten gekommen, um mir eine Frau zu suchen. Ich bin nicht dein Besitz, und ich werde nicht zulassen, daß du einen von uns tötest, dich eingeschlossen.«

Das Lichtschwert des Hexers löste sich von ihrem Gürtel, zündete aus eigener Kraft, flog durch die Luft, zerschnitt seine Fesseln und kehrte in seine Hand zurück.

»Ich mußte dich zumindest fragen«, sagte Teneniel und wandte den Blick ab. Sie hatte sich den ganzen Tag gefragt, ob es überhaupt möglich war, einen Hexer als Sklaven zu halten. Die Leichtigkeit, mit der er sich soeben befreit hatte, beantwortete diese Frage, und die Tatsache, daß er zaubern konnte, ohne die Sprüche laut aufsagen oder mit Gesten unterstreichen zu müssen, beunruhigte sie. Einige der Schwestern waren ebenfalls dazu in der Lage, allerdings nur, wenn es sich um einfache Zaubersprüche handelte, doch dieser Hexer meisterte auch die schwierigsten Zauber auf diese Weise. Sie wollte nicht, daß er die Furcht in ihrem Gesicht sah – oder die Hoffnung. »Sage mir, Außenwelter, haben die Männer auf deinem Planeten Namen?«

»Ich bin Luke Skywalker, ein Jedi-Ritter. Das sind meine Freunde, Isolder und R2.«

Teneniel lachte. »Ein Ritter? Du hast nicht viel von einem Krieger, Luke Skywalker.« Er zerschnitt mit seinem Lichtschwert die Fesseln des hübschen Gefangenen. Teneniel erklärte Isolder und R2: »Luke Skywalker und ich werden die Nachtschwestern von hier weglocken. Wie Luke Skywalker gesagt hat, sind sie an euch wahrscheinlich nicht interessiert. Wenn ihr Schutz braucht, müßt ihr euch zu diesem Berg begeben – dem da, der wie eine Wand aufragt.« Sie wies auf einen vierzig Kilometer entfernten Gipfel. »Dort werdet ihr meine Clanschwestern finden.« Sie verriet ihnen nicht, daß sie sie wieder zu Sklaven machen würde, wenn sie den Marsch überlebten. Sie war an Isolder als Paarungspartner nicht interessiert, nicht, solange Luke Skywalker bei ihr war, aber sie war überzeugt, ihn für ein kleines Vermögen verkaufen zu können.

Sie warf Isolder seinen Blaster zu und hoffte, daß er es mit der Waffe lebend zu ihrem Clan schaffen würde. Er hatte bereits seinen Tornister mit den Rationen und dem Zelt geschultert.

»Komm, Luke Skywalker«, sagte Teneniel.

»Nenn mich einfach Luke.«

Sie nickte und lief in den Wald hinein. Ihr Weg führte sie nach Osten über eine sonnige Lichtung, auf der in dichten Kolonien grüne Tauteller wuchsen. Ihr Erkennungszauber war noch immer wirksam; sie konnte vor sich, weniger als einen halben Kilometer entfernt, die Nachtschwester spüren. Teneniel versuchte, sich einen Plan zurechtzulegen, die wirksamsten Kampfsprüche auszuwählen, aber das Laufen strengte sie zu sehr an, um gleichzeitig auch noch konzentriert nachdenken zu können. Sie fühlte sich verwirrt, war nicht einmal sicher, in welche Richtung sie rannte, und sie fragte sich, ob sie vielleicht selbst unter dem Einfluß eines Zauberspruchs stand – aber der Gedanke entglitt ihr, ehe sie ihn festhalten konnte. Teneniels großes Talent war die Sturmbeschwörung, und hier zwischen den Bäumen sollte ein solcher Sturm in der Lage sein, ihre Anwesenheit zu verbergen. Sie hoffte, die Nachtschwester unvorbereitet zu treffen und im Sturm unentdeckt an ihr vorbeizuschlüpfen. Es war ein mutiger Plan, ein brillanter Plan, fand Teneniel, direkt auf die Nachtschwester zuzulaufen. Sobald der Plan feststand, empfand Teneniel große Erleichterung, denn sie wußte, daß sie die richtige Entscheidung getroffen hatte.

Luke lief ohne ein Zeichen von Erschöpfung. Zunächst hatte sie geglaubt, daß er über eine hervorragende Kondition verfügte, aber nach ein paar Minuten stellte sie fest, daß er nicht wie ein normaler Mensch schwitzte. Es mußte mit einem Zauber zu tun haben – einem Zauber, von dem sie noch nie gehört hatte, und ihr drängte sich die beunruhigende Erkenntnis auf, daß er vielleicht mächtiger war als sie ahnte. Sicher, sie hatte ihn mühelos überwältigt, und er war den ganzen

Tag an ihrer Seite getrottet und hatte demonstrativ an seinen Fesseln gezerrt. Aber er hätte sich jederzeit befreien können, und sie konnte spüren, daß er sich nicht vor ihr fürchtete. Und er kannte geheime Zaubersprüche, von denen keine ihrer Schwestern je gehört hatte.

»Benutzt du immer Worte, wenn du zauberst?« fragte Luke fast beiläufig, während sie rannten.

»Oder Gesten. Nur wenige lernen stumm zu zaubern – so wie du«, keuchte Teneniel. Luke beobachtete sie, als sie sich schwitzend den Berg hinaufkämpfte. Sie wußte, daß sie im Moment nicht besonders gut aussah. Wenn sie zum Clan zurückkehrten, konnte sie frische Kleidung anziehen.

Die Nachtschwester konnte nicht mehr weit sein, und als sie sich dem Kamm einer kleinen bewaldeten Anhöhe näherten, begann Teneniel mit halb geschlossenen Augen zu singen und ihren Zauber zu weben. Sie blieb mit Luke stehen, und der Wind über ihren Köpfen wurde unter dem Einfluß ihrer Macht stärker. Sie spähte in ein kleines Tal voller junger Schneeborkenbäume. Durch das dichte Unterholz sah sie die Nachtschwester, ganz in Purpur gekleidet, und zwanzig von Zsinjs Männern, die die tarnfarbenen Kampfpanzer der imperialen Sturmtruppen trugen.

Ein Soldat schrie: »Dort oben!« und riß sein Blastergewehr hoch. Teneniel warf ihren Zauber. Augenblicklich erhob sich der magische Wind – raste mit solcher Gewalt über den Boden, daß verrottendes Laub und trockene Zweige von dem Mahlstrom mitgerissen wurden und ihre Feinde blendeten. Die Bäume schwankten und knarrten im Wind.

Luke wäre stehengeblieben, um das Schauspiel zu verfolgen, aber Teneniel ergriff seine Hand und lief mit ihm durch den Sturm, der soviel Laub mit sich trug, daß man kaum einen Meter weit sehen konnte. Der Wind ließ ein wenig nach, und Teneniel strengte sich noch mehr an, entzog dem Land Energie. Der Sturm wurde schwarz, als Teneniel mit ihren magischen Kräften das Erdreich hochwirbelte, und überall um sie herum riß der Mahlstrom die zarten grünen Blätter von den Schneebäumen.

Der wilde Sturm verdunkelte die Sonne, und Teneniel schlich im Zickzack zwischen den Bäumen hindurch und suchte einen Weg, der sie unentdeckt an der Nachtschwester vorbeiführte. Teneniel konnte sie noch immer spüren, zwanzig Meter weiter rechts, und kaum war Teneniel überzeugt, an ihr vorbei zu sein, zuckte ein blauer Blitz durch den Dunst, traf sie an der Brust, hob sie in die Luft und löschte für einen Moment ihre Gedanken aus.

Im nächsten Moment stand die Nachtschwester vor ihr und ließ Flammen von ihren Fingerspitzen züngeln. Teneniel erkannte die Vettel: Ocheron, eine Frau, die in ihrem Clan mächtig gewesen war, eine Frau, die über die Gabe der Täuschung verfügte. Zu spät erkannte Teneniel, daß Ocheron sie in eine Falle gelockt hatte.

Ocheron lachte. Blaue Blitze zuckten von ihren Fingerspitzen und raubten Teneniel den Atem. Sie schrie um Hilfe. Die Flammen gruben sich wie feurige Klauen in ihren Leib. Die Welt drehte sich, und weitere blaue Blitze umspielten sie. Einer berührte ihre Brust, und ihre Brust wurde so kalt, als hätte man sie ihr abgeschlagen. Blitzzungen leckten über ihren linken Arm, und der Arm schien augenblicklich abzusterben und zu verdorren wie eine abgeschnittene Olaranke. Ein Lichtblitz sengte in ihr Ohr, und alle Laute verstummten; ein weiterer Blitz traf ihr Auge, und die halbe Welt wurde schwarz.

Die Blitze saugten das Leben aus jedem Glied, das sie berührten – schnitten wie mit einer riesigen Klinge Scheibe auf Scheibe von ihr ab. Sie konnte sich nicht dagegen wehren, konnte nicht fliehen. Sie fühlte sich so hilflos, daß sie nicht einmal schreien konnte, als sie zusammenbrach.

Die Zeit schien sich zu verlangsamen, als sie fiel. Ocheron kicherte, und noch mehr von dem tödlichen Feuer leckte von ihren Fingern. Teneniels Zauber versagte; der Wind flaute ab. Noch immer hingen Staub und Dreck wie ein dunkler Nebel in der Luft, aber die Zweige prasselten bereits zu Boden.

Dann war da ein blauer Blitz, gefolgt von Ozongeruch, als Luke auftauchte, sein Lichtschwert zog, es zündete und angriff. Ocherons Augen weiteten sich vor Überraschung. Sie versuchte, ihre Zauberkräfte auf ihn zu richten – zu spät. Das Lichtschwert trennte ihr den Kopf vom Rumpf. Purpurne Flammen schossen fontänengleich aus ihrem Hals, und Luke bedeckte sein Gesicht, um sich vor der Berührung der dunklen Macht zu schützen, die er entfesselt hatte.

Vier Sturmtruppler stürmten durch den schwarzen Nebel und feuerten mit ihren Blastern. Luke wehrte die Strahlen mit seinem Lichtschwert ab, ging zum Gegenangriff über und tötete die Männer in Sekundenschnelle.

Teneniels Stimme kehrte zurück, und sie begann wieder krächzend zu singen. Luke ergriff ihren Arm und zerrte sie

162

mit sich, als der Sturm erneut losheulte. Sie stolperte blind weiter, verzweifelt ihren Zauberspruch murmelnd, bis sie den Kamm eines anderen Hügels erreichten und den wirbelnden Mahlstrom hinter sich ließen.

Teneniel verstummte, und Luke trug sie halb den dicht bewaldeten Hügelhang hinunter. Teneniel erinnerte sich an eine alte Höhle, die ganz in der Nähe sein mußte, zog ihn zu ihrem Eingang, und sie stolperten hinein.

Dort brach Teneniel zusammen und blieb keuchend auf dem Boden liegen. Luke untersuchte ihre Wunden. Die blauen Blitze hatten tiefe Verbrennungen hinterlassen. Die Wunden waren sengend heiß, und Teneniel hustete. Aus ihrem Mund quoll Blut, das von einer Wunde in ihrer Lunge stammte, und sie begann zu weinen, denn sie wußte, daß sie sterben würde.

Luke zerrte am versengten Leder ihrer Tunika, bis diese zerriß, und strich dann mit den Fingern über die Wunde an ihrer Brust. Seine Hand war kühl, lindernd wie Balsam, und Teneniel fiel in einen tiefen, unruhigen Schlaf.

In ihren Träumen war Teneniel ein Mädchen, und ihre Mutter war gestorben. Die Schwestern vom Clan des Singenden Berges hatten den Leichnam auf einem Steintisch aufgebahrt, um ihre Mutter anzukleiden und ihr das Gesicht mit Fleischfarben zu bemalen. Aber Teneniel wußte, daß sie tot war, und sie konnte es nicht ertragen, mitanzusehen, wie ihre Schwestern versuchten, die Illusion des Lebens zu erzeugen. Sie lief eine Treppe aus grauem Stein hinauf und schob einen Vorhang mit dem Bild einer gelb und weiß gekleideten Clanschwester beiseite, die einen Kriegsspeer hielt. Dahinter lag die Halle der Kriegerinnen, ein Raum, den Gewöhnliche – jene ohne Zauberkräfte – oder bloße Schülerinnen wie Teneniel niemals betreten durften, auch wenn sie die Tochter der Kriegsführerin war.

Teneniel zog den Vorhang wieder zu und blieb stehen, von der schieren Größe des dahinterliegenden Raumes überwältigt. Die Decke schien sich endlos zu erstrecken und die Rückwand verlor sich in den Schatten. Der Kriegsraum war tief in den Berg hineingetrieben worden, und selbst die Echos von Teneniels keuchenden Atemzügen klangen leise und undeutlich, verloren sich in der Ferne. In die Wand zu ihrer Linken war ein Fenster gestemmt worden. Die Öffnung war groß genug, daß zwanzig Frauen aufrecht in ihr stehen konnten, und hatte die Form eines Ovals, wie ein aufgerissenes riesiges Maul. An der Fensterbank lehnten eine Reihe Speere und erinnerten Teneniel an die zerklüfteten, unregelmäßigen Zähne eines Rancor.

Für einen Moment spürte sie die gähnende Leere des Raums, spürte die gähnende Leere in ihrem Inneren. *Verschluckt. Ich bin verschluckt worden.* Teneniel schloß die Augen und versuchte, die steife und purpurn verfärbte Leiche ihrer Mutter zu vergessen, die zu Klauen verkrümmten starren Finger. Irgendwo hörte sie ein kleines Mädchen vor Angst weinen. Sie rannte los, von Raum zu Raum, und zog überall die Vorhänge zur Seite. Blickte in Räume, in denen Hexen aßen oder sich auf weichen Lederkissen entspannten. Hexen, die anmutig plauderten, lachten und zauberten. Und die ganze Zeit hörte Teneniel das kleine Mädchen weinen, aber niemand außer ihr schien es zu bemerken.

Als Teneniel erwachte, waren viele Stunden vergangen. Vor der Höhle war es Nacht, und Luke hatte auf einen Stein an ihrer Seite ein kleines mechanisches Licht gestellt. Der Jedi hatte ihr auch die Tunika ausgezogen und eine Decke aus seinem Tornister über ihren nackten Körper gebreitet. Sie spürte keinen Schmerz, nur ein tiefes Gefühl der Erleichterung, wie sie es noch nie zuvor in ihrem Leben empfunden hatte.

Teneniel berührte ihre Brust, ihr Gesicht. Die Narben fühlten sich heiß an, aber sie konnte wieder sehen, wieder hören. Sie sah sich in der Höhle um. Die Wände waren von unbeholfenen Strichzeichnungen bedeckt, die Frauen in verschiedenen Posen darstellten – eine Frau schwebte über einer Menge, eine andere ging durchs Feuer, eine dritte segnete ihre Schwestern. Die Höhle reichte nur zwanzig Meter tief in den Berg hinein, und der Boden im hinteren Teil war von menschlichen Knochen übersät. Auf dem Haufen Menschenknochen lag ein anderes Skelett – größer, mit schrecklichen Zähnen und Oberarmknochen, die viel länger als die eines Menschen waren. Das Skelett eines Rancors.

Aber der Jedi war fort, obwohl er seinen Tornister zurückgelassen hatte. Teneniel stand auf und trank etwas Wasser aus ihrer Kürbisflasche. Ihre Füße waren kalt, so daß sie etwas Stroh in ihre Stiefel stopfte und sich wieder hinlegte. Sie fühlte sich noch immer schwach. In ihrem Kopf drehte sich alles, und das nicht nur vor Erschöpfung. Der Jedi hatte ihre Wunden geheilt, ohne einen Zauberspruch gemurmelt zu haben. Von ihren Schwestern mit der Gabe der Heilung konnte keine so etwas vollbringen. Der Heilzauber war am schwersten zu meistern, und wenn ihre Schwestern ihn ausübten, sangen sie auf eine so übertriebene Art und Weise, daß Teneniel oft dachte, es wäre reine Effekthascherei. Trotzdem, alle waren überzeugt, daß der Heilzauber gesungen werden mußte. Wenn der Jedi einen derartigen Zauber ohne ein einziges Wort ausüben konnte, dann mußte er wirklich sehr mächtig sein.

Beim Anblick der Sterne hatte sich Teneniel oft gefragt, wie es auf anderen Welten wohl aussehen mochte. Ihre Schwestern hatten ihr von den Sturmtruppen im Gefängnis erzählt, von ihren Befestigungsanlagen und ihren Waffen. Aber diese schwachen Sturmtruppen beherrschten nicht die Zauberkunst, und sie krochen vor den verräterischen Nachtschwestern. Dennoch hatte Teneniel oft davon geträumt, daß es auf irgendeiner Welt dort draußen Männer wie Luke gab.

Teneniel griff unter die Decke und berührte ihre Brust, wo sie die Finger des Jedi gespürt hatte. *Eines Tages*, dachte sie, *wird jemand diese Leere in mir füllen.*

Vor der Höhle hörte sie ein Scharren. Luke kam herein, gefolgt von Isolder und R2. Luke setzte sich neben sie und streichelte ihre Wange.

»Geht es dir besser?« fragte er. Teneniel ergriff seine Hand, nickte, wußte nicht, was sie sagen sollte. Sie blickte in seine blauen Augen. Sie hatte ihn verloren. Er hatte ihr das Leben gerettet, und jetzt konnte sie ihn nicht mehr als ihren Besitz beanspruchen.

»Die Nachtschwestern haben sich am Ort des Kampfes versammelt«, berichtete Luke, »sich aber dann wieder zurückgezogen. Vielleicht, um Verstärkung zu holen.«

»Sie wissen, daß wir zu zweit sind«, sagte Teneniel, »und du hast Ocheron getötet, eine ihrer stärksten Kriegerinnen. Vielleicht haben sie Angst, uns nicht gewachsen zu sein.«

»Was ist mit den Sturmtruppen?« fragte Isolder. »Sie haben mindestens hundert Soldaten bei sich gehabt.« Da er nur ein Mann war, konnte er es auch nicht verstehen.

»Sie zählen nicht«, sagte Teneniel wegwerfend. Aber da diese Außenweltler die Lage nicht richtig einzuschätzen schienen, erklärte sie: »Sturmtruppen sind leicht zu töten.«

»Es gefällt mir nicht«, sagte Isolder. »Mir gefällt der Gedanke nicht, in dieser Höhle festzusitzen.«

»Die Nachtschwestern werden uns hier nicht angreifen«,

beruhigte ihn Teneniel. »Dieser Ort ist durch das Blut der Alten geheiligt.« Sie setzte sich auf und wies auf die menschlichen Totenschädel, die den Boden neben dem Skelett des Rancor übersäten.

»Glaubst du wirklich, das wird sie von hier fernhalten?« fragte Isolder.

»Selbst die Toten haben Macht«, sagte Teneniel mit einem Seitenblick zu den Schädeln. »Die Nachtschwestern werden es nicht wagen, sich ihren Zorn zuzuziehen.«

Luke nickte. Zumindest der Jedi verstand. Er fragte: »Was haben deine Vorfahren hier gemacht? Wie sind sie hierhergekommen?«

Teneniel schlang die Arme um ihre Beine und sah ihm in die Augen. »Vor langer Zeit«, erzählte sie, »kamen die Alten von den Sternen. Sie waren Krieger und Meister der Maschinen, die für sie verbotene Waffen bauten – Maschinen-Krieger, die wie Menschen aussahen. Und sie verkauften sie billig an andere.

Eure Leute verbannten sie wegen ihrer Verbrechen aus dem Himmel auf diese Welt. Die Krieger durften keine Waffen mitnehmen – kein Metall, keine Blaster. So fielen sie den Rancor zum Opfer.« Teneniel schloß halb ihre Augen. Sie hatte die Geschichte so oft gehört, daß sie jetzt jene ferne Vergangenheit vor sich sah: die Gefangenen, die nach Dathomir verbannt wurden. Sie waren gewalttätige Menschen gewesen, die schreckliche Verbrechen gegen die Zivilisation begangen hatten und deshalb zu einem Leben fernab der Zivilisation verurteilt worden waren. Viele der Gefangenen glaubten, über dem Gesetz zu stehen, und sahen in ihren Waffen bloße Spielzeuge. So hatten ihre Gegner es nur für gerecht gehalten, sie auf einer Welt ohne Technologie auszusetzen.

»Für viele Generationen lebten sie wie wilde Tiere und wurden bis an den Rand der Ausrottung gejagt, bis die Sternenmenschen Allya verbannten.«

Lukes Augen hatten einen abwesenden Ausdruck und erinnerten an die der alten Rell, wenn sie Visionen hatte. »Diese Allya war eine abtrünnige Jedi«, sagte Luke. Er beugte sich nach vorn. »Die Alte Republik wollte sie nicht hinrichten, deshalb haben die Jedi sie in der Hoffnung verbannt, daß sie sich im Lauf der Zeit von der dunklen Seite abwenden würde.«

Teneniel fuhr fort: »Mit ihrer Zauberkraft jagte und zähmte sie die wilden Rancor. Sie lehrte ihre Töchter ihre Kunst und brachte ihnen bei, zur Paarungszeit die Männer zu jagen, so wie ich dich gejagt habe. Während die Rancor weiter die anderen fraßen, gediehen die Töchter Allyas von Generation zu Generation und reichten das Wissen um die Zauberkunst an ihre Töchter weiter. Wir teilten uns in Clans auf, und für lange Zeit wetteiferten die Clans friedlich um die Männer und stahlen sich gegenseitig die Paarungspartner. Wir regierten uns selbst und bestraften jede Schwester, die beim Gebrauch der Nachtzauber ertappt wurde. Vor zwei Generationen vertrieben wir die wilden Rancor endgültig von diesen Bergen. Meine Großmütter erlegten die letzten Bestien. Wir hofften endlich auf Frieden.

Aber vor einer Generation schlossen sich die ausgestoßenen Nachtschwestern zusammen. Zuerst waren es nicht viele, aber…«

»Einige von euch haben versucht, sie mit ihren eigenen Waffen zu schlagen«, vermutete Luke. »Und die es taten, wurden selbst zu Nachtschwestern.«

Teneniel blickte zu Luke auf. »Also geschieht so etwas auch auf anderen Welten? Einige der Schwestern behaupten, es ist nur eine Krankheit, ein Leiden, das wir uns zuziehen und das uns in Nachtschwestern verwandelt. Andere sagen, daß es von der Zauberei kommt – aber ich weiß nicht, welche Zaubersprüche sie meinen. Unsere Zauber haben sich über Generationen hinweg als ungefährlich erwiesen.«

»Es liegt nicht an eurem Zauber – und gleichzeitig doch«, sagte Luke. »Wie alt waren Allyas Töchter, als sie starb?«

»Die älteste war sechzehn Winter«, erklärte Teneniel.

Luke schüttelte den Kopf. »Ein Kind – zu jung, um die Wege der Macht zu lernen. Hör zu, Teneniel, es sind nicht die Zaubersprüche selbst, die euch eure Kräfte verleihen – es ist die Macht, eine Energie, die von allen Lebewesen um uns erzeugt wird. Da die Töchter von Allya stark in der Macht waren, ist es ihnen zum Teil gelungen, sie zu meistern. Aber es sind nicht die Worte, die euch zu Hexen machen, und es sind auch nicht die Zaubersprüche, die euch verderben: es ist die Absicht, die hinter eurem Zauber steht, es ist die Richtung eurer Wünsche. Wenn ihr auf eure Herzen gehört hättet, dann wüßtet ihr es bereits.« Teneniel bewegte sich unruhig. »Ich glaube, daß *du* es weißt«, fuhr Luke fort. »Du hättest vor ein paar Stunden diese Nachtschwester und die Sturmtruppen töten können. Statt dessen hast du nur versucht, dich unentdeckt an ihnen vorbeizuschleichen. Deine… Großzügigkeit hat mich überrascht.«

»Natürlich. Wenn ich die Nachtschwester getötet hätte, wäre ich so böse wie sie«, sagte Teneniel schnippisch, um ihre Furcht zu verbergen, eines Tages so wie sie zu werden.

»Du hast auf die Macht gehört, dich von ihr leiten lassen«, erklärte Luke. »Aber in anderen Dingen bist du grausam. Du hast versucht, mich und Isolder zu entführen. Glaubst du wirklich, du könntest einen Mann zum Sklaven machen oder mich mit Steinen bewerfen und dann noch hoffen, deine Unschuld zu bewahren?«

»Ich habe nicht versucht, dich zu töten«, widersprach Teneniel, »ich wollte dich nur gefangennehmen! Ich hätte dich nie ernsthaft verletzt!«

»Aber du weißt doch, daß es unrecht ist, einen anderen Menschen gefangenzunehmen?«

Teneniel funkelte ihn an und zappelte nervös. »Ich... ich hatte gehofft, mich in dich zu verlieben. Und wenn ich mich nicht in dich verliebt hätte, dann hätte ich dich an eine andere Schwester verkaufen können, die dich mehr begehrt. Ich wollte dir nichts Böses tun. Die Töchter Allyas haben ihre Paarungspartner immer auf diese Weise gejagt.«

Luke seufzte; es klang fast resigniert. »Handeln alle Töchter Allyas so, oder nur einige wenige?«

»Wenn eine Frau reich genug ist«, antwortete Teneniel, »kann sie sich einen Mann kaufen, wenn sie will. Ich bin nicht reich.«

Isolder beugte sich nach vorn. »Diese Nachtschwestern – was machen sie mit den Sturmtruppen?«

»Vor vier Wintern schickte ein Führer von den Sternen Sturmtruppen nach Dathomir, um hier ein neues Gefängnis zu bauen. Eine Ausgestoßene unseres Clans, eine Nachtschwester namens Gethzerion, verdingte sich bei den Sturmtruppen und half ihnen, geflohene Sklaven wieder einzufangen. Zuerst mochten die Imperialen sie und versprachen ihr, sie in der Kriegskunst zu unterweisen und ihr zu helfen, großen Ruhm zu erringen. Aber als sie dann erkannten, über welche Macht sie verfügte, bekamen sie Angst vor ihr und entschlossen sich, jeden Kontakt abzubrechen. Die Imperialen sprengten die Raumschiffe auf dem Landefeld des Gefängnisses, um sie daran zu hindern, Dathomir jemals zu verlassen, und überließen die bereits gelandeten Sturmtruppen ihrem Schicksal. Es gibt Gerüchte, daß Gethzerion ihre Anführer ermordet hat, und die Sturmtruppen haben solche Angst vor ihr, daß sie ihr bedingungslos gehorchen. Sie hat ihnen die

Freiheit versprochen, wenn sie ihr bei der Flucht zu den Sternen helfen, denn jetzt, wo sie weiß, wie schwach die Imperialen sind und wie sehr sie sich vor ihr fürchten, glaubt sie, daß sie eines Tages über zahllose Welten herrschen wird. Aber im Moment gibt sich Gethzerion damit zufrieden, Krieg gegen die Clans zu führen, einige unserer Schwestern zu töten und andere zu versklaven. Viele der Clanschwestern haben sich ihr angeschlossen.«

»Was macht sie mit den unglückseligen Häftlingen in ihrem Gefängnis?« fragte Luke.

»Sie hält sie als Sklaven und hofft, sie eines Tages einzutauschen«, sagte Teneniel.

Luke schloß halb die Augen. »Gethzerion weiß, was sie tut. Sie hofft, alle von deinen Schwestern auf die dunkle Seite zu ziehen. Mit einer Armee von Nachtschwestern im Rücken könnte sie tatsächlich zu einem Machtfaktor in der Galaxis werden.« Er sah Teneniel an. »Wie viele Nachtschwestern gibt es?«

»Nicht mehr als hundert«, antwortete Teneniel. Für einen Moment gab sie sich der Hoffnung hin, daß Luke wußte, wie man sie ausschaltete – aber er erbleichte bei ihrer Antwort.

»Und wie viele Hexen gibt es in deinem Clan?«

Teneniel besuchte ihren Clan nur selten und war schon seit drei Monaten nicht mehr zu Hause gewesen. Da in der letzten Zeit so viele ihrer Schwestern getötet oder von Gethzerion gefangengenommen worden waren, zögerte sie mit der Antwort, aber vielleicht meinte der Jedi doch, daß ihre Zahl genügte.

»Ungefähr fünfundzwanzig oder dreißig.«

* 16 *

Am Abend brutzelte ein Spießbraten über dem Feuer in der Kochgrube. Der Saft tropfte zischend auf die Holzscheite, während die Männer große Scheiben abschnitten und das Fleisch zusammen mit Knollen, Nüssen und rohen Keimen auf irdene Teller häuften. Han saß zusammen mit Chewbacca, Leia und 3PO auf Lederkissen auf dem Boden der Halle, umringt von den Clanfrauen des Singenden Berges. Die Müdigkeit, die einbrechende Nacht und der volle Magen machten es ihm schwer, die Augen aufzuhalten. Chewie aß heißhungrig weiter, ohne sich an seinen bandagierten Rippen zu stören. Die einzigartigen Heilkräfte der Wookiees sorgten dafür, daß er sich an einem Tag mehr erholte als ein Mensch in zwei Wochen.

Han blickte durch die offenen Portale nach draußen. In der Ferne ballten sich schwarze, von Blitzen durchzuckte Sturmwolken. Am Himmel über den bewaldeten Bergen glitzerten helle Sterne.

Die Hexen lachten und lehrten ihre Töchter in den Schatten neue Zaubersprüche. Die jungen Mädchen trugen Hemden und Hosen aus schlichten Tierhäuten und nicht die prächtigen Gewänder der voll ausgebildeten Hexen. Doch in der Gesellschaft ihrer Kinder gaben sich die Hexen entspannter, warmherziger. Sie hatten ihren Kopfputz abgelegt und trugen ihr Haar offen. Ohne ihre kriegerische Tracht wirkten sie nicht so einschüchternd und erinnerten Han eher an derbe Bäuerinnen.

Die Männer der Hexen trugen grobe Tuniken aus gewebten Pflanzenfasern; sie arbeiteten schweigend und servierten den Frauen die Mahlzeiten ohne ein einziges Wort, so daß Han fast annahm, sie würden sich telepathisch verständigen.

Augwynne saß so nah bei Han und Leia, daß sie sich leise mit ihnen unterhalten konnte. Sie bemerkte, daß Han immer wieder zu dem fernen Sturm hinübersah. »Machen Sie sich keine Sorgen«, sagte sie. »Das ist nur Gethzerion, die in ohnmächtiger Wut tobt. Aber sie ist zu weit entfernt. Heute nacht wird es keinen Machtsturm geben.«

»Gethzerion erzeugt diese Blitze?« fragte 3PO mit aufleuchtenden Augen. »Ich möchte zu gern wissen, wie groß ihre Kräfte sind.«

Augwynne musterte unbeeindruckt die fernen Wolken. Im gleichen Moment zuckte ein greller, vielfach verästelter orangener Blitz über den Himmel, als hätte Gethzerion ihren Blick bemerkt. »Oh, sie ist sehr mächtig und sehr wütend. Aber heute nacht wird sie nicht kommen. Sie sammelt die Schwestern ihres Clans um sich und wird erst angreifen, wenn alle zusammen sind.

Nun zu Ihrer Besitzurkunde von Dathomir«, fuhr sie fort, das Thema wechselnd. »Ist sie überhaupt gültig?«

»Das wird sie sein«, erklärte Leia, »sobald die Neue Republik diesen Sektor zurückerobert hat.«

»Und wann wird das sein?« hakte Augwynne nach.

»Das ist schwer zu sagen«, antwortete Han, ohne den Himmel aus den Augen zu lassen. »Vielleicht in drei Monaten, vielleicht in drei Jahrzehnten. Aber früher oder später wird es dazu kommen. Zsinj ist ein großer Krieger, aber er ist kein guter Herrscher. Je mehr Verluste wir seinen Flotten zufügen, desto mehr Welten werden sich von ihm lossagen. Sobald seine Commander ihn wanken sehen, werden sie ihm an die Kehle fahren.«

Chewbacca grollte zustimmend.

»Chewie glaubt, daß Zsinj binnen eines Jahres stürzen wird«, übersetzte 3PO. »Aber meine Berechnungen deuten darauf hin, daß er sich weit länger an der Macht halten wird, wenn sich die Kriegslage nicht entscheidend verändert. Ich schätze, daß er erst in vierzehnkommadrei Jahren stürzen wird.«

»Ich halte Chewies Schätzung für realistischer«, widersprach Han. »Aber auch danach dürfte es für eine Weile noch ziemlich rauh zugehen.«

»Sagen Sie mir«, bat Augwynne mit aufgeregt klingender Stimme, »wie kann ich Ihnen diesen Planeten abkaufen? Möchten Sie Gold, Edelsteine? Hier in den Bergen gibt es genug von beidem.« Im Raum wurde es plötzlich still, als die Hexen verstummten, um Hans Antwort zu hören.

Leia warf Han einen wissenden Blick zu und wartete darauf, daß er seinen Preis nannte. »Nun…« Han zögerte. »Da mir alles auf diesem Planeten gehört, trifft dies auch auf dieses Gold und die Edelsteine zu. Der Planet hat einen Schätzwert von einskommasechs Milliarden Kredits. Natürlich betrifft das nur den Grundbesitz, nicht die baulichen Verbesserungen – Gebäude, Infrastruktur…«

Augwynne studierte für einen Moment sein Gesicht und nickte, ohne zu erkennen, daß er Scherze machte. Sie betrachtete die Gesichter ihrer Schwestern. »Wir vom Clan des Singenden Berges haben kein Geld«, erklärte sie, »aber wir könnten Ihnen als Bezahlung unsere Dienste anbieten. Nennen Sie mir drei Wünsche, und wir werden Ihnen diese Wünsche erfüllen, soweit dies in unserer Macht steht.«

»Nun«, sagte Han mit einem Blick in die erwartungsvollen Gesichter der Hexen. Er hatte Damayas Worte von vorhin nicht vergessen. Obwohl diese Hexen nicht seine Feinde waren, wollten sie auch nicht seine Verbündete sein. Oder nur dann, wenn er ihnen etwas bot, und jetzt wußte er, was sie verlangten. »Mein erster Wunsch ist, diesen Planeten wieder zu verlassen.« Er sah zu der gewölbten Steindecke hinauf. »Dann würde ich gern etwas von dem Gold und den Edelsteinen mitnehmen, die Sie erwähnt haben – sagen wir, so viel, wie ein erwachsener Rancor tragen kann. Und als letztes… möchte ich, daß Sie, wenn möglich, Leia dazu bringen, mich zu heiraten.«

Augwynne sah von Han zu Leia und nickte bedächtig. »Leia hat uns gesagt, daß Sie uns um diese drei Dinge bitten werden«, gestand die alte Frau. »Der Clan des Singenden Berges wird alles in seiner Macht Stehende tun, um Ihre Wünsche zu erfüllen, aber Leia ist nicht Teil der Abmachung. Wir können sie nicht zur Heirat zwingen. Wir werden das Gold und die Edelsteine bei Tagesanbruch haben. Drei unserer Schwestern sind in diesem Moment unterwegs, um Ihr Schiff zu holen, damit Sie es zusammen mit Ihrem haarigen Wookiee reparieren können.«

»Einen Moment!« rief Han, der plötzlich erkannte, daß er zu voreilig gewesen war, weil er nicht damit gerechnet hatte, daß die Hexen es ernst meinten.

»Zu spät!« sagte Leia voller Schadenfreude. »Du hast soeben deinen Planeten verkauft!«

Han begann zu protestieren und Chewie grollte, aber Augwynne hob eine Hand. »Der Handel gilt, Han Solo. Die Schwestern vom Singenden Berg werden den geforderten Preis mit Freuden zahlen, obwohl er viele von uns das Leben kosten wird. Gethzerion wird uns angreifen, um Sie und Ihr Schiff in die Hände zu bekommen. Deshalb tobt der Machtsturm über der Wüste. Aber wir haben Ihre Bedingungen bereits geprüft, und wir akzeptieren.«

Wir haben Ihre Bedingungen bereits geprüft. Darum also hatte Leia im Lauf des Tages so viel Zeit mit ihnen verbracht, während er auf den Feldern gearbeitet hatte. Die Hexen hatten Informationen aus ihr herausgeholt und einen Plan ausgebrütet, wie sie ihm diesen Planeten am besten abnehmen konnten – indem sie an seiner Seite gegen die Nachtschwestern kämpften. Wahrscheinlich hatten sie sogar die Begegnung

172

zwischen Han und den Nachtschwestern arrangiert, um ihm die Gegenseite zu zeigen. Mit anderen Worten, sie hatten ihn von Anfang an manipuliert. Diese Augwynne war verdammt gerissen. »Was werden Sie tun, wenn Ihnen dieser Planet gehört?« fragte Han.

»Wir werden Land an Siedler verkaufen«, erklärte Augwynne, »und Lehrer von den Sternen zu uns holen. Wir werden uns der Neuen Republik anschließen und von ihr lernen, damit unsere Kinder nicht mehr als Ausgestoßene in diesen unwirtlichen Bergen leben müssen.«

Sie hatte offenbar einen fertigen Plan. Für Han klang es sogar, als hätte Leia einige Überzeugungsarbeit geleistet, bevor man ihn von den Feldern geholt hatte. »Verzeihen Sie«, meldete sich 3PO zu Wort, »aber darf ich fragen, wie Sie das Schiff herschaffen wollen?«

»Die Schwestern haben drei Rancor mitgenommen«, sagte Augwynne. »Sie werden ein paar Bäume fällen, einen Schlitten bauen und das Schiff zum Fuß der Berge ziehen. Wir befördern es mit einem Zauberspruch ins Tal, wo wir es verstecken können, während Sie es reparieren. Sind Sie damit einverstanden?«

»Sicher«, sagte Han seufzend. Die Vorstellung, seinen Planeten zu verkaufen, hatte ihm nicht gefallen, aber jetzt, wo er näher darüber nachdachte und die Bedrohung durch die Nachtschwestern mit einbezog, schien es ihm das beste Angebot zu sein, das er bekommen konnte. »Wenn die Rancor so groß sind wie die, die ich gesehen habe, ja, drei oder vier könnten das Schiff ziehen. Aber ich möchte nicht, daß es noch mehr Beulen bekommt als es jetzt schon hat.«

Augwynne schürzte die Lippen und musterte ihn nachdenklich. »Unsere Schwestern sollten im Morgengrauen wieder zurück sein. Ich muß Sie warnen, Sie werden in große Gefahr geraten: Jetzt, wo Gethzerion weiß, daß Sie ein Sternenschiff haben, wird sie alles tun, um es Ihnen wegzunehmen. Sie wird zumindest ihre Nachtschwestern losschicken, um es in ihre Gewalt zu bringen.«

»Wenn die Nachtschwestern wirklich einen Angriff planen«, fragte Leia, »wann müssen wir damit rechnen?«

»Die Nachtschwestern sind vorsichtig«, sagte Augwynne. »Ich denke, daß sie einen Großangriff erst wagen werden, wenn sie überzeugt sind, uns auch besiegen zu können. Dank unserer Zauberkräfte kennen wir ihre Pläne. Im Moment sind noch nicht alle Schwestern in der Stadt eingetroffen. Sobald sie sich gesammelt haben, werden sie losmarschieren.

Wir haben vielleicht drei Tage. Sie müssen in dieser Zeit Ihr Schiff repariert und den Planeten verlassen haben.«

»Oder was?« fragte Han.

»Oder wir werden vielleicht alle sterben«, sagte Augwynne ernst. »Wenn die Nachtschwestern angreifen, wird ihnen unser Clan kaum widerstehen können. Es gibt noch Dutzende andere Clans in den Bergen, aber selbst der nächste ist einen Viertagesmarsch entfernt. Ich habe Botinnen zu den Schwestern vom Clan des Tobenden Flusses und der Roten Berge geschickt, um sie um Hilfe zu bitten, aber sie werden erst nach dem Kampf eintreffen. Sie müssen starten, bevor die Nachtschwestern angreifen können!«

Han sah Chewie, Leia und 3PO an. Diesmal saßen sie wirklich in der Klemme, und es war alles seine Schuld. Die beste Lösung für den Clan hier wäre, das Schiff in die Luft zu sprengen, damit Gethzerion keinen Grund mehr hatte, ihn zu jagen. Aber wenn er das tat, würden sie diesen Planeten vielleicht nie wieder verlassen können. Han konnte sich schon damit abfinden, hier zu stranden, aber was war mit Chewbacca? Der Wookiee hatte eine Familie, und obwohl er hier bleiben würde, wenn Han ihn darum bat, konnte er ein solches Opfer nicht von ihm verlangen. 3PO? Ohne seine Ölbäder und Ersatzteile würde er binnen eines Jahres auseinanderfallen. Und natürlich war da noch Leia. Er hatte sie gegen ihren Willen nach Dathomir verschleppt und fühlte sich nun verpflichtet, sie zurückzubringen. Aber er wußte auch, daß sie ihre Freiheit nicht über das Leben anderer stellen würde.

Han saß im Schneidersitz da, legte eine Hand auf die Knie und rieb sich mit der anderen die Augen. *Ich habe meine Spuren sehr sorgfältig verwischt*, dachte er. *Aber früher oder später wird uns jemand aufspüren.* Omogg konnte sich wahrscheinlich denken, wohin er verschwunden war. Die Drackmarianerin war schlau. Vielleicht würde sie ihre Informationen sogar an irgendwelche Kopfgeldjäger verkaufen. Han war sicher, daß die Neue Republik eine Belohnung auf seinen Kopf ausgesetzt hatte. Früher oder später würde jemand kommen. Es gab also immer noch Hoffnung auf eine Flucht von diesem Planeten. »Mir gefällt der Gedanke, daß Gethzerion mit meinem Schiff davonfliegt, genausowenig wie Ihnen«, gab Han zu. »Aber vielleicht sollten wir es ihr trotzdem geben.«

Chewie brüllte auf und Augwynne sagte: »Wir dürfen Gethzerion kein Schiff geben. Sie ist zu mächtig. Wir dürfen sie nicht auf die Sterne loslassen.«

»Han«, sagte Leia, »Augwynne hat mich über ein paar Dinge aufgeklärt. Ich glaube, sogar der Imperator hatte Angst vor den Nachtschwestern. Deshalb hat er diesen Planeten zur verbotenen Zone erklärt. Vor Jahren richtete er hier eine hübsche kleine Strafkolonie ein, ohne etwas von den Nachtschwestern zu wissen. Als er von ihnen erfuhr, sprengte er vom Orbit aus den Raumhafen des Planeten. Er überließ lieber Hunderte von seinen eigenen Leuten einem ungewissen Schicksal, als das Risiko einzugehen, daß Gethzerion die Flucht gelingt. Solche Angst hatte er vor Gethzerion.

Diese Kriegsschiffe über uns sollen nicht nur Besucher abschrecken, sondern auch die Nachtschwestern am Verlassen des Planeten hindern. Kriegsherr Zsinj, der jetzt diesen Sektor beherrscht, hat ebenfalls Angst. Die Imperialen, die auf Dathomir gestrandet sind, könnten ohne weiteres in der Lage sein, eins der Raumschiffwracks wieder zusammenzuflicken und einen Fluchtversuch zu wagen. Zsinj muß mit dieser Möglichkeit rechnen.«

Han seufzte. »Vielleicht sollten wir den *Falken* einfach in die Luft jagen. Dann hätte Gethzerion keinen Grund mehr, uns anzugreifen.«

»Man darf niemals dem Bösen nachgeben«, sagte Augwynne. »Das ist unser ältestes und heiligstes Gesetz. Wenn wir dem Bösen nachgeben, und sei es auch nur in irgendeiner Kleinigkeit, nähren wir es, und es wird stärker. Gethzerion ist so mächtig geworden, weil wir von den Clans sie zu lange gewähren ließen. Wir hätten sie schon vor Jahren bekämpfen müssen, als wir sahen, was aus ihr wurde, aber wir haben immer gehofft, sie auf den rechten Weg zurückzubringen. Wenn wir jetzt gegen sie kämpfen müssen, werden wir es tun, weil es für *uns* das Richtige ist. Und Sie müssen Ihr Schiff reparieren und Dathomir verlassen, weil es für *Sie* das Richtige ist. Ich für meinen Teil werde alles in meiner Macht Stehende tun, um Sie zu beschützen.«

Han griff in seine Tasche, zog den Urkundenwürfel heraus und reichte ihn Augwynne. »Hier«, sagte er, »nehmen Sie.« In diesem Moment fragte er sich, wie er nur so naiv gewesen sein konnte, anzunehmen, daß Leia ihn aufgrund materieller Erwägungen zum Mann nehmen würde.

»Nein«, wehrte sie ab und stieß seine Hand zurück. »Wir haben ihn uns noch nicht verdient.«

»Dann bewahren Sie ihn eben auf«, sagte Han, »bis Sie der Meinung sind, ihn sich verdient zu haben.«

Augwynne barg den Würfel sehnsüchtig in ihren Händen. »Eines Tages«, flüsterte sie.

Han seufzte. Er dachte an die Explosionen, als die orbitalen Kriegsschiffe das Wrack der am See abgestürzten Fregatte beschossen und vollständig zerstört hatten. Es würde schwer werden, an brauchbare Ersatzteile zu gelangen. Mit den passenden Ersatzteilen – Kabel, Kühlflüssigkeit und einem Navcomputer - konnten er und Chewie den *Falken* vermutlich in ein paar Stunden reparieren. Woher die Kabel stammten, spielte keine Rolle – vielleicht von den zerstörten imperialen Läufern. Er spielte mit dem Gedanken, die Kühlflüssigkeit in den Hydrauliken der Läufer abzuzapfen, kam aber zu dem Entschluß, daß sich das Risiko nicht lohnte: die Mischung genügte wahrscheinlich nicht den Ansprüchen eines Hyperantriebsgenerators auf einem Raumschiff. Trotzdem, wenn die Wracks auf dem Raumhafen des Gefängnisses nicht völlig ausgeglüht waren, konnten sie vielleicht dort ein paar Hektoliter Kühlflüssigkeit, womöglich sogar einen intakten Astrogationscomputer oder eine vollständige R2-Einheit finden. »Morgen früh werde ich mein Schiff untersuchen und das genaue Ausmaß der Schäden feststellen. Ich weiß jetzt schon, daß ich eine ganze Menge Ersatzteile brauche. Wir werden morgen zum Gefängnis aufbrechen müssen, um uns die restlichen Teile zu besorgen. Augwynne, können Sie uns jemand schicken, der uns hinführt?«

Augwynne musterte ihn für einen Moment. In ihren dunklen Augen und grauen Haaren spielten sich die tanzenden Flammen. »Sie sehen müde aus. Ich glaube, Sie sollten jetzt schlafen. Sie können morgen, nachdem Sie Ihr Schiff untersucht haben, Ihre nächsten Schritte planen.«

Han gähnte und streckte sich. Leia blickte zu Boden. Zuerst glaubte Han, daß sie nachdachte, aber nach einem Moment erkannte er, daß sie nur erschöpft war und im Halbschlaf vor sich hin träumte. Er stand auf, nahm ihr den Helm ab und stellte überrascht fest, daß er federleicht war. »Komm. Gehen wir ins Bett.«

Sie sah müde zu ihm auf; ein Anflug von Zorn oder Verwirrung funkelte in ihren Augen. »Ich gehe nicht mit dir ins Bett!«

»Ich meinte nur – ich dachte, es würde dir gefallen, wenn ich dir ein Bett zurechtmachen würde.«

Leia wandte wütend den Blick ab und sagte: »Oh.«

»Sie sehen beide müde aus«, stellte Augwynne fest. »Ich zeige Ihnen Ihr Zimmer.« Sie zündete am Feuer eine Kerze an und führte Han, Leia, Chewie und 3PO aus dem lärmerfüllten Speisesaal und eine steile Treppe zu einem großen Schlafraum hinauf. Hinter einem Durchgang lag ein kleiner Balkon mit steinerner Brüstung, von dem aus man das Tal überblicken konnte. Im Raum selbst gab es Dutzende von Strohmatten mit dicken Decken. Augwynnes Diener machte Feuer in einem kleinen Kamin, während Augwynne für einen Moment auf den Balkon trat und die fernen Blitze betrachtete. Sie sang leise vor sich hin. Als sie zurückkehrte, murmelte sie: »Gethzerion gibt keine Ruhe, und sie hat nicht weit von der Festung Nachtschwestern postiert. Ich werde die Wachen heute nacht verstärken. Schlafen Sie gut.«

»Vielen Dank«, sagte 3PO und klopfte ihr auf den Rücken, als sie ging. »Nun, sie macht einen sehr gastfreundlichen Eindruck«, bemerkte er, sobald sie fort war. »Ich frage mich, ob es hier auch etwas Öl gibt.« Der Droide wanderte durchs Zimmer und sah sich gründlich um.

Leia schlüpfte aus ihrer Robe, zog ihren Blaster aus dem Holster, schob ihn unter ihre Decke und legte sich dann auf ihre Matte. Chewbacca ging in eine Ecke und setzte sich mit dem Rücken zur Wand, den Blitzwerfer in der Hand, senkte den Kopf und schloß die Augen. Han sah sich im Zimmer um und entschied sich für eine Matte neben dem Fenster, durch das die frische Bergluft hereinwehte. Seine Stirnhöhlen waren eindeutig angegriffen. *Großartig,* dachte er, *ich gewinne einen Planeten in einem Kartenspiel, und um das Faß vollzumachen, reagiere ich auch noch allergisch auf ihn.* Von draußen drangen das Grollen des Donners und das Plätschern von Wasser, das auf den Balkon tropfte, und von unten die Lieder der Hexen.

Sonst war alles ruhig, aber Han konnte nicht einschlafen. 3PO wanderte nervös durchs Zimmer und sagte dann: »Prinzessin Leia, möchten Sie vielleicht zum Einschlafen etwas entspannende Musik hören?«

Der goldene Droide blieb in der Mitte des Zimmers stehen und legte den Kopf zur Seite. Seine Augen leuchteten.

»Musik?« fragte Leia.

»Ja, ich habe ein Lied komponiert«, erklärte 3PO, »und ich dachte, Sie möchten es vielleicht gerne hören.« Sein Tonfall verriet, daß er gekränkt sein würde, wenn sie ablehnte.

Leia runzelte die Stirn, und sie tat Han fast leid. Er hatte 3PO noch nie singen gehört, aber er konnte sich nicht vorstellen, daß es ihm gefallen würde. »Sicher«, sagte Leia zögernd, »aber wenn es geht, bitte nur die erste Strophe.«

»Oh, vielen Dank!« rief 3PO. »Mein Lied trägt den Titel ›Die Tugenden von *König* Han Solo!‹«

Hörner und Streichinstrumente schmetterten los – sehr zu Hans Überraschung. Er wußte, daß 3PO andere Stimmen imitieren konnte, und hatte erlebt, daß der Droide die Geschichten, die er den Ewoks erzählte, mit hübschen Toneffekten unterlegte, aber daß er auch Musik erzeugen konnte, war neu für ihn. 3PO klang wie ein ganzes Symphonieorchester.

Dann begann er zu tanzen, glitt leichtfüßig über den Steinboden und sang mit einer tiefen Stimme, die frappante Ähnlichkeit mit Jukas Alim hatte, einem der populärsten Sänger der Galaxis:

Er hat einen eigenen Planeten,
Allerdings ist der ziemlich wild.
Wookiees lieben ihn.
Frauen lieben ihn.
Er hat ein gewinnendes Lächeln!
Mag er auch kühl und anmaßend wirken,
Er ist sensibler, als er sich gibt,

(Ein dreistimmiger, wie Leia klingender Frauenchor sang den Refrain)

Han Solo,
Was für ein Mann! Solo,
Jeder Prinzessin Traum!

Zu Fanfarenstößen und Trommelwirbeln legte 3PO einen furiosen Steptanz hin und verbeugte sich dann vor Leia. Leia starrte ihn nur an, mit einem Gesichtsausdruck, der zwischen Bestürzung und Entsetzen schwankte.

»He, das war echt gut«, lobte Han. »Wie viele Strophen hat das Lied?«

»Bis jetzt nur fünfzehn«, sagte 3PO, »aber ich bin sicher, daß mir noch mehr einfallen werden.«

»Wage es ja nicht!« rief Leia, und Chewie brüllte zustimmend.

»Wie Sie wünschen!« sagte 3PO gekränkt. Er schaltete auf Schlafmodus um.

Han legte sich zurück und lächelte. Der Refrain »Han Solo / Was für ein Mann! Solo« ging ihm nicht mehr aus dem Sinn, und die Tatsache, daß sich 3PO solche Mühe gemacht hatte, bereitete ihm diebisches Vergnügen.

Er hörte, wie Chewies Atemzüge tief und regelmäßig wurden. Der Wookiee war eingeschlafen. Nur Han wälzte sich noch unruhig hin und her.

»Han«, flüsterte Leia.

»Ja?«

»Es war nett von dir, daß du ihr den Planeten angeboten hast.«

»Oh«, sagte Han, obwohl er an den Worten fast erstickte, »nicht der Rede wert.«

»Manchmal bist du ein richtig netter Kerl«, fügte Leia hinzu.

Han hob eine Braue und sah zu der anderen Seite des Raumes hinüber, wo Leia auf ihrer Matte lag, die Decke bis zum Hals hochgezogen. »Heißt das, daß du, äh, mich liebst?«

»Nein«, sagte Leia schnippisch. »Es heißt nur, daß ich dich manchmal für einen netten Kerl halte.«

Han legte sich lächelnd wieder hin und atmete die süße Nachtluft ein.

Als Augwynne in den Ratssaal zurückkehrte, waren die Männer und Kinder noch immer da, aber die Schwestern ihres Clans hatten einen Kreis gebildet. »Nun«, wandte sie sich an ihre Schwestern, nervös durch die Anwesenheit der Männer und Kinder, die zu beschützen sie geschworen hatte, »ihr habt alle gehört, was uns die Außenweltler angeboten haben. Jetzt müssen wir über ihren geforderten Preis beraten.«

Die alte Tannath sagte: »Vorhin hast du das *Buch des Gesetzes* zitiert und behauptet, daß wir dem Bösen niemals nachgeben dürfen. Aber wann haben wir vom Singenden Berg je aufgehört, dem Bösen nachzugeben? Gethzerion ist so mächtig, weil wir von den Clans sie viel zu lange gewähren ließen. Als sie noch am Anfang des dunklen Weges stand, hätten wir sie mühelos aufhalten können.«

»Still«, befahl Augwynne. »Das war vor langer Zeit, der Fehler kann nicht mehr ungeschehen gemacht werden. Es war richtig, zu hoffen, sie würde von sich aus auf den rechten Weg zurückkehren.«

»Sie hat all unsere Gesetze gebrochen«, widersprach die alte Tannath. »Von jenen, die Böses tun, wird erwartet, daß sie allein in die Wildnis ziehen, um dort Läuterung zu suchen, aber sie sammelte die Ausgestoßenen um sich und gründete den Clan der Nachtschwestern. Als sie noch weniger als ein Dutzend Köpfe zählten, hätten wir sie alle töten können. Und als sie und ihre Anhängerinnen sich bei den Imperialen verdingten, hätten wir die Außenweltler zumindest warnen müssen. Aber nicht einmal da haben wir sie bekämpft. Gib es zu, Augwynne, du hast Gethzerion zu sehr geliebt und wir haben sie zu sehr gefürchtet. Wir hätten sie schon vor Jahren töten sollen.«

»Tannath, hör auf, vergangene Entscheidungen in Frage zu stellen, wenn Männer und Kinder in der Nähe sind«, sagte Augwynne zornig. »Wir dürfen sie nicht beunruhigen.«

»Warum nicht? Werden meine Worte sie etwa mehr beunruhigen als Gethzerions Angriff?« fragte Tannath. »Niemals dem Bösen nachgeben. Ich verlange, daß der Rat sich an sein eigenes Gesetz hält.«

»Dem haben wir bereits heute nachmittag zugestimmt«, sagte Augwynne. »Wir waren alle dafür, Leia und den Außenweltlern zu helfen.«

»Du warst dafür, aber hast du auch zugesagt, den vollen Preis zu zahlen? Selbst wenn wir ihnen helfen können, ihr Schiff zu reparieren und den Planeten zu verlassen, glaubst du wirklich, daß uns Gethzerion diesen kleinen Sieg läßt? Nein, sie wird Rache üben wollen.«

Im Raum wurde es still, als die Hexen den Atem anhielten und über die Worte nachdachten. Wenn eine Schwester von einem anderen Clan einen Sklaven stahl, um ihn zu ihrem Mann zu machen, stahl die rechtmäßige Besitzerin des Mannes ihn nicht zurück, denn dies galt als unschicklich. Man gönnte der anderen den Sieg. Aber Augwynne wußte, daß Tannath die Nachtschwestern richtig einschätzte. Die Nachtschwestern würden dem Clan des Singenden Berges nicht einmal einen kleinen Sieg gönnen.

Schwester Shen, die ihrem Baby die Brust gab, blickte verängstigt auf. »Wir müssen unsere Flucht vorbereiten«, sagte die junge Frau. »Wir können die Kinder und die alten Männer evakuieren und zum Clan des Tobenden Flusses schicken. Wir sollten uns zurückziehen, wenn sie angreifen.«

»Und das Schiff den Nachtschwestern überlassen?« fragte Tannath.

»Ja«, erklärte eine andere. »Wenn Gethzerion den Planeten verläßt, sind wir sie los.«

»Für wie lange?« fragte Schwester Azbeth. »Sie träumt von Macht und Ruhm. Sie wird nicht vergessen, daß wir ihre Feinde sind. Nein, sie wird uns jagen, bis sie uns alle getötet hat. So würden wir nichts gewinnen. Nein, wir müssen gegen sie kämpfen.«

»Aber wenn wir fliehen…«, begann eine der Schwestern.

»Dann würden uns die Nachtschwestern nur verfolgen

und uns auf offenem Gelände angreifen, wo wir ihnen schutzlos ausgeliefert sind«, unterbrach Tannath. »Nein, wir müssen uns ihnen hier stellen, auf dem Singenden Berg, wo unsere Waffen und Befestigungsanlagen uns Vorteile verschaffen.«

»Schwestern, ihr redet von Krieg«, sagte eine Hexe vom Rand des Kreises.

»Haben wir denn eine Wahl?« fragte die alte Tannath.

»Aber ich fürchte, daß wir diesen Krieg nicht gewinnen können«, sagte Augwynne.

»Wenn wir nicht kämpfen, verlieren wir den Kampf auf jeden Fall«, erwiderte die Alte. »Ich für meinen Teil werde kämpfen. Wer macht mit?«

Die alte Hexe sah sich im Raum um, und die Clanschwestern waren so still, daß nicht einmal ihre Atemzüge zu hören waren. Augwynne musterte die starren Gesichter, die ausdruckslosen Augen der Frauen, und sie konnte erkennen, daß sie diese Entscheidung am liebsten nicht getroffen hätten. Es war eine Entscheidung, die sie schon zu lange vor sich hergeschoben hatten.

»Schwester Shen gab ihrem Säugling die andere Brust und sagte: »Ich mache mit.« Aus dem Hintergrund des Raums riefen zwei weitere Hexen: »Ich mache mit«, und ihre leisen Stimmen waren wie die ersten Steine, die eine Lawine ankündigten, denn plötzlich sprangen ein Dutzend Frauen auf die Beine und riefen: »Ich, ich mache mit!«

»Der Rat hat seine Entscheidung getroffen«, sagte Augwynne schließlich und bemühte sich vergeblich, ihre Erleichterung zu verbergen. Sie hatte gehofft, daß alle mitmachen würden, aber sie hatte sie nicht zum Märtyrertum zwingen wollen.

Stunden später wurde Han vom fernen Donnergrollen im Mondlicht und dem Geruch eines süßen Parfüms geweckt. Das Feuer im Kamin war erloschen. Leia stand im Mondlicht auf der breiten Brüstung des Balkons und sah ihn durch das offene Fenster an. Ihre lange Robe reichte bis zum Steinboden und ihre Haare schimmerten im Mondlicht.

»Han, komm her«, sagte sie. Ihre Stimme klang in dem stillen Raum unnatürlich laut und hallte in seinen Ohren, aber es war nicht unangenehm.

Sie legte einen Finger an ihre Lippen und sah an der steil abfallenden Felswand hinunter. »Komm«, flüsterte sie.

Han eilte nervös zu ihr. Leia wirkte so – ungezwungen, entspannt. Ganz anders als sonst. Er fragte sich, ob es nur an den im Dunkeln geweiteten Pupillen lag, daß ihre Augen so groß, so glänzend wirkten. Leia nahm seine Hand. Ihre kleinen Finger waren kalt und schwieliger, als er sie in Erinnerung hatte. Sie trat an den Rand der Brüstung. »Komm mit mir«, sagte sie etwas lauter. »Ich lasse dich nicht fallen.« Sie begann leise zu singen und sich hin und her zu wiegen, und es war, als würde sich eine warme Wolldecke über sein Bewußtsein senken und seine Gedanken verdunkeln. Sie machte einen weiteren Schritt und stand mitten in der Luft. Han hätte eigentlich verblüfft sein müssen, aber irgendwie kam es ihm völlig natürlich vor, daß Leia in der Luft stand. Er wollte ihr folgen, doch seine Kehle schnürte sich zusammen, sein Gesicht brannte und seine Knie zitterten.

»Hab' keine Angst«, flüsterte Leia. »Es ist nicht so tief, wie es aussieht. Ich werde nicht zulassen, daß dir etwas passiert.«

Neue Kraft schien in Hans Knie zu fließen, und das Brennen seiner Wangen und Ohren ließ nach. Er machte einen vorsichtigen Schritt.

Eine nur schemenhaft erkennbare, ganz in Tierhäute gekleidete Gestalt sprang aus der dunklen Türöffnung hinter ihm. Die Klinge eines Vibromessers zuckte durch die Luft und zerschnitt Leias Gesicht. Sie kreischte und stürzte, klammerte sich an Hans Handgelenk, zog ihn über den Rand.

Plötzlich begriff Han, in welcher Gefahr er war. Er riß sich instinktiv los, als Leia kreischend dem zweihundert Meter tiefen Felsboden entgegenstürzte.

Die schwarzgekleidete Gestalt zerrte Han von der Brüstung, zog einen Blaster und feuerte auf die Klippenwand. Erst jetzt bemerkte er die Frauen, die wie Spinnen an der steilen Felswand hingen. Alle sahen wie Leia aus. Han keuchte und verfolgte, wie sie kehrtmachten, nach unten krabbelten, dann sprangen und sicher auf dem Boden landeten. Andere Wächterinnen stürzten auf die Brüstungen und eröffneten das Feuer. Binnen Sekunden waren die Nachtschwestern verschwunden.

Die Frau, die ihn gerettet hatte, schlug ihre Kapuze zurück und stand keuchend in einer Wolke aus hellblauem Rauch und Ozon da, die von ihrem Blaster aufstieg. »Ich wußte, daß sie versuchen würden, dich zu entführen«, sagte Leia mit einem Seitenblick zu Han. Nur das gefährliche Feuer in ihren Augen und die Entschlossenheit, mit der sie ihren Blaster umklammerte, verriet ihm, daß sie die echte Prinzessin war. »Sie werden wiederkommen.«

* 17 *

Als Isolder am nächsten Morgen am Lagerfeuer saß und ein
Gelege Eidechseneier briet, hob er den Kopf zu den Höhlen-
wänden und betrachtete die primitiven Strichzeichnungen
der Frauen, die auf dem rauhen Stein tanzten. Der Rauch
über dem Feuer sammelte sich als bedrohlich wirkende blaue
Wolke unter der Höhlendecke. Draußen war die Sonne soeben aufgegangen, und durch die drahtigen Bäume schimmerten die ersten Sonnenstrahlen. Auf einem nahen Baum
blähte eine langgestreckte grüne Eidechse ihre Kehllappen
und gab spuckende Geräusche von sich.

Im hinteren Teil der Höhle regte sich Teneniel und stützte
sich auf einen Ellbogen. »Danke, daß du bei mir geblieben
bist«, sagte sie, während sie sich den Schlaf aus den Augen rieb.

»Keine Ursache«, wehrte Isolder ab.

»Du hättest weglaufen können«, sagte Teneniel leise.

Isolder nickte und blickte ins Feuer, um nicht die Dankbarkeit in ihren Augen sehen zu müssen. Teneniel wirkte nachdenklich. In der Ecke blitzten R2s Dioden plötzlich auf, als er
auf Wachmodus umschaltete. Der kleine Droide sah sich in
der Höhle um und pfiff und flötete.

Nach einem Moment übersetzte Teneniel: »Dein Metall-
freund will wissen, wo Luke ist.«

Ein Frösteln lief Isolder über den Rücken. Jedesmal, wenn
er sich umdrehte, schienen Luke oder Teneniel irgend etwas
Übernatürliches anzustellen. Bei ihrer ersten Begegnung am
Fluß hatte Teneniel um ihn herumgetanzt, lockend gesungen und ihm dann ein Seil präsentiert. Er hatte es für einen
merkwürdigen Brauch der Eingeborenen gehalten, und als
er nach dem Seil griff, hatte ihn das Ding angesprungen und
sich so schnell wie eine Schlange um seine Handgelenke ge-
wunden. Ehe er Zeit für einen Schrei fand, hatte ihm Teneniel einen Knebel in den Mund gestopft. Später am Nachmittag hatte er den verwüsteten Wald gesehen, wo sie gegen
Zsinjs Soldaten gekämpft hatte – die Bäume waren aller Blätter beraubt, die Borken abgeschält, selbst der Boden war aufgewühlt. Jetzt übersetzte sie sogar einen kybernetischen Kode. Die Gegenwart von Wesen mit solcher Macht flößte ihm
Unbehagen ein.

»Luke wollte die Wasserflaschen auffüllen. Er muß jeden

Moment zurückkommen. Wie lange brauchen wir noch bis zu deinem Clan?« Er drehte die Eier und hörte zu, wie sie zischten und prasselten.

Teneniel stand auf, schlüpfte in ihre Robe und trat ans Feuer. Isolder glaubte, sie würde sich hinsetzen, um sich aufzuwärmen, aber statt dessen beugte sie sich über ihn, nahm sein Kinn in ihre Hand und küßte zärtlich und forschend seine Lippen. Er war so überrascht, daß er nicht zurückwich. Auf Hapan hatte ihn noch keine Frau so behandelt: so zärtlich und gleichzeitig so fordernd. Die Frauen hatten immer respektvolle Distanz gehalten. Als der Kuß endete und sie zurücktrat, leckte sie ihre Lippen, wie um seinen Geschmack zu kosten. »Du bist sehr schön«, sagte sie. »Ich wünschte, du wärest wie Luke und nicht nur ein Gewöhnlicher.«

Isolder brauchte einen Moment, um das zu verdauen. Man hatte ihn noch nie zuvor als *Gewöhnlichen* bezeichnet, schließlich war er der Prinz der verbotenen Welten, aber angesichts ihrer Macht konnte er verstehen, warum sie so von ihm dachte. »Luke ist… ein guter Mensch – ein *großer* Mensch«, stimmte Isolder zu. »Kein Wunder, daß du ihn magst.«

»Die ganze Nacht habe ich von ihm geträumt«, sagte Teneniel. »Du könntest nie seinen Platz in meinem Herzen einnehmen.«

Isolder hielt dies für eine seltsame Bemerkung, doch plötzlich wurde ihm klar, daß hier mehr vorging, als er ahnte. In diesem Moment kam Luke herein. »Ich habe die Wasserflaschen gefüllt, und die Luft scheint rein zu sein. Machen wir uns auf den Weg.«

Isolder kratzte die zähen Spiegeleier aus der Pfanne und verteilte sie an Luke und Teneniel. Teneniel rümpfte angewidert die Nase, aber Luke sagte: »Sie sind sehr gut. Du solltest sie probieren.«

»Ich weiß zwar nicht, was ihr auf euren Welten eßt«, erklärte Teneniel, »aber offensichtlich habt ihr keine Ahnung vom Kochen.« Sie aß die Eier nicht.

Sie marschierten einen Kilometer durch den Wald und erreichten dann einen breiten Schotterweg, der nach Norden und Süden verlief. Teneniel führte sie vier Kilometer nach Süden und folgte dann einer besseren, parallel zu einem Fluß angelegten Straße nach Osten. Am Vormittag erreichten sie ein tiefes Tal, wo Nebel von den felsigen Bergflanken aufstieg. Teneniel führte sie einen gewundenen Steinpfad hinauf, der noch feucht vom nächtlichen Regen war. Sie nahm Isolders Hand und hielt sie für den Rest des Weges fest, als wäre er ein

Schuljunge, der in seinem Unverstand von der Klippe fallen könnte. Als sie den Kamm erreichten, glaubte er, unter sich ein Tal voller seltsam geformter Felsen zu sehen, aber als sie weiter in den Nebel marschierten, erkannte er, daß es in Wirklichkeit Hexen waren, dunkle Gestalten im weißen Nebel, die auf ihren Rancor ritten.

Isolder blieb stehen und starrte die Frauen mit ihren Helmen an, die überreich verzierten Mäntel und die glitzernden Tuniken aus schuppigem Leder. Lukes R2-Einheit begann ratternd zu rotieren und leise zu stöhnen. Teneniel verstärkte ihren Griff um Isolders Handgelenk und zog ihn mit sich, dicht gefolgt von Luke.

Als sie die monolithischen Reittiere passierten, begafften die Frauen Isolder und stießen laute, schrille Schreie aus, lächelten Teneniel an und lachten. Ihr Geschrei und Geplapper konnten nur eine Bedeutung haben – diese Frauen bejubelten ihn wie einen Stripper.

Teneniel führte sie zu einem Treppenabsatz und dann eine Treppe hinauf zu einer schartigen, zernarbten Felsenfestung. Offenbar erregte ihre Ankunft einiges Aufsehen, denn eine große Menschenmenge schloß sich ihnen an.

Aus der Festung trat eine alte Frau, die einen Stab aus vergoldetem Holz mit einem großen weißen Edelstein an der Spitze in der Hand hielt.

»Willkommen, Teneniel, Tochter meiner Tochter«, sagte die alte Frau. »Dein letzter Besuch liegt schon Monate zurück. Hast du gefunden, was du gesucht hast?«

»Ja, Großmutter«, sagte Teneniel, die noch immer Isolders Hand hielt. Sie sank auf ein Knie. »Ich habe bei dem alten Wrack am Rand der Wüste gejagt, geleitet von einer Vision, bis ich beinahe verzweifelte. Aber ich fing diesen Mann von den Sternen, und ich beanspruche ihn als meinen Gemahl.« Sie hob Isolders Hand. »Sein Name ist Isolder vom Planeten Hapan!«

Isolder war wie betäubt. Er riß seine Hand los und wich einen Schritt zurück, aber der Ring der Frauen zog sich enger um ihn, während sie vor Bewunderung gurrten. »All deine Schwestern sehen diesen Mann«, erklärte die alte Frau. »Zweifelt eine von euch Teneniels Besitzanspruch an?«

Teneniels angespannte Haltung verriet Isolder, daß dies ein gefährlicher Moment war. Die alte Frau musterte die Gesichter der Menge, und Isolder betrachtete ebenfalls die Kriegerinnen. Viele Mienen waren düster, drückten unverhohlenen Neid aus. Andere lächelten ihn kokett, verführerisch an.

»Ich zweifle ihn an!« rief Isolder, als niemand etwas sagte.

Die alte Frau wich einen Schritt zurück. »Willst du damit sagen, daß eine andere Schwester vom Singenden Berg deine Eigentümerin ist?«

»Er ist freiwillig mit mir gekommen!« sagte Teneniel. »Er hätte weglaufen können, aber er ist bei mir geblieben!« Ihre Stimme war so voller Schmerz und Verzweiflung, daß Isolder nicht wußte, was er darauf antworten sollte.

»Ich… ich wollte dir doch nur helfen!« sagte er und sah die alte Frau hilfesuchend an. »Sie war verletzt. Ich mußte mich doch um sie kümmern!«

Plötzlich trat Leia in einem Gewand aus glitzernden roten Schuppen aus dem steinernen Festungstor. »Isolder? Luke?« rief sie, und Isolder schlug das Herz bis zum Halse.

Er unterdrückte einen Schrei. Leia flog in seine Arme und drückte ihn an sich. »Geht es dir gut?« fragte Isolder.

»Ja«, sagte Leia. »Ich kann kaum fassen, daß du den ganzen Weg gekommen bist. Ich kann kaum fassen, daß du mich gefunden hast! Luke!« rief sie und umarmte den Jedi. Isolder starrte sie einen Moment verdutzt an. Er hatte nicht gewußt, daß die beiden sich so nahe standen.

Die alte Frau sagte zu Leia: »Kennst du diesen Mann? Ist er *dein* Sklave?«

»Nein, Augwynne«, erklärte Leia und löste sich von Luke und Isolder. »Er ist ein Freund. Wo wir herkommen, gibt es keine Sklaven.«

Augwynne dachte einen Moment nach. »Demnach hat ihn Teneniel rechtmäßig gefangengenommen. Er gehört ihr.«

»Isolder hat mir einmal das Leben…«, begann Leia, aber sie verstummte, als ihr Augwynne einen durchdringenden Blick zuwarf.

»Was?« fragte Augwynne. »Du willst, daß wir diesen Mann aus dem gleichen Grund freilassen wie Han Solo?«

»Wir wurden angegriffen«, sagte Leia. »Isolder rettete mich.«

Augwynne studierte Leias Gesicht und sagte skeptisch: »Du wirkst unsicher. Warum? Was ist los? Heraus mit der Wahrheit!«

»Es war ein kurzes Handgemenge«, antwortete Leia verlegen. »Ich bin mir nicht sicher, auf wen geschossen wurde.«

»Danke für deine ehrliche Antwort«, sagte Augwynne und tätschelte Isolders Hand.

Augwynne sah Luke an. »Was ist mit ihm?« fragte sie Teneniel. »Er sieht nicht schlecht aus. Willst du ihn zum Sklaven nehmen?«

Teneniel und Leia sagten gleichzeitig: »Er hat mir das Leben gerettet«, und Teneniel fügte hinzu: »Er ist ein Hexer, ein mächtiger Jedi. Er hat Nachtschwester Ocheron getötet.«

Bei diesen Worten zischten viele der Clanschwestern und wichen zurück. Sie musterten Luke skeptisch, und einige begannen in ihrer eigenen Sprache miteinander zu tuscheln. Ihre mißtrauischen Blicke, die finsteren Mienen und das Getuschel verrieten Isolder, daß hier mehr vor sich ging, als er ahnte. Es war fast so, als fänden sie Lukes Gegenwart... bedrohlich, entschied er. Die Frauen waren zweifellos beunruhigt.

Augwynne musterte Luke ausgiebig und schien ihn befragen zu wollen, aber nach einem Blick zu den anderen Frauen entschloß sie sich offenbar, es nicht in der Öffentlichkeit zu tun. Sie schüttelte ihren Kopf und lachte, gab sich enttäuscht. »Pah! Drei neue Männer im Dorf, und bloß einer von ihnen ist verfügbar – und selbst der nur mit Einschränkungen? Ich habe den Eindruck, daß jeder Mann dort oben auf den Sternen mindestens einmal Leias Leben gerettet haben muß. Mein ganzes Leben lang wollte ich zu den Sternen reisen – jetzt frage ich mich, wie es mir dort ergehen würde. Sage mir, Schwester Leia, versucht ständig jemand, dich zu töten?«

Isolder bemerkte den unbehaglichen Unterton in ihrer Stimme. Sie flehte Leia fast an, das Thema zu wechseln. »Nun, die letzten Jahre sind ziemlich stürmisch gewesen«, gab Leia zu.

»Vielleicht hast du eines Abends Zeit, dich zu uns ans Feuer zu setzen und deine Geschichte zu erzählen«, meinte Augwynne. »Aber jetzt muß ich eine Entscheidung treffen. Ich gebe diesen Mann Isolder in Teneniel Djos Obhut, auf daß er ihr als treuer Gatte dient.«

»Was?« rief Leia so laut, daß Isolder zusammenzuckte.

Augwynne flüsterte ihr gebieterisch ins Ohr: »Er gehört Teneniel. Sie hat ihn gejagt, sie hat ihn gefangengenommen, und sie ist sehr einsam.«

»Aber ihr könnt ihn nicht einfach zum Sklaven machen!« protestierte Leia.

Augwynne zuckte die Schultern und wies auf die anderen Frauen. »Natürlich können wir das. Jede Frau im Rat besitzt mindestens einen Mann.«

»Keine Angst«, sagte Teneniel beruhigend zu Leia, »ich werde ihn gut behandeln.«

»Luke«, drängte Leia. »Du mußt sie aufhalten! Du darfst nicht zulassen, daß sie das tun!«

Luke dachte einen Moment nach und zuckte dann die Schultern. »Du bist die Botschafterin der Neuen Republik. Du kennst das galaktische Recht besser als ich. Kümmere du dich darum.«

Leia schwieg für einen Augenblick und sah Luke und Isolder an. Isolder überlegte fieberhaft. Nach den Gesetzen der Neuen Republik oblagen die normalen Verwaltungsaufgaben eines jeden Planeten dem planetaren Gouverneur oder den regionalen Behörden, wenn es keinen planetaren Gouverneur gab. In diesem Fall war Augwynne die Vertreterin einer regionalen Regierung, und die Neue Republik konnte lediglich offiziellen Protest einlegen.

»Ich protestiere«, sagte Leia. »Ich protestiere energisch gegen diese Entscheidung!«

»Was soll das heißen?« fragte Augwynne. »Willst du damit Teneniel Djos Besitzanspruch anfechten und gegen sie kämpfen?«

Isolder sah Leia an und schüttelte abwehrend den Kopf. »Kämpfen?« wiederholte Leia. »Meinst du damit, bis zum Tod, oder was?«

»Vielleicht«, sagte Augwynne kopfschüttelnd. »Es wäre klüger von dir, ihn zu kaufen...«

Luke schüttelte den Kopf und sagte: »Keine Angst, Leia, es ist schon in Ordnung.«

Leia wartete lange Zeit und sagte schließlich: »Teneniel Djo, ich möchte diesen Diener kaufen. Was verlangst du für ihn?«

Teneniel sah sich um, und Isolder wurde plötzlich klar, daß es vielleicht noch mehrere Interessentinnen gab.

»Er ist nicht zu verkaufen – noch nicht«, erklärte Teneniel.

Leia sah Isolder an. »Es tut mir leid«, murmelte sie.

Teneniel nahm Isolders Hand, blickte zu ihm auf, und ihre Augen schimmerten in einem seltsamen Kupferton, den Isolder auf Hapan nie gesehen hatte. Isolder ließ sie seine Hand halten, und es fühlte sich nicht unangenehm an. Das allein war schon merkwürdig genug. Alles in ihm, seine ganze Erziehung, schrie danach, sich gegen diese barbarischen Bräuche zu wehren, aber auf einer tiefen Ebene fürchtete er Teneniel nicht, sondern vertraute ihr rückhaltlos.

Luke nahm Leia tröstend in die Arme, und R2 rollte näher, damit sie sein Sensorfenster streicheln konnte. »Also«, sagte Luke, »wo sind Han und Chewie? Ich dachte, sie wären bei euch.«

»Sie müßten bald nach unten kommen«, antwortete Leia. »Die Schwestern haben heute morgen den *Falken* hergeschafft. Han überprüft im Moment die Schäden. Er ist beim Absturz ziemlich übel zugerichtet worden, aber wie es aussieht, ist er unsere einzige Möglichkeit, den Planeten zu verlassen. Was ist mit deinem Schiff?« Leias Stimme hatte einen warnenden Unterton, als sie nach seinem Schiff fragte.

»Es ist ein Wrack, nicht mehr zu gebrauchen«, sagte Luke, aber Isolder bemerkte, daß der Jedi nicht den intakten anderen Jäger erwähnte. Er würde diese unausgesprochene Warnung beherzigen. Während sie sich unterhielten, war der Nebel an den Bergen hinaufgestiegen und hing jetzt eine Armeslänge über ihren Köpfen, wie eine himmlische Decke.

Isolder spürte eine Berührung an seinem Hinterteil und fuhr herum. Die Hexen drängten sich um ihn, preßten sich an seinen Rücken. Im ersten Moment glaubte er, daß sie versuchten, einen besseren Blick auf Leia zu erhaschen, aber plötzlich wurde ihm klar, daß es ihnen nicht um Leia oder Augwynne ging, sondern um ihn. Eine junge Hexe streichelte seine Hüfte und flüsterte verführerisch: »Ich bin Ooya. Soll ich dir zeigen, wo ich schlafe?«

»Ich denke, wir unterhalten uns drinnen weiter«, sagte Leia zu Teneniel. Mit der linken Hand ergriff sie den Arm der Hexe, mit der rechten Isolders und zog sie mit sich. »Kommt, suchen wir nach Han«, erklärte sie und warf den anderen Hexen einen Blick über die Schulter zu. Isolder wurde bewußt, wie sehr Leias Griff Teneniels ähnelte. Sie war erst seit zwei Tagen auf dem Planeten, aber bereits jetzt ahmte sie die Körpersprache der Hexen nach – hielt den Kopf hoch, bewegte sich mit energischen und gleichzeitig anmutigen Schritten. Noch eine Woche, dachte er, und sie würde sich in den Clan eingefügt haben, als wäre sie hier geboren worden. Nur eine erfahrene und äußerst fähige Diplomatin war dazu in der Lage.

Sie gingen zur Festung, und obwohl ihnen die meisten Hexen nicht folgten, begannen einige der Frauen zu jubeln und verführerische, gurrende Laute von sich zu geben. Isolder spürte, wie ihm das Blut ins Gesicht stieg.

Als sie durch das Tor der Festung traten, berührte Augwynne kurz seinen Arm und bedeutete ihm und Luke, stehenzubleiben. »Gehen Sie zu Ihren Freunden«, sagte sie zu Luke, »aber kommen Sie sofort danach zu mir. Ihre Ankunft hier ist kein Zufall.«

Leia führte sie durch ein Labyrinth aus Steingängen und

sechs Treppen hinauf, dann durch einen breiten Korridor und in eine riesige, höhlenähnliche Halle. Der *Falke* füllte den Raum fast vollständig aus. Isolder konnte keine große Öffnung erkennen, keine Möglichkeit, das Schiff hereinzuschaffen.

Er musterte für einen Moment die Wände und bemerkte auf der gegenüberliegenden Seite mehrere mächtige Steinblöcke, die Risse aufwiesen. Was bedeutete, daß die Hexen irgendwie ein Loch in die Wand gebrochen, den *Falken* im Schutz des Nebels zweihundert Meter senkrecht durch die Luft transportiert, in der Halle abgesetzt und dann die Wand wieder zugemauert hatten.

Einer der Scheinwerfer des *Falken* erhellte den Raum; außerdem leuchteten die Positionslampen des Schiffes. Offenbar hatte Han keine Angst, daß die energetischen Emissionen aus dem Orbit entdeckt wurden. Wahrscheinlich, dachte Isolder, schirmte der massive Fels die Streustrahlung ab. Und je mehr er darüber nachdachte, desto seltsamer – und künstlicher – kam ihm der Nebel vor, der diesen Berg umhüllte. In Anbetracht der primitiven Eisenzeittechnologie dieses Planeten erschienen ihm all diese Leistungen unmöglich, aber Isolder wollte auch gar nicht wissen, wie die Frauen das alles vollbracht hatten.

Sie betraten über die Rampe den *Falken* und trafen Han und Chewbacca im Cockpit an, wo sie die Diagnoseprogramme laufen ließen. Ein Protokolldroide werkelte an den Hauptgeneratoren herum und baute durchgebrannte Schaltkreise aus.

»Han!« rief Luke, als sie das Cockpit betraten, aber Han reagierte nicht auf die herzliche Begrüßung; statt dessen wandte er sich wieder seinem Computer zu, und Isolder erkannte, daß sich Han schuldig fühlte und nicht wagte, Luke anzusehen.

»Du hast uns also gefunden, Kleiner. Nun, ich dachte mir schon, daß es nur eine Frage der Zeit sein würde. Wir sitzen hier ziemlich in der Klemme. Hast du vielleicht zufällig ein paar Ersatzteile mitgebracht?«

»Was ist eigentlich los mit dir, Han?« fragte Luke. Der Wookiee trat näher und klopfte dem Jedi mit einem freundlichen Knurren auf die Schulter. »Du entführst Leia, verschleppst sie durch die halbe Galaxis, und dann tust du so, als wäre nichts passiert.«

Han drehte sich mit seinem Pilotensitz herum, blickte auf und lächelte so beherrscht, als müßte er losschreien, wenn er nicht lächelte. »Nun, sieh mal, es kam so: Ich habe in einem Kartenspiel einen Planeten gewonnen und wollte ihn mir anschauen. Die Frau, die ich liebe, wollte mit einem anderen Mann durchbrennen, und so habe ich sie überzeugt, mit mir einen kleinen Ausflug zu machen. Aber als wir hier ankamen, war der Weltraum voller Kriegsschiffe, die auf mich schossen – denn niemand machte sich die Mühe, mich zu warnen, daß der Planet gesperrt ist –, und nach unserem Absturz entbrannte zwischen einer Horde Hexen ein Krieg um das Wrack meines Schiffes. Ich schätze, du bist hier, um mir Vorwürfe zu machen oder mich zu verhaften oder sogar zusammenzuschlagen. Übrigens, wie war deine Woche?«

»Auch nicht viel anders«, sagte Luke. Er schwieg einen Moment und musterte das Kontrollpult. »Was ist mit deinem Schiff?«

»Nun«, seufzte Han, »wir haben unsere Vibrofeldgeneratoren ruiniert, das Hauptsensorfenster zerstört, den Astrogationscomputer zum Durchbrennen gebracht und rund zweitausend Liter Kühlflüssigkeit aus dem Hauptreaktor verloren.«

»Ich habe R2 mitgebracht«, sagte Luke lahm. »Er kann das Schiff navigieren.« Luke warf Isolder einen Blick zu, als wollte er ihn zum Reden ermuntern. Isolder erkannte, daß jetzt nicht der richtige Zeitpunkt für Vorwürfe oder eine Schlägerei war. Im Moment mußten sie zusammenarbeiten. Allerdings konnte er sich nur mit Mühe davon abhalten, mit den Fäusten auf Han Solo loszugehen.

»Ich bin mit einem Jäger gekommen«, erklärte er, und Teneniel nahm seine Hand. Isolder wollte nicht laut darüber reden, und er sah sich vorsichtig um. Keine der anderen Hexen war ihnen ins Schiff gefolgt.

»Sie haben ein funktionierendes Schiff auf diesem Planeten?« fragte Han. »Wie viele Personen passen hinein?«

Isolder zögerte mit der Antwort. Würde Han versuchen, das Schiff zu stehlen und Leia mitzunehmen, wenn er behauptete, daß es ein zweisitziger Jäger war? »Zwei.«

Luke sah Isolder neugierig an, und Han atmete erleichtert auf. »Ich möchte, daß Sie Leia nehmen und von hier wegbringen, und zwar sofort!« sagte Han. »Es gibt hier einen Haufen Leute, die für diesen Jäger töten würden, und glauben Sie mir, es ist kein Vergnügen, denen zu begegnen!«

»Er hat dich nur getestet«, wandte sich Luke ruhig an Han. »Sein Jäger faßt nur eine Person, und wir sind den Nachtschwestern bereits begegnet.« Hans Gesicht verdüsterte sich vor Zorn, und in seine Augen trat ein verzweifelter, gehetzter Ausdruck.

»Sie haben den Test bestanden, General Solo«, sagte Isolder.

»Wir stecken hier in ernsten Schwierigkeiten«, warnte Han Isolder. »Also machen Sie mich ja nicht an!«

Isolder gefiel Hans Tonfall nicht. »Sie haben Glück, daß ich Sie nicht noch mehr anmache«, konterte er. »Am liebsten würde ich Ihnen für das, was Sie getan haben, eins aufs Maul geben. Sie können sich glücklich schätzen, wenn ich's nicht doch noch tue.«

Luke sah Isolder abschätzend an.

»Versuchen Sie's doch«, forderte Han, »wenn Sie glauben, Sie könnten mich schaffen.«

Isolder warf Chewbacca einen Blick zu. Wookiees waren auf Nahkampf spezialisiert, und wenn ein Wookiee einen Gegner entwaffnete, war der Gegner im wahrsten Sinne des Wortes *entwaffnet*. Und wenn er dann immer noch nicht aufgab, riß ihm der Wookiee auch noch die Beine aus. Isolder wollte sichergehen, daß sich der Wookiee nicht in die Auseinandersetzung einmischte. Chewbacca zuckte die Schultern und winselte etwas in seiner eigenen Sprache.

»Schluß jetzt«, mischte sich Leia ein. »Wir haben hier schon genug Probleme, auch ohne daß ihr beide euch schlagt. Isolder, ich bin freiwillig mit Han hierhergekommen... zumindest teilweise. Er bat mich als Freund, ihn zu begleiten, und ich sagte zu.«

Isolder starrte sie ungläubig an. Was ging hier vor? Er hatte die Videoaufnahmen der angeblichen Entführung gesehen, aber er konnte Leia unmöglich eine Lügnerin nennen.

»Äh«, sagte er verlegen. »General Solo, ich denke, ich muß mich bei Ihnen entschuldigen.«

»Großartig«, nickte Han. »Also machen wir uns wieder an die Arbeit. Wie wäre es als Einstieg mit einem Vorschlag, wie wir am schnellsten von hier verschwinden können?«

»Meine Flotte ist bereits unterwegs«, erwiderte Isolder. »Sie müßte in sieben oder acht Tagen hier eintreffen.«

»Wenn Sie Flotte sagen«, knurrte Han, »von welcher Größe ist dann die Rede?«

»Es sind rund achtzig Zerstörer.«

Han fiel die Kinnlade nach unten, aber Leia warf ein: »Sieben Tage ist nicht schnell genug. Wenn Augwynne recht hat, werden die Nachtschwestern in drei Tagen angreifen.«

Isolder legte seinen Arm um Leia. »Mein Astrogationsdroide kann das Schiff steuern. Wir könnten Leia nach Hause schicken.«

»Nein«, widersprach Leia. »Ich werde ohne euch nicht gehen. Han – wenn du alle nötigen Ersatzteile hättest, wie lange würdest du brauchen, dieses Schiff zu reparieren?«

Han überlegte. Das Leck am Reaktor abzudichten, aus dem die Kühlflüssigkeit sickerte, würde wahrscheinlich nur ein paar Minuten dauern. Die Flüssigkeit konnte man sogar während des Fluges nachfüllen. Die R2-Einheit war in der Lage, sofort die Navigation zu übernehmen. Die Installation neuer Vibrofeldgeneratoren würde etwa zwei Stunden kosten. Am einfachsten ließ sich ein neues Sensorfenster anbringen – in zwei Stunden, wenn alle halfen und sich beeilten.

»Zwei Stunden«, antwortete Han.

»Ich schlage vor, wir schlachten Isolders Schiff aus«, sagte Leia, »reparieren den *Falken* und verschwinden von hier.«

Isolder sah sich skeptisch im *Falken* um. Im Vergleich zu seinem Jäger war er ein großes Schiff – viermal so lang. Einschließlich der zusätzlichen Schilde und Laderäume mußte er die vierzigfache Masse haben. »Was für ein Vibrofeldgeneratormodell benutzen Sie?« fragte Isolder.

»Ich habe vier Nordoxicon-Achtunddreißig. Alle sind defekt. Und Sie?«

»Drei Taibolt-Zwölf.«

Chewbacca brüllte etwas.

»Ja, eine schöne Pleite«, gab Han zu. »Was ist mit Ihrem Sensorfenster?«

»Nullkommasechs Meter Durchmesser.«

»Das ist etwas zu klein für uns.« Han schnitt eine Grimasse. »Aber im Notfall könnten wir den Rahmen verkleinern, obwohl es die Sensorleistung etwas reduzieren wird.«

»Ja, das könnte funktionieren«, nickte Isolder. »Aber wo bekommen wir einen Feldgenerator her, der groß genug ist?«

»Könnten wir nicht ohne fliegen, Sir?« fragte 3PO.

»Zu gefährlich«, wehrte Han ab. »Wir müssen nicht nur mit Raketenangriffen rechnen, sondern uns auch vor Mikrometeoriten schützen. Wenn einer die Sensorschüsseln durchschlägt, könnte er eine Menge wichtige Instrumente zerstören.«

»Vielleicht gibt es im Gefängnis irgendwelche Feldgeneratoren«, sagte Han. »Eine gepanzerte Geschützstellung, ein Schiffswrack, irgend etwas. Ich werde hingehen und mich umsehen müssen.«

»Wenn wir tatsächlich Generatoren finden, sind allein vier Mann nötig, um sie auszubauen, und wir brauchen außerdem jemanden, der uns Rückendeckung gibt. Dann ist da noch das Problem des Transports. Wir reden hier von fast zwei metrischen Tonnen Ausrüstung.«

»Über den Transport können wir uns den Kopf zerbrechen, wenn wir das Zeug haben«, sagte Han. »Im Gefängnis wird es bestimmt ein paar Antigravschlitten geben.«

»Ich mache mit«, sagte Luke.

»Ich auch«, fügte Leia hinzu.

Isolder überlegte einen Moment. Es würde ihnen nicht gelingen, den Wookiee in die Stadt zu schmuggeln. Wahrscheinlich hatte außer den Soldaten noch nie jemand auf diesem Planeten einen gesehen. Dasselbe traf auf 3PO zu. Blieben also nur noch sie vier. Ihm gefiel der Gedanke nicht, daß Leia ihr Leben riskierte, aber sie hatten keine andere Wahl. Er sah Teneniel bittend an. Die Hexe wirkte verängstigt, gleichzeitig aber auch entschlossen.

»Ich führe euch zum Gefängnis«, sagte Teneniel. »Aber ich bin noch nie drinnen gewesen. Ich weiß nicht, wonach ihr sucht, und ich weiß nicht, wo man es finden kann.«

»Ist eine von deinen Clanschwestern schon einmal im Gefängnis gewesen?« fragte Leia.

Teneniel zuckte die Schultern. »In solchen Dingen weiß Augwynne besser Bescheid als ich. Wartet, ich hole sie.« Teneniel verschwand und kehrte ein paar Minuten später mit der älteren Frau zurück.

»Keine von unserem Clan ist je im Gefängnis gewesen«, erklärte Augwynne, »nur die Nachtschwestern.« Sie schwieg für einen langen Moment.

»Was ist mit Schwester Barukka?« fragte Teneniel zögernd. »Ich habe gehört, daß sie eine Verlorene geworden ist.«

Augwynne zögerte lange Zeit und sah dann Leia an. »Es gibt da eine Frau aus unserem Clan, die sich den Nachtschwestern angeschlossen, sich aber vor kurzem von ihnen losgesagt hat – zu einem hohen Preis. Sie lebt jetzt allein als Verlorene und hat um die Wiederaufnahme in unseren Clan gebeten. Vielleicht könnte sie euch führen und euch zeigen, wo ihr finden könnt, wonach ihr sucht.«

»Du scheinst sie nur widerwillig zu empfehlen«, stellte Leia fest. »Warum?«

Augwynne antwortete leise: »Sie kämpft um ihre Läuterung. Sie hat unaussprechliche Greueltaten begangen, die tiefe Narben hinterlassen haben. Sie ist eine Verlorene. Solche Leute sind... nicht vertrauenswürdig, unzuverlässig.«

»Aber sie ist im Gefängnis gewesen?« fragte Han.

»Ja«, nickte Augwynne.

»Wo ist sie jetzt?«

»Barukka lebt in einer Höhle namens Fluß der Steine. Eine von unseren Kriegerinnen kann euch hinführen.«

»Ich bringe sie hin, Großmutter«, erbot sich Teneniel und legte Augwynne eine Hand auf die Schulter. »Vielleicht könntest du sie zum Kriegsraum begleiten und ihnen eine Mahlzeit servieren. Du könntest ihnen auf der Karte den Weg zeigen. Ich sorge dafür, daß ein paar Kinder die Rancor satteln.« Sie ergriff Isolders Hand. »Komm bitte mit mir«, sagte sie. »Ich muß mit dir reden.« Sie zog ihn mit sich hinaus.

Sie führte ihn die Treppe hinunter und durch ein Labyrinth von Korridoren, blieb einmal stehen, um einen Krug Wasser zu nehmen, und geleitete ihn in eine kleine Kammer mit einer einzigen Schlafmatte und einer Truhe. An einer Wand hing ein großer Spiegel aus Silber, darunter war ein Waschbecken angebracht. »Das war früher mein Zimmer, als ich noch hier beim Clan des Singenden Berges gelebt habe«, erklärte Teneniel. Sie öffnete die Truhe und nahm je eine weiche Tunika aus rotem und grünem Eidechsenleder heraus. Sie hielt sie hoch. »Welche davon würde Luke an mir am besten gefallen?«

Isolder wagte nicht, ihr zu sagen, daß ihm allein die Vorstellung, Eidechsenleder zu tragen, barbarisch erschien. »Die grüne paßt besser zu deinen Augen.«

Sie nickte, schlüpfte ohne Scham aus ihrer zerrissenen und verschmutzten Tunika, zog die Stiefel aus und betrachtete sich im Spiegel, während sie nach einem Lappen griff und sich gründlich wusch. Isolder schluckte hart. Er wußte, daß die Bewohner anderer Planeten auch andere Moralvorstellungen hatten, und die selbstverständliche Art, mit der sich Teneniel wusch, schien darauf hinzudeuten, daß sie tatsächlich nicht versuchte, ihn zu verführen.

»Weißt du, ich verstehe eure Bräuche nicht«, sagte Teneniel. »Gestern morgen, als ich dich gefangennahm, dachte ich, du würdest mich begehren, und der Gedanke schmeichelte mir. Du hättest fliehen können, aber statt dessen hast du das Fangseil freiwillig genommen. Ich wußte, daß du gekommen bist, um dir eine Frau zu suchen. Ich konnte das spüren.« Sie runzelte die Stirn und warf ihm einen Blick

195

über die Schulter zu. »Aber jetzt weiß ich, daß du diese Leia willst.«

»Ja«, sagte Isolder und betrachtete ihre kräftige Nackenmuskulatur. Teneniel war nach hapanischen Maßstäben keine schöne Frau – sie war sogar eher durchschnittlich –, aber Isolder fand ihre Muskeln faszinierend. Sie war eine richtige Athletin. Er war auf Hapan nur wenigen Frauen mit einer derartigen Figur begegnet – sie hatte weder die kompakten, fleischigen Muskeln einer Bodybuilderin, noch den hager durchtrainierten Körper einer Läuferin oder Schwimmerin. Sie war irgendwo dazwischen. Er fragte: »Kletterst du gern?«

Teneniel lächelte ihn an. »Ja«, nickte sie. »Du auch?«

»Ich habe es noch nie versucht.«

Teneniel trocknete sich ab, zog eine frische Tunika an, warf ihre langen Haare zurück und kämmte die dicken Locken aus. »Ich liebe es, auf Felsen herumzuklettern«, sagte Teneniel, »und ganz verschwitzt zu werden. Wenn man dann den Berggipfel erreicht und das Wetter schön ist, kann man sich ausziehen und im Schnee baden.«

Isolder befeuchtete seine Lippen. Obwohl er sich zu dem Mädchen eigentlich nicht hingezogen fühlte, würde er heute nacht schon sehr müde sein müssen, um nicht von ihr zu träumen. »Das kann ich mir vorstellen.«

Als sie mit dem Kämmen fertig war, streifte sie ein Stirnband aus blütenweißem Stoff über, drehte sich zu ihm um und lächelte. »Isolder, ich hätte dir am liebsten sofort deine Freiheit geschenkt, aber dann hätte dich eine der anderen Clanschwestern gefangengenommen. Deshalb ist es das Beste, wenn du bis zu deiner Abreise offiziell mein Besitz bleibst, ich dir aber alle Freiheiten gewähre.«

Isolder wußte, daß sie versuchte, freundlich zu sein. »Du bist sehr großzügig.«

Sie hauchte ihm einen Kuß auf die Stirn, nahm wieder seine Hand und führte ihn hinunter in den Kriegsraum.

Leia und die anderen standen um eine große, aus Ton geformte und bemalte Karte. Eine Clanschwester zeigte ihnen einen Weg durch die Berglandschaft, eine Route fernab von den Hauptverkehrsstraßen, die wahrscheinlich von Gethzerions Spionen überwacht wurden. Der Weg führte durch hundertvierzig Kilometer gebirgiges und dschungelbewachsenes Terrain zum Rand der Wüste, wo das Gefängnis lag. Nur die kräftigsten Rancor waren in der Lage, einen derartigen Marsch in nur drei Tagen zurückzulegen.

196

Isolder sah Leia forschend an und fragte sich, ob wirklich alles in Ordnung mit ihr war, ob Han sie nun entführt hatte oder nicht. Sie schien weder wütend auf Han zu sein, noch Angst vor ihm zu haben. Aber Isolder konnte sich beim besten Willen nicht vorstellen, daß sie aus einer Laune heraus einfach mit ihm durchgebrannt war. Er schwor sich im stillen, sie zurückzugewinnen, sollte sie sich für Han entschieden haben. Er schlenderte zu ihr und ergriff ihre Hand. Leia lächelte ihn liebevoll an, und in den ganzen zehn Minuten, in denen sie dort standen, während die Hexe ihnen ihre Route zeigte, hatte er nur Augen für den Schwung von Leias Nacken, die Farbe ihrer Augen, das Schimmern ihres Haares.

Nach dem Essen führte Augwynne Luke und Isolder in ein Nebenzimmer, wo eine zahnlose Vettel mit flusigen weißen Haaren in eine Decke gehüllt auf einem kissengepolsterten Steinblock saß und schnarchte. Zwei ältere Frauen waren bei ihr.

»Mutter Rell«, flüsterte Augwynne der Vettel zu und schüttelte leicht ihre Schulter. »Wir haben zwei Besucher, die dich kennenlernen möchten.«

Rell öffnete die Augen und blinzelte Luke an. Ihre lederige Haut war von purpurnen Altersflecken übersät, und ihre Augen schimmerten wie braune Teiche. Sanft ergriff sie Lukes Hand. »Sie sind Luke Skywalker«, lächelte die Vettel, »der vor all den Jahren die Jedi-Akademie gegründet hat.« Luke zuckte zusammen, denn niemand hatte der Vettel seinen Namen verraten. »Was machen Ihre Frau und Ihre Kinder? Geht es ihnen gut?«

»Uns allen geht es gut«, stotterte Luke. Isolders feine Nakkenhärchen richteten sich auf. Er hatte das seltsame Gefühl, in blendendes Licht zu blicken.

Die Vettel lächelte wissend und nickte. »Gut, gut. Gesundheit ist das Wichtigste. Haben Sie Master Yoda in der letzten Zeit gesehen? Wie geht es diesem alten Charmeur?«

»Ich habe ihn schon lange nicht mehr gesehen«, antwortete Luke. Rell ließ seine Hand los, ihre Augen wurden trüb. Sie schien zu vergessen, daß Luke vor ihr stand.

Augwynne richtete ihre Aufmerksamkeit auf Isolder. »Luke hat einen Freund mitgebracht, der dich kennenlernen möchte«, sagte Augwynne und legte die Spinnenfinger der alten Frau in Isolders Hand.

»Oh, es ist Prinz Isolder«, sagte die alte Frau und beugte sich näher, um ihn zu betrachten. »Aber ich dachte, Gethzerion hätte Sie getötet? Wenn Sie leben, dann…« Sie studierte ihn einen Moment, dann verdüsterte sich ihr Gesicht, als sie plötzlich verstand, und sie blickte zu Augwynne auf. »Ich habe wieder geträumt, nicht wahr? Welches Jahrhundert haben wir?«

»Ja, Mutter, du hast wieder geträumt«, antwortete Augwynne besänftigend und streichelte Rells Hand, aber Rell wollte Isolders Hand nicht loslassen. Ihre Augen verschleierten sich.

»Mutter Rell ist fast dreihundert Jahre alt«, erklärte Augwynne, »aber ihr Geist ist so stark, daß er ihren Körper nicht sterben läßt. Als ich ein Kind war, hat sie mir oft erzählt, daß eines Tages ein Jedi-Meister mit seinem Schüler kommen wird, und wenn dies geschieht, sollte ich sie sofort zu ihr bringen. Sie sagte, sie hätte eine Botschaft für Sie, aber sie ist im Moment nicht bei klarem Verstand. Es tut mir leid.«

Augwynne wirkte nervös, angespannt, und sie versuchte, Isolders Hand aus dem Griff der alten Frau zu lösen. Rell lächelte sie an, während ihr weißhaariger Kopf wie betrunken hin und her wackelte. »Es war schön, daß Sie mich besucht haben«, sagte Rell zu Isolder. »Kommen Sie doch wieder. Sie sind so ein nettes junges Mädchen oder Junge oder was auch immer…«

Augwynne brachte die alte Frau dazu, Isolders Hand loszulassen, und führte die Männer aus dem Raum, drängte sie zur Eile.

»Sie sieht in die Zukunft, nicht wahr?« fragte Luke und befeuchtete seine Lippen.

Augwynne nickte mechanisch, und Isolder wurde äußerst unbehaglich zumute, denn wenn die alte Frau recht hatte, würde ihn Gethzerion im Lauf der nächsten Tage töten. »Manchmal verliert sie sich in ihr, wie sie sich oft in der Vergangenheit verliert«, erklärte Augwynne.

»Was hat sie sonst noch über mich gesagt?« fragte Luke.

»Sie sagte, daß sie nach Ihrer Ankunft endlich sterben kann«, erwiderte Augwynne leise. »Und sie sagte, daß Ihre Ankunft das Ende der Welt einläuten wird.«

»Was hat sie damit gemeint?« fragte Luke, aber Augwynne schüttelte nur den Kopf und ging zum Kamin. Ihr Diener füllte etwas Suppe in ihren Teller. Luke mußte die Furcht in Isolders Gesicht gesehen haben, denn er legte ihm die Hand auf den Rücken.

»Keine Angst«, sagte Luke. »Was Rell sah, ist nur eine mögliche Zukunft. Nichts ist vorherbestimmt. Nichts ist vorherbestimmt.«

* 18 *

Nach dem Essen führte Teneniel die Gruppe zu ihren Reittieren. Obwohl die Mittagssonne nicht besonders warm war, badeten die Rancor in den Teichen am Fuß der Festung und wateten am Grund hin und her, so daß nur ihre Nüstern zu sehen waren.

Einige der Dorfjungen schrien den Rancor Befehle zu, und bald kamen vier aus dem Wasser heraus. Die Jungen legten den Rancor die schweren Brustpanzer aus Knochen, Stahlplatten und Whuffahaut an. Als sie damit fertig waren, kletterten die Jungen auf die knochigen Schädelwülste und zogen die Sättel herauf. Die Sättel wurden in einer flachen Vertiefung unmittelbar hinter den Knochenwülsten angebracht und mit Seilen an den Fangzähnen und den Knochendornen der Schädeldecke befestigt. Jedes Tier erhielt zwei Sättel.

Leia entschied sich für eine alte Mähre, ein Leittier namens Tosh, auf deren warziger brauner Haut hellgrüne Flechten und Moos wuchsen. Han half ihr auf die knotigen Arme der Rancorin, dann kletterte sie aus eigener Kraft auf die Schulter und schwang sich in den Sattel. Anschließend wuchtete Han zusammen mit Isolder und Luke die Droiden auf ihre Reittiere und band sie fest. Es war riskant, die Droiden mitzunehmen, aber sie brauchten R2s Sensoren.

Als sie damit fertig waren, bestiegen Teneniel und Chewbacca ihre Reittiere. Han trat zu Leias Rancor und wollte schon hinaufklettern, als Luke auf ihn zu eilte.

»Hör mal, Han«, sagte Luke leise, »ich, äh, wollte eigentlich mit Leia reiten. Ich habe sie schon lange nicht mehr gesehen und würde gern ein paar Dinge mit ihr besprechen.« Leia spürte Lukes ungewöhnlich starke Nervosität. »Nichts da, Alter«, wehrte Han ab. »Sie gehört mir. Warum reitest du nicht mit ihr?« Er nickte Teneniel zu. »Ein Blinder kann erkennen, daß sie scharf auf dich ist.«

»Sie?« fragte Luke. »Das kann ich mir gar nicht vorstellen.« Luke wurde rot, und Leia verstand plötzlich: Luke war hin und her gerissen. Er mochte das Mädchen, aber er wollte sich nicht zu eng mit ihr einlassen.

»Du kannst mir doch nicht erzählen, daß sie dir nicht gefällt«, sagte Han. »Ich meine, bei dieser Frau ist alles an den richtigen Stellen.«

»Ja, das ist mir aufgefallen«, lächelte Luke matt.

»Und weiter? Soll das etwa heißen, daß du sie nicht willst?« fragte Han ungläubig.

»Wir kommen eben aus zu unterschiedlichen Kulturen«, erklärte Luke.

»Aber ihr habt doch so vieles gemeinsam. Ihr beide stammt von komischen kleinen Hinterwäldlerplaneten. Ihr beide habt außergewöhnliche Fähigkeiten. Du bist ein Mann, und sie ist eine Frau. Was verlangst du mehr? Glaube mir, Alter, ich an deiner Stelle würde einfach zu ihr gehen und sie fragen, ob sie auf meinem Rancor reiten möchte.«

»Ich weiß nicht«, meinte Luke. Leia spürte, wie ein Teil der Spannung von ihm abfiel. Han hatte Luke schon fast überredet.

»Okay, wenn du sie nicht fragen willst, ob sie mit dir reitet, dann sollte ich sie vielleicht fragen, ob sie mit mir reitet«, sagte Han und sah zu Leia hinauf.

»Oh, was für ein alberner Versuch, mich eifersüchtig zu machen«, fauchte Leia. »Aber es wird nicht funktionieren.«

»He«, rief Han, »*ich* bin hier der verschmähte Liebhaber. Wenn du mit Seiner Hoheit Prinz Isolder reiten willst – in Ordnung, das ist dein gutes Recht.« Er wies auf Isolder, der neben Teneniels Rancor stand. »Es wird dich dann auch bestimmt nicht stören, wenn ich mich in der Zwischenzeit von einer hübschen jungen Dame trösten lasse.«

»Es stört mich auch nicht… zumindest nicht sehr«, sagte Leia. »Aber nicht wegen dir. Ich will nur nicht, daß du eine andere Frau auf diese Weise benutzt!«

»Ich?« sagte Han und breitete fassungslos die Arme aus. Er drehte sich zu Teneniel um, aber Luke bestieg bereits den Rancor und setzte sich neben sie. Isolder war um Leias Reittier geschlichen, kletterte nun geschwind hinauf und schwang sich in den Sattel neben Leia.

»Pech gehabt, General Solo«, sagte Isolder und tätschelte Leias Knie. »Sieht so aus, als müßten Sie mit Ihrem haarigen Wookiee-Freund reiten. Aber das wird Sie wohl kaum stören, schließlich verstehen Sie sich bestens mit ihm.«

Han funkelte Isolder an. Leia gefiel der Ausdruck in seinen Augen ganz und gar nicht. Das Verhältnis zwischen den beiden sollte sich auch im Lauf des Tages nicht bessern.

Um unbemerkt den Singenden Berg zu verlassen, mußten die Rancor eine hundert Meter tiefe Klippe hinunterklettern. Der Ritt auf den Ungeheuern erwies sich in vielerlei Hinsicht als Tortur – wenn sie sich umschauten, dann drehten, hoben oder senkten sie so ruckartig die Köpfe, daß die Reiter heftig durchgeschüttelt wurden. Wenn sie aufrecht gingen, genügte schon ihr schwankender Gang, um einen unaufmerksamen Reiter abzuwerfen, und wenn sie auf allen vieren durch das dichte Unterholz sprangen, war es schon ein Kunststück, sich überhaupt im Sattel zu halten. Alles in allem erwies sich der Ritt auf einem Rancor als größte körperliche Herausforderung, der sich Leia je gestellt hatte. Doch bei Einbruch der Nacht war sie überzeugt, daß es ohne Rancor unmöglich war, diese Berge zu bezwingen.

Zweimal erreichten sie tiefe Schluchten, die selbst erfahrene Bergsteiger überfordert hätten, doch die Rancor gruben ihre Klauen in die alten Vertiefungen, die jemand vor langer Zeit in die Klippenwände gemeißelt hatte, und bewältigten mühelos den Auf- und Abstieg. Bei einer dieser Klettertouren brach Hans Rancor einen Stein aus der Wand, der Isolder nur knapp verfehlte. Der Prinz funkelte Han an, und Han lächelte matt. »Tut mir leid.«

»Vielleicht nicht leid genug! Wollen Sie mich ermorden, nur weil Sie mir Leia nicht wegnehmen können?« stieß Isolder hervor.

»Han würde so etwas nicht tun. Es war bloß ein Unfall«, beruhigte Leia Isolder, aber der Prinz bedachte Han dennoch mit finsteren Blicken.

Isolder schwieg von da an lange Zeit, aber als ihr Rancor einen großen Vorsprung vor den anderen gewonnen hatte, sagte er: »Ich verstehe noch immer nicht, warum du so überstürzt mit Han hierhergeflogen bist.« Er sagte nicht mehr, drängte sie nicht, aber sein Tonfall verriet seine Enttäuschung und verlangte eine Antwort, eine Antwort, die sie ihm nicht geben wollte.

»Ist es denn wirklich so schwer zu verstehen, daß ich mit einem alten Freund wie Han einen kleinen Ausflug gemacht habe?« fragte Leia und hoffte, daß er das Thema wechseln würde.

»Ja«, sagte Isolder heftig.

»Warum?« fragte Leia.

»Er ist ziemlich aggressiv…«, erklärte Isolder zögernd.

»Und?«

»Flegelhaft«, fügte Isolder hinzu. »Er ist nicht gut genug für dich.«

»Ich verstehe«, murmelte Leia und unterdrückte nur mit

Mühe ihren wachsenden Zorn. »Der Prinz von Hapan hält den König von Corellia also für einen aggressiven Flegel, während der König von Corellia den Prinzen von Hapan für einen Schleimer hält. Ich glaube nicht, daß ihr beide in absehbarer Zeit einen Han-und-Isolder-Fanclub gründen werdet.«

»Er hat mich ›Schleimer‹ genannt?« fragte Isolder mit schockiertem Gesicht.

Einen Moment später erreichten sie dichtes Buschwerk; selbst mit einer Vibromachete hätte ein Mensch Stunden gebraucht, um sich einen Weg zu bahnen, aber die Rancor walzten einfach wie Panzer durch das Unterholz. Als Isolders Reittier durch einige Bäume brach, hielt er einen Ast fest, damit er Leia nicht ins Gesicht peitschte, aber als er ihn losließ, traf er Han und Chewbacca. »He!« brüllte Han. »Passen Sie doch auf!«

Isolder grinste. »Vielleicht, General Solo, sollten Sie auf sich selbst aufpassen. Sie haben uns zu einem sehr gefährlichen Planeten geführt, auf dem alle möglichen gefährlichen Spezies von *Schleimern* leben.«

Hans Miene verdüsterte sich. »Ich mache mir keine Sorgen!« versicherte er. »Ich kann gut auf mich selbst aufpassen.«

Der Rest des Nachmittags verging ohne weitere Zwischenfälle; vielleicht, weil sie zu müde zum Streiten waren. Leia hörte, wie sich Luke und Teneniel leise unterhielten. Luke erklärte ihr den Umgang mit der Macht und das Mädchen erzählte ihm von der Jagd auf ein gehörntes Tier namens Drebbin, das in diesen Bergen hauste. Offenbar waren die Rancor ihre Beutetiere, obwohl Leia sich das kaum vorstellen konnte.

Als die Gruppe am späten Abend einen tosenden Fluß erreichte, sprangen die Rancor hinein und schwammen mit kräftigen Stößen. Nur ihre Nüstern sahen aus dem Wasser hervor. Leia begann gedankenverloren eine Melodie vor sich hin zu summen, bis sie erkannte, daß sie »Han Solo, / Was für ein Mann! Solo« summte und verlegen verstummte.

Han steuerte seinen Rancor an Leias und Isolders Seite und grinste Leia breit an. Die Rancor schwammen für einen Moment nebeneinander, dann trieb die Strömung Hans Rancor gegen ihren. Isolder revanchierte sich, indem er seinen Rancor gegen Hans drängte, und für einen Moment schwammen die beiden Rancor Schulter an Schulter und rempelten sich gegenseitig an.

Leia funkelte Han und Isolder an und schrie: »Hört auf damit, ihr beide!«

»Er hat angefangen!« rief Han, und Isolder peitschte seine Zügel ins Wasser und spritzte Han naß.

Hinter ihnen begann Teneniel leise zu singen, und aus dem Fluß stieg eine von braunem Schaum gekrönte Wasserfontäne vierzig Meter hoch in die Luft. Sie wirbelte auf die Gruppe zu, fiel dann in sich zusammen und durchweichte Han und Isolder bis auf die Haut. Luke und Chewbacca brachen in Gelächter aus, und Leia schenkte der Hexe ein Lächeln.

»Danke«, sagte sie. »Vielleicht kannst du mir eines Tages diesen Zauberspruch beibringen.«

Leia spürte eine plötzliche Woge aus Glück und Verlangen und erkannte, daß sie Lukes Gefühle aufgefangen hatte. Sie wußte, daß er bisher nur selten einer Frau derartige Gefühle entgegengebracht hatte. Leia zwinkerte ihm zu.

»Wir können bald das Lager aufschlagen«, erklärte Teneniel, als die Rancor aus dem Fluß wateten. R2 hatte seine Antennenschüssel ausgefahren. »Die Höhlen sind nicht mehr weit.«

»R2 empfängt keine imperialen Signale«, sagte 3PO. Seine goldenen Augen leuchteten vor der dunklen Wand des Waldes ungewöhnlich hell. »Allerdings gibt es über uns eine Menge Funkverkehr.«

»Was ist los?« fragte Luke, und R2 zwitscherte und piepte.

»Offenbar, Sir«, informierte 3PO sie, »sind soeben mehrere imperiale Sternzerstörer aus dem Hyperraum gesprungen. R2 versucht gerade, die Schiffe zu zählen. Bis jetzt hat er Signale von vierzehn Schiffen empfangen.«

Leia sah nervös zum Himmel hinauf, obwohl es noch viel zu hell war, um ein Raumschiff zu erkennen, und Isolder sagte: »Ich hätte nicht mit einem hapanischen Schlachtdrachen kommen dürfen. Nach unserem kleinen Angriff blieben ihnen nur zwei Möglichkeiten – Verstärkung anzufordern oder sich zurückzuziehen. Sie scheinen sich für die Verstärkung entschieden zu haben.«

Leia hätte fast gefragt: »Wie groß sind die Chancen, daß Zsinjs Männer herausfinden, daß wir hier unten sind?« aber sie verbiß es sich. Sie wollte die Gruppe nicht beunruhigen, falls sie die einzige sein sollte, die daran gedacht hatte. Aber ein Blick in Hans von Sorgenfalten zerfurchtes Gesicht verriet ihr, daß sie mit ihrer Befürchtung nicht allein stand. Die Soldaten aus der Stadt hatten seinen Namen bereits per Funk weitergegeben. Mit ziemlicher Sicherheit wußten Zsinjs Männer, daß Han sich auf dem Planeten aufhielt. Und wie auf alle guten Offiziere der Neuen Republik war auch auf Hans Kopf ein Preis ausgesetzt. Die einzige Frage war, ob Zsinj sein eigenes Verbot mißachten und ein Schiff nach unten schicken würde, um Han in seine Gewalt zu bringen.

Leia sah Isolder an. »Ich glaube, du hast recht. Mir gefällt der Gedanke an all diese Zerstörer über unseren Köpfen nicht.« Die Chance, daß die Schiffssensoren die Elektronik der Droiden orten würden, war gering, aber das Risiko blieb bestehen, und so fügte sie hinzu: »Machen wir uns auf den Weg zu diesen Höhlen und verstecken wir uns eine Weile.«

In weniger als zehn Minuten führte Teneniel sie einen Hügel hinauf und durch dichten Wald, bis sie zu einem klaffenden Loch im Boden kamen, das halb von verfilzten roten Ranken mit stechend riechenden weißen Blüten überwuchert war. Teneniel stieg von ihrem Rancor, trat an die Höhlenöffnung und schrie: »Barukka? Barukka?« Aber niemand antwortete. Einen Moment lang blieb sie nervös stehen, schloß dann die Augen und begann leise zu singen. Als sie die Augen wieder öffnete, sagte sie: »Ich kann niemanden in der Nähe spüren.«

»Wenn wir sie nicht finden«, warf 3PO ein, »wie sollen wir dann an Informationen über das Gefängnis kommen? R2, scann die Umgebung nach menschlichen Lebensformen ab!« R2 pfiff und richtete seine Antennenschüssel auf den Horizont.

Teneniel spähte in die Höhle und ging hinein. Einen Moment später kam sie wieder heraus. »Da drinnen liegen ein paar Kleidungsstücke und Töpfe. Es sieht aus, als wäre sie schon ein paar Tage fort.«

»Großartig«, knurrte Han. »Wo könnte sie stecken?«

»Vielleicht ist sie auf Jagd gegangen«, vermutete Teneniel. »Oder sie hat sich wieder den Nachtschwestern angeschlossen. Es ist eine gefährliche Zeit für Barukka. Als Verlorene muß sie eigentlich allein in der Wildnis bleiben und über ihre Vergangenheit und Zukunft nachdenken. Aber oft wird die Einsamkeit zu bedrückend.«

Der Himmel verdunkelte sich allmählich, während die Sonne sank. »Schlagen wir hier unser Lager auf«, meinte Luke. »Wir können auf sie warten.«

Er lenkte seinen Rancor in die dunkle Öffnung, und Teneniel brachte vor dem Eingang einen Halbkreis aus Steinen an, offenbar ein Zeichen dafür, daß die Höhle besetzt war. Irgendwie gefiel der Gedanke, einfach hineinzugehen, Leia nicht.

Ihr kam es vor, als würde sie damit Barukkas Privatsphäre verletzen.

Isolder trieb seinen Rancor in die Schatten. Das Innere der Höhle war ein funkelndes Wunderwerk aus granatverkrusteten Stalaktiten und Stalagmiten, die in hellen Zitronenschattierungen mit metallisch-grünen und elfenbeinweißen Einsprengseln schimmerten. Es sah wie überall verspritztes Meerwasser aus, und Leia verstand, warum die Hexen diese Höhle Fluß der Steine nannten. Die Decke war so hoch, daß zwei Rancor aufeinanderstehen konnten, ohne sie zu berühren. Durch die Grotten plätscherte ein seichter Bach.

Teneniel holte aus einer Nische neben dem Eingang ein paar Holzscheite, und Han setzte sie mit seinem Blaster in Brand. Während des Tages war die Gruppe schweigend geritten, um nicht die Aufmerksamkeit etwaiger Suchtrupps der Nachtschwestern auf sich zu lenken, und jetzt, wo sie sprechen konnten, war Leia zu müde.

Nur die Rancor machten keinen erschöpften Eindruck. Sie kauerten sich in ihren schaurigen Brustharnischen aus Knochen und Sturmtruppenpanzerungen um das Feuer und wärmten leise knurrend ihre Hände an den Flammen. Tosh redete auf die jüngeren ein, gestikulierte mit den Klauen, und der Feuerschein tanzte über ihre Zähne und die warzigen Knochenplatten ihrer Schultern.

Chewbacca rollte sich auf einer Matte zusammen und schlief ein; die Droiden stellten sich in den Höhleneingang, so daß R2 mit seinen Sensoren die Umgebung überwachen konnte. Han erforschte mit einer Fackel den hinteren Teil der Höhle. Luke und Teneniel unterhielten sich leise, während sie große grüne Nüsse in der Schale auf den glühenden Holzscheiten rösteten. Isolder lehnte mit halb geschlossenen Augen an einer granatverkrusteten Säule und spielte mit seinem Blaster.

Die Rancor gaben stöhnende, seufzende Laute von sich, und Teneniel erklärte mit einem Blick zu Tosh: »Sie erzählt ihren Kindern von der ersten Begegnung zwischen ihren Vorfahren und den Hexen. Sie sagt, daß ein krankes Weibchen von einer Hexe gefunden und geheilt wurde. Die Hexe durfte dann auf dem Rücken der Rancorin reiten und lernte ihre Sprache. Hoch auf den Schultern der Rancorin konnte die Hexe mit ihren scharfen Augen selbst scheue Beutetiere aufspüren, die bei Tag gut sehen konnten, und die Rancorin gedieh und wurde groß und stark. Im Lauf der Zeit wurde sie eine Herdenmutter, und ihre Herden wuchsen, während die anderen ausstarben. Damals wußten die Rancor noch nicht, wie man Waffen wie Speere oder Netze herstellt. Sie wußten nicht, wie man sich mit Harnischen schützt. Da die Hexen sie diese großartigen Dinge gelehrt haben, sagt sie, müssen die Rancor die Hexen immer lieben und ihnen dienen, selbst wenn diese von ihnen unvernünftige Dinge wie Ritte durch die Wildnis verlangen oder sie bitten, ihnen beim Kampf gegen die Nachtschwestern zu helfen.«

Leia betrachtete Teneniel nachdenklich; offenbar hatte das Mädchen die neugierigen Blicke bemerkt, die sie den Rancor zugeworfen hatte. »Ich denke, Tosh liebt dein Volk.«

Teneniel nickte und rieb die Hinterläufe der Rancorin. »Ja, sie ist sehr dankbar dafür, daß ihre Herde so groß ist, aber kein Rancor mag die Nachtschwestern.«

»Du hast erst gesagt, daß die Rancor den Nachtschwestern nicht dienen«, warf Luke ein. »Warum nicht?«

»Die Nachtschwestern behandeln sie so schlecht, als wären sie bloße Sklaven. Deshalb laufen ihnen die Rancor immer davon.«

»Ich finde es interessant«, bemerkte Isolder, »daß ihr eure Rancor wie Freunde, Männer aber wie Sklaven behandelt. Ihr habt eine interessante Gesellschaftsstruktur, bei der die Männer ganz unten stehen, aber ich finde das alles ziemlich barbarisch.«

»Es ist oft einfacher, die Barbarei in fremden Kulturen zu erkennen als in der eigenen«, sagte Luke. »Die Hierarchie der Hexen basiert auf Macht, so wie bei den meisten Kulturen.«

Isolder nickte.

»Zum Beispiel«, meinte Leia, »finde ich das ganze Konzept der erblichen Herrschaft noch barbarischer. Du nicht auch, Isolder?«

»Das ist eine merkwürdige Bemerkung, Prinzessin«, erwiderte Isolder. »Du stammst schließlich aus einer Familie, die über Generationen hinweg zum Herrschen erzogen und ausgebildet wurde. So ist es nur recht, daß du herrschst, und dein ganzes Volk weiß es. Auch wenn dein Titel und dein Thron inzwischen nur noch auf dem Papier existieren, erwartet dein Volk noch immer von dir, daß du ihm als Botschafterin von Alderaan dienst.«

»Du behauptest also, daß nicht unser Geburtsrecht uns zu Herrschern macht, sondern die Tatsache, daß wir die nötigen Führungsqualitäten geerbt haben?« fragte Leia verärgert. »Ich halte das für ziemlich weit hergeholt.«

»Nein, das ist es nicht«, beharrte Isolder. »Wir züchten Tiere auf Intelligenz, Schönheit und Schnelligkeit hin. Bei fleischfressenden Herdentieren nimmt sich der Leitbulle oft die stärksten und klügsten Weibchen. Mit dem Ergebnis, daß die Nachkommen meistens eine dominante Position in ihrer Herde ›erben‹, wie du sicher weißt.«

»Selbst wenn ich dir in diesem Punkt zustimmen würde«, sagte Leia, »läßt es sich nicht auf menschliches Verhalten übertragen. Menschen sind keine fleischfressenden Herdentiere.«

Isolder starrte in die Schatten. »Wenn du meine Mutter besser kennen würdest, würdest du *diesen* Punkt nicht bestreiten.« Leia irritierten diese Worte.

»Gewiß gibt es viele menschliche Gruppen, die sich wie fleischfressende Herdentiere verhalten«, erklärte Luke. »Man braucht sich nur irgendwelche Düsenrad-Rocker anzusehen; die Parallelen sind eindeutig. Und die Kriegsherren natürlich auch.«

»Und die Nachtschwestern«, fügte Teneniel hinzu.

»Luke, ich kann nicht glauben, daß du dich in diesem Punkt gegen mich stellst!« rief Leia. »Du bist doch der sanftmütigste Mensch, den ich kenne.«

»Ich will damit doch nur sagen«, antwortete Luke ruhig, »daß Isolder möglicherweise recht hat, ob es dir oder mir nun gefällt oder nicht. Intelligenz, Charisma, Entschlossenheit – all diese Eigenschaften sind wahrscheinlich in den Genen verankert. Und solange diese Eigenschaften unverfälscht vererbt werden, ist ein Geschlecht von Herrschern vielleicht gar keine so üble Sache.«

»Ich halte es für eine schreckliche Sache«, sagte Leia. »Du weißt doch, Isolder, daß es auf deinen Planeten Geschäftsleute gibt, die genauso gute Führungsqualitäten haben wie du.«

Isolder zögerte. »Ich glaube schon, daß sie gute Führungsqualitäten haben – zumindest im Wirtschaftsleben –, aber ich bin mir nicht sicher, ob man ihnen auch die Regierung anvertrauen sollte.«

»Wieso bist du dir nicht sicher?« fragte Leia.

»Unsere Wirtschaftsführer neigen dazu, alles unter dem Aspekt von Wachstum, Profit, Produktion zu sehen. Ich kenne Welten, die von Geschäftsleuten regiert werden, und sie kümmern sich wenig um jene Leute, die nach ihrer Meinung keinen wirtschaftlichen Nutzen haben – die Künstler, die Priester, die Schwachen. Ich würde es vorziehen, wenn diese Führer Firmen leiten.«

»Sie beschweren sich über die geldgierige Einstellung der Geschäftsleute, obwohl Sie vor einem Moment Ihre Mutter als Raubtier bezeichnet haben?« fragte Luke. »Was ist denn der Unterschied zwischen ihr und den Wirtschaftsführern?«

»Meine Mutter war zu ihrer Zeit eine gute Herrscherin«, erklärte Isolder. »Die Alte Republik zerfiel. Wir brauchten jemanden, der brutal genug war, um das Imperium abzuwehren, und als unser Widerstand zusammenbrach, brauchten wir jemanden, der stark genug war, unsere Welten unter dem imperialen Joch zusammenzuhalten. Meine Mutter besaß beide Eigenschaften. Aber ihre Zeit ist vorbei. Jetzt brauchen wir eine Königinmutter, die stark genug ist, um meine Tanten zu bezwingen, aber gleichzeitig milde genug, um durch Sanftmut zu führen.«

Teneniel rieb noch immer die Rancorin ab, und das mächtige Tier drückte sich an sie, genoß ihre Fürsorge. »Ich behaupte nicht, daß ich all eure Argumente verstanden habe«, sagte Teneniel, »aber ihr nennt uns Barbaren, weil Frauen diese Welt beherrschen und ihr Männer keine Macht habt. Doch wenn ihr euch von einer Königinmutter führen laßt, wie könnt ihr dann weniger barbarisch sein als wir? Weder auf unserer noch auf euren Welten sind die Männer an der Macht – was ist also der Unterschied?«

»In gewissem Sinne habe ich absolute Macht«, erwiderte Isolder. »Denn obwohl ich nur ein Mann bin, werde ich die nächste Königinmutter auswählen.«

Leia biß die Zähne zusammen. Es war dasselbe dumme Argument, das die Unterdrückten jeder Gesellschaft anführten. Sie gaben sich mit dem Gedanken zufrieden, daß im Grunde sie die Macht ausübten, auch wenn sie sie an andere delegierten. Mit Leuten, die über den Tellerrand ihrer eigenen Kultur nicht hinausblicken konnten, war eine Diskussion meistens unmöglich.

Aber dann wurde Leia klar, daß etwas ganz anderes ihren Zorn entfacht hatte: Die Tatsache, daß sie rein zufällig Isolders Vorstellung von einer perfekten Königinmutter entsprach. Er behauptete, sie zu lieben, und er war einer der attraktivsten Männer, die sie je gesehen hatte. Aber vielleicht gehörte er zu den Leuten, die sich nur in jemanden verliebten, der die richtigen Qualifikationen hatte. Wenn dies der Fall war, wußte Leia nicht, wie sie darauf reagieren sollte.

Vielleicht hatte Teneniel die richtige Antwort darauf. Sie sah Isolder nur an und lachte. »›Ich werde die nächste Köni-

ginmutter auswählen‹«, äffte sie ihn nach und imitierte seinen Akzent überraschend gut. »›Ich habe absolute Macht!‹«
Sie lächelte ihn spöttisch an, während sie die Rancorin abrieb,
und lachte: »Du bist schrecklich dumm!«

Im hinteren Teil der Höhle schrie Han plötzlich auf und feuerte mit seinem Blaster. Luke sprang auf die Beine und zog
sein Lichtschwert. »Da hinten im Teich ist ein Ungeheuer!«
brüllte Han, als er zum Feuer stürzte, den rauchenden Blaster
in der Hand. »Es ist riesig und grün und hat Tentakel! Es wollte mich fressen.«

»Oh, ja«, sagte Teneniel. »Ich habe es ganz vergessen.«

»Willst du damit sagen, du *wußtest* von diesem Ungeheuer«, brüllte Han, »und hast mich nicht gewarnt?«

»Die Clanschwestern haben es vor einigen Jahren in den
See geworfen«, erklärte Teneniel. »Wir dachten, es würde ein
gutes Fressen für die Rancor abgeben, wenn es erst mal ausge-
wachsen ist.«

Teneniel tätschelte Toshs Flanke und flüsterte ihr etwas ins
Ohr. Die Rancorin sah sie für einen Moment stumm an, dann
leuchtete ein wildes Feuer in ihren Augen auf. Sie brüllte und
stürmte mit ihrer kleinen Herde zum See. Die Menschen
drängten sich näher ums Feuer und verzehrten die geröste-
ten Nüsse.

Das Feuer war behaglich warm. Während draußen die letzten Sonnenstrahlen verblaßten und die Dunkelheit der Höhle
sich enger um sie zu schließen schien, unterhielten sie sich
noch ein paar Minuten leise miteinander. Für eine Weile fühlte sich Leia wohl, aber plötzlich hämmerte ihr Herz und eine
unsichtbare Hand schien ihr die Luft abzuschnüren. Sie
stand auf und blickte sich um. Am Höhleneingang stand eine
schwarzgekleidete Frau mit einem langen Stab in der Hand.

»Was habt ihr hier zu suchen?« fragte Barukka und trat ins
Licht. Auf den ersten Blick hatte der Stab die Frau alt und
schwach wirken lassen, aber als sie näherkam, erkannte Leia,
daß Barukka noch sehr jung war, kaum älter als dreißig. Trotzdem konnte Leia die Aura dunkler Macht spüren, die sie um-
gab und sie alt und ausgelaugt erscheinen ließ. Barukkas ste-
chende blauen Augen blickten feindselig unter ihrer Kapuze
hervor. »Ich muß euch warnen, daß ich eine Verlorene bin
und daß dies mein Haus ist, das ihr betreten habt. Ich kann
euch weder willkommen heißen, noch euch Unterkunft anbieten.«

»Dann können vielleicht *wir* dich willkommen heißen und

dir Unterkunft und etwas zu essen anbieten«, sagte Luke und stand auf.

»Bitte«, sagte Teneniel, »wir sind hier, weil wir deine Hilfe brauchen!«

Barukka blieb außerhalb des Feuerscheins und beobachtete sie, als wären sie wilde Tiere. Leia konnte erkennen, daß ihr Gesicht von Schrammen und blauen Flecken verunstaltet war. »Ihr seid in Gefahr«, sagte Barukka schließlich. »Gethzerion hat die Nachtschwestern zum Krieg aufgerufen. Ich kann ihre Rufe *spüren*. Sie ziehen und zerren an mir. Ihr seid ihre Feinde.« Barukkas Stimme klang seltsam nachdenklich, als wäre sie sich über ihre eigenen Gefühle nicht im klaren.

»Aber wir sind nicht *deine* Feinde«, wandte Luke ein.

»Mutter Augwynne sagte mir, daß du darum gebeten hast, wieder in den Clan des Singenden Berges aufgenommen zu werden«, erklärte Teneniel. »Wir würden uns freuen, dich eines Tages wieder als Schwester begrüßen zu können.«

»Ja«, sagte Barukka abwesend. »Sie hat sich entschlossen, den Clan der Nachtschwestern zu verlassen.« Sie sprach wie über eine andere Person, jemand, der sich nicht in der Höhle aufhielt, und Leia erkannte, daß diese Frau geistig nicht gesund war.

»*Du* hast dich entschlossen, die Nachtschwestern zu verlassen«, sagte Teneniel.

»Ja«, flüsterte Barukka, als wäre es ihr erst jetzt eingefallen.

»Wirst du uns helfen?« fragte Teneniel. »Wir müssen zum Gefängnis, um von dort einige Einzelteile für ein Schiff zu holen. Kannst du uns sagen, wo wir suchen müssen?«

Für einen langen Moment stand Barukka bewegungslos da, die Stirn in tiefer Nachdenklichkeit zerfurcht. Sie begann zu zittern und flüsterte: »Nein, ich kann nicht.«

»Warum kannst du nicht?« fragte Luke. »Gethzerion hat keine Macht über dich.«

»Sie hat!« widersprach Barukka. »Hört ihr nicht, wie sie nach mir ruft? Sie verfolgt mich! Selbst jetzt umschleicht sie mich!«

»Sie ruft dich?« fragte Luke. »Hörst du ihre Stimme in deinem Kopf?«

»Ja«, nickte Barukka.

»Was sagt sie?«

»Sie beschimpft mich und verflucht mich«, antwortete Barukka. »Manchmal höre ich sie des nachts so deutlich, als würde sie direkt neben meinem Bett stehen.«

»Ihr beide müßt euch sehr nahegestanden haben«, vermutete Luke.

»Gethzerion ist ihre Schwester«, sagte Teneniel.

»Barukka«, sagte Luke sanft. »Sie *war* deine Schwester, aber der Teil von ihr, der dich liebte, ist entweder fort oder sehr tief in ihr begraben.«

Barukka senkte den Blick, als wollte sie in die Tiefen der Erde spähen, hob dann wieder den Kopf und sah Luke an. »Wer bist du?« fragte sie. »Du bist mehr, als du zu sein scheinst. Ich *spüre* deine Aura.«

»Er ist ein Jedi-Ritter von den Sternen...«, begann Teneniel.

»...gekommen, um das Ende unserer Welt einzuläuten«, zischte Barukka in plötzlichem Zorn. »Ja! Ja!« schrie sie. »Das Gefängnis! Ich bin dort gewesen!« Sie begann zu tanzen, gab zischende und spuckende Laute von sich, wies mit ihrem Stab auf den Höhlenboden und ließ ihn kreisen. Leias Herz hämmerte vor Furcht, und plötzlich erkannte sie, daß die spuckenden Laute Worte waren, ein Zauberspruch. Der Boden zu Barukkas Füßen wölbte sich zu einem Miniaturgebirge auf, das ihr bis zu den Knien reichte und sich von einer Seite der Höhle zur anderen erstreckte. Unvermittelt wirbelte Staub hoch und formte sich vor Barukkas Füßen zu Gebäuden: ein Gebäude mit sechs Seiten und einem großen Innenhof duckte sich zwischen den Bergen. Jede Seite bestand aus Zellenblöcken mit nach innen gerichteten, detailgetreuen winzigen Fenstern und Türen. An jeder Ecke des Gefängnisses erhoben sich kleine runde Wachtürme mit Miniaturblasterkanonen, die von perfekt nachgebildeten Wachdroiden bedient wurden. An einem Ende waren kleine imperiale Läufer postiert, Figuren aus dem Staub, der über dem Boden wallte. Nicht weit davon entfernt erhoben sich Außengebäude, und zuletzt schob sich aus dem Boden neben dem Gefängnis ein einzelner hoher Turm mit einem Brückengang aus Erdreich, der von den oberen Etagen des Gefängnisses zur Spitze des Turms führte. Auf der anderen Seite des Gefängnisses wogte der Staub wie die Wellen eines kleinen Sees.

Chewbacca brüllte verängstigt auf und deutete auf die winzigen humanoiden Figuren aus Staub, die um das Gefängnis patrouillierten, einige in Sturmtruppenpanzern, andere in den Roben der Hexen. Barukka stand mit schweißglänzendem Gesicht über ihrer Schöpfung und keuchte. Ihre Augen waren glasig und spiegelten den Feuerschein. Leia konnte erkennen, daß die Frau all ihre Kräfte konzentrieren mußte, um

211

den Staub auf diese Weise zu manipulieren, und es machte ihr angst. Nicht einmal Luke verfügte über eine derartige Fähigkeit. Wenn schon Barukka dazu in der Lage war, über welche Macht mochten dann die anderen Nachtschwestern verfügen?

»Das sind die Eingänge zum Gefängnis«, erklärte Barukka und wies mit ihrem Stab auf die Tore an der Ost- und Westseite des Gebäudes. »Und hier sind die Wächter.« Sie spießte die Turmwächter mit ihrem Stab auf, zerschmetterte die imperialen Läufer und zermalmte einen Außenposten am westlichen Rand der Wüste.

»Gethzerion versucht schon seit langer Zeit, ein neues Schiff zu bauen, mit dem sie fliehen kann«, erklärte Barukka. »Sie bewahrt die Einzelteile hier auf, im Keller unter ihrem Turm.« Sie bohrte ihren Stab in das Fundament des Turms.

Han und Luke traten zu der lebenden Karte und studierten sie nachdenklich. »Dieser Turm läßt sich zu leicht überwachen; unmöglich, sich ihm unbemerkt zu nähern«, stellte Han fest. »Um genau zu sein, das ganze Tal im Osten läßt sich zu leicht übersehen.«

Die beiden musterten den See im Westen der Berge. »Ich würde sagen, wir marschieren am besten durch die Berge im Norden oder Süden«, bestätigte Luke, »und nähern uns dem Gefängnis von der Rückseite. Sobald wir drinnen sind, können wir problemlos durch die Zellenblöcke und über den Brückengang den Turm erreichen.«

»Ja«, meinte Han. »Und direkt vor dem Turm stehen ein Schwebewagen und ein paar Gleiter. Wenn wir die Ersatzteile haben, können wir sie einfach aufladen und verschwinden.«

Auf der Turmspitze trat die winzige Gestalt einer Nachtschwester aus einer Tür und blickte einen Moment zum Himmel hinauf, als würde sie direkt in Barukkas Gesicht sehen. Barukka kreischte plötzlich: »Gethzerion!« und zerschmetterte die Figur mit ihrem Stab.

Die perfekte, lebende Nachbildung des Gefängnisses zerfiel zu Staub, und Barukka sank schluchzend auf die Knie. Luke trat zu ihr, legte sanft den Arm um sie und drückte sie an sich.

»Es ist alles in Ordnung«, versicherte Luke. »Sie kann dir nichts mehr tun. Sie kann dir nichts mehr tun.«

Barukka sah ihn an, und ihr Gesicht war eine Masse aus purpurnen Blutergüssen. »Aber was ist mit mir?« fragte sie. »Wann werden meine Wunden heilen?«

Luke berührte ihr Gesicht. »Jene, die mit der dunklen Seite der Macht anderen schaden, schaden sich oft auch selbst«, sagte er sanft. Er strich mit seinen Fingern über die Blutergüsse, und sie schwollen sofort ab. »Bleib heute nacht bei mir sitzen«, sagte Luke, »und gemeinsam werden wir mit deiner Heilung beginnen.«

In dieser Nacht lag Leia lange Zeit wach auf ihrer Decke. Der Refrain »Han Solo, / Was für ein Mann! Solo!« ging ihr immer wieder durch den Kopf, bis sie den grimmigen Wunsch verspürte, einen Hammer zu nehmen und sich 3PO vorzuknöpfen. Hatte er gewußt, daß das Lied auf diese Weise auf sie wirken würde? Hatte er gewußt, daß es sich festsetzen und ihr immer und immer wieder durch den Kopf gehen würde, bis sie am liebsten laut geschrien hätte?

Um sich zu beruhigen, hörte sie zu, wie Luke Teneniel, Barukka und Isolder unterrichtete. »Die Jedi benutzen die Macht nur, um Wissen zu erlangen oder sich zu verteidigen, niemals, um jemandem zu schaden oder Macht zu erringen.«

»Aber bei den Zaubersprüchen unserer Clans«, wandte Teneniel ein, »sind die Worte der Sprüche immer gleich, ob wir sie nun im Dienst der Finsternis oder des Lichts einsetzen. Woher sollen wir wissen, ob wir sie richtig benutzen?«

»Es sind nicht die Worte, die euch Macht geben, sondern eure Absicht«, erklärte Luke. »Wenn du ruhig bleibst, wenn du mit dir selbst in Frieden lebst, wenn du jenen, die sich selbst zu deinen Feinden machen, Barmherzigkeit und Gerechtigkeit erweist, dann wirst du wissen, daß du die Macht richtig benutzt. Aber wenn du dich dem Haß oder der Verzweiflung oder der Gier hingibst, dann lieferst du dich der dunklen Seite aus, und sie wird dein Schicksal bestimmen und dich beherrschen.«

»Ich habe… Freundinnen bei den Nachtschwestern«, sagte Teneniel. »Als Kind habe ich mit Grania und Varr gespielt; sie waren meine besten Freundinnen. Selbst Gethzerion hat mir zum Winterfest Geschenke gemacht. Wir haben sie erst vor fünf Jahren aus unserem Clan verstoßen. Ich kann mich nicht überwinden, sie alle als verloren anzusehen.«

»Einige von ihnen kannst du vielleicht von der dunklen Seite zurückgewinnen«, sagte Luke. »Wenn du in ihnen noch immer Gutes spürst, dann mußt du sie wachrütteln, wenn du kannst. Aber laß dich nicht täuschen. Die dunkle Seite kann sehr verlockend sein, und einige wenden sich völlig vom

Licht ab und werden zu Dienern des Bösen. Erinnere dich an das Gute, das einst in ihnen war, wenn du kannst, liebe sie dafür, aber laß dich nicht von ihnen täuschen. Die Diener des Bösen geben sich selten freiwillig zu erkennen.«

»Du sagtest, daß jene, die der dunklen Seite folgen, zurückgewonnen werden können. Aber was ist, wenn man ihr selbst erliegt?« fragte Barukka leise. »Wie kann man sich dann befreien?«

»Indem du dich mit deinem ganzen Herzen von der dunklen Seite abwendest. Indem du den Zorn aufgibst, die Gier aufgibst, die Verzweiflung aufgibst.«

Leia sah zu Barukka hinüber, sah die gefurchte Stirn der Frau und die Träne, die in ihrem Auge glitzerte. Obwohl Leia nicht wußte, was der Frau durch den Kopf ging, war sie dankbar dafür, nicht Barukkas Probleme zu haben.

Luke griff nach Barukkas Kinn, hob ihr Gesicht und sagte sanft: »Und zum Schluß mußt du auch deine Schuld aufgeben.«

∗ 19 ∗

»Gethzerion ist nicht dabei«, sagte Teneniel bestimmt, als sie am folgenden Abend von den Bergen aus das Gefängnis beobachteten. Sie nickte in Richtung einer langen Kolonne marschierender Sturmtruppen und imperialer Läufer, die wie unbeholfene Metallvögel über die braune Niederung staksten. Insgeheim wünschte sie, Gethzerion wäre bei der kleinen Armee gewesen. Teneniel gefiel der Gedanke nicht, in den Gefängniskomplex einzudringen, wußte sie doch, daß hinter jeder Ecke Gethzerion lauern konnte. Die Niederung um den Komplex wirkte völlig trocken. Was im Winter ein See war, verwandelte sich im Sommer in eine Ebene. Hohe Röhrichtbüschel wuchsen um die vereinzelten Schlammlöcher, wo sich Burrafische auf der Suche nach den letzten Wasserresten in den Seegrund gegraben hatten.

»Es sind über achtzig imperiale Läufer und rund sechshundert Sturmtruppler«, sagte Isolder. »Schade, daß wir keine Möglichkeit haben, den Clanschwestern eine Nachricht zu schicken.«

»Wir werden den Clan vor ihnen erreichen. Ich kann ihm eine Nachricht übermitteln«, erklärte Teneniel. Sie schloß die Augen und flüsterte halb, sang halb den Zauberspruch, mit dem man sich über große Entfernung hinweg verständigen konnte. »Augwynne«, sagte sie. »Höre meine Worte, sieh mit meinen Augen. Dies ist das Heer, das die Nachtschwestern gegen euch in den Kampf schicken.« Teneniel spürte den sanften Druck, der bedeutete, daß die Verbindung zu Augwynne hergestellt war, und ließ die Frau die marschierenden Imperialen durch ihre Augen sehen.

»Wie lange werden sie brauchen, um den Singenden Berg zu erreichen?« fragte Isolder.

Sie standen auf einem Hügel, gut versteckt hinter den ausladenden grünen Blättern großer Wachsbüsche. Acht Kilometer entfernt glitzerten die Lichter des Gefängnisses wie Sterne am Horizont. Ein hoher Waffenturm, der ganz aus Glas zu bestehen schien, ragte wie ein Dorn aus der Erde. Die schwarzen Stahlmauern des Gefängnisses schmiegten sich an die grünen Hügel. Teneniel flüsterte rasch einen Zauberspruch, um ihre Augen zu schärfen, und spähte zum Gefängnis hinüber. Sie konnte vor der Festung mehrere Hexen in ihren schwarzen Roben erkennen. Auf den Türmen über den Gefängnismauern und der glitzernden Stadt waren Wachdroiden postiert und deckten den Gefängnishof mit ihren Waffen ab. Vor dem Komplex schwebte ein großer Gleiter in der Luft. Es sah alles genauso aus, wie Schwester Barukka es ihnen gezeigt hatte.

Luke löste sein Makrofernglas vom Gürtel. »Sie haben nur einen Gleiter draußen; der Schwebewagen ist nirgendwo zu sehen. Die Türme sind mit Sensorschüsseln ausgerüstet, aber es scheint sich um keine besonders leistungsfähigen Geräte zu handeln. Trotzdem ist es besser, wenn R2 und 3PO hier bleiben. Wir dürfen nicht riskieren, daß sie ihre Elektronik orten. Da es ein Gefängnis ist, dürften sie über empfindliche Biosensoren verfügen. Um unbemerkt hineinzukommen, werden wir uns so lange wie möglich außerhalb ihrer Reichweite bewegen und uns den Bergen in einem weiten Bogen von Süden her nähern. Sobald wir sie erreicht haben, wird uns der Fels abschirmen.«

R2 pfiff und rotierte auf seinem Sockel. »Sir«, übersetzte 3PO, »R2 registriert Funkverkehr zwischen Zsinjs Sternenschiffen und dem Gefängnis.«

»Nun, was sagen sie?« fragte Han.

»Ich fürchte, die Sendung ist kodiert«, antwortete 3PO. »Allerdings scheint der Kode auf einem Schlüssel zu basieren, den die Rebellen-Allianz vor einigen Jahren dechiffriert hat. Wenn Sie mir ein paar Stunden geben, werde ich ihn vielleicht knacken können.«

»Tut mir leid, 3PO«, sagte Luke, »ich würde zwar zu gern wissen, was sie sagen, aber wir können nicht so lange warten. Warum arbeitest du nicht daran, während wir fort sind?«

»Sehr wohl, Sir«, sagte 3PO. »Ich werde mich der Aufgabe mit ganzer Kraft widmen.«

»Gut«, nickte Luke. »Chewie, du paßt in der Zwischenzeit auf die Droiden auf. Wir sehen uns bald wieder.«

Chewbacca grollte und schlug Han zum Abschied auf den Rücken. Teneniel befreite die Rancor von ihrem Geschirr und befahl ihnen, in den Wäldern zu jagen. Wie immer hier auf Dathomir ging die Sonne sehr schnell unter, und im purpurnen Licht der Dämmerung marschierten Han, Leia, Luke, Isolder und Teneniel über die Ebene und achteten darauf, die Röhrichtbüschel zwischen sich und den Türmen der Stadt zu halten. Teneniel flüsterte Zaubersprüche vor sich hin, um Ohr und Auge zu schärfen, aber in den ersten Minuten hörte sie nur das gelegentliche Krächzen einer Eidechse oder das Platschen der Burrafische in ihren Schlammlöchern, bis aus der Ferne schließlich Toshs Gebrüll drang, ein trauriger, heulender Abschiedsgruß.

Sie marschierten zu den kahlen Bergen im Süden, erreichten sie nach zwei Stunden, kurz bevor der erste von Dathomirs kleinen Monden aufging, und wandten sich dann nach Norden, wo Spalten und Schluchten das Land zerklüfteten. Die Felsen und der Boden reflektierten das matte Silberlicht des Mondes und verströmten noch immer die Hitze des Tages, aber ein kühler Wind von den Bergen ließ das trockene Gras rascheln. In einer Schlucht trafen sie auf zwei gehörnte Kreaturen, die sich aus dem Sand wühlten, und Luke blieb stehen. Die stämmigen Echsen peitschten überrascht mit ihren stachelbewehrten Schwänzen, griffen aber nicht an. Statt dessen zogen sie die Köpfe ein, bis sie ganz in ihren schildkrötenähnlichen Panzern verschwunden waren, schüttelten den letzten Sand von ihren Rücken und trotteten dann einen Hügel hinauf zu den Röhrichtfeldern, um dort zu fressen und zu trinken.

Die Gruppe wanderte weiter durch die Schlucht und stieß kurz darauf hinter einer Biegung auf den ersten Wachposten – einen weißen, rund fünfzehn Meter hohen Turm mit überdachter Plattform, auf der zwei Sessel und die Lafette eines Blastergeschützes standen. Aber das Geschütz war abmontiert worden, und der Wachposten war verlassen.

»Was haltet ihr davon?« fragte Leia. »Wo sind die Wachen?«

»Es sind eine ganze Menge Sturmtruppen in Marsch gesetzt worden«, erinnerte Han. »Vielleicht ist im Gefängnis nur eine Rumpfmannschaft zurückgeblieben, die von den draußen stationierten Posten verstärkt wurde.«

»Nein«, widersprach Luke. »Schau dir die Sensorschüssel auf diesem Turm an. Sie ist verrostet.« Plötzlich fiel ihm ein, daß die anderen derartige Einzelheiten in der Dunkelheit nicht erkennen konnten. Selbst er mußte seine Jedi-Sinne anstrengen. »Ich glaube, daß dieser Wachposten schon vor Jahren aufgegeben wurde. Denkt mal nach: Seit der Imperator diesen Planeten gesperrt hat, ist jeder hier ein Gefangener. Selbst wenn jemand flieht, wo sollte er schon hin?«

»Trotzdem«, sagte Leia, »werden sie kaum zulassen, daß sich Mörder und Gewaltverbrecher einfach davonmachen.« Aber ihr Argument kam Luke nicht ganz stichhaltig vor. Er überlegte einen Moment, suchte nach dem Denkfehler und gab es schließlich auf – er mußte sich auf wichtigere Dinge konzentrieren.

Luke seufzte. »Nun, was soll's. Gehen wir weiter. Mal sehen, was wir finden.« Sie setzten sich in Bewegung, passierten den Wachturm, gelangten ans Ende der Spalte und sahen vor sich einen breiten braunen Fluß. Luke hatte eigentlich einen See erwartet. Ihr Marsch durch die gewundenen Spalten und Schluchten hatte sie tatsächlich auf die andere Seite der kleinen Bergkette geführt.

Einen Kilometer weiter nördlich entdeckten sie ein Dutzend riesige, mit zahllosen Schaufeln, Scheren und Greifarmen ausgerüstete Droiden, die auf mehreren gepflegten Feldern Bewässerungsrohre verlegten. Auf Barukkas Karte waren die Droiden nicht verzeichnet gewesen. Dahinter erhob sich die Ostmauer des Gefängnisses, ein hoher schwarzer Wall, der nicht einmal von einem Rancor überwunden werden konnte. Auf zwei Türmen waren Blastergeschütze stationiert, die von humanoiden Droidenkanonieren bedient wurden. Die Droiden drehten ihnen den Rücken zu und deckten mit ihren Kanonen den Innenhof ab.

»Da draußen ist nicht viel zu sehen«, sagte Luke, während er die Umgebung mit seinem Makrofernglas absuchte. »Nur ein paar Erntedroiden und eine Pumpstation. Ich kann das Ausfalltor an der Rückseite des Gefängnisses erkennen, aber es läßt sich schwer feststellen, wie gut es bewacht ist.«

Luke wollte sein Makrofernglas wegstecken, doch Teneniel griff danach, blickte hindurch und lächelte, als sie entdeckte, daß es noch bessere Sicht ermöglichte als ihre Zaubersprüche.

»Dringen wir durch das Tor ein«, schlug Isolder vor.

»Wir können nicht einfach darauf zu marschieren«, widersprach Han.

»Wir können uns einen der Erntedroiden schnappen«, sagte Isolder. »Es sind ziemlich dumme Droiden. Wenn wir in ihren Einfülltrichter springen, werden sie glauben, daß sie die Ernte eingebracht haben, und uns direkt in die Verarbeitungsanlage bringen.«

»Sind Sie sicher, daß es funktionieren wird?« fragte Han. »Was ist, wenn die Wachen am Ausfalltor den Einfülltrichter kontrollieren? Was ist, wenn uns die Droiden auf der Mauer entdecken und auf uns schießen? Was ist, wenn die Droiden eingebaute Shredder haben, um die Ernte zu zerkleinern? Mir fallen eine Million Dinge ein, die schiefgehen könnten!«

»Haben Sie eine bessere Idee?« konterte Isolder. »Erstens sind die Wachen dazu da, um einen *Ausbruch* aus dem Gefängnis zu verhindern. Sie rechnen nicht damit, daß jemand einbricht. Zweitens werden uns die Wachen auf den Mauern schon deshalb nicht entdecken, weil wir uns auf allen vieren durch die Felder schleichen werden. Und drittens weiß ich, daß diese Erntedroiden keine eingebauten Shredder haben, weil es sich bei ihnen um hapanische Maschinen vom Modell ED-Zwei-Vierunddreißig-C handelt!«

Han funkelte Isolder an. Luke sah zu Leia hinüber, wartete auf ihre Reaktion. Offenbar versuchten die beiden Männer, sie zu beeindrucken, und Isolder hatte soeben den ersten Punkt gemacht – falls sein Plan funktionierte.

»Schön«, sagte Han. »Ich gehe vor.« Er zog seinen Blaster und schlich den Abhang hinunter, hielt sich dabei dicht an einem natürlichen Erdwall, der sie den Blicken der Wachdroiden auf den Mauern entzog. Als sie kriechend den Rand der schlammigen Felder erreicht hatten, rannte er geduckt durch die Reihen der hohen, schwer an der Last ihrer Trauben tragenden Weinstöcke. Mehrmals pflückte er einige große Trauben und stopfte sie sich in den Mund.

Sekunden später tauchte vor ihnen ein Erntedroide auf. Er hatte Dutzende von kleinen Klauen, mit denen er die Trauben in einen mundähnlichen Einfülltrichter warf. Er war knapp drei Meter groß und hatte kurze, dicke Beine. Han musterte ihn unentschlossen, während Isolder eine kurze Leiter an der Seite des Droiden hinaufkletterte und sich vorsichtig in den Trichter schwang. Der Droide schien ihn nicht zu bemerken und stopfte weiter Trauben in das Loch, so daß Isolder sie hinauswerfen mußte. »Kommt rein«, sagte Isolder. »Der hier ist fast leer.«

Han, Leia und Luke kamen eilig der Aufforderung nach. Teneniel zögerte, und Luke konnte ihre Angst spüren. Ihr gefiel der Gedanke nicht, von diesem Mund verschluckt zu werden und in den dunklen Eingeweiden des Droiden zu verschwinden.

Der Droide wandte sich ab und stapfte Richtung Gefängnis; offenbar hatte er registriert, daß sein Trichter voll war. Luke steckte den Kopf aus dem Trichter und flüsterte: »Teneniel, beeil dich!«

In Windeseile stieg sie die Leiter hoch und sprang hinein.

219

Mit fünf Leuten war es im Trichter sehr eng. Luke war zwischen Teneniel und Isolder eingezwängt und stand bis zu den Knien in Trauben. Luke spürte Teneniels Panik, hielt ihre Hand und flüsterte: »Schon gut. Dir wird nichts passieren.«

Han zog sich nach oben und spähte aus dem »Mund« des Droiden, als er sich den Gefängnismauern näherte. »Zwei Posten stehen am Ausfalltor«, flüsterte Han und ließ sich wieder fallen.

Teneniels Herz hämmerte, und sie versuchte, tief durchzuatmen, sich zur Ruhe zu zwingen, die Macht zu fühlen, so wie Luke es ihr geraten hatte. Luke verfolgte ihre Anstrengungen. Nach einer Weile atmete sie ruhig und gleichmäßig. »Gut«, flüsterte er und drückte ihre Hand.

Als sie das Ausfalltor erreichten, fiel Licht durch die Öffnung über ihren Köpfen, und der Droide blieb stehen. Mit metallischer Stimme knirschte er: »Ich habe eine Ladung Hwotha-Trauben für die Prozessoren.«

»So früh?« fragte eine der Wachen. »Die Weinstöcke müssen unter der Last ja fast zusammenbrechen. Du kannst passieren.«

Der Droide stapfte ins Gefängnis, und Luke hörte, wie sich die Wachen gedämpft unterhielten. »Wenn es so viele Trauben gibt, glaubst du, daß wir welche abbekommen?«

»Nee«, meinte der andere. »Die hohen Tiere werden sie alle allein essen.«

Der Droide trottete durch hell erleuchtete Gänge, an Maschinen vorbei, die zischten und Dampf ausstießen, und blieb kurz stehen. Der Boden unter ihren Füßen öffnete sich, und Luke rutschte durch eine glatte Metallröhre in die dunkle Tiefe. Teneniel gab einen verängstigten Laut von sich, und Luke ergriff ihre Hand und flüsterte: »Es ist alles in Ordnung.«

Sie landeten auf einem Förderband und wurden aus Deckendüsen mit Wasser bespritzt. Als sie die Waschanlage passiert hatten, fauchte plötzlich eiskalte Luft über sie hinweg.

Und dann sahen sie endlich direkt vor sich Licht durch eine Öffnung in der Röhre fallen. Luke rollte vom Förderband und zog Teneniel mit sich. Sie landeten mitten in einem Gewirr klappernder und brummender Maschinen, die auf hüfthohen Metallpfeilern standen. Die Luft war feucht und warm, aber Luke konnte nicht viel erkennen. Er horchte konzentriert. Rechts von ihnen drangen Stimmen aus einem schmalen Gang.

»Wo sind wir?« fragte Teneniel.

»Wir sind unter der Küche, im Servicetunnel der Speiseprozessoren«, antwortete Han. »Jetzt müssen wir nur noch einen Weg nach draußen finden.«

»Hier entlang«, flüsterte Luke, als er hörte, wie sich die fremden Stimmen entfernten. Sie krochen durch einen Wald aus Metallbeinen und Maschinen, unter einer Decke aus Rohrleitungen, über einen Teppich aus Staubflusen. Nach sechs Minuten erreichten sie eine Öffnung – ein massives, in den Boden eingelassenes Gitter. Unter dem Gitter lag ein riesiger Speisesaal, in dem sich Hunderte von Leuten in orangenen Overalls aufhielten. Die meisten waren Menschen, obwohl es auch einige haarlose Reptilien mit riesigen Augen in einem Gesicht gab, das wie eine Suppenkelle nach innen gewölbt war. »Ithorianer«, knurrte Han.

»Was machen Ithorianer in diesem Gefängnis?« fragte Leia und zuckte plötzlich zurück, als eine grüne Frau vorbeiging. Auf einem Laufgang, von dem aus sich der ganze Speisesaal überwachen ließ, patrouillierten gepanzerte imperiale Sturmtruppler mit Blastergewehren in den Händen.

Luke spähte durch den Maschinenwald und entdeckte ein anderes Licht. »Hier entlang«, sagte er und kroch weiter. Mehrere Minuten später stießen sie auf ein zweites Gitter. Darunter lag ein erleuchteter Raum, der heiß und feucht roch. Ein älterer Mann beaufsichtigte mehrere Droiden, die Uniformen an Kleiderständer hängten. Die anderen schoben sich an Luke heran und spähten durch das Gitter.

»Was jetzt?« fragte Han. Der alte Wäschemann befahl den Droiden, die Kleiderständer nach draußen zu bringen, und die mechanischen Wesen schoben sie hinaus.

Luke sagte laut und ruhig zu dem Alten: »Sie da – kommen Sie her und öffnen Sie dieses Gitter!«

»Oh, bitte, Luke«, flüsterte Leia warnend, »nicht diesen Trick! Er hat bei dir noch nie funktioniert!«

Der Mann trat ans Gitter und blickte hindurch. »Was machen Sie da?« flüsterte er.

»Sie müssen dieses Gitter öffnen!« befahl Luke und griff mit der Macht nach dem alten Mann.

»Ich kenne den Zugangskode nicht«, flüsterte der Alte verschwörerisch zurück, »sonst würde ich Ihnen liebend gern helfen. Was machen Sie da überhaupt? Haben Sie sich verirrt?«

Luke wurde plötzlich klar, daß seine Jedi-Tricks bei diesem

alten Mann nicht funktionierten, aber der Gefangene trotzdem bereit war, ihnen zu helfen.

»Einen Moment, Luke«, sagte Han. »Da oben ist die Zugangsklappe. Vielleicht kann ich das Schloß kurzschließen!«

»Bloß das nicht!« stieß Leia hervor. »Wahrscheinlich wirst du nur einen Alarm auslösen!« Han zog seinen Blaster und zerstrahlte die Klappe. Ein paar blaue Funken flogen in Lukes Gesicht. Alle hielten den Atem an und horchten.

»Seht ihr?« sagte Han triumphierend. »Kein Alarm.«

»Du hast Glück gehabt«, flüsterte Luke. »Jetzt wirst du wohl stundenlang am Schloß herumfummeln und doch noch Alarm auslösen!«

Han griff nach dem heißen Metall und machte: »Autsch!« Im gleichen Moment glitt das Gitter zur Seite. »Seht ihr?« flüsterte er. »Kein Problem.«

»Angeber«, zischte Leia, als sie in die Wäscherei kletterte.

»Das sagst du nur, weil dir die Worte fehlen, um deine tiefe Bewunderung auszudrücken«, meinte Han.

»Gute Arbeit«, lobte Luke, als er sich durch die Öffnung zwängte. Der alte Mann half ihm herunter und sah ihn neugierig an.

»Was hat das alles zu bedeuten?« fragte der Alte.

»Wir brechen ein«, erklärte Han.

Als sich Teneniel herunterließ, blickte der alte Gefangene kopfschüttelnd von einem zum anderen. »Hmmm…«, machte er und musterte Isolder. »Sie können hier nicht in diesem Aufzug herumlaufen. Was wollen Sie anziehen?«

»Was haben Sie anzubieten?« fragte Han.

»Hier wird alles gereinigt«, erwiderte der alte Mann. »Sträflingskleidung, Wärteruniformen – sogar die Lumpen, die die Hexen tragen. Aber woher kommen Sie?«

»Von überall und nirgends«, sagte Han mißtrauisch. »Wozu die vielen Fragen?«

»Reg dich ab«, warf Luke ein. »Er ist harmlos.«

»Woher willst du das wissen?« fragte Han. »Immerhin ist er ein Verbrecher.«

»Moment, Han«, sagte Leia. »Ich spüre es auch. Warum hat man Sie hier eingesperrt?«

»Ich habe mich mit dem Imperium angelegt«, erklärte der alte Wäschemann. »Mir hat eine Flugzeugfabrik auf Coruscant gehört. Als sie unsere Maschinen stehlen wollten, haben wir die Werksanlagen bis auf die Grundmauern abgebrannt. Ich fürchte, wenn Sie auf der Suche nach gefährlichen Gefangenen sind, haben Sie sich den falschen Block ausgesucht.«

»Politische Gefangene?« fragte Han.

»Und überzeugte Oppositionelle«, sagte Leia. »Für das Imperium zu wertvoll, um sie zu beseitigen, und zu gefährlich, um sie frei herumlaufen zu lassen und zu riskieren, daß sie sich der Rebellion anschließen.«

»Deshalb hat das Imperium sie hier gefangengesetzt«, bestätigte Luke, »auf einem Planeten, der auf fast keiner Sternkarte verzeichnet ist. Wären sie gefährliche Schwerverbrecher, hätte man sie in ein Hochsicherheitsgefängnis geschafft und vor der Öffentlichkeit damit geprahlt, daß sie für alle Zeiten hinter Schloß und Riegel bleiben. Aber das hier sind Leute, die das Imperium einfach verschwinden lassen wollte.«

Leia betrachtete das Gesicht des alten Mannes – es war ein freundliches Gesicht. »Wie viele Gefangene gibt es hier?«

»Dreitausend«, erklärte der Wäschemann. »Aber wir können uns unterhalten, während Sie sich umziehen. Schnell! Was wollen Sie hier? Wo wollen Sie hin? Wollen Sie die Gefangenen befreien?«

»Zunächst einmal müssen wir uns ungehindert auf dem Gelände bewegen können«, sagte Han.

Der Wäschemann wühlte in den Kleiderbündeln und brachte zwei schwarze Roben für die Frauen und Wärteruniformen für die Männer zum Vorschein. Aber dann näherten sich von draußen Schritte, und er erstarrte. Zwei stämmige Sturmtruppler kamen an der offenen Tür vorbei. Die Gruppe rührte sich nicht und versuchte, sich ungezwungen zu geben. Die Sturmtruppler blieben stehen, machten kehrt und blickten in die Wäscherei, die Blastergewehre halb erhoben.

»He, Sie beide da!« donnerte Han. »Kommen Sie rein! Auf der Stelle!«

»Reden Sie mit uns?« fragte einer der Sturmtruppler und wies mit dem Daumen auf sich.

»So ist es, Soldat«, sagte Han. »Herein mit Ihnen!«

Die Sturmtruppler sahen sich an und kamen zögernd in den Raum.

»Ich bin Sergeant Gruun«, sagte Han und trat vor. »Von der externen Sicherheit! Meine Leute haben soeben Ihr Gefängnis infiltriert, direkt vor Ihren Augen! In all meinen Jahren beim Sicherheitsdienst habe ich noch nie eine derartige Schlamperei erlebt. Sagen Sie, wer ist Ihr kommandierender Offizier?«

Die Sturmtruppler sahen sich an und rissen gleichzeitig ihre Blaster hoch. Han packte beide Blaster an den Läufen und bog sie nach oben, so daß die Schüsse in die Decke gingen. Isolder und Luke warfen sich auf die Wachen und rangen sie nieder. Han schleuderte die Blaster auf den Boden und wimmerte: »Oh, oh, heiß!« Im Nahkampf behinderten die Körperpanzer die Bewegungen der Sturmtruppler, und binnen weniger Sekunden hatten Luke und Isolder ihnen die Helme abgerissen. Ein paar gezielte Faustschläge brachten die Wachen zum Schweigen. Leia knebelte und fesselte sie, während Han und Isolder ihnen die Panzer abstreiften und die reglosen Körper in einen Wäschesack stopften. Der alte Arbeiter schleppte sie in ein Hinterzimmer.

Luke, Han und Isolder verkleideten sich als Sturmtruppler. Der Wäschemann beobachtete sie, während sie sich anzogen, stellte aber keine weiteren Fragen mehr. Manchmal, dachte Luke, war es besser, wenn man nicht zuviel wußte. Sollte man ihn später foltern, konnte der Wäschemann keine wichtigen Informationen preisgeben.

»Danke«, sagte Han, als sie fertig waren, und klopfte dem Wäschemann auf die Schulter. »Wir werden das nicht vergessen. Wenn uns die Flucht von diesem Planeten gelingt, kommen wir wieder und holen Sie raus.«

Luke musterte den alten Gefangenen und wußte, daß er für seine Hilfe bezahlen würde, wenn sie die Wachen nicht neutralisierten. »Wartet!« sagte Luke. Er ging zu den bewußtlosen Wachen, legte jedem eine Hand auf den Kopf und löschte mit der Macht ihre Erinnerungen an den kurzen Kampf. Als er fertig war, atmete er schwer. »Schaffen Sie die Männer in den Tunnel über dem Gitter. Wenn sie aufwachen, werden sie sich nicht mehr an Sie erinnern. Zumindest für die nächsten Jahre nicht.«

Der alte Mann nickte ernst und sah Luke an. »Ich weiß, was Sie sind. Ich bin Männern wie Ihnen früher schon begegnet. Ich kenne die Jedi«, sagte er und ergriff Lukes Schulter. »Danke.«

»Ich danke Ihnen«, erklärte Luke und stand auf. Er schwankte leicht unter dem Gewicht des Panzers und vor Erschöpfung. Das Gedächtnis anderer Menschen zu manipulieren, war eine komplizierte Angelegenheit, und Luke fragte sich sorgenvoll, ob er seine Kräfte vielleicht überstrapaziert hatte. Es wäre einfacher gewesen, die Wachen zu töten, aber das konnte er nicht tun. Als sie sich auf den Weg durch den Gefängniskomplex machten, hoffte er nur, daß er seine Entscheidung nicht bereuen würde.

* 20 *

»Du liebe Güte!« rief 3PO nullkommavier Sekunden, nachdem er den imperialen Kode entschlüsselt hatte. Er hatte geplant, Chewbacca in ein ausführliches Gespräch zu verstrikken und ihm genau zu erklären, wie er die subtileren Nuancen des Kodes durchschaut hatte, aber nun wurde ihm klar, daß er es auf später verschieben mußte. »Zsinj hat den Funkverkehr abgehört und so erfahren, daß sich General Solo auf diesem Planeten aufhält«, erklärte 3PO hastig, »und Gethzerion hat sich bereit erklärt, Han an Zsinjs Leute zu verkaufen. Sie sagt, sie hat die Spuren des Schlittens entdeckt, auf dem die Schwestern vom Clan des Singenden Berges den *Millennium Falken* transportiert haben. Sie rechnet damit, daß Han in der Stadt nach Ersatzteilen suchen wird, und hat General Solo eine Falle gestellt!«

Chewbacca grollte und schüttelte seinen Blitzwerfer. »Wir müssen sie warnen!« rief 3PO, und R2 stimmte mit einem Ausbruch statischen Prasselns zu.

Ein Pfiff drang aus dem Gefängnisinterkom. Durch die Plastahlkorridore rollte ein glänzend schwarzer Droide und schwenkte seine künstlichen Augen von rechts nach links. In seinen Helm war ein kleiner Handblaster eingebaut, ein Modell, das verletzen, aber nicht töten konnte, und während er durch den Gang rollte, rief er: »Einschluß! Einschluß! Einschluß!« Die Gefangenen rannten zu ihren Zellen, aber zwei Männer waren nicht schnell genug und wurden von dem Droiden angeschossen. Die unglückseligen Häftlinge schrien vor Schmerz.

Han und Isolder folgten in ihren Sturmtruppenpanzern der Maschine durch den Korridor. Leia und Teneniel blieben ihnen als Hexen verkleidet dicht auf den Fersen. Das Schlußlicht bildete der vor Erschöpfung schwankende Luke. Teneniel ergriff seine Hand und zog ihn mit sich. Trotz seiner Erschöpfung strengte Luke seine Sinne bis zum Äußersten an. Sie kamen dem Turm der Hexen immer näher. Er konnte ihre Gegenwart spüren. Die Gefängniskorridore waren seltsam still, nirgendwo zeigte sich ein Wärter. Die Häftlinge waren für die Nacht in ihren Zellen eingeschlossen worden.

Der Wachdroide ließ sie ohne Kommentar passieren, und sie eilten durch die leeren Korridore, begleitet vom Echo ihrer Schritte. Als sie einen von Zellen gesäumten Seitengang erreichten, blieb Leia stehen.

»Wartet einen Moment...«, flüsterte sie und spähte in die erste Zelle. »Ich kenne diese Frau! Sie ist von Alderaan! Sie hat meinem Vater als Chefberaterin für Waffentechnologien gedient.«

»Geh weiter«, drängte Luke leise. »Wir können im Moment nichts für sie tun.«

»Aber sie galt als tot!« sagte Leia. »Ihr Schiff ist abgestürzt.«

»Geh weiter«, wiederholte Luke leise.

Sie erreichten eine verriegelte Tür mit einem elektronischen Schloß an der Seite. Durch ein Fenster in der Tür konnten sie eine zweite Tür erkennen. Han musterte den Zahlenblock des elektronischen Schlosses und tippte aufs Geratewohl eine vierstellige Zahl ein. Über dem Block leuchtete ein rotes Lämpchen auf, was bedeutete, daß er die falsche Kombination eingegeben hatte.

»Nicht!« befahl Luke. »Laß mich es lieber versuchen.« Er trat vor die Tür, legte seine Hand auf den Block und schloß die Augen. Der Block wurde jeden Tag von Dutzenden von Wärtern benutzt. Er konnte die vier Tasten spüren, die sie betätigten, aber nicht die genaue Reihenfolge. Zögernd gab er die vier Zahlen in der Reihenfolge ein, von der er annahm, daß sie richtig war. Über dem Block leuchtete ein grünes Lämpchen auf, dann öffnete sich die Tür.

Luke drückte einen Knopf, um die nächste Tür zu öffnen. Dahinter lag eine kleine Fahrstuhlkabine. Als die anderen die enge Kabine betraten, blieb Teneniel draußen stehen und runzelte verwirrt die Stirn.

»Komm«, sagte Luke. »Es ist ein Fahrstuhl. Er bringt uns zum Brückengang, der zum Turm führt.« Teneniel errötete und folgte ihnen.

Als der Fahrstuhl hielt und die Tür zur Seite glitt, sahen sie vor sich den gläsernen Brückengang, der sich über die dunklen Gefängnismauern spannte. Das Glas war so klar, so perfekt, daß Luke die Sterne am Himmel erkennen konnte. Unten zwischen den Türmen sah er einen kleinen Hof, ein paar Metallschuppen und einige Nachtschwestern, die im grellen Licht elektrischer Lampen vorbeigingen.

Plötzlich hatte Luke das Gefühl, zu ersticken. Er spürte die Nachtschwestern in den Türmen. Isolder und Han übernahmen die Führung und liefen durch den Brückengang, aber Teneniel war vor Entsetzen erstarrt.

»Ist schon gut«, flüsterte Luke. »Laß die innere Ruhe zu dir kommen. Zieh deine Kraft aus der Macht, laß dich von ihr wie von einer Decke umhüllen. Wir müssen an ihnen vorbei, wenn wir zu ihrer Werft wollen. Die Macht kann dich vor ihnen verbergen.«

Am Ende des Brückengangs öffnete sich eine Tür. Vier Nachtschwestern in schwarzen Roben, die Kapuzen tief ins Gesicht gezogen, kamen auf sie zu. Die an der Spitze bewegte sich steifbeinig, langsam, mit vor dem Bauch gefalteten Händen. Luke atmete tief und ruhig durch und ließ die Macht in sich fließen.

Die anderen gingen weiter. Hölzern setzte Teneniel ein Bein vor das andere. Die Nachtschwestern drängten sich in dem schmalen Korridor an ihnen vorbei, und die schwarze Robe einer Nachtschwester streifte Teneniels Gewand. Und dann waren sie vorbei.

Unvermittelt blieben die Nachtschwestern stehen, und Luke spürte Teneniels Furcht, spürte ihren Wunsch, einfach davonzulaufen.

»Halt! Ihr da!« schrie ihnen eine Nachtschwester mit trockener, kratziger Stimme zu. Als die Gruppe wie ein Mann verharrte, fragte die Nachtschwester: »Was habt ihr hier so spät noch zu suchen?«

Han drehte sich um und antwortete über sein Helmmikrofon: Probleme im Zellenblock C.«

Die Nachtschwester nickte nachdenklich und wandte sich halb ab, sah sich dann aber noch einmal zu ihnen um. »Was für Probleme? Warum bin ich nicht informiert worden?«

»Eine kleine Auseinandersetzung zwischen den Häftlingen«, erklärte Han. »Wir wollten Sie damit nicht belästigen.«

Die Nachtschwester schlug ihre Kapuze zurück, und Luke wurde von Entsetzen gepackt. Ihr weißes Haar war ungekämmt und verfilzt, ihre blutunterlaufenen Augen leuchteten karmesinrot. Aber am grausigsten war ihr Gesicht – eine purpurne Monstrosität aus geplatzten Blutgefäßen, grau und tot an den Wangenknochen.

»Ich spüre deine Furcht«, sagte die Nachtschwester. »Was sollte eine Nachtschwester hier schon fürchten – in unserer Domäne?«

»Viele Wachen sind abgezogen worden, und es gibt Gerüchte über eine geplante Meuterei«, erwiderte Han. Er trat einen Schritt vor und stellte sich zwischen Teneniel und die Nachtschwestern. »Ich fürchte, daß diese Gerüchte der Wahrheit entsprechen.«

Die Nachtschwester nickte nachdenklich. Luke spürte, wie sie nach ihnen tastete, und er war fast versucht, seinen Blaster zu ziehen. Statt dessen kanalisierte er die Macht, ließ sie in die Hexe fließen und ihr Mißtrauen zerstreuen. »Ich werde Block C einen Besuch abstatten. Meine Anwesenheit sollte den Pöbel zur Räson bringen«, sagte sie. »Danke für die Warnung.«

Han nickte, und die Nachtschwester machte kehrt, setzte ihre Kapuze auf und ging zum Fahrstuhl.

Han eilte zum Glasturm voraus. Er öffnete eine Tür und führte sie durch eine Art Aufenthaltsraum.

Ein Dutzend Nachtschwestern in schwarzen Roben saßen auf plüschigen Couches in einem Kreis und betrachteten gebannt geisterhaft fahle Bilder von wunderschönen Männern und Frauen. Dazu genossen sie exotische Speisen. Sie schienen nicht einmal zu bemerken, daß sie an ihnen vorbeihuschten.

Han führte sie zu einem Aufzug, und als sich die Tür hinter ihnen schloß, brach Teneniel fast zusammen. »Die Nachtschwester, die uns angesprochen hat«, sagte sie, »das war Gethzerion. Ich war sicher, daß sie mich erkannt hat.« Sie atmete tief durch.

Luke musterte die Fahrstuhltür, und plötzlich hatte er das Gefühl, sich hoch oben in der Luft zu befinden und auf Dathomir hinunterzuschauen, und alles war schwarz. Alles war zu Eis erstarrt. Alles. Und alles und jedes war tot. Er schloß die Augen, versuchte sich zu entspannen, denn er glaubte, daß seine Erschöpfung sein Wahrnehmungsvermögen trübte, aber die Schwärze blieb, und ein ungeheuerliches Gefühl der Verzweiflung und der Dringlichkeit erfüllte ihn. Er starrte in die Schwärze, und er wußte, was es war: eine Vision der Zukunft.

»Was ist?« fragte Leia und drehte sich zu ihm um. »Was hast du?«

»Wir können nicht weg von hier«, sagte Luke mit trockenem Mund. »Wir können diese Welt noch nicht verlassen – nicht auf diese Weise.«

»Was meinen Sie damit?« fragte Isolder, und Han sagte: »Genau, was meinst du damit? Wir *müssen* weg von hier!«

»Nein«, sagte Luke, den Blick ins Leere gerichtet. Er nahm seinen Helm ab und schnappte nach Luft. »Nein, wir können nicht. Alles ist so falsch hier, so dunkel.« Er *spürte*, wie sich die Dunkelheit näherte, wie die Kälte in jede Faser seiner Muskeln kroch.

»Hör zu«, sagte Han. »Wir besorgen uns die Ersatzteile für den *Falken* und bringen dann unseren Arsch in Sicherheit. Sobald wir wieder auf Coruscant sind, können wir eine Flotte in Marsch setzen. Du kannst von mir aus eine Million Soldaten bekommen – soviel wie du brauchst.«

»Nein«, sagte Luke mit Nachdruck. »Wir können nicht weg.« Er hatte Angst. Aber er wußte nicht, was er tun sollte. Er konnte nicht kehrtmachen und die Nachtschwestern angreifen. Sie konnten sich eine Konfrontation nicht erlauben.

»Hören Sie auf Han«, drängte Isolder und befeuchtete seine Lippen. »Diese Leute sind hier schon seit Jahren eingesperrt. Es nutzt ihnen nichts, wenn wir uns heute nacht zu Märtyrern machen. Sie werden schon durchhalten, bis wir zurückkehren und sie retten können.«

Aber Luke wußte es besser. Er drehte sich zu Isolder um, sah von einem zum anderen. »Nein, das werden sie nicht. Wartet nur ab. Glaubt mir, die Mächte der Finsternis werden immer stärker. Isolder, Sie sagten, daß Ihre Flotte in sechs Tagen eintreffen wird. Aber wenn wir nicht vorher eingreifen, wird dieser Planet vernichtet werden!«

Han schüttelte zweifelnd den Kopf. »Hör zu, Kleiner«, sagte er. »Versteh mich nicht falsch, aber ich weiß, daß du unter ziemlichen Druck stehst. Du hast im Moment ein paar Probleme – und ich kann's dir wirklich nachfühlen –, aber wenn du so weiterredest und diese Leute in Angst und Schrecken versetzt, sehe ich mich gezwungen, dir das Maul zu stopfen.«

Luke spürte Hans Nervosität. Er wollte nicht, daß Luke die anderen beunruhigte. Vielleicht mit Recht. Die Kabine kam mit einem Ruck zum Halt, und Luke drückte auf einen Knopf. Die Tür glitt zischend zur Seite, aber Luke stand noch immer mit dem Rücken zum Ausgang. »Los, Han«, sagte Luke und deutete auf den riesigen Lagerraum hinter ihm, ohne sich umzudrehen. »Hier ist, was du willst.«

Luke drehte sich dann um und sah drei Dutzend beschädigte Schiffe – drei fast völlig zerstörte imperiale Tragflügel-Transporter, ein Dutzend halb zu Schlacke geschmolzene TIE-Jäger und die Überreste zahlreicher zertrümmerter Schwebewagen. Han musterte die Wracks und keuchte. In der Mitte des Schrottplatzes, von Scheinwerfern angestrahlt, standen ein fast fertiger TIE-Jäger und ein leichter Viehtransporter, der fast genau wie der *Millennium Falke* aussah. Die meisten der Bugsensorgabeln waren in einem rostigen Orangeton gestrichen, während die Hülle in einem verblaßten Olivgrün und die Hecktriebwerke in einem alten Raumpiratenblau gehalten waren. Schweißnähte verrieten, wo die Einzelteile von drei Schiffen zusammengefügt worden waren.

»Sie haben sich ein Schiff gebaut!« sagte Han und nahm den Helm ab, um besser sehen zu können. »Wie's scheint, fehlen nur noch ein paar Energiezellen für den Sublichtantrieb.«

»Das nenne ich wirklich Glück«, meinte Leia.

»He, diese alten corellianischen Viehtransporter waren zu ihrer Zeit die beliebtesten Schiffe der Galaxis«, sagte Han. »Selbst heutzutage findet man kein zuverlässigeres Schiff.«

Isolder nahm seinen Helm ab und atmete tief die frische Luft ein. »Sie meinen wohl, kein plumperes.«

»Ist dasselbe«, knurrte Han.

Er ging über eine flache Rampe zum Schiff hinunter. »Warte!« rief Leia.

Han blieb stehen, und Leia musterte argwöhnisch die Werft. »Hier befinden sich ziemlich wertvolle Bauteile«, sagte sie. »Unterirdisch gelagert, von Scheinwerfern angestrahlt. Findest du es nicht auch komisch, daß sie nicht bewacht sind?«

»Wer braucht Waffen?« fragte Han. »Diese Schiffe können nicht fliegen. Außerdem hast du doch den Abmarsch der Sturmtruppen verfolgt. Es fehlt ihnen heute am nötigen Personal.«

»Was ist mit den Alarmanlagen?« fragte Luke. Er nahm sein Makrofernglas, suchte die Halle ab und justierte die Schärfe. »Ich kann keine Lasersperren erkennen, aber es könnte alle möglichen Sicherungen geben – Bewegungsmelder, Magnetfelddetektoren –, und bei all dem Schrott wüßten wir nicht einmal, wo wir mit der Suche anfangen sollen.«

»Was sollen wir also deiner Meinung nach tun?« fragte Han. »Einfach hier herumstehen? Wir müssen uns dieses Schiff ansehen.«

»Komm schon«, sagte Leia und berührte Lukes Schulter. »Er hat recht.«

Han und die anderen wagten sich langsam vor, suchten den Boden ab, die sich überall türmenden Schrotthaufen. Die Schleusentore des corellianischen Frachters waren geschlossen. Han blieb einen Moment stehen und studierte den Tastenblock des elektronischen Schlosses. »Wenn ich das Schiff zu sichern hätte, würde ich die Alarmanlage hier anbringen«, meinte er. »Wenn jemand die falsche Kombination eingibt, heult der Alarm los.«

»Was ist die richtige Kombination?« fragte Teneniel. Luke legte seine Hand auf den Block, aber er war seit langer Zeit nicht benutzt worden. Er konnte die Kombination nicht erspüren.

»Ich weiß es nicht«, gestand Han und starrte die Nummerntasten an. »Jeder Captain hat seinen eigenen Kode. Aber natürlich können ihn die Hafenbehörden überbrücken, wenn sie wissen, in welchem System das Schiff registriert ist. Hier ist die Registriernummer.« Er deutete auf eine Zeichenreihe. Einige der fremden Schriftzeichen waren winzig und kunstvoll verschnörkelt. Andere waren Piktogramme, während wiederum andere eckig und aggressiv wirkten, als stammten sie von einer Kriegerrasse. »Der Eigner dieses Schiffes ist häufig im Chokan-, Viridia- und Zi'Dek-System gewesen. Als die Alte Republik noch existierte, kannte ich ein paar der dort gebräuchlichen Hafenzugangskodes, aber dieses Schiff stand im Dienst des Imperiums. Die Imperialen haben alle Kodes geändert. Verdammt, ich wünschte, ich hätte länger als Pirat gearbeitet.«

Isolder trat ans Schiff und gab den Kode Fünfzehn-Null-Drei-Elf ein. Die Schleuse glitt nach unten. »Der chokanische imperiale Hafenbehördenkode«, erklärte Isolder lächelnd.

Han sah ihn verblüfft an. »Sie haben im Chokan-System gearbeitet? Trotz dieser schrecklichen Seuche?«

Isolder zuckte die Schultern. »Ich hatte dort ein Mädchen.«

»Muß ja ein *tolles* Mädchen gewesen sein«, meinte Leia.

Han stürmte ins Schiff. »Ich laß' das Diagnoseprogramm durchlaufen, um festzustellen, ob sich der Diebstahl der Ersatzteile auch lohnt. Isolder und Leia – ihr besorgt euch ein paar Schraubenschlüssel und baut dieses Sensorfenster aus! Danach geht ihr hinunter in den Laderaum und schraubt die VF-Generatoren ab! Luke, du besorgst ein paar Tonnen für die Kühlflüssigkeit!«

Als die anderen im Schiff verschwunden waren, blieb Luke noch einen Moment mit Teneniel draußen stehen und legte ihr eine Hand auf die Schulter. »Das hier wird eine Weile dauern«, sagte er. »Halt die Augen offen.«

Leia und Isolder holten ein paar Werkzeuge aus dem Schiff und lösten das Sensorfenster aus seiner Halterung. Luke ging zur gegenüberliegenden Wand, wo große Metallcontainer abgestellt waren, und rollte eine Tonne durch die Halle. Teneniel flüsterte einige Zaubersprüche, um ihre Sinne zu schärfen, aber das erwies sich als überflüssig. Irgendwie hatte sie die Macht bereits unbewußt angezapft. Mit ihren geschärften Sinnen konnte sie jede Bewegung und jedes Klirren der Werkzeuge wahrnehmen, Hans wilde Freude, als er im Cockpit »Bingo!« flüsterte, das hallende Rumpeln der Tonne, die Luke über den Boden rollte. Luke ging in den Frachter und murmelte vor sich hin, während er mühsam mit einer Handpumpe die Kühlflüssigkeit in die Tonne umfüllte. Leia und Isolder trugen das Fenster hinein und zündeten zwei Schneidbrenner, um festgefressene Schrauben zu lösen. Die Flammen zischten und fauchten, als sie durch das Metall schnitten.

Teneniel entfernte sich ein Stück vom Schiff, um besser hören zu können, und wünschte, sie hätte ein Blastergewehr. Bewaffnet würde sie sich sicherer fühlen. In der Halle befanden sich so viele ausrangierte Raumschiffe, daß sie vom Boden aus kaum etwas sehen konnte.

Sie entschloß sich, auf einen Transporter zu klettern, der mehr ein geschmolzener Schlackehaufen als ein Schiff war. Sie ging hinüber und suchte nach einer Aufstiegsmöglichkeit. Der Geruch des oxydierenden Metalls brannte in ihrer Nase. Sie fand einen knotigen Vorsprung und zog sich daran hoch. Im gleichen Moment glaubte sie, das Rascheln von Stoff und gemurmelte Worte zu hören.

Sie sah sich in der Halle um, die nur vom Licht der Scheinwerfer am Fuß der beiden teilweise reparierten Schiffe erhellt wurde. Es gab eine Menge undurchdringlicher Schatten. Von der hohen Decke hallten leise die Arbeitsgeräusche von Han und den anderen wieder. Teneniel kletterte eilig weiter, schwang sich auf das Schiff und überblickte den Schrottplatz. Von hier aus konnte sie alles sehen – den Lagerbereich, die Aufzüge, eine Tür an der Südwand, die zu einer Treppe führte. Am nördlichen Ende der Halle führte eine rechteckige Öffnung nach draußen. Mondlicht versilberte den Durchgang. Die Dunkelheit, die unheimliche Atmosphäre dieses Ortes, die gedämpften Echos, die nach draußen führende Öffnung – alles stürmte auf Teneniel ein. Es war wie damals, als sie als Kind, nach dem Tod ihrer Mutter, die Kriegerhalle betreten hatte.

Sie spürte hier dieselbe Bedrückung, dieselbe gähnende Leere. Sie spähte in die Schatten in einem gegenüberliegenden Winkel des Raums – glaubte, eine Bewegung zu bemerken, dunkle Gestalten, die in die Schatten flohen. Sie strengte ihre Augen an, konnte aber keine Einzelheiten erkennen.

Sie begann leise einen Erkennungsspruch zu singen, und ein Blitz aus kalter Furcht durchbohrte sie. Sie konnte sie dort *spüren* – in der Dunkelheit, sie mit mörderischer Absicht einkreisend.

Teneniel suchte die ganze Halle ab, aber vergeblich. Etwas stimmte mit ihren Augen nicht. Sie spürte einen kalten Druck auf ihren Augen, eine Taubheit in ihren Ohren, und sie versuchte, beides mit den Händen wegzuwischen.

Plötzlich konnte sie wieder klar sehen. Am Fuß des Schiffwracks standen Baritha und drei weitere Nachtschwestern. Eine der Frauen sang leise, hielt Daumen und Zeigefinger hoch und drückte sie zusammen.

Unsichtbare Finger legten sich um Teneniels Kehle und würgten sie.

»Willkommen, Schwester Teneniel«, sagte Baritha. »Sieh an, wer uns da in die Falle gegangen ist! Was ist passiert? Bist du es endlich leid geworden, dich in den Bergen zu verstecken?«

Teneniel schnappte nach Luft. In ihren Ohren rauschte und klingelte es; ihre Lunge brannte. Sie versuchte, einen Gegenspruch zu singen, aber sie bekam keine Luft.

»Schade, daß ich dich nicht noch einen Moment länger am Leben lassen kann«, sagte Baritha. »Ich bin sicher, daß es Gethzerion Spaß machen würde, dich zu foltern!«

Sie gab ein Handzeichen, und die Nachtschwester an ihrer Seite sang lauter und ballte ihre purpurrote Hand zur Faust. Teneniel spürte, wie ihre Luftröhre zusammengepreßt wurde, und in ihren Ohren hallten Lukes Worte: »Laß die Macht durch dich fließen.«

Sie konnte keine Zaubersprüche singen, keine Lieder, nicht einmal einen Klagegesang. Die Nachtschwestern hielten sie für hilflos. Teneniel zwang sich zur Ruhe, ließ die Macht durch sich fließen und befreite ihre Kehle aus dem Würgegriff. Der Schlackehaufen, auf dem sie stand, bockte und schwankte unter ihr wie ein verängstigter Rancor, und Teneniel fiel auf die Knie. Die Macht war nicht da, war nirgendwo zu finden. Ihr Herz hämmerte laut vor Angst, und mit ihrer ganzen Willenskraft versuchte sie, um Hilfe zu schreien, bevor sie starb.

Die Welt drehte sich, und sie fiel in die dunkle Leere, wurde von der Finsternis verschluckt wie ihre Mutter vor ihr.

Luke hörte Teneniels Schrei in seinem Kopf, rief nach Han und lief die Rampe hinunter.

Er entdeckte die Nachtschwestern in hundert Metern Entfernung vom Schiff. Teneniel lag reglos über ihnen auf dem Transporter. »Aufhören!« brüllte Luke. »Laßt sie in Ruhe!«

Er ließ die Macht durch sich fließen und öffnete Teneniels Luftröhre. Das Mädchen keuchte.

»Was?« fragte Baritha. »Ein elender kleiner *Mann* will uns Befehle geben?« Die Hexen drehten sich zu ihm um.

»Verschwindet von hier!« sagte Luke. »Ich warne euch: Sagt Gethzerion, sie soll die Nachtschwestern von hier wegführen und eure Sklaven freilassen!«

»Oder was, Außenweltler?« fragte Baritha. »Wirst du uns sonst mit deinem Blut bespritzen, wenn wir dir den Kopf abreißen? Bist du erst so kurz auf unserer Welt, daß du nicht weißt, was wir sind?«

»Ich weiß, was ihr seid«, erwiderte Luke. »Ich habe schon auf anderen Welten gegen Leute wie euch gekämpft.«

Eine der Nachtschwestern ergriff warnend Barithas Arm. Hinter Baritha begannen zwei Nachtschwestern leise zu singen, und ihre Umrisse verblaßten. Luke erkannte, daß sie versuchten, sein Wahrnehmungsvermögen zu beeinflussen, und ließ die Macht durch sich strömen.

»Ihr könnt euch nicht vor mir verstecken«, sagte Luke. »Ganz gleich, wohin ihr flieht, ich werde euch überall finden. Ihr habt nur eine Chance, am Leben zu bleiben: indem ihr euch friedlich zurückzieht.«

»Du lügst!« schrie Baritha und warf ihre Kapuze zurück. Aus Leibeskräften sang sie ihren Zauberspruch: »*Artha, artha!*«

Luke zog seinen Blaster und schoß. Baritha verstummte. Sie hob die Hand und wehrte den Blasterblitz ab.

»Du bist kein Hexer!« schrie Baritha, und eine der Nachtschwestern stürzte sich auf ihn. Luke zog sein Lichtschwert, zündete es und warf es im hohen Bogen nach der Angreiferin. Die Nachtschwester streckte die Hand nach dem Griff aus, und Luke änderte mit der Macht die Flugrichtung des Lichtschwerts und tötete die Vettel. Er lenkte das Lichtschwert zurück in seine Hand.

Baritha und die Nachtschwestern wichen einen Schritt zurück. Eine der Frauen rief: »Gethzerion, Schwestern – kommt zu uns!« Und Luke wußte, daß sie Verstärkung herbeirief.

Teneniel sprang von dem Wrack und war mit einem Satz bei Luke.

»Nein!« schrie Baritha und stimmte wieder ihren Zauberspruch an. Von einem TIE-Jäger löste sich ein Sonnensegel, wirbelte auf Teneniel zu, traf sie in den Rücken und schlug sie zu Boden. Aber sofort war sie wieder auf den Beinen. Baritha sang erneut ihren Spruch, und ein weiteres Sonnensegel flog durch die Halle.

Teneniel duckte sich rechtzeitig und funkelte die alte Frau an. »Das wirst *du* nicht noch einmal mit mir machen!« drohte Teneniel wütend. Hinter ihnen erwachten die Maschinen des Frachters brüllend zum Leben. Luke fragte sich, ob es klug war, das Schiff zu starten, obwohl die Hälfte seiner Sublichtantriebszellen fehlten und am Himmel die Sternzerstörer lauerten, die alles abschießen würden, was sich vom Planeten entfernte. Aber im Moment hatte er wirklich keine Zeit, sich mit Han darüber zu streiten.

Von dem TIE-Jäger brach eine Sensorschüssel und wirbelte auf Teneniel zu. »Weg hier!« schrie Luke.

Aber das Mädchen blieb stehen und sang einen Gegenangriff. Die Sensorschüssel machte kehrt und flog auf die Nachtschwestern zu. Baritha sprang zur Seite, um dem Geschoß zu entgehen, doch eine der Nachtschwestern wurde getroffen und zu Boden geschleudert.

»Verdammt sollst du sein, Gethzerion!« schrie Teneniel in die Luft. »Ich habe es satt, von dir gejagt zu werden. Ich habe es satt, dir aus dem Weg zu gehen! Ich habe es satt, daß du uns quälst und tötest. Ich habe es satt…« Luke sah in Teneniels Gesicht und erkannte, daß sie die Kontrolle über sich verloren hatte. Er spürte die Heftigkeit ihres Zorns. Ihr Gesicht war rot und tränenüberströmt. Teneniel sang ihr Lied, und ein Sturm tobte durch die Halle. Ein TIE-Jäger kippte unter der Wucht des Orkans um und wirbelte auf die Nachtschwestern zu. Die Hexen duckten sich und hoben die Hände in einem Abwehrzauber.

»Nein! Gib deinem Zorn nicht nach!« brüllte Luke und packte Teneniel an der Schulter. »Das ist nicht Gethzerion! Das ist sie nicht!«

Teneniel fuhr herum, sah ihm keuchend ins Gesicht, und plötzlich schien sie zu erkennen, wo sie war. Han feuerte mit den Bugblastern des Frachters auf einen Schlackehaufen und erzeugte eine Wolke aus Splittern, Rauch und ionisierten Gasen, die wie ein Sturm über die Nachtschwestern hinwegraste.

Luke ergriff Teneniels Hand, zerrte sie die Rampe hinauf, hämmerte auf das Schleusenschloß und rannte zum Cockpit. Han war allein dort. Luke konnte den Gesang der Hexen nicht mehr hören, sah sie aber durch das Sichtfenster, wie sie mit ausgestreckten, wie zupackenden Händen dastanden. Han zog langsam den Steuerknüppel an sich, um das Schiff vom Boden zu lösen.

»Mann, der Antrieb ist in einem schlimmeren Zustand als ich dachte«, sagte er skeptisch. »Ich glaube nicht, daß wir diesen Kahn überhaupt hochbekommen.«

Auf der anderen Seite der Halle stürzten Gestalten in schwarzen Roben aus einem Durchgang. »Bring uns hier raus«, sagte Luke. »Sofort!«

Han zerrte am Steuerknüppel. »Der Knüppel klemmt!« brüllte er und umklammerte ihn mit beiden Händen. Luke blickte zu den Hexen hinüber, sah ihre zupackenden Gesten, ließ die Macht durch sich fließen, bückte sich dann und zog den Steuerknüppel mühelos an sich. Das Schiff löste sich vibrierend vom Boden. Luke wirbelte herum und fuhr die Sublichttriebwerke hoch, als sie auf das Portal auf der anderen Seite der Halle zuflogen.

Die Hexen gerieten in den heißen Feuerstrahl der Triebwerksdüsen. Das Schiff schoß aus dem Gebäude und erbebte unter dem Einschlag einer Blastersalve.

»Keine Sorge«, sagte Han. »Das sind die Wachen auf den Gefängnistürmen. Die Schilde halten stand.« Han griff nach dem Steuerknüppel, und das Schiff dröhnte schwankend über die Ebene dahin. Der Frachter war lahm, eindeutig lahm.

Han schrie in das Interkom: »He, Eure Hoheit, habt ihr endlich diese Generatoren abmontiert?«

»Negativ«, antwortete Isolder über Interkom. »Geben Sie uns noch ein paar Minuten.«

»Darf ich Sie daran erinnern, daß das hier ein gesperrter Planet ist?« sagte Han. »Und daß der Himmel voller imperialer Zerstörer ist, die zweifellos in diesem Moment ihre Raketen starten, um uns in Stücke zu schießen?«

»Verstanden«, sagte Isolder. »Wir arbeiten daran!«

»Ich will nicht, daß Sie daran arbeiten«, fauchte Han, »ich will, daß Sie diese Generatoren da rausholen – sofort!«

»Ich helfe ihnen«, sagte Luke und eilte durch den Korridor. Teneniel stand noch immer in der Schleuse und starrte das Schott an. Ihr Gesicht war bleich. Schuldbewußt wandte sie den Blick ab.

»Es tut mir leid«, sagte sie zu Luke. »Es wird nicht wieder vorkommen.«

Luke nickte und stieg hinunter in den Laderaum. Isolder hatte bereits zwei Generatoren von ihren Sockeln montiert und bemühte sich vergeblich, mit einem großen Schraubenschlüssel die Bolzen eines dritten zu lösen. Leia zog und zerrte keuchend an einem der abmontierten Generatoren.

»Schaffen Sie die Generatoren von hier weg«, befahl Luke Isolder und zündete sein Lichtschwert. »Leia, verschwinde von hier und versiegel die Tonnen mit der Kühlflüssigkeit.« Luke schlug die Köpfe der verbliebenen sechs Schraubenbolzen ab und versetzte den letzten beiden Generatoren einen Stoß. Beide kippten von ihren Sockeln. Zusammen mit Isolder schleppte er die Generatoren hinauf zum Hauptdeck. Sie arbeiteten fieberhaft, um sie in die Schleuse zu schaffen, und kaum waren sie fertig, hatte Leia die Tonnen mit der Kühlflüssigkeit versiegelt. Gemeinsam trugen sie diese in die Schleuse.

»Schiff evakuieren!« rief Han über Interkom.

Er hatte die Worte kaum ausgesprochen, da stürzte er auch schon aus dem Cockpit. »In rund dreißig Sekunden überfliegen wir einen See. Ich habe ihn auf den Schirmen gesehen!«

Han schlug auf den Öffner des Schotts, und als die Ausstiegsrampe nach unten klappte, purzelten die Tonnen und die Generatoren nach draußen. Überrascht stellte Luke fest, daß sie mit etwa sechzig Kilometern pro Stunde knapp fünf Meter über dem Boden dahinflogen.

Ein Treffer erschütterte das Schiff, und Han blickte zum Himmel. »Die Sternzerstörer wissen, daß wir hier sind. Hoffen wir, daß die Schilde noch dreißig Sekunden halten.«

Eine ganze Trefferserie schüttelte das Schiff durch. Isolder packte das Sensorfenster und rutschte die Rampe hinunter. Auf halbem Weg hielt er sich fest, ließ das Fenster fallen und versuchte, wieder nach oben zu kriechen. Eine zweite Trefferserie schüttelte das Schiff durch und ließ ihn weiter nach unten rutschen.

Leia schrie und ergriff seine Hand. Vom Mondlicht versilbertes Wasser blitzte unter ihnen auf, und Luke packte Teneniels Hand und zog sie aus dem Schiff. Alle fünf sprangen gleichzeitig ab.

Luke stürzte ins Wasser und landete auf dem schlammigen Seegrund. Er stieß sich nach oben und sah sich verzweifelt nach den anderen um. Teneniels Kopf durchbrach direkt neben ihm die Wasseroberfläche, zwanzig Meter weiter tauchten Han und Leia auf. Hinter ihnen trieb Isolder auf dem Rükken.

Leia schwamm zu Isolder hinüber. Luke blickte dem Schiff nach, das über den See dahinschoß. Nach mehreren weiteren Raketentreffern brachen die Schilde zusammen und das Schiff explodierte in einem grünen Feuerball, der grell die Nacht zerriß.

Luke schwamm zu Leia und Isolder und stellte fest, daß Isolders Gesicht schlammverschmiert war. Er war im seichten Uferbereich gelandet und spuckte schmutziges Wasser.

»Er hat Glück gehabt, daß er sich nicht das Genick gebrochen hat«, sagte Leia.

Sie wateten hundert Meter durch das seichte Wasser und ruhten sich am Ufer aus. Luke spürte eine Berührung in der Macht wie von einem dünnen Gedankenfinger – Gethzerion suchte nach ihnen. Luke verhielt sich still, bis sich Gethzerions tastende Sinne entfernt hatten. Er blickte zu Teneniel hinüber und sah, daß sie um ihre Beherrschung kämpfte. Plötzlich entspannte sie sich, und Luke spürte, daß die Gefahr vorbei war – zumindest im Moment. Der forschende Gedankenfinger wanderte weiter über den See. Sie waren weniger als zehn Kilometer von der Stadt entfernt, und die Nachtschwestern hatten die Explosion des Schiffes zweifellos beobachtet, aber Gethzerion suchte mit der Macht nach Überlebenden.

»Nun«, keuchte Leia, »das war doch gar nicht so schwer!«

»Ja«, stimmte Isolder hustend zu. »Vielleicht sollten wir zurück und es noch mal versuchen.«

»Wir müssen so schnell wie möglich von hier verschwinden«, erklärte Luke. »Gethzerion wird ihre Sturmtruppen ausschwärmen und nach Überlebenden und brauchbaren Wrackteilen des Schiffes suchen lassen. Sie dürfen uns nicht finden.«

Seine Worte ernüchterten die anderen. Luke setzte sich auf und atmete tief durch.

»Luke, gib mir mal dein Makrofernglas«, bat Han. Luke griff in seine wasserdichte Tasche und zog das Fernglas heraus. Han lag keuchend auf dem Rücken und suchte den Himmel ab.

»Was ist da oben? Was?« fragte Isolder.

»Ich weiß es nicht«, gestand Han. »Ich habe es bei unserem Absprung gesehen. Da war etwas Komisches auf den Sensoren.«

»Was?« fragte Leia.

»Satelliten«, sagte Han. »Zsinjs Leute haben Tausende von Satelliten ausgesetzt.«

»Was für welche?« drängte Isolder. »Orbitminen?«

»Vielleicht«, sagte Han. »Wahrscheinlich. Jedenfalls sind es eine Menge.«

Leia blickte zum Himmel hinauf und suchte zwischen den Sternen nach den Satelliten. »Ich weiß nicht«, sagte sie. »Ich habe ein schlechtes Gefühl dabei.« Luke folgte ihrem Blick. Er konnte die Satelliten sehen, Tausende von matten Sternen, als hätte sich die Zahl der Sterne am Himmel binnen weniger Stunden verdoppelt. Er überlegte und erkannte, daß die Satelliten ungefähr zur selben Zeit ausgesetzt worden sein mußten, als er seine Vision im Aufzug gehabt hatte. Er schloß seine Augen und sah die Vision erneut – ewige Nacht.

* 21 *

Eine blaßrosa Sonne ging soeben am Himmel auf, und Luke war gerade dabei, eine beschädigte Tonne Kühlflüssigkeit zu flicken, als die Rancor in großen Sätzen über die Ebene sprangen. Die Gruppe mühte sich seit knapp fünfzehn Minuten mit der Bergung der Ersatzteile ab, und Luke spürte, daß sie bald von hier verschwinden mußten. Gethzerions Sturmtruppen würden in spätestens einer halben Stunde eintreffen.

Chewbacca stieß ein Begrüßungsgeheul aus und 3PO schrie:»Oh, welch ein Glück, daß wir Sie gefunden haben!« Er drehte sich zu Chewie und R2 um:»Seht ihr, ich habe euch doch gesagt, daß ihnen nichts passiert ist. Seine Hoheit König Solo würde niemals zulassen, daß man ihn in die Luft jagt!« Sein Kopf fuhr wieder herum.»Aber was machen Sie hier draußen?«

»Wir sind abgesprungen, kurz bevor das Schiff abgeschossen wurde«, erklärte Luke.»Aber dabei ist einer der Behälter mit Kühlflüssigkeit geplatzt. Ich habe das Leck mit etwas Stahlband geflickt, aber der Klebstoff muß noch trocknen. Schön, daß ihr gekommen seid.«

»Ich habe Sie gefunden«, prahlte 3PO.»Dank meines überlegenen AA-Eins-Verbogehirns habe ich den imperialen Kode entschlüsseln können!« R2 quietschte indigniert, und 3PO fügte hinzu:»Natürlich auch mit R2s Hilfe. Wir waren auf dem Weg zur Stadt, um Sie zu warnen!«

Han knurrte und setzte sich auf die Tonne.»Uns zu warnen? Wovor, Herr Verbogehirn?«

»Gethzerion!«sagte 3PO.»Sie hat Ihnen eine Falle gestellt!«

»Ja, das haben wir schon bemerkt«, nickte Han,»als sie sie zuschnappen ließ.«

»Aber da ist noch mehr«, sagte 3PO.»Zeig ihnen die letzte Botschaft, R2.«

R2 trillerte, beugte sich auf dem Rancor nach vorn und aktivierte seinen Holoprojektor. Über dem schlammigen Uferboden erschienen zwei Bilder: Gethzerion und ein junger Offizier in der schiefergrauen Generalsuniform von Zsinjs Streitkräften.

»General Melvar«, sagte Gethzerion,»Sie können Zsinj melden, daß wir General Solo gefangengenommen haben und daß die Schwesternschaft im Gegenzug auf die Landung der versprochenen Fähre wartet.« Die alte Hexe stand schweigend da, mit vor dem Bauch gefalteten Händen. General Melvar betrachtete sie mit kalt glitzernden Augen und kratzte sein Kinn mit einem Platinfingernagel von der Form einer Kralle. Derartige Nagelimplantate waren teuer und schmerzhaft, und wer sie trug, fügte sich oft unabsichtliche Verletzungen zu. Wie General Melvars zernarbtes Gesicht bewies.

»Kriegsherr Zsinj hat sein Angebot noch einmal überdacht«, sagte Melvar und lächelte kalt. »Er möchte Ihnen sein Bedauern ausdrücken, weil er sich gezwungen sah, das Schiff abzuschießen, das von Ihrem Stützpunkt startete, aber jetzt, wo Solos *Millennium Falke* vernichtet ist, hat sich die Lage geändert. Es war doch Solos Schiff, das wir zerstört haben?«

Gethzerion nickte. Ihre Augen waren halb geschlossen, ausdruckslos.

»Wer war an Bord?« fragte Melvar mit drohend klingender Stimme.

»Sturmtruppen«, log Gethzerion. »Sie sahen, daß wir das Schiff reparierten, und versuchten, vor Abschluß der Reparaturen zu fliehen. Hätten Sie sie nicht getötet, hätte ich es getan.«

»Das dachte ich mir«, sagte Melvar triumphierend. »Obwohl ich zugeben muß, daß ich gehofft habe, *Sie* wären an Bord.« Er holte tief Luft. »Sie haben also General Solo und wollen ihn gegen eine Fähre eintauschen.«

Gethzerion nickte steif. Ihre dunkle Kapuze verbarg ihre Augen.

»Ihnen ist gewiß klar«, sagte Melvar, »daß der Abschuß von Solos Schiff Ihre Verhandlungsposition geschwächt hat. Deshalb möchte Ihnen Kriegsherr Zsinj ein Gegenangebot machen.«

»Das habe ich erwartet«, antwortete Gethzerion. Der General wandte den Blick ab und versuchte, seine Verärgerung darüber zu verbergen, daß sie Zsinjs Reaktion vorhergesehen hatte. Sie fuhr fort: »Schließlich ist es allgemein bekannt, selbst auf unserer abgelegenen Welt, daß Kriegsherr Zsinj nie sein Wort hält, wenn es ihm nicht absolut erforderlich erscheint. Ich wußte, daß er nicht beabsichtigt, die Nachtschwestern von Dathomir entkommen zu lassen. Also, sagen Sie mir, mit welchem Tand will er uns abspeisen?«

»Kriegsherr Zsinj ist bereit, General Solo in vier Tagen von Ihrer Schwesternschaft zu übernehmen. Er wird persönlich kommen, um den General abzuholen. Als Gegenleistung wird er davon absehen, Ihren Planeten zu vernichten.«

»Demnach bietet er uns nichts an?« fragte Gethzerion.

»Er bietet Ihnen Ihr Leben an«, grinste Melvar. »Sie sollten dankbar dafür sein.«

»Sie kennen die Nachtschwestern nicht«, zischte Gethzerion. »Wir hängen nicht am Leben. Wie Sie sehen, ist sein Angebot für uns wertlos.«

»Nichtsdestotrotz«, erklärte Melvar, »verlangen wir, daß Sie uns Han Solo ausliefern. Der Tod ist ein ewiger Zustand. Also nehmen Sie sich ein paar Momente Zeit für Ihre Entscheidung.«

»Und Sie können Zsinj sagen, daß wir Nachtschwestern ihm ein eigenes Angebot machen: Sagen Sie Zsinj, daß wir Nachtschwestern ihm dienen werden, wenn er uns von dieser Welt entkommen läßt.«

In Melvars Augen blitzte Interesse auf. »Welche Garantie hat er, daß Sie ihm tatsächlich dienen werden?«

»Wir werden ihm unsere Töchter und Enkelinnen ausliefern – alle Mädchen, die jünger als zehn Jahre sind. Er kann sie als Geiseln halten. Wenn wir ihn enttäuschen, kann er sie töten.«

»Vor einem Moment haben Sie zugegeben, daß Sie nicht am Leben hängen«, wandte Melvar ein. »Wenn dies stimmt, wäre es dann nicht denkbar, daß Sie Ihre Kinder opfern würden, um Ihre Freiheit zu erlangen?«

Gethzerions Stimme klang belegt, als sie leise antwortete: »Keine Mutter könnte so böse sein. Sagen Sie Zsinj, er soll sich unser Angebot überlegen, so wie wir uns sein Angebot überlegen werden.«

Die Hologramme erloschen, und Han stand auf, warf einen Blick in die Runde. »Nun«, sagte Han, »was hat Zsinj eurer Meinung nach vor? Will er die Nachtschwestern bombardieren oder was?«

»Er hat gedroht, den ganzen Planeten zu vernichten«, erwiderte Leia, »nicht nur die Nachtschwestern oder ihre Stadt.« Sie holte tief Luft. »Hat er vielleicht irgend etwas Großes in der Hinterhand?«

»Wie einen anderen Todesstern?« warf Luke ein. »Das glaube ich nicht.«

»Ich verstehe das nicht«, sagte Han. »Gethzerion führt Zsinj an der Nase herum – ich ihre Geisel, mein Schiff zerstört. Offensichtlich ist sie zu allem bereit, um von diesem Planeten zu entkommen.«

»Und Zsinj scheint zu fast allem bereit zu sein, um dich in seine Hände zu bekommen«, fügte Leia hinzu.

»Ja«, nickte Han. »Am beängstigendsten ist, daß Gethzerion und Zsinj sich so ähnlich sind, daß sie sich prächtig verstehen werden, sollten sie sich einmal näher kennenlernen.«

Leia sah Han stirnrunzelnd an. »Ich begreife es einfach
nicht. Sicher, Zsinj will dich haben, Han. Aber persönlich hier-
herzukommen? Warum riskiert er sein Leben, warum er-
preßt er die Nachtschwestern? Was hat er gegen dich?«

Han kratzte sich unbehaglich am Kinn. Chewie, hoch auf
seinem Rancor sitzend, brüllte ermunternd. Irgendwie wußte Luke, daß ihm Hans Erklärung nicht gefallen würde.

»Nun, weißt du, nachdem ich seinen Supersternzerstörer
vernichtet hatte... na ja, ich rief ihn über Holovid an und, äh,
prahlte.«

»*Prahlte?*« wiederholte Leia. »Was meinst du damit?«

»Ich, uh, kann mich an die genauen Worte nicht erinnern,
aber ich ließ ihn wissen, daß ich für die Vernichtung seines
Schiffes verantwortlich war, und sagte etwas wie ›Küß meinen Wookiee!‹«

Chewbacca brach in grollendes Gelächter aus und nickte
heftig.

»Mal sehen, ob ich das richtig verstanden habe«, warf Isolder ein. »Sie haben zum mächtigsten Kriegsherrn der Galaxis
›Küß meinen Wookiee!‹ gesagt?«

»Schon gut, schon gut!« rief Han und setzte sich auf einen
der Generatoren. »Es tut mir leid! Kein Grund, darauf herum-
zureiten. Ich gebe zu, daß es ein Fehler war! Es... es passierte
einfach in der Hitze des Gefechts.«

Isolder klopfte Han auf den Rücken. »Ah, mein Freund, Sie
sind ja noch dümmer, als ich dachte – he, vielleicht sind Sie sogar noch dümmer, als wir alle dachten –, aber ich wünschte,
ich wäre dabei gewesen!« Luke war ein wenig überrascht,
daß Isolder Han seinen »Freund« nannte.

»Ja«, bestätigte Leia, »ich auch. Du hättest Eintrittskarten
verkaufen können.«

Han blickte Isolder in die Augen. »Wirklich? Oh, Sie hätten
Zsinjs Gesicht sehen sollen – seine feisten Wangen liefen rot
an, der Sabber tropfte ihm aus dem Mund und seine Nasen-
haare zitterten! Es war großartig! Wußtet ihr eigentlich, daß
er ein echtes Genie ist? Er kann in fast sechzig Sprachen fließend fluchen! Ich habe in meinem Leben ja schon manche Ob-
szönitäten gehört, aber dieser Mann ist einmalig.«

»Aber sicher«, sagte Isolder lächelnd. »Ihnen ist doch klar,
daß er sich dafür Ihren Kopf auf einem Tablett servieren las-

sen wird? Und wenn man Zsinjs Ruf bedenkt, wird er ihn vielleicht sogar essen.«

»Tja, nun«, meinte Han, »so wird das Leben erst richtig interessant.«

»Wir können uns später mit Zsinj befassen«, sagte Luke. »Jetzt sollten wir besser diese Teile zum *Falken* schaffen. Wir dürfen uns nicht hier im Freien erwischen lassen. Wenn Gethzerion herausfindet, daß wir lebend aus dem Schiff entkommen sind, wird sie sich an unsere Fersen heften.« Luke musterte sorgenvoll die Tonne mit der Kühlflüssigkeit. Trotz der Flicken hatte sie die Hälfte ihres Inhalts verloren, und er wußte, daß sie für einen sicheren Sprung jeden Tropfen brauchen würden.

Leia klopfte Luke beruhigend auf die Schulter. »Wir werden's schon schaffen.«

Er nickte; schließlich hatten sie keine andere Wahl. Sie verstauten die Generatoren und die Tonnen mit der Kühlflüssigkeit in Säcke aus Whuffahaut, die von den Rancor geschultert wurden. Die Ungeheuer schienen die Last nicht einmal zu spüren, und zehn Minuten später hatten sie die schlammigen Niederungen hinter sich gebracht und das schützende Vorgebirge erreicht.

Nach einem Tag und einer Nacht ohne Schlaf war die ganze Gruppe erschöpft, aber die Rancor waren ausgeruht, so daß sie bis Sonnenuntergang weiterritten und dann ihr Lager aufschlugen. Luke jedoch konnte nicht schlafen und machte einen Spaziergang durch den Wald. Es war früher Abend. Er blieb auf einer Anhöhe stehen, blickte über die Ebene, und als er blinzelte, schien sich die Ebene zu verdüstern, zur Eiswüste zu erstarren, bar allen Lebens. *Ewige Nacht*, flüsterte eine Stimme in ihm. *Die ewige Nacht kommt.* Er fragte sich, ob die Vision vielleicht symbolisch war und seinen bevorstehenden Tod ankündigte.

Er griff mit seinen Sinnen hinaus und spürte das Kräuseln in der Macht. Bereits jetzt hatte die Armee der Nachtschwestern den halben Weg zum Clan des Singenden Berges zurückgelegt. Gethzerion verfügte über einen Gleiter, und die Strecke, für die ihre Armee drei Tage brauchte, würde sie in nur einer Stunde bewältigen. Sie und der Rest ihres Clans konnten diese drei Tage zur Strategieplanung nutzen.

In der Vergangenheit war es Luke oft gelungen, den Verlauf einer Schlacht im Geiste durchzuspielen und ihren Ausgang vorherzusehen. Die Macht half ihm dabei, gewährte ihm Einsichten, die ihm sonst verwehrt geblieben wären. Aber diesmal war es anders. Der kurze Kampf unter den Türmen hatte ihm wenig über die Fähigkeiten der Nachtschwestern verraten. Er wünschte sich, Yoda oder Ben würden auftauchen, um ihm zu helfen, aber das einzige Bild, das er vor seinem geistigen Auge sah, war Yodas Hologramm: *Geschlagen von den Hexen.*

Yoda war ein größerer Jedi-Meister gewesen als Luke vermutlich je werden würde, trotzdem hatten die Hexen ihm und seinen Gefährten widerstanden. Luke zweifelte an seinen Fähigkeiten. Die Macht – woher kam sie wirklich? Yoda hatte gesagt, daß das Leben sie erzeugte, daß sie Energie war. Aber konnte Luke sie mit gutem Gewissen benutzen? Wenn er anderen Lebewesen Energie entzog, sie aussaugte wie ein Blutegel, wie konnte er seine Taten dann rechtfertigen?

Und da war noch ein anderes Problem. Bei seinen Kämpfen gegen Darth Vader und den Imperator hatte Luke nicht all seine Kräfte eingesetzt. Vader hatte nur versucht, ihn auf seine Seite zu ziehen, und nicht, ihm das Leben zu nehmen. Aber Luke machte sich keine Illusionen – Gethzerion würde nicht so nachsichtig sein.

»Was geht hier vor, Ben?« flüsterte Luke und starrte in den dichten grünen Dschungel. Das verblassende Sonnenlicht glitzerte auf den Blättern. »Ist dies eine Art Prüfung? Willst du feststel1en, ob ich fähig bin, auf eigenen Füßen zu stehen? Glaubst du, daß ich deine Hilfe nicht mehr brauche? Was geht hier vor?«

Aber Ben antwortete nicht. Der Abendwind rauschte in den Baumkronen und ließ die Schatten der Blätter über den Boden tanzen. Luke blickte hinauf zur untergehenden Sonne, während der Wald den Geruch verrottenden Laubwerks und überreifer Früchte verströmte. Der Abend war warm und friedlich, die Sonne warf ihr Licht über ihn. Eidechsen sprangen durch die Baumkronen, ohne etwas von den Nachtschwestern oder Zsinj zu ahnen. Luke erkannte, daß Dathomir trotz allem eine wunderschöne Welt war. Wenn die Karte in Augwynnes Kriegsraum stimmte, hatten die Menschen bisher nur ein Hundertstel der bewohnbaren Oberfläche des Planeten erforscht. Und für die meisten Kreaturen hier und auf Millionen anderer Planeten in der ganzen Galaxis waren Gethzerions Pläne so bedeutungslos wie eine Handvoll Sand in der Wüste.

Als Luke im Wald verschwand, setzte sich Isolder auf und hörte zu, wie Han mit seinem Droiden sprach. Leia war sofort eingeschlafen, aber Isolder fand keine Ruhe. Er bemerkte, daß Teneniel am Feuer saß, außerhalb des Lichtscheins, und die Sterne betrachtete. Er stand auf und setzte sich zu ihr.

»Manchmal in der Nacht, wenn ich draußen in der Wüste bin«, sagte Teneniel leise, »und keine Wolken und keine Bäume die Sicht versperren, liege ich wach da und betrachte die Sterne, und ich frage mich, wer dort oben wohl lebt und was es für Wesen sind.«

Isolder musterte die Lichtpunkte am Himmel. In seiner Zeit als Pirat hatte er in diesem Teil der Galaxis gearbeitet, und er war ein fähiger Astrogator. Wenige markante Sterne genügten ihm, um seine Position im Weltraum zu bestimmen. »Ich habe es auch oft getan«, sagte er. »Nur daß ich zwischen den Geschichtsstunden und dem Unterricht in Diplomatie und meinen Reisen viel gelernt habe. Such dir einen Stern aus«, forderte er mit einer Handbewegung nach oben, »und ich werde dir von ihm erzählen.«

»Der da«, sagte Teneniel und deutete auf den hellsten Punkt am Horizont.

»Das ist kein Stern«, erklärte Isolder. »Das ist nur ein Planet, der sonnennächste Trabant.«

»Ich weiß«, lächelte Teneniel, »aber ich mußte dich testen. In Ordnung, diese sechs Sterne da oben rechts, die einen Kreis bilden«, sagte sie. »Der hellste ist blau. Erzähl mir von ihm.«

Isolder betrachtete den Stern für einen Moment. »Das ist das Cedre-System, und es ist nur drei Lichtjahre von hier entfernt. Auf Planeten dieser Sonne gibt es kein Leben, denn sie ist zu jung, zu heiß. Such dir einen anderen Stern aus – einen gelben oder orangenen.«

»Was ist mit dem matten Stern weiter links? Dem da?«

Isolder überlegte einen Moment. »Es sind in Wirklichkeit zwei Sterne, eine Doppelsonne namens Fere oder Feree, und sie ist sehr weit weg. Vor zweihundert Jahren gab es dort eine hochentwickelte Zivilisation, die einige der besten Sternenschiffe in der Galaxis baute – kleine Luxusyachten. Ich habe einen Onkel, der klassische Sternenschiffe sammelt, und er hat ein restauriertes Fere-Schiff.«

»Bauen sie keine Sternenschiffe mehr?«

»Nein, durch einen Krieg wurden die Bewohner eines anderen Planeten von ihrer Welt vertrieben. Einige von ihnen flohen nach Fere, schleppten unabsichtlich eine Seuche ein und löschten die gesamte Bevölkerung des Planeten aus. Aber wenn du ein Teleskop hättest, das stark genug ist, könntest du die Bewohner von Fere so sehen, wie sie einst waren. Die Ferer waren sehr groß, hatten weiche, elfenbeinweiße Haut und sechs schmale Finger an jeder Hand.

»Wie sollte ich sie sehen können, wo sie doch alle tot sind?« fragte Teneniel ungläubig.

»Weil du mit einem Teleskop nur das Licht sehen könntest, das vor Hunderten von Jahren von ihrer Welt reflektiert wurde. Da uns das Licht erst jetzt erreicht, könntest du in ihre Vergangenheit schauen.«

»Oh«, sagte Teneniel. »Hast du so ein Teleskop?«

»Nein.« Isolder lachte. »So gute können wir nicht bauen.«

»Was ist mit dem trüben Stern daneben?« fragte Teneniel.

»Das ist Orelon, und ich kenne diesen Stern sehr gut«,– antwortete Isolder. »Er ist groß und sehr hell, und er ist der einzige Stern in meinem Heimathaufen Hapan, der von hier aus sichtbar ist. In diesem Haufen gibt es insgesamt dreiundsechzig eng beieinanderstehende Sterne, und meine Mutter herrscht über alle.«

Teneniel schwieg lange Zeit und dachte nach. »Deine Mutter herrscht über dreiundsechzig Sterne?« fragte sie mit bebender Stimme.

»Ja«, bekräftigte Isolder.

»Hat sie Soldaten? Krieger und Sternenschiffe?«

»Milliarden von Kriegern, Tausende von Sternenschiffen«, sagte Isolder. Sie atmete tief durch, und Isolder erkannte, daß seine Antwort ihr Angst gemacht hatte.

»Warum hast du mir das nie erzählt?« fragte sie. »Ich wußte nicht, daß ich den Sohn einer derart mächtigen Frau gefangengenommen habe.«

»Du wußtest, daß meine Mutter eine Königin ist, und daß die Frau, die ich erwähle, die nächste Königin sein wird.«

»Aber… ich dachte, sie wäre die Königin eines Clandorfes«, keuchte Teneniel. Sie legte sich ins Gras und bedeckte ihr Gesicht mit den Händen. Isolder entschied, ihr Zeit zu lassen, um das Gehörte zu verarbeiten. »Also«, sagte Teneniel nachdenklich nach mehreren Minuten, »wenn du Dathomir verläßt und ich diesen Stern ansehe, werde ich wissen, wo du bist?«

»Ja«, sagte Isolder.

»Und wenn du auf deiner Heimatwelt bist, wirst du dann nachts zum Himmel blicken und meine Sonne ansehen und an mich denken?« Ihre Stimme klang gepreßt, verzweifelt.

»Von Hapan aus können wir deine Sonne nicht sehen. Sie ist zu schwach. Hapan hat sieben Monde, und sie überstrahlen das Licht schwächerer Sterne«, erwiderte Isolder und wunderte sich über ihren Tonfall.

Er drehte sich zur Seite und betrachtete im Sternenlicht Teneniels Gesicht. Wie die meisten Hapaner konnte er im Dunkeln schlecht sehen; das Licht von sieben Monden und einer grellen Sonne machte gutes Nachtsichtvermögen überflüssig, und so hatte sein Volk im Lauf der Jahrtausende allmählich die Fähigkeit zum Sehen im Dunkeln verloren. Trotzdem konnte er ihre Silhouette ausmachen, die Umrisse ihres Gesichts, die Wölbung ihrer Brüste. »Ich verstehe dich nicht«, sagte Isolder. »Was bin ich eigentlich für dich? Du sagst, ich bin dein Sklave. Du sagst, daß deine Schwestern Männer entführen, um sie zu ihren Gatten zu machen, und wenn ich es richtig verstanden habe, verschafft dir mein Besitz einen bestimmten Status in deinem Clan.«

»Ich würde dich nie zwingen, etwas gegen deinen Willen zu tun«, erwiderte Teneniel. »Ich… ich könnte es nicht. Wie ich schon sagte, bei einer anderen Frau hättest du vielleicht nicht so viel Glück.« Isolder erinnerte sich an Teneniels rätselhaftes Lächeln bei ihrer ersten Begegnung, als sie ihn scheu umkreist und leise gesungen hatte, ohne den Blick von ihm zu wenden. Er hatte ihr Lächeln erwidert, hatte nur höflich sein wollen, aber als er nach dem Seil gegriffen hatte, das sie ihm hinhielt, war er einen Moment später gefesselt gewesen. Jetzt begriff er. Sie hatte ihm jede Möglichkeit gegeben zu fliehen, und er hatte sich von ihr fangen lassen.

Alles in allem war es kein besonders komplexes Werbungsritual, aber beide Beteiligte sollten die Regeln kennen.

»Ich verstehe«, seufzte Isolder. »Was wäre gewesen, wenn wir uns nicht gemocht, wenn die Ehe nicht funktioniert hätte? Was hättest du dann getan?«

»Dann hätte ich dich verkauft. Wenn dir eine andere Frau lieber gewesen wäre, hätte meine Ehre von mir verlangt, dich an sie zu verkaufen – zu einem angemessenen Preis, unter Berücksichtigung des Wohlstands der Käuferin und der Umstände. Hätte es in unserem Clan keine passende Frau für dich gegeben, hättest du dafür sorgen können, daß dich eine aus einem anderen Clan raubt – oder du hättest in die Berge fliehen können, um mir zu zeigen, daß du nicht zufrieden bist. Hätte ich geglaubt, daß wir doch noch zueinander finden könnten, hätte ich dich erneut gejagt. Es gibt viele Möglichkeiten.«

Isolder überlegte. Obwohl sie auf den ersten Blick barbarisch wirkten, waren die Hochzeitsbräuche der Hexen nicht komplizierter als die anderer Kulturen. Wie auf seiner Heimatwelt herrschten die Frauen, doch die Männer hier hatten Zufluchtsmöglichkeiten. Er versuchte sich vorzustellen, wie diese Welt vor Tausenden von Jahren ausgesehen hatte – kleine Horden Menschen, die ohne Waffen gegen die Rancor kämpften. In Anbetracht dieser Alternative war die Heirat mit einer Hexe, die einem Schutz gewährte, auch wenn sie einen zum Sklaven machte, ein großer Segen.

Und jetzt schenkte ihm Teneniel die Freiheit. Sie war bereit, ihn freizulassen, obwohl dies bedeutete, daß er den Planeten verließ, und verlangte dafür nur eine Gegenleistung: daß er sich an sie erinnerte und liebevoll an sie zurückdachte.

Wenn er die besitzergreifende Art seiner Tanten bedachte, die Habgier seiner Mutter, fragte er sich, wie viele Frauen auf seiner Heimatwelt so großzügig, so verständnisvoll sein mochten. Sie hatte eine innere Schönheit, wie er sie nur sehr selten gesehen hatte.

Isolder stützte sich auf seine Ellbogen, beugte sich über Teneniel und küßte sie sanft auf die Wange, und er wußte, daß dies ein Abschiedskuß war. Ihr Gesicht war feucht. Sie hatte geweint. »Wenn ich je nach Hapan zurückkehren sollte«, sagte er, »werde ich an dich denken. Ich weiß, wo du bist, und manchmal werde ich nach Dathomir Ausschau halten und mich fragen, ob du durch den Himmel zu mir herübersiehst.«

Eine Stunde später weckte Luke die anderen, und sie bestiegen die Rancor und ritten im Galopp los, trieben die Rancor gnadenlos durch die Wälder, über die Berge und durch tiefe Schluchten. Spät in der Nacht, nur vierzehn Kilometer vom Singenden Berg entfernt, legten sie tief in den Wäldern eine Rast ein. Die Rancor waren zu erschöpft, um weiterzureiten. Luke war von Unruhe erfüllt, wollte am liebsten zur Eile drängen, doch die Rancor waren zu müde und die ganze Gruppe war am Ende ihrer Kraft.

»Wir ruhen uns hier eine Weile aus«, sagte Luke, und seine Freunde rutschten wie ein Mann von ihren Reittieren, breiteten Decken auf dem Boden aus und legten sich hin. Beide Droiden hatten bereits auf Schlafmodus umgeschaltet.

Luke aß schweigend eine karge Mahlzeit, ohne ein Feuer zu machen. Die Rancor standen schnaufend und mit müden Augen in den Schatten. Sie erholten sich nicht gut von dem anstrengenden Ritt, und während die anderen schliefen, rieb Teneniel ihre Gesichter mit einem feuchten Lappen ab. Luke wunderte sich über ihr Verhalten, aber dann fiel ihm ein, daß die Rancor keine Schweißdrüsen hatten und nach dem Gewaltritt völlig überhitzt sein mußten. Er ging zu Teneniel.

»Paß auf«, sagte er, »du kannst ihnen mit der Macht helfen. Sie kann ihre Körper kühlen.« Er berührte den ersten Rancor und ließ die Macht durch die Kreatur fließen. Sie seufzte dankbar und berührte ihn mit einer großen schmutzigen Klaue, wie um ihn zu tätscheln.

Teneniel schüttelte frustriert den Kopf. »Ich begreife immer noch nicht, wie es funktioniert«, sagte sie. »Mit einem Zauberspruch kommt es mir viel leichter vor.«

»Wenn Worte dir beim Konzentrieren helfen«, entgegnete Luke, »warum nicht? Aber die Macht kann nicht durch Worte beherrscht, nicht in Worte gefaßt werden.«

»Das, was ich im Gefängnis getan habe… es tut mir leid«, sagte Teneniel. »Ich hätte sie fast umgebracht. Ich… plötzlich, als ich wütend war, erschien mir nichts von dem, was du gesagt hattest, einen Sinn zu ergeben. Ich wollte sie nur noch töten, dem Bösen ein Ende machen, aber deine *Regeln* hielten mich davon ab.«

»Sie wollten, daß du versuchst, sie zu töten. Sie wollten, daß du deinem Haß nachgibst.«

»Ich weiß«, sagte Teneniel. »Aber in diesem Moment konnte ich nicht glauben, daß die helle Seite der Macht stärker ist als die dunkle.«

»Ich habe nie behauptet, daß sie stärker ist«, antwortete Luke. »Wenn es dir um Macht geht, können beide Seiten gleichermaßen deinen Zwecken dienen. Aber schau dir die Nachtschwestern an – schau dir an, was die dunkle Seite zu bieten hat: Furcht statt Liebe, Aggression statt Frieden, Herrschaft statt Dienst und Gier statt Genügsamkeit.

Wenn es dir um leicht zu erlangende Macht geht, dann erfüllt die dunkle Seite der Macht deinen Wunsch – auf Kosten aller anderen Dinge, die du schätzt.«

Luke berührte nacheinander die Rancor und kühlte sie ab. Teneniel legte ihre Arme um Lukes Brust, drückte ihn von hinten an sich, rieb ihre Wange an seiner Schulter.

»Und was ist, wenn mir die Liebe wichtiger ist als alles andere?« fragte Teneniel. »Wird die helle Seite der Macht mich zu ihr führen?«

Ihre Frage war kaum mißzuverstehen, aber Luke war ver-

250

sucht, Begriffsstutzigkeit vorzutäuschen. Luke fand sie attraktiv, aber ihr zu sagen, daß er sie liebte... wäre eine Lüge. »Ich weiß es nicht«, sagte Luke ehrlich. »Ich glaube, sie kann es.«

»Bevor du kamst«, sagte Teneniel, »sah ich dich und Isolder in einer Vision. Ich war so lange einsam gewesen, allein in der Wildnis, und ich wünschte mir nur noch, einen Mann zu finden und zu meinem Clan zurückzukehren. Viele Tage lang mühte ich mich mit dem Seherspruch ab, und dann sah ich dich in meinen Träumen. Ich dachte, du wärest mein Schicksal.«

Luke ergriff ihre Hände und hielt sie fest. »Ich glaube nicht an das Schicksal. Ich denke, daß wir durch die Entscheidungen, die wir treffen, selbst unseren Lebensweg bestimmen. Sieh mal, es gibt da einiges, was ich dir sagen möchte, aber ich habe es nicht gesagt, um deine Gefühle nicht zu verletzen. Ich meine, wir kennen uns kaum. Wir sollten es langsamer angehen lassen.«

»Du meinst, *ich* sollte es langsamer angehen lassen«, flüsterte Teneniel. »Bei uns wählen wir unsere Männer schnell, oft binnen eines Augenblicks aus. Als ich dich sah, wußte ich sofort, daß ich dich will. Ich habe meine Meinung seitdem nicht geändert. Aber du verhältst dich, als müßte sich die Liebe ganz behutsam entwickeln.«

»Ich weiß nicht, ob sie sich behutsam entwickeln muß«, sagte Luke. »Manchmal wächst sie, sicher, aber normalerweise stirbt sie einen schnellen Tod.«

»Tatsächlich?« sagte Teneniel. »Wenn unsere Liebe einen schnellen Tod stirbt, was haben wir dann verloren?«

»Ich kann so etwas nicht«, gestand Luke. »Liebe ist mehr als bloße Neugier oder flüchtiges Vergnügen. Ich glaube nicht, daß sich zwei Menschen richtig kennenlernen können, wenn sie nicht einige Zeit miteinander verbracht haben, wenn sie nicht auf gemeinsame Erlebnisse zurückblicken können. Aber ich habe eine Pflicht zu erfüllen. Ich werde meine Jedi-Ausbildung abschließen. Und um offen zu sein, wenn ich diesen Planeten erst einmal verlassen habe, werden wir uns wahrscheinlich nie wiedersehen. Wir werden nicht viel Zeit miteinander verbringen können.«

Luke wollte noch mehr sagen, wollte ihr sagen, daß er hoffte, eines Tages ein Mädchen wie sie kennenzulernen, aber in den tiefen Schatten unter den Bäumen regte sich Han im Schlaf, hob eine Hand in die Luft und rief laut: »Nein! Nein!«

Dann zog er seine Decke über den Kopf und rollte sich auf die andere Seite.

Luke fand es seltsam. Er hatte noch nie erlebt, daß Han im Schlaf gesprochen hatte. Dann spürte Luke es, eine Störung in der Macht, als hätte sich etwas Unsichtbares unter die Baumkronen geschlichen Er spürte seine Nähe und er fragte sich, ob vielleicht irgendein Tier in den Schatten lauerte. Er drehte sich um, und ein Druck legte sich um seinen Kopf, als hätte man ihm einen dunklen Helm aufgesetzt. Ein Frösteln durchlief ihn, und er zwang sich zur Ruhe, zur Zurückhaltung. Er erkannte, daß es sich um eine Art Prüfung handelte.

»Was ist los? Was ist passiert?« fragte Teneniel. Luke brachte sie mit einer Handbewegung zum Schweigen. Mehrere Minuten blieb er reglos stehen und wehrte sich mit der Macht gegen den Druck. Dann verschwand das Gefühl.

Teneniel keuchte, als wäre sie plötzlich von einem Schwall kalten Wassers getroffen worden. Sie griff sich mit den Händen an den Kopf, blickte dann hinauf zum Nachthimmel und lachte. »Gethzerion, du wirst nie etwas aus mir herausbekommen!«

Gethzerions schrille Stimme hallte in Lukes Ohren, erfüllte den Wald, kam von überall und nirgends. »Ich habe bereits erfahren, was ich wissen muß«, sagte Gethzerion. »Ich habe erfahren, daß Han Solo am Leben ist und daß er voller Hoffnung davon träumt, sein Schiff zu reparieren. Ich muß gestehen, ich bin froh, daß er seine kostbaren Generatoren gefunden hat. Glaubt mir, ich wünsche mir so sehr wie ihr, daß es ihm gelingt, dieses Schiff wieder flottzubekommen.«

Luke griff mit der Macht hinaus und suchte nach Gethzerions Bewußtsein. Vor seinem geistigen Auge blitzte kurz das Bild imperialer Läufer auf, die durch die Dunkelheit marschierten, und dann zog sich Gethzerion zurück, schirmte sich ab.

»Sattelt die Rancor«, befahl Luke. Er war plötzlich froh, daß er sich die Zeit genommen hatte, das Los der Tiere zu erleichtern, auch wenn es nur vorübergehend gewesen war. »Wir müssen sofort aufbrechen. Gethzerion läßt ihre Truppen die Nacht durchmarschieren, um deinen Clan im Morgengrauen anzugreifen.«

* 22 *

Die Gruppe sattelte eilig die Rancor für den letzten Ritt. Beim Aufsitzen zeigte sich, daß sich im Lauf der Nacht etwas verändert hatte. Teneniel und Isolder ritten zusammen, ebenso Han und Leia. Luke ritt mit R2. Er bemerkte, daß Teneniel traurig wirkte. Offenbar hatte sie ihn nach ihrem Gespräch aufgegeben, und in gewisser Hinsicht erleichterte es ihn.

Während die Rancor zur Clanfestung am Singenden Berg galoppierten, mit halsbrecherischer Geschwindigkeit durch den Dschungel preschten, war das Klappern und Klirren ihrer makaberen Kettenhemden der einzige Laut, der die Stille der Nacht zerriß. Keine Reptilien sprangen in den Baumkronen, kein krächzender Ruf warnte vor den heranstürmenden Rancor, keine Vögel flatterten aufgeschreckt von den Ästen. Es war so still, als wären die Tiere des Dschungels ausgestorben.

Sie trieben die Rancor eine weitere Stunde an und erklommen eine Hügelkette, wo sie stehenblieben und in das schüsselförmige Tal am Fuß des fünf Kilometer entfernten Singenden Berges blickten. Der Himmel war von einem trüben Rot, Feuerschein, der von dichten Rauchwolken reflektiert wurde. Die Nachtschwestern hatten den Dschungel auf den Hängen rund um das Tal in Brand gesetzt, so daß es wie eine Terrine voller glühender Holzscheite aussah. Deutlich hörte Luke Augwynnes Ruf in seinem Kopf: »Luke, Teneniel, kommt schnell!«

Und Luke schrie: »Wir sind auf dem Weg!« Er trieb die Rancor zu größerer Eile an, so daß ihre Klauen den Waldboden aufrissen und Erdreich in die Höhe wirbelten.

Luke spürte, wie ihnen die Finsternis entgegenschlug. Er spürte tief in seiner Magengrube die Falschheit wie eine Krankheit. Die Luft trug den Geruch von Feuer und Ruß heran. Asche und Rauch trieben über den kupferfarbenen Himmel. Luke bedauerte, daß er gezwungen war, seine Gruppe in einem weiten Halbkreis von Norden her zum Berg zu führen. Das schreckliche Gefühl, zu spät zu kommen, quälte ihn, aber er konnte nicht die leichtere Route über die südliche Flanke des Berges nehmen, denn dort sammelten sich die Nachtschwestern zum Angriff.

Die Rancor näherten sich in einem großen Bogen den Klippen an der Nordseite des Berges, und Luke spürte die Nähe der Nachtschwestern. Er hob seine Hand, brachte die Rancor mit einem lautlosen Befehl zum Halt und blickte an der steilen, rauchverhüllten Felswand hinauf. Der Feuerschein tanzte über den Fels und erleuchtete die tiefsten Spalten.

Luke sah unverwandt die Klippe an. Wenn sie dort hinaufkletterten, waren sie einem Angriff schutzlos ausgeliefert.

Der braune Rauch hing drohend über ihnen, wie ein Leichentuch, das sich über die Welt legen wollte, war aber zur völligen Bewegungslosigkeit erstarrt. Die Nachtschwestern manipulierten den Rauch mit der Macht, um ihn wie einen Hammer zu schwingen. Die Luft war mit statischer Elektrizität geladen.

»R2«, flüsterte Luke, »nimm einen Sensorscan vor und sage mir, ob du irgendwelche Elektroniken ortest.« R2 fuhr seine Sensorschüssel aus und ließ sie rotieren.

»Master Luke«, warf 3PO ein, »die Luft ist stark geladen und die Ionisierung bringt meine Schaltkreise völlig durcheinander. Ich bezweifle, daß R2 viel auffangen wird. Kein Wetter für einen Droiden.« »Das ist für niemanden ein Wetter«, brummte Luke und sog prüfend die Luft ein. Die Wolken waren nicht vom Grau der Sturmwolken, die schweren Regen brachten, oder dem Weiß, das sommerlichen Platzregen ankündigte. Es waren dichte Wolken aus Schmutz und Asche. Er sah auf, und plötzlich wirbelten die Wolken über dem Tal, als hätte eine unsichtbare Hand sie aufgewühlt. Gethzerions Gesicht füllte den Himmel aus, ein Gesicht aus rötlichem Rauch, das finster auf sie hinabblickte. Dann löste sich das Gesicht auf, aber Luke hatte das unbehagliche Gefühl, daß Gethzerion immer noch da oben war, versteckt hinter den Wolken, und sie beobachtete. Die Rancor knurrten und wichen von der Felswand zurück.

»Keine Sorge«, beruhigte Teneniel die Gruppe. »Gethzerion versucht nur, euch Angst einzujagen.«

»Ja«, knurrte Han, »nun, es hat funktioniert.«

R2 ließ noch immer seine Antenne kreisen, erbebte plötzlich und deutete nach Südosten. Er quietschte und gab ein elektronisches Piepen von sich. »R2 hat mehrere imperiale Läufer entdeckt«, übersetzte 3PO.

Luke blickte nach Südosten, dann wieder zurück zum Berg. Die Schatten in einigen dieser Spalten über ihnen waren dunkel genug, um die Rancor vor menschlichen Augen zu verbergen, aber er wußte, daß Lebenssensoren oder die imperialen Läufer sie in Sekundenschnelle entdecken würden. Er mußte diese Läufer ausschalten, damit die anderen die Klippe besteigen konnten, und er wußte, daß ihm nicht mehr viel Zeit blieb.

Luke streichelte seinen Rancor. Das Tier hatte sich bereits wieder überhitzt. Er konnte seine Erschöpfung spüren, seine Müdigkeit. Er ließ die Macht durch sich fließen, kühlte die Rancor ab und sprach dann zu ihnen.»Tosh, laß meine Freunde von deinen besten Kletterern zur Clanfestung hinaufbringen. Ich werde mit zweien von euch hier unten bleiben, um ihnen Rückendeckung zu geben, und sobald wie möglich nachkommen.«

Tosh grollte ihren Kindern Befehle zu, und die beiden kleineren Männchen setzten die Generatoren ab. Tosh und ihre Tochter nahmen ihre Piken und Netze vom Rücken und wappneten sich für die Schlacht.

»Han«, sagte Luke mit einem Blick zu dem Rancor, auf dem Han und Leia saßen, »bring Leia und die Droiden in den *Falken* und mach dich an die Reparaturen.« Um seinen Worten Nachdruck zu verleihen, hob Luke die Hand, und R2 flog von Toshs Rücken und landete zwischen Han und Leia. »Du kannst hier unten nichts tun. Teneniel, vielleicht brauchen sie deine Hilfe.«

»Was soll das heißen?« fragte Han. »Ich bleibe bei dir. Ich habe noch immer meinen Verstand und meinen Blaster.«

»Aber sie werden dir hier nichts nützen«, wehrte Luke ab.

Han sah unglücklich drein. »Das schon, aber…« Donner grollte in den Wolken und hallte vom Berghang wieder. Purpurne Blitze zuckten hoch oben über die Klippe, explodierten wie Blasterstrahlen und ließen einen Schauer Magmatropfen zu Boden regnen.

»Du hast es immer noch nicht kapiert, was?« sagte Leia. »Die Nachtschwestern wollen sich den *Falken* holen, weil sie mit ihm von diesem Planeten fliehen können. Wir müssen das Schiff so schnell wie möglich reparieren und von hier verschwinden, dann haben die Schwestern keinen Grund mehr, den Clan anzugreifen!«

»Das weiß ich«, sagte Han im gekränkten Tonfall. »Schon gut, ich komme mit dir!« Aber Luke wußte, daß Han tief im Inneren den Gedanken nicht ertragen konnte, einen Freund in der Not im Stich zu lassen.

Chewbacca und 3PO stiegen von dem größeren Weibchen und setzten sich hinter Isolder und Teneniel. Die Rancor waren so groß, daß selbst vier Personen bequem auf die knochige Schädelplatte über den Augen paßten. Aber nicht das Gewicht der Reiter war für die Rancor das Problem, sondern die schweren Rucksäcke mit den Generatoren und den Tonnen mit der Kühlflüssigkeit. Schließlich mußten sie mit dieser Last den Berg erklettern.

»Werdet ihr das schaffen?« fragte er die Rancor, und die beiden kleinen Männchen grunzten beruhigend.

Er blickte auf und sah, wie ein Lichtblitz Leias Gesicht erhellte. Er spürte ihre Besorgnis.

»Keine Angst«, sagte Luke. »Ich werde diese imperialen Läufer ausschalten.«

»Deswegen mache ich mir keine Sorgen«, erwiderte Leia. »Paß gut auf dich auf. Keine Heldentaten. Da draußen sind ein paar üble Typen. Selbst *ich* kann es spüren.« Sie schwieg, und Luke wußte nicht, was er antworten sollte. Wenn es je einen Tag gegeben hatte, der nach Heldentaten verlangte, dann war es dieser.

»Ich werde versuchen, vorsichtig zu sein«, sagte Luke.

Er versetzte Tosh einen Klaps und ritt auf ihr davon. Die anderen blieben hinter ihm im Wald zurück. Tosh rannte einen leicht ansteigenden Hang hinauf, blieb nach hundert Metern stehen, hob den Kopf und schnüffelte. Das dichte Buschwerk vor ihnen war eine massive schwarze Masse. Tosh grollte leise, und Luke spürte ihre Unruhe. Sie wollte, daß er abstieg, damit sie im Kampf mehr Bewegungsfreiheit hatte. Sie kauerte nieder, und Luke sprang auf den Boden.

Er spähte in die Dunkelheit, konnte aber nichts sehen, auch nichts riechen - selbst als er mit der Macht hinausgriff, spürte er nichts. Doch die Rancor schlichen lautlos nach links, kreisten den Busch ein. Luke ließ sich von der Macht leiten und folgte.

Sie erreichten einen ins dichte Unterholz führenden, vom Feuerschein erhellten Pfad. Luke konnte tiefe Schleifspuren erkennen. Nur die krallenähnlichen Metallzehen der imperialen Läufer konnten den Boden so aufgewühlt haben. Er starrte wieder das Gebüsch an. Hier war es nicht so dicht, wirkte eher kärglich, und dann bemerkte er, daß er auf einem kleinen Felsvorsprung stand, auf dem eigentlich nichts gedeihen konnte.

Vor ihm schrie ein Sturmtruppler über sein Helmmikro: »Achtung! Da oben an der Klippe!« Luke warf einen Blick über die Schulter. Die beiden männlichen Rancor kletterten die fast senkrecht abfallende Wand hinauf. Die Umrisse von Han, Leia und den anderen waren kaum zu erkennen.

Fast im selben Moment eröffneten vor ihm Blasterkanonen das Feuer, und in den blendenden Energieblitzen der Kanonen sah Luke, daß das, was er für ein Gebüsch gehalten hatte, in Wirklichkeit ein imperiales Tarnnetz war, das eine Geschützstellung verbarg. Ein Dutzend Sturmtruppler, vier imperiale Läufer und eine Nachtschwester lauerten dort. Luke dämmerte, daß es rund um den Berg Dutzende von derartigen Außenposten geben mußte. Er hoffte, daß die Ausschaltung dieses Postens Leia und den anderen Zeit gab, es nach oben zu schaffen.

Tosh und ihre Tochter packten ihre Hellebarden und stürmten los. Der Lärm des Kanonenfeuers übertönte ihre Schritte. Luke beobachtete nervös Leia und verfolgte, wie die beiden Rancor mit unglaublicher Geschmeidigkeit dem Blasterfeuer auswichen und hinter einem Vorsprung verschwanden. Erst dann bemerkte er die Seile aus Whuffahaut, an denen sie sich in Sicherheit geschwungen hatten.

Luke folgte Tosh und ihrer Tochter. Tosh erreichte als erste die Imperialen, prallte gegen zwei imperiale Läufer und schmetterte sie gegen die Geschützstellung. Verängstigte Sturmtruppler schossen mit Blastergewehren auf sie, und Tosh brüllte schmerzgepeinigt auf, als die Schüsse von ihrer dicken Haut abprallten. Luke gab rasch hintereinander drei Schüsse ab und schaltete die Imperialen aus. Toshs Tochter schwang ihre riesige Hellebarde und spaltete einen dritten Läufer in zwei Teile.

Der vierte imperiale Läufer fuhr herum und feuerte mit seinen Zwillingsblasterkanonen auf die junge Rancorin. Blut spritzte, und der rechte Arm der Rancorin wurde an der Schulter abgetrennt. Gelbe Knochensplitter ragten aus dem dunklen Fleisch hervor. Die Rancorin starrte im Schock die schreckliche Wunde an, griff mit der unversehrten Hand nach ihrem Netz und warf es über den letzten imperialen Läufer, dann brach sie zusammen und starb. Der Läufer kippte unter dem Gewicht des steinbeschwerten Netzes um. Tosh machte einen Satz, schlug mit einer Pranke einen flüchtenden Sturmtruppler nieder, stürzte sich dann auf den imperialen Läufer und zertrümmerte mit der Faust die Kanonen.

Flammen und blaue Funken schlugen aus dem umgekippten Läufer, als sein Reaktor durchging, aber Tosh ließ ihre Faust wieder und wieder niedersausen und zerschmetterte die Hülle. In diesem Wrack konnte es kein Leben mehr geben, doch Tosh brüllte und zerfetzte das Metall, suchte nach dem Leichnam des Kanoniers, um ihn zu zerreißen.

Luke schoß zwei weitere Sturmtruppler nieder und hörte die Nachtschwester singen. Sie kroch verängstigt über den Boden, wich vor Tosh und dem Gemetzel zurück. Luke zog sein Lichtschwert.

»Du!« brüllte er. Die Nachtschwester drehte sich zu ihm um und schlug ihre Kapuze zurück. Sie war jung, kaum mehr als ein Kind, vielleicht sechzehn Jahre alt. Luke konnte sich nicht vorstellen, daß sie wirklich böse war. Er spürte ihre Angst.

Sie begann wieder zu singen, und Luke hob seine freie Hand und drückte mit der Macht ihre Luftröhre zusammen. Der Gesang brach ab, und sie stand wie erstarrt da, mit vor Entsetzen verzerrtem Gesicht.

»Zwing mich nicht, dich zu töten!« donnerte Luke. »Versprich mir, daß du dich für immer von Gethzerion und ihrem Clan lossagst!«

Das Mädchen starrte ihn an, vom Feuerschein der brennenden imperialen Läufer umspielt, die Augen vor Entsetzen weit aufgerissen, würgend. Sie nickte betäubt, und Luke konnte ihre animalische Furcht spüren. Er ließ sie los.

Sie sank zu Boden, blickte haßerfüllt zu ihm auf. Luke spürte, wie überrascht sie über ihre Hilflosigkeit war. Mit einer ausholenden Handbewegung warf sie einen Zauber nach ihm und schlug ihm das Lichtschwert aus der Hand.

Luke zog seinen Blaster und schoß. Das Mädchen schrie einen Fluch, wollte den Blasterblitz mit der Handfläche abwehren, aber sie war jung und zu schwach. Der Blasterblitz bohrte sich in ihre Hand und verwandelte sie in verbranntes, geschwärztes Fleisch. Von Grauen erfüllt starrte die Hexe ihre Hand an und kreischte.

Das Lichtschwert löste sich vom Boden und schlug nach Lukes Kopf. Luke kanalisierte die Macht, wirbelte die Klinge herum, kurz bevor sie sein Gesicht zerschneiden konnte, und angelte sie aus der Luft.

»Bitte!« rief Luke, doch das Mädchen stimmte bereits einen weiteren Zauberspruch an. Plötzlich tauchte Tosh hinter ihr auf und zermalmte die Nachtschwester mit einem einzigen gewaltigen Schlag, der Fleisch zerplatzen und Knochen brechen ließ.

Luke war vor Schock wie gelähmt, konnte das selbstzerstörerische Verhalten seiner Feindin nicht fassen, wollte nicht glauben, daß sich ein so junges Mädchen so vollständig der dunklen Seite ausgeliefert hatte.

Tosh packte Luke mit einer Klaue, warf ihn sich auf den Rücken und stürmte durch den Dschungel.

Luke konnte die geschwärzten Brandwunden im Fleisch neben dem Knochenkamm hinter ihrem Kopf erkennen. Einige waren sehr tief und bluteten. Tosh brüllte vor Schmerz, aber Luke erkannte, daß es kein körperlicher Schmerz, sondern der Schmerz über den Tod ihrer Tochter war. Die Rancorin brach durch die Bäume, erreichte den Felshang und kletterte in der Dunkelheit zu den Wolken aus feuerdurchglühtem Rauch hinauf.

Flammen umloderten den Berg und Donner umgrollte ihn. Als sich Tosh über den Klippenkamm schwang, entdeckte Luke in einiger Entfernung Leia und die anderen in den Sätteln ihrer Rancor, die bis zur Hüfte in einem Röhrichtfeld standen. Leia wartete, bis sie sicher war, daß ihm keine Gefahr mehr drohte, dann nahm sie die Zügel ihres Rancors und trieb ihn vorwärts. Die Rancor galoppierten auf allen vieren durch die Kornfelder zum Südrand des schüsselförmiges Tales, wo die Festung in den Fels gemeißelt war. Die alte Tosh stieß ein Kriegsgeheul aus, und die Rancor vor ihr fielen in das Heulen ein. Han und Isolder nahmen ebenfalls den Schlachtruf auf.

Als Luke die Südseite des Tales erreichte, sah er an den Flanken der Klippe fünfzig Rancor wie schattenhafte Monolithe stehen und riesige Stangen und Keulen schwingen. Eine kleine Armee von Männern und Jugendlichen in schlichten Lederschürzen schleppte große Wurfsteine zum Rand des Felsens und türmten sie neben den Rancor auf.

Sobald Leia an der Klippe war, trieb sie ihre Rancor zur mächtigen Festung hinauf. Die Rancor paßten nicht durch den Eingang, und so stiegen Han, Leia, Isolder, die Droiden und Teneniel ab und schleppten die Generatoren die Treppe hinauf. Aber Luke spürte noch immer die Dringlichkeit hinter Augwynnes knapp eine Stunde zurückliegenden Ruf. Er trennte sich von den anderen, stürmte die Treppe hinauf, drei Stufen auf einmal nehmend, an Räumen vorbei, in denen sich die Kinder und die Alten des Dorfes verängstigt zusammendrängten, bis er die Halle der Kriegerinnen erreichte.

In der Halle standen die Clanschwestern in ihren Roben und ihrem Kopfputz um die modellierte Landkarte und into-

259

nierten die Worte: »*Ah re, ah re, ah suun corre. Ah re, ah re, ah suun corre.*«

Augwynne begrüßte Luke ernst, das Gesicht eine sorgfältig kontrollierte Maske. »Willkommen, Luke Skywalker«, sagte sie, während die anderen weitersangen. »Ich habe gehofft, daß Sie sich beeilen werden. Wir versuchen gerade, die Stellungen der Nachtschwestern zu ermitteln, um so vielleicht hinter ihre Strategie zu kommen.« Sie schob mit der Spitze ihres hölzernen Stabes ein maßstabsgetreues Modell von Gethzerions Gleiter näher an die Festung. Wenn Augwynne recht hatte, dann war Gethzerion nur noch zwei Kilometer vom Berg entfernt und bewegte sich zwischen zwei Armeegruppen hin und her. Luke vermutete, daß Gethzerion den Gleiter benutzte, um ihren Streitkräften persönlich die Befehle zu geben. »War Ihre Reise erfolgreich?«

»So erfolgreich, wie es unter den Umständen möglich war«, sagte Luke.

»Gut«, seufzte Augwynne. »Wie lange wird Han für die Reparatur des Schiffes brauchen?«

»Zwei Stunden«, antwortete Luke. »Er ist schon oben und versucht, die Generatoren anzuschließen. Gethzerion weiß, daß er ein reparables Schiff hat.«

»Es war zu erwarten, daß sie dahinterkommt«, meinte Augwynne. »Wir werden versuchen, die Nachtschwestern abzuwehren, bis Han fertig ist.«

Eine Clanschwester bückte sich und legte siebzehn schwarze Steine auf den westlichen Fuß des Berges. Luke studierte die Karte. Die Strategie der Nachtschwestern kam ihm völlig verrückt vor. Sie hatten den Berg in Abständen von je zwölf Grad mit einem Ring von Wachposten umgeben. Da Luke einen der Posten ausgeschaltet hatte, wußte er, daß jeder aus einer Nachtschwester, einer Abteilung Sturmtruppen und mehreren imperialen Läufern bestand. Außerdem waren rund um den Berg drei Angriffseinheiten verteilt. Eine lauerte direkt vor der Haupttreppe – dem einzigen leicht zugänglichen Eingang –, und die beiden anderen waren in einem Winkel von je 120 Grad versetzt. Gethzerions Angriffsplan ignorierte offenbar so weltliche Dinge wie Terrain, Befestigungen oder die Verteidigungsstärke der Clanstellungen. Sie schien davon auszugehen, daß ihre Truppen jedes Hindernis überrennen konnten. Aber Luke kannte die Möglichkeiten der Macht und wußte, daß ihr Plan funktionieren konnte.

»Viele der Nachtschwestern sind unberechenbar«, sagte

Augwynne mit einem Blick zur Karte. »Wir müssen auf der Hut sein.« Sie schob Gethzerions Gleitermodell näher an den südlichen Fuß des Berges und trat dann hinaus auf den Balkon.

Luke ging ihr nach, und die anderen Hexen folgten. Es war kurz vor Sonnenaufgang, und die Wolken am Himmel begannen sich aufzulösen. Trotzdem war der Rauch noch so dicht, daß Luke bezweifelte, daß es an diesem Morgen richtig hell werden würde. Sie waren in der vergangenen Nacht so viel geritten, nur von zwei kurzen Rasten unterbrochen, daß Luke das Gefühl hatte, seit Tagen nicht mehr geschlafen zu haben. Unten im Wald sah er imperiale Läufer aufmarschieren und Sturmtruppler wie weiße Ratten in Deckung huschen. »Haben Sie einen Rat für uns, Jedi?«

»Setzt eure Kräfte nur im Dienst des Lebens ein«, sagte Luke, »um euch und eure Nächsten zu beschützen.«

»Wollen Sie damit sagen, daß wir die Nachtschwestern nicht töten sollen?« fragte eine der Frauen.

Luke betrachtete die Streitkräfte, die sich zu ihren Füßen massierten. »Wenn ihr es vermeiden könnt, ja. Aber ich habe Gethzerion und ihre Horde bereits gewarnt, daß sie nicht mit Nachsicht rechnen können.«

»Wie wir auch«, nickte Augwynne. »Jene, die an diesem Tag gegen uns kämpfen, werden mit ihrem eigenen Blut an den Händen sterben. Ich für meinen Teil werde keine Gnade walten lassen.«

Sie warteten, und Teneniel trat zu Luke und hielt seine Hand. »Sie arbeiten oben mit aller Kraft am Schiff. Ich dachte, ich könnte mich hier unten nützlicher machen.«

Luke sah sie an, und der Feuerschein brachte die Farbe ihrer Kupferaugen erst richtig zur Geltung und ließ ihr Haar in Rottönen schimmern, die er bisher noch nicht bei ihr bemerkt hatte.

Teneniel schluckte hart, und ein Windstoß bauschte ihr Gewand. Luke hatte erwartet, daß sich Gethzerion zeigen und ihnen offiziell den Krieg erklären würde, aber die einzige Ankündigung stammte von Augwynne: »Sie kommen!«

Die Clanschwestern um Luke begannen zu singen, und tief unter ihnen, in den Schatten des Waldes, stimmten auch die Nachtschwestern einen lauten Gesang an. Die Luft um den Balkon wirbelte, die Wolken am Himmel lösten sich auf und Ascheflocken schneiten nieder. Luke zog eine Schutzbrille aus seinem Werkzeuggürtel. Im gleichen Moment spürte er ein Beben in der Macht.

Der Wind wurde zum Sturm, einem Mahlstrom aus wirbelnder Asche und Schotter. Er setzte die Schutzbrille auf, und die Clanschwestern schirmten ihre Augen ab, als sie von dem Balkon in die Sicherheit der Festung flüchteten.

Teneniel Djo sang: »*Waytha ara quetha way. Waytha ara quetha way*…« Blasterfeuer schlug unter Luke in die Brüstung ein. Die Clanschwestern griffen mit der Macht hinaus und rissen den aus allen Rohren feuernden imperialen Läufer aus der Deckung des Waldes.

Teneniel streckte eine Hand aus, spreizte die Finger und sang einen Zauberspruch. Die Aschewolken lösten sich auf. Sand und Schotter prasselten gegen den imperialen Läufer, und die dadurch entstehende statische Ladung zog einen Blitz an, der wie ein Finger aus dem Berg nach dem Läufer griff. Er explodierte in einem blendenden Feuerball und fiel zu Boden. Im flackernden Licht der Explosion waren die Läufer und Sturmtruppen deutlich zu erkennen, die den Weg herauf zur Festung stürmten.

Luke beugte sich nach vorn, um besser sehen zu können, und erhaschte durch den wirbelnden Rauch einen Blick auf die Rancor am Ende der Treppe. Sie ließen große Steinblöcke den Weg hinunterrollen, als wären es Murmeln. Der erste Brocken traf einen imperialen Läufer, schmetterte ihn rücklings gegen die nachfolgenden Läufer und Sturmtruppler und schleuderte sie über die Felskante.

Er wunderte sich über die Tollkühnheit von Gethzerions Angriff. Es war eine phänomenale Verschwendung von Leben und Material. Zwei Clanschwestern fixierten Zaubersprüche murmelnd das Wrack des explodierten Läufers. Hinter ihnen schrie Augwynne Befehle. »Ferra, Minettih, lauft zum Eingang. Die Nachtschwestern greifen an!«

Luke blickte sich um und sah keine Spur von den Nachtschwestern, aber als er mit der Macht hinausgriff, spürte er über sich ein Kräuseln. Er hob den Kopf und entdeckte drei Nachtschwestern, die ein paar Meter über ihm wie Spinnen an der Felswand hingen. Zusammen ließen sie sich auf den Balkon fallen.

Luke brüllte eine Warnung, zog sein Lichtschwert und wich einen Schritt zurück. Eine der Hexen an seiner Seite hatte keine Zeit zum Reagieren; eine Nachtschwester landete neben ihr, schoß dem Mädchen mit einem Blaster ins Gesicht und sprang dann mit einem Salto vom Balkon.

Luke entging einem anderen Schuß und spaltete den Kopf

262

einer Nachtschwester, als sie neben ihm aufprallte. Auf der anderen Seite des Balkons kämpfte Augwynne mit der dritten Nachtschwester, und Luke zog seinen Blaster. Augwynne stieß die Nachtschwester vom Balkon, und Luke sprang hinterher.

Die Luft war ein schottergesättigter Mahlstrom, und als er an der Treppe vorbei stürzte, sah er die Leichen imperialer Sturmtruppler wie weißes Konfetti auf den Stufen liegen. Blasterstrahlen zuckten an ihm vorbei, als imperiale Sturmtruppen das Feuer auf die steinewerfenden Rancor am Ende der Treppe eröffneten.

Er sah den Boden rasend schnell auf sich zu kommen, sah zwei schwarzgekleidete Nachtschwestern auf den Felsen stehen. Luke landete neben ihnen. Er schrie eine Warnung. Eine Nachtschwester fuhr herum und stimmte einen Zauberspruch an. Luke schoß. Flammen leckten von ihrem Mantel, aber sie blieb stehen und starrte ihn haßerfüllt an. Er erkannte, daß sie stark in der Macht sein mußte. Die andere floh in den Dunst.

Die erste Nachtschwester schlug ihre Kapuze zurück und enthüllte die purpurnen Adern in ihrem Gesicht – Gethzerion. Ihre rotglühenden Augen waren vor Überraschung geweitet. »Du bist es also«, sagte sie laut, um den Schlachtenlärm zu übertönen. »Ich habe das Kräuseln deiner Macht früher schon gespürt. Ich wollte schon immer einem Jedi begegnen, und dann traf ich einen in den Korridoren meines eigenen Gefängnisses und erkannte ihn nicht.« Sie musterte Luke, wie um sich davon zu überzeugen, daß er tatsächlich ein Jedi war.

»Ich bin Leuten wie dir schon begegnet«, sagte Luke. »Hör mir zu, Gethzerion: Wende dich von der dunklen Seite der Macht ab, ehe es zu spät ist!«

Gethzerion nickte nachdenklich. »Verzeih mir, wenn ich sage, daß ich dich nicht besonders beeindruckend finde, junger Jedi. Es ist schade, daß du sterben mußt und nicht mitansehen kannst, wie ich deine Freunde zerschmettere.«

Sie deutete mit einem Finger auf Luke, und ehe Luke überhaupt begriff, was vor sich ging, traf ihn eine Welle der Macht. Weißes Licht explodierte hinter seinen Augen, und seine rechte Gesichtshälfte fühlte sich an, als hätte ein Hammer sie zertrümmert. Sein linker Arm wurde taub, sein linkes Bein knickte unter seinem eigenen, unerträglichen Gewicht ein, und er sank auf ein Knie, war wie gelähmt. Der Schlachtenlärm, das Blasterfeuer und die Schmerzensschreie verklangen zu einem fernen Rauschen. Gethzerion deutete wieder auf ihn, krümmte den Finger, und er konnte nur noch verschwommen sehen. Er spürte, wie der Hammer seine linke Schläfe traf, kippte auf die Seite und rollte keuchend auf den Rücken. Luke blickte zum Himmel hinauf, zu den zahllosen Felsbrocken, die durch die Luft flogen – einige von der Macht gelenkt, andere von den Rancor geschleudert.

Die Zeit schien sich zu dehnen. Sein Kopf pochte, pulsierte im Rhythmus seines Herzschlags. Sein Gesicht war kalt und taub, und Luke erkannte benommen, daß Gethzerions Zauberspruch Blutgefäße in seinem Gehirn zum Platzen gebracht hatte. Er würde sterben, einer von Hunderten von Toten, die schon jetzt auf diesem Schlachtfeld lagen.

So wäre es also gewesen, wenn Darth versucht hätte, mich zu töten, durchfuhr es Luke. Teneniel hatte recht gehabt – er war kein Krieger. Wem hatte er etwas vormachen wollen? *Ben*, dachte Luke, *ich habe dich enttäuscht. Ich habe euch alle enttäuscht*. Und plötzlich schlug eine Woge aus Schmerz über ihm zusammen. Luke versuchte sich zu erinnern, mit wem er gerade gesprochen hatte, zermarterte sich den Kopf nach einem Namen, nach jemandem, den er um Hilfe bitten konnte, aber sein Kopf war taub und leer wie die endlosen Wüsten von Tatooine, die nackt unter den untergehenden Sonnen lagen.

* 23 *

Isolder hob das neue Sensorfenster hoch. Chewbacca war bereits mit dem elektrischen Schraubenschlüssel dabei, das alte Fenster abzumontieren, während Leia und Han im engen Laderaum des *Falken* die Vibrofeldgeneratoren anschlossen. Die Droiden füllten unterdessen die Kühlflüssigkeit in den Reaktor. Draußen vor der Festung war der Krieg in vollem Gang. Die Steinböden bebten und schwankten unter den Einschlägen der Blasterstrahlen und Felsblöcke, während durch das Labyrinth der Korridore der Wind heulte.

Isolder hatte das Gefühl, als könnte der ganze Berg jeden Moment zu Staub zerfallen. Er wünschte fast, der Raum hätte ein Fenster, einen Balkon wie die meisten anderen Räume hier in der Festung, damit er sehen konnte, was draußen geschah. Aber gleichzeitig fühlte er sich in diesem geschlossenen Raum, wo nur die Tür bewacht werden mußte, viel sicherer.

Isolder trug das Fenster zu Chewbacca und hielt es einen Moment hoch, während der Wookiee mit seinen haarigen Pfoten nach einigen Schraubenbolzen griff, um das neue Fenster am *Falken* anzubringen. Die Hände des Wookiees zitterten vor Angst.

Plötzlich hörte Isolder hinter sich eine laute und doch wie aus weiter Ferne dringende Stimme: »Gethzerion, ich habe sie gefunden!«

Isolder wirbelte herum und ließ das Fenster fallen. Im Türrahmen stand eine Nachtschwester und schnappte nach Luft. Isolder zog seinen Blaster und schoß, doch die Nachtschwester wehrte den Blasterblitz mit der Hand ab.

»Nun«, sagte sie, »du bist aber ein Hübscher. Ich denke, ich werde dich behalten.«

Chewbacca brüllte und sprang die Nachtschwester an, und sie wich einen Schritt zurück. Chewie glitt zur Seite, wie um ihr den Fluchtweg aus dem Raum abzuschneiden, und die Nachtschwester zuckte zusammen. Der Wookiee hatte der Schwester so schnell den Arm ausgerissen, daß Isolder es gar nicht mitbekommen hatte.

Sie starrte den blutigen Stumpf an ihrer Schulter an, und Isolder schoß erneut. Die Nachtschwester brach zusammen.

Chewbacca heulte und suchte fieberhaft den Boden ab. Obwohl Isolder kein Wookieesch verstand, erkannte er, daß

Chewie die Bolzen verloren hatte. »Geh rein und hol neue!« schrie Isolder. »Schnell!«

Chewbacca stürzte in den *Falken*. Isolder folgte ihm die Rampe hinauf, nervös seinen Blaster befingernd.

Er hörte über sich einen hämmernden Knall. Die Steinwand zerbarst, als hätte eine riesige Faust sie getroffen. Isolder schützte seinen Kopf mit den Händen vor den herabfallenden Mauerbrocken, und ein erstickender Sturm aus Dreck und Rauch brauste durch den Raum.

Durch das Heulen des Windes drang von überall der Gesang von Frauen. Er kniff die Augen zusammen, schloß per Knopfdruck das Schleusenschott des *Falken* und schrie: »Startet! Rettet euch!«

Und in diesem Moment wußte er, daß sich Rells Prophezeiung erfüllen würde. Wenn er noch einen Moment länger hier blieb, würde er sterben. Draußen, vor dem rotglühenden Hintergrund des Himmels, sah er die schattenhaften Gestalten von Frauen über den Felsen kriechen und durch den breiten Riß in der geborstenen Wand springen.

Isolder duckte sich unter den *Falken*, rollte sich ab und rannte zur Tür. Eine Nachtschwester kam ihm durch die Tür entgegen.

Sie hob ihre Hand, und eine unsichtbare Kraft schmetterte ihn zu Boden.

Teneniel hatte beobachtet, wie Luke über den Rand des Balkons gesprungen und den Nachtschwestern in den wirbelnden Dunst gefolgt war, aber sie wagte nicht, hinterherzuspringen. Sie hörte Schreie in der Festung, Kinder, die angsterfüllt kreischten, und sie stürmte eine Treppe hinunter, überließ ihren sechs Schwestern die Verteidigung des Balkons.

Sie sah unter sich Ferra und Kirana Ti auf der Wendeltreppe und blieb ihnen dicht auf den Fersen. Plötzlich schrie Ferra vor Entsetzen auf, als ihr Kopf von einer unsichtbaren Hand hart herumgerissen wurde. Mit einem Knirschen brach ihr Genick.

Kirana blieb stehen, zielte mit ihrem Blaster, wartete darauf, daß jemand die Treppe heraufkam, aber Teneniel wurde von rasender Wut gepackt. Ohne einen Zauberspruch zu singen, entfesselte Teneniel einen Sturm, der durch das Treppenhaus brauste und Ferras Leichnam mit sich riß. Unter ihr schrien die Nachtschwestern verängstigt auf. Teneniel sprang die Stufen hinunter und sah hinter der nächsten Win-

266

dung zwei Nachtschwestern, die sich an das Geländer klammerten, um nicht in die Tiefe geweht zu werden.

Unbändiger Zorn kochte in Teneniel hoch. Sie griff die Vetteln mit dem Machtsturm an und riß das Geländer aus der Steinwand, daß die Nachtschwestern kreischend und polternd die Wendeltreppe hinunterstürzten.

Der Sturm flaute ab. Kirana Ti kauerte weinend auf dem Boden und blickte voller Furcht in Teneniels Gesicht. Teneniel fragte sich, warum das dumme Mädchen nicht aufstand, nach draußen ging und weiterkämpfte.

»Worauf wartest du?« schrie Teneniel. »Du erbärmliche Memme!« Oben schrie eine ihrer Clanschwestern und verstummte abrupt. »Los, steh auf! Geh raus und kämpfe! Deine Schwestern sterben!«

»Dein Gesicht«, wimmerte Kirana Ti. »Eine deiner Adern ist geplatzt!«

Teneniel erstarrte, berührte ihre Wange, spürte die leichte Schwellung unter ihrem Auge. Das Kennzeichen einer Nachtschwester. Sie schreckte vor dem Gedanken zurück, und sie erkannte, daß sie diese Nachtschwestern im Zorn getötet hatte. Sie fuhr herum und rannte blind die Treppe hinauf, an den Kammern der Kriegerinnen vorbei. Ihre Schritte hallten auf dem Steinboden.

Am Ende der Treppe bog sie um eine Ecke und hörte über sich die Nachtschwestern ihre Zaubersprüche singen. Sie sah sich um, überrascht, sie so hoch oben in der Festung anzutreffen. Hier oben gab es keine offenen Räume – nur ein paar fensterlose Schlafzimmer und Vorratskammern. Wenn die Nachtschwestern nicht die Treppe heraufgekommen waren, mußten sie sich mit der Macht einen Weg durch die Steinmauern gebahnt haben. Und das einzige wertvolle Objekt hier oben war der *Millennium Falke*.

Teneniel stürmte die Treppe hinauf, lief lautlos im flackernden Fackellicht vorbei an den verblaßten Gobelins längst verstorbener Kriegerinnen und um eine Ecke zur oberen Kammer, wo der *Falke* abgestellt war.

Dort waren die Nachtschwestern – zwölf kapuzenverhüllte Gestalten murmelten mit ausgestreckten Händen ihre Zaubersprüche. Sie hatten eine Bresche in die Nordwand geschlagen, und hinter dem klaffenden Loch tobte der Mahlstrom.

Die Nachtschwestern griffen mit der Macht nach dem *Falken* und trugen ihn hinaus in den Sturm. Er war bereits halb durch den breiten Riß in der Wand. Das Schleusenschott war geschlossen. Auf der anderen Seite der Halle beugte sich eine einzelne Nachtschwester über die reglos daliegende Gestalt Isolders und fesselte seine Handgelenke; sie konnte der Versuchung, einen derart hübschen Sklaven zu stehlen, nicht widerstehen.

Teneniel verharrte, preßte sich gegen die Wand, überlegte. Gegen so viele Gegner konnte sie nicht kämpfen. Wenn sie jetzt versuchte, sie am Raub des *Falken* zu hindern, und sie beim Zaubern störte, würde das Schiff abstürzen und an den Klippen zerschellen. Selbst mit ihrer mächtigen Gabe, der Fähigkeit, Gegenstände zu bewegen, konnte sie ein derart schweres Schiff nicht auffangen.

Ihre einzige Hoffnung war, daß Leia und Han überlebt hatten und sich im Schiff versteckten. Sie griff mit ihrem Bewußtsein hinaus und rief nach Leia. »Bitte«, flüsterte sie. »Aktiviert die Triebwerke!«

Sie atmete tief ein, wandte sich ab und rannte durch die Halle, konzentrierte die Macht auf Isolder und hob seinen bewußtlosen Körper vom Boden. Sie stieß die Nachtschwester zur Seite, packte ihn und warf sich gegen die Steinwand, schirmte Isolder mit ihrem Körper ab.

Die Triebwerke des *Falken* zündeten und füllten die Halle mit weißem Feuer. Die Nachtschwestern verbrannten kreischend in dem Inferno, aber Teneniel kanalisierte die Macht und hielt die Flammen von sich ab. Der *Falke* schoß davon und verschwand in den Wolken aus braunem Rauch.

Teneniel sank zu Boden. Die Flammen hatten ihre Kleidung versengt und ihr leichte Verbrennungen zugefügt. Die Halle selbst war völlig verwüstet. In einer Ecke brannte ein Regal voller Pergamente. Gobelins verstorbener Clanschwestern schmorten. Von den Nachtschwestern war nur eine Frau stark genug gewesen, das Feuer zu überleben. Benommen kroch sie auf allen vieren über den Boden, das Haar versengt, das Gesicht wie von einem Sonnenbrand gerötet.

Leia steuerte den *Falken* durch den Staub und den wirbelnden Schutt des Machtsturms. Sie hatten fieberhaft gearbeitet, um die Vibrofeldgeneratoren anzuschließen, aber nicht einmal den ersten Generator montieren können. Die Kiesel, die gegen die Sensorgabeln des *Falken* prasselten, forderten ihren Tribut, doch Leia wagte nicht, die Sturmzone zu verlassen. Die statische Elektrizität, die Blitze, die Asche und die hochgeschleuderten Trümmer waren alles, was sie vor der Ortung durch Zsinjs orbitale Kriegsschiffe schützte.

Sie umkreiste einmal, zweimal die Festung. Aus dieser Höhe konnte sie die Sonne hinter dem Sturm aufgehen sehen, und so kehrte sie zur Festung zurück und hielt sich dicht über dem Talboden. Han stürmte aus dem Laderaum ins Cockpit und schrie: »Was machst du mit meinem Schiff? Wir können nicht in diesem Sturm bleiben!«

Er ließ sich in den Kopilotensitz fallen, und sie rasten im Tiefflug über das Tal. Aus dem Laderaum drang R2s Pfeifen und Piepen, dann tauchte 3PO auf. »König Solo, Eure Hoheit, gute Neuigkeiten! Ich habe alle Kühlflüssigkeit in die Hyperantriebsgeneratoren gefüllt!

»Großartig, 3PO«, knurrte Han. »Hast du auch irgendeine Idee, wie man diesen Sturm beenden könnte?«

»Ich werde darüber nachdenken«, versicherte 3PO.

Leia sah nach unten zu den bestellten Feldern des Clans vom Singenden Berg. Vor ihnen, nur verschwommen erkennbar, marschierten ein Dutzend imperiale Läufer und rund zwei Dutzend Nachtschwestern eine hölzerne Straße hinunter. Han entdeckte sie.

»Mann, ich hasse es, eine gute Straße zu ruinieren«, sagte Han, als er seine Protonentorpedos abfeuerte. Leia konnte nur hoffen, daß die Energieschirme der Explosion standhielten.

Die Protonentorpedos detonierten in weißen Feuerbällen. Leia wandte den Blick ab. Ein ohrenbetäubender Donnerschlag schüttelte das Schiff durch und hallte lange zwischen den Bergen nach. Als das Licht so weit verblaßte, daß sie etwas sehen konnte, regneten Steine und Asche vom Himmel, ganze Trümmerschauer, die in der Morgensonne wie goldene Wasserfälle glitzerten.

Han johlte und lachte und fuhr sich mit den Fingern durch das zerzauste Haar. Leia brauchte einen Moment, um zu erkennen, daß sie einen Volltreffer gelandet hatten. Der Machtsturm war vorbei, Hans Torpedos hatten die fähigsten Nachtschwestern ausgeschaltet.

In der Festung richtete sich Teneniel auf, und der ganze Berg erbebte plötzlich unter der Wucht einer gewaltigen Explosion. Unten im Tal erhob sich Freudengeschrei. So unvermittelt, wie der Machtsturm ausgebrochen war, hörte er auch wieder auf. Asche und Steine regneten in schmutzigen Schauern vom Himmel. Aber hinter den Wolken wurde die aufgehende Sonne sichtbar, ein goldener Saum, wo sich Himmel und Erde berührten.

Teneniel kroch zu der verletzten Nachtschwester, die neben der Stelle lag, wo der *Falke* gestanden hatte. Die Hexe blickte auf, versuchte mit letzter Kraft einen Zauberspruch zu murmeln, brach dann zusammen. Teneniel rollte die Frau auf den Rücken und blickte ihr in die Augen. Die Nachtschwester zuckte verängstigt zusammen. Ihr Atem ging rasselnd, stoßweise. Sie hatte direkt hinter den Düsen des *Falken* gestanden, als die Triebwerke gefeuert hatten.

»Keine Angst«, sagte Teneniel und streichelte das aschebedeckte Gesicht der Frau. »Ich tue dir nichts. Ich habe heute schon zu viele von deinesgleichen getötet. Ganz gleich, was du mir hinterher antun wirst, ich möchte dir das hier geben.« Teneniel betrachtete die grausige Frau, ein Opfer ihres eigenen Bösen, und ließ ihre verbliebenen Energien in die Nachtschwester fließen und schenkte ihr genug Lebenskraft, daß sie sich bei guter Pflege im Lauf der Zeit wieder erholen würde.

Han blickte hinaus ins strahlende Sonnenlicht, und sein Herz machte einen Freudensprung. Für einen Moment glaubte er, gesiegt zu haben.

Dann legte sich Dunkelheit über das Land. Am fernen Horizont tauchte ein runder schwarzer Fleck auf, und daneben noch einer und noch einer, als hätten zehntausend Glühbirnen am Himmel gebrannt, die nun plötzlich ausgeknipst wurden.

Binnen dreißig Sekunden hing der *Millennium Falke* unter einem Himmel, der bar allen Lichtes war. Nur die Flammen der brennenden Felder erhellten das Tal. Han bemerkte, daß seine Lippen trocken waren; er befeuchtete sie. Chewbacca brüllte und schüttelte hoffnungslos, mit verzweifelten Augen, den Kopf.

»König Solo, zu Hilfe!« rief 3PO aufgeregt. »Meine Fotozellen registrieren ein überaus beunruhigendes Phänomen: Dathomirs Sonne scheint erloschen zu sein!«

»Im Ernst?« murmelte Han.

»He«, sagte Leia mit vor Nervosität zittriger Stimme. »Was ist das?«

»Etwas, das sogar die Macht der Nachtschwestern übersteigt«, antwortete Han mit absoluter Sicherheit und blickte hinauf zu einer Decke aus vollkommener Nacht.

* 24 *

Han landete den *Falken* und schaltete die Triebwerke ab. Die Nacht war absolut schwarz. Er blickte hinauf zum Himmel und fragte sich, ob etwas mit dem Bildschirm nicht stimmte. Vielleicht sollte er einfach mit der Faust draufschlagen, um zu sehen, was dann passierte.

Er musterte die Sensorkontrollen. »Oh, Mann«, stöhnte er. »Dein kleiner Flug durch den Sturm hat das Schiff ziemlich mitgenommen. Die Sensoren sind fast im Eimer. Ich bekomme kaum noch klare Werte.«

»Möchtest du lieber tot sein?« fragte Leia.

»Nein«, gestand Han. »Wo ist Isolder?«

»Ich weiß es nicht«, antwortete Leia. »Er ist rausgegangen, um das Sensorfenster einzusetzen. Ich fürchte, die Nachtschwestern haben ihn erwischt.«

»Erwischt? Was meinst du mit erwischt? Umgebracht?«

»Ich... ich weiß es nicht. Er lag auf dem Boden, als wir gestartet sind. Teneniel war bei ihm. Sie sagte mir, wir sollen verschwinden.«

Han drehte sich zu ihr um und sah die Spuren des Entsetzens in ihrem Gesicht. Was sie getan hatte, kam einem Menschenopfer gleich, und sie wußte es. »Am besten, wir holen das Medipack und kehren zurück. Vielleicht können wir noch etwas für ihn tun. Wie weit sind wir von der Festung entfernt?«

»Ich bin lange im Kreis geflogen«, erwiderte Leia. »Es kann nicht mehr als ein halber Kilometer sein.«

Han wandte sich an Chewie. »Leia und ich kehren zur Festung zurück. Du kümmerst dich mit 3PO um diese Generatoren. R2, nimm einen Sensorscan vor und gib mir einen Lagebericht. Wenn du irgend etwas herausfindest, will ich es sofort wissen.«

Chewie brüllte seine Zustimmung und Han holte das Medipack, einen schweren Blaster und einen Helm. Er gab Leia eine Taschenlampe, und zusammen liefen sie die Rampe hinunter und durch das Tal.

Noch immer regneten Staub und Asche vom Himmel, und hier und dort erhellten Feuer das finstere Tal. Auf der anderen Seite des Tales blitzten die grünen Positionslichter von vier imperialen Läufern, die sich eilig zurückzogen, begleitet von ghulähnlichen kleinen Gestalten.

271

Leia schaltete die Taschenlampe nicht ein. Statt dessen orientierten sie sich am matten Streulicht der Feuer, als sie der Straße folgten. Bis zur Festung war es nicht weit. Als sie sie erreichten, war die Schlacht vorbei.

Männer mit grimmigen Gesichtern und Fackeln in den Händen standen vor der Festung und starrten beklommen in die Dunkelheit. Auf der Treppe brüllten Rancor im Todeskampf, und Leia richtete ihre Taschenlampe auf sie. Ein Dutzend von ihnen lagen zu einem blutigen Haufen aufgetürmt am Ende der Treppe, und Tosh trug traurig heulend den Leichnam eines ihrer Söhne davon.

Han und Leia rannten die Treppe hinauf, an den Toten vorbei, zur Festung. In der oberen Halle fanden sie Teneniel, die reglos auf einer Nachtschwester lag. Leia drehte Teneniel auf den Rücken. Das Mädchen atmete regelmäßig. Han untersuchte sie. Abgesehen von ein paar Brandflecken auf ihrer Robe und leichten Hautrötungen schien sie unversehrt.

»Wo ist Isolder?« fragte Leia, aber Teneniel rührte sich nicht. Leia ließ ihre Taschenlampe durch den Raum wandern und fand Isolder in einer Ecke liegen. Sie eilte zu ihm.

Han folgte ihr mit dem Medipack, aber als er näherkam, hörte er Isolder schnarchen. Leia rüttelte ihn, und abrupt wachte Isolder auf.

»Wo bin ich?« fragte er. »Was ist passiert?« Dann sah er sich im Raum um, entdeckte die Leichen der Nachtschwestern und schien sich zu erinnern. Er blickte Leia in die Augen. »Mann! Was für ein Erwachen mit einem so wunderschönen Gesicht vor Augen.« Isolder umarmte Leia und küßte sie kurz.

»In Ordnung«, knurrte Han. »Genug Süßholz geraspelt. Eine Menge Arbeit wartet auf uns.« Er spähte durch die Bresche in der Steinwand und sah die überall im Tal brennenden Feuer. Es war wie der Blick aus einem primitiven Observatorium.

»Da seid ihr ja!« rief Augwynne. Han fuhr herum. Die Clanführerin hielt eine Fackel in der Hand und war von einigen Kindern umringt. Sie bewegte sich schleppend, als wäre sie völlig erschöpft. Leia half Isolder hoch. Augwynne blieb stehen, um Teneniel im Dunkeln zu untersuchen, und sagte zu einem der Kinder: »Lauf und hole die Heilerin.«

»Was ist passiert?« fragte Han.

Augwynne blickte hinaus in die Nacht und nickte. »Ich hatte gehofft, Sie könnten es mir sagen«, erklärte sie. »Gethzerion hat sich zur Stadt zurückgezogen. Ich sah die Scheinwerfer ihres Gleiters im Wald verschwinden. Über ein Dutzend unserer Clanschwestern sind tot und mehrere andere vermißt – genau wie Luke Skywalker.«

Leia fuhr erschrocken zusammen, blinzelte unwillkürlich und sah sich in der Halle um, als hoffte sie, daß Luke im nächsten Moment auftauchen würde.

»Haben Sie irgendeine Ahnung, wo Luke stecken könnte?« fragte Han Augwynne.

»Er wurde zuletzt gesehen, wie er kurz nach dem Angriff einige Nachtschwestern verfolgte«, erwiderte Augwynne. »Er sprang von der Klippe.«

»Luke kann gut auf sich selbst aufpassen«, sagte Han und bemühte sich wegen Leia um einen optimistischen Tonfall. »Geben wir ihm noch ein paar Minuten. Ich bin sicher, daß er bald zurück sein wird.« Aber Leia runzelte die Stirn und starrte hinaus in das finstere Tal.

Augwynne humpelte zum breiten Riß in der Steinwand und betrachtete furchtsam den Himmel. »Vom gemeinen Volk wurden nur wenige verletzt, und dafür können wir dankbar sein. Ich fürchte, daß uns allein diese Dunkelheit gerettet hat. Sie hat den Angriff der Nachtschwestern zurückgeschlagen.

Ich gehe nach unten in den Kriegsraum«, schloß Augwynne, »und werde meine Schwestern zu mir rufen.« Müde humpelte sie die Treppe hinunter.

Han und Leia warteten auf die Heilerin. Eine alte Frau kam, ließ dreimal leise singend ihre Hände über Teneniels Körper wandern und hielt dann Teneniels Hand. Teneniels Lider flatterten, und die Frau sagte: »Du mußt dich ausruhen. Du hast einen Teil deines Lebens gegeben, um ein anderes zu retten. Wer war es?«

»Eine Nachtschwester«, sagte Teneniel matt und blickte in die Schatten hinter ihr. »Dort.«

Die Heilerin ging zu der Nachtschwester, fühlte am Hals nach ihrem Puls und überlegte dann lange Zeit. Schließlich stand sie auf und verschwand die Treppe hinunter, ohne die Frau zu behandeln.

Leia rief ihr nach: »Willst du sie einfach hier liegen lassen? Soll sie sterben?«

Die Hexe versteifte sich und blieb stehen. Ohne sich umzudrehen, antwortete sie: »Meine Kräfte sind begrenzt, und viele meiner Schwestern brauchen mich. Wenn Gethzerion diese

Kreatur wiederbeleben möchte, so soll sie eine Heilerin schikken. Aber ich würde nicht zuviel Hoffnung darin setzen.«

Leias Augen blitzten vor Empörung, und Han legte ihr besänftigend eine Hand auf die Schulter. »Ich werde mit Augwynne darüber reden«, erklärte Leia.

Isolder hob Teneniel auf, und Leia nickte Han zu. »Bring sie auch nach unten.« Han ergriff die Nachtschwester und trug sie hinter Isolder die Treppe hinunter in die Halle der Kriegerinnen. Die Robe der Nachtschwester roch wie ranziges Fett. Han legte sie auf die Kissen neben dem Feuer, während sich Leia laut mit Augwynne stritt. Die überlebenden Hexen hatten sich um das Feuer versammelt und wuschen und kleideten die Leichen für die Feuerbestattung.

Schließlich erklärte sich Augwynne bereit, die Nachtschwester zu heilen, und legte ihre Hände auf das lederige Gesicht ihrer Feindin. Dann sang sie leise lange Zeit, bis die Nachtschwester die Augen öffnete. Die Kreatur auf den Kissen sah sich mit grünen, zu Schlitzen verengten Augen um. Han konnte nicht erkennen, ob sie wirklich krank war oder nur so tat. Sie wirkte so vertrauenswürdig wie eine Viper. Plötzlich wurde ihm klar, daß er sie lieber tot gesehen hätte.

»Han«, sagte Leia mit einem unbehaglichen Blick zu der Nachtschwester. »Ich mache mir wirklich Sorgen um Luke. Er müßte eigentlich schon zurück sein.«

»Ja«, nickte Han, »ich mache mir auch Sorgen.«

»Ich… ich kann ihn nicht *spüren*. Ich kann seine Aura nirgendwo spüren«, preßte sie hervor. »Ich *muß* ihn suchen«, fügte sie entschlossen hinzu.

»Das darfst du nicht«, warf Isolder ein. »Da draußen ist es im Moment zu gefährlich. Daß sich Gethzerion zurückgezogen hat, bedeutet noch lange nicht, daß auch die anderen fort sind. Die Nachtschwestern können nicht weit sein.«

Augwynne musterte Leia mit müden Augen. »Isolder hat recht. Du kannst nicht nach draußen gehen. Der Jedi ist von der Klippe gesprungen, und ich bezweifle, daß er überlebt hat. Selbst wenn er nur verletzt ist, können wir nichts für ihn tun.«

R2 erschien im Türrahmen, ließ sein elektronisches Auge kreisen und pfiff. »Was ist los, R2?« fragte Han. »Hast du herausgefunden, was für die Dunkelheit verantwortlich ist?« Er lauschte konzentriert den Piep- und Pfeiftönen, konnte aber die Antwort des Droiden nicht entschlüsseln. R2 beugte sich nach vorn und projizierte ein Doppelholo.

Gethzerion stand unter einer Lampe, atmete schwer und blickte in ihre Holokamera. »Zsinj, was hat das alles zu bedeuten?« Sie wies zum Himmel.

Kriegsherr Zsinj, ein fetter Mensch, rekelte sich in einem wuchtigen Kommandosessel, während hinter ihm bunte Kontrollichter flackerten. Der Kriegsherr, ein Mann mit schütteren Haaren, buschigem grauen Schnurrbart und stechenden Augen, lächelte. »Ich grüße Sie, Gethzerion. Es ist schön, Sie nach so vielen Jahren wiederzusehen. Diese… Dunkelheit… ist mein Geschenk an Sie: Wir bezeichnen sie als orbitalen Nachtschleier, und ich dachte mir, ein Nachtschleier wäre das passende Geschenk für die Nachtschwestern. Finden Sie das nicht auch komisch? Der Schleier besteht aus Tausenden von Satelliten, die ein geschlossenes Netz bilden – jeder krümmt das Licht und verschluckt es. Ein wahrhaft faszinierendes Spielzeug.«

Gethzerion funkelte ihn an, und Zsinj fuhr fort: »Sie haben vor zwei Tagen meinen Leuten erzählt, daß Sie Han Solo in Ihrer Gewalt haben. Sie werden ihn mir heute ausliefern. Wenn nicht, wird der Nachtschleier bleiben. Schnee wird Ihre Täler begraben, und binnen drei Tagen wird alles pflanzliche Leben eingehen. In zwei Wochen wird die Temperatur auf vierzig Grad unter Null fallen. Alles Leben auf Ihrer Welt wird sterben.«

Gethzerion senkte den Kopf, so daß die Kapuze ihr Gesicht verhüllte. »Und wenn wir Ihnen Han Solo ausliefern, werden Sie dann den Nachtschleier entfernen?«

»Sie haben mein Wort als Soldat«, sagte Zsinj.

»Der Wert Ihres Wortes ist allgemein… bekannt«, erklärte Gethzerion. »Haben Sie sich unser Angebot überlegt? Wollen Sie unsere Dienste?«

»In der Tat«, sagte Zsinj und beugte sich interessiert nach vorn. »Ich habe mir überlegt, wo in meiner Organisation ich Sie einsetzen könnte, und ich bedaure, keine angemessene Position für Sie gefunden zu haben.«

»Aber vielleicht können Sie uns eine Position außerhalb Ihrer Organisation geben«, hakte Gethzerion nach.

»Ich verstehe nicht!«

»Sie führen Krieg gegen die galaktische Neue Republik. Ihre Gegner sind so zahlreich, daß Sie sie nicht besiegen können. Ich habe es gesehen. Deshalb sollten Sie sich überlegen, uns Zugang zu den Welten der Neuen Republik zu verschaffen. Dort, im Herzen Ihrer Feinde, könnten wir Nachtschwestern uns festsetzen und Sie von Ihren Problemen befreien.«

Zsinj faltete die Hände im Schoß und dachte nach. Er studierte lange Gethzerions Gesicht. »Ein reizvolles Angebot«, sagte Zsinj nach einer Weile. »Wie viele von Ihren Schwestern müßten transportiert werden?«

»Vierundsechzig«, antwortete Gethzerion.

»Wie lange brauchen Sie, um sich reisefertig zu machen?«

»Vier Stunden.«

»Wir werden folgendermaßen vorgehen«, sagte Zsinj. »Ich werde in vier Stunden zwei Transporter nach unten schicken. Ein Schiff wird unbewaffnet, das andere bis an die Zähne bewaffnet sein.

Sie werden Han Solo zu dem bewaffneten Transporter bringen – allein. Der Transporter wird mit General Solo starten, und dann können Sie das andere Schiff besteigen und ein von mir bestimmtes Ziel anfliegen. Einverstanden?«

Nach einem Moment des Nachdenkens nickte Gethzerion. »Ja, ja. Das ist sehr großzügig von Ihnen. Vielen Dank, Kriegsherr Zsinj.«

Beide Hologramme verblaßten, und Han musterte die Gesichter der Hexen. »Pah!« machte eine alte Frau. »Beide lügen. Gethzerion hat Han nicht in ihrer Gewalt und Zsinj hat nicht die Absicht, den Nachtschleier von diesem Planeten zu entfernen oder Gethzerion entkommen zu lassen.«

»Hast du seine Gedanken gelesen?« fragte Augwynne. »Oder ist das nur eine Vermutung?«

»Nein, natürlich habe ich seine Gedanken nicht lesen können«, erwiderte die alte Frau, »aber Zsinj ist so ein schlechter Lügner, daß es auch nicht notwendig war.«

»Er ist kein Diplomat, das steht fest«, stimmte Leia zu.

Augwynne warf ihr einen neugierigen Blick zu. »Was meinst du damit?«

»Zsinj hat den Ruf eines pathologischen Lügners, aber trotz aller Übung ist er leicht zu durchschauen.«

»Ja«, sagte Augwynne. »Ganz meine Meinung. Aber vielleicht ist dieser Zsinj verschlagener als wir ahnen.«

»Vielleicht blufft Zsinj«, mischte sich Isolder ein. »Er hat zwar seinen orbitalen Nachtschleier installiert, aber diese Satelliten dort oben dürften sich leicht ausschalten lassen.«

»Du hast recht…«, stimmte Leia zu. »Was hat Zsinj gesagt? Hat er nicht von einem geschlossenen Satellitennetz gesprochen?«

»Was bedeutet, daß es sich leicht zerstören läßt«, sagte

Han. »Wie eine hintereinander geschaltete Lichterkette. Wir schießen ein oder zwei Satelliten ab, und das ganze System bricht zusammen.«

»Ich könnte mit meinem Jäger starten und ein paar Satelliten ausschalten«, erbot sich Isolder. Han wußte, daß er sich damit freiwillig für eine lebensgefährliche Mission meldete. Zsinj hatte dort oben über ein Dutzend Zerstörer zum Schutz seines Nachtschleiers zusammengezogen. Ein einzelner Jäger hatte kaum eine Chance, falls es ihm nicht gelang, einige Satelliten abzuschießen und sofort in den Hyperraum zu springen.

»Es scheint mir keine besonders wirksame Waffe zu sein«, sagte Leia nachdenklich. »Jeder Planet, der über Raumschiffe oder auch nur die Möglichkeit verfügt, per Funk Hilfe zu rufen...«

»...wäre in der Lage, sie zu zerstören«, schloß Augwynne. »Demnach taugt die Waffe nur, um Planeten wie Dathomir zu unterwerfen, primitive Welten ohne Technologie. Hier ist sie wirksam.«

»Drei Tage«, brummte Isolder und starrte ins Feuer.

»Was ist in drei Tagen?« fragte Augwynne.

»Wir müssen nur noch drei Tage durchhalten«, sagte Isolder, »dann trifft meine Flotte ein. Wenn wir die Kontrolle über diesen Planeten gewinnen, und wenn auch nur für einen Tag, können wir ihn evakuieren.«

»Wir haben nicht so viel Zeit«, wandte Han ein. »Wenn der orbitale Nachtschleier bleibt, wird dieser Planet in drei Tagen nur noch ein Eisblock sein. Und vergessen Sie nicht, dies ist noch immer mein Planet. Ich werde nicht zulassen, daß das geschieht!«

»Ja«, erwiderte Isolder. »Ich bin überzeugt, daß Ihnen was einfallen wird. Aber wenn nicht, könnten wir zumindest diese Leute hier wegschaffen.«

Augwynne sagte hoffnungsvoll: »Meinen Sie wirklich? Unser Volk lebt weit verstreut.«

»Und wenn die Temperaturen auf vierzig Grad unter Null fallen«, fügte Leia hinzu, »werden sie sich in die Höhlen flüchten und sich so tief wie möglich verkriechen.«

Han überlegte. Sie konnten keine drei Tage warten. Jemand mußte so bald wie möglich ein paar von diesen Satelliten zerstören und den Nachtschleier beseitigen. *Mit viel Glück*, dachte Han, *könnte es mir vielleicht sogar gelingen, Leia von hier wegzubringen.* Er stellte sich vor, wie er durch das Satellitennetz flog, ein paar Satelliten abschoß und dann versuchte, vom Planeten zu entkommen. Aber Tatsache war, sobald er auf diese Satelliten feuerte, würde er beidrehen und die Geschwindigkeit reduzieren müssen, um sich ihrer Umlaufbahn anzupassen.

In Anbetracht der dort oben massierten Feuerkraft war der Angriff auf die Satelliten gleichbedeutend mit Selbstmord.

Er sah Isolder an. Der Prinz erwiderte seinen Blick, und Han wußte, daß die anderen auf eine weitere Freiwilligenmeldung warteten. »Sollen wir Strohhalme ziehen?« fragte Han.

»Klingt fair«, meinte Isolder und biß auf seine Unterlippe.

»Einen Moment«, sagte Leia. »Es muß eine andere Lösung geben! Isolder, was ist mit deiner Flotte? Du bist zur gleichen Zeit wie sie losgeflogen. Gibt es irgendeine Möglichkeit, daß sie früher eintreffen wird?«

Isolder schüttelte den Kopf. »Wenn sie den geplanten Kurs beibehält, nein. Diese Schiffe sind Milliarden wert. Da fliegt man keine gefährlichen Routen.«

Isolder hatte natürlich recht. In der Vergangenheit hatte mancher General seine Flotte verloren, nur weil er vom vorgeschriebenen Kurs abgewichen war, um ein paar Parsecs zu sparen, und sich plötzlich in einem Asteroidengürtel wiedergefunden hatte.

Han blickte zur Steintür hinüber, erkannte, daß er auf Luke wartete, und schüttelte den Kopf. Es sah dem Jedi gar nicht ähnlich, sie warten zu lassen, und Han war mehr als nur ein wenig besorgt. Er kämpfte den Drang nieder, den Berg hinunterzulaufen und Lukes Namen zu rufen. Leia verschränkte die Arme in einer fast fötalen Gebärde vor dem Bauch.

Han war hin und her gerissen – er wollte Luke suchen, selbst wenn er ihn nur als Leiche fand. Er wollte losfliegen und ein paar dieser Satelliten vom Himmel holen. Aber statt dessen ging er zu Leia und legte seine Arme um sie.

Sie begann mit bebender Brust zu schluchzen. »Er ist nicht hier«, sagte sie. »Ich kann ihn nicht spüren. Er ist nicht mehr hier.«

»He«, sagte Han, nach Trostworten suchend, aber es gab nichts, was er sagen konnte. Leias Fähigkeit, Lukes Aura zu spüren, seine Gefühle und Gedanken zu registrieren, ließ keinen Raum für Hoffnung. Leia zitterte, und Han küßte ihre Stirn. »Es wird alles gut«, versicherte Han. »Ich werde… ich werde…« Aber er sah keinen Ausweg, keine Möglichkeit, irgend etwas für Luke zu tun.

Plötzlich drängte sich etwas in sein Bewußtsein, als würde

eine unsichtbare Hand in seinen Schädel greifen. Es war ein merkwürdiges Gefühl, wie eine Vergewaltigung, und es machte ihn benommen. Deutlich formte sich ein Bild vor Hans geistigem Auge, eine Vision von Dutzenden Männern und Frauen in orangenen Overalls, die in einem hell erleuchteten Raum standen. Sie blickten neugierig zu den Laufgängen über ihren Köpfen. Auf den Laufgängen standen Sturmtruppler mit Blastergewehren.

General Solo, schlich sich Gethzerions Stimme in sein Bewußtsein. *Ich hoffe, Sie finden dieses Bild amüsant. Wie Sie sehen, bin ich hier im Gefängnis und habe Dutzende von Ihren Mitmenschen in meiner Gewalt. Ich hoffe, daß Sie ein mitfühlender Mensch sind, ein Mann, der sich um andere kümmert. Ich glaube, Sie sind es tatsächlich.*

Wie Sie wissen, habe ich alles mögliche versucht, um Sie in meine Hand zu bekommen. Vielleicht überzeugt Sie dies.

Vor seinem Gesicht tauchte eine Hand auf, eine Hand, die halb vom Ärmel einer schwarzen Robe verhüllt wurde, und Han erkannte, daß er die Szene durch Gethzerions Augen sah. Die Sturmtruppen bemerkten ihr Handzeichen und begannen in die Menge zu schießen. Männer und Frauen schrien und versuchten, vor dem Blasterfeuer zu fliehen, aber die Türen zu den Zellenblocks waren geschlossen und sie konnten nicht entkommen.

Han schlug die Hände vor die Augen, um das Grauen nicht mehr sehen zu müssen, aber das Bild blieb. Er konnte die Augen nicht davor verschließen, denn das Bild war selbst mit geschlossenen Augen noch sichtbar. Er konnte sich auch nicht abwenden, denn das Bild folgte ihm: eine Frau lief kreischend unter die Brüstung, und Han sah, wie Gethzerion die Hand hob, blickte durch den Laserzielsucher eines Blasters, und sie schoß der Frau in den Rücken. Gethzerions Opfer taumelte unter dem Einschlag des Energieblitzes, brach dann zusammen und blieb reglos liegen, als Gethzerion erneut schoß. Neben der Frau hob ein Mann seine betend gefalteten Hände, flehte Gethzerion an, ihn zu verschonen. Die Hexe feuerte auf sein rechtes Bein. Der Gefangene ging zu Boden, um dort langsam zu verbluten.

Diese fünfzig Leute sind bereits tot, sagte Gethzerion und zwang Han, das Massaker weiter zu beobachten. *Sie sterben wegen Ihrer Starrköpfigkeit. Wenn meine Sturmtruppen mit ihnen fertig sind, werde ich fünfhundert Gefangene zusammentreiben und zum Sterben in diesen Raum schaffen lassen.*

Aber Sie können sie retten, General Solo. Ich werde eine Nacht-
schwester schicken, um Sie am Fuß der Festung mit meinem persön-
lichen Gleiter abzuholen. Wenn Sie in einer Stunde nicht dort sind,
werden diese fünfhundert Menschen sterben, und Sie werden das
Privileg genießen, ihren Tod mitanzusehen. Wenn Sie sich danach
nicht beugen, werden Sie den Tod von weiteren fünfhundert mitan-
sehen, und so weiter und so weiter. Wie ich schon sagte, ich hoffe,
daß Sie ein mitfühlender Mensch sind.

Zuerst glaubte Leia, Han würde weinen, als er zurückwich
und seine Augen mit dem Arm bedeckte, aber dann schnappte er keuchend nach Luft und seine Muskeln verspannten
sich. Er sah sich blicklos im Raum um. Sie hatte noch nie zuvor einen derart verzweifelten Ausdruck in seinen Augen gesehen.

Sie ergriff seine Hand und rief: »Han! Han! Was ist los?«
Aber er antwortete nicht.

»Es ist Gethzerion«, sagte Augwynne. »Sie spricht zu ihm.«

Leia starrte die alte Hexe an. Augwynne hatte ihren Helm
abgenommen, saß jetzt auf einem Stuhl am Feuer und sah
wie eine verhärmte alte Frau aus.

Han keuchte und nahm die Hände von den Augen, blickte
sich wild im Raum um. »Ich muß gehen«, sagte er. »Ich muß
raus hier.«

Er fuhr herum und stürmte aus dem Raum, sprang blind-
lings die Treppe hinunter. »Han, warte!« rief Leia.

Sie lief ihm hinterher, folgte den sich entfernenden Echos
seiner Schritte durch die Korridore. R2 pfiff ihnen nach, aber
Leia ignorierte den Droiden. Han rannte nach draußen,
drängte sich durch die Menge der Dorfbewohner, die sich vor
der Tür versammelt hatten, und beschleunigte seine Schritte.

Leia blieb am Steingeländer stehen und sah ihm nach, bis
er von den Schatten verschluckt wurde. Isolder kam mit einer
Taschenlampe heraus und richtete den grellen Lichtstrahl auf
Hans Rücken.

»Wo will er hin?« fragte Isolder.

»Zum *Falken*«, sagte Leia und folgte ihm.

Als sie den *Falken* erreichten, arbeitete er bereits unter der
rechten Bugsensorgabel und montierte mit Chewie den letzten Generator. Er warf Leia und Isolder einen kurzen Blick zu.

»Isolder, ich brauche Ihre Hilfe. Wir müssen dieses Schiff
startklar machen und von hier verschwinden. Gehen Sie zurück in die Festung und holen Sie das Sensorfenster.« Isolder

zögerte einen Moment, als rechnete er mit weiteren Anweisungen, und Han schrie: »*Sofort*, verdammt!«

Isolder verschwand mit der Taschenlampe in der Dunkelheit.

»Was hast du vor?« fragte Leia. »Was ist passiert?«

»Gethzerion hat gerade den Einsatz erhöht, um mich zu kriegen«, erklärte Han. »Sie bringt unschuldige Gefangene um.« Er schraubte den letzten Generator fest und warf den Schraubenschlüssel auf den Boden. »Es tut mir leid, daß ich dich überhaupt hierhergebracht habe! Du hattest recht. Wäre ich nicht hierhergekommen, hätte Zsinj nicht seinen orbitalen Nachtschleier ausgeworfen und Gethzerion keine Gefangenen ermordet! Zsinj, Gethzerion – diese Leute kennen mich nicht mal. Sie kämpfen gegen Han Solo, den General der Neuen Republik, gegen alles, wofür die Neue Republik eintritt!«

»Und was hast du jetzt vor?« fragte Leia, als er in den *Falken* eilte. »Willst du davonlaufen? Ist das deine Antwort? Augwynnes Leute sind verloren. Du bist doch angeblich ein militärisches Genie – also bleibe hier und wehre dich. Sie brauchen dich und deinen Blaster.« Sie folgte ihm die Rampe hinauf. Han schwieg, aber statt, wie sie erwartet hatte, zu den Werkzeugschränken zu gehen, trat er vor das Kommandopult und stellte das Funkgerät des Schiffes auf die imperiale Standardfrequenz

»Gethzerion?« sagte er hastig, und eine fremde Stimme antwortete.

»Hier ist die Gefängniszentrale. Haben Sie eine Nachricht für Gethzerion?«

»Ja«, sagte Han und befeuchtete seine Lippen. Schweiß perlte über sein Gesicht. »Hier spricht General Han Solo, und ich habe eine dringende Nachricht. Sagen Sie ihr, daß ich komme. Ich ergebe mich. Haben Sie verstanden? Sagen Sie ihr, sie soll keine weiteren Gefangenen mehr töten. Ich werde sie am Fuß der Treppe erwarten, wie sie verlangt hat.«

»Verstanden, General Solo. Was ist mit Ihren Begleitern? Zsinj hat verlangt, daß ihm auch Ihre Gefährten ausgeliefert werden.«

»Sie sind tot«, log Han. »Sie sind alle in der Schlacht getötet worden, vor einer knappen Stunde.«

Han ließ das Mikro fallen, schob sich an Leia vorbei und rannte den Gang hinunter. Leia blieb stehen und starrte seinen Rücken an, für einen Moment zu überrascht und verwirrt, um etwas zu sagen.

»Warte!« rief sie schließlich. »Das kannst du nicht machen! Du kannst dich nicht einfach ergeben! Zsinj will dich nicht lebend. Er will dich tot.«

Han schüttelte den Kopf. »Glaube mir«, sagte er. »Ich bin auch nicht besonders glücklich darüber, aber früher oder später mußte es passieren.« Er bog um eine Ecke, ging zu seiner Koje und riß wütend die Matratze heraus. Darunter befand sich eine versteckte Waffentruhe, die Leia noch nie gesehen hatte. In ihr befand sich ein tödliches Sortiment von Lasergewehren, Blastern, altmodischen Projektilwaffen – sogar eine tragbare Laserkanone. Alle Waffen waren absolut illegal, vor allem in der Neuen Republik. Han griff unter eins der Gewehre, drückte einen Knopf, und der Boden der Truhe hob sich und enthüllte ein zweites Geheimversteck, gefüllt mit einem bunten Sortiment von Granaten der unterschiedlichsten Art. Han nahm ein sehr kleines, aber extrem tödliches Modell: einen talesianischen Thermodetonator, mit dem sich ein ganzes Gebäude zerstören ließ. Er paßte bequem in seine Hand.

»Das sollte genügen«, meinte Han und schob den Detonator unter seinen Gürtel. Derartige Detonatoren wurden nur von Terroristen benutzt, denen ihr eigenes Leben nichts bedeutete, wenn sie ihre Feinde mit in den Tod reißen konnten. Han konnte die Granate nicht zünden, ohne sich selbst in die Luft zu jagen. Er zog sein Hemd aus der Hose, so daß es über dem Bund hing und den Detonator verhüllte.

»Nun, wie sieht das aus?« fragte er ruhig.

Leia konnte keine Spur von dem Detonator erkennen, hätte nicht einmal vermutet, daß er einen bei sich trug, wenn sie nicht gesehen hätte, wie er ihn in den Gürtel steckte. Aber sie konnte nichts sagen. Ihr Herz hämmerte, und es hatte ihr die Sprache verschlagen. Mit tränenverschleierten Augen sah sie ihn an.

»He«, sagte Han, »nimm es nicht zu schwer. Du warst es doch, die gesagt hat, daß ich erwachsen werden und für mich die Verantwortung übernehmen muß. *General* Han Solo, Held der Rebellen-Allianz. Ich denke, wenn ich es klug anstelle, kann ich Gethzerion und ihre ganze verdammte Brut mitnehmen. Zsinj werde ich Isolder überlassen müssen. Er ist ein guter Mensch. Du hast eine gute Wahl getroffen. Wirklich.«

Leia hörte die Worte wie aus weiter Ferne und wurde sich entsetzt bewußt, wie seltsam sie klangen. Sie hatte seit drei Tagen nicht mehr an ihre Liaison mit Isolder gedacht, hatte nicht einmal geglaubt, überhaupt eine *Wahl* getroffen zu haben. Denn sie hatte keine Wahl getroffen. Tief in ihrem Herzen hatte sie darauf gewartet, daß ihre Liebe zu Han wieder erwachte.

Aber gleichzeitig wußte sie, daß dies nicht stimmte. Sie hatte sich für Isolder entschieden, weil sie es tun mußte. Ihre Vermählung mit dem Prinzen der hapanischen Welten war im Interesse ihres Volkes, und sie hatte sich der Vernunft gebeugt. Solange das Imperium eine Bedrohung darstellte, blieb ihr keine andere Möglichkeit.

Sie senkte den Blick zu Hans Gürtel und zwang sich, ruhig und kontrolliert zu sprechen. »Ja«, sagte sie. »Es müßte gehen. Ich muß gestehen, daß du mit einer Bombe am Körper verdammt gut aussiehst.«

Han beugte sich zu ihr und küßte sie heftig, leidenschaftlich, und das Blut rauschte in ihren Ohren. Leia erkannte plötzlich, wie sehr sie dies vermißt hatte, dieses rohe, elementare Verlangen nach einem Mann. Sie warf einen Blick über die Schulter. Chewbacca räumte die Werkzeuge weg. Der Wookiee sah sie traurig an, und Leia schloß die Augen, drückte sich an Han und küßte ihn leidenschaftlicher.

Minuten später löste er sich von ihr, keuchend.

»Han…«, begann Leia, aber er hob einen Finger.

»Sag' nichts«, bat er. »Sonst bereue ich es noch mehr, als ich es ohnehin schon tue.« Han ging zu Chewbacca, redete einen Moment leise auf den Wookiee ein und umarmte ihn. Leia setzte sich auf den Holotank und kämpfte schluchzend um ihre Beherrschung. Sie konnte 3POs Stimme hören, zu laut und völlig verzweifelt, als er versuchte, Han sein Vorhaben auszureden. Dann kehrte Han in den Salon zurück und drückte ihr zum Abschied die Hand.

»Ich muß gehen«, sagte er und verschwand schnell nach draußen.

Leia blieb noch einen Moment sitzen, aber dann folgte sie ihm die Rampe hinunter und blieb im Licht der Bordscheinwerfer stehen. Die meisten kleinen Feuer im Tal waren inzwischen erloschen und der Himmel war vollkommen schwarz, dunkler als jede Nacht, an die sie sich erinnern konnte. Ein kalter Wind pfiff von den Bergen, und sie legte die Arme um sich und stellte fest, daß sie ihren Atem in der frostigen Luft sehen konnte.

Sie blickte Han nach, bis er fast in der Dunkelheit verschwunden war. »Han!« rief sie.

Han drehte sich um und sah sie an. Aus dieser Entfernung

konnte sie sein Gesicht kaum erkennen. Es wirkte düster und körperlos, fast wie eine Erscheinung. »Ich mag ein paar Dinge an dir«, sagte Leia. »Ich mag es, wenn du enge Hosen trägst.«

Han lächelte. »Ich weiß.« Er wandte sich ab und ging davon.

»Han!« rief Leia wieder, und sie wollte sagen: »Ich liebe dich!« Aber sie wollte ihm nicht weh tun, wollte es jetzt nicht sagen, und gleichzeitig konnte sie es nicht ertragen, es nicht auszusprechen.

Han drehte sich noch einmal um und schenkte ihr ein mattes Lächeln. »Ich weiß«, rief er leise. »Du liebst mich. Ich habe es immer gewußt.« Er winkte ihr zu und verschwand in den tiefen Schatten.

Sie hörte noch mehrere Sekunden lang seine schnellen Schritte. Leia ließ sich im Licht aus der Schleuse ins Gras sinken und weinte. Chewbacca und 3PO kamen heraus; Chewie legte ihr eine haarige Pfote auf die Schulter. Leia wartete darauf, daß 3PO etwas sagte. Er hatte in verzweifelten Situationen immer tröstliche Lügen parat. Aber der Droide blieb still.

Oh, Luke, dachte Leia. *Luke, ich brauche dich.*

* 25 *

Während Lukes Leben verströmte, hörte er ein leises Summen. Seine Muskeln entspannten sich wie niemals zuvor. Weiter oben schleuderten die Rancor noch immer ihre Steine. Er sah einen blendenden Blitz, als ein Felsblock einen imperialen Läufer traf und die Maschine in einem gewaltigen Feuerball explodierte.

Über ihm zerbarst ein Teil des Berges. Luke konnte die Nachtschwestern erkennen, die die steile Felswand hinaufkletterten, halb von der Macht getragen, wie große schwarze Spinnen, die an unsichtbaren Fäden hingen.

Ein scharfer Schmerz zuckte durch seine Schläfen, und Luke rollte auf die Seite. Ein Felsbrocken prallte neben seinem Arm auf und zersprang. In der Ferne konnte er noch immer Schreie und Teneniels Stimme hören.

»Die Jai sterben nie«, sagte sie. »Die Natur steht auf ihrer Seite. Die Natur.«

Polternd landete neben ihm ein Körper – der Leichnam einer Clanschwester mit gespaltenem Helm, an dem winzige Juwelen und Schädel baumelten. Die Sonne wurde heller, bemerkte er, während er verfolgte, wie dunkelrotes Blut aus ihrem Mund sickerte.

Luke hatte eher das Gefühl, sich auszudehnen, denn zu sterben. Er konnte alle Geräusche in seiner Nähe hören: ein Salamander kratzte mit seinen Krallen an einem Stein, Würmer bohrten sich unter seinem Kopf durch die Erde, ein Busch schwankte im Wind und schabte über einen Felsen. Überall war Leben, überall konnte er es fühlen, konnte überall das Licht der Macht leuchten sehen, in den Bäumen, in den Felsen, in den Kriegerinnen über ihm auf dem Berg.

Der Salamander steckte seinen Kopf aus der Erde, und er glühte im Licht der Macht. *Hallo, mein kleiner Freund*, dachte Luke. Der Salamander hatte eine grüne Haut und kleine schwarze Augen. Er öffnete sein Maul, und weißer Nebel kam heraus, streifte ihn wie ein Finger, und Luke erkannte, daß er die Macht *sah* und nicht nur spürte. *Ein Geschenk*, flüsterte die Eidechse. *Dies ist ein Geschenk für dich.* Und das sanfte Licht durchströmte ihn und stärkte Lukes versiegende Lebenskraft. Über ihm schien sich der Busch, der über den Felsen geschabt hatte, zu bewegen, und Zweige aus Licht senk-

285

ten sich auf seinen Kopf. *Hier, hier ist es,* flüsterte der Busch. *Das Leben.* Ein naher Felsblock leuchtete weiß, und auf der fernen Ebene hob einer vom Blauen Wüstenvolk den Kopf vom Fluß, aus dem er getrunken hatte, und sein rotes Auge blickte über die große Distanz. *Freund*, sagte er und spendete ihm Trost.

Luke glaubte, wieder Teneniel zu hören: »Die Natur steht auf ihrer Seite.« Und er wußte nicht, ob er unbewußt die Macht kontrollierte oder ob das Leben um ihn tatsächlich versuchte, ihn zu heilen, aber er sah überall um sich die Macht, und es fiel ihm leichter als je zuvor, nach ihr zu greifen.

Die Macht zu kontrollieren, die Macht zu benutzen, war kein so gewalttätiger Akt, wie er bisher geglaubt hatte. Sie war überall, verschwenderischer als der Regen oder die Luft, und sie bot sich selbst an. Er hatte gehofft, eines Tages ein Jedi-Meister zu werden, aber jetzt erkannte er, daß es Ebenen der Kontrolle gab, die seine Vorstellungskraft überstiegen, die er sich nie hatte erträumen lassen.

Die süße Macht durchflutete ihn, und er wußte nicht, ob er sie beherrschte oder sie ihn beherrschte. Er wußte nur, daß etwas Heilendes in seinem Kopf war und die geplatzten Blutgefäße schloß, und dann endete die Vision.

Lange Zeit blieb er mit geschlossenen Augen liegen, nicht in der Lage, mehr zu tun, als nur zu atmen, und ließ sich von der Macht stärken.

Leia rief seinen Namen, und Luke riß die Augen auf. Der Himmel war so tintenschwarz, als wäre eine vollkommene Nacht angebrochen. Der chaotische Schlachtenlärm war verstummt. Auf den Bergen konnte er Lichter sehen, Fackeln in den Händen von Dorfbewohnern, und eine Person mit einer Fackel in der Hand kam den schlüpfrigen Bergpfad herunter. Er glaubte, daß es Leia war. »Leia«, rief er. »Leia?«

Am Berghang hob der Fackelträger die Fackel hoch über den Kopf und spähte über den Klippenrand. »Luke?« rief Han. »Luke, bist du das?«

»Han«, rief Luke matt. Er sank zurück in die Finsternis, fühlte an seiner Seite das Lichtschwert und drückte mühsam den Schalter, in der Hoffnung, daß Han das Licht der Klinge sehen würde.

Ferne, undeutliche Stimmen wehten heran. Jemand packte ihn, schüttelte ihn. Helles Licht stach ihm in die Augen, und Han sagte: »Luke! Luke! Du lebst! Halte durch. Bleib ganz ruhig.«

Han setzte sich für einen Moment, hielt Lukes Hand, und Luke spürte Hans Entsetzen. »Hör zu, Alter«, sagte Han. »Ich muß gehen. Leia wartet oben auf dich. Paß gut auf sie auf. Bitte, paß auf sie auf.«

Han wollte sich von ihm lösen, und Luke spürte seine quälende Angst, seine Verzweiflung. »Han?« sagte Luke und umklammerte sein Handgelenk.

»Tut mir leid, Freund«, sagte Han. »Du bist diesmal nicht in der Verfassung, um mir zu helfen.« Han entzog sich ihm, und Luke hatte das Gefühl, von der Dunkelheit verschluckt zu werden.

Nach einer scheinbaren Ewigkeit ergriff ihn jemand und hob ihn hoch. Luke öffnete mühsam die Augen, konnte sie aber nur einen Moment lang offen halten. Er war von Bauern umringt, einem Dutzend derber Bauern in schlichten Ledertuniken und mit hoch erhobenen Fackeln. »Bringt ihn weg von hier! Bringt ihn zurück zum *Millennium Falken!*«

Fragende Stimmen summten in seinem Kopf. »Ja, ja, der *Falke* ist mein Raumschiff«, erklärte Han. »Bringt ihn dorthin. Ich muß gehen!«

Dann hoben die Hände Luke hoch, und die Bauern trugen ihn davon, und Luke sank in einen tiefen Schlaf.

✳ 26 ✳

Isolder fand das Sensorfenster im obersten Raum der Festung, wo er es auch zurückgelassen hatte. Überall auf dem Boden lagen die Leichen der Nachtschwestern, und entweder das oder die völlige Dunkelheit zerrte an seinem Nervenkostüm.

Als er nach dem Fenster griff, hörte er in einer Ecke ein Rascheln, leuchtete mit der Taschenlampe in diese Richtung und zog gleichzeitig seinen Blaster. Es war Teneniel Djo, die da in der Dunkelheit saß. Sie sah ihn an und wandte sich dann ab. Ihre Wangen waren tränenfeucht.

»Bist du in Ordnung?« fragte Isolder. »Ich meine, fühlst du dich noch immer schwach? Kann ich irgend etwas für dich tun? Brauchst du etwas?«

»Mir geht es gut«, sagte Teneniel mit rauher Stimme. »Gut, glaube ich. Du fliegst bald weg?«

»Ja.« Isolder senkte die Taschenlampe, um ihr nicht direkt in die Augen zu leuchten. Er war über Hans Pläne nicht genau informiert, aber in dieser Situation gab es für sie nur eine vernünftige Entscheidung – und zwar, so schnell wie möglich von diesem Planeten zu verschwinden. Teneniel hatte ihren Helm und ihr exotisches Gewand abgelegt, trug nur Stiefel und eine schlichte Sommertunika aus orangenem Fell, wie sie sie auch bei ihrer ersten Begegnung angehabt hatte. Sie blickte hinauf zum sternenlosen Himmel. Die Feuer im Tal waren erloschen, aber die flackernden Fackeln der Dorfbewohner verbreiteten noch immer warmes, gelb-orangenes Licht.

»Ich gehe auch«, sagte sie.

»Oh«, machte Isolder. »Wohin gehst du?«

»Zurück in die Wüste«, antwortete Teneniel, »um zu meditieren.«

»Ich dachte, du wolltest hier bei deinem Clan bleiben. Ich dachte, du bist einsam.«

Teneniel drehte sich um, und selbst im trüben Licht konnte er die Schwellung an ihrer Wange erkennen. »Die Clanschwestern sind alle dafür«, sagte sie. »Ich habe im Zorn getötet und meine Eide gebrochen. Jetzt muß ich mich läutern, oder es besteht die Gefahr, daß ich zu einer Nachtschwester werde. Man hat mich verbannt. Nach drei Jahren, wenn ich dann immer noch zurückkehren will, werden sie mich wieder aufnehmen.« Sie schlang die Arme um ihre Knie.

Teneniels Haar war nach hinten gekämmt und fiel wellenförmig über ihre Schultern. Isolder stand für einen Moment da und wußte nicht, ob er ihr Lebewohl sagen oder sie trösten oder einfach das Fenster nehmen und zurück zum Schiff eilen sollte.

Er setzte sich neben sie und klopfte ihr auf den Rücken. »Sieh mal«, sagte er, »du bist eine sehr starke Frau. Du wirst es schon schaffen.« Doch seine Worte klangen hohl. Was erwartete sie? In drei Tagen würde die hapanische Flotte eintreffen und Zsinjs Raumschiffe zur Hölle schicken. Aber zu diesem Zeitpunkt würde diese Welt bereits ein Eisblock sein. Im besten Fall würde die Sommerernte vernichtet werden. Aber Isolder vermutete, daß außerdem ganze Ökosysteme zusammenbrechen, ganze Tier- und Pflanzenarten aussterben würden. Selbst wenn es gelang, den orbitalen Nachtschleier in drei Tagen auszuschalten, würde sich dieser Planet niemals wieder vollständig erholen.

Und dann waren da natürlich noch die Nachtschwestern. Nur wenige vom Clan des Singenden Berges hatten überlebt, und sie waren den Nachtschwestern nicht gewachsen.

Vielleicht quälten Teneniel ähnliche Gedanken, denn sie atmete schwer. Ihre Unterlippe zitterte und sie versuchte, ein Schluchzen zu unterdrücken.

»Hör zu«, sagte Isolder, »ein corellianischer leichter Frachter wie Hans Schiff kann bis zu sechs Passagiere transportieren. Das bedeutet, daß es noch eine freie Koje gibt, wenn du mitkommen willst.«

»Aber wohin sollte ich gehen?« fragte Teneniel.

»Zu all diesen Sternen dort draußen«, erwiderte Isolder. »Such dir am Himmel einfach einen aus und fliege zu ihm, wenn du willst.«

»Ich weiß nicht, was mich dort draußen erwartet«, sagte Teneniel. »Ich wüßte nicht, wohin ich gehen sollte.«

»Du könntest mit mir nach Hapan kommen«, erklärte Isolder, und noch während er es sagte, erkannte er, daß es genau das war, was er wollte. Er betrachtete ihr langes Haar, ihre nackten Beine. In diesem Moment, trotz all des Wahnsinns und des Schreckens auf dieser Welt, gab es für ihn nichts Wichtigeres als ihren Schmerz. In diesem Moment, trotz seiner Beziehung zu Leia, wünschte er sich nichts sehnlicher, als Teneniel in die Arme zu schließen.

Teneniel sah ihn wütend an, mit blitzenden Augen. »Und wenn ich mit dir nach Hapan gehe, was wäre ich dann? Eine Kuriosität? Die wilde Frau vom primitiven Planeten Dathomir?«

»Du könntest meine Leibwächterin werden«, sagte Isolder. »Mit deiner Gabe der Macht könntest du…« Isolder runzelte die Stirn. »Oder du könntest mir als Ratgeberin dienen, als vertrauenswürdige Beraterin«, fügte er fieberhaft überlegend hinzu. »Mit deinen Fähigkeiten wärest du mein größter Trumpf. Mit der Macht könntest du die Pläne meiner Tanten aufdecken und sie durchkreuzen…« Isolder hatte bisher noch nicht daran gedacht, aber jetzt dämmerte ihm, daß sie in der Tat eine große Bereicherung für sein Volk wäre. Er *brauchte* sie.

»Und was wäre ich sonst noch?« fragte Teneniel. »Deine Freundin? Deine Geliebte?«

Isolder schluckte. Er wußte, was sie wollte. Auf Hapan würde sie nur eine Gemeine sein, ohne Titel oder Besitz. Wenn er sie heiratete, würde es einen öffentlichen Aufschrei der Entrüstung geben. Er würde auf seinen Titel verzichten und einer seiner mörderischen Kusinen den Thron überlassen müssen. Das Wohlergehen der hapanischen Welten hing von seiner Entscheidung ab.

Er legte ihr seine Hand auf den Rücken und umarmte sie zum Abschied. »Du bist eine gute Freundin gewesen«, sagte er, und dann fiel ihm ein, daß er nach dem Gesetz noch immer ihr Sklave war. »Und eine gute Herrin. Ich wünsche dir alles Glück der Welt.«

Er stand auf, griff nach dem Sensorfenster und blickte sich noch einmal um. Teneniel beobachtete ihn, und Isolder hatte das unheimliche Gefühl, daß sie ihn durchschaute und seine Gedanken las.

»Wie kann ich glücklich sein, wenn du mich verläßt?« fragte Teneniel.

Isolder antwortete nicht. Er drehte ihr den Rücken zu und ging davon. »Du bist immer ein mutiger Mann gewesen«, rief sie ihm nach. »Was wirst du jetzt von dir denken, wenn du der Frau, die du liebst, den Rücken zudrehst?«

Er blieb stehen und fragte sich, ob sie seine Gedanken gelesen oder nur seine Gefühle durchschaut hatte. *Kannst du mich hören?* fragte er lautlos, aber sie antwortete nicht.

Er dachte an ihre langen, nackten Beine; an den erdigen Geruch der Felle, die sie trug; an ihre Kupferaugen, die in einem Farbton schimmerten, wie er ihn noch bei keiner hapanischen Frau gesehen hatte; und dann diese vollen Lippen, die er so gern küssen würde.

»Warum tust du es nicht?« fragte Teneniel.

»Ich kann nicht«, gestand Isolder, ohne sich umzudrehen und sie anzusehen. »Ich weiß nicht, was du mit mir machst. Verschwinde aus meinem Kopf!«

»Ich habe nichts getan«, sagte Teneniel mit ehrlicher, unschuldig klingender Stimme. »Du hast es getan. Es besteht ein Band zwischen uns. Ich hätte es damals schon erkennen müssen, in der Wüste, als ich dich zum erstenmal sah: Ich wußte sofort, daß du zu diesem Ort gekommen bist, um jemanden zu finden, den du lieben kannst – genau wie ich. Und in den letzten Tagen habe ich gespürt, wie dieses Band immer stärker wurde. Du kannst dich nicht in eine Hexe von Dathomir verlieben, ohne daß sie es bemerkt – nicht, wenn sie dich ebenfalls liebt.«

»Du verstehst nicht«, sagte Isolder. »Wenn ich dich heirate, wird es einen öffentlichen Skandal mit weitreichenden Folgen geben. Meine Kusinen...« Isolders Blaster knirschte im Holster. Funken flogen. Er blickte nach unten, sah, daß er zu einer Kugel zusammengedrückt worden war, blickte dann auf und sah den Zorn in Teneniels Augen. Wind pfiff durch den Raum, riß Gobelins von den Wänden und wirbelte Steine hoch. Der Wind trug die Steine und Gobelins durch den Riß in der Wand und hinaus über den Klippenrand.

»Ich habe keine Angst vor deinen Kusinen oder öffentlicher Entrüstung«, erklärte Teneniel. »Und ich will deine Planeten nicht. Such uns eine neutrale Welt, wenn du willst.« Sie stand auf, schlenderte zu ihm, blieb vor ihm stehen und sah ihm in die Augen. Ihr Atem strich über seinen Hals, und sie schmiegte sich an ihn. Allein ihre Berührung war wie ein Stromschlag.

Isolders Herz klopfte laut. »Verdammt!« flüsterte er grimmig. »Du ruinierst mir mein Leben!«

Teneniel nickte und leckte über ihre Lippen. Sie legte ihre Arme um seinen Hals und küßte ihn, und in diesem endlosen Moment erinnerte er sich, wie er als Neunjähriger mit seinem Vater in einem unberührten Meer auf Dreena geplanscht hatte, einer unbewohnten Welt im Hapanhaufen. Und Teneniels Kuß schien so rein zu sein wie jene jungfräulichen Fluten und wusch alle Zweifel und Unsicherheiten fort.

Er küßte sie leidenschaftlich, löste sich dann von ihr. »Gehen wir. Die Zeit ist knapp!«

Teneniel nahm seine linke Hand, wie um ihm zu helfen, die Taschenlampe zu halten, und zusammen liefen sie zur Festungstreppe.

Als die Dorfbewohner Luke zu Leia brachten, war sie sicher, daß er tot war. Sein Gesicht war geschwollen und blutverschmiert. Die Bauern legten ihn unter den Positionslichtern des *Falken* ins Gras, und Leia nahm sein Gesicht in die Hände.

Er öffnete die Augen und lächelte matt. »Leia?« hustete er.

»Du hast mich… gerufen?«

»Ich…« Sie wollte ihn damit nicht belasten, wollte nur, daß er sich ausruhte. »Ist schon gut.«

»Nein«, widersprach Luke, »das ist es nicht. Wohin ist Han gegangen?«

»Zu Gethzerion«, erklärte Leia. »Sie hat Geiseln genommen, Gefangene getötet. Er mußte gehen. Zsinj wird ihn in drei Stunden abholen.«

»Nein!« rief Luke und setzte sich mühsam auf. »Ich muß sie aufhalten! Deshalb bin ich hierhergekommen!«

»Das kannst du nicht!« Leia drückte ihn so mühelos zurück ins Gras, als wäre er ein Kind. »Du bist verletzt. Du mußt dich ausruhen! Damit du weiterleben und den Kampf später fortsetzen kannst.«

»Laß mich drei Stunden schlafen«, bat Luke. Er schloß die Augen und atmete tief durch. »Wecke mich in drei Stunden.«

»Schlaf nur«, flüsterte Leia. »Ich werde dich wecken.«

Luke öffnete abrupt die Augen und studierte zornig ihr Gesicht. »Lüg mich nicht an! Du hast nicht vor, mich zu wecken!«

Isolder kehrte vom Bug des Schiffes zurück, wo er mit Teneniel in aller Eile versucht hatte, die Sensoren vom Schmutz und vom Schotter zu befreien. Isolder kniete nieder; Teneniel blieb dicht hinter ihm. »He, Freund«, sagte Isolder. »Leia hat recht. Entspannen Sie sich. Sie sind zu schwach, um jetzt etwas zu unternehmen.«

Lukes Kopf sank zurück. Er schloß die Augen, als könnte er sie nicht länger offen halten, aber seine Stimme klang plötzlich kräftig und befehlend. »Gebt mir etwas Zeit. Ihr kennt die Möglichkeiten der Macht nicht.«

Isolder legte Luke die Hand auf die Schulter. »Ich habe sie gesehen«, sagte er. »Ich kenne sie.«

»Nein! Nein, Sie kennen sie nicht«, sagte Luke verzweifelt und richtete sich mit unerwarteter Kraft auf. »Keiner von uns kennt sie!« Er blieb einen Moment sitzen, sank dann wieder zurück. »Versprecht mir«, keuchte er. »Versprecht mir, mich zu wecken!«

Leia spürte etwas in seinen Worten, das mehr war als bloße Überzeugung – sie spürte etwas Mächtiges in Luke, dicht unter der Oberfläche, wie einen Feuersturm. Neue Hoffnung keimte in ihr auf. »Ich werde dich wecken«, versprach sie und trat zurück, betrachtete Lukes zerschundene Gestalt auf der Trage. Aber sie konnte sich nicht selbst täuschen. Vielleicht war er in ein paar Tagen, einer Woche stark genug, um gegen Gethzerion zu kämpfen.

Isolder breitete eine Decke über Luke. »Ich werde ihn mit Teneniel ins Schiff bringen.«

Leia nickte. »Ist das Sensorfenster montiert?«

»Ja«, sagte Isolder, »aber ich habe noch immer Probleme mit den Langstreckenscannern.«

Leia überlegte fieberhaft. Alles in ihr schrie danach, etwas zu unternehmen, um Han zu retten, aber sie hatten nicht genug Zeit. Selbst mit den Rancor würde es zwei Tage dauern, um das Gefängnis zu erreichen. Und wenn sie den *Falken* nahmen, selbst wenn sie mit Höchstgeschwindigkeit flogen, würden die Zerstörer im Orbit ihn orten und abschießen, ehe sie auch nur die Hälfte der Strecke zurückgelegt hatten. Plötzlich kam ihr ein Gedanke.

»R2, 3PO, kommt raus«, rief sie ins Schiff.

3PO kam herausgelaufen. »Ja, Prinzessin – womit kann ich Ihnen dienen?« R2 rollte heraus und hielt sein elektronisches Auge auf die Ränder der Rampe gerichtet.

»R2«, fragte Leia, »kannst du feststellen, wie viele Sternzerstörer dort oben sind?«

R2 zögerte einen Moment, öffnete dann eine Klappe und fuhr seine Sensorschüssel aus. Er ließ sie über den Himmel wandern und gab eine Serie elektronischer Klick- und Pieplaute von sich.

»R2 berichtet, daß er mit seinen Sensoren keine extraorbitalen Objekte orten kann. Offenbar blockiert der orbitale Nachtschleier alles Licht, selbst die ultravioletten und infraroten Wellenlängen. Allerdings ist er für Radiowellen durchlässig. R2 hat sechsundzwanzig verschiedene Radioquellen gemessen, und nach den früher gesammelten Daten vermutet er, daß sich insgesamt vierzig Sternzerstörer im Orbit befinden.«

Isolder sah Leia nachdenklich an. »Kein Wunder, daß ich Probleme mit den Langstreckensensoren hatte. Sie sind gar nicht beschädigt.«

»Richtig«, sagte Leia.

»Das bedeutet, solange wir uns unterhalb des orbitalen Nachtschleiers bewegen und Funkstille bewahren, können sie uns nicht orten.«

»Richtig!« sagte Leia wieder.

Isolder nickte und blickte hinauf zu den konventionell und protonenbestückten Torpedos des *Falken.* »Also schicken wir diese Hexen zur Hölle und retten Han.«

»Nein!« widersprach Leia und sah Luke an, der bewußtlos auf seiner Trage lag. »Luke will, daß wir auf ihn warten.«

Han saß schweigend zwischen den Nachtschwestern, während der Gleiter an den Stämmen mächtiger Baumriesen vorbeischoß und mit seinen Scheinwerfern den dunklen Wald erhellte. Zwanzig Nachtschwestern hatten sich in den Gleiter gezwängt, eine solide, stinkende Masse in schwarzen Roben.

Sie hatten seine Hände mit einem Seil aus Whuffahaut gefesselt, sich aber nicht einmal die Mühe gemacht, ihn zu durchsuchen. Offenbar waren sie davon überzeugt, daß er keine Gefahr für sie darstellte.

Der Gleiter raste über einen Hügel hinweg, fiel wie ein Stein in die Tiefe, daß sich Han der Magen umdrehte, und plötzlich lag der Wald hinter ihnen. Sie schossen über die kahle Wüste den Lichtern der Stadt entgegen.

Han schloß die Augen und dachte über seine nächsten Schritte nach. Er mußte abwarten. Den Detonator konnte er jederzeit zünden – aber er wollte und mußte Gethzerion mit in den Tod nehmen.

Sie flogen in die Stadt, und die Nachtschwestern sprangen aus dem Gleiter und eilten zu ihren Türmen. Zwei blieben bei Han, führten ihn zu dem leeren Landefeld und brachten ihn in einen alten Raumhafenhangar, dessen Dach weggesprengt worden war, so daß sich die gewölbten Wände wie ein gewaltiger Zaun um ihn erhoben. »Warten Sie an der Rückwand«, befahl eine der Frauen und wandte sich ab. Die beiden Hexen blieben an der Tür stehen und sprachen leise miteinander.

Han setzte sich mit wild klopfendem Herzen auf einen Schutthaufen und wartete auf Gethzerion. Er schob die Daumen in seine Gürtelschnalle, wo der Detonator versteckt war.

Gethzerion kam nicht. In den nächsten Stunden sank die Temperatur kontinuierlich, bis eine dünne Reifschicht den Boden überzog. Han sah ständig auf die Uhr. Der Zeitpunkt der Übergabe an Zsinj kam und verstrich. Die Fähren landeten nicht, und Han fragte sich allmählich, ob Gethzerion ein Spiel mit dem Kriegsherrn trieb, um bessere Konditionen auszuhandeln.

Wie um seine Befürchtungen zu bestätigen, verschwand Gethzerions Gleiter zweimal vom Landefeld, um nach zwei Stunden zurückzukehren – gerade genug Zeit, um Verstärkung vom Singenden Berg zu holen.

Nach dem dritten Flug erschienen zwei Sterne am schwarzen Himmel und näherten sich dem Gefängnis. Die Transporter fuhren ihre Tragflächen aus und landeten sanft auf ihren Antigravkissen vor dem Turm. Han konnte über der geborstenen Wand die großen Stabilisatorflossen der Schiffe erkennen.

Eine Nachtschwester zischte: »Kommen Sie, General Solo. Es ist Zeit.«

Han schluckte, stand auf und ging zum Ausgang. Die Scheinwerfer der Transporter blendeten ihn. Han näherte sich langsam, flankiert von den beiden Nachtschwestern, den Lichtern. Er konnte die Türme kaum noch erkennen. Überall wimmelten Zsinjs Sturmtruppen in ihren alten imperialen Panzerungen. Han blinzelte und versuchte, die Schatten auf der anderen Seite der Transporter mit den Blicken zu durchdringen. Wenn er die Bombe jetzt zündete, würde er zweifellos die Sturmtruppen und wahrscheinlich auch einen der Transporter vernichten – aber er wußte nicht, ob sich auch alle Hexen in der Nähe aufhielten.

»Das ist weit genug!« brüllte ein Sturmtruppler. Die Hexen blieben stehen und hielten Han an den Armen fest.

Aus dem Schiff stieg ein Offizier – ein hochgewachsener General mit funkelnden Platinfingernägeln. General Melvar. Er blieb eine Armeslänge vor ihm stehen und studierte für einen Moment Hans Gesicht. Er stieß mit einem Platinnagel nach Hans Auge, als wollte er es ausstechen, begnügte sich dann aber damit, ihm quer über die Wange einen tiefen, langen Schnitt zuzufügen.

Er sprach in ein Schultermikrofon. »Visuelle Identifikation positiv. Es ist Han Solo.«

Melvar lauschte kurz, und erst jetzt bemerkte Han den Kopfhörer hinter seinen Ohren.

»Jawohl, Sir«, sagte Melvar. »Ich bringe ihn sofort an Bord.«

Der General packte brutal Hans Arm und grub ihm die Platinnägel in den Bizeps. »He, Alter«, knurrte Han. »Nicht so grob mit dem Tauschobjekt. Sie könnten es bereuen.«

»Oh, ich glaube nicht, daß ich es bereuen werde«, sagte Melvar. »Wissen Sie, anderen Menschen Schmerzen zuzufügen, ist für mich mehr als nur ein Zeitvertreib. Im Lauf meiner Arbeit für Zsinj ist es zu einer liebgewonnenen Pflicht geworden.« Er bohrte die Kralle seines kleinen Fingers in ein Nervenzentrum an Hans Schulter und drehte sie dann. Feuer sengte durch Hans Arm, breitete sich vom Handgelenk bis zur Mitte seines Rückens aus. Er stöhnte vor Schmerz.

»He, Sie haben wirklich, uh, einiges Talent entwickelt«, gab Han zu.

»Nun«, lächelte Melvar, »ich bin sicher, daß Kriegsherr Zsinj mir erlauben wird, meine Talente umfassender und länger zu demonstrieren. Aber kommen Sie, wir dürfen Zsinj nicht warten lassen.« Er trieb Han durch ein Spalier von Sturmtruppen zur Rampe des Transporters, und für einen Moment fragte sich Han, ob er Gethzerion überhaupt noch einmal sehen würde.

Er war halb die Rampe hinauf, als die Hexe schrie: »Warten Sie!«

General Melvar blieb stehen und warf einen Blick über die Schulter. Gethzerion stand hundert Meter entfernt in den Schatten am Fuß ihres Turms, flankiert von einem Dutzend Nachtschwestern. Die alte Hexe zog ihre Robe enger um sich und humpelte zum Transporter. Han musterte das Landefeld. Wenn er den Detonator zündete, würde er den bewaffneten Transporter, General Melvar und Gethzerion und zumindest die Handvoll Nachtschwestern vor dem Gebäude mit in den Tod nehmen. Er hatte sich mehr erhofft, aber es ließ sich nicht ändern.

Es war ein seltsames Gefühl, zu wissen, daß er gleich sterben würde. Er hatte erwartet, daß sich sein Magen verkrampfen, seine Kehle zusammenschnüren würde. Aber nichts geschah. Er spürte nur eine dumpfe Enttäuschung, tiefes Bedauern. In Anbetracht des Lebens, das er geführt hatte, war es ein lausiges Ende.

Gethzerion blieb am Fuß der Rampe stehen, nur eine Armeslänge von ihm entfernt. Sie blickte zu Han auf, aber ihre Kapuze verhüllte noch immer ihr lederiges Gesicht. Ihr Atem roch nach scharfen Gewürzen und säuerlichem Wein.

»Nun, General Solo«, sagte die Hexe, »Sie haben mir eine vergnügliche Jagd geliefert. Ich hoffe, Sie haben Ihren Aufenthalt genossen.«

Han sah die alte Frau an und sagte süffisant: »Ich wußte doch, daß Sie persönlich kommen würden, um Ihren Triumph zu genießen.« Er schob die Daumen unter seinen Gürtel. »Aber was halten Sie von diesem Triumph?«

Er riß den Thermodetonator heraus und drückte den Zündknopf. General Melvar und die Wachen stürzten davon. Melvar prallte gegen einen Sturmtruppler, und beide Männer gingen zu Boden.

Der Detonator explodierte nicht. Han starrte ihn an. Der Zündstift war zerbrochen.

»Probleme mit Ihrem Sprengkörper?« Gethzerion öffnete weit die Augen und lächelte. »Schwester Shabell hat ihn entdeckt, bevor Sie den Gleiter bestiegen, und ihn mit einem Wort entschärft. Sie selbstgefälliger, angeberischer Narr! Sie haben für mich oder meine Nachtschwestern nie eine Bedrohung dargestellt! Wie konnten Sie es wagen!« Sie streckte die Hand aus und machte eine zupackende Bewegung. Der Detonator flog aus Hans Fingern und landete auf ihrer Handfläche. Sie reichte ihn Melvar. »Beseitigen Sie ihn, General. Er ist noch immer gefährlich. Ich hielt es für das Beste, ihn Solo vor Ihrem Start abzunehmen.«

Melvar stand auf, bemühte sich um eine würdevolle Haltung und nahm den Detonator. »Danke«, knurrte er.

»Ah, und gestatten Sie mir, Ihnen einen weiteren Gefallen zu tun!« flüsterte Gethzerion und trat einen Schritt vor. »Ich schenke Ihnen…« Mit weit aufgerissenen, blitzenden Augen machte sie eine zustoßende Bewegung mit dem Zeigefinger. Der General keuchte, griff sich an die Schläfe und taumelte. »Einen schnellen Tod!« kicherte Gethzerion.

Rings um Han brachen hundert Sturmtruppler gleichzeitig zusammen. Einige machten noch ein, zwei stolpernde Schritte, andere feuerten mit ihren Blastergewehren in die Luft, so daß Han sich instinktiv duckte. Binnen drei Sekunden lagen die Sturmtruppen wie vergiftete Vögel reglos auf dem Boden. Han blickte zum Transporter hoch und wartete darauf, daß die Kanoniere des Schiffes das Feuer eröffneten.

Nichts geschah. Das Schiff blieb totenstill.

Mehrere Nachtschwestern näherten sich vom Turm, Dutzende imperiale Gefangene vor sich her treibend, drängten sich an Han vorbei und trieben die Häftlinge die Rampen der beiden Transporter hinauf; offenbar sollten sie die imperialen Schiffe fliegen. Eine Nachtschwester stieß Han von der Rampe. Han hörte Schreie im Schiff; die Kanoniere hatten zwar nicht gefeuert, aber die Crew leistete noch Widerstand. Han vermutete, daß die Kanoniere zusammen mit den anderen

Sturmtrupplern gestorben waren. Es überraschte ihn nicht sehr, daß die Hexen dieses Schiff angegriffen hatten. Gethzerion war nicht so dumm, mit einem Schiff von diesem Planeten zu fliehen, das weder Waffen noch Schilde hatte – nicht, solange Zsinjs Sternzerstörer im Orbit lauerten.

Han wartete neben der Rampe und beobachtete, wie sich Gethzerion näherte. Sie deutete mit einem Finger auf ihn und lächelte. Neben ihm auf der Rampe lag ein Blaster, aber er wußte, selbst wenn es ihm gelang, ihn zu ergreifen, er würde trotzdem sterben.

»Nun, General Solo, was soll ich mit Ihnen machen?« fragte Gethzerion.

»He«, sagte Han und hob beide Hände. »Ich habe keinen Streit mit Ihnen. Ich habe sogar in den letzten Tagen versucht, Ihnen aus dem Weg zu gehen. Warum reichen wir uns nicht einfach die Hände, und dann geht jeder seinen eigenen Weg?«

Gethzerion blieb am Fuß der Rampe stehen, blickte ihm in die Augen und lachte. »Was? Meinen Sie nicht, daß es nur gerecht ist, wenn ich Ihnen das antue, was Sie mir antun wollten?«

»Nun, ich…«

Gethzerion krümmte ihren Finger, und Han wurde von einer unsichtbaren Schlinge, die sich um seinen Hals gelegt hatte, in die Luft gerissen. Gethzerion sah ihn starr an und wiegte sich singend in den Hüften. Er spürte, wie sich die Schlinge um seinen Hals zusammenzog.

»Ich frage mich, was Ihr Thermodetonator mit mir gemacht hätte?« murmelte Gethzerion, sich weiter wiegend. »Ich vermute, er hätte mein Fleisch in Stücke gerissen, meine Knochen zerschmettert und mich gleichzeitig verbrannt. Also werde ich Ihnen all das antun – aber nicht so schnell. Nicht alles auf einmal. Ich denke, ich werde in Ihrem Inneren anfangen und mich nach außen vorarbeiten. Zuerst werde ich Ihnen die Knochen brechen, einen nach dem anderen. Wissen Sie, wieviele Knochen der menschliche Körper hat, General Solo? Wenn ja, dann verdreifachen Sie die Zahl, und Sie werden wissen, wieviele Knochen Sie haben werden, wenn ich mit Ihnen fertig bin.

Wir werden mit Ihrem Bein anfangen«, erklärte Gethzerion. »Hören Sie gut zu!« Sie krümmte ihren Finger, und sein rechtes Schienbein knirschte und knackte. Sengender Schmerz schoß bis in seine Hüfte.

»Aaaghh«, schrie er – und entdeckte etwas über der Wüste.

In rund zwei Kilometern Entfernung sah er die Positionslichter des *Millennium Falken*, der nur wenige Meter über dem Boden auf ihn zu schoß.

Gethzerion lächelte befriedigt. »Sehen Sie, wo nur ein Knochen war, haben Sie jetzt drei.«

Han überlegte fieberhaft nach einer Möglichkeit, sie abzulenken. »Hören Sie«, stieß er hervor. »Sie werden dasselbe doch nicht mit meinen... meinen... meinen Zähnen machen, oder?« fragte er, da ihm nichts Besseres einfiel. »Ich meine, uh, alles, nur nicht meine Zähne!« Er warf einen Blick über das Landefeld. Mehrere Nachtschwestern kamen aus den Türmen.

»Oh, ja, die Zähne«, sagte Gethzerion und krümmte ihren Zeigefinger.

Hans rechter oberer Backenzahn explodierte mit einem gedämpften Knall. Stechender Schmerz schoß durch sein Ohr und seine obere Gesichtshälfte, bis es sich anfühlte, als hätte ihm Gethzerion das Auge ausgerissen. Han verfluchte sich im stillen dafür, sie überhaupt auf diese Idee gebracht zu haben. Der *Falke* kam nicht schnell genug näher, und Han schüttelte den Kopf.

»Warten Sie!« rief er. »Lassen Sie uns darüber reden!« Aber Gethzerion krümmte erneut ihren Zeigefinger. Der obere linke Backenzahn zerbrach, und plötzlich zerriß ein Heulen die Luft, als der *Falke* seine Raketen abfeuerte. Der untere Teil des Turmes explodierte, und die Druckwelle wirbelte schwarzgekleidete Hexen davon. Der Turm kippte langsam zur Seite.

Gethzerion fuhr herum und entließ Han aus ihrem unsichtbaren Griff. Er fiel zu Boden. Schmerz wühlte in seinem gebrochenen Bein. Aus den oberen Geschütztürmen des *Falken* dröhnte eine wohlgezielte Blastersalve. Gethzerion duckte sich, und ein Blasterstrahl verbrannte die Luft an der Stelle, wo sich soeben noch ihr Kopf befunden hatte. Sie rannte fort vom Schiff und sprang zur Seite, als eine zweite Salve dicht neben ihr einschlug.

Han kam es unheimlich vor. Niemand konnte die Blaster eines Schiffes mit solcher Treffsicherheit abfeuern. Er rollte unter die Rampe, um sich vor den umherfliegenden Trümmern zu schützen. Die schwerbewaffneten Wachdroiden auf den sechs Gefängnistürmen drehten sich auf ihren Geschütztürmen und eröffneten das Feuer auf den *Falken*.

Die *Falke* raste über das Gefängnis, flog komplizierte Ausweichmanöver und schaffte es irgendwie, allen Blasterstrah-

len zu entgehen. Han hatte noch nie jemand so fliegen sehen –
nicht Chewie, nicht sich selbst. Wer auch immer an den Kontrollen saß, er war ein Kampffliegeras, wie es noch keines gegeben hatte, und er vermutete, daß es Isolder war. Der *Falke*
machte in einem Kilometer Entfernung eine fast unmögliche
Rolle und raste mit der Bauchseite nach oben und aus allen
Rohren feuernd wieder auf das Gefängnis zu.

Die Wachdroiden explodierten unter den Einschlägen der
Blasterstrahlen. Der unbewaffnete Transporter erhielt einen
Treffer, kippte um und geriet in Brand. Der *Falke* schoß über
Han hinweg und setzte zum nächsten Angriff an.

Gethzerion mußte erkannt haben, daß jeder Widerstand
sinnlos war. Sie rannte so schnell die Rampe des imperialen
Schiffes hinauf, daß ihre Bewegungen verschwammen. Noch
ehe die Rampe eingezogen war, erwachten die Turbinen des
Transporters heulend zum Leben, und eine blaue Aura legte
sich um das Schiff, als sich die Schilde aktivierten. Dies war
ein imperialer Truppentransporter – schwerbewaffnet, mit
starken Schilden, ein gefährlicher Gegner für den *Falken*.

Wenn Han beim Start unter dem Transporter blieb, würde
er verbrennen. Doch selbst wenn sein Bein nicht gebrochen
wäre, bestände die Gefahr, daß er bei einem Fluchtversuch
ins Blasterfeuer des *Falken* geriet. Er kroch so schnell über das
Landefeld, wie es sein gebrochenes Bein erlaubte, purzelte
über einen Mauerbrocken des explodierten Turmes und hoffte, daß die Nachtschwestern keine Zeit finden würden, auf
ihn zu schießen.

Der *Falke* feuerte mit seinen Ionenkanonen. Blaue Blitze
flackerten um die Hülle des Transporters, aber die Schilde
hielten und der Transporter hob sich dröhnend in die Luft.
Weiße Flammen schlugen aus seinen Triebwerksdüsen.

Der *Falke* umflog einen Hügel, blasterte ein Loch in die Ge-
fängnismauer und kam sechs Meter vor Han abrupt zum
Halt. Die Bauchluke sprang auf und Leia schrie: »Komm!
Komm!«

Augwynne und zwei ihrer Clanschwestern stürmten die
Rampe hinunter. Sie trugen ihre Helme und Kriegsroben,
und als Han den Ausdruck in ihren Augen sah, bedauerte er
die Gefängniswärter.

Er kroch zum *Falken*. Isolder sprang heraus, riß ihn an der
Schulter hoch und trug ihn halb ins Schiff. Han starrte Isolder
verwirrt an. »Wer... wer fliegt den *Falken?*«

»Luke«, sagte Leia.

»Luke?« wiederholte Han. »Luke ist nicht so gut!«

»Niemand ist so gut«, sagte Isolder und schlug Han auf den Rücken. »So was muß man gesehen haben!« Er lief durch den Korridor zum Kontrollraum.

Leia sah Han tief in die Augen, nahm sein Gesicht in ihre Hände und küßte ihn. Von den zersplitterten Backenzähnen ging eine Schmerzwelle aus, daß Han fast aufgeschrien hätte, aber statt dessen drückte er Leia an sich, schloß die Augen und genoß den Kuß.

Das Schiff hüpfte und tanzte, während Luke Manöver flog, die nicht einmal die Andruckabsorber ausgleichen konnten. Aus dem Cockpit drang Chewbaccas entsetztes Gebrüll. Han stützte sich auf Leia und humpelte in den Kontrollraum. Er ließ sich in einen Sitz fallen, schnallte sich an, nahm aus einem Fach über seinem Kopf das Erste-Hilfe-Medipack und klebte ein schmerzstillendes Pflaster auf seinen Arm. Die oberen Vierlingsblasterkanonen feuerten, und Han sah sich um. Chewbacca, Isolder, Teneniel und die Droiden waren im Cockpit und beobachteten Luke.

»Wer bedient die Blasterkanonen?« fragte Han.

»Luke«, sagte Leia, und Han blickte verwirrt in den Korridor. Man konnte die Blaster vom Cockpit aus bedienen, aber nur auf Kosten der Treffsicherheit. Dennoch hatte Luke diese Schrottkiste mit höchster Angriffsgeschwindigkeit geflogen und gleichzeitig Gethzerion fast den Kopf abgeschossen, ohne Han zu gefährden, der nicht einmal einen Meter entfernt gewesen war. Die ganze Sache war wirklich verdammt unheimlich.

Luke schwitzte vor Anstrengung, während er den *Falken* flog. Die Hebel und Schalter an Chewies Kontrollpult schienen ein Eigenleben zu entfalten, als Luke sie mit der Macht betätigte. Der Jedi arbeitete für drei, war Pilot, Kopilot und Kanonier in einer Person. Er feuerte eine Raketensalve ab, ohne die Partikelschilde zu senken, und Chewie brüllte entsetzt auf und schlug die Hände vors Gesicht.

Aber als die Raketen die Fünfzigmetermarke erreichten, senkte Luke die Schilde und fuhr sie sofort wieder hoch, so daß sie nur für einen kurzen Augenblick flackerten. Han hatte noch nie derart schnelle Reflexe bei einem Menschen erlebt.

Die Heckschilde des Transporters leuchteten grell unter den Raketentreffern auf. Dann gelang es den Hexen endlich, eine eigene Blastersalve abzufeuern. Luke riß den Steuerknüppel an sich, und der *Falke* sprang in die Höhe und scherte gleichzeitig zur Seite aus. Er feuerte seine Protonentorpedos ab, und die Torpedos rasten als weiße Schemen auf den Transporter zu.

Die Nachtschwestern schossen mit ihren Blastern die Raketen ab und brachten sie zur Explosion. Han betrachtete ungläubig das Werk der Hexen. Kein Kanonier war *so* gut.

»Leia, Isolder«, schrie Luke, »an die Vierlingskanonen mit euch. Gebt ihnen alles, was ihr habt.«

»Gib auf«, sagte Han. »Ihre Schilde sind zu stark! Du wirst mir nur mein Schiff ruinieren.«

»Soll ich etwa die Nachtschwestern auf die Galaxis loslassen? Niemals! Ich gebe nicht auf«, brüllte Luke. »Los, Leia, in den Geschützturm mit dir!«

Er beugte sich nach vorn, aktivierte die elektronischen Störsysteme und löste einen Radiosturm aus. Han zog eine Braue hoch und fragte sich, was Luke vorhatte. Die Hexen würden gewiß nicht versuchen, irgend jemand anzufunken, so daß die Störsender wenig Wirkung haben würden – sah man davon ab, daß jetzt jeder in diesem Sonnensystem wußte, daß sich hier ein Schiff befand.

Leia lief zum unteren Geschützturm und eröffnete das Feuer. Luke senkte alle Schilde und feuerte die Ionenkanonen ab, obwohl er damit riskierte, daß der Transporter ebenfalls seine Schilde senkte und zurückschoß. Isolder eröffnete im gleichen Moment das Feuer aus den oberen Kanonen, doch der Transporter beschleunigte und verschwand außer Reichweite ihrer Geschütze.

»Sie bereiten sich auf den Sprung durch die Lichtmauer vor!« brüllte Han und starrte den Sichtschirm an. Der Weltraum war ein schwarzer Vorhang, in den der Transporter hineinraste.

»Solange sie sich im Schwerefeld des Planeten befinden, werden sie es nicht wagen!« widersprach Luke und beschleunigte ebenfalls.

Dann begriff Han. Luke wußte, daß er mit seinen Blastern und Raketen die Schilde des Transporters nicht durchdringen konnte. Er hatte die Störsender aktiviert, um Zsinj zu alarmieren. Die Sternzerstörer wußten jetzt, daß die Hexen einen Fluchtversuch wagten und versuchen würden, genug Abstand vom Planeten zu gewinnen, um in den Hyperraum springen zu können.

Sie rasten in die Finsternis des Nachtschleiers. Han hielt den Atem an. Der Sichtschirm wurde schwarz, als hätte sich

302

ein Onyxnebel über ihn gelegt. Luke schaltete die Störsysteme ab, und der *Falke* schoß mit dröhnenden Maschinen ins Sonnenlicht. Vor ihm waren der Transporter und zehntausend Sterne, die wie Juwelen funkelten. So viel Licht.

Han hatte das Gefühl, plötzlich wieder frische Luft zu atmen.

Der Kollisionsalarm heulte auf. Als Han nach oben sah, entdeckte er die schiefergrauen Rümpfe zweier Sternzerstörer, die eine V-förmige Abfangformation einnahmen. Luke scherte nach steuerbord aus, und die Zerstörer feuerten eine Raketensalve ab und durchlöcherten die geschwächten Schilde des Transporters.

Han beobachtete, wie die Raketen die Hülle des Hexentransporters zerfetzten. Die rechte Triebwerksdüse explodierte in einer weißglühenden Wolke aus Metallsplittern. Für zwei volle Sekunden trübten sich die Positionslichter, während das andere Triebwerk heller flammte. Dann drehte sich das Schiff um seine eigene Achse und verging in einem Feuerball.

Han stieß ein Triumphgeheul aus, während Luke mit Höchstgeschwindigkeit nach Dathomir zurückkehrte, unter die schützende Decke des orbitalen Nachtschleiers, und die Dunkelheit sie erneut verschluckte.

Aus dem Geschützturm drangen Leias Freudenschreie. Luke brüllte zurück: »Leia, Isolder, bleibt an euren Plätzen. Wir haben es noch nicht ganz geschafft.«

Luke legte einen Schalter um, und aus dem Funkgerät plärrten Stimmen. Die Sensoren ermittelten die Funkquellen und zeigten sie in Tri-D im oberen Holodisplay. Han stöhnte auf. Der Himmel war voller Schiffe. Ganz gleich, welchen Vektor sie für die Flucht aus dem Gravitationsfeld des Planeten wählten, es würde verdammt knapp werden. Offenbar störte der Nachtschleier die Sensoren – obwohl die Scanner die Schiffe erfaßten, empfingen sie keine Transpondersignale. Han konnte nicht feststellen, um was für Schiffe es sich dort draußen handelte.

Han schluckte. »Was meinst du, Kleiner? Was hast du vor?«

Luke seufzte und betrachtete die Flotte der Zerstörer über ihnen. »Wir müssen den Nachtschleier ausschalten«, sagte er. »Da unten gibt es nicht nur Menschen – sondern auch… auch Bäume und Pflanzen und Eidechsen und Würmer! Eine ganze Welt voller Leben!«

»Was?« entfuhr es Han. »Du willst deinen Hals für einen

303

Haufen Eidechsen und Würmer riskieren? Mach mich nicht wahnsinnig, Kleiner! Finde eine Lücke in ihrem Sperriegel, und dann verschwinden wir von hier.«

»Nein«, sagte Luke schwer atmend. Chewbacca brüllte Luke an, aber der reagierte nicht. Statt dessen blieb der Jedi wie erstarrt im Pilotensitz sitzen und blickte hinaus in die erdrückende Finsternis, während er weiterflog.

Gut, gut dachte Han. *Zumindest bringt er einige Distanz zwischen uns und die anderen Jäger.* Zsinjs Einheiten konnten nicht überall sein - irgendwo mußte es eine Lücke geben. Luke schloß die Augen, beschleunigte wie in Trance und lächelte entspannt. Han betrachtete sein Gesicht, und obwohl er schreckliche Angst hatte, daß Luke sie alle umbringen würde, schien es in diesem Moment keine Rolle zu spielen. *Von mir aus kannst du uns ruhig umbringen*, dachte Han. *Wir schulden dir ohnehin unser Leben.*

»Danke«, sagte Luke, als hätte Han die Worte laut ausgesprochen. Luke feuerte die Vierlingsblaster ab, aber Han konnte ihre Lichtspur nicht sehen. Die Dunkelheit war so vollkommen, daß sie ihnen nicht einmal einen Hauch von Licht zu gönnen schien. Luke wartete einen Moment, und Han verfolgte, wie die Zielkreuze über das obere Holodisplay wanderten. Luke schoß. Han konnte kein Ziel erkennen, die Schirme waren völlig leer, und er fragte sich, ob Luke überhaupt etwas traf.

Im Lauf der nächsten zwanzig Minuten wiederholte Luke die Taktik laufend, ohne sichtbare Resultate zu erzielen. 3PO trat hinter Han und flüsterte: »Verzeihen Sie, Eure Hoheit, aber glauben Sie wirklich, daß uns das weiterbringt? Vielleicht sollten Sie die Waffenkontrollen übernehmen?«

»Nee, laß Luke mal machen«, knurrte Han mit einem Blick zum Holodisplay. Die Zahl der Funksignale nahm rapide zu, und Han erkannte, daß Zsinj mehrere hundert Jäger zusammengezogen haben mußte. Offenbar machten Lukes Aktionen dem General große Sorgen.

Luke feuerte eine weitere Salve ab. Plötzlich lag die Finsternis wieder hinter ihnen, und sie flogen durch den sternenhellen Weltraum. Han brauchte einen Moment, bis er begriff, daß der orbitale Nachtschleier zusammengebrochen und Dathomir wieder sichtbar war, eine leuchtende Welt aus türkisgrünen Ozeanen und dunkelbraunen Kontinenten.

Chewie brüllte, und Luke entfernte sich mit Höchstgeschwindigkeit von dem Planeten.

Han keuchte, als das Holodisplay die Transpondersignale entschlüsselte und die Schiffe über ihnen identifizierte. Hunderte von Schiffen wimmelten im nahen Weltraum – imperiale Sternzerstörer und die rostfarbenen Untertassen der hapanischen Schlachtdrachen. TIE-Jäger und X-Flügler wirbelten über ihnen in einem tödlichen Tanz. Nicht nur Zsinj hatte seine Jäger zusammengezogen – die ganze hapanische Flotte war aus dem Hyperraum gesprungen.

Aus einem der hapanischen Schlachtdrachen schossen große silberne Kugeln, und Han schluckte hart. Die Hapaner verminten den Hyperraum mit Pulsmassegeneratoren. Es war ein riskantes Manöver, denn es hinderte sowohl den Angreifer als auch das Opfer daran, in den nächsten zehn oder fünfzehn Minuten den Normalraum zu verlassen. Die Rebellen hatten diese Taktik noch nie eingesetzt. Offenbar hatten sich die Hapaner entschieden, entweder zu siegen oder zu sterben.

Luke beschleunigte auf Angriffsgeschwindigkeit und visierte einen feindlichen Sternzerstörer an, der von hapanischen Schlachtdrachen eingekesselt war. Im Weltraum um den imperialen Zerstörer wimmelte es von TIE-Jägern – mehr, als ein einzelner Zerstörer tragen konnte, und Han standen die Haare zu Berge, als er erkannte, daß er von anderen Zerstörern Verstärkung bekommen haben mußte. Han warf einen Blick auf das Holodisplay. Zwei imperiale Zerstörer rasten heran, um dem bedrängten Schiff zu Hilfe zu kommen.

»Wer ist auf diesem Sternzerstörer?« fragte Han mit einem Blick zu dem massiv abgeschirmten Schiff.

»Zsinj«, antwortete Luke leise. »Das ist die *Souverän*.«

»Überlaß mir das Steuer, Kleiner«, forderte Han mit trockenem Mund. »Ich will ihn mir holen.«

Luke warf einen Blick über die Schulter, und zum erstenmal bemerkte Han, daß das Gesicht des Jedi eine geschwollene Masse war, in der nur die Augen leuchteten. »Bist du sicher, daß du damit klarkommst?« fragte Luke. »Schließlich ist das da unten ein *Sternzerstörer*.«

Han nickte ernst. »Ja, und es ist mein Planet, den er belagert! Ich will ihn haben – aber du kannst mir gerne helfen, wenn es nötig werden sollte.«

»Wie Ihr meint, Eure Majestät«, erklärte Luke, und so, wie er es sagte, klang es nicht nach einem Scherz. Luke gab den Pilotensitz frei.

Han setzte sich. Schmerz wühlte in seinem Bein. Er legte den Kopf gegen die Rückenlehne und atmete tief durch. Zum erstenmal seit Monaten fühlte er sich zu Hause. »Hör zu, Kleiner«, sagte Han, während er an der *Souverän* vorbeizog und auf Kollisionskurs mit einem TIE-Abfangjäger ging. »Ich beherrsche keinen von deinen Jedi-Tricks, aber am besten pirscht man sich an einen Sternzerstörer an, indem man so tut, als würde man verduften und nicht im Traum daran denken, auch nur in seine Nähe zu kommen.«

Han warf einen Blick auf die Waffenkontrollen. Er hatte noch immer vier Arykyd-Vibroraketen in den Abschußrohren, aber keine Protonentorpedos mehr. Er schärfte die Vibroraketen, aktivierte die oberen Vierlingsblasterkanonen und feuerte ein paar Salven auf den TIE-Abfangjäger ab. Das kleine Schiff wurde getroffen und explodierte. Han nahm Kurs auf einen anderen Jäger, der sich Zsinjs *Souverän* näherte.

Han beschleunigte, als wollte er angreifen, sorgte aber dafür, daß sich der Abstand zum Feindschiff nicht verringerte, bis eine Erschütterung den *Falken* durchlief. Traktorstrahlen.

Chewbacca grollte.

»Ich weiß«, sagte Han. »Mehr Energie auf die Heckdeflektorschilde. Sie werden uns nicht lange festhalten.«

Gelassen visierte er die *Souverän* an, beschleunigte auf volle Sublichtgeschwindigkeit und riß den Steuerknüppel hin und her, so daß der *Falke* trotz der an ihm zerrenden Traktorstrahlen ein bewegliches Ziel blieb. Er durchbrach einen Sperrgürtel aus TIE-Jägern und hörte Luke keuchen. Sie schossen rasend schnell auf den Sternzerstörer zu.

Han suchte nach dem Hangar, in den der Traktorstrahl sie ziehen wollte. Er brauchte nur eine halbe Sekunde, dann hatte er ihn entdeckt. Er wartete, bis er sicher war, daß sie die Partikelschilde des Schiffes passiert hatten, und feuerte zwei seiner Vibroraketen ab.

Die Traktorstrahlen zogen die Raketen an. Als sie einschlugen, blühte die Feuerblume einer Explosion über der *Souverän* auf. Han ging auf Gegenschub und drehte bei.

Er hielt den Atem an und hoffte, daß die anderen nicht sahen, wie sehr er schwitzte, als er dicht über einen Geschützturm hinwegschoß, der sich nicht schnell genug drehen konnte, um auf ihn zu feuern.

»Sie sind unter ihren Schilden«, brüllte Isolder über Interkom. »Sie können jederzeit schießen!«

»Ja«, knurrte Han. »Ich weiß!« Eine Blasterkanone schwenkte in ihre Richtung, und Han ließ das Schiff abschmieren und entging dem Energiestrahl. Er schärfte seine

306

beiden letzten Arakyds und schaltete dann das Funkgerät auf die imperiale Standardfrequenz.

»Dringende Nachricht für Kriegsherr Zsinj auf der *Souverän*! Priorität Rot. Melden Sie sich! Haben Sie verstanden? Priorität Rot. Ich habe eine dringende Nachricht für Kriegsherr Zsinj!«

Er wartete eine Ewigkeit und schlängelte sich im Tiefflug durch ein Labyrinth von Blastertürmen. Endlich antwortete Zsinj, und sein Gesicht erschien auf dem Holodisplay.

»Hier spricht Zsinj!« dröhnte der Kriegsherr mit gerötetem Gesicht und wild blitzenden Augen.

»Hier spricht General Han Solo.« Han zog am Steuerknüppel, und der *Falke* raste auf das Bugkommandomodul der *Souverän* zu. »Wirf mal einen Blick auf deinen Sichtschirm, du Wurm. Küß meinen Wookiee!«

Er wartete eine halbe Sekunde, als Zsinj auf seinen Sichtschirm starrte und den heranrasenden *Falken* entdeckte. Begreifen dämmerte in Zsinjs Augen. Han feuerte seine beiden letzten Vibroraketen ab.

Die obere Hälfte des Bugkommandomoduls der *Souverän* löste sich in einer Kaskade splitternden Metalls auf. Ohne Schilde war der Zerstörer ein verwundbares Ziel. Ein Schuß aus einer hapanischen Ionenkanone badete die *Souverän* in blaues Blitzgewitter und zerstörte ihre empfindliche Elektronik. Ein Hagel aus Protonentorpedos vollendete das Vernichtungswerk.

Han entfernte sich mit Höchstgeschwindigkeit von dem sterbenden Schiff und verließ vorübergehend den Orbit, um die Luftkämpfe den Hapanern zu überlassen. Aber jetzt, da Zsinj tot war, konnte es nur noch Sekunden dauern, bis sich die imperiale Flotte ergab.

Hinter ihm ertönten keine Freudenrufe, kein Jubel. Statt dessen herrschte tiefe Stille.

Er stellte fest, daß seine Hände zitterten und rote Punkte vor seinen Augen tanzten. »Chewie, übernimm du für eine Minute die Kontrollen«, sagte Han. Dann verschränkte er die Arme vor der Brust. Monate der Frustration, Monate der Zweifel und Sorgen und Ängste. Das war es, was Zsinj ihn gekostet hatte.

Han spürte, wie Leias schmale Hände seine Schultern massierten. Sein Atem ging stoßweise, und er lehnte sich im Kommandositz zurück und ließ von ihr einen Teil seiner Spannung wegkneten. Es war, als hätten sich im Lauf der letzten fünf Monate seine Muskeln mehr und mehr zu kleinen Knoten verkrampft, um sich nun plötzlich zu lösen und zu verschwinden. *Was bin ich doch für ein verkrampfter kleiner Mann gewesen*, erkannte Han. Er wunderte sich darüber, daß er es noch nicht früher bemerkt hatte, und schwor sich, nicht zuzulassen, daß es sich jemals wiederholte.

»Fühlst du dich besser?« fragte Leia.

Han überlegte. Die Tatsache, daß er Zsinj getötet hatte, war schwerlich ein Grund zur Freude. Dennoch spürte er ein tiefes Gefühl der Erleichterung. »Ja«, sagte Han. »Ich habe mich nicht mehr so gut gefühlt, seit… ich weiß nicht, seit wann.«

»Das Ungeheuer hat jetzt einen Kopf weniger«, erwiderte Leia.

»Ja«, nickte Han, »jetzt, wo Papa Hai tot ist, werden die kleinen Babyhaie übereinander herfallen.«

»Und sehr bald wird es eine Menge Haie weniger geben«, sagte Leia.

»Und in der Zwischenzeit«, fügte Han hinzu, »kann die Neue Republik in Zsinjs alten Herrschaftsbereich eindringen und ihnen ein paar hundert Sonnensysteme wegnehmen.«

Leia drehte sich mit ihrem Sessel, und Han entdeckte Isolder, Teneniel, Luke und die Droiden im Korridor. Seltsam, daß die meisten Leute Gesellschaft brauchten, um einen Sieg zu feiern. Han wollte ihn immer allein genießen.

»Du hast gewonnen«, sagte Leia mit leuchtenden, tränenfeuchten Augen.

»Den Krieg?« murmelte Han und fragte sich, ob sie nur versuchte, ihn aufzumuntern. »Nein. Nicht einmal ansatzweise.«

»Das meine ich nicht«, erklärte Leia, »sondern unsere Wette. Sieben Tage auf Dathomir? Du sagtest, wenn ich mich dann wieder in dich verlieben würde, müßte ich dich heiraten. Die sieben Tage sind noch nicht vorbei, aber du hast schon gewonnen.«

»Oh, das«, sagte Han. »Hör mal – das war eine dumme Wette. Ich würde dich niemals dazu zwingen. Ich gebe dich frei.«

»Ach ja?« rief Leia. »*Nun, ich gebe dich nicht frei!*« Sie nahm sein Kinn in ihre Hände und küßte ihn. Es war ein langer Kuß, der jede schmerzende Faser seines Wesens zu durchdringen und ihn vollständig zu heilen schien.

Isolder sah zu, wie sie sich küßten. Diese ganze Geschichte würde auf Hapan einen gewaltigen Skandal auslösen. Und dennoch… freute er sich über ihr Glück.

Sein Komm summte. Jemand versuchte, ihn über die Geheimfrequenz zu erreichen - es konnte nur der hapanische Sicherheitsdienst sein. Er löste das Komm von seinem Gürtel, ging auf Empfang und sah Astartas Gesicht auf dem winzigen Monitor. Seine Leibwächterin lächelte ihn an.

»Es tut gut, Sie wiederzusehen«, sagte Isolder. »Aber ich hatte erst in drei Tagen mit der Flotte gerechnet – was bedeutet, daß sie vom vorgeschriebenen Kurs abgewichen sein muß.«

»Nach meiner Flucht von Dathomir«, erwiderte Astarta, »habe ich den Kurs des Jedis über Holovid an unsere Astrogatoren übermittelt. Die Flotte konnte so den Flug um einige Parsecs abkürzen.«

»Hmmm«, machte Isolder. »Ein interessantes Wagnis, aber nicht ungefährlich.«

»Ihre Mutter gab den Befehl dazu«, erklärte Astarta. »Sie trifft morgen mit der Olanji-Flotte ein. Die ersten von Zsinjs Einheiten haben sich bereits ergeben. Da Sie im Moment das Kommando über die Flotte haben – wie lauten Ihre Befehle?«

Isolder konnte kaum glauben, daß seine Mutter seinetwegen ein derartiges Risiko eingegangen war. »Akzeptieren Sie nur eine bedingungslose Kapitulation«, befahl er, »und lassen Sie alle raumtauglichen Sternzerstörer nach Hapan bringen! Was die imperiale Raumwerft betrifft – vernichten Sie sie!«

»Jawohl, Sir«, sagte Astarta. »Wann brechen wir auf?«

Isolder überlegte einen Moment. Zsinj hatte wahrscheinlich Verstärkung angefordert. Sie mußten so schnell wie möglich von Dathomir verschwinden. »In zwei Tagen.«

»In zwei Tagen?« wiederholte Astarta. Die Überraschung in ihrer Stimme verriet, daß sie dies für einen außergewöhnlich langsamen Rückzug hielt. »Wir werden das mit Ihrer Mutter absprechen müssen.«

»Es gibt auf diesem Planeten politische Gefangene und ein paar tausend Eingeborene, die möglicherweise evakuiert werden wollen«, sagte Isolder fest. »Wir müssen mit ihnen Kontakt aufnehmen und ihnen die Möglichkeit geben, den Planeten zu verlassen.«

* 27 *

Am nächsten Abend lud Han die Schwestern aller neun da-thomirischen Clans zu einem Fest in der Halle der Kriegerin-nen am Singenden Berg ein. Die Hexen kamen in ihren präch-tigsten Helmen und Gewändern, aber sie wirkten ärmlich im Vergleich zur Königinmutter, die lavendelfarbene Seide und im Haar die Regenbogenjuwelen von Gallinore trug. Ta'a Chume wirkte leicht verärgert über die Veranstaltung und ließ sich unbehaglich auf den groben Lederkissen nieder, als wäre das Fest der Hexen unter ihrer Würde. Sie schlug nach lästigen Insekten, blickte immer wieder zur Tür und schien es kaum erwarten zu können, wieder nach Hapan und zu ihren Staatsgeschäften zurückzukehren.

Han beobachtete sie den ganzen Abend, fasziniert von dem wunderschönen Gesicht hinter dem Lavendelschleier und abgestoßen von ihren schlechten Manieren.

Auf dem Höhepunkt des Festes schenkte Han Augwynne die Besitzurkunde von Dathomir. Die alte Frau weinte vor Dankbarkeit und ließ von ihren Dienern das versprochene Gold und die Juwelen herbeischaffen, und die Diener kipp-ten die Eimer mit den Kostbarkeiten vor Hans Füße.

Für einen Moment stand Han verdutzt da. »Ich, äh, habe das ganz vergessen«, sagte er. »Hören Sie, ich will das alles nicht.« Er sah Leia in die Augen. »Ich habe bereits alles, was ich will.«

»Geschäft ist Geschäft, General Solo«, widersprach Aug-wynne. »Außerdem schulden wir Ihnen mehr, als wir Ihnen je zurückzahlen können. Sie haben uns nicht nur von Zsinj be-freit, sondern uns auch geholfen, die Nachtschwestern zu ver-nichten. Wir werden immer in Ihrer Schuld stehen.«

»Ja, aber…«, wollte Han einwenden, doch Leia versetzte ihm einen Rippenstoß. »Behalte es«, flüsterte sie. »Wir kön-nen damit die Hochzeit bezahlen.«

Han betrachtete die Juwelen zu seinen Füßen und fragte sich, was für eine große Hochzeit Leia plante.

»Ich habe eine Erklärung abzugeben, die auch Ihr Volk be-trifft«, sagte Prinz Isolder von einem Kissen neben seiner Mutter. Er erhob sich und streckte die Hand aus. »Teneniel Djo, die Enke-lin von Augwynne Djo, hat eingewilligt, meine Frau zu werden.«

»Nein!« schrie Ta'a Chume. Sie sprang auf und funkelte ihren Sohn an. »Du kannst keine Frau von diesem unzivilisierten kleinen Schlammloch heiraten. Ich verbiete es! Sie kann nicht die Königinmutter von Hapan werden.«

»Sie ist eine Prinzessin und die Thronerbin ihrer Welt«, konterte Isolder. »Ich denke, das ist Qualifikation genug. Du wirst noch viele Jahre auf dem Thron sitzen, und in dieser Zeit kannst du ihr alles beibringen.«

»Selbst wenn sie eine Prinzessin *ist*«, sagte die Königinmutter, »was ich allerdings bezweifle, so ist diese Welt erst seit knapp fünf Minuten im Besitz ihrer Familie. Sie hat kein königliches Blut in sich, keine königliche Ahnenreihe.«

»Aber ich liebe sie«, sagte Isolder, »und ich werde sie heiraten, ob nun mit oder ohne deine Erlaubnis.«

»Du Narr«, zischte Ta'a Chume. »Glaubst du, ich werde das zulassen?«

»Nein«, sagte Luke aus dem Hintergrund des Raums, »genauso wie ich mir sicher bin, daß Sie nie vorgehabt haben, ihn mit Leia zu verheiraten. Warum nehmen Sie nicht Ihren Schleier ab und erzählen ihm, wer die Attentäter geschickt hat, die Leia ermorden wollten?« Lukes Stimme hatte jenen selbstsicheren, befehlenden Ton, der mit dem Einsatz der Macht einherging. Ta'a Chume verkrampfte sich, als hätte sie einen elektrischen Schlag bekommen, und wich zurück. »Machen Sie schon«, forderte Luke, »nehmen Sie Ihren Schleier ab und erzählen Sie es ihm.«

Ta'a Chumes Hände bebten, als sie den Schleier zurückschlug. Vergeblich wehrte sie sich gegen Lukes Befehl. »Ich habe die Attentäter beauftragt.«

Isolders Augen weiteten sich. Trauer erfüllte ihn. »Warum?« fragte er. »Du hast mir deine Erlaubnis gegeben. Du hast eine Delegation mit Geschenken nach Coruscant geschickt. Ich habe nichts Verbotenes getan.«

»Du hast mich um eine Verbindung gebeten, die ich nicht zulassen konnte«, erwiderte Ta'a Chume. »Du hast dir eine mitgiftlose Pazifistin aus einem demokratischen System ausgesucht. Hör doch, wie sie über ihre vielgepriesene Neue Republik spricht! Seit viertausend Jahren herrscht unsere Familie über den hapanischen Sternhaufen, aber du wolltest ihr Hapan ausliefern, und in einer Generation hätten ihre Kinder die Regierungsgewalt abgegeben und sie dem Pöbel überlassen! Aber ich wollte es dir nicht offen verwehren. Ich wollte… deine Loyalität zu mir… nicht gefährden.«

»Du wolltest lieber jemanden ermorden, als meine Treue zu verlieren?« Isolder bemerkte, daß sich seine Nasenflügel blähten. »Hast du außerdem gehofft, daß mich das noch weiter von meinen Tanten entfernen würde?«

Die Augen der Königinmutter wurden schmal. »Oh, deine Tanten haben genug Morde auf dem Gewissen. Sie sind tatsächlich so gefährlich, wie du glaubst. Aber Leia ist eine Pazifistin. Ich konnte nicht zulassen, daß du eine Pazifistin heiratest. Sie wäre zu schwach, um über Hapan zu herrschen. Verstehst du das denn nicht? Wenn Hapan vor dem Aufstieg des Imperiums militärisch stärker gewesen wäre – wie ich immer gefordert habe –, hätte uns das Imperium niemals unterwerfen können. Feige Pazifisten und Diplomaten haben unser Reich fast zerstört.«

»Und Lady Elliar«, sagte Isolder nachdenklich, »war auch eine Pazifistin. Hast du Sie ebenfalls getötet?«

Ta'a Chume verhüllte ihr Gesicht wieder mit dem Schleier und wandte sich ab. »Ich werde mich nicht auf diese Art verhören lassen. Ich gehe.«

Verwirrung und Entsetzen schwang in Isolders Stimme mit, als er fragte: »Und mein Bruder – war er auch zu schwach zum Herrschen? War es so? Wolltest *du* allein deine Nachfolgerin bestimmen?«

Ta'a Chume fuhr herum. »Behalte deine Unterstellungen für dich!« rief sie heftig. »Kümmere dich nicht um Dinge, die du nicht verstehen kannst. Schließlich bist du nur ein Mann.«

»Ich weiß, was Mord ist!« schrie Isolder mit bebenden Nasenflügeln. »Ich weiß, was Kindesmord ist!« Aber Ta'a Chume drängte sich bereits durch die Menge zur Tür.

Teneniel ergriff seinen Ellbogen und sagte leise: »Laß mich mit ihr sprechen. Ta'a Chume«, sagte sie sanft, und Ta'a Chume blieb stehen, als hätte Teneniel sie mit einem unsichtbaren Lasso gefangen. »Ich werde Ihren Sohn heiraten und eines Tages an Ihrer Stelle über Ihre Welten herrschen.« Ta'a Chume drehte sich um, und ihre Augen schienen wie brennende Lichter ihren Lavendelschleier zu durchdringen.

Teneniel fuhr fort: »Lassen Sie mich Ihnen versichern, daß ich keine Pazifistin bin. Allein in den letzten zwei Tagen habe ich eine Reihe Leute umgebracht, und sollten Sie je versuchen, mir oder den Meinen ein Leid zuzufügen, werde ich Sie dazu zwingen, öffentlich all Ihre Verbrechen zu gestehen, und dann werde ich Sie hinrichten lassen. Ich schwöre, daß ich es tun werde, wenn Sie so etwas Verabscheuungswürdiges wagen!«

Ta'a Chumes vier Leibwächterinnen hatten an der Wand gelehnt. Teneniel konnte es nicht wissen, aber die Bedrohung der Königinmutter war ein todeswürdiges Verbrechen, das sofort gesühnt werden mußte. Die Leibwächterinnen griffen nach ihren Blastern, und Teneniel machte eine Handbewegung. Die Blaster wurden zermalmt und polterten zu Boden. Eine Leibwächterin stürmte los, und Teneniel streckte die Hand aus und versetzte ihr einen Schlag mit einer unsichtbaren Faust. Das Kinn der Frau brach mit einem übelkeiterregenden Knirschen, und sie sank ohnmächtig zu Boden.

Ta'a Chume hatte den kurzen Kampf aus den Augenwinkeln verfolgt.

»Erinnerst du dich, Mutter?« sagte Isolder. »Du hast mir einmal gesagt, du willst nicht das Risiko eingehen, daß unsere Nachfahren von einer Oligarchie von Löffelbiegern und Auralesern regiert werden. Aber wenn ich Teneniel zur Frau nehme, gibt es eine gute Chance, daß deine Enkelkinder diese Löffelbieger sein werden.«

Ta'a Chume zögerte. Sah Teneniel lange an. »Vielleicht«, sagte Ta'a Chume bedächtig, »war ich mit meinem Urteil etwas vorschnell. Ich vermute, daß Teneniel Djo, Prinzessin von Dathomir, eine tüchtige Königinmutter abgeben wird. Sorge dafür, daß sie sich etwas Passenderes anzieht, bevor du sie nach Hause bringst.«

Sie wandte sich zum Gehen, und Isolder rief ihr nach: »Nur noch eins, Mutter. Wir werden uns der Neuen Republik anschließen. *Jetzt!*«

Ta'a Chume zögerte, nickte zustimmend und stürmte aus dem Raum.

Am nächsten Morgen stand Luke im Licht der aufgehenden Sonne auf dem Balkon des Kriegsraums und beobachtete die Fähren, die in der Ferne mit den letzten befreiten Häftlingen aus dem Gefängnis starteten.

Augwynne kam heraus, blieb hinter ihm stehen und sah den winzigen Schiffen nach. »Sind Sie sicher, daß Sie sich ihnen nicht anschließen wollen?« fragte Luke. »Dies wird auch in Zukunft ein gefährlicher Sektor bleiben.«

»Nein«, antwortete Augwynne. »Dathomir ist unsere Heimat. Und wir haben nichts, was für irgend jemanden – außer Ihnen – von Interesse sein könnte. *Sie* wollen etwas von uns. Ich kann es spüren. Was wünschen Sie?«

»Ein Wrack, das dort draußen in der Wüste liegt«, erklärte Luke. »Einst war es eine Raumstation namens *Chuunthor* und diente den Jedi als Ausbildungszentrum. Ich würde gern eines Tages zurückkehren und es durchsuchen, um festzustellen, ob es dort erhaltene Aufzeichnungen gibt.«

»Ah, ja. Unsere Vorfahren haben einst eine große Schlacht gegen die Jai geschlagen.«

»Und Sie haben gewonnen«, sagte Luke.

»Nein«, widersprach Augwynne. Sie lehnte sich mit dem Rükken an die Steinwand der Festung und verschränkte ihre Arme. »Wir haben nicht gewonnen. Am Ende haben sich beide Seiten zusammengesetzt, verhandelt und eine Einigung erzielt.«

Luke lachte. »Sie haben also das Schiff behalten, es aber dreihundert Jahre unbeachtet in der Wüste verrotten lassen? Wie sah diese Einigung aus?«

»Ich weiß es nicht«, gestand Augwynne. »Nur Mutter Rell war dabei, und ihr Geist ist umnachtet.«

»Mutter Rell?« wiederholte Luke, und plötzlich erfüllte ihn ein seltsames Gefühl des Friedens. Augwynne sah ihn fragend an, und Luke rannte durch den Korridor zu Rells Zimmer. Die alte Vettel saß wie beim erstenmal auf ihrem kissengepolsterten Steinblock. Kerzenlicht schimmerte auf ihren silbernen Haarsträhnen. Sie starrte blicklos vor sich hin.

»Mutter Rell, ich bin's, Luke Skywalker«, sagte Luke, und die alte Vettel musterte ihn mit wäßrigen Augen.

»Was?« fragte sie. »Sind die Nachtschwestern alle tot? Haben Sie alle getötet?«

»Ja«, antwortete Luke.

Mutter Rell befeuchtete ihre Lippen. »Dann ist das Ende unserer Welt gekommen und eine neue hat begonnen, genau wie es Yoda vorhergesagt hat.« Luke bemerkte, daß er vor Aufregung zitterte. »Ich nehme an, Sie sind wegen den Aufzeichnungen hier?«

»Ja«, bestätigte Luke.

»Wissen Sie, wir wollten sie ebenfalls haben«, erklärte Rell. »Aber die Jai wollten uns nicht die Technologie geben, die wir brauchten, um sie zu lesen. Sie sagten, die Lehren wären zu mächtig, und solange es Nachtschwestern auf unserer Welt gäbe, könnten sie sie uns nicht überlassen. Yoda versprach, daß sie sie eines Tages mit unseren Kindern teilen würden.« Zittrig stand sie auf, beugte sich über den Steinblock und nahm das Kissen herunter. Der vermeintliche Block entpuppte sich als steinerner Kasten; sie versuchte vergeblich, den Deckel zu heben.

»Helfen Sie mir«, bat sie, und Luke wuchtete den schweren Steindeckel hoch. Im Inneren lag ein korrodierter Metallsafe mit einem altmodischen elektronischen Schloß. Die grüne Kontrolldiode an der Schloßleiste brannte noch immer. Luke musterte den Safe und gab Yodas Namen ein. Mit einem zischenden Laut öffnete sich die Safetür.

Der Safe war voller Lesedisketten – viele hundert Stück, die mehr Informationen enthielten, als ein Mensch in seinem ganzen Leben aufnehmen konnte.

Gegen Mittag holte eine hapanische Fähre Teneniel und Isolder ab. Luke, Han, Chewie, Leia und die Droiden brachten sie zum Schiff. Isolder bemerkte, daß er diesen Planeten nur ungern verließ. Leia umarmte beide, wünschte ihnen viel Glück und brach in Tränen aus, bis Teneniel sie daran erinnerte, daß sich Hapan der Neuen Republik angeschlossen hatte und ihre Wege sich von Zeit zu Zeit kreuzen würden.

Han schüttelte Teneniels Hand, klopfte Isolder freundschaftlich auf die Schulter und sagte: »Wir sehen uns, Schleimer. Paß auf die Piraten auf.«

Isolder lächelte. Die Hexen und Luke hatten ihr Bestes getan, um Hans gebrochenes Bein und beschädigtes Gebiß zu heilen, aber er trug noch immer eine Beinschiene. Han sah wie ein Pirat aus: dieselbe großspurige Art, der stolzierende Gang. Selbst mit einer Beinschiene konnte Han stolzieren. »Wir sehen uns, Flegel«, sagte Isolder, aber er wollte es nicht dabei belassen. »Wo wollt ihr denn eure Flitterwochen verbringen?«

Han zuckte die Schultern. »Ich hatte gehofft, hier auf Dathomir, aber in den letzten zwei Tagen ist es hier so ruhig geworden, daß ich fürchte, es wird zu langweilig für uns.«

»Vielleicht habt ihr Lust, euch die hapanischen Welten anzusehen«, schlug Isolder vor. »Ich bin sicher, daß du dort viel gastfreundlicher aufgenommen wirst, als bei deinem ersten Besuch.«

»Das Versprechen läßt sich leicht halten«, meinte Han. »Es genügt schon, wenn ihr nicht sofort auf mich schießt.«

»Das werden wir nicht«, versicherte Isolder, »obwohl ich vielleicht dein Gepäck nach Diebesgut durchsuchen lassen werde, wenn du wieder abreist.«

Han lachte und klopfte ihm auf den Rücken. Chewbacca und 3PO verabschiedeten sich ebenfalls, und dann war Luke an der Reihe. Der Jedi hatte sich bis jetzt im Hintergrund gehalten und sie konzentriert beobachtet. Es war von seiner Seite her kein tränenreicher Abschied. Er nahm Teneniels Hand, hielt sie einen Moment und sah ihr in die Augen – nein, er sah durch sie hindurch. »Du wirst zuerst eine Tochter zur Welt bringen«, sagte Luke, »und sie wird so stark und tugendhaft sein wie du. Vielleicht schickst du sie mir zur Ausbildung, wenn du das Gefühl hast, daß die Zeit gekommen ist.«

Teneniel lächelte und umarmte ihn. Luke ergriff Isolders Hand und hielt sie. »Denk immer daran, der hellen Seite der Macht zu dienen«, sagte Luke. »Auch wenn du nie ein Lichtschwert schwingen oder Kranke heilen wirst, so ist in dir doch das Licht. Bleib diesem Licht treu.«

»Das werde ich«, versprach Isolder, und er wunderte sich über die gewaltige Veränderung, die sein Leben in den letzten Tagen erfahren hatte. Im Bruchteil einer Sekunde hatte er die Entscheidung getroffen, Luke zu diesem Planeten zu folgen, und jetzt wußte er, daß er für den Rest seines Lebens Lukes Weg beschreiten würde. »Das werde ich«, sagte er wieder und umarmte den Jedi.

Für einen Moment sahen sie sich schweigend an, und dann blickte Isolder noch ein letztes Mal über das Tal, zu den Hütten und den Feldern, zur düsteren Festung über ihnen, den Rancor, die im See plantschten, der hellen Sonne, die ihr klares Licht über die südlichen Täler warf, den Bergen und der dahinterliegenden Wüste. Isolder atmete die süße, reine Luft ein, kostete ein letztesmal das reiche Aroma Dathomirs, und er spürte, wie seine Nebenhöhlen ein wenig brannten. Er erkannte, daß er auf irgend etwas auf diesem Planeten allergisch reagieren mußte.

Er nahm Teneniels Hand und führte seine Verlobte in die Fähre, um sie zu anderen Welten, anderen Sternen zu bringen.

Sechs Wochen später, unter dem blauen Himmel von Coruscant, hatte Luke gerade gebadet und eine elegante graue Robe angezogen. Als Leias Trauzeuge hatte er eigentlich früh zur Hochzeit erscheinen wollen, aber der Fährenpilot setzte ihn irrtümlich am aldereenischen Konsulat ab, einem Gebäude, das von Insekten einer Rasse bewohnt wurde, von der Luke nie gehört hatte, und das fast zweihundert Kilometer vom alderaanischen Konsulat entfernt war.

So traf er eine Stunde später als geplant im Konsulat ein. Er lief durch einen langen, mit kostbarem alten Uwaholz getäfelten Korridor zum Weißen Raum. Als er um eine Ecke bog, sah er vor sich 3PO, der ebenfalls im Laufschritt durch die Gänge eilte.

Luke holte den Droiden ein und sagte: »He, 3PO, was ist los?«

»Oh, Master Luke«, rief 3PO. »Ich bin so froh, Sie zu sehen. Ich fürchte, ich habe uns alle in schreckliche Schwierigkeiten gebracht! Es ist alles meine Schuld! Wir müssen die Hochzeit unbedingt verhindern!«

»Was ist passiert?« fragte Luke. »Wovon redest du?«

»Ich habe gerade vom städtischen Computer eine schreckliche Neuigkeit erfahren. Er hat ein paar Dateien miteinander verglichen und festgestellt, daß Han gar kein König ist!«

»Ist er nicht?« sagte Luke.

»Nein! Sein Urgroßvater, Korol Solo, hat nur versucht, unrechtmäßig den Thron zu besteigen – und wurde für seine Verbrechen gehängt! Wir müssen alle warnen!«

»Deshalb also war er so peinlich berührt und hat die Sitzung des alderaanischen Rates verlassen, als du seine Herkunft enthüllt hast«, sagte Luke. »Er wußte bereits, daß sein Urgroßvater den Thron nur beansprucht und nie bestiegen hat!«

»In der Tat!« bestätigte 3PO. »Die Hochzeit muß verhindert werden!«

»Schon gut! Schon gut!« sagte Luke und legte 3PO eine Hand auf die Schulter. »Mach dir deswegen keine Sorgen. Ich werde mich um alles kümmern.«

»Oh, das ist so nett von Ihnen, Master Lu…« Luke schaltete den Droiden ab, zog ihn in ein leeres Büro, verriegelte die Tür, ging dann weiter zum Weißen Raum und betrat ihn durch eine seiner vielen Türen.

Der Raum hatte eine hohe, kunstfertig aus einem monolithischen Stein geschnittene Kuppeldecke, die das Licht hell reflektierte und alles in einen weichen, himmlischen Glanz tauchte. Tausend Gäste von vielen Planeten wohnten der Zeremonie bei, und einige von ihnen drehten sich bei Lukes Eintreten um. In der ersten Reihe saßen Teneniel Djo und Prinz Isolder neben R2 und Chewbacca, der sein Fell sorgfältig gewaschen und gebürstet hatte. Der Prinz hielt eine Pflanze im Schoß, eine purpurne, trompetenförmige Arallute.

Luke blieb im Hintergrund stehen und blickte zum Marmoraltar hinüber, wo Han und Leia einander gegenüberknieten und sich über den Altar die Hände reichten. Der Traubeamte in seiner smaragdgrünen Dienstrobe nahm Leia das Ehegelöbnis ab.

Sie drehte sich um und sah Luke an. Das Diadem über ihrem Schleier funkelte im Licht, und Luke spürte, daß sie nicht wütend auf ihn war, weil er zu spät kam, nur dankbar dafür, daß er es doch noch geschafft hatte. In diesem Moment war Leia gelassener und zufriedener als je zuvor in ihrem Leben. Und vielleicht war sie so glücklich, wie ein Mensch nur sein konnte.

Kopfgeldjäger
erhalten ihre Befehle vom Imperator persönlich!

Der Kampf zwischen Gut und Böse geht weiter...
Funken Sie uns Ihre Nachricht durch den Hyperraum!

Bei uns finden Sie alles über die Saga vom Krieg der Sterne:
Wir bieten Video-Cassetten, Laser-Discs, Filmmusik,
Modellbausätze, Starfotos, Filmbücher und viele weitere
Lizenzprodukte aus Tausenden von Welten.

Besuchen Sie einen Cinemabilia-
Filmladen in Ihrer Galaxis
oder bestellen Sie für
4 Mark in Briefmarken
unseren Versandkatalog.

Auf Befehl des Imperators:
Schreiben Sie an
Cinemabilia
Martinistraße 57
28195 Bremen
Telefon (0421) 17490-0

Cinemabilia
ALLES ÜBER FILM & KINO

DIE MACHT IST STARK

...bei Rebellen und Imperialen, die sich im ESWFC zusammengeschlossen haben. Kein Wunder, denn wir bieten aktuelle News zur Saga, einen umfangreichen Materialverkauf, erlebnisreiche Veranstaltungen, das 100-seitige Clubmagazin Journal of the Whills und eine ganze Menge mehr...

Die Saga geht in die nächste Runde und mit uns ist jeder Fan ganz vorn dabei!

Gegen 1,-- DM Rückporto in Briefmarken gibt's umgehend detaillierte Informationen.

MAY THE FORCE BE WITH YOU!

ESWFC / c/o Robert Eiba
Postfach 11 04 07 / 86029 Augsburg